DÓNDE NO ESPERABA QUEDARME

DÓNDE NO ESPERABA QUEDARME

NINA CAROLINA

ISBN: 979-13-88021-19-0
Depósito Legal: GR 1531-2025

Imprime: Lozano Impresores S.L.
Distribuye: TORRES EDITORES
Tel.: 958 80 05 80 - Fax: 958 29 16 15
www.torreseditores.com
info@torreseditores.com

TORRES
EDITORES

Primera edición / Málaga, 2025

AGRADECIMIENTOS

A mi marido y a mis hijos, por ser mi hogar, mi fuerza y mi mayor inspiración.

A mis padres y hermanas, por su amor incondicional y su apoyo constante.

A toda mi familia, por estar siempre presentes, incluso en la distancia.

A Carmen: sin ti nada habría sido posible. Gracias por impulsarme, por confiar en mí incluso cuando yo dudaba. Eres luz en este camino.

Y a todos los que han creído en mí, de corazón: gracias.

En especial, *para todas las mujeres* que luchan cada día por estar mejor, por salir de lugares en los que no quieren estar, por construir una vida diferente… una vida mejor. Para las que pelean con todo lo que tienen. Si estas páginas pueden ser vuestra vía de escape, si consiguen haceros volar —como me dijo una gran amiga— estaré eternamente agradecida.

Esta historia también les pertenece.

PRÓLOGO

Esto no es una historia de amor.

Aunque hubo amor. Del que desarma. Del que no se planea, ni se elige, ni se entiende mientras pasa.

Del que, si alguien te lo contara, no creerías.

Tampoco es una historia de despedidas.

Aunque alguien se fue. Aunque yo también me fui, pero tarde.

Aunque hubo silencios que dolieron más que cualquier adiós.

No estaba buscando nada.

Ni a alguien. Ni un lugar.

Solo venía de paso.

Y, sin embargo, algo —*o alguien*— decidió que me quedara.

A veces me pregunto en qué momento exacto empecé a echar raíces.

No fue un instante claro, ni un gesto heroico.

Fue en lo mínimo: en una mirada que duró un poco más de lo normal, en una taza de café compartida sin hablar, en una calle que empecé a reconocer sin GPS.

Y cuando me quise dar cuenta, ya no era visita.

Ya no tenía prisa. Ya no estaba de paso.

Este no es un relato con principio claro ni final feliz.

No hay moraleja.

No hay redención perfecta.

Solo una cadena de momentos, errores y descubrimientos que me cambiaron la forma de mirar.

Y aunque ha pasado mucho tiempo —quizás años— desde entonces, hay algo de ese tiempo que sigue aquí, intacto, como si no se hubiera enterado de que todo cambió.

Si estás leyendo esto, no busques respuestas.

Yo tampoco las tengo.

Pero a veces contar lo que pasó es la única forma de entenderlo.

Esto no es una historia de amor.

Esta es mi historia.

Mi caos, mi pérdida y mi hallazgo.

Mi final… y también, sin quererlo, mi renacer.

1

SARA

Estoy mirando por última vez mi habitación. Diecinueve años convertidos en un adiós.

Me quedo quieta, con las manos en los bolsillos de mis vaqueros, como si pudiera grabarlo todo en la memoria antes de cerrar esta puerta para siempre.

Nos marchamos. La casa está vendida. Ya no hay vuelta atrás.

Nos dirigimos al aeropuerto con poco más que una maleta cada una. Nuestros muebles y nuestra historia se han quedado aquí, entre paredes que ya no nos pertenecen. Una parte de nuestra vida se disuelve sin hacer ruido, como si jamás hubiera existido.

Me duele en un lugar que no sabía que podía doler, donde vive el arraigo, la costumbre.

Dejamos Málaga atrás. Mi sur. El de los veranos en la playa, los olores a sal, el sol que se cuela por las persianas desde las siete de la mañana. No sé si volveré algún día. No sé si querré.

Mi padre, el hombre que hace tres meses rompió nuestra familia para irse con una modelo poco mayor que yo, se ha comprado una casa enorme para su nueva vida.

Espero, sinceramente, que le vaya bien. Pero no pienso volver a verlo, ni a hablar con él nunca más.

Aunque él sigue llamándome, mandándome mensajes: *«Nada podrá separarnos*», insiste. No entiende que ya lo ha hecho. Está loco si piensa que seguiré queriendo tenerlo en mi vida.

Mi madre le ha dado la vuelta a todo. Una amiga de la infancia le ha conseguido un buen trabajo como abogada en una gran empresa en Guipúzcoa. Mi padre es uno de los mejores abogados del país, y durante años mi madre siempre estuvo a su sombra.

Él la consideraba inferior, aunque jamás lo dijera en voz alta. Por fin va a brillar sola. Es mucho más fuerte de lo que aparenta.

Empiezo segundo de Bellas Artes el mes que viene. Dejaré de ser una estudiante más del sur para intentar entender una ciudad donde llueve más de la mitad del año y el mar no tiene el mismo sabor.

Mientras avanzo por el aeropuerto, intento concentrarme en lo que gano, no en lo que pierdo. Pero la verdad es que me siento dividida: mi cuerpo camina, pero parte de mí se ha quedado en la terraza de casa, con mis amigas, las noches de verano jugando a las cartas y comiendo helado.

Nunca he tenido pareja. Nadie ha hecho tambalear mis certezas. Y después de ver a mi padre desmontar nuestra familia con tanta frialdad, no quiero a nadie cerca. No quiero confiar. He perdido la fe en los hombres.

Parece que, tarde o temprano, todos hacen lo mismo.

Recuerdo perfectamente cómo todo cambió ese fatídico día.

Estábamos desayunando en el jardín de nuestro chalé en la urbanización del Higuerón, en Benalmádena.

Mi madre apareció con un móvil en la mano. Pensé que era el de mi padre, pero el suyo estaba sobre la mesa, junto con su desayuno.

—Eres un hijo de puta, Ricardo —dijo, lanzándole el teléfono a la cabeza.

Mi padre lo esquivó. Tiene cuarenta y cinco años, pero se ha conservado demasiado bien: parece de treinta y cinco. Alto, atractivo, con buenos genes. Pelo denso y rubio, bronceado constante, ojos azules, voz grave que podría enamorar a cualquiera.

Estaba sorprendido… pero no tanto. En su cara vi cómo entendía perfectamente lo que estaba ocurriendo.

Mis padres nunca se habían hablado así delante de mí. Nunca se habían faltado al respeto. Pero aquel día, todo se rompió.

Y yo lo entendí también. Aunque no quise. Aunque deseaba estar equivocada.

—Marta, no sigas, y menos con Sara delante —dijo él, nervioso, pasándose la mano por el pelo y volviendo a su desayuno como si nada.

—¿Que no siga? ¿Tienes la poca vergüenza de estar acostándote con otra y me dices que me calle? No solo te acuestas con ella. Has montado una vida paralela. Coge tus cosas, Ricardo. Te vas con ella a donde quieras, pero a nosotras no nos vuelves a ver. Has perdido a tu familia por una fulana que parece poco mayor que tu hija. Eres un desgraciado.

Yo empecé a hiperventilar. El mundo se desmoronaba. Hasta hacía un segundo, éramos una familia normal, que se quería.

¿Cómo ha podido hacernos esto?

—Marta, hace años que no tenemos sexo. Solo pasa muy de vez en cuando porque siempre estás agotada o con un caso nuevo. Yo también tengo un trabajo duro, mucho más que el tuyo. No iba a vivir eternamente con tus excusas. Cuando no le das a tu marido lo que necesita, lo busca fuera. Incluso creí que, si lo descubrías, lo entenderías. Porque llevas años muerta por dentro.

—Ricardo... será mejor que te vayas de casa antes de que cometa una locura. Eres un cerdo.

Me ardían los ojos. Las lágrimas salían solas. Esto era de película. Pero no: era real. Era mi vida.

Me levanté de golpe. Él intentó agarrarme del brazo, pero me zafé. No quería que me tocara. Me daba asco.

—Sara, creo que lo mejor es que me vaya, pero nada de esto va a cambiar nuestra relación. Haré lo que sea necesario para que sigamos bien.

—Papá, yo tampoco quiero volver a verte. Esto es vomitivo. Y si tan vacío estaba tu matrimonio, te divorcias. Te habría apoyado, lo prometo. Pero esto no tiene solución. Nos has engañado a las dos.

Salí corriendo del jardín.

Y, para bien o para mal, esa fue la última vez que vi a mi padre. Han pasado tres meses. Tuvo que aceptar la venta de la casa. Yo soy mayor de edad, y decido irme con mi madre.

Y sí, estoy aliviada de poner tantos kilómetros de por medio.

Vuelvo al presente. En el avión, repaso todo una vez más. Afuera, las nubes son densas y grises. Como una metáfora perfecta.

Mientras mi madre duerme con la cabeza ladeada hacia la ventanilla, pienso que es guapísima. Morena, con el pelo negro muy rizado, una figura esbelta y unos ojos turquesa como el mar Caribe. Los mismos que he heredado yo. Aunque en mi caso, rodeados por un pelo rubio casi blanco, heredado de mi padre.

Sé que le preocupa que todo esto haya sido demasiado para mí. Pero ahora me toca ser fuerte por ella.

No he dormido en el trayecto; voy escuchando música y distraída con mis pensamientos. Para cuando quedan quince minutos para tomar tierra, mi madre despierta.

—¿Quién nos recoge en el aeropuerto? —le pregunto mientras me quito los cascos y los guardo en su funda.

—Mi amiga Sonia y su marido Asier —responde mi madre—. ¿Sabes? Puedes pasar veinte años sin ver a alguien, y cuando más lo necesitas, te tiende la mano como si no hubiera pasado un solo día. He tenido que vivir el mayor desengaño de mi vida para reencontrarme con una persona maravillosa, de la que nunca debí alejarme.

—Me alegro mucho, mamá. Esa amistad te va a traer cosas buenas.

Sonia está casada y tiene un hijo futbolista que juega en un equipo famoso de allí, en primera división.

Pero no tengo ni idea de fútbol. Ni me interesa. No sé quién es. Ni quiero saberlo.

A mi madre le emociona contármelo, y eso me basta. Me hace feliz verla.

—Mamá, ¿vamos a vivir cerca de tu amiga? —le pregunto mientras esperamos en las cintas transportadoras de maletas para recoger nuestro equipaje.

Saco una sudadera de mi bolso. Me entristece tener que usarla en pleno agosto.

—Sí —responde, emocionada—. Increíblemente cerca. Sonia nos encontró una casa con jardín y piscina a muy buen precio. Ellos vivían en un piso en la ciudad, pero su hijo, en lugar de irse solo, compró un chalé familiar en las afueras para que sus padres vivieran con él. Dime quién hace eso hoy en día.

—¿Esto es una amenaza para que, cuando sea una artista reputada, te lleve siempre conmigo? No te preocupes. Nunca me casaré. Los hombres son de usar y tirar.

Mi madre me lanza una mirada seria. Sé que se viene charla.

—Sara, sabía que tarde o temprano dirías una tontería así. Tienes solo diecinueve años. Te queda mucho por vivir. Conocerás a un buen hombre. No te va a pasar como a mí. Eres espectacular en todos los sentidos. Pero si te vuelves fría y arisca, puede que esa persona se te escape sin darte cuenta.

Pongo los ojos en blanco, saco los cascos del bolso y conecto la música. Mi forma de decir: «*No más*». Ella lo entiende y no insiste. Lo agradezco.

Cuando vamos a la salida, mi madre ve a Sonia y sale corriendo como una adolescente. Sonia hace lo mismo.

La escena es ridícula… pero tan tierna. Me hace sonreír.

Se abrazan durante largo rato. Mi madre rompe a llorar. Por fin. Está soltando toda la tensión que ha llevado encima estas últimas semanas.

Cuando llego junto a ellas, se separan. Mi madre se limpia las lágrimas y me presenta.

Sonia es una mujer de estatura media, unos cuarenta y tantos, como mis padres. Pelo castaño claro, ojos cálidos color miel, labios pintados de rojo y una sonrisa perfecta.

Pero lo que más noto en ella es que parece buena persona. Nada altiva. Nada fingida.

Llegamos rápidamente al coche, donde nos espera un hombre calvo, con gafas negras de pasta fina, de baja estatura, complexión regordeta y una perilla que acentúa su barbilla redonda.

—¡Por fin nos conocemos! Llevo semanas escuchando hablar de vosotras constantemente. Me llamo Asier —estrecha a mi madre en un abrazo, y yo me quedo quieta, sin facilitarle el acercamiento. Prefiero tomar un poco de distancia, aunque parece una persona encantadora.

Nos ayudan a guardar las maletas y nos montamos en el coche de camino hacia nuestra nueva casa. Tengo mucha curiosidad por saber dónde vamos a vivir.

Voy observando el paisaje, curiosa, a través de la ventanilla. Las escenas pasan lentamente, como si se movieran a propósito para darme tiempo de empaparme de cada detalle.

El aeropuerto de San Sebastián —Hondarribia— queda atrás entre nubes bajas y ráfagas de viento que arrastran olor a sal. El cielo está encapotado, como una promesa de lluvia que aún no se decide a caer.

A medida que avanzamos por la carretera, el paisaje se vuelve más verde, más húmedo, más vasco. Colinas suaves se alzan a ambos lados, cubiertas de un manto espeso de árboles y helechos que se desbordan por los bordes del asfalto. Caseríos antiguos con tejados rojizos salpican el paisaje, tímidos pero firmes, como si llevaran siglos resistiendo el paso del tiempo y la modernidad.

Los carteles en euskera y castellano van pasando fugazmente, fragmentos de una lengua ajena que aún no entiendo.

El coche gira hacia una carretera secundaria, y de pronto, el entorno cambia. Las curvas se hacen más suaves, los jardines más pulidos y las casas más distantes entre sí. Grandes muros de piedra, puertas automáticas y setos recortados delimitan parcelas impecables, donde se alzan chalés blancos o de madera oscura con grandes ventanales, balcones de cristal y tejados inclinados.

Después de pasar por un desfile de casas, cada una más lujosa que la anterior, me doy cuenta de que esta es una zona de gente rica.

En medio de dos poderosas mansiones, hay una parcela con una casa mucho más pequeña. Es baja, sin grandes lujos, pero preciosa. Tiene unos altos cipreses que me parecen hermosos, y un jardín pequeño, pero lleno de vida: flores silvestres, arbustos sin definir, y un limonero crece en la entrada junto con un banco de madera muy antiguo.

La piscina, al fondo, es redonda y antigua. Los azulejos han perdido el brillo, pero está limpia y refleja a la perfección el cielo gris, que seguramente será la imagen que nos acompañe casi siempre.

La casa es de piedra, con tejas rojizas completamente desgastadas y ventanas verdes. Se nota que ha sido reformada para darle un toque actual.

Entre todas estas mansiones, la casa no tiene pretensiones. No compite con nada, como si no tuviera que pertenecer al entorno para estar aquí.

El interior huele a limpio, como a madera recién pulida y a tela nueva. Todo es blanco: muebles, cortinas y paredes que parecen esperar un cuadro o una mancha. El suelo, en contraste, es de una madera oscura que cruje apenas al caminar, como si la casa quisiera hablar en susurros.

No sé aún si me gusta o me intimida.

Todo está perfectamente colocado, sin un solo objeto fuera de sitio. La cocina es abierta, con encimera de mármol claro. El salón tiene un sofá blanco tan grande que no sé si sentarme o pedirle permiso.

Y sin embargo… hay algo reconfortante en esta frialdad. Como si este lugar, tan ajeno, me dejara un hueco para llenarlo con mi caos.

Me siento rara. Como si estuviera en casa de otra persona. Pero también me siento feliz.

Después de deshacer mi maleta en la que será mi habitación, la observo detenidamente. Es sencilla, pero tiene algo especial. Las paredes están pintadas de blanco coco y la luz de la tarde se cuela por una ventana amplia, filtrándose a través de unas cortinas de lino suave que bailan con la brisa.

Hay una cama grande, estructura de hierro blanco, con sábanas lisas y una colcha de lino arrugada en tonos crudos y tierra.

A un lado, una mesilla baja con una lámpara de cerámica. En la esquina, una butaca tapizada con tela jaspeada y una manta doblada encima. Me hace gracia pensar que tendré que usarla en agosto, sobre todo cuando se cuele el fresco de la noche.

Un armario empotrado y discreto, con puertas blancas sin tiradores. El ventanal tiene un banco con unos cojines de rayas beige: el típico rincón para leer y observar la naturaleza que nos rodea.

Es la primera vez que me doy cuenta de que vamos a ser vecinos de

Sonia, su marido y su hijo. Cuando me siento en el banco, los veo en su jardín: desde mi ventana tengo una vista privilegiada.

La casa vecina tiene un jardín impecable, con una piscina de agua turquesa que refleja el cielo como un espejo líquido. Tengo una vista perfecta de todo, como si la ventana hubiera sido diseñada para esto.

Sonia está sentada en una tumbona, con un vestido ligero de verano. Se ha puesto más cómoda que como vino a buscarnos al aeropuerto, y tiene una copa en la mano, riéndose con un gesto elegante.

A su lado, su marido —tranquilo— le dice algo en voz baja mientras le acaricia el brazo con familiaridad.

Pero no son ellos quienes captan mi atención.

Es él.

El hijo.

El futbolista.

Está descalzo, con un bañador oscuro que le cae bajo la cadera, y el torso húmedo le brilla bajo la luz de la tarde. Tiene un balón en los pies, como si fuera una parte más de su cuerpo. Lo mueve con facilidad, con una precisión que solo tienen quienes llevan el fútbol en la sangre, incluso sin intentarlo.

Lo lanza contra el borde de la piscina, lo atrapa con el empeine, hace malabares sin mirar. Se ríe. Le dice algo a su madre y vuelve a jugar. En un momento, se lanza al agua, salpicando todo con una risa limpia, joven.

Cuando sale, el pelo —castaño claro, algo revuelto y húmedo— se le pega a la frente. Se lo echa hacia atrás con una mano distraída, sin saber que alguien lo está mirando desde el otro lado del cristal.

Creo que tengo la boca abierta, por los suelos, pero no puedo dejar de mirarlo.

Hay algo en él —en esa manera serena de moverse, en su mirada intensa, en la naturalidad con la que ocupa el espacio— que me descoloca. No es solo guapo. Es magnético. Tiene esa belleza silenciosa que no busca atención, pero la arrastra inevitablemente.

Aitor. Sé que se llama así porque escucho a Sonia gritar su nombre cuando él la salpica desde la piscina. Tiene esa clase de atractivo que no busca miradas, pero las atrapa sin esfuerzo.

Es alto y delgado, con una fuerza que se nota en la definición de sus músculos. Tiene una elegancia natural en cada gesto, como si incluso el silencio se sintiera cómodo en su presencia. Su rostro, de facciones serenas y simétricas, transmite algo entre calma y determinación.

La piel, levemente tostada por el sol del entrenamiento diario. Los ojos, entre verdes y miel según la luz, parecen mirar siempre atentos. La mandíbula bien definida, y una barba fina, desordenada, como si no tuviera prisa por decidir si afeitarse o no.

Tiene un cuerpo tonificado, trabajado para la resistencia y el control, como el de alguien que sabe moverse en espacios reducidos y tomar decisiones en décimas de segundo. Camina de una forma muy suya, y su sonrisa —que no aparece todo el tiempo— ilumina más que el sol de agosto sobre la piscina cuando lo hace.

Me siento rara. Por espiarlos, por no formar parte, por sentir algo que no puedo nombrar todavía. Pero también siento algo parecido a curiosidad. A vida. A deseo, quizás.

Sigo apoyada en la ventana, inmóvil, como si el cristal pudiera absorberme. Aitor sigue en el jardín, jugando con el balón, mojado, despreocupado… tan real que parece salido de un sueño estúpido y veraniego.

La puerta de la habitación se abre sin aviso, como siempre.

—Ya estás como en casa, ¿no? Has deshecho la maleta en tiempo récord —dice mi madre con una sonrisa que intenta sonar inocente.

—¿Qué quieres, mamá?

—Nada, solo quiero saber qué te apetece que cenemos. Tendremos que salir a hacer la compra. Sonia me ha dicho que podemos cenar en su casa y así nos presenta a su hijo, se llama Aitor, por cierto —añade.

Ya lo sé, pienso, pero solo me encojo de hombros como respuesta.

—No creo que sea buena idea, demasiadas emociones por hoy. Te acompaño al súper, a ver qué hay por aquí.

Mi madre entrecierra los ojos.

—Podrías mostrar un poco más de entusiasmo.

—Estoy mostrando entusiasmo —respondo secamente, mientras me obligo a alejarme del cristal y me dejo caer sobre la cama.

Más tarde, cuando el sol empieza a bajar y el aire fresco del norte se cuela por las rendijas, abro mi nuevo armario y elijo un vestido de verano ligero, de tirantes finos y estampado suave, que cae como agua sobre mi cuerpo. Encima, un jersey de punto fino, color crema, que me cubre los hombros sin esconderlos del todo. Lo combino con unas sandalias de cuero claras y mi melena suelta, sin esfuerzo.

Cuando mi madre me ve salir del cuarto, me mira con una ceja levantada.

—Muy sutil para ir a hacer la compra —dice.

Solo sonrío, por primera vez en todo el día.

—¿Vamos?

En los pasillos del supermercado, discutimos entre tostadas integrales o pan de semillas para el desayuno, cuando mi madre da un pequeño paso hacia atrás... y choca de espaldas contra alguien.

Me giro al instante. Un hombre. Alto, con el pelo completamente canoso, pero impecablemente peinado hacia atrás. Lleva una camisa blanca, con las mangas remangadas, y una sonrisa que parece estar ahí desde antes del choque.

—Disculpa —le dice mi madre, echándose hacia un lado.

—Nada que disculpar. Si todos los empujones fueran así de agradables... —responde él, con una voz grave y cálida.

Yo bajo la mirada, deseando ser invisible. El tonteo flota en el aire con la ligereza de una comedia romántica mal doblada. Me alejo empujando el carrito como si, de pronto, tuviera prisa por llegar a los cereales. En realidad, solo quiero estar a más de cinco metros de esa conversación.

Un par de minutos después, mi madre aparece trotando como si tuviera quince años menos. Sonríe como una adolescente.

—¡Me ha dado su número! —dice, mostrándome la pantalla de su móvil con la emoción de quien enseña un billete premiado.

—¿No estarás pensando en volver a tener pareja... verdad? —bromeo, aunque no sé si lo digo en serio o en defensa propia—. A ver, que yo te apoyo en lo que sea, mamá. Te lo prometo. Pero igual… es un poco pronto.

—No seas agorera —responde, empujando el carrito con renovada energía—. Que la vida me haya dado un palo horrible no significa que todos los hombres sean iguales. No me voy a casar con él, tranquila. Pero… ¿quién sabe? Si me cerrara en banda al dolor, igual me estaría perdiendo a una persona maravillosa. Hay que vivir la vida con todas las consecuencias, cariño.

Se detiene delante de la estantería de salsas y, con determinación, empieza a echar botes de carbonara, boloñesa, pesto… directamente al carrito.

—Decidido: pasta al pesto esta noche. Y una peli. Vamos a estrenar la nueva casa como se merece.

—No me parece que haya plan mejor —respondo, con una sonrisa sincera.

Al salir, cargamos con las bolsas hasta el coche entre bromas y risas, mojándonos un poco con el aire húmedo que empieza a levantarse. Estoy tranquila.

Mi madre tiene esa habilidad mágica de devolverle al mundo un poco de orden. De hacerme creer que todo va a estar bien, aunque no sepamos cómo. Además, verla así, fuerte, luminosa incluso, tan llena de energía a pesar de lo que ha vivido… me da fe.

Yo soy su hija. Estoy hecha de lo mismo. Puedo ser como ella. Lo siento en la sangre.

En el trayecto de vuelta, el cielo se desmorona. Una lluvia extraña, densa, que golpea con fuerza el parabrisas, como si el norte quisiera dejar claro que ya no estamos en Málaga.

El limpiaparabrisas va a toda velocidad, pero apenas basta. Mi madre reduce la marcha.

A lo lejos, las montañas se diluyen en una bruma de gris y verde.

—¿Has visto algo igual en agosto? —pregunto, observando el espectáculo que se abre ante nosotras.

—Nunca. Pero ¿sabes qué? Tiene algo hipnótico. Como si esta lluvia lavara todo lo que dejamos atrás.

No contesto. Solo miro por la ventana, sintiendo que, por primera vez en semanas, mi corazón late sin peso. Esta nueva vida aún es un misterio. Pero por ahora… me permito estar feliz.

La mañana siguiente me saluda con un sol tibio, inesperado pero bienvenido. Se cuela por las rendijas de las cortinas y, cuando las abro, la luz inunda la habitación con una calidez dorada que contrasta con el frescor húmedo que aún persiste en el ambiente.

Me acerco al ventanal y, desde allí, vuelvo a asomarme al jardín contiguo. La piscina de los vecinos brilla como un espejo líquido, y allí está él.

Aitor.

Tumbado al sol, relajado, rodeado de un par de amigos que ríen con él como si el tiempo no pesara. Está igual de irresistible que la noche anterior. Incluso más. Pelo algo revuelto, piel dorada por el sol, y esa sonrisa despreocupada que parece no necesitar esfuerzo.

Hay algo en su juventud que es casi feroz: la forma en que se estira en la tumbona, la seguridad con la que ocupa el espacio. Me quedo unos segundos de más mirándolo, atrapada por esa aura difícil de explicar, como si un imán se activara cada vez que lo tengo cerca.

Sacudo la cabeza, intentando ordenar mis pensamientos, y me voy directa a la ducha. El agua caliente me ayuda a aclarar el aturdimiento que me ha dejado esa imagen. Pero no del todo. Aitor se ha instalado en un rincón de mi mente con una facilidad que me inquieta.

Al bajar, mi madre ha preparado el desayuno en una mesita redonda del jardín. El sol cae justo sobre nosotras, templado, acogedor, y por un momento parece que lleváramos viviendo aquí toda la vida.

El seto que separa nuestra casa de la de los vecinos apenas mide metro y medio, y no hay tapias ni vallas que impidan la vista. Compartimos espacio visual con ellos como si nuestras casas fueran una sola dividida en dos.

Y, sin embargo, ellos actúan como si no existiéramos.

Aitor y sus amigos siguen a lo suyo, jugando con el balón, sin lanzarnos ni una mirada. Como si estuvieran acostumbrados a que esta casa estuviera vacía.

De repente, la pelota sobrevuela los setos. Todo ocurre en un segundo.

Mi café salta. Mi madre da un respingo. El balón rebota en la bandeja y cae al suelo, rodando hasta detenerse bajo la mesa.

—¡Joder! —murmuro, empapada de café caliente hasta el muslo.

Del otro lado, risas. Una figura se asoma entre los setos, como si fuera lo más normal del mundo invadir nuestro desayuno.

—Perdón —dice Aitor.

—Te lo paso —respondo, seca, agachándome a coger el balón.

Se lo lanzo fuerte, con la clara intención de dejarle un mensaje. Lo atrapa con desgana.

—Tampoco es para tanto, ¿eh? —dice, medio sonriendo, medio burlándose.

—Qué detalle. No todos los días una se despierta con un balonazo y una ducha de cafeína —respondo con una sonrisa sarcástica.

Nos miramos un segundo. Tiene un aire de chulo que me revuelve el estómago.

—Gracias —dice al final, girándose hacia sus amigos.

Ni siquiera me ha mirado dos veces.

No sé qué esperaba exactamente, pero desde luego no esto. Café derramado, su voz sonando como si no le importara nada… y esa mirada de *me da igual todo*. Primer encuentro con Aitor y ya quiero borrarlo de mi vida.

Cuando terminamos de recoger el desayuno, me paso quince minutos agachada sobre el césped, quitando los restos diminutos de mi taza rota. El sol empieza a picar, tengo las manos sucias y el pantalón empapado de café seco.

Mi madre se acerca:

—Sara, esta noche Sonia nos ha vuelto a proponer una cena en su casa. Y no voy a rechazar la invitación otra vez, así que esta vez quiero tu mejor actitud. ¿De acuerdo? No habéis empezado con muy buen pie Aitor y tú…

—Vale, mamá —respondo, sin discutir.

Me consuelo pensando que es sábado y probablemente Aitor tenga algún plan. Con un poco de suerte, ni aparecerá. No es que le tenga manía… pero su presencia me desestabiliza. Algo me dice que conocerlo de verdad puede ser el principio de un problema mayor. Y sé que no podré esquivarlo siempre.

El resto de la tarde pasa entre cajas. Ordeno la cocina, el salón, los baños. Es agotador, pero con cada rincón que ponemos en orden, siento que nos apropiamos un poco más del espacio.

Cuando son cerca de las ocho, me asomo al jardín. El sol comienza a caer, tiñendo el agua de la piscina de dorado. Todo parece en calma. Un momento perfecto para hacer yoga.

—Mamá, ¿a qué hora era la cena?

—Sobre las diez, cariño.

Perfecto. Tengo tiempo para una práctica suave, una ducha larga y arreglarme con calma.

Después del yoga, bajo el agua caliente dejo que el vapor me envuelva por completo. Me miro en el espejo con el pelo húmedo y las mejillas encendidas. Hay algo diferente en mis ojos. Tal vez es la emoción de empezar algo nuevo. Tal vez es él.

Me odio un poco por pensar en Aitor tan pronto, tan intensamente.

Decido no arreglarme demasiado. No es una cita. Pero al final, mi melena rubio platino cae sobre mis hombros con ondas suaves. Un poco de rímel, corrector, colorete rosado y labial claro.

Elijo un vestido corto, ligero, con una chaqueta negra de punto fino y sandalias claras. El escote insinúa lo justo.

Cuando me miro al espejo por última vez, respiro hondo. No estoy nada mal.

Pero más allá del reflejo, lo que siento es una inquietud suave, una corriente bajo la piel. Algo está cambiando. Y tengo la sensación de que esta noche no será como las demás.

2

AITOR

No sé qué me molesta más: si que mis padres me hayan obligado a cancelar mis planes, o que ni siquiera me expliquen por qué esta cena es tan importante.

—Solo son las nuevas vecinas, Aitor. Sé amable. Recuerda, mi amiga Marta y su hija Sara, ¿vale? Ya sabes lo mal que lo están pasando… —me dice mi madre, con esa frase que en su boca suena a *"haz lo que te digo o te arrepentirás"*.

No necesito saber nada más sobre ella. Me basta con cómo me ha devuelto el balón esta mañana: como si le debiera la vida. No me importa cómo se llame. Es borde, tiene actitud de creída y va de sobrada. Ya está. Suficiente.

Estoy irritado. Tenía una escapada prevista con los chicos, unas cervezas, algo de música. Nada especial, pero suficiente como para no estar vestido de manera "correcta" un sábado por la noche, esperando una visita que no he pedido.

Y para colmo, Marta… solo sé que es la mujer que hace veinte años se fue de la ciudad por un hombre, y que apenas ha dado señales de vida desde entonces. Ahora vuelve como si nada, como si no hubiera dejado atrás a mi madre, su amiga de siempre que hoy tiene un nudo en el estómago y muchas preguntas sin responder.

La campana del timbre suena y mi madre se apresura a abrir. Permanezco con los brazos cruzados y el ceño fruncido. Me quedo detrás, preparado para poner la sonrisa justa, decir lo mínimo y largarme cuanto antes al terminar la cena.

Primero aparece Marta, alta, elegante, con su melena negra rizada y esos ojos turquesa que, objetivamente, llaman la atención. Apenas le dedico una mirada educada, distante.

Pero luego aparece Sara.

Siento que algo se me desplaza dentro del pecho. Como un golpe seco, o una pérdida momentánea de equilibrio. No me había fijado en lo guapa que era esta mañana. La verdad, ni siquiera le presté atención. Solo la vi de lejos, entre los setos. Un segundo.

Pero es alta, esbelta, rubia de un tono imposible, casi blanco. Ojos turquesa aún más claros, más vivos, más… jodidamente hipnóticos. Como si guardaran secretos que nadie más podría entender. El pelo le cae por la espalda como un río de luz.

Tiene una dentadura perfecta, de esas que parecen reír incluso cuando no hay sonrisa. El pecho firme, proporcionado, curvo sin excesos. Los labios… Dios, los labios. Suaves y llenos, despiertan en mí un deseo incontrolable. Solo pienso en cómo se sentirían bajo los míos, en un roce prohibido y adictivo.

Instantáneo. Inexplicable. Intenso.

Y la odio. La detesto. Su actitud, su mirada, todo. Y, aun así… algo en ella me ha dejado atrapado sin entender por qué.

La deseo tanto que tengo que dar un paso atrás para disimular mi erección, que me quema los músculos. Me arden las mejillas, no de vergüenza, sino de rabia. Nunca me había pasado algo así.

Llevo seis años en la élite del fútbol profesional. He visto —y tenido— chicas de todo tipo. Y, sin embargo, esta… desconocida, recién llegada, rubia deslumbrante con cara de no haber roto nunca un plato, me ha desarmado con una sola mirada.

Y no lo voy a permitir.

—Hola, soy Aitor —digo, alargando la mano sin entusiasmo, clavándole los ojos, midiendo cada detalle de ella como si intentara encontrarle una grieta donde poder escarbar.

—Sara, pero eso ya lo sabes, ¿verdad? —responde ella, con voz suave pero segura, mirándome de frente sin titubeos.

Me obligo a desviar la vista. No quiero mirar sus labios. No quiero imaginar nada más. Y, sin embargo, la pregunta sale antes de que pueda controlarla:

—¿Te mudaste con tu madre, no? —pregunto, en un tono más seco del que pretendía.

Sara asiente con calma.

—Sí.

Sonrío, pero no es una sonrisa amable.

—No serás tan pobrecita, ¿no? Lo de que tu padre se fuera… bueno, espabila. La vida es así. A algunos nos tocan cosas peores.

El comentario cae como una piedra.

Mi madre me mira con sorpresa, con una mezcla de reproche y cansancio.

—Aitor… —dice en voz baja, pero no insiste.

Sara aguanta el golpe sin bajar la cabeza. No dice nada. Solo me mira un segundo más de la cuenta. Y algo en esa mirada hace que me sienta peor. No por haber hablado de más, sino porque no he logrado derribarla.

—Lo dice el futbolista con la vida resuelta a los veintipocos. A ver, Aitor, ¿además de darle patadas a un balón, te dedicas a algo más? Eres un cliché andante: mujeres, fiestas, una vida en la que nada te toca demasiado… mientras tú sigues ocupado contigo, tú y, por supuesto, contigo —Sara lo lanza con una mezcla de ironía y verdad punzante, sin apartar los ojos de mí.

¿Qué dice esta tía? ¿Cómo se atreve a hablarme así en mi propia casa y delante de mis padres? Acaba de llegar y ya va con la espada desenvainada. No lo puedo permitir.

—Escucha, niña —digo, bajando la voz, pero con una firmeza que corta el aire—. No sabes nada de mí. Ni de la vida. Aún no has salido del nido de tu madre. Hazte un favor: cierra el pico y no opines de lo que no entiendes.

17

Lo único que estás haciendo es quedar en ridículo.

—¿En serio? ¿Ese es tu mejor argumento? —replica sin pestañear—. Qué decepción.

—¡Basta los dos! —interviene Marta con un tono tan firme que podría detener una tormenta—. ¿Habéis perdido el juicio? No pienso quedar mal con nadie esta noche, pero como sigáis por este camino, me largo.

Sara y yo nos quedamos en silencio, atrapados en una tensión que ni el mejor cuchillo podría cortar.

Marta se adelanta hacia el jardín con mis padres, mientras los camareros terminan de montar la mesa. Sara se queda atrás, observando los cuadros del pasillo y mi casa como si fuera una exposición ajena.

Tiene algo en la mirada… como si leyera más de lo que ve.

Me acerco y hablo en voz baja, a solas con ella.

—Estás en mi casa. No en la de mis padres. Y aunque no lo parezca, esto no es un hotel de cinco estrellas. Te estoy invitando a cenar, lo mínimo es un poco de respeto.

Sara me mira de reojo, despacio. Luego alza una ceja.

—¿Eres siempre tan gilipollas o te volviste así justo después de hacerte rico?

No sé por qué me río. De verdad que no lo entiendo. Pero me sale solo. Ella no se inmuta.

Me ha golpeado otra vez. Y con estilo.

¿Quién demonios es esta chica? ¿Por qué me afecta tanto? Me remueve cosas que tenía bien escondidas, y lo peor es que no puedo controlarlo. Estoy actuando como un crío. Como un capullo. Pero no sé si me molesta más que me lo saque en cara… o que tenga razón.

Se gira para ir al jardín y yo me quedo atrás, unos pasos por detrás, observándola.

Su cuerpo se mueve con una naturalidad casi ofensiva. Tiene una elegancia sin esfuerzo, de esas que no se entrenan ni se compran. Me fijo en su espalda, en la caída de su vestido sobre las caderas, en la manera en que su melena rubia recoge la última luz de la tarde.

Joder. Qué problema tengo encima.

Sara es un desastre anunciado y, aun así, ya hay algo en mí que se está inclinando peligrosamente hacia ese borde.

No tengo ni idea de quién es. Pero tengo claro que, si me descuido, me va a desmontar.

Y no estoy preparado para eso.

La cena se sirve en el jardín, bajo una pérgola cubierta con luces cálidas y farolillos colgantes. Hay una mesa de madera decorada con sencillez: platos de cerámica blanca, copas finas, flores silvestres en jarrones pequeños. Todo se ve acogedor, como sacado de una noche de verano perfecta en el norte.

Pero para mí, la noche ya está bastante torcida. No entiendo qué demonios me pasa con esta chica. Por qué la deseo como si me fuera la vida en ello, por qué cada gesto de ella —su forma de sentarse, de tocarse el pelo, de mirar a su madre— me desconcierta más que cualquier defensa en el campo.

Y lo peor de todo: sé que, aunque la he atacado, quiero volver a hablar con ella. Más. De otra forma. La odio por eso.

La conversación alrededor de la mesa empieza con la torpeza habitual de quienes todavía no saben si están entre extraños o futuros amigos. O eso me parece a mí, por lo menos. Marta, encantada, habla más que nadie, intercalando anécdotas con sonrisas perfectas, como si no quisiera que el silencio se siente con nosotros.

Sara está sentada enfrente de mí, al otro lado de la mesa. Intento no mirarla demasiado, pero cada vez que lo hago veo detalles que me desarman un poco más: la forma tranquila en que sostiene la copa, cómo se ríe sin exagerar o cómo se aparta el pelo detrás de la oreja con un gesto tan natural que parece coreografiado por el azar.

—¿Y tú qué vas a estudiar aquí, Sara? —pregunta mi madre con un tono amable que quiere romper el hielo sin incomodar.

—Voy a empezar segundo de Bellas Artes —responde ella—. En la Universidad del País Vasco.

Alzo una ceja, sorprendido. No por la carrera, sino porque la forma en que lo ha dicho es casi tímida, como si no supiera cuánto vale eso.

—Mi niña es toda una artista —interviene Marta, con orgullo puro en la voz—. Ha vendido ya varios cuadros, ¿sabes? Incluso antes de entrar a la universidad. Y en Málaga daba clases de yoga en un gimnasio muy bueno. Desde que tenía diez años practica. Sabe respirar mejor que yo hablar.

Sara se sonroja un poco, sin dejar de sonreír.

—Mamá, no exageres.

Frunzo ligeramente el ceño, pero no por molestia. Por interés. Porque, a mi pesar, la imagen de Sara enseñando yoga a un grupo de desconocidos me parece… distinta. No de esas chicas que buscan atención. Es otra cosa. *Es tranquila. Real,* pienso.

Pero eso no se lo voy a decir, claro.

—Así que pintas cuadros y haces yoga —digo con tono irónico—. ¿También curas traumas con incienso y energía lunar? Aspiras a la vida de toda una hippie, qué novedad.

No sé por qué me estoy comportando como un capullo integral. Yo no soy así de cabrón, pero esta chica no me deja pensar con claridad.

Sara me mira directamente. No se ofende, ni siquiera parpadea. Sonríe apenas.

—Solo los traumas de los que no saben respirar.

El comentario cae con elegancia y doble filo. Marta ríe bajito. Mi madre sonríe. Y yo siento una punzada absurda en el orgullo, pero también una chispa de respeto.

Vale, pienso, *no se achanta.*

Me gusta. Me gusta demasiado. Y eso me tensa. Porque no es como las otras. No es alguien a quien puedas conquistar con un par de sonrisas ni con el escudo de ser *el futbolista.* Y eso me descoloca. Y me encanta, a partes iguales.

Por eso voy a hacerlo más difícil. Porque si algo he aprendido en el campo, es que lo que realmente merece la pena no se regala.

Cuando la cena termina, las luces del jardín proyectan sombras suaves sobre el césped y la brisa del norte ya trae olor a sal. Los camareros se fueron al terminar de servir la cena. Sara se levanta para ayudar a recoger, como si estuviera en su casa. La observo de reojo. No he decidido aún si la odio o si me encanta. Probablemente ambas.

Pero una cosa es segura: esta chica va a complicarme la vida.

Me quedo sentado un poco más, con la copa medio vacía entre los dedos, fingiendo escuchar una conversación entre mis padres y Marta. Pero mi cabeza está lejos. Sigo perdido en esos ojos turquesa. En esa voz suave. En la forma en que no se ha encogido ante mí.

Y aquí es donde entra la culpa. O más bien... la realidad.

Tengo novia. O alguien especial, mejor dicho.

Llevamos juntos unos cuantos meses. Una chica guapa, modelo, con miles de seguidores. A mis padres no se lo he dicho. Nunca me ha parecido necesario. Igual que mantener mi relación completamente oculta del foco mediático. Nos vemos muy poco en realidad, pero hasta esta noche creía que estaba algo pillado por ella...

No soy de contar mucho. No porque sea un rebelde ni un cínico. Simplemente no me gusta abrir puertas que no sé cómo cerrar después.

No soy ese niño perfecto que algunos creen.

He mentido. He engañado. He hecho daño. Y me lo han hecho, a partes iguales.

Y no siempre me he arrepentido.

Y, aun así, al mirar a Sara, siento una punzada que no es solo deseo.

Es deseo con peso. Con riesgo. Como si algo que no debía tocar me estuviera llamando por dentro.

Me ha gustado más en una hora que Mónica en meses.

El pensamiento aparece sin que lo pueda evitar. Pero es una niña. Nunca debo cruzar ningún límite con ella. Se asustaría de mis gustos, la espantaría, acabaría con toda esa preciosa inocencia que emana de su rostro.

Es una mujer prohibida para mí y así tiene que ser.

Se asustaría si supiera lo que hay en mi cabeza. O peor, si supiera lo que he hecho.

Se asustaría si conociera mis gustos, esas noches en las que solo encontraba consuelo en lo prohibido, en lo oscuro, en lo que no se puede contar. Aunque, siendo sincero conmigo mismo... ya no siento que esos sean mis gustos. Han dejado de excitarme, de llenarme.

Son un vacío más en mi vida. Tanto tiempo desfasando, buscando límites que cruzar… y solo he terminado aburrido de todo. Harto. Asqueado.

Odio muchas partes de la vida que me he construido.

De repente, en una noche, en un maldito abrir y cerrar de ojos, aparece una persona que me despierta como un balde de agua helada. Como caerse de la cama en mitad de una pesadilla horrible.

Ella es la sacudida que nunca vi venir.

Mi cabeza me dice que esto es distinto. Que la vida no tiene por qué ser como la conozco. Que lo jodido que estoy no tiene por qué ser lo que defina mi futuro.

Que puedo querer algo más.

Algo limpio.

Algo… como ella.

Pero ¿cómo voy a caer así por una chica? ¿Cómo me permito siquiera pensar que podría quererla en mi vida?

Si mi padre supiera lo que me pasa por la cabeza, me cruzaba la cara sin pensárselo. Él me ha enseñado todo lo contrario: a no sentir, a no amar, a no confiar…

Y, sin embargo, aquí estoy, atrapado en esos ojos turquesa. Pensando que tal vez todas esas pasteladas que siempre desprecié… tal vez eran reales. Tal vez hay algo que no se puede controlar.

Sara, has llegado a mi vida para ponerla patas arriba. Estoy seguro. Aunque voy a luchar con todo para que no sea así.

Porque sé que, si me dejas entrar, no voy a salir nunca.

Y eso me aterra más que cualquier cosa.

3

SARA

No sé cómo he logrado mantenerme entera durante la cena. El jardín es precioso, las luces colgantes dan una calidez irreal a la noche, y la comida está increíble. Pero todo esto parece el decorado de una escena en la que no termino de saber qué papel estoy interpretando. Porque él está aquí.

Aitor.

No sé qué es peor: si lo guapo que es o lo desagradable que ha sido conmigo toda la noche. Tiene esa voz profunda, pausada, como si midiera cada palabra antes de soltarla. Y cuando me mira, no parece estar mirándome. Parece estar juzgándome.

Me molesta. Mucho.

Y, para mi desgracia, me gusta más aún.

Me siento estúpida por pensarlo. ¿Desde cuándo me atrae alguien que me habla mal? La frase resuena en mi cabeza como una alarma que no puedo apagar.

Lo que más me jode es que no tengo ni una sola razón lógica para sentirme así. Aitor me ha tratado con una frialdad casi ofensiva. Ese comentario sobre mi padre... lo he sentido como un golpe bajo, seco, gratuito. Pero al mismo tiempo, cada vez que él abría la boca, mi cuerpo ha reaccionado de una forma que no entiendo. Un cosquilleo en el vientre. La piel tensa. La sensación absurda de querer que se acerque. Que me toque.

¿Por qué me pasa esto? ¿Por qué deseo a alguien que me desprecia?

Termino de recoger la mesa junto a Sonia, y cuando me giro, Aitor está justo detrás.

Doy un pequeño respingo, pero él no se inmuta. Me mira con esa mezcla de desdén e intensidad que parece tener de serie.

—¿Todo bien? —pregunta él, con la voz más neutral que puede.

Aprieto los labios. Tengo ganas de decirle mil cosas. Pero me contengo. Le devuelvo una mirada directa, sin pestañear.

—¿Tú siempre tratas así a la gente? ¿O solo a los que te incomodan?

Aitor no responde enseguida. Se tensa ligeramente. Luego sonríe, apenas.

—¿Y tú siempre vas de mártir o solo cuando te conviene?

Es como una chispa encendiendo una mecha. Me giro hacia él con fuego en los ojos, una mezcla de rabia y algo más difícil de admitir: esa curiosidad punzante que no consigo apagar.

—No soy ninguna mártir. Pero no tengo la culpa de que te moleste que no me importes. Ni lo que piensas, ni lo que tienes, ni lo que eres.

Lo veo dar un paso hacia mí, como si sus palabras necesitaran menos distancia para golpear con fuerza.

—Sara —dice con la voz grave, bajando el tono como si fuera un secreto—, no te conozco mucho, no. Pero te importa lo que pienso. Te he observado toda la noche, aunque lo disimules. Aunque mires a otro lado, tus ojos siempre vuelven. Aprietas los muslos cada vez que te miro… Te mueres porque te enseñe a vivir la vida. A sentirla de verdad, rubia.

Mi pecho sube y baja con rapidez. No sé si es por la furia o por el vértigo que me provoca estar tan cerca de él. Pero no se lo voy a poner fácil.

—Ese es el verdadero cliché que aún te faltaba por soltar —respondo con una media sonrisa cargada de veneno—. ¿Porque eres guapo? ¿Porque eres rico? ¿Famoso, quizás? ¿Debería estar ahora mismo desmayándome a tus pies? Permíteme que te diga algo, Aitor: nada de eso son cualidades. Son circunstancias. Son ruido. Lo que importa no es lo que tienes, sino lo que haces con ello. ¡Y no me llames rubia!

Sus cejas se arquean levemente, como si mis palabras tocaran una fibra que no esperaba. Pero no me detengo.

—Tú decides qué paso quieres dar en el mundo. La huella que vas a dejar cuando se apaguen los focos. Somos tan libres como el viento. Y desde donde yo estoy, tu vida parece… triste. Llena, sí, pero solo en apariencia, porque por dentro sé que está vacía.

Hay un segundo de silencio. Largo. Espeso. Podría cortar el aire con un cuchillo. Entonces su expresión cambia. Ya no hay burla en sus ojos, ni el tono soberbio de antes. Solo queda una sombra, un gesto tenso que no logro descifrar del todo.

—Deja de psicoanalizarme —masculla—. A lo mejor el cliché aquí eres tú. La que se cree profunda, intensa, madura, pero que no ha salido del cascarón. Desde la comodidad, desde una vida sin cicatrices reales, todo parece fácil de juzgar.

Da un paso atrás, como si necesitara espacio para contener algo que no quiere mostrarme.

—Tú no sabes nada de mí, Sara. Nada. Todo lo que tengo me lo he ganado. No he heredado nada, no me han salvado, no me han sostenido. Lo conseguí a pulso, a base de morder el suelo y levantarme. No te atrevas a hablar de mi vida como si la entendieras.

Y sin esperar mi réplica, se da la vuelta. Se va. Me deja ahí, con los labios entreabiertos, la rabia congelada, el orgullo herido… y un agujero extraño en el pecho.

No sé por qué me ha dicho eso. No sé qué intenta hacerme ver. Pero hay algo que me deja tocada, algo en su forma de decir "todo lo que tengo lo he tenido que trabajar". Lo ha repetido antes, también. Como si quisiera que alguien —quien fuera— lo creyera. Como si llevara demasiado tiempo gritando en silencio.

Y lo más inquietante es lo que pasa después. Sus padres. El comentario resbala delante de ellos como si no lo hubieran oído. Como si él no existiera.

Si mi madre me oyera decir que tuve una infancia difícil, estaría encima al instante, tratando de protegerme, de explicarse. Pero aquí… silencio. Una ausencia de reacción tan ensordecedora que me da escalofríos.

Hay algo raro aquí. Algo que no entiendo.

Y lo peor es que ya no estoy segura de querer entenderlo.

Me quedo un momento en el pasillo, sola. Respiro hondo. El eco de sus palabras todavía resuena dentro de mí. "Todo lo que tengo lo he tenido que trabajar." ¿Por qué me duele que me lo haya dicho así? ¿Por qué siento que debajo de toda esa arrogancia hay algo que no encaja?

Cuando salgo al jardín, la escena es casi de postal: las luces tenues iluminan la mesa larga decorada con velas, copas altas, servilletas bien dobladas. Todo demasiado perfecto.

Mi madre ríe con Sonia, como si fueran adolescentes de nuevo. Asier abre una botella de vino, encantado con su papel de anfitrión.

Y Aitor... está ahí. Sentado en la otra punta de la mesa, hablando con su padre. O más bien, dejándose hablar. La postura tensa. El rostro cerrado.

Me acomodo junto a mi madre. El contraste entre su alegría y mi incomodidad me da vértigo. Pero sonrío. Porque no quiero estropearle este momento.

—¿Todo bien? —me pregunta bajito, tocándome la mano.

Asiento. Miento.

—Claro, mamá.

Sonia nos mira con calidez.

—¿Qué os parece el norte, chicas? Un cambio radical, ¿eh?

—Una maravilla —dice mi madre con sinceridad—. Y esta casa es un sueño.

Asier sonríe orgulloso.

—Todo idea de Aitor. Fue él quien quiso que nos mudásemos aquí cuando le ofrecieron el contrato. Que sus padres no pagaran más hipotecas, dijo. Un cabezota, pero con buen fondo.

Aitor levanta la vista. Se cruza con la mía. Y por un segundo... ya no parece desafiante. Parece cansado. Como si llevara días sin dormir bien.

Hay un pequeño gesto —mínimo—, como si quisiera disculparse sin palabras. No estoy segura. Pero me basta para apartar la mirada con el corazón un poco desordenado.

El resto de la cena transcurre con una calma relativa. Risas, anécdotas, preguntas sobre la universidad. Sonia quiere saber de todo. Aitor, en cambio, no habla casi. Me intriga su silencio. ¿No tiene nada que decir o solo prefiere no decirlo delante de su padre?

Cuando terminamos el postre, mi madre y Sonia se levantan para ir a ver la cocina "porque la encimera la ha enamorado". Asier se une a ellas para servir café.

Y Aitor y yo nos quedamos a solas, en una mesa demasiado grande para dos personas que no saben hablarse sin atacarse.

Me limpio las manos con la servilleta. Aitor se gira apenas en su silla, apoya los codos en la mesa, se pasa una mano por el pelo.

—No quería decirte eso así —susurra.

Lo miro.

—¿Lo de que no sé nada de la vida? ¿O lo de que me muero por ti?

Una sonrisa ladeada se dibuja en sus labios. No burlona esta vez. Casi melancólica.

—Las dos. Supongo.

—¿Y lo piensas?

Se encoge de hombros.

—Pienso demasiadas cosas cuando estás cerca. Me desconciertas.

Y me lo dice sin mirar, sin retarme. Me lo dice como si fuera verdad.

—Pues no es mi intención —respondo bajito.

—Lo sé.

Me quedo callada. Porque no sé qué responder.

Escuchamos risas desde la cocina. Mi madre se ríe fuerte, Sonia la sigue. Asier dice algo que no oímos bien, y ambas estallan.

Es reconfortante oír felicidad de fondo cuando el presente parece tan confuso.

Aitor se levanta despacio, da la vuelta a la mesa, y se detiene detrás de mí.

—¿Te gustaría ver el jardín de noche? —me pregunta, en voz baja, como si temiera interrumpir algo.

Me giro. Lo miro a los ojos. No veo segundas intenciones, solo esa tensión callada que no sé si quiero resolver… o alargar.

—Vale —respondo. Y me levanto.

Lo sigo entre las sombras de los árboles altos, las luces cálidas del jardín y el murmullo distante de la conversación adulta.

No sé a dónde vamos, pero algo me dice que esta noche… no es solo una cena cualquiera.

El jardín por la noche parece otro lugar. Las sombras de los árboles se alargan sobre el césped húmedo. Las luces pequeñas clavadas en el suelo dibujan un camino entre los arbustos, y el sonido suave del agua de la piscina se mezcla con el canto lejano de alguna cigarra rezagada.

Hace fresco. Me abrazo los brazos sin darme cuenta.

Aitor lo nota. Se quita la rebeca de punto que lleva atada a la cintura y me la tiende sin mirarme.

—Gracias —digo, sin saber por qué me tiembla un poco la voz.

Nos sentamos en una especie de banco de piedra frente a la piscina.

Hay silencio, pero no de esos incómodos. Es un silencio que pesa, como si ambos estuviéramos conteniéndonos.

La piedra fría bajo mis muslos apenas consigue calmar el calor que me recorre cada vez que le miro.

La luz tenue de los farolillos se refleja en el agua de la piscina, creando destellos dorados que juegan en su piel.

Respiro hondo, reuniendo valor. Luego le miro directa a los ojos, y lo dejo clavado en su sitio.

—Siento haberte juzgado —digo, con una serenidad que me desarma—. No me gusta tratar así a nadie. No me siento cómoda siendo esa persona. Y contigo… no sé qué me ha pasado.

Ha sido incontrolable. Me han insultado otras veces, Aitor, y nunca he malgastado mi energía en gente que no lo merece.

Pero tú… tú te has llevado todo mi autocontrol al fondo del mar.

Se queda inmóvil, como si mis palabras le hubieran disparado en mitad del pecho.

Durante unos segundos, ni siquiera respira.

Luego desvía la mirada hacia el oscuro perfil del bosque que se extiende más allá del jardín, como si en ese laberinto de sombras pudiera encontrar respuestas a algo que ni él mismo entiende.

Su pecho sube y baja con un suspiro largo, cargado de un cansancio que no tiene nada que ver con el físico.

La luz de la piscina ilumina su rostro a medias: la mandíbula tensa, los labios presionados como si se prohibiera hablar.

Le veo cerrar los ojos, y por un instante parece un niño perdido, frágil y desorientado.

Cuando vuelve a abrirlos, hay algo distinto en ellos.

Como si una grieta se hubiera formado en esa coraza que se empeña en mantener.

Pero no dice nada.

No puede.

O no quiere.

Y eso duele más que cualquier palabra.

Por fin me mira de nuevo a los ojos.

—Lo siento, Sara —musita, con un nudo en la garganta que me sorprende—. A veces puedo ser el ser más miserable de la tierra. Pero es que… no puedo tratarte de otra manera.

Lo siento. No lo entenderías, ¿vale?

Parpadeo demasiadas veces seguidas.

Un segundo de vulnerabilidad en sus ojos.

Y luego su expresión se endurece.

—Aitor, no quiero seguir por el camino de la autodestrucción. Eso es cosa tuya, apáñate tú solito.

Pero créeme: estás tan equivocado en tu manera de ver las cosas… —suspiro, con una mezcla de tristeza y resolución—.

Tú sabrás lo que necesitas en tu vida mejor que nadie.

Tu felicidad es tuya, y, tranquilo: no quiero comprometerla por mi culpa.

Yo tampoco me acercaré más de lo estrictamente necesario.

Me pongo de pie con un movimiento que hasta a mí me sorprende por lo sereno y elegante.

En realidad, por dentro estoy hecha un desastre, pero no pienso regalarle más de mí de lo que ya se ha llevado sin pedir permiso.

Siento su mirada clavada en mi espalda mientras me alejo, como un fuego que me quema la nuca.

No me vuelvo, no pienso darle el gusto.

Este hombre… esta persona que parece haber nacido solo para desestabilizarme, para ser el yin perfecto de mi yang, como si el universo se hubiera reído de mí al unir nuestros caminos.

Es absurdo.

Es peligroso.

Mejor así, mejor tomar distancia.

Verlo solo cuando sea estrictamente necesario, por el bien de mi corazón, de mi paz mental… y probablemente también por la suya.

Tengo que sacarlo de mi cabeza.

Obligarlo a salir.

Luchar con esta mente traidora que ha decidido darle un lugar protagonista que no merece, un lugar que ni mis pensamientos más útiles, más inteligentes, han ocupado jamás.

Esto tiene que parar.

Aunque no tengo ni idea de cómo hacerlo sin sentir que me arranco un trozo de mí misma.

Al final de la velada, por fin parece que nos marchamos.

Estoy deseando poner metros de distancia entre Aitor y yo, lo antes posible.

Y entonces Sonia dice:

—Oye, antes de que os vayáis… Aitor tiene tres días libres. Algo raro en estas fechas, pero han tenido buen arranque y el míster les ha dado descanso. Vamos a irnos de viaje a Formentera.

A ver si os animáis a venir. La semana que viene.

Noto cómo mi madre asiente antes de que pueda abrir la boca.

—¡Qué ilusión! Claro que sí, nos vendrá genial desconectar. ¿Verdad, Sara?

Sonrío con todo el esfuerzo que tengo dentro y miro a Aitor. Su cara es un poema.

Nos entendemos rápidamente con la mirada.

—¿Formentera? ¿En serio? No creo que sea buena idea, acabamos de llegar aquí… yo la verdad que preferiría no ir.

—Sí —insiste mi madre, bajando el tono de voz—.

Nos va a venir bien. Claro que vas a venir, y le vas a pedir disculpas ahora mismo a Sonia.

No es de buena educación rechazar así algo que te ofrecen con toda la ilusión del mundo, sobre todo porque no tienes nada mejor que hacer. Te vienes, fin de la discusión.

No digo nada más. Mi madre está destinada a ponerme las cosas difíciles. Pero al mirar a Aitor, por un segundo, creo ver algo en su cara.

¿Decepción? ¿Sorpresa? ¿Molestia porque casi me niego?

Cuando nos despedimos, los dedos de Aitor rozan los míos por accidente. Es un contacto breve, casi imperceptible… pero suficiente para que el corazón me lata un poco más fuerte.

Camino de casa, mi madre ya habla con entusiasmo del viaje, del hotel, de las islas. Pero en mi cabeza, solo tengo una pregunta:

¿Qué demonios ha pasado esta noche?

Al día siguiente me despierto temprano, mucho antes de lo que esperaba. La casa está en silencio, casi se siente abandonada con mi madre aún dormida tras la cena de anoche.

No quiero quedarme dando vueltas en mi habitación, así que me visto con unas mallas deportivas, un jersey fino y unas zapatillas cómodas.

El cielo está cubierto de nubes blancas y grises, el aire huele a tierra mojada y a sal.

Necesito respirar.

Salgo y me adentro en un sendero que empieza justo detrás del jardín. Los árboles se cierran sobre el camino, formando un túnel natural que filtra la luz del amanecer en tonos dorados y verdosos. El viento sopla suave, me despeina y me enfría la cara, pero se siente bien. Me recuerda que estoy viva.

Que estoy empezando algo nuevo, aunque me duela.

Me pierdo en mis pensamientos: la mudanza, la traición de mi padre, el miedo a no encajar en este sitio.

Me duele el pecho al pensar en todo lo que he dejado atrás, pero también hay un pequeño cosquilleo en mi interior, como una chispa de curiosidad por lo que pueda venir.

Sigo caminando hasta llegar a un pequeño claro desde el que se ve el mar romper contra los acantilados.

Me siento sobre una roca, abrazo mis rodillas y dejo que mi mente divague.

Estoy tan concentrada que no oigo los pasos detrás de mí hasta que una voz profunda y tranquila rompe el silencio.

—No sabía que ya te gustaba perderte por aquí —dice Aitor.

Me giro, sorprendida, y me lo encuentro a unos metros, con un pantalón deportivo negro, solo eso y la mirada fija en mí.

Su pelo está revuelto y su pecho sube y baja con una respiración serena, como si llevara tiempo corriendo.

Es la primera vez que lo veo tan cerca y de día, y me impacta su presencia.

Es casi salvaje. Y tan atractivo que me incomoda.

Tengo que apartar la mirada rápido.

—No estoy perdida —respondo, con un hilo de voz. Me aclaro la garganta—. Solo necesitaba… aire.

—Este es un buen sitio para eso —dice, y camina hasta colocarse a mi lado, lo suficientemente cerca como para que sienta su calor, pero sin invadir mi espacio.

Me sorprende que no intente hacerse el encantador.

Solo está aquí, conmigo, como si no necesitáramos decir nada.

O como si quisiera entender por qué estoy en su mundo.

—¿Siempre sales a correr a estas horas? —pregunto para romper el silencio, sin mirarle directamente.

—Cuando no tengo partido, sí. Aquí es el único sitio donde puedo pensar en paz.

—Hace una pausa, mira el mar conmigo—. Y tú… un giro de 360 grados de Málaga a esto, ¿verdad?

Asiento, incómoda.

No esperaba que quisiera saber mi opinión personal de nada.

—He oído a tu madre contarle cosas a la mía —aclara, como si leyera mi mente—. Debe ser duro dejarlo todo.

Me estremezco, no sé si por el frío que se cuela bajo mi ropa o por lo que acaba de decir.

Me doy cuenta de que no quiero hablar de mi padre, ni de la tristeza que llevo encima, pero sus palabras me reconfortan un poco.

Alguien lo ha notado.

—Lo es —susurro, tragando saliva—. Pero supongo que tengo que acostumbrarme.

—No tienes por qué hacerlo sola —dice, casi tan bajo que no estoy segura de haberlo escuchado bien.

Me vuelvo hacia él, buscando sus ojos.

Son entre miel y verde, con un brillo que parece indescifrable.

Durante unos segundos nos quedamos así, mirándonos, como si todo el bosque se hubiera quedado en suspenso.

—No necesito ayuda —me obligo a decir, volviendo la vista al horizonte.

Pero la verdad es que parte de mí desea que no se aleje.

Él suelta una risa corta, casi sin humor.

—Eres terca. Eso es bueno.

Nos quedamos en silencio de nuevo, compartiendo el sonido del mar rompiendo en la distancia, el canto de algún pájaro escondido y el latido rápido de mi corazón.

Me siento expuesta.

Como si hubiera mostrado más de lo que quería en estos pocos minutos.

Como si este desconocido me leyera con demasiada facilidad.

Pero al mismo tiempo, por primera vez desde que llegamos, siento que tal vez no estoy tan sola.

Lo más desconcertante de todo es que esta persona me da una sensación de hogar infinita, como si no fuera un desconocido.

Aunque me irrita a partes iguales, eso está claro.

Pero hay algo, algo que me ha mantenido toda la noche pensando en él sin cesar.

No puedo evitarlo.

Cuando me pongo en pie para volver, noto su mirada fija en mí.

Caminamos juntos de regreso, sincronizados.

Como si algo invisible ya nos uniera, aunque ninguno de los dos lo entienda todavía.

Cuando me giro hacia Aitor, está completamente sudado, con el torso desnudo y marcado como si lo hubieran esculpido a mano.

El sol que se filtra entre las nubes ilumina sus músculos tensos, haciendo que brillen gotas de sudor que resbalan por sus abdominales y su pecho.

Me quedo un segundo inmóvil, con los ojos clavados en él.

No soy capaz de fingir que no lo estoy devorando con la mirada.

—¿Tienes frío? —pregunta con una ceja alzada y una media sonrisa, como si se divirtiera con mi expresión.

—La de Málaga en jersey en agosto… —respondo, casi en un susurro, consciente de lo ridículo que parezco con mi ropa abrigada mientras él parece sacado de un anuncio de ropa deportiva en pleno verano—. Y tú como si estuviéramos a treinta grados.

Él suelta una pequeña carcajada, grave, que me recorre entera.

Avanza un paso hacia mí, tan cerca que puedo oler el aroma salado de su piel mezclado con un leve toque amaderado.

Mi pulso se acelera al instante.

—Es que me gusta el calor —dice en voz baja, con una mirada que me hace sentir que habla de algo más que la temperatura—. Y no necesito mucha ropa.

Sus ojos se clavan en los míos con tal intensidad que me hacen olvidar por completo dónde estamos.

Me humedezco los labios, nerviosa, y él sigue esa pequeña acción con la mirada, como si se grabara cada detalle.

El silencio entre nosotros es cómodo, pero cargado de electricidad.

Cada vez que nuestros brazos se rozan al caminar, un escalofrío me recorre de arriba abajo.

Intento concentrarme en el camino, pero es imposible no lanzar miradas furtivas a su figura imponente a mi lado.

Se estrecha el sendero entre los pinos y un silencio repentino nos envuelve.

Aitor se queda un paso detrás de mí, y cuando me giro para mirarlo, su expresión ha cambiado: ya no hay rastro del tono juguetón de antes.

Sus ojos brillan con algo que no logro descifrar, como si al verme calara más profundo de lo que quisiera y eso lo hiciera levantar un muro.

Un muro que, por más que me pese, nos separa.

Por un momento, solo nos miramos, atrapados en ese tira y afloja silencioso.

Y entonces, siento que necesito romper esta tensión y le digo:

—Bueno, ya compartimos lugar secreto, ¿eh? —intento, en un intento torpe de acercarme al Aitor que se dejó ver unos minutos antes.

Pero apenas sale la frase de mis labios, su expresión se endurece como si hubiera encajado un golpe.

Sus ojos se oscurecen, y siento cómo levanta su muro en un segundo.

—No te equivoques, princesita —dice con la voz fría como el acero—. Yo siempre estoy solo. No hagas que esto parezca otra cosa.

Mi sonrisa se borra al instante, pero me obligo a sostenerle la mirada, a no mostrar lo mucho que me pinchan sus palabras.

—Tranquilo, Aitor —replico con calma, aunque por dentro me quema—. No soy tan ingenua como para pensar que eres capaz de compartir algo más que tu ego.

Lo dejo plantado, avanzando por el sendero con el corazón latiéndome con rabia, mientras a mi espalda su silencio es tan pesado como el bosque mismo.

Sigo caminando, sintiendo sus pasos detrás de mí, y me doy cuenta de que me arde la cara de la frustración.

Me molesta porque yo no quiero hablarle así.

En realidad, solo quiero lo contrario: que me bese, que me posea, que rompa este muro que levanta cada vez que me acerco.

No entiendo cómo puedo estar pensando esto cuando nunca he sentido nada remotamente parecido a lo que este hombre despierta en mí. Pero es así.

Y me odio un poco por ello.

Porque solo sé responderle tratándolo mal, porque es mi única manera de protegerme cuando él hace lo mismo.

Pero yo no soy así, no estoy cómoda en la lucha de egos, y desde luego es lo último que quiero para nosotros.

Es como si mis palabras afiladas fueran el único escudo que tengo contra el vendaval que me provoca.

¿Pero cómo hacer para que entienda que tratarme mal no me alejará?

Que no importa lo que diga para herirme, porque yo ya estoy perdida en su mirada desde el primer segundo en que nuestras vidas se cruzaron.

Tratarme mal solo significa que voy a tardar más en llegar a su corazón real…

Pero sé que lo tiene. Estoy segura.

Y no pienso rendirme.

A mediodía, mi madre asoma la cabeza por la puerta de mi habitación con una sonrisa tímida.

—¿Te apetece que vayamos a comer fuera? —pregunta con un tono suave, casi conciliador.

Después de los últimos días, siento que también necesita un respiro. Un momento para volver a ser madre e hija, sin gritos, ni silencios incómodos.

Acepto con un simple asentimiento y, en menos de media hora, estamos caminando por el paseo marítimo.

El cielo está encapotado, pero el mar sigue siendo precioso, golpeando las rocas con fuerza.

Nos sentamos en un restaurante frente al mar, de esos con manteles blancos y ventanas enormes.

Pedimos pescado fresco y algo de vino.

Mi madre juguetea con el borde de su copa, como si buscara las palabras. Finalmente, levanta la vista con una chispa que reconozco demasiado bien.

—Anoche, cuando cenamos en casa de Sonia, me di cuenta de algo —dice, midiendo sus palabras—. Ese chico… Aitor.

Es impresionante, ¿verdad?

Trago saliva con dificultad.

El simple hecho de oír su nombre provoca que mi pecho se tense como si hubiera corrido kilómetros.

Intento que no se note, obligándome a mantener la calma.

Pero por dentro, mi cabeza grita. No, mamá, no quiero hablar de él.

No quiero pensar en cómo me mira, ni en lo que me hace sentir.

—¿Impresionante? —repito, fingiendo una risita cargada de ironía mientras aparto la vista hacia el mar—.

Será por su actitud de chulo. Es guapo, vale, pero un gilipollas como pocos.

Quiero que suene rotundo. Quiero convencerla… y convencerme a mí misma. Pero en el fondo, sé que lo único que hago es construir un escudo para protegerme de cómo él me desarma con solo una mirada.

Mi madre arquea una ceja, claramente divertida.

—Bueno, los guapos suelen ser un problema… —dice con un deje de nostalgia que me hace preguntarme en qué momento dejó de confiarme sus pensamientos más profundos—. Pero cariño, solo espero que no te metas en líos.

Este viaje es un nuevo comienzo para las dos, ¿vale?

—Tranquila —respondo, apretando la servilleta entre mis manos—. Lo último que necesito es un lío con alguien como él.

Miento.

Porque mientras lo digo, una parte de mí sabe que ya estoy metida hasta el fondo.

El calor sigue apretando en las horas centrales del día, pero este norte maravilloso me permite el lujo de vestirme como me gusta:

un top de yoga de manga larga, ajustado como una segunda piel, negro y sencillo, que resalta sobre mi mono ceñido color carne.

El pelo en una trenza larga que me llega hasta el trasero.

Me siento cómoda, fuerte, lista para enfrentarme a mis pensamientos a través de mi práctica.

Dejo a mi madre con Sonia en la cocina; las dos están organizando unas compras para la casa. Es el momento perfecto.

Salgo al jardín con mi esterilla —mi fiel compañera de batallas desde hace años— y mi altavoz portátil.

En cuanto la música suena, siento que el mundo desaparece y solo quedamos mi cuerpo, mi mente y cada respiración.

Empiezo suave, moviéndome con la cadencia de la música:

saludo al sol, guerrero I, guerrero II...

Cada transición se siente como un hilo que me une conmigo misma.

El calor de agosto hace que mi piel brille con una fina capa de sudor que me recuerda que estoy viva.

Siento cómo se estiran mis caderas, cómo se liberan mis hombros y se afloja la tensión de mi espalda.

Las piernas tiemblan con cada postura de equilibrio, y eso me gusta: me recuerda que estoy presente.

Pasan los minutos y mi práctica se hace más intensa.

Mi respiración es el único metrónomo que guía mi movimiento.

Y cuando llego al pináculo de la sesión, me coloco en adho mukha vrksasana —la postura del pino— con una precisión que me llena de orgullo.

Desde ahí, encajo el peso y empiezo a doblar las piernas hacia mi cabeza, dejando que mis pies caigan suavemente hacia la coronilla.

La postura del escorpión.

Para muchos, parece imposible. Para mí, es liberadora.

Me recuerda todo lo que soy capaz de hacer cuando concentro mi mente.

Me mantengo ahí unos segundos, completamente inmersa en la música y en la sensación de poder que me recorre.

Finalmente, con un suave impulso, deshago la postura y bajo al suelo, quedándome sentada en posición de loto mientras el ritmo de la canción va apagándose.

El silencio del jardín me envuelve...

Hasta que un movimiento al fondo de mi visión me hace girar la cabeza bruscamente.

Aitor está allí, sentado en uno de los escalones que dividen su jardín del mío, medio apoyado en la verja.

Sus ojos están fijos en mí, abiertos como platos.

—¡¿Cuánto tiempo llevas ahí, idiota?! —grito, alargando la mano para parar la música—.

Esto es un jardín privado, ¿vale? Aunque esté pegado al tuyo, esto es íntimo. Esto es algo personal para mí, estoy muy unida a mi práctica. ¡No es para ti!

Él se levanta despacio, como si no quisiera asustarme.

—No lo sé, Sara… —dice con una voz más suave de lo que esperaba—. No quiero ponerme chulo ni soltar una bordería para luego desaparecer.

Solo puedo decirte que te he visto.

Estabas increíblemente concentrada y… no he podido evitar acercarme. Llevo solo diez minutos observando, pero qué pena no haber venido antes.

Sus palabras me descolocan.

Quiero mantener mi enfado, pero algo en su voz me desarma.

Aun así, me obligo a fruncir el ceño, apretando los labios.

—La última postura que has hecho… —continúa él, dando un paso hacia mí con una mirada que casi me incendia—.

Me has dejado loco, rubia. ¿Cómo puedes ser tan flexible, tan fuerte y tan delgada todo a la vez?

La furia me golpea como una ola.

Me siento expuesta, invadida, como si me hubieran arrancado un trozo de intimidad.

—¡Fuera de mi jardín, Aitor! —le espeto, señalando hacia su casa—. ¡Ya! ¡Y deja de llamarme rubia!

Aitor alza las manos en un gesto de rendición, pero en lugar de irse de inmediato, ladea la cabeza con esa media sonrisa que saca lo peor y lo mejor de mí.

—Vale, vale… me voy. Pero antes de irme… —me recorre con la mirada, de arriba abajo, con una intensidad que me hace hervir de rabia—.

Qué culazo te hace ese mono. Esta noche voy a tener pesadillas…

Suelta con un deje de diversión en la voz, girándose para marcharse a su casa mientras yo siento que quiero lanzarle mi esterilla a la cabeza.

Lo odio.

Lo odio porque no puedo evitar querer que vuelva.

4

AITOR

Camino de vuelta a mi casa, pero apenas veo el camino. Me siento como un maldito idiota: he sido incapaz de apartar la vista de ella ni un segundo desde que la he visto moverse en su jardín como si el mundo le perteneciera. Estoy completamente embobado. Totalmente perdido. Si me atrevo a pensar que voy a dejarla ir, aparece como un huracán y me desmonta en un segundo.

Sara… joder. Ni en mil vidas habría imaginado que conocería a alguien así. Especial no empieza ni a describirla. Es como si su luz me deslumbrara y al mismo tiempo me diera ganas de arrancármela de la cabeza para dejar de sufrir. Porque eso es lo que me provoca: un deseo que me devora por dentro, una necesidad que no entiendo y que no puedo controlar. Y un deseo al que no voy a sucumbir, no quiero estropear nada de su belleza salvaje, de su libertad… de su manera de ver el mundo.

La forma en que su cuerpo se movía, la precisión, la fuerza y la delicadeza a la vez… cada músculo, cada curva, cada gota de sudor que resbalaba por su piel perfecta. Me he sentido como un puto voyeur y, aun así, no podía apartar la mirada. Y no es solo físico. Es… ella. Sale de cada poro. Es su esencia. Su concentración. Esa pasión que pone en todo lo que hace.

Aún puedo olerla, el leve aroma salado y dulce de su piel. Recuerdo cómo sus ojos me fulminaban cuando me descubrió; cómo su voz tembló de furia mientras me echaba de su jardín. Pero lo que más me ha dejado sin aire es que, detrás de su enfado, he visto su vulnerabilidad. He visto que yo también la desconcierto. Que le despierto algo que ni ella misma sabe manejar.

—Estoy jodido… —murmuro en voz baja, apoyando la frente en la puerta de mi casa antes de entrar.

Porque no hay manera. No existe universo en el que me saque a esa chica de la cabeza. Puedo correr kilómetros, levantar el doble de mi peso en el gimnasio, salir con quien sea para distraerme, sumergirme en mis entrenamientos… nada. Nada apaga el fuego que me recorre las venas cuando pienso en ella.

Y la peor parte es que mi cabeza me grita que me aleje, que no puedo permitirme distraerme, que mi carrera, mis objetivos, todo lo que he luchado, no pueden tambalearse por una chica. Pero mi corazón, mi puto corazón, no quiere escuchar razones. Porque ya es de ella. Lo sé. Y me asusta más que nada en el mundo.

Me dejo caer en el sofá, pasando una mano por mi cara, como si así pudiera arrancar el pensamiento obsesivo que me corroe.

—Sara… —susurro de nuevo su nombre, sintiendo que me hiere y me calma a partes iguales. Estoy atrapado. Y ni siquiera puedo escapar.

El despertador no ha hecho falta. Son las siete y media de la mañana y llevo toda la noche sin pegar ojo. He dado vueltas en la cama como un condenado, con sus ojos turquesa persiguiéndome cada vez que cerraba los míos. La sensación es tan potente que me arde en la piel, como si sus manos se hubieran quedado marcadas en mi cuerpo.

Me visto sin pensarlo demasiado: camiseta negra, pantalón corto, las zapatillas listas para devorar kilómetros. Hoy tengo que estar en la ciudad deportiva a las diez para el entrenamiento, pero necesito sacar esta energía antes de que me consuma. Porque lo que siento por ella es como una droga. Un chute que me sube hasta el cielo y me hace creer que podría con todo… y al mismo tiempo me destruye por dentro.

Salgo al jardín y empiezo a trotar cuesta arriba hacia el monte que rodea nuestras casas. El aire de la mañana es fresco, cargado de salitre y humedad, y me golpea el rostro como un latigazo. Pero no me quejo. Aprieto el paso.

Acelero. El corazón me late desbocado, como si necesitara explotar para sacarla de mi cabeza. Cada vez que mis zapatillas pisan la tierra húmeda, siento que libero una parte de la ansiedad que me devora. Cada gota de sudor es como un intento de dejarla atrás.

Pero es inútil. Porque con cada latido, la tengo más presente. La imagino en cada curva del sendero, en cada rayo de sol que se filtra entre las copas de los árboles.

—Joder, Sara… —resoplo, con la voz rota por el esfuerzo, aunque en realidad lo que me asfixia es el deseo.

A pesar de estar corriendo como un poseso, mi cuerpo se siente ligero. Es como si el veneno que me ha inoculado se hubiera convertido en combustible. Y no solo corro, vuelo. Me impulso con una fuerza que no recordaba tener. Mis músculos queman, mis pulmones suplican aire, pero me siento capaz de derribar un tren si se me pusiera delante.

Esa sensación… esas malditas mariposas que me taladran el estómago cuando pienso en ella… me hacen imparable.

Al llegar al claro que domina la costa, me detengo un instante. El mar se extiende bajo un cielo gris, con las olas rompiendo en la distancia. La brisa me enfría el sudor que me empapa. Y pienso que, si esto no es estar enamorado, entonces no sé qué mierda me está pasando.

Respiro profundo. Por un momento, cierro los ojos. Y ahí está de nuevo: su risa, su mirada desafiante, la curva perfecta de sus labios cuando me reta. No hay escapatoria.

Maldigo desearla tanto que me duela. Pero al mismo tiempo, sé que ya no hay vuelta atrás. Porque todo en mi vida, todo lo que creía que me hacía feliz o fuerte, se queda en nada al lado de lo que siento cuando pienso en ella.

Vuelvo a echar a correr, como si pudiera huir de mí mismo. Como si la distancia que recorro pudiera poner espacio entre mi corazón y ese huracán rubio que me tiene al borde de la locura. Y mientras tanto, solo puedo repetirme que tengo que llegar al entrenamiento con la cabeza fría. Que tengo que olvidarla… aunque cada fibra de mi ser grite lo contrario.

Cuando voy de vuelta el sol temprano ilumina el acantilado con un brillo plateado que hace que el mar parezca un espejo en movimiento. Y la veo. Sara, absorta en su mundo, está sentada con las piernas cruzadas sobre mi roca, mi maldito refugio secreto, con un bloc de dibujo sobre las rodillas. Su melena rubia cae desordenada sobre los hombros, agitada por la brisa. El tema de Phil Collins, "In the Air Tonight", sale de su altavoz, y lo reconozco al instante porque la he escuchado mil veces. Y ahora envuelve a Sara y lo que nos rodea en una escena casi irreal.

Me acerco en silencio, cada paso medido, y por fin puedo ver lo que tanto concentra su atención. El dibujo me sacude por dentro como un latigazo. Es un retrato de un hombre, de espaldas, desnudo hasta la cintura, con la musculatura marcada, perfectamente definida en líneas firmes y realistas. Pero lo que me destroza son los detalles: gruesas cadenas enrolladas en sus muñecas, cayendo como serpientes de hierro por sus brazos y torso, y anclándose en un fondo oscuro que se pierde en la nada. El hombre está inclinado ligeramente hacia delante, como si soportara un peso invisible. La expresión que ha logrado capturar en su postura transmite cansancio, rabia, y sobre todo, desesperación. Cada sombra está trabajada con precisión, resaltando los surcos del cuerpo, como si quisiera mostrar el dolor contenido en cada músculo.

Lo que me hiela la sangre es que no hace falta verle la cara: soy yo. Yo soy ese hombre cargando cadenas. Lo siento de inmediato, en lo más profundo de mi pecho. Esa figura habla de mi vida, de mis miedos, de mis demonios. De todas las noches en las que me siento prisionero de algo que no puedo soltar, de la presión que me aplasta, del pasado que me atrapa.

¿Quién demonios eres, Sara? ¿Cómo puedes ver tan dentro de mí sin conocerme de verdad? ¿Cómo puedes retratar mi alma con tanta precisión cuando apenas hemos intercambiado palabras que no fueran pullas o silencios cargados?

La garganta se me cierra de pura emoción. Quiero tocarla, pero sé que la asustaría. Quiero preguntarle por qué dibuja eso, pero no tengo fuerzas para romper el hechizo del momento. Ella sigue pasando el carboncillo sobre el papel, delineando un nuevo matiz de sombra en las cadenas, completamente entregada a su creación.

Estoy completamente jodido. Cada día que pasa, Sara me lleva más lejos de mi propio control. Me rompe y me reconstruye solo con existir. Y no tengo ni idea de cómo voy a sobrevivir a esto.

Decido que ya he visto bastante. La quiero tocar, sacudir, besar, algo. Pero lo único que me sale es romper el silencio con mi voz ronca.

—¿Qué tienes ahí, rubia? —pregunto, intentando sonar casual mientras me acerco un paso más.

Ella se gira sobresaltada, sus ojos azules se abren como platos cuando me ve. El bloc se cierra de golpe entre sus manos, como si la hubiera pillado con un secreto imperdonable. La música sigue sonando de fondo, el tambor de Phil Collins retumbando en el aire cargado de tensión.

—¿Otra vez aquí? —añado, intentando que suene como un reproche, aunque lo que de verdad quiero es quedarme con ella para siempre en este sitio.

Sara me clava la mirada con un fuego que casi me calcina.

—¿Me voy a tener que buscar otro sitio para correr por lo que veo? —continúo con un tono que suena más frío de lo que siento. Es la única forma que conozco de protegerme.

Ella arquea una ceja, desafiante, y suelta un suspiro lleno de rabia contenida.

—¿Tanto te tortura mi presencia, Aitor? —su voz es un susurro cargado de veneno y verdad.

No sabes cuánto…, pienso irónicamente mientras la miro, tan cerca de ella que casi puedo saborear su perfume mezclado con la brisa del mar. Me taladra la cabeza la idea de que todo en ella me atrae como un imán. Pero no puedo dejarlo ver. No debo.

Porque si supiera lo que me provoca, tendría todo el poder sobre mí. Y eso es algo que no puedo permitirme darle a nadie.

—No me tortura —respondo con un deje de burla, inclinándome un poco hacia ella—. Ya quisieras, bomboncito.

Sus mejillas se tiñen de un rojo suave que me vuelve loco. Entrecierra los ojos con un brillo juguetón y me sostiene la mirada, sin amedrentarse ni un milímetro.

—¿Bomboncito? —repite con una risita, aunque enseguida frunce el ceño—. ¿Siempre tienes que actuar como un capullo para sentirte seguro, Aitor?

Su pregunta me desarma por un segundo. Me atraviesa como una flecha. Porque tiene razón. Y odio que la tenga.

—¿Y tú? —replico rápido, intentando recuperar el control—. ¿Siempre dibujas cadenas porque es más fácil pintar tus miedos que hablar de ellos?

Veo cómo su mirada se apaga un instante, como si le hubiera arrancado un secreto que no quería compartir. Pero luego se recompone y alza la barbilla con un orgullo que me enciende.

—Es mejor que guardes tus teorías para ti. No me conoces.

—Quizá quiero hacerlo —digo casi sin pensar, mi voz bajando un tono mientras la distancia entre nosotros se reduce a apenas un suspiro.

Se hace un silencio tan cargado que casi puedo oír cómo chocan nuestros latidos. Ella aprieta el bloc contra su pecho, como si la protegiera de mí, de nosotros.

—¿Y qué harás si lo haces? —pregunta, su voz temblando apenas, como si le diera miedo la respuesta.

—No lo sé —admito con un hilo de sinceridad que me raspa la garganta—. Pero no puedo parar de intentarlo. No contigo.

Y entonces estamos ahí, al borde de algo que ninguno entiende pero que ambos sentimos demasiado intenso como para negarlo.

—Da igual lo que yo quiera conocerte, Sara —suelto al fin, mi voz más rota de lo que querría—. El caso es que no lo voy a hacer. No puedo hacerlo. Porque yo no soy bueno para ti. De ninguna de las maneras, ¿vale?

La miro esperando que diga algo, que me pregunte por qué, que me suplique incluso. Pero lo que veo en sus ojos me golpea como un puñetazo: orgullo herido, pura furia contenida.

—¿Sabes qué, Aitor? —escupe, sus palabras afiladas como cuchillas—. Deja de creerte el rey del mundo. Deja de pensar que estoy detrás de ti o que me muero porque me conozcas. No quiero nada contigo. Igual que tú conmigo. Así que ahórrate el numerito de hacerte el imposible y déjame en paz.

Se gira con un movimiento brusco, recoge su altavoz, su cuaderno, y antes de que pueda reaccionar empieza a correr, sus zapatillas apenas rozando la tierra mientras se aleja como si le fuera la vida en ello.

Me quedo ahí, congelado. Viendo cómo su figura se hace más pequeña con cada zancada, con un vacío abrasador en el pecho que me grita que esto es lo que necesito: que me odie. Que se aleje de mí.

Pero, aun así, duele como el infierno.

5

SARA

El vuelo a Ibiza es breve, algo más de una hora. Pero se me hace eterno. Aitor no se ha quitado los cascos en todo el trayecto. Se ha sentado dos filas más adelante, con las gafas de sol puestas, como si quisiera que el mundo entero desapareciera detrás de un cristal oscuro. Lo que más me molesta es que le funciona: desaparece. Como si nada le afectara. Como si estar aquí conmigo —cerca pero inaccesible— no le provocara absolutamente nada. Me temo que así es.

En el aeropuerto, antes de embarcar, he visto cómo varios fans se le acercaban. Algunas chicas jóvenes, chicos adolescentes, incluso adultos que lo reconocían y le pedían fotografías. Él ha firmado sin entusiasmo, sonreía con educación, y luego se volvió a colocar los cascos. Nunca una palabra de más. Tampoco para mí. Me regaño mentalmente por tonta y esperar significar algo para él, pero es inútil. No lo puedo controlar.

Desde Ibiza, el ferry hasta Formentera es una travesía corta, pero preciosa. El mar es de un azul casi irreal, tan claro que no puedo dejar de mirarlo. Mi madre y Sonia hablan sin parar, felices, comentando el hotel, el clima, los recuerdos. Me limito a escuchar, sin meter demasiada voz. Aitor está apoyado en la barandilla, con el pelo alborotado por el viento, completamente ajeno.

Al llegar al hotel, siento por primera vez un pequeño latido de ilusión. El lugar es espectacular. Todo blanco, pulcro, abierto. Piedra natural, madera clara, palmeras que se mecen con el aire. Una piscina infinita da al horizonte turquesa del mar, y cada rincón huele a calma y lujo discreto.

Cuando entro en nuestra habitación, el cansancio desaparece al instante. Hay una bañera blanca preciosa, empotrada en la terraza, con vistas directas a la playa. Abro el ventanal, siento el aire templado en la piel, y por un segundo creo que nada puede estropear este instante.

—¿Te gusta? —pregunta mi madre desde la puerta.

—Es perfecta —respondo, sincera.

Mi madre entra descalza, con los pies marcando el mármol claro.

—Me alegra. Te lo mereces.

Siento el cambio de tono. Lo veo venir. Mi madre nunca habla así sin una razón detrás.

—¿Pasa algo?

Se sienta en el borde de la cama, sin rodeos.

—Sí. Tenemos que hablar. No hemos comentado nada desde lo de tu padre. Y eso no está bien.

El corazón me da un vuelco. No quiero tener esa conversación. No aquí. No en estas vacaciones.

—Mamá…

—Sara —me interrumpe, sin brusquedad, pero firme—. Sé que te he hecho cargar con mi dolor. Lo sé. No es justo. Yo estoy rota. Y tú también. Pero no he sabido ayudarte.

Me siento junto a ella, con la mirada en el suelo.

—Yo tampoco he hablado. Pensé que si lo ignorábamos, dolería menos.

—Pero duele —dice, bajando la voz—. Y aún dolerá.

Hace una pausa y me mira con los ojos llenos de lágrimas.

—Lo que más miedo me da —continúa—, es que te cierres al amor. Que creas que todo es mentira, que todos los hombres fallan. Que lo de tu padre te haya dejado con la idea de que nadie merece tu confianza. No quiero que termines como yo. Quiero que tengas cabeza, sí. Pero también corazón. Que, si el amor se cruza en tu camino, sepas verlo. No quiero que te desengañes antes de vivirlo.

Trago saliva. Me tiemblan los dedos.

—¿Y si no me cruzo con eso nunca?

Mi madre me mira con ternura.

—Entonces te vas a cruzar contigo. Y eso también vale. Pero no te pongas una coraza tan pronto. Estás de vacaciones. Permítete disfrutar. Respira. Baila. Mira. Siente. Por primera vez en mucho tiempo, permítete vivir.

Me quedo callada un rato. Mi madre me acaricia el pelo, igual que cuando era niña. Y sin decir nada más, se marcha. Se va a la playa con Sonia y Asier.

Cuando me quedo sola, salgo a la terraza. La bañera está ya llena. El reloj indica las 12:42. Me quito la ropa despacio, sin prisas. Me meto en el agua caliente, con las piernas estiradas, la cabeza hacia atrás y los ojos cerrados. Desde mi posición, veo una esquina de la piscina del hotel. Y ahí está él.

Aitor.

Con un bañador oscuro, apoyado en una tumbona. Torso al sol. Gafas puestas. Escuchando música, probablemente. Con esa tranquilidad suya que parece arrogancia, pero que ahora, después de escuchar a mi madre, tal vez es algo más.

¿Por qué cada segundo que pasa, siento más ganas de que me toque?

La hora que paso en la bañera me relaja de una forma que no sé explicar. El agua caliente, el silencio, el vapor… todo me envuelve como si el mundo se hubiera detenido un rato solo para mí. Pero el estómago me ruge, así que no me queda otra que bajar a la playa y ver qué plan tienen los demás.

Me pongo un bikini negro que se ajusta como una segunda piel y encima uno de esos vestidos de encaje blanco, ligeros, que dejan ver lo justo: mis curvas, mis piernas, el dibujo del sol en mi piel. El pelo me ha quedado con unas ondas suaves, naturales, de esas que solo salen bien cuando no las buscas. Está brillante, todavía húmedo, y suave al tacto. En la cara, apenas un poco de rímel y mis pecas, que ya se asoman más con el sol.

Me coloco las gafas de sol, cojo mi neceser, y salgo. El día es espectacular, de postal. Hace calor, mucho, pero aquí no pesa. Mi cuerpo y mi cabeza han entrado oficialmente en modo vacaciones desde que puse un pie en la isla. Tiene algo mágico, algo que me desenrosca por dentro.

Cruzo la zona de la piscina, que conecta directamente con la playa. Paso por el rincón donde hace un rato estaba Aitor, pero no hay ni rastro de él.

Cuando llego a la arena, veo a los tres charlando en el chiringuito. Están relajados, riendo, con los pies descalzos sobre la madera. Pero Aitor no está.

—Hola... ¿Qué hacéis? ¿Cómo va el día? —pregunto mientras me acerco.

—Estupendo, cariño. ¿Y tú? —responde mi madre, pasándome la mano por el pelo de arriba abajo como si tocara una melodía.

—Muy bien, solo que venía a preguntaros si tenéis algún plan para comer, porque me muero de hambre.

—Ahora mismo nos preparamos para salir, cariño —dice Sonia, con ese tono dulce que siempre usa conmigo.

—¿Por qué no subes a avisar a Aitor? Está en su habitación. Nos vemos todos en la recepción para salir, ¿vale?

—Vale.

Emprendo el camino de vuelta hacia el hotel. No sé por qué estoy nerviosa, pero siento el corazón en la garganta. Vuelvo a pasar por la piscina, que está casi vacía. En una esquina hay un grupo de chicos —cinco, quizás seis—, todos morenos, guapos, con ese aire de lujo casual que tiene la gente que parece vivir en vacaciones permanentes. A lo mejor extranjeros, probablemente ricos.

Uno de ellos dice algo en voz baja cuando paso. Me pongo roja como un tomate y bajo la cabeza. Camino rápido, sin mirar atrás. No quiero saber qué ha dicho.

Llego a la habitación de Aitor. Llamo varias veces, pero nadie responde.

—¿Dónde demonios se habrá metido...? —murmuro, fastidiada.

Estoy a punto de darme la vuelta y bajar de nuevo cuando lo veo aparecer al final del pasillo. Camina hacia mí con la toalla colgada del cuello, el torso desnudo, unos shorts deportivos y ese andar despreocupado que parece suyo incluso cuando no hace nada.

Madre mía. Su cuerpo es como un catálogo de músculos que no sabía ni que existían. Todo en él está bronceado, húmedo, perfecto. El pelo revuelto por el sudor, los labios entreabiertos. Creo que voy a desmayarme cuando se acerca.

—¿Qué haces aquí, rubia? —me suelta con media sonrisa.

—¿Siempre vas a hacer lo contrario de lo que te diga? —le digo, cruzándome de brazos—. Entonces sí... llámame rubia siempre, que me encanta.

—No. Voy a hacer lo que me dé la gana. Siempre. En cada momento de mi vida —responde sin pestañear.

Me dice eso, mirándome con esos ojos que no parpadean, como si estuviera leyendo algo en mi cara que ni yo misma sé que llevo escrito. Trago saliva, porque lo siguiente que me sale decir es cualquier tontería, y no quiero parecer idiota. Me echo el pelo hacia un lado, más por tener algo que hacer con las manos que por coquetería... o tal vez sí.

—Perfecto. No me sorprende entonces que ignores que te están esperando para ir a comer.

—¿Me están esperando? Pensaba que aún era pronto —dice, sin moverse, con esa maldita sonrisa torcida que usa como si fuera consciente del poder que tiene sobre todo lo que lo rodea. Incluida yo.

—Sonia me ha dicho que te avisara. Así que... aquí estoy, cumpliendo órdenes. No te acostumbres.

—¿Y si quiero acostumbrarme?

Lo dice más bajo, como si no fuera del todo una broma. Yo no sé si es el sol o qué, pero me arde la piel. Aun así, levanto una ceja, intentando parecer más firme de lo que estoy por dentro.

—Entonces tendrás que empezar a portarte bien.

—¿Y quién decide qué está bien y qué está mal? —pregunta, caminando lentamente hacia mí, reduciendo el espacio entre nosotros a nada. Huele a sal y a sol y a algo indefinido que me enciende todos los sensores.

—Yo —le contesto, casi en un susurro, sin apartar la mirada.

Durante un segundo, ninguno dice nada. Me late el pecho con fuerza, como si todo mi cuerpo se hubiera aliado para delatarme.

Y entonces, con una media sonrisa, se da la vuelta y camina hacia su habitación, dejándome allí plantada, temblando un poco.

—Cinco minutos, rubia. Y bajo —dice sin girarse, pero sé que sonríe.

Yo niego con la cabeza, porque este chico tiene el don de hacerme perder el equilibrio sin siquiera tocarme. Y lo peor es que me gusta.

Mientras espero a los demás en la recepción, recargando mi mochila sobre el sillón y jugueteando con las gafas de sol, mi móvil vibra. En la pantalla aparece "Aitana". Mi amiga de toda la vida, desde que jugábamos con pañales y chupete, la que me conoce hasta los huesos. Hace una semana que me he mudado de Málaga y no hemos hablado apenas nada, así que me sorprende y me alegra recibirla.

—¡Aitanaaa! —le digo, pulsando el icono verde sin pensarlo dos veces.

—¡Sara! ¿Cómo va todo por Formentera? ¿Qué tal el hotel? —pregunta enseguida, esa mezcla de curiosidad y cariño que solo tenemos las amigas de años. Se le nota en la voz que va a soltarse a hablar. — Sabía que no ibas a responder a los mensajes, de modo que es mejor llamarte.

Me recuesto en el sofá, rodeada del murmullo lejano de risas y el tránsito de personas en la recepción. Sonrío y empiezo a contarle:

—Esto es un lujo, tía. Te habría encantado verlo: una piscina diminuta, pero sale directita a la playa… —respiro, para luego seguir con mala leche—. Y lo mejor… mi madre se ha traído en la maleta unas sobres de jamón envasado del súper. Lo veía en las paredes del descanso, y decía: «Esto lo tenemos que probar en la piscina». Lo he soltado con todo el sarcasmo posible. ¿Sobres de jamón? Aquí, en Formentera. Madre mía —Me río, pensando en lo absurda y encantadora que puede llegar a ser mi madre cuando se obsesiona con esas rarezas.

—¡Ja! —le oigo reír al otro lado—. Tu madre siempre con lo suyo. Pero hija, disfrútalo. Y ese Aitor… cuéntame más. Dijiste que es futbolista. Estás muy seca con los mensajes en el grupo, nos cuesta sacarte las palabras.

—Sí —cuento de forma casi tímida—. Pero, eso no me interesa. De verdad. Que sea futbolista es casi un obstáculo para mi más que otra cosa. Lo que me tiene en otro sitio es él. Lo vi y… se me trastocó todo. No puedo sacarlo de la cabeza. Llevo una semana aquí y lo conozco solo de dos días, pero estoy… tan loca. Literalmente, me siento tonta.

—Sara —empieza ella, con voz seria—. No eres tonta. Eres un pibón, por dentro y por fuera. Pero ¿el cómo es? Una cosa es guapo, otra... ¿un chico que no inspira confianza?

—Eso es. Siento cosas raras. Creo que arrastra traumas —susurro con cierto miedo—. Actúa raro. Me dice cosas, luego parece que se aleja. No sé si es falta de compromiso, o si... está huyendo de algo.

—Sara —me regaña, pero con cariño—: no necesitas eso. No necesitas más drama. Cuando empieces la universidad, va a haber tanto rollo nuevo que... merece la pena estar con un chico normal, corriente, con sus cosas normales y corrientes. Nada tan intenso ahora. Nada que te haga dudar.

Me quedo en silencio. Tiene razón. Tal vez lo que más sentido tiene es no enredarme con Aitor. Porque parece claro que él no está dispuesto a comprometerse... o al menos eso me transmite.

—Oye —cambia de tono, entusiasta—. Antes de que empiece la uni, voy a ir unos días a verte. Quiero arreglarlo todo y contarte todos los cotilleos de Málaga. Y nos vamos a pasar la noche en vela como en los viejos tiempos.

Me llena el pecho de felicidad. Soy incapaz de fingir que no estoy emocionada.

—¡Eso sería perfecto! Te necesito ya aquí, Aita.

—Ya verás qué guay. Te mando mensajes con todo —me dice, y se despide—. Cuídate, y pásalo bien hoy. ¡Nos vemos pronto!

Cuelga. Siento el silencio del vestíbulo de repente demasiado intenso. Me quedo mirando por el ventanal que da a los jardines salvajes que rodean la recepción. Una explosión de buganvillas, palmeras y arbustos autóctonos que se revuelven al viento. Vuelvo a respirar, intentando estabilizar mis pensamientos. Las palabras de Aitana me rondan la cabeza: "mereces estar con un chico normal, corriente... nada de más drama".

Queda ese pensamiento flotando en mí. ¿De verdad tendría sentido no enredarme con Aitor? Con ese chico de mirada profunda, que hace que al verle por primera vez el mundo se me vaya de sitio. No solo por su cuerpo —que también—, sino por la energía que transmite: salvaje, complicada, impenetrable.

Justo cuando mis reflexiones empiezan a escurrirse hacia la quietud, hay un crujido de pasos detrás de mí. Me giro. Y está él: un chico recién llegado del pasillo. Es altísimo, mucho más que Aitor, moreno, ojos azules, con ese tipo de belleza que te deja sin aliento. No huele a esfuerzo ni a sudor recalentado —su aroma es limpio, fresco— pero igual de seductor.

Lo miro un segundo y, sorprendentemente, no siento ese cosquilleo estomacal que Aitor provoca. Con él mi estómago no se interesa, mi cabeza no se acelera, mis nervios no saltan. Me sorprende la calma que me invade. El vestíbulo está lleno de turistas, mesas, gente entrando y saliendo, pero él aparece tan claro y tranquilo que mi mirada recae en él.

Él se acerca con una sonrisa educada y una confianza sobria

Su sonrisa es abierta, sin dobleces. No tiene la intensidad espectral de Aitor, pero sí honestidad. Estoy desconcertada: ¿este chico podría ser la alternativa segura? ¿El "normal y corriente" que sostiene Aitana?

Me mira de manera divertida y responsable. "Extranjero, probablemente rico, como los demás", pienso, y entonces caigo en la cuenta de que es uno de los chicos que estaba en el grupo de la piscina.

6

AITOR

12:45

Estoy tumbado en la piscina, con los ojos cerrados, como si eso bastara para acallar la tormenta en mi cabeza. El sol me calienta la piel, pero por dentro siento frío. Un frío inquieto, nervioso. No sé qué me pasa. No puedo relajarme. No consigo quedarme quieto ni un minuto sin que mi mente me grite. Me levanto. No he desayunado apenas, pero no importa. Necesito moverme. Necesito ahogar todo esto en sudor. Me dirijo a mi habitación. Me calzo las zapatillas, y en menos de diez minutos estoy en el gimnasio.

Nada más entrar, subo la música al máximo y me subo a la cinta. Empiezo corriendo suave, pero pronto acelero. Las piernas responden, como siempre. Mi cuerpo sabe obedecer. Pero mi cabeza no. Y entonces, ahí está otra vez. Ella. Sara. Esa melena rubia platino que parecía capturar toda la luz del jardín. Esos ojos turquesa, demasiado intensos para mi paz mental. Ese cuerpo que parece esculpido para el pecado, pero que se mueve con la inocencia de quien aún no ha sido roto por la vida.

¿Y qué demonios me pasa con ella? ¿Por qué no puedo dejar de pensar en esa chica? Apenas hemos cruzado palabras, pero siento que me está atrapando. Me irrita, me descoloca, me enfada. Y ahora… me enciende. Acelero más. Corro como si pudiera huir de su imagen. Como si el deseo se pudiera quemar como una caloría más. Me bajo empapado, resoplando, y me tumbo en la colchoneta. Empiezo a hacer estiramientos. Me obligo a centrarme en la respiración, en el equilibrio, en lo tangible. Pero ni el control del cuerpo puede frenar el caos de la mente.

No puedo permitir que esto avance. No puedo. Sara no es para mí. Es una niña. Una recién llegada que aún no ha aprendido lo duro que puede ser este mundo. Yo… yo no puedo enseñárselo. No sería justo. No puedo arrastrarla conmigo.

Y entonces pienso en Mónica. Mi… ¿novia? ¿Lo es, realmente? Nadie la conoce. Ni mis padres, ni la prensa. Ni siquiera mis amigos cercanos. Ha estado ahí, siempre al margen, en la sombra. Como una especie de amiga con derechos de los que nadie habla. Una presencia constante, pero invisible. ¿Eso es una relación? ¿Eso es amor? No. Es una costumbre. Un refugio donde no se exige, no se pregunta, no se sueña. Mónica sabe quién soy. Qué hago. Qué me gusta. Y lo acepta sin condiciones.

Sara no. Sara se asustaría. Me miraría como si no pudiera entenderme. Como si fuera de otro planeta. Y con razón. A ella le gusta el orden, la luz, la limpieza emocional. Yo soy sombra. Exceso. Instinto.

Tengo que quedar con Mónica. Necesito recordarme por qué estamos juntos. Necesito que su cuerpo apague el incendio que me está provocando Sara. Necesito destruir la fantasía antes de que empiece a doler.

Pero en el fondo sé la verdad. Lo sé con una claridad brutal: lo que siento por Sara no es solo atracción. Es ese deseo salvaje que crece donde antes había rabia. Ese impulso que se alimenta de lo prohibido. Es peligroso. Es real. Y tengo que matarlo. Tengo que mantenerla lejos. Por ella. Por mí. Porque si se cruza demasiado en mi camino… no voy a saber parar. Y si no paro, voy a arrastrarla al lugar del que yo llevo años intentando salir.

Cuando bajo al vestíbulo, listo para salir a comer, me acerco al mostrador de recepción. El recepcionista, un tío con cara de lunes, me tiende unas llaves sin hablar mucho. En el llavero cuelga el logo de Yamaha y me basta un vistazo para saber que es la TMAX. Deportiva, potente y elegante. Justo lo que necesitaba.

Sara ya está aquí. Sola, de pie junto a una columna. Lleva un vestido corto y vaporoso, el pelo aún algo húmedo, y una expresión tranquila que me hace doler el pecho.

Un chico se le acerca. Muy guapo. Piel tostada, ojos claros, acento extranjero cuando habla.

—¿Eres de aquí? —le pregunta, con un español simpático y torpe.

Sara le sonríe.

—No, del norte.

Y me provoca una sensación agradable que considere mi hogar su hogar y no haya dicho "de Málaga". Qué sorpresa.

—Ah, de la lluvia —bromea él—. ¿Y te gusta el sol de aquí?

Si supiera de dónde es en realidad sabría que está haciendo el ridículo. Pero sigo de espectador. Por suerte, Sara no se ha dado cuenta de mi presencia.

—Me gusta la calma —responde ella, amable pero distante.

—¿Te puedo invitar a cenar esta noche? —insiste él, con una sonrisa amplia.

Me detengo en seco al oírlo. Quiero partirle la cara al tío este ahora mismo. Pero me quedo al margen, escuchando, sin poder evitarlo.

Sara se ríe, algo incómoda.

—No creo… estoy aquí con familia.

—Pero dentro del hotel. Nada raro. Solo comida y buen vino.

—No sé… —titubea.

Aprieto los puños. ¿De verdad se lo está pensando? ¿Va a cenar con este idiota que no conoce de nada? Antes de que sea consciente, estoy dando dos pasos hacia ellos.

—Sara —digo, en voz clara—. ¿Todo bien?

Ella me mira, sorprendida. El chico también.

—Sí —responde ella—. Estábamos hablando.

No digo nada más. Pero me quedo junto a ella, invadiendo el espacio. Como si le dijera al otro, sin palabras, que se fuera.

Y entonces ocurre.

—Está bien —dice Sara, volviéndose hacia el chico—. Acepto. Podemos cenar esta noche. Dentro del hotel.

Siento el golpe en el estómago como una patada.

El chico sonríe, le da su número, y se marcha.

Sara no dice nada. Solo me sostiene la mirada un segundo más de lo necesario.

Y, sin responder, saco el móvil. Un mensaje nuevo. De Mónica.

"Estoy en Valencia con Bea, cuando vuelvas de Formentera hacemos plan tú y yo, ¿vale?"

Lo leo.

Lo vuelvo a leer.

Y siento lo mismo que cuando alguien me habla de un plan en el que no tengo ningún interés. No quiero verla. No me importa.

Solo me importa esta chica con la que no debería meterme.

Aun así, respondo:

"Vale, hablamos cuando vuelva."

Y cierro el móvil.

Porque Sara es terreno prohibido. Pero ya empieza a parecer lo único que vale la pena cruzar.

Nos dirigimos todos hacia el pequeño aparcamiento de arena, fuera del hotel. Pienso en la escena que acaba de pasar con Sara y ese tío en mis narices hace solo un momento. Algo en mí se crispa. No sé qué me molesta más: que le sonría, que él la mire así, o que ella lo permita. Aprieto los dientes, reprimo el impulso de volver sobre mis pasos, de marcar territorio que ni siquiera debería ser mío.

Cuando Sara se reúne con nosotros, guarda el número en su bolso como si no le importara. Pero lo ha guardado.

—Bueno, ¿todos listos? —dice mi madre con alegría—. El coche está allí, al fondo.

Marta y Asier se adelantan con ella. Yo me quedo atrás, junto a mi moto. No lo pienso demasiado, solo actúo. Abro el maletero, saco el segundo casco y, cuando Sara pasa junto a mí, se lo extiendo sin una palabra.

—¿Qué...? —me mira confundida.

—Te vienes conmigo —le digo, directo.

—Nunca he subido en una moto, Aitor. Me da... respeto —admite, bajando la voz.

—Sara, no. Ella viene mejor en el coche —interviene su madre de inmediato, como si la simple idea de que su hija monte conmigo fuese una ofensa personal—. Las motos son peligrosas.

La situación me divierte un poco. Pero también me toca una fibra sensible. Esta necesidad de control que parece tener el mundo sobre Sara... como si nadie esperara que ella pudiera elegir. Como si nadie creyera que puede manejar el riesgo.

Me acerco un paso. Clavo mis ojos en los suyos. Mido mis palabras, y bajo la voz justo lo necesario.

—¿Confías en mí?

Y ahí está. La chispa. El instante suspendido en el que sé que, si me dice que no, será lo correcto. Pero si dice que sí... estaremos jodidos los dos. Ella duda. Sus ojos recorren mi cara, como si buscaran una grieta. Pero no la encuentra. Y sin decir nada más, toma el casco de mis manos. Se lo pone. Se sube detrás de mí. Y en cuanto noto sus brazos rodeándome la cintura, el calor de su cuerpo pegado al mío, su respiración cerca de mi cuello... sé que esta es una mala idea. Pero también sé que no cambiaría ni un segundo de lo que está a punto de pasar.

Acelero.

Apenas salimos a la carretera, el aire cambia. El rugido suave de la moto se mezcla con el viento salado que azota la costa. El motor vibra bajo mis piernas, pero lo que de verdad siento es a ella. Sara. Pegada a mi espalda. Su respiración cerca de mi cuello. Sus manos, al principio tímidas, luego firmes, rodeándome la cintura. Como si no quisiera caerse... o como si no quisiera soltarme.

Tomamos una curva amplia y la carretera empieza a descender en espiral hacia el sur de la isla. El paisaje es de postal. A un lado, el mar resplandece con una gama imposible de azules, desde el turquesa hasta el índigo más profundo. Al otro, pinos bajos, retorcidos por el viento, se inclinan hacia la carretera como si quisieran saludarnos. El sol cuelga alto aún, pero empieza a dorarlo todo con una calidez suave, como si el día supiera que está por despedirse.

Siento cómo Sara se acomoda un poco más contra mí en las curvas. Me sigue el movimiento como si lo conociera de antes, como si confiar en mí fuera lo más natural del mundo. No dice nada. No lo necesita. Está en silencio, pero no es un silencio incómodo. Es un silencio cargado, como si los dos estuviéramos escuchando lo mismo sin hablarnos: los latidos acelerados, el aire en la cara, el vértigo de lo que no debería estar pasando... pero pasa.

Cuando atravesamos un tramo donde el asfalto se estrecha, pasamos junto a una cala casi escondida entre acantilados. El agua allí es cristalina, y hay peces visibles desde arriba. Sara apoya la mejilla contra mi espalda, por un instante. Apenas un segundo. Pero suficiente para que se me dispare todo por dentro.

Quiero mirar atrás. Quiero ver su cara. Pero no puedo. Y quizá eso lo hace más intenso. Acelero un poco. No por prisa, sino porque necesito pensar en otra cosa. Porque si sigo sintiendo sus piernas contra las mías, su cuerpo encajado con el mío como si hubiéramos nacido para esto... voy a perder el control. Y no puedo. Ella no sabe quién soy del todo. No sabe lo que arrastro. Ni lo que oculto. Y yo no tengo derecho a hacerle hueco en este mundo mío tan roto. Pero maldita sea... qué jodidamente bien se siente tenerla así, aunque sea solo por un camino hasta una cala cualquiera.

Llegamos. Freno con suavidad. Me quito el casco sin mirar atrás aún.

—¿Estás bien? —pregunto, con la voz más baja de lo que pretendía.

—Sí —responde ella, quitándose el casco. Está despeinada, tiene las mejillas rojas, y sonríe sin saber que lo hace.

El sol cae con fuerza, pero no molesta. Es ese calor seco, limpio, que te acaricia la piel en lugar de aplastarte. Formentera parece pintada a mano, con sus aguas absurdamente azules y esa calma que solo se rompe con el murmullo de las olas.

Estamos comiendo en un restaurante pegado literalmente a la orilla. Todo es blanco: las sillas, los platos, las risas. Hay vino frío, marisco fresco y gente sonriendo, como si el mundo fuera fácil. Como si la felicidad no costara.

Yo no tengo hambre. Pico algo de pulpo con alioli y juego con el pan entre los dedos, fingiendo que escucho la conversación. Pero la estoy mirando a ella. No me lo explico. Desde que apareció, es como si hubiera abierto algo dentro de mí. Algo que llevaba años cerrado con llave. Aunque me saca de quicio también. Me habla como si me conociera de toda la vida, como si pudiera verme por dentro. Me desafía. Me evita. Me mira. Y yo no soy de mirar dos veces a nadie, pero a ella... no puedo dejar de hacerlo.

Está justo frente a mí. Vestido suelto, aireado, con esos ojos turquesa que parecen sacados de otro mundo. No dice mucho, pero se ríe con mi madre, con la suya, con mi padre.

Encaja como si llevara años aquí, y eso me jode. Porque no quiero que me guste. No quiero que se me cuele.

Entonces mi madre dice:

—He alquilado un barco para esta tarde.

Casi se me atraganta el vino.

—¿Un barco? —dice Marta, sorprendida.

—Sí —responde mi madre, sonriendo como si hubiera ganado un premio—. Vamos a recorrer calas privadas, con máscaras y todo. Nadaremos entre peces. Quiero que sea un día inolvidable.

Inolvidable. Genial.

Paso la lengua por los dientes y bebo más vino. Intento no mirar a Sara, pero la noto moverse. Sé que ha cruzado las piernas. Sé que me está mirando también, aunque finja que no.

Mi madre me lanza una mirada. Sabe que esto no me hace gracia. Yo detesto estos planes improvisados, pero no digo nada. Bastante tengo con luchar contra el calor en el pecho cada vez que esa rubia me roza con una palabra.

No quiero compartir un barco con ella. No quiero ver su cuerpo mojado, ni su piel al sol, ni sus piernas entrando en el agua. Porque sé lo que va a pasar. No con ella. Conmigo. Me voy a perder. Y eso no puede pasar.

Sara no es para mí. Tiene una luz que no merece ensuciarse con mi sombra. Ni con mi historia. Ni con mi vida. Es de las que cree todavía en cosas buenas. En personas buenas. Yo no soy eso.

Pienso en Mónica. Tengo que llamarla. Recordarme que tengo algo estable. Algo que me ata a tierra. Porque si no me aferro a eso, voy a hacer una estupidez.

—¿Estás bien? —me pregunta mi madre bajito, tocándome el brazo.

Asiento. Sonrío. O lo intento.

Me doy cuenta de que Sara me está observando, con la cabeza ladeada, como si intentara leer algo más allá de la superficie. Me aguanta la mirada. Me gustaría que sí me temiera. Que no fuera tan valiente. Porque la única forma de protegerla de mí... es que se mantenga lejos. Y en un maldito barco, eso no va a ser fácil.

El barco se desliza sobre el agua como si flotara en el aire. Estoy apoyado contra la barandilla, en silencio, pero con el corazón desordenado. Hasta que la veo después de intentar no mirarla en todo el trayecto.

Con sus gafas de sol oscuras, el pelo suelto agitándose al viento como un anuncio de perfume. El bikini le queda perfecto: sin pretensión, sin artificio. Su cuerpo es armonía pura, como si no tuviera que hacer ningún esfuerzo por destacar. Camina descalza por la cubierta con esa seguridad tranquila que me desarma cada vez más.

¿Cómo se puede ser tan jodidamente natural y tan sexy al mismo tiempo?

El capitán, un tipo canoso con voz ronca, señala con el brazo extendido:

—A unos dos kilómetros está Es Caló des Mort, una playa virgen preciosa. Desde aquí casi no se ve, pero el agua es cristalina y vale la pena. Eso sí, solo se puede llegar nadando. No hay acceso por tierra ni con la lancha.

—¿Dos kilómetros? —dice mi madre, riendo—. ¡Ni loca! Yo me quedo aquí con mi copa.

—Yo también paso —dice mi padre, levantando su cerveza.

—Demasiado esfuerzo para unas vacaciones —añade Marta.

Entonces, la voz de Sara corta el aire:

—Yo me apunto. ¿Alguien viene conmigo?

Silencio.

No lo pienso dos veces.

—Venga. Yo te acompaño.

Sara me mira, sorprendida. Asiente con una sonrisa pequeña, pero genuina.

Nos lanzamos al agua uno tras otro, y comenzamos a nadar. El mar está en calma, la brisa acaricia la superficie y el sol dibuja destellos dorados a nuestro alrededor. Voy nadando a su ritmo, sin prisa, disfrutando del silencio entre brazadas.

Entonces la escucho.

—¡Ahhhh!

Giro la cabeza. Sara patalea de forma extraña, se ha frenado y mira el agua con nerviosismo.

—¡Una medusa! ¡Es enorme!

Me acerco a ella en segundos. No llora ni grita, pero tiene la cara tensa, los ojos abiertos como platos.

—Tranquila, tranquila —le digo—. No te ha tocado, ¿vale? Estás bien. La he visto pasar, ya está lejos.

Sara asiente, pero se le nota alterada.

—Me he bloqueado —dice—. No podía moverme.

Me coloco junto a ella, nadando con una sola mano y ofreciéndole el brazo.

—Ven, agárrate. Te llevo el último tramo.

Ella duda, pero luego lo hace. Se aferra con suavidad, como si no quisiera parecer débil. Y siento cada centímetro de su piel contra la mía.

Cuando llegamos a la orilla, la playa está completamente vacía. Arena blanca, agua cristalina. Paz total. El barco es un punto lejano. El mundo, algo que ocurre en otro lugar.

Sara se sienta en una roca plana, dejando que el sol seque su piel. Su melena rubia, aún mojada, le cae desordenada por la espalda. Hay gotas que resbalan por sus clavículas, y tengo que mirar a otro lado para no perder el poco control que me queda. Luego se tumba en la arena, cierra los ojos y comienza a respirar profundamente. Lenta, centrada. El pecho subiendo y bajando con ritmo exacto.

—¿Qué haces? ¿Esas cosas de yogui de respirar y sentir la vida? —pregunto, con tono burlón, sentándome junto a ella.

Ella entreabre un ojo, sonríe y me dice:

—Déjame ayudarte a disfrutar de este momento. De lo bonito que tiene la vida para ofrecernos. Solo por unos minutos. Cierra los ojos.

Y, contra todo pronóstico… lo hago.

Respiro. Siento la brisa, el calor en la piel, el murmullo del mar. El corazón, aún alterado.

—Eres tan bonita —digo, sin pensar. Lo suelto. Como si me pesara en la boca. Como si llevara demasiado tiempo callándolo—. Tan jodidamente bonita que no sé qué hacer contigo.

Sara me mira. Sus ojos turquesa se clavan en los míos. Frunce ligeramente el ceño.

—Aitor… no entiendo nada.

Trago saliva.

—¿El qué?

—Tú. Me tienes completamente despistada. Me das señales contrarias todo el rato. A veces pareces odiarme. Otras eres amable. Luego otra vez brusco, frío, como si te molestara que respire. No sé qué pensar.

Sus palabras no tienen rabia, tienen tristeza. Dolor. Me duelen más de lo que esperaba. Me siento a su lado. Tomo aire. Miro hacia el mar en lugar de mirarla.

—Tienes razón. Y lo siento. No sé por qué actúo así contigo. Estoy perdido, Sara.

Ella no dice nada, pero sé que espera.

—Me gustas —añado—. Me gustas mucho. Pero no pertenecemos al mismo mundo. Ya te he dado algunas pistas. Y no te voy a decir más. Solo que yo no soy para ti.

Me giro, y por primera vez desde que hemos llegado a esta cala, la miro directo, sin apartar los ojos.

—Y como parece que soy demasiado débil para alejarme… te toca ser a ti la fuerte. La que consiga separarse de mí.

La expresión de Sara cambia. Baja la mirada, aprieta los labios. Está dolida. Sé que está dolida. Me duele verla así. Pero es lo único que puedo hacer. Alejarla antes de arrastrarla conmigo. Recoge los brazos sobre las piernas, abrazándose, como si necesitara protegerse de mis palabras más que del viento. Cuando por fin habla, su voz suena distinta. Suave. Pero firme.

—No soy tan fuerte, Aitor. Y tú no eres tan débil como dices. Si de verdad quisieras alejarme, no estarías aquí conmigo ahora mismo.

Y se levanta. Camina hacia la orilla sin decir más, dejando que la brisa y el silencio se encarguen del resto.

Cuando llegamos al hotel, Marta se gira hacia Sara:

—Ese chico tan guapo... el del vestíbulo. ¿Vas a cenar con él?

Sara, que se seca el pelo con una toalla, responde sin dudar:

—Sí. Me ha invitado a cenar esta noche en el hotel.

Marta asiente con una sonrisa.

—Me parece muy bien. No tiene por qué pasar nada. Solo... disfruta.

No digo nada. No puedo. Pero me hierve la sangre. Me voy directo a mi habitación. Cierro la puerta con rabia contenida.

¿Qué estoy haciendo?

Y sé la respuesta: enamorarme de quien no debo.

7

SARA

Aitor me tiene tan confundida que apenas puedo recordar cómo empezó esta tarde. La cala, el mar, su piel dorada bajo el sol... y esas palabras que aún me retumban en la cabeza: *"Me gustas, pero no pertenecemos al mismo mundo."*

¿Qué significa realmente? ¿Hay algo más detrás de su forma de alejarme cada vez que intento acercarme? Me muero por entenderlo, pero al mismo tiempo me aterra lo que pueda encontrar. ¿De verdad quiero adentrarme en este lío? Todo en él grita peligro. Desde que crucé su mirada hace apenas una semana, mi vida es un caos: una atracción que me consume y un combate constante entre razón y deseo.

Mientras me estiro en la cama del hotel, el cabello aún húmedo y la piel salada, reviso el móvil. Son casi las nueve y no he escrito a Mike, el chico encantador que conocí en el vestíbulo. El chico que podría recordarme que hay vida fuera de este huracán llamado Aitor. ¿Una cena inocente me haría bien? Tal vez. Nada más. Reírme, sentirme normal. Sin contradicciones ni juegos.

Respiro hondo. Marco.

Al tercer tono, contesta con su voz cálida:

—¡Menos mal que llamaste! Si no, me tocaba cena con Rubens, y te aseguro que me habría torturado con sus historias de Tinder.

—No quería hacerte esperar tanto. En media hora estoy lista.

—Dame tu número de habitación y paso por ti, preciosa.

—218.

—Perfecto. En media hora estaré en tu puerta, damisela.

Cuelgo y me miro al espejo. Decido arreglarme sin pensar en nadie más que en mí: aliso mi melena rubio platino con cuidado, maquillo mis ojos con un toque de máscara, cubro las ojeras que Aitor me ha regalado con sus idas y venidas. Elijo un vestido vaporoso, azul cielo, y unas cuñas que me hacen sentir poderosa. Cuando termino, tocan la puerta. Abro, y Mike se queda sin palabras.

—Guau... —dice, con una sonrisa tan real que me hace sentir segura—. No puedo creer que de verdad hayas accedido a salir conmigo. Estás preciosa.

—Tú tampoco estás mal —respondo, bajando la mirada con timidez.

Y es cierto: Mike es alto, delgado pero atlético, con cabello negro peinado hacia atrás, piel bronceada y unos ojos azul intenso que parecen leerse como un libro abierto. Transmite calma, sencillez, un encanto que no necesita esfuerzo.

Nos dirigimos a la barbacoa junto a la piscina. La noche es cálida, la música suave se mezcla con el chisporroteo del carbón y el aroma a marisco. Todo brilla con un aire mágico. Michael habla de Londres, de sus veranos en Ibiza desde que era niño, de su trabajo en una firma llamada *Silvertide Global*, especializada en gestionar hoteles y propiedades de lujo.

—Mi empresa me traslada a San Sebastián —me dice, con un brillo de ilusión en sus ojos—. Rubens y yo estaremos allí al menos un año.

—¿San Sebastián? —pregunto incrédula—. ¿Es broma?

—No. Supongo que el destino es un cabrón con sentido del humor —ríe—. Imagínate: te conozco en Formentera, y resulta que te mudarás a la misma ciudad.

—¿Y hablas así de bien español solo por tus veranos aquí?

—Me enamoré del idioma de pequeño. Me prometí hablarlo perfecto algún día. Además, veraneando tantos años en Baleares... uno aprende sí o sí.

La cena es perfecta. Me relajo. Me río. Por un momento olvido a Aitor, sus silencios, sus miradas que me rompen. Cuando Michael se ofrece a pagar, acepto su gesto sin discusión.

Luego, en el patio iluminado con faroles, entre mojitos y una cantante de voz rasgada, el mundo parece sencillo. Hasta que lo veo.

Aitor.

Camina por el pasillo de piedra con un casco de moto en la mano. Viste una camisa blanca de lino y unos pantalones crudos, bronceado, impecable, pero con el ceño fruncido como si el universo entero le pesara sobre los hombros. Nuestros ojos se cruzan. Es un puñetazo en el estómago. La intensidad de su mirada salta a Michael, luego vuelve a mí. Se detiene. Por un segundo creo que va a intervenir, a arrancarme de este momento. Pero cierra los ojos, como si necesitara contener un volcán, y sigue caminando. Sin girarse.

Se lleva algo de mí con cada paso que da.

—Michael —digo, la voz apenas un susurro—. Me siento indispuesta… mejor me voy a la habitación.

—¿Te acompaño?

—No. Gracias por todo. De verdad.

—Nos vemos pronto, preciosa. No olvides que tenemos pendiente un tour por San Sebastián.

Me despido de Michael con una sonrisa que me cuesta sostener. Camino sola hasta mi habitación. Me desmaquillo, pero mi mente no para de darle vueltas a esa mirada de Aitor, tan intensa como fría. ¿Por qué tiene ese efecto en mí? Me tumbo en la cama con el vestido aún puesto y miro el techo. No debería importarme tanto. No debería dolerme así. Cierro los ojos. El cansancio me vence antes de que pueda aclarar mis pensamientos.

Despierto con el primer rayo de sol que se cuela por las cortinas de lino. La habitación aún huele a brisa marina, y la luz es suave, como un recordatorio de que estoy en un lugar que debería ser un paraíso. Me levanto despacio, sintiendo el cuerpo pesado y la mente aún más. Me ducho rápido, me visto con un conjunto cómodo y bajo al restaurante del hotel.

En la terraza, Sonia y Asier ya están desayunando con mi madre. Los tres charlan animadamente, como si no hubiera nada de lo que preocuparse. Me acerco a la mesa, noto un escalofrío cuando veo que Aitor también está allí. Está sentado en un extremo, con el pelo algo húmedo y una camiseta blanca que se le pega al cuerpo como si acabara de salir de la ducha. Su expresión es distante, casi ausente, mientras revuelve un café.

—Buenos días, dormilona —me saluda Sonia con una sonrisa radiante.

—Buenos días… —murmuro mientras me sirvo un zumo. Noto los ojos de Aitor sobre mí un segundo desde el otro lado del comedor, pero aparto la mirada rápido.

Sonia se aclara la garganta, como si llevara un rato esperando el momento.

—Chicos, tengo un planazo —anuncia—. Hoy he pensado que podríamos coger el ferry e irnos todo el día a Ibiza. Tiendas, paseos, comida en el puerto… ¿qué decís?

Miro a mi madre, que asiente entusiasmada. Luego a Aitor, que se limita a mover su café, pensativo. Y después yo.

—Yo paso —digo, casi al mismo tiempo que Aitor suelta:

—No me apetece.

Sonia frunce el ceño, divertida.

—¿En serio? —pregunta, mirándonos a los dos con cara de pillina—. Bueno, pues vosotros dos venís conmigo —dice señalando a mi madre, que se ríe como una colegiala, y a Asier.

—Puede que me vaya a hacer turismo por la isla, a conocer playas —les digo.

Terminan de desayunar entre bromas y risas. Veo a mi madre brillar como hacía tiempo que no la veía. Me alegra, aunque algo en mi pecho me pesa. Cuando se levantan para ir a prepararse, me quedo con Aitor unos segundos a solas en la mesa. Noto el calor subir por mi cuello. Me niego a mirarlo directamente, aunque siento su mirada.

Me despido rápido, subo a mi habitación y me visto con un top deportivo negro y un pantalón corto ajustado. Me recojo el pelo en dos trenzas y me limpio restos del maquillaje que aún tengo de anoche. Hoy necesito soltar, vaciarme, mover el cuerpo hasta que el cansancio me deje en paz.

Bajo al gimnasio del hotel. Está casi desierto. Me encanta el silencio del lugar: solo se oye el aire acondicionado y el mar rompiendo contra las rocas a lo lejos. Cojo una esterilla y empiezo con un calentamiento exigente. Bajo hasta apoyar las palmas en el suelo, estirando cada músculo de mis piernas y espalda.

Entonces, cuando levanto la cabeza para cambiar de postura, casi me da un infarto: Aitor está apoyado en la puerta, con los brazos cruzados sobre su pecho marcado, la camiseta blanca pegada como una segunda piel. Su mirada es fuego.

—¿Qué haces aquí? —espeto, mi voz más aguda de lo que pretendía.

—Podría preguntarte lo mismo —contesta con un tono relajado pero afilado—. ¿No ibas a estar todo el día haciendo turismo?

—He preferido esto —respondo, tratando de sonar indiferente—. Necesitaba estar sola.

—No pareces muy sola… —dice con un deje burlón mientras sus ojos se clavan en los míos.

Me incorporo con un suspiro exasperado.

—¿Y tú? ¿Qué haces aquí? ¿No te aburren las pesas cuando no hay nadie mirando?

Su sonrisa es casi imperceptible, pero está ahí.

—Quería verte —dice de pronto, tan serio que me deja helada.

Intento recomponerme. Me agacho para coger una toalla, intentando que no vea cómo tiemblo.

—Por cierto… —añade, con la voz grave—. ¿Qué tal anoche con el súper hombre?

Me siento de golpe.

—¿De verdad te molesta tanto, Aitor? —digo con rabia—. ¿Eres de esos que ni comen ni dejan comer? Porque pareces muy cabreado para alguien que hace nada me dijo que me mantuviera fuerte y me alejara de ti.

Sus ojos brillan como cuchillas.

—Sara, al final da igual lo que yo diga. Solo importa lo que sentimos.

Da un paso hacia mí, tan cerca que casi noto el calor que emana.

—¿De verdad crees que dejarte en paz es lo que quiero? ¿Y mucho menos lo que quieres tú?

La respiración se me corta. Estoy paralizada, atrapada entre las ganas de gritarle que se largue y la necesidad de lanzarme a sus brazos. Mis labios se entreabren, pero no sale ni un susurro. Y aquí, en este gimnasio vacío y silencioso, me doy cuenta de que la guerra entre nosotros solo acaba de comenzar.

Se agacha despacio hasta quedar a mi altura en la esterilla, tan cerca que puedo oler su piel mezclada con el leve aroma de su colonia. Sus ojos miel se clavan en los míos con una seriedad que me corta la respiración. El silencio es tan profundo que solo escucho el latido ensordecedor de mi corazón en mis oídos. Siento un cosquilleo eléctrico bajar desde mi nuca hasta los pies. Cada célula de mi cuerpo entra en estado de alerta.

Aitor ladea la cabeza y una sonrisa casi imperceptible cruza sus labios al ver mi reacción. Con una lentitud que me desarma, levanta una mano y empieza a deslizar un dedo por mi brazo. El simple contacto me sacude como un calambre. Sube por el hombro, cada centímetro de piel erizándose a su paso, y termina justo en el escote de mi top deportivo. Su dedo se queda ahí, apenas tocando el borde de la tela, mientras sus ojos no se despegan de los míos.

—Creo que nunca te había visto sin maquillaje —dice, con una voz tan baja que retumba en mi pecho—. Y no me había dado cuenta de esas pecas preciosas…

Su dedo traza un leve camino entre mis clavículas.

—No te maquilles, Sara. Como si te hiciera falta. Tu piel reluce… y esas pecas son como para perder la cabeza.

Mi respiración es un caos. Intento llenarme de aire, pero los pulmones me traicionan. Estoy atrapada. Embobada. El cerebro me hace corto-circuito y solo soy capaz de mirarlo como una idiota. No hay palabras. No hay pensamientos coherentes. Nada más que el calor que me sube como un fuego por el cuello y el deseo incontrolable de cerrar los últimos centímetros que nos separan.

Él se ríe suavemente, como si leyera cada uno de mis pensamientos. Como si supiera que estoy completamente perdida en él. Esa sonrisa ladeada y burlona, ese brillo peligroso en su mirada… Me está jugando con una facilidad que asusta.

De pronto, se incorpora con un movimiento ágil y se dirige a la cinta de correr. La enciende a un ritmo infernal, empieza a correr como si no pesara, como si sus músculos marcados fueran pura fibra tallada a mano. Lo observo boquiabierta. Cada paso que da es un espectáculo. El sudor le marca la camiseta, que se ciñe aún más a su torso amplio y definido. El ritmo de su respiración, la forma en que aprieta la mandíbula… es una visión tan salvaje como hipnótica.

Me doy cuenta de que me estoy quedando ahí, en medio del gimnasio, sin hacer nada. Mi mente está a años luz de cualquier ejercicio. Recojo la esterilla casi a trompicones, con los ojos pegados a su figura, y salgo corriendo hacia la puerta. Necesito aire. Necesito distancia. Necesito encontrar mi cabeza antes de que este hombre la termine de triturar.

Salgo del gimnasio como si me persiguiera un huracán. El aire cálido de la mañana me golpea la cara al cruzar las puertas de cristal. Mis piernas tiemblan mientras bajo las escaleras del hotel. Cada paso se siente torpe, como si mi cuerpo siguiera vibrando con el eco de su dedo en mi piel.

Me detengo unos segundos en el vestíbulo. Trato de recuperar el aliento apoyando una mano en la pared, pero mi corazón sigue desbocado. ¿Qué acaba de pasar? ¿Cómo puede un hombre reducirme a un manojo de nervios con un solo roce? Me repito que estoy loca. Que nunca he sentido algo así. Que esto no tiene sentido.

Cruzo el vestíbulo intentando parecer tranquila, como si no estuviera huyendo de un incendio interno. El recepcionista me dedica una sonrisa amable que apenas consigo devolver. Quiero meterme en mi habitación y encerrarme para siempre, pero cuando levanto la vista, ahí está: el enorme ventanal que da al jardín del hotel. Y al fondo, el mar azul. Ese mar que debería ser mi refugio.

Así que cambio de idea y salgo directamente al jardín. Necesito el olor a sal, el rumor de las olas rompiendo en la costa, algo que me recuerde que hay un mundo más allá de Aitor y su mirada intensa. Camino por el sendero de piedra, pasando entre palmeras y bugambilias que trepan por los arcos blancos. El sol empieza a calentar la piel, y me abrazo a mí misma como si eso pudiera ordenar mis pensamientos.

Llego hasta un banco de madera pintado de azul que da directo al mar. Me dejo caer con un suspiro. Intento convencerme de que esto no puede estar pasándome. Que no debería. Que todo en él grita problemas. Pero lo que siento cuando estoy cerca de Aitor es tan grande que me da miedo.

Me quedo un buen rato mirando el horizonte, las barcas lejanas meciéndose como pequeñas hojas sobre el agua. Pero mi cabeza solo sabe repetirme su voz: *"Tu piel reluce... esas pecas son como para perder la cabeza."*

Cierro los ojos, apoyando la cabeza en el respaldo del banco. Quisiera parar el tiempo, pero a la vez me doy cuenta de que no quiero vivir un solo minuto más si no es con la intensidad que él hace que sienta.

De pronto, el sonido de unos pasos sobre la grava me saca de mi trance. Abro los ojos de golpe, el corazón en la garganta, y me giro instintivamente. Pero no es Aitor. Es Sonia, con un sombrero de ala ancha y unas gafas de sol enormes.

—Sara, aquí estás. Te buscaba —se acerca con una sonrisa—. Nos vamos a Ibiza en diez minutos. ¿Seguro que no vienes?

Niego con la cabeza, tragando saliva.

—No, Sonia. Prefiero quedarme por aquí. Necesito… aire.

Ella me estudia por encima de sus gafas, como si pudiera leer todo lo que me pasa por dentro. Asiente con una media sonrisa.

—Bueno… cuídate. No hagas locuras.

Se gira para irse, pero se detiene un segundo.

—Y Sara… a veces hay cosas que merecen la pena.

Me guiña un ojo antes de volver al hotel.

Me quedo un rato más en el banco, dejando que la brisa marina calme el incendio que aún me recorre. Respiro hondo, tratando de ordenar mis pensamientos. Cuando empiezo a sentir que mi corazón recupera un ritmo normal, decido levantarme y volver al hotel. Necesito moverme, ocupar mi mente.

En lugar de volver a mi habitación, voy a la piscina. Es temprano todavía y está casi vacía. El agua brilla bajo el sol, cristalina y tentadora. Me quito la ropa deportiva, me quedo en bikini y me zambullo de cabeza. El frescor me sacude, despertando cada célula de mi cuerpo. Nado largos a un ritmo constante, sintiendo cómo cada brazada libera un poco de la tensión que me tiene atrapada desde que llegué.

Cuando salgo, me tumbo en una hamaca. El agua aún resbala por mi piel. Cierro los ojos y dejo que el sol la seque mientras escucho el sonido de las palmeras agitadas por el viento y el rumor lejano del mar. El mundo parece más sencillo así: calor, agua, brisa. Sin complicaciones.

Pero mi cabeza vuelve a él. A cómo me miraba. A cómo me tocó. Al deseo en sus ojos que me hizo sentir como si fuera la única chica en el universo. Y me odio un poco por necesitarlo así.

Al mediodía, decido que necesito comer algo. Paso por el bar de la piscina y pido una ensalada fresca y un batido de frutas. Me siento a una mesa con vistas al jardín. La camarera me sonríe y me desea buen provecho. Intento concentrarme en mi comida, pero cada vez que miro a mi alrededor espero encontrarlo aparecer entre las sombrillas.

Cuando termino, voy a mi habitación. Pongo música suave en mi altavoz y saco mi bloc de dibujo. Me siento en el pequeño balcón, con los pies apoyados en la barandilla y el mar al fondo. Empiezo a trazar líneas sin pensar, dejando que el lápiz siga el ritmo de mis emociones. Sin darme cuenta, empiezo a dibujar unos ojos. Sus ojos. Con esa intensidad imposible de olvidar. Me doy cuenta de lo que estoy haciendo y cierro el cuaderno de golpe, como si quemara.

Quiero distraerme, así que me doy una ducha larga, me cambio a un vestido ligero y salgo a caminar. Recorro las callecitas del puerto, los puestos de artesanía, las tiendas con vestidos de lino que se agitan con la brisa. Compro un helado de limón y me siento en un banco a ver pasar a la gente.

El día avanza despacio. Me esfuerzo por no mirar el móvil, por no preguntarme dónde está él, qué hace, si piensa en mí. Pero es inútil. Cada rincón me recuerda a él.

Al caer la tarde, regreso al hotel. El cielo se tiñe de naranja y rosa sobre el mar. Subo a la azotea, donde hay un pequeño chill out con cojines blancos y farolillos. Me siento a ver el atardecer, abrazando mis rodillas. Es uno de los más bonitos que he visto nunca. Me gustaría poder compartirlo con alguien, pero a la vez sé que nadie podría entender lo que siento salvo él.

Cuando la última luz se apaga en el horizonte, bajo a mi habitación. Me preparo algo ligero para cenar con las sobras de fruta que tengo y un poco de queso. Me tumbo en la cama, agotada. Pero no es un cansancio físico. Es como si la cabeza me pesara el triple.

Cierro los ojos y, como siempre, ahí está: su sonrisa torcida, su voz ronca, el calor de su dedo en mi piel. Me pregunto cómo puedo echar de menos a alguien que no he tenido nunca.

La brisa de la noche se cuela por la terraza abierta de mi habitación. Estoy tumbada sobre la cama, con un bikini blanco que resalta mi piel dorada tras un día al sol, y un vestido ancho que llevo abierto sobre los hombros. Me siento extrañamente cómoda en mi cuerpo. Me gusta cómo me veo: el cabello aún húmedo cayendo sobre mis clavículas, la piel con ese tono brillante que solo el mar y el sol pueden dar.

Entonces, llaman a la puerta.

Me incorporo, el corazón se me acelera. Cuando abro, allí está él. Aitor. De pie en el pasillo, sosteniendo dos cascos de moto y una mochila colgada al hombro. Lleva una camiseta negra ajustada y unos pantalones cortos de lino, con ese aire casual y letal que parece natural en él. Sus ojos, entre verdes y miel, me atraviesan.

—Dios, estás preciosa —dice con una sonrisa ladina—. Tengo una manta. Hoy hay luna llena. Vamos, quiero enseñarte una cala espectacular.

—¿A estas horas? —pregunto, un poco descolocada.

—Sí. —Levanta la mochila—. Traigo la cena y una botella de cava. Vamos, rubia, no te arrepentirás.

Dudo. Todo mi cuerpo me grita que vaya, pero mi cabeza intenta frenarme. Aitor parece leerme como un libro abierto.

—Confía en mí. Solo confía —añade, extendiéndome uno de los cascos.

Respiro hondo, agarro el casco y asiento. Bajo con él. La moto reluce bajo las farolas del hotel. Es potente, elegante, casi tan impresionante como quien la conduce. Subo detrás, mis manos se enroscan alrededor de su torso. Siento el latido de su corazón, el calor que emana. Cuando arranca, la vibración me recorre entera.

La carretera serpentea entre acantilados y pinares mientras la luna se alza cada vez más brillante en el cielo. El aire me azota el rostro, y no puedo dejar de sonreír. Es como si el mundo entero fuera solo para nosotros.

Llegamos a un pequeño claro donde aparca. El sonido del mar se escucha a lo lejos. Caminamos un sendero de tierra hasta que la vegetación se abre de golpe y aparece la cala. La arena es fina, casi blanca, y el agua brilla plateada con la luz de la luna. Es un lugar mágico. De otro planeta. Y estamos completamente solos.

Aitor extiende la manta sobre la arena. Saca de la mochila un par de bocadillos gourmet envueltos en papel, un termo con sopa fría de melón y la botella de cava con dos copas.

—¿Qué te parece? —pregunta, mirándome con esa mezcla de desafío y vulnerabilidad que lo hace irresistible.

—Me parece que eres un hombre de recursos —bromeo, sentándome sobre la manta.

Cenamos despacio, intercambiando miradas que dicen más que nuestras palabras. El cava nos calienta la lengua y nos suelta las emociones. Entonces, cuando ya hemos terminado, Aitor se queda un momento en silencio, mirando al mar.

—He vivido una vida que cualquiera envidiaría, ¿sabes? —empieza con voz grave—. Fiestas, fama, mujeres… todo eso que se supone que debe hacer feliz a alguien. Pero la verdad es que no era consciente de lo solo que estaba hasta que llegaste tú.

—¿Solo? —pregunto con suavidad.

—Solo —repite—. Porque nunca nadie me ha mirado como tú lo haces. Nunca nadie me ha hecho sentir que puedo ser yo mismo sin esconder nada.

Me quedo callada, masticando cada palabra como si fuera un regalo. Le pongo una mano sobre la suya.

—Aitor...

Pero él se incorpora con un brillo peligroso en los ojos.

—Vamos a bañarnos.

—¿En serio? —respondo, con una mezcla de sorpresa y emoción—. ¿De noche?

—¿Te da miedo?

—No —le digo, firme, mirando el agua iluminada por la luna—. Esta cala parece un espejo. Se ve todo. Haremos pie muy lejos, ¿verdad?

Él asiente, me tiende la mano y me ayuda a levantarme. Nos deshacemos de la ropa hasta quedarnos en bañador. El agua está fría, pero excitante. Avanzamos entre risas hasta que el agua nos llega al pecho.

La luna se refleja en sus ojos, en su piel mojada, en cada gota que recorre sus músculos definidos. Es tan guapo que quiero que me pellizquen para despertar de este sueño.

Entonces, de repente, Aitor se gira y se planta frente a mí. Sus ojos se clavan en los míos. El mundo se detiene. Con un movimiento lento, deliberado, alza la mano y aparta un mechón de cabello que se ha pegado a mi pecho. Me roza la piel con la yema de los dedos, casi sin tocarme, pero es suficiente para que un escalofrío me atraviese. Mis pezones se endurecen de inmediato, traicionándome. Él sonríe apenas, una mueca peligrosa y hermosa.

—Si antes pensaba que eras preciosa, verte así, bajo la luna... —dice con un hilo de voz ronca—. Este pañuelo en tu cabeza, tu piel... es como si hubieras nacido para ser adorada, Sara.

Siento que el corazón me estalla. Mis piernas se aflojan. Su mano sube hasta mi cuello, me sostiene con firmeza y delicadeza a la vez. Baja su rostro al mío muy despacio, como si me diera tiempo a huir, pero lo único que quiero es cerrar la distancia.

—Tu cuerpo reacciona ante mí igual que el mío ante ti —susurra contra mis labios.

Y entonces me besa.

El mundo se apaga. El agua nos rodea, pero somos fuego. Su boca es cálida, urgente. Mi cuerpo se arquea hacia el suyo como si lleváramos toda la vida esperando este momento. Las olas rompen a nuestro alrededor, pero yo solo escucho su respiración, el latido desbocado de mi corazón.

Sus labios se mueven contra los míos con una mezcla de hambre contenida y ternura desconcertante. Siento su lengua rozar la mía, el sabor del cava aún en sus bocas, la sal del mar, el temblor que me recorre entera. El agua me lame la cintura mientras nos movemos al ritmo de las olas, pegados, enredados en un beso que lo dice todo y lo cambia todo.

Cuando me separo apenas unos centímetros para tomar aire, noto cómo su respiración también es agitada. Me mira con esos ojos de fuego, el reflejo de la luna bailando en sus pupilas. Una de sus manos se apoya en mi cadera, la otra sigue su camino por mi espalda desnuda, presionándome contra su pecho. Mis pechos se aplastan contra él, siento la dureza de sus músculos y un calor abrasador en mi vientre que me hace querer más, mucho más.

—No tienes idea de lo que me haces sentir —me susurra, y la gravedad en su voz hace que se me doblen las rodillas.

—Dímelo —respondo apenas en un jadeo, perdida en su mirada.

Su mano desciende hasta el borde de mi bikini, se queda ahí, tentadoramente cerca. No me toca, pero la promesa en sus ojos es más poderosa que cualquier caricia. La tensión entre nosotros es casi insoportable. Lo quiero. Lo quiero como nunca he querido nada.

Me atrevo a explorar con mis propias manos: paso las yemas por sus hombros, por sus brazos firmes, por el tatuaje que recorre su bíceps y que se ondula con el agua. Él cierra los ojos como si mi toque lo devastara, como si estuviera al borde de perder el control.

La corriente nos empuja suavemente hacia la orilla, pero ninguno se detiene. Él vuelve a besarme, más profundo, más desesperado. El agua salpica alrededor, cada ola nos rodea como un latido acompasado a nuestro deseo. Entre beso y beso, dejo escapar un gemido cuando su mano finalmente me agarra con firmeza de la cadera, como si quisiera fundirse conmigo.

—Sara… —dice con voz rasposa, casi con dolor—. Si supieras lo que me provocas…

Entonces me alza en sus brazos como si no pesara nada, me envuelve con su calor incluso dentro del agua fría. Me río nerviosa, las piernas enredadas en su cintura mientras nuestras bocas se buscan de nuevo, insaciables.

Pero de pronto, un escalofrío me recorre al sentir la brisa nocturna sobre mi piel mojada. Empiezo a tiritar sin poder evitarlo. Él lo nota enseguida.

—Vamos, salgamos —ordena con suavidad, y me lleva en brazos hasta la arena.

Al llegar a la manta, me deposita con cuidado y me envuelve con ella. El contraste del tejido suave y cálido sobre mi piel helada es casi tan placentero como su beso. Se sienta detrás de mí, me atrae hacia su pecho y empieza a frotar mis brazos para calentarme. Su respiración roza mi oído, su torso desnudo presionado contra mi espalda me hace sentir segura, protegida, como si nada malo pudiera alcanzarme mientras esté en sus brazos.

—Estás temblando —murmura mientras pasa sus manos firmes y cálidas por mis hombros, bajando por mis costados.

—No... —me atrevo a bromear entre dientes castañeteando un poco—. Es que me gustas tanto que me has dejado sin sistema nervioso.

Se ríe, un sonido bajo y ronco que me vibra en la espalda y me eriza la piel de nuevo. Me coloca entre sus piernas, con mi espalda apoyada en su pecho, me rodea con sus brazos y me frota con ternura hasta que dejo de tiritar.

—No sabes lo que significas para mí —dice en un susurro que casi se lleva el viento—. Eres la única persona con la que me siento... vivo.

Me giro apenas para mirarlo por encima del hombro, nuestros rostros tan cerca que podría contar sus pestañas. Le acaricio la mandíbula, áspera por la barba incipiente, y dejo un beso suave sobre sus labios.

—Y tú me haces sentir... infinita.

Nos quedamos así, abrazados bajo la luna, con el sonido del mar marcando el ritmo de nuestros corazones.

Cuando el calor de su cuerpo y la manta me han devuelto un poco el control sobre mis propios temblores, siento cómo la noche empieza a enfriarse de verdad. La luna sigue alta, pero el cansancio pesa sobre mis párpados. Aitor lo nota enseguida y, tras un rato en silencio, se pone en pie y me ayuda a hacerlo también.

Me sostiene la mano con fuerza mientras caminamos hacia la moto aparcada un poco más arriba de la cala. Me da su casco y se asegura de que me lo ajusto bien antes de colocarse el suyo. Cuando subimos, me abraza la pierna con una de sus manos para estabilizarme mientras se monta delante. Susurra:

—Agárrate fuerte, princesa.

Y yo lo hago, rodeando su cintura con mis brazos, pegando mi cuerpo al suyo mientras acelera suavemente para alejarnos de la cala.

El camino de vuelta es casi mágico: la carretera serpentea entre pinos y acantilados, la brisa fría me da en la cara, pero me siento a salvo. Cada curva, cada acelerón, cada vibración bajo nosotros hace que me aferre más fuerte a él, como si me costara soltarlo.

Cuando llegamos al hotel, Aitor detiene la moto con suavidad frente a la puerta principal iluminada. Se baja primero y me ayuda a desmontar con un cuidado que me desarma. Me quita el casco y me acaricia el pelo húmedo de la brisa marina. Nuestras miradas se encuentran bajo las luces cálidas del porche. No hace falta que diga nada para que entienda que estoy hecha un lío por dentro.

—Gracias por esta noche —susurro. Mi voz suena ronca de emoción—. Ha sido... la mejor noche de mi vida.

Él sonríe, pero hay algo triste en su expresión, como si supiera que esta despedida es más difícil de lo que queremos admitir. Me acaricia la mejilla con el dorso de los dedos, tan suave que casi me hace doler el corazón.

—Sara... —dice con voz baja y grave—. Me gustaría quedarme contigo.

Mi corazón da un vuelco, pero respiro hondo, necesito ser honesta conmigo misma.

—Aitor... —le interrumpo, sujetando su mano contra mi cara—. No estoy preparada... No es que no quiera, porque lo quiero todo contigo, pero necesito ir despacio, necesito... —Trago saliva—. Necesito asegurarme de que esto es real, de que no es solo un sueño de verano.

Sus ojos se clavan en los míos, y por un segundo creo que va a discutirlo, pero después suspira y asiente. Su pulgar roza mis labios con delicadeza, como si grabara mi respuesta en su memoria.

—No te preocupes —dice al fin, con una pequeña sonrisa que apenas disimula su decepción—. Lo que sea que necesites, Sara. A tu ritmo. Solo quiero que estés bien.

Me inclino sobre la punta de los pies y le doy un beso corto, cargado de cariño y promesas, antes de separarme.

—Buenas noches, Aitor.

—Buenas noches, Sara —responde él, su voz es tan cálida que hace que me tiemblen las rodillas.

Le doy la espalda con esfuerzo y entro en el hotel. Camino por el pasillo sintiendo su mirada en mi nuca, como un calor que me acompaña hasta que cierro la puerta de mi habitación. Apoyo la frente en la madera unos segundos, mi corazón latiendo como un tambor. Respiro hondo.

No estoy lista aún… pero nunca me había sentido más viva.

A la mañana siguiente bajo al comedor del hotel con el corazón latiéndome en la garganta. No he pegado ojo. Cada vez que cerraba los ojos, veía la cala, la luna, el agua rodeándonos… y el calor de sus labios sobre los míos. Pero también recuerdo mi negativa en la puerta. Y me duele más de lo que debería.

Al entrar, veo a Sonia, Asier, mi madre… y a Aitor. Está sentado en una de las esquinas, con la mirada perdida en el mar que se ve tras la cristalera. Tiene el café delante, intacto, y un ceño fruncido que me hiela. Cuando nuestras miradas se cruzan, ni siquiera parpadea, y después gira la cabeza como si no me hubiera visto.

Me quedo parada en medio del comedor, un nudo en la garganta. ¿Qué ha cambiado desde anoche? ¿Por qué parece tan frío?

—¡Sara! —me llama Sonia desde la mesa—. Ven, cariño, hemos pensado ir hoy a la torre abandonada, ¿te apuntas? Es un paseo corto, pero dicen que las vistas desde allí son espectaculares.

—Claro… —respondo, sentándome al lado de mi madre, aunque mi atención está clavada en Aitor. Ni un gesto. Nada.

Durante el desayuno intento captar su mirada, pero él apenas alza los ojos del plato. Mi corazón late como un tambor descompasado.

La caminata empieza después de recoger mochilas y botellas de agua. El sendero sube entre rocas y arbustos retorcidos. Las cigarras suenan con fuerza y el sol ya calienta con ganas. Sonia y Asier van por delante con mi madre, entretenidos en su charla. Yo voy unos pasos detrás, y Aitor aún más atrás, como si hiciera un esfuerzo consciente por mantener distancia.

Siento su presencia como un imán a mi espalda. Cada vez que oigo el sonido de sus pisadas, mi corazón salta.

De pronto, una curva estrecha hace que el grupo se estire. Me detengo un segundo para ajustar los cordones de mis deportivas, y entonces, Aitor aparece a mi lado. Su sombra me cubre y mi cuerpo reacciona antes que mi mente: un escalofrío me recorre.

—Sara… —dice, su voz tan grave y baja que parece fundirse con el sonido del viento.

Me incorporo despacio, enfrentándolo. Su mirada se clava en la mía, seria, tensa.

—Lo de anoche… fue increíble —confiesa, con una honestidad que me desarma.

—¿Pero…? —pregunto con un hilo de voz, temiéndome lo que viene.

—Pero cuando llegamos al hotel y me dijiste que no estabas preparada… —hace una pausa, traga saliva, y su mandíbula se tensa—. Me di cuenta de que llevo razón. De que la razón por la que lucho contra esto… existe por algo.

—¿Qué estás diciendo, Aitor? —mi voz tiembla, una mezcla de enfado y miedo.

—Que eres perfecta, Sara —sus palabras son un susurro áspero, como un rugido contenido—. Eres todo lo que he deseado y nunca me he permitido tener. Y precisamente por eso… por eso no puedo dejarte entrar en mi vida.

—¿Por qué? —pregunto casi sin voz, sintiendo que algo dentro de mí se rompe.

—Porque mi vida no es como la tuya. Porque me doy asco a mí mismo cuando pienso en lo que podría arrastrarte —se pasa la mano por el pelo, desesperado—. Tú eres luz, Sara. Y yo... soy todo lo contrario.

—¿Y piensas que tienes derecho a decidir por mí? —le espeto, herida, furiosa—. ¿Crees que no soy lo bastante inteligente para tomar mis propias decisiones?

Aitor abre la boca, pero no le sale ninguna palabra. Solo me mira con esa mezcla de dolor y deseo que me retuerce el alma.

—No quiero esto, Sara —dice al fin, su voz apenas audible—. No quiero hacerte daño.

—Entonces déjame decidir a mí si quiero arriesgarme —le suelto, con la respiración agitada—. Porque prefiero arriesgarme contigo que vivir el resto de mi vida preguntándome qué habría pasado.

Nos quedamos en silencio, los dos con los pechos subiendo y bajando rápido, con el sol pegando fuerte sobre nuestras cabezas y el sonido lejano del mar. A lo lejos, oigo las risas de los demás, inconscientes de la tormenta que se desata entre nosotros.

Pero Aitor solo baja la mirada, y da un paso atrás.

—No puedo —murmura, y gira para seguir caminando, dejándome allí, con el corazón hecho trizas.

Todo sucede tan rápido que ni siquiera tengo tiempo de gritar antes de que mi pie resbale sobre unas piedras sueltas. Siento cómo el mundo se inclina, pierdo el equilibrio y caigo. Un segundo después, el dolor me atraviesa como un rayo: el tobillo se dobla de manera antinatural, mi cuerpo se golpea contra el suelo, y el aire se me escapa de los pulmones. Me quedo allí, tumbada entre arbustos y tierra, con los oídos zumbando y la vista borrosa por las lágrimas.

Me arde la mejilla. Me arden los codos. Pero sobre todo, el tobillo late como si fuera a explotar. Intento moverme, pero un grito ahogado se escapa de mi garganta.

—¡Sara! —escucho a Aitor. Su voz es como un trueno.

Levanto apenas la cabeza. Todo me da vueltas. Lo veo aparecer por el borde del pequeño barranco, bajando como un loco, tropezando por el terreno empinado hasta llegar a mí. Se arrodilla y noto el temblor en sus manos mientras me sostiene la pierna. Su mirada va de mi tobillo morado a mis ojos, una y otra vez.

—Dios… se ha hinchado enseguida —su voz es grave, rota, cargada de un miedo que me desarma—. Puede que esté roto.

Quiero decir algo, pero solo consigo un gemido.

—No pasa nada —susurra, pasando su mano por mi mejilla con tanto cuidado que casi lloro solo por eso—. Voy a sacarte de aquí.

Oigo a Sonia, a mí madre y Asier gritar desde arriba, pero sus voces suenan lejanas, distorsionadas, como si estuviera bajo el agua.

—¡Aitor! ¿Cómo está? —chilla Sonia.

—¡No hay cobertura! —añade mi madre, histérica.

—¡Voy a llevarla al coche! —responde él, sin apartar la vista de mí—. Llegaremos antes si voy solo. Nos vemos en el hospital.

—¡Ten cuidado! —gritan.

No tienen tiempo para discutirlo. En un segundo, Aitor me recoge en brazos. Siento el calor de su cuerpo, su respiración pesada junto a mi oído. Cada paso suyo me sacude entera, cada sacudida es como un cuchillo que se clava en mi tobillo.

—Aitor… —susurro, con la voz hecha trizas—. Me duele… me duele tanto…

—Lo sé, rubia. Pero aguanta un poco más. Estoy contigo —dice, con la voz ronca.

—No es solo el tobillo… —respiro entre sollozos—. Me duele todo.

No responde. Aprieta más su abrazo, como si con eso pudiera sostener mi mundo roto. El sendero parece interminable, las piedras crujen bajo sus pies mientras baja casi corriendo. Su camiseta se empapa de sudor, siento cómo su corazón late como un tambor contra mi costado.

Intento concentrarme en otra cosa para no desmayarme del dolor. En la forma en que me sostiene, como si fuera lo más frágil del mundo. En la manera en que su voz me llama "princesa", aunque suene tan desesperada como yo.

Por fin, veo el coche al final del sendero. Me coloca en el asiento del copiloto con una delicadeza infinita. Mis manos tiemblan mientras él me abrocha el cinturón. Se inclina, sus ojos recorren mi cara y sus labios se tensan.

—No te muevas —ordena suavemente, antes de cerrar la puerta.

El motor ruge mientras arranca, levantando una nube de polvo. Conduce rápido, pero con una precisión que me deja sin palabras, sus manos fuertes y seguras en el volante. Cada bache me arranca un quejido, pero no puedo dejar de mirarlo. Aunque su expresión es fría y concentrada, sus nudillos blancos en el volante lo delatan.

Aitor está al otro lado de la puerta cuando me conducen al cuarto de rayos. Me tiemblan las manos sobre la bata del hospital, me siento desnuda y expuesta. Las lágrimas empiezan a caer silenciosas por mis mejillas.

Quince minutos después, el médico vuelve con las placas en la mano. Se sienta frente a mí, con un suspiro.

—Es una fractura pequeña en el astrágalo —explica, señalando la radiografía—. Por suerte no es una rotura grave, no necesitarás cirugía, pero necesitarás escayola y reposo. Unas cuatro o cinco semanas.

Siento que el mundo se detiene. Un zumbido me llena los oídos. Cuatro o cinco semanas. Muletas. El inicio de la universidad. El primer día en un sitio nuevo, coja, torpe... ridícula.

—No... no puede ser —murmuro, negando con la cabeza mientras noto el llanto subir por mi pecho como una ola imparable—. No... no...

—Sara —me dice Aitor, con voz baja y calmada, apoyando una mano en mi hombro—. Vas a estar bien. Es solo un pie.

Lo miro, y en sus ojos leo un mar de cosas que no comprendo: culpa, miedo, dolor. Y me duele más aún.

—Ayer... —balbuceo—. Ayer todo era perfecto. La luna, el mar, tus palabras... Y ahora... —me tapo la cara con las manos mientras las lágrimas se escapan sin remedio—. Ahora es como una pesadilla.

El médico me coloca con cuidado una férula primero, luego empieza a vendar con vendas húmedas que pronto se endurecen, convirtiéndose en un molde rígido alrededor de mi tobillo. Cada giro de la venda me recuerda que no voy a poder correr, ni bailar, ni siquiera caminar sin apoyo durante semanas.

—Intentaremos que uses una bota ortopédica cuando baje la inflamación, puede que así acortes algo el tiempo —me dice el médico, intentando sonar positivo—. Pero tendrás que ir con cuidado.

Cuando por fin terminan, Aitor me ayuda a incorporarme un poco. No sé si quiero abrazarlo o empujarlo lejos. La cabeza me da vueltas. Todo el dolor físico se mezcla con el de saber que esto, lo nuestro —lo que sea que es lo nuestro—, se está acabando antes de empezar.

—Sara... —dice de pronto, sin apartar la vista de la carretera—. He hablado con tu madre. He sacado dos billetes. Hoy volvéis a casa.

—¿Cómo... qué? —susurro, intentando procesar lo que dice mientras el dolor me nubla la mente.

—Es lo mejor. Necesitas descansar, recuperarte. Y yo... —hace una pausa, tragando saliva—. Y yo también necesito... espacio.

Un puñal atraviesa mi pecho. Siento las lágrimas volver, calientes, rabiosas.

—Perfecto —digo, con la voz tan fría que me sorprendo a mí misma—. Haz lo que quieras.

Miro por la ventana, intentando no sollozar. Las luces del hospital aparecen a lo lejos. Sé que esta es la última vez que estaremos así, juntos. Y eso me duele más que cualquier hueso roto.

8

SARA

El avión aterrizó en San Sebastián con un golpe seco que me sacudió hasta el alma. No fue el impacto contra la pista lo que me dolió, sino el silencio que lo siguió: Aitor ya no estaba. Había vuelto a casa con mi madre, pero no con mi corazón. Eso se había quedado en alguna cala de Formentera, enterrado bajo la arena junto a todo lo que no pudimos decirnos.

Veinte días. Eso es lo que me separa de empezar en la universidad. Veinte días que deberían servirme para centrarme, para recomponerme. Pero cada mañana me despierto con su imagen clavada en la mente: su sonrisa torcida, sus ojos que cambiaban de miel a verde según la luz, sus manos fuertes cuando me sostuvo como si fuera lo más frágil del mundo.

La casa, al menos, es un refugio. La piscina refleja el cielo gris del norte, el jardín huele a hierba recién cortada, y el silencio solo lo rompe el canto lejano de un gallo. Mi madre va y viene entre su nuevo trabajo y las gestiones pendientes. Está ocupada, pero sé que me observa de reojo, como si temiera que me desmorone de un momento a otro.

Lo peor es la espera. No tengo noticias de Aitor. Ni un mensaje, ni una llamada. Nada. Es como si se hubiera evaporado. Como si esas horas que compartimos no hubieran significado nada para él. Como si yo fuera la única que quedó rota.

Intento no pensar. Intento leer, dibujar, escuchar música. Pero todo me lo recuerda. El silencio es una tortura cuando sabes que en algún lugar del mundo hay alguien que lleva tus pensamientos cautivos.

La tarde del quinto día en casa, mi madre me anuncia que tengo visita. Bajo las escaleras arrastrando la pierna con mi escayola blanca, y ahí está ella: Aitana, mi mejor amiga. Su sonrisa ilumina la entrada como un faro. Corre hacia mí y me envuelve en un abrazo que me parte en dos.

—¡Sara, joder! ¡Estás rota! —exclama, apartándose para mirarme de arriba abajo.

—Solo un tobillo, tranquila —bromeo, aunque mi voz tiembla un poco. Me mira fijamente. Tiene ese radar infalible que siempre me desarma.

—No es solo el tobillo, ¿verdad? —pregunta en voz baja.

Suspiro. La llevo hasta mi habitación. En cuanto nos sentamos en mi cama, con la puerta cerrada, las palabras salen a borbotones. Le cuento todo: Formentera, el mar, el sol, las miradas de Aitor, el dolor, el hospital, el adiós. Cada frase es como arrancarme una astilla del pecho.

Aitana escucha en silencio, con los ojos muy abiertos. Solo me interrumpe para soltar un "hijo de puta" cada vez que menciono a Aitor, o un "no me jodas" cuando describo lo rápido que todo pasó.

—Sara… —dice al final, tomándome la mano—. Eso no es un romance de verano. Eso es una bomba nuclear emocional.

—Lo sé —murmuro—. Pero él decidió que esto no debía ser.

—¿Y tú qué vas a hacer? —pregunta, apretándome los dedos.

—Nada —digo, aunque la palabra me quema en la lengua—. Empieza la universidad en veinte días. Necesito centrarme. Si no, me voy a volver loca.

Los días con Aitana son un bálsamo. Nos despertamos tarde, vemos series en la cama, pedimos comida basura, nos reímos hasta que nos duele el estómago. En las tardes soleadas, ella me empuja en una silla de jardín hasta el borde de la piscina para que pueda mojar los pies mientras ella toma el sol.

—No puedo creer que esto sea el norte —dice un día, con sus gafas de sol y un sombrero gigante—. Pensaba que aquí solo llovía.

—No te confíes —me río—. Mañana mismo puede estar cayendo el diluvio universal.

Por las noches, hablamos de todo: de lo que dejamos atrás en Málaga, de mis nervios por empezar en una universidad nueva, de los chicos, de la vida. Pero inevitablemente, siempre volvemos a él. Aitor. Su nombre cuelga entre nosotras como una nube cargada de tormenta.

—¿Sabes qué es lo peor? —le confieso una noche, bajo el porche, mientras el viento agita los cipreses—. Que, aunque lo deteste por hacerme esto, lo echo de menos cada segundo.

Aitana me abraza fuerte.

—No lo detestas, Sara. Lo amas. Y no es tu culpa. No elegimos a quién queremos.

A la mañana siguiente estoy esperando en la cocina a que baje Aitana mientras termino mi desayuno. Vamos a coger el autobús al centro, a una papelería muy famosa para escoger mis materiales para la universidad. La televisión muestra un resumen deportivo: Aitor aparece marcando un gol. Mi corazón se dispara. Le hacen una entrevista breve: lo veo serio, concentrado... ¿pensará en mí como yo pienso en él? O tal vez, como dijo, haya decidido seguir con su vida.

Entonces, la voz de Aitana suena detrás de mí:

—¿Vas a escribirle? —pregunta mientras se sirve una taza de café.

—¿A quién? —respondo con fingida indiferencia.

—Sara, por favor. Ya sabes a quién.

Me muerdo el labio.

—No. No pienso ser yo quien rompa el silencio.

Ella rueda los ojos.

—Te lo repito: estás muy colgada.

El último día de la visita de Aitana, la acompaño a coger un taxi para el aeropuerto. Nos despedimos entre lágrimas y abrazos. Cuando regreso, encuentro a mi madre en la cocina, sonriente como hacía meses que no la veía.

—¿Te acuerdas del hombre del supermercado? —me dice, con un brillo juvenil en los ojos.

—¿El que casi te tira las latas?

—Sí. Pues… hemos estado viéndonos —hace una pausa, casi tímida—. Sara, pensé que nunca volvería a sentirme así. Sé que es pronto, pero… me hace ilusión.

—Mamá… —Me acerco y la abrazo. Me emociona verla viva de nuevo, con ganas de algo.

—Solo quiero que recuerdes que cerrarte al amor te roba las cosas buenas. No dejes que el miedo te impida vivir, cariño.

El verano se va desvaneciendo y llega el primer día de universidad. Ya es mediados de septiembre. Me despierto nerviosa y emocionada. Mi pie está mejor: solo llevo un vendaje, y aunque me cuesta caminar, me niego a ir en coche. Mi madre quería comprarme uno, pero lo rechacé. Prefiero sentir la ciudad. Aprenderla paso a paso.

Salgo con tiempo. Tengo que coger dos autobuses: uno hasta el centro de San Sebastián, donde las calles adoquinadas y los balcones llenos de flores me recuerdan que ya no estoy en Málaga; y otro que serpentea por barrios antiguos hasta el campus. El trayecto me fascina: caseríos de piedra, mercados que huelen a queso y sidra, vistas al mar Cantábrico que me cortan la respiración.

Cuando llego a la facultad, me impresiona su estructura: un edificio moderno, con grandes ventanales y muros cubiertos de enredaderas verdes que trepan como lenguas vivas. Dentro, el ambiente es bullicioso: estudiantes de todo tipo cargados de carpetas, estuches gigantes y tazas de café. Siento un cosquilleo en la tripa. Esto es un nuevo comienzo.

Las clases empiezan como un torbellino: profesores que marcan el ritmo, listas interminables de materiales, presentaciones rápidas. Algunos docentes se muestran apasionados, otros distantes. Todo es un caos controlado.

A la hora de la comida, me siento sola, con un bocadillo frío en la mano, mirando a mi alrededor. ¿Y si nunca encajo aquí?

Entonces llega la última clase del día: pintura al óleo.

El aula es enorme, con techos altos, grandes ventanales por donde entra la luz dorada de la tarde. Huele a disolvente, madera vieja y pigmentos. Hay caballetes, lienzos enormes apoyados en las paredes y un silencio expectante. El profesor, Luis Mari Zubizarreta, un hombre con gafas redondas y manos manchadas de pintura, irradia calma.

—Este cuatrimestre trabajaremos en un mural personal —anuncia—. Cada uno debe representar lo que más le quema por dentro. Vuestras emociones, heridas, anhelos. Quiero que os vaciéis sobre el lienzo.

Nos reparte lienzos descomunales: dos metros de alto. Levanto la vista para ver el final del mío. Siento un escalofrío.

—El mejor mural se expondrá en el Museo San Telmo durante tres meses —continúa el profesor—. Será un acto con políticos, personalidades del deporte, prensa… Quizá cambie la vida de quien gane.

Me quedo helada. Ganar esto podría ser increíble…

De repente, una voz a mi lado me saca del trance:

—Increíble, ¿eh? —dice una chica pelirroja con un piercing en la nariz y una sonrisa luminosa—. Menudo reto. Me llamo Laia.

—Sara —le digo, encantada.

La química es inmediata. Hablamos de todo: su loft en el centro, sus dos perros y la gata Cloe, su novio Ibai, hijo de un empresario muy rico de la zona.

—No soy de su mundo —me confiesa Laia, con una sonrisa ladeada—. Pero nos queremos desde el colegio. Raro, ¿eh?

—Me parece precioso —respondo, sincera.

Después hablamos sobre el mural. Le cuento mi idea: un cuerpo femenino sumergido en el agua, casi fundido con las corrientes, mientras su cabeza emerge hacia un cielo tormentoso. En las olas quiero esconder símbolos de todo lo que me hace daño y me da miedo; en el cielo, pequeños destellos de lo que me da esperanza.

Quiero que sea un grito de lucha y libertad, pero también un canto a la vulnerabilidad. Lo iré desarrollando mientras trabajo, pero estoy muy contenta de que la idea haya tomado forma en mi cabeza tan rápido.

Laia me mira con los ojos muy abiertos.

—Sara… es brutal.

Y por primera vez en semanas, siento que estoy en el lugar correcto.

9

SARA

Los días siguientes se suceden como un carrusel: madrugones, apuntes garabateados, cafés apresurados en el vestíbulo mientras busco las aulas entre pasillos interminables. Cada noche caigo rendida, con la cabeza zumbando de rostros nuevos y tareas pendientes. Pero no me importa. Me siento viva. Y, sobre todo, no me siento sola.

Laia se convierte en un salvavidas desde el primer día. Es de esas personas que hacen amigos hasta con las paredes. Siempre lleva un termo con café que me ofrece sin dudar, y un sentido del humor que me arranca carcajadas cuando más lo necesito. En las clases de pintura, compartimos pinceles, consejos y confidencias.

Es jueves, después de clase, cuando me invita a conocer su casa. Su loft está en un edificio antiguo del casco viejo, con techos altísimos, vigas de madera vistas y enormes ventanales por donde se cuela la luz azulada del atardecer. Nada más entrar, dos perros enormes me reciben moviendo el rabo como si me conocieran de toda la vida.

—Estos son Lou y Dylan —dice Laia, acariciándolos—. Y esa señora elegante que te mira con desprecio es Cloe.

La gata, desde lo alto de un mueble, me observa como un león blanco.

El loft es un caos hermoso: lienzos apoyados contra las paredes, plantas trepando por todas partes, cojines de colores desbordando un sofá enorme. Huele a incienso, madera y pintura fresca. Hay fotos de Laia e Ibai por todas partes: en conciertos, en la playa, en cenas improvisadas. Me doy cuenta de que son dos mundos distintos que encajan a la perfección.

—¿Sabes lo mejor de este sitio? —dice Laia, encendiendo unas guirnaldas que tiñen la estancia de un resplandor cálido—. Que aquí todo es mío. Mi espacio. Mis normas.

Nos sentamos en el suelo, rodeadas de pinceles y tazas de té, y hablamos durante horas. Me cuenta cómo Ibai la sacó de un mal momento en el instituto, cómo aprendió a vivir con ansiedad, cómo decidió que el arte era su refugio. Yo le hablo de Málaga, de mi padre, de mi madre. Pero nada de Aitor. No me juzga. Solo escucha.

Al día siguiente, al salir de clase, Laia me espera en la puerta de la facultad con los dos perros atados y una sonrisa traviesa.

—Hoy hace un día espectacular. ¿Vamos a la playa?

—¿A la playa… con ellos? —pregunto, señalando a Lou y Dylan, que me miran con lenguas colgando de pura emoción.

—Sí, y con Cloe… —dice riendo—. Vale, no, Cloe odia la arena. Pero estos dos necesitan correr.

Nos subimos a su coche destartalado, un Volkswagen Golf rojo que suena como un avión a punto de despegar. Cantamos a gritos canciones de Amaral con las ventanas bajadas, dejando que el viento nos revuelva el pelo.

En la playa, la arena está casi desierta. El sol empieza a caer, tiñendo el cielo de naranja y malva. Lou y Dylan corren como locos, persiguiendo olas y ladrando a las gaviotas. Nos sentamos juntas, las piernas estiradas, con el mar rompiendo cerca.

—¿Sabes qué me gusta de ti, Sara? —dice Laia, jugueteando con la correa de uno de los perros—. Que, aunque pareces una princesa de portada, no tienes nada de eso. Eres auténtica.

—Y a mí de ti que eres como un huracán —le respondo, empujándola suavemente con el hombro.

Se ríe. Su risa llena el aire como música.

—¿Te imaginas que una de nosotras gana el concurso del mural? —dice de pronto, mirando el horizonte—. Sería épico.

—Lo sería. Pero si no gano, me alegro de competir contigo.

—Y yo contigo —me dice, chocando nuestras manos—. Pero que sepas que pienso dejarme el alma en ese lienzo.

Nos quedamos en silencio, viendo cómo el sol se hunde en el mar. Me siento bien. Me siento en casa. Por primera vez desde que llegué, no pienso en Aitor. No me duele el pecho.

La siguiente semana nos vemos cada día: en la cafetería del campus, donde compartimos croissants y teorías sobre nuestros profesores; en el loft, donde pasamos tardes dibujando; en paseos improvisados por el puerto, con el salitre impregnando nuestra ropa. Hay una complicidad que nace rápido, intensa. Sé que nuestra amistad va a ser importante.

Una noche, mientras cenamos pizza sentadas en el suelo del loft, Laia me pregunta:

—¿Y ese chico que te tiene el corazón en modo terremoto?

—¿Cómo sabes que hay un chico?

—Sara, se te nota en la cara cada vez que te quedas mirando el móvil como si esperases un milagro —Me lanza una sonrisa pícara—. Y no soy de las que juzgan, pero sí de las que escuchan.

Pienso en Aitor, en sus ojos, en sus silencios. En cómo me hace sentir viva y rota a la vez.

—No sé qué somos —confieso—. Ni siquiera sé si somos algo.

—Entonces… que el arte te salve —dice, brindando con su copa de vino.

Y en ese momento, decido que voy a vaciarme en mi mural. Que voy a pintar todo lo que no puedo decir.

10

AITOR

Todavía huelo a mar. Es como si la sal y el sol de Formentera se hubieran metido en mi piel para no salir jamás. Intento sacudirme el recuerdo cada mañana cuando me meto en la ducha, pero ni el agua ni el jabón logran arrancar la sensación de su cuerpo sobre el mío. Ni la forma en que me miraba, como si pudiera ver algo en mí que yo mismo llevo toda la vida intentando ignorar.

No he vuelto a saber nada de ella. Ni un mensaje, ni una llamada. Es como si los dos hubiéramos decidido fingir que aquellos días no existieron, pero cada noche, al cerrar los ojos, la única cara que aparece es la suya.

Me desvela. Me enloquece. Me tortura.

He intentado volver a mi vida normal. Es lo que mejor se me da: poner un muro entre mi cabeza y mi corazón. Entreno como si me fuera la vida en ello. Quemo mi cuerpo hasta la extenuación, solo para que el cansancio silencie los recuerdos. Pero en cuanto me detengo, la veo. Sara. Con su melena rubia que brilla como un puto faro, con esa mirada azul que me desmonta.

Al principio pensé que con un par de días volvería a ser el de siempre. No es la primera vez que tengo un lío con una tía que me descoloca. Pero no es lo mismo. Sara no es una más. No lo fue ni un segundo.

Los días pasan entre rutinas que se sienten huecas. Me levanto temprano para correr en el bosque que rodea mi casa; los árboles, la niebla matinal, el olor a tierra mojada me dan una paz momentánea. Pero cuando la luz empieza a filtrarse entre las ramas, la claridad trae con ella su recuerdo.

Después de correr, entreno en el gimnasio del club. Las máquinas y los pesos me ofrecen el único consuelo que conozco: el dolor físico. Cuanto más pesan las mancuernas, menos espacio queda en mi cabeza para su imagen.

Los partidos me salvan, al menos durante 90 minutos. Cuando estoy en el campo, el mundo se reduce a la pelota, el césped, los gritos de mis compañeros y la respiración contenida del estadio. Durante ese tiempo, no hay Sara, no hay Mónica, no hay pasado. Solo juego. Solo fútbol.

Mis compañeros dicen que estoy en mi mejor momento. La prensa habla de mi madurez en el campo, de mi liderazgo. Dicen que este año puedo llevar al equipo a lo más alto. Y es irónico, porque nunca me he sentido tan inestable por dentro. Como si cualquier cosa pudiera hacerme estallar.

Después de los partidos, volvemos a la rutina de siempre. Los vestuarios llenos de bromas y sudor. Las duchas rápidas. El autocar que nos devuelve a la ciudad. A veces, el míster nos deja salir a celebrar la victoria, y acabamos en algún club de moda en el centro. Mujeres, luces de neón, música que retumba en los huesos. Me esfuerzo por perderme en ese ruido, pero ni las risas ni el alcohol consiguen hacerme olvidar.

Una noche, en uno de esos locales llenos de chicas que se lanzan sobre nosotros como si fuéramos dioses, noto cómo todo me repugna. Miro a mi alrededor y solo veo un desfile de miradas vacías. A mis 26 años me siento viejo y harto. Y entonces, sin quererlo, vuelvo a pensar en Sara. En cómo nunca me miró como un trofeo. En cómo parecía que no le importaba mi apellido, ni mi cuenta corriente. En cómo me hacía sentir real.

No puedo más. Necesito hablar con alguien que me entienda.

Markel, mi compañero de equipo y mejor amigo, es la única persona a la que confío mis demonios. Esa tarde quedamos en el gimnasio privado de un hotel que frecuentamos los dos. Mientras hacemos pesas, le suelto todo.

—No puedo quitármela de la cabeza, tío —confieso, jadeando mientras dejo la barra sobre el soporte.

—¿Sara? —pregunta, secándose el sudor de la frente.

Asiento. Me siento en el banco y me paso las manos por la cara.

—Es una locura. Es como si me hubieran arrancado algo al irse. Y lo peor es que yo mismo la obligué a marcharse. Le dije que era lo mejor, pero ahora…

Markel deja la mancuerna a un lado y se apoya en sus rodillas para mirarme.

—Aitor, ¿desde cuándo dices estas cosas? Nunca te he visto así. Ni siquiera con Mónica.

—Porque nunca me ha importado nadie como ella. Mónica es… no sé. Vacía. Bonita, pero vacía. Con Sara siento que soy otra persona. Como si pudiera ser mejor, ¿sabes?

Markel me observa en silencio unos segundos.

—Siempre te has tenido en muy baja estima. Y sé por qué —dice con cautela—. Pero eres mejor de lo que crees. Mereces salir de esa mierda que arrastras. Y puede que esa chica sea la única que te ayude a hacerlo.

Sus palabras me calan hondo, como un puñetazo en el pecho. Quiero creerlo. Quiero pensar que merezco algo bueno.

—Pero la he jodido, Markel. La he jodido tanto… —susurro.

—¿Por qué no le cuentas la verdad?

—No puedo. Hay cosas que no sabría cómo explicar. Y… no quiero arrastrarla a mi mundo —Miro el suelo, sintiendo que me quemo por dentro—. A veces pienso que soy como una bomba a punto de estallar.

—Entonces haz algo antes de explotar —responde él, tajante.

Esa noche, después de entrenar, paso por casa de Mónica. La he estado evitando, pero no puedo hacerlo para siempre. Me recibe con un abrazo empalagoso, como si no hubiera pasado nada. Pero en mi cabeza ha pasado de todo.

—Te he echado de menos, cariño —dice, dándome un beso en la mejilla.

Intento mantener la compostura, pero solo sentirla cerca me da asco. Aun así, la dejo hacer. Terminamos acostándonos. Es mecánico, frío. Me repito a mí mismo que así conseguiré olvidarla, pero cada gemido falso de Mónica me recuerda lo lejos que estoy de Sara.

Cuando acabamos, me siento en el borde de la cama con las manos en la cara. Mónica se levanta desnuda y se pasea por la habitación como si nada. Se toma un vino, me sonríe, se hace una fotografía en ropa interior. Me doy cuenta de que no siento nada. Ni deseo. Ni ternura. Nada.

—Mónica, tenemos que hablar —digo finalmente.

Ella frunce el ceño.

—¿Hablar de qué?

—De nosotros. Esto no puede seguir así.

Su sonrisa se desvanece. Deja la copa en la mesa con un golpe seco.

—¿Perdona?

—No quiero seguir contigo. Lo siento, pero no te quiero. Y creo que nunca lo hice.

—Oh, no, cariño —dice ella, su voz cambiando de tono de repente, volviéndose más fría que el hielo—. Tú no me dejas.—

Coge su móvil y empieza a deslizar fotos. Me enseña una imagen que me deja paralizado: los dos, desnudos, con otra chica. Mi cara claramente visible. Mi vida entera, mi carrera, colgando de un hilo.

—¿Qué es esto...?

—La puntita del iceberg, Aitor. Solo la puntita. ¿Quieres ver más? —dice con una sonrisa perversa.

Me siento como si me hubieran vaciado los pulmones. Un frío me recorre la columna.

—¿Qué coño estás diciendo?

Me quedo mirando a Mónica como si fuera un espectro. Nunca la había visto así. Siempre había pensado que era un poco superficial, sí, que le encantaba la fama y las cámaras, pero nada que no pudiera manejar. Ahora veo que estaba ciego. Que no la conocía en absoluto.

—No voy a estar contigo —repito, intentando que mi voz no tiemble.

Mónica me observa con calma, como un gato que juega con un ratón antes de matarlo.

—Sí, cariño. Vas a estar conmigo. Porque si no... —levanta el móvil, lo balancea como si fuera un trofeo—. Te haré pedazos. Y no solo a ti. Tu madre, tu club, tu carrera. Todo.

Siento un sudor frío recorriéndome la espalda. Mi cabeza retumba. Necesito aire. Necesito salir de ahí. Pero no me muevo. No puedo.

—Pensaba que me conocías mejor —susurro—. Pensaba que al menos, después de todo, había algo real.

—Lo real es esto, Aitor. El juego del poder. Y yo voy ganando.

Me levanto. Cojo mi camiseta del suelo y me la pongo. Mis manos tiemblan. Me gustaría tener algo que romper. Golpear. Gritar. Pero solo hay un silencio espeso llenando la habitación. Mónica me sigue con la mirada, satisfecha como un depredador.

—Nos vemos pronto, cariño —dice con una voz cantarina mientras salgo por la puerta.

Cuando llego a mi coche, el aire frío de la noche me golpea como un latigazo. Me quedo apoyado en la puerta, respirando con dificultad. Pienso en Sara. En lo que me diría Markel si supiera que sigo enredado en esta mierda. Me siento como un cobarde. Un cobarde que merece todo lo que le pase.

El coche se desliza por la ciudad casi desierta. Las luces se reflejan en el parabrisas mientras conduzco sin rumbo. Paso por las calles del centro, las rotondas iluminadas, los escaparates cerrados. Pienso en lo que Markel me dijo: que me merezco algo mejor. Pero ¿cómo puedo aspirar a algo limpio si mi vida está podrida hasta el tuétano?

Al día siguiente entreno con el equipo. Intento centrarme. Pero mis toques son más duros, mis pases menos precisos. El míster me lanza miradas de preocupación. No estoy en mi mejor momento, y lo saben. Al acabar, me ducho rápido y salgo sin hablar con nadie. Necesito pensar. Necesito soltar esta carga.

Por la tarde, voy a casa de Markel. Vive en un piso alto con vistas a la bahía. Desde su terraza se ve el mar batiendo contra las rocas. Nos sentamos fuera, con cervezas heladas y las luces de la ciudad titilando a lo lejos.

—Te veo peor que nunca —dice, sin rodeos.

—Es porque estoy peor que nunca.

—¿Qué pasó con Mónica?

No sé por dónde empezar. Le cuento todo. La noche con Mónica, el chantaje. Le enseño una de las fotos que me mandó después, como prueba de que hablaba en serio.

Markel silba entre dientes.

—Joder, Aitor…

—No sé qué hacer —confieso. Y es la primera vez en mi vida que me oigo decirlo en voz alta.

—Escúchame bien —dice con la voz grave, apoyando su mano en mi hombro—. Sé que odias la idea de pedir ayuda. Pero si no rompes este círculo, te va a destruir. Tienes que plantarle cara a esa zorra.

—¿Cómo? —pregunto, desesperado—. Si hace públicas esas fotos, mi carrera se va a la mierda. Lo sabes.

—Entonces tienes que encontrar algo que te devuelva el control. Piensa. Busca su punto débil. Nadie es intocable. Ni siquiera ella.

Suena tan fácil cuando lo dice. Pero el nudo en mi estómago sigue ahí, creciendo. Pienso en lo que pasaría si mi madre se enterara. O peor aún… si Sara llegara a ver esas imágenes. Siento ganas de vomitar.

Esa noche, me encierro en mi habitación. Miro el techo durante horas. Pienso en Sara: en cómo me hacía sentir que todo lo bueno que hay en mí merecía la pena. En su voz. En su sonrisa.

No me atrevo a buscarla. No todavía. Pero cada vez estoy más seguro de que, si no la recupero, perderé la única oportunidad de tener algo verdadero en mi vida.

A la mañana siguiente, al bajar a desayunar, me cruzo con mi padre en la cocina. Va trajeado, con el café en la mano y su eterna mirada fría.

—Vas tarde —dice sin mirarme.

—Entreno a las nueve, voy bien de tiempo.

Él gira la cabeza, me observa con calma.

—He hablado con el club. Están contentos con tu rendimiento. Sigue así.

Sus palabras suenan como un cumplido, pero su tono es un puñal. Como si dijera: "No me jodas ahora que todo va bien".

—¿Y si quisiera parar? —pregunto, probando sus límites.

Sus ojos se clavan en los míos, oscuros como un pozo. Un silencio cargado se extiende entre nosotros.

—Tú no paras —responde al fin, con una voz suave pero letal—. Nunca.

Me quedo helado. Quiero preguntarle tantas cosas. Quiero gritarle. Pero cierro la boca. Porque en el fondo, sé que tiene razón. O al menos, esa es la única verdad que me ha enseñado toda mi vida: que los sueños son cadenas, y los nuestros nunca fueron míos.

Después de ese encuentro con mi padre, me voy al gimnasio del club para entrenar por mi cuenta. Necesito sacar toda la rabia que me recorre las venas. Corro kilómetros en la cinta, levanto pesas hasta que los brazos me arden, golpeo el saco como si con cada puñetazo pudiera borrar la voz de mi padre resonando en mi cabeza.

Entre un ejercicio y otro, me viene su imagen. La de Sara. Con su pelo platino, su sonrisa que me desmontaba, sus ojos tan limpios que me daban miedo. Miedo a que vieran todo lo que no quería mostrar.

¿Cómo se supone que voy a olvidarla? ¿Cómo se supone que voy a seguir como si no me hubiera tocado el alma?

La respuesta es que no puedo. Pero me obligo a intentarlo. Por eso sigo. Sigo con mi rutina de futbolista de élite: entrenar, comer, descansar. Repetir. Los partidos vienen uno tras otro, cada vez más duros, cada vez con más presión mediática. Salgo al campo como un autómata, cumplo. Incluso marco un gol en el último encuentro, pero en el vestuario, mientras todos celebran, me siento más solo que nunca.

Las noches son peores. Quedarme en casa es como encerrarme en mi propia jaula. Por eso cedo a la invitación de unos compañeros para ir a esa discoteca de moda, esa donde la prensa siempre espera pillar a un famoso haciendo algo estúpido.

Las luces estroboscópicas me ciegan, el bajo de la música me retumba en el pecho. Chicas se acercan, risas, alcohol, teléfonos móviles listos para grabar cualquier tropiezo. Me esfuerzo en parecer divertido, despreocupado, como el cliché que todos esperan que sea.

Pero mientras uno de mis compañeros me dice algo al oído sobre una modelo que "me haría un favor", yo solo pienso en una chica que no está aquí, que no debería importarme, pero me importa más de lo que quiero admitir.

Es jueves y la casa está en silencio. Estoy tumbado en el sofá, con la televisión encendida en un canal cualquiera, pero no veo nada. Solo pienso en ella. En su mirada. No puedo dejar de recordarla. Me pregunto si pensará en mí, si me odia, si alguna vez podría perdonarme.

La idea me consume.

Entonces escucho un golpe suave en la puerta.

Me sobresalto. Es tarde. ¿Quién puede ser?

Abro y ahí está ella. Sara. De pie en el umbral, con los ojos llenos de dudas y valor. Su pelo cae en ondas rubias sobre sus hombros, sus labios están entreabiertos como si no supiera por dónde empezar.

—Sara... —susurro. Me tiemblan las manos. Es como ver un sueño, uno que duele.

—Aitor, necesitamos hablar —dice, con la voz firme, pero su mirada traiciona el temblor de su corazón.

Le hago un gesto para que entre. Mi respiración es un caos. Apenas puedo procesar que esté aquí. Cierro la puerta tras ella. Quiero abrazarla, pero me quedo inmóvil, intentando encontrar palabras.

—No sabes cuánto he deseado que vinieras... —empiezo, mi voz rota por la emoción.

Pero entonces suenan golpes enérgicos en la puerta. Nos sobresaltamos. Miro a Sara, confuso, y vuelvo a abrir.

Y ahí está Mónica.

Lleva un vestido ajustado, el maquillaje perfecto, el pelo recogido en una coleta pulida que la hace parecer aún más fría. Se planta en el umbral como si la casa fuera suya. Cuando ve a Sara detrás de mí, sus ojos destellan con un brillo peligroso.

—Oh… —dice, sonriendo con esa boca perfecta que ahora me parece una máscara diabólica—. Qué coincidencia tan… adorable.

Sara se asoma a mi lado, con el ceño fruncido. Mira a Mónica, luego a mí, luego de nuevo a ella. Sus ojos se llenan de preguntas.

—¿Quién es ella, Aitor? —pregunta Sara, su voz un filo de hielo.

Quiero hablar, explicarle, pero las palabras se me ahogan en la garganta.

—¿No te lo ha dicho? —interviene Mónica, avanzando un paso como un depredador—. Aitor y yo tenemos algo especial. Llevamos tiempo juntos. ¿Verdad, cariño?

Sara se vuelve hacia mí, herida, furiosa.

—¿Es cierto?

—No —respondo de inmediato, mi voz desesperada—. No quiero nada con ella. Sara, escúchame…

—¿Que no quieres nada? —se burla Mónica, soltando una carcajada seca—. Eso díselo a las fotos, mi amor.

—Mónica, basta —le grito, el corazón a punto de salirme del pecho.

—Oh, no voy a parar. Ahora todo tiene sentido… —dice, mirando a Sara con repulsiva satisfacción—. Se nos ha enamorado el cachorrito.

Sara da un paso atrás. Su cara es un poema de dolor y confusión, pero no se acobarda.

—Tú… solo cinco segundos y ya se ve lo hueca y podrida que estás por dentro —le dice a Mónica, con voz firme. Luego me lanza una mirada que me destroza—. Y tú… eres peor de lo que pensaba.

—Sara, espera —intento agarrarla del brazo, pero ella se aparta, con el orgullo intacto, aunque sus ojos brillen con lágrimas contenidas.

—No vuelvas a buscarme —dice antes de salir, cerrando la puerta tras de sí con un golpe sordo que retumba en mis huesos.

Me quedo solo con Mónica. El silencio es tan espeso que me retumba en los oídos. Mi respiración es un jadeo desordenado. La puerta aún vibra por el portazo de Sara. Intento asimilarlo, pero el veneno de Mónica me arranca de cualquier intento de calma.

Ella da un paso hacia mí, con una sonrisa venenosa dibujada en los labios.

—¿Sabes? He estado pensando —dice, con esa voz suave que ahora solo me da asco—. Estás en el mejor momento de tu carrera. Todos hablan de ti. Los periódicos, la televisión, las redes... —Se pasa un dedo por el mentón, como si estuviera reflexionando—. Y creo que ha llegado el momento de hacer pública nuestra relación. Eso es lo que venía a decirte antes de encontrarme esta maravillosa escena tan romántica.

—¿Qué? —escupo, incrédulo, sintiendo un frío que me recorre la espalda.

—Sí —asiente ella, tan tranquila, tan mortal—. Voy a subir una foto nuestra, preciosa, íntima. Tengo muchas. La gente morirá por saber que el gran Aitor Ibarrola tiene pareja. Que no eres tan misterioso como pretendes.

—Mónica, ni se te ocurra. No tienes derecho.

—Oh, claro que lo tengo, cariño. Me lo he ganado. ¿O te recuerdo las fotos? Los vídeos. Las noches en el club. —Saca el móvil del bolso y me lo enseña, como un arma cargada—. Esto es el principio, Aitor. Tú eliges: o sigues conmigo como hasta ahora, o me aseguro de que todo el mundo sepa la clase de hombre que eres en realidad.

Me quedo sin palabras. El corazón me golpea como un martillo. Ella está dispuesta a arruinarme, y lo peor es que... puede hacerlo.

—Tú no me quieres —digo al fin, con la voz baja pero firme—. Solo quieres lo que te da estar conmigo.

Ella se encoge de hombros, como si acabara de confesar que le gusta un color de pintalabios.

—Claro que sí, cielo. Pero a ti también te gusta lo que te doy yo. Y no vas a encontrar a nadie que aguante tus mierdas como yo.

La miro con un odio tan puro que casi me mareo. Pero también con el miedo asfixiante de saber que tiene el poder de destrozar mi vida.

—Ahora vete —le ordeno, la voz hecha un hilo tenso.

—Como quieras... por hoy —responde ella, inclinándose para rozar mi mejilla con sus labios, en un gesto que me da náuseas—. Pero recuerda: tú a mí no me dejas. Nunca.

Sale de mi casa con paso lento, deliberado, como si fuera la reina de todo lo que me importa.

Y cuando cierro la puerta, me desplomo contra ella. Por primera vez, siento que estoy perdiendo esta batalla. Y que tal vez ya sea demasiado tarde para proteger a Sara de mi desastre.

Esta noche no duermo. Repaso una y otra vez la escena. Su mirada. El dolor. La desesperación. Me arrastro hasta el balcón, mirando el amanecer sobre la bahía. Cada latido me retumba en el pecho como una condena.

¿Qué demonios he hecho?

El amanecer tiñe de rosa el cielo sobre San Sebastián mientras sigo apoyado en el balcón, con el corazón hecho un puño. Cada coche que pasa por la calle me suena como un posible regreso de Sara. Pero no vuelve. No debería hacerlo.

Me ducho, trato de despejar mi cabeza, pero el agua fría solo me recuerda la frialdad con la que ella me miró antes de irse. Reviso mi teléfono cada dos minutos, aunque sé que no va a llamarme. Me imagino escribiéndole un mensaje, contándole toda la verdad, rogándole una oportunidad… pero la misma voz que me atormenta cada noche me recuerda que no soy un hombre que merezca su amor.

Quiero romper algo. Golpear algo. Pero solo me quedo quieto, apretando los dientes.

Esta mañana tengo entrenamiento. Llego al campo como un autómata. Me cambio de ropa en el vestuario mientras mis compañeros bromean sobre la salida nocturna que me vieron hace unos días. Alguien comenta que Mónica es una diosa. Quiero partirle la cara. Me muerdo la lengua. Salgo al césped. El aire frío me corta la piel. Empiezo a calentar.

Cuando acaba el entrenamiento, me voy a casa de Markel. Necesito a mi mejor amigo, mi hermano elegido.

—Te veo peor que nunca, y parece que me estoy acostumbrando a decirte esta frase… —me suelta Markel nada más abrir la puerta—. ¿Otra vez Mónica?

Me dejo caer en el sofá como un saco vacío. No tengo fuerzas ni para fingir. Le cuento todo: la foto, el chantaje, lo de Sara apareciendo justo en el peor momento. Markel escucha sin interrumpir, con el ceño fruncido y el vaso de cerveza detenido a medio camino.

—Tío… —dice al fin, con voz baja—. Sabes que esto no tiene que ver con ella. Ni con Sara. Esto es tu mierda, Aitor. Lo que llevas arrastrando desde niño. Es tu padre, es todo ese miedo que te metió en el cuerpo. Has dejado que ese cabrón decida quién eres y lo que mereces.

—¿Y qué quieres que haga? —le grito—. ¿Qué le diga a Sara que soy un desgraciado que se metió en un club de mierda y que ahora una zorra me tiene cogido por los huevos?

—Quiero que seas valiente. Por una puta vez, Aitor —se inclina hacia mí, con la mirada tan intensa que apenas puedo sostenerla—. No eres tu padre. Ni tus errores. Sara te ha visto más de lo que tú mismo quieres ver. Si la quieres, tendrás que luchar por ella. ¿O vas a vivir toda tu vida como un cobarde?

Me voy de su casa con un nudo que no me deja respirar. Conduzco sin rumbo por la ciudad. Cada calle, cada rincón, me habla de ella. El paseo junto a la Concha, donde imaginé su mano en la mía. Las cafeterías donde pensé invitarla. La tienda de arte donde la imaginé eligiendo pinceles. Todo es Sara.

Esa noche, ceno con mis padres como si nada. Mi madre me pregunta si estoy bien, con esa dulzura que a veces me hace olvidar lo duro que ha sido todo. Mi padre, en cambio, apenas me dirige una mirada. Y cuando lo hace, es para evaluar, para encontrar la grieta.

—Te estás distrayendo —dice, dejando la servilleta sobre la mesa—. Lo noto en los entrenamientos. En los partidos. ¿O crees que no tengo ojos y oídos en todas partes?

—No me estoy distrayendo —miento.

—Más te vale. Porque si empiezas a flojear, Aitor, todos esos contratos, toda esa imagen… se esfuma. Y tú sabes tan bien como yo lo que eso significa.

Me levanto sin decir nada más. Necesito escapar.

—Gracias por la cena, mamá —murmuro, saliendo de la cocina.

—No olvides para quién juegas, hijo —añade él, apenas audible, como una daga susurrada.

Me congelo. Quiero gritarle. Pero no puedo. Porque en el fondo... tiene razón. O al menos, esa es la única verdad que me ha enseñado: que mis sueños nunca fueron míos.

Esa medianoche, tumbado en mi cama, miro el contacto de Sara en el móvil. Podría llamarla. Podría contarle todo. Pero no puedo darle esta versión rota de mí. No puedo permitir que vea lo peor de lo que soy.

Días después, Mónica vuelve a aparecer. Entra como si nada, se sienta en mi sofá y cruza las piernas.

—Tienes un mes, Aitor —dice sin mirarme—. Para hacer oficial lo nuestro. O lo hago yo.

—No lo harás —respondo, más por instinto que por convicción.

—Haz la prueba. Y te juro que si no lo hago yo, lo hará algún medio. Tengo contactos. Y tengo cosas que enseñar —saca el móvil con lentitud. Lo desbloquea. Desliza una imagen en la pantalla—. Mira esto.

Me quedo helado. Soy yo. En un sofá de cuero. Una línea blanca sobre la mesa. Un billete doblado en mi mano. Otra foto: mis ojos rojos, el torso desnudo, una chica a mi lado. Todo desorden, todo decadencia.

—Eso es imposible... —balbuceo—. Hace años que no...

—Un pajarito —interrumpe ella, divertida—. Alguien que quiere lo mismo que yo: que te quedes justo donde estás.

—¿Quién? —rugido, sacudido por la rabia y el miedo—. ¿Quién está detrás de esto?

—Eso no importa. Tienes un mes. Y si no... ya sabes. Las fotos, los vídeos, los escándalos. Directivos. Patrocinadores. Tu madre. Y la princesita, claro.

Sara. No. No. A ella no.

—Nos vemos pronto, cariño —dice, saliendo con la seguridad de quien ya ha ganado.

Cierro la puerta y me quedo apoyado en ella, con los puños apretados y las lágrimas clavadas en el estómago. No hay vuelta atrás. Pero tampoco puedo seguir así.

Una semana después, durante el entrenamiento, el jefe de prensa del club me habla de un evento cultural en el Museo San Telmo. "Buena imagen pública", dicen. Me niego. No tengo la cabeza para eso. Pero el míster insiste. "Ahora más que nunca, Aitor. Necesitas buena prensa."

Acepto. ¿Qué otra cosa puedo hacer?

Y mientras firmo los papeles, una sola pregunta me retumba por dentro: ¿Qué haría Sara si supiera todo esto?

11

SARA

La noche en que fui a su casa sigue siendo un nudo que no consigo deshacer. Recuerdo cada detalle: el frío en mis manos cuando me bajé del coche, el latido desbocado de mi corazón mientras me acercaba a su puerta, la sensación de que el mundo se iba a parar en cuanto le dijera lo que llevaba días repitiéndome a mí misma como un mantra: *Lo quiero. Lo echo de menos. No aceptaré un no.*

Había repasado mentalmente mil veces lo que iba a decirle. Quería que sonara valiente, decidida. Que entendiera que no pensaba rendirme solo porque él se hubiera empeñado en separarnos. Pero cuando abrió esa puerta y vi a esa mujer entrar en su salón, tan cerca de él, tan perfectamente fuera de lugar y a la vez instalada como si le perteneciera, sentí que el suelo se rompía bajo mis pies. Mi estómago se convirtió en un agujero negro. Y lo que más me dolió no fue ella, ni siquiera la posibilidad de que me hubiera mentido: fue su cara. Su cara llena de dolor, sus ojos que parecían gritarme que no entendía nada, que no quería eso.

Ese recuerdo me acompaña cada vez que cierro los ojos. Es un látigo que me corta la respiración cuando menos lo espero.

Desde aquel día, todo ha sido una sucesión de horas grises. Las clases empiezan pronto, pero la facultad es lo único que me mantiene cuerda. Cada tarde me pierdo en mi mural, un proyecto que se ha convertido en mi único refugio. En él, pinto a una mujer que se deshace poco a poco, como si el viento la fuera borrando de la memoria del mundo. Su cara, etérea, apenas se sostiene sobre un cuello frágil. Los colores se mezclan en un caos precioso: lilas que sangran sobre turquesas, dorados que se apagan en grises. Es un mural que habla de mi propio desmoronamiento. De cómo me siento cada vez más lejos de mí misma.

Me paso horas aplicando capas y capas de pintura con pinceles gruesos, dejando que el tiempo se escurra entre manchas de color y canciones que suenan a través de mis auriculares. La gente que pasa se queda mirando, algunos me preguntan si representa la libertad. Me limito a sonreír, incapaz de explicar que, en realidad, es un grito pintado con formas bonitas.

A veces, Laia viene a verme. Se sienta en un taburete y me acompaña trabajando en silencio en su propio mural. Su presencia me da paz, pero también me recuerda que estoy huyendo.

—Sara, tienes que enfrentarte a esto —me dice—. Aitor no es un monstruo. Y lo que pasó… no sé, es como si faltara algo. Todo es raro.

—No hay nada más que ver —respondo, mojando mi pincel en un azul profundo—. Sé lo que vi. Y no pienso volver a arrastrarme.

—No se trata de arrastrarse. Se trata de saber la verdad. De no quedarte con dudas que luego se claven como cuchillas cuando sea demasiado tarde.

Sus palabras me taladran la cabeza durante días. Porque, en el fondo, sé que tiene razón. Pero no puedo. El orgullo me ata. El miedo me paraliza. Y lo que más me asusta es volver a mirarlo a los ojos y darme cuenta de que todo es mentira.

Las noches se hacen eternas. Las paso en mi habitación, tumbada en la cama, con la mente atrapada en bucles que empiezan y acaban en la misma imagen: su cara cuando me vio. Un rostro devastado que no encajaba con la traición que yo creía estar presenciando.

Mi madre ha empezado a notarlo. Me observa con esos ojos que lo ven todo, aunque yo intente fingir. Una noche, mientras pone la mesa para cenar, me dice:

—Cariño, llevas días sin probar bocado. ¿Qué te pasa?

—No es nada —miento, apartando la vista—. Solo estoy abrumada. Todo ha cambiado tan rápido… echo de menos mi vida de antes. Me siento atrapada, como si estuviera viviendo una vida que no es mía. Y desde lo del pie ni siquiera he podido hacer yoga. Es mi vía de escape y ahora no la tengo.

Mi madre suspira y se sienta frente a mí.

—Sara, hace dos semanas que ya no tienes ni venda. Solo necesitas tiempo para recuperar tu ritmo. Lo lograrás.

—Mamá… —digo sin pensar—. Quiero un perro. Necesito a alguien que no me falle nunca.

Ella arquea las cejas.

—¿Un perro?

—Sí. Quiero alguien que me mire como los perros de Laia la miran a ella. Necesito un mejor amigo que no me haga sentir sola.

—Bueno… si es lo que necesitas, mañana iremos al refugio.

No me lo creo. Me lanzo a sus brazos como cuando era una niña.

—Gracias, mamá.

Ella sonríe, pero luego su expresión cambia.

—Tengo que contarte algo. Iñaki y yo vamos a hacer un viaje.

—¿Qué viaje?

—Un mes en velero. Partiremos de Getxo, en el País Vasco. Bajaremos bordeando Galicia, luego Portugal… tal vez lleguemos a Marruecos si el tiempo acompaña.

—¿Y me vas a dejar sola un mes?

—Sara, ya eres mayor. Necesito que aprendas a cuidarte. Quiero que vivas con valentía, que tomes decisiones por ti misma, que no te arrepientas de nada.

Sus palabras me recuerdan a Aitor. A cómo me arrepiento de todo desde que lo conocí. A cómo me aterra que esta historia quede así, rota y sin sentido.

A la mañana siguiente vamos al refugio. Mi corazón late con una mezcla de ilusión y miedo. Entre jaulas, ladridos y ojos tristes, un perro mediano de pelo corto, manchas marrones y blancas, orejas enormes y mirada intensa me observa en silencio. Cuando abro la puerta de su jaula, corre hacia mí como si me hubiera estado esperando toda su vida. Se sube a mis piernas, me lame las manos, me mira como si yo fuera lo único importante en el mundo.

—Hola, pequeñín… —susurro, sintiendo que mi pecho se llena de algo parecido a alegría—. Te llamaré Kovu. Serás mi mejor amigo.

Desde ese momento no se despega de mí. Mi madre me observa con una mezcla de sorpresa y ternura mientras hago los papeles de adopción.

A medio día salgo a pasear con Kovu por el bosque. Las nubes cargadas de tormenta cubren el cielo. La brisa huele a tierra mojada. Kovu salta feliz, se revuelca en la hierba, vuelve a mi lado cada vez que lo llamo. Me siento un poco más ligera. Un poco más viva.

Y entonces lo veo.

Aitor aparece corriendo entre los árboles, con el pecho subiendo y bajando, el pelo empapado de sudor. En cuanto me ve, se detiene, se quita los auriculares y echa a correr hacia mí como un loco.

—¡Sara! —grita—. Por favor, escucha. Nada de lo que viste es lo que piensas. Sé que tendría que haberte llamado, que debería haberte explicado. Estoy atrapado en una cárcel que no puedo romper solo. Sara, eres la única que puede ayudarme.

Me quedo congelada. Quiero correr. Quiero gritarle que se calle. Pero no puedo. Cada palabra suya me atraviesa como un puñal y me paraliza.

—Te lo juro, Sara. No te rindas conmigo. Todo el mundo lo hace. Todos lo harán. Pero tú no. Eres la única en quien confiaría mi vida. Me quieres como yo te quiero. Y eso no se puede controlar.

—No me líes, Aitor —respondo con un hilo de voz—. Me advertiste que no pertenecía a tu mundo. Tenías razón. Nunca entenderé lo que haces, ni lo que hiciste con esa mujer. No quiero entenderlo. Déjame.

Me doy la vuelta y camino con Kovu. Cada paso es una puñalada. Me muero por mirar atrás, pero no lo hago.

Siento sus pasos detrás de mí, como un eco silencioso que no se atreve a alcanzarme. El viento levanta las hojas del sendero y la primera gota de lluvia me cae en la frente. Kovu me mira preocupado, como si entendiera que me estoy deshaciendo por dentro.

Ya es de noche. Llevo todo el día sola, no ha parado de llover intensamente ni un momento desde que me crucé con Aitor. Cada trueno sacude el cielo y los árboles se retuercen con el viento. La tormenta sigue con toda su furia: la lluvia golpea el suelo como si quisiera romperlo.

La casa está oscura, silenciosa. Mi madre no está. Debe de estar con Iñaki, quizás haciendo planes para su ruta en velero. Un relámpago ilumina el pasillo durante un segundo, seguido de un trueno que hace vibrar los cristales. Kovu gime y se acurruca junto a mis piernas. Se va la luz, y me asomo por la ventana, parece que la de todo el mundo.

Me cambio de ropa para dormir a tientas, sin electricidad, encendiendo una vela que lanza sombras temblorosas sobre las paredes. Cada ráfaga de viento hace crujir las ventanas. Me siento en la cama, abrazada a Kovu. Intento que la calma que él desprende me contagie, pero el miedo me late en la garganta como un tambor.

Entonces, un golpe de viento abre de par en par la ventana de mi habitación. La cortina se arremolina como un fantasma y el agua de la lluvia entra a borbotones. Grito al ver una silueta que salta dentro, oscura, enorme, empapada. Kovu ladra furioso.

—¡No me mates! —chillo, agarrando a mi perro como si eso pudiera salvarme.

—Sara, tranquila. Soy yo —dice una voz que me parte en dos.

—¿Aitor? ¡Estás loco! ¡Podías haberte matado con un rayo!

Él se queda quieto, empapado de pies a cabeza, respirando con dificultad. Sus ojos me buscan con una desesperación que me hace temblar más que la tormenta.

—He tenido partido esta noche. Hemos perdido, por cierto. Cuando conducía por la carretera vi que el barrio estaba a oscuras y al llegar a casa, no he visto el coche de tu madre en la entrada. Sabía que estabas sola. No podía dejarte así, Sara. No voy a dejarte sola nunca. No vamos a dejar las cosas como se quedaron. Sara, te debo muchas explicaciones.

—Aitor... —me obligo a mantener la calma—. Tenemos mucho de lo que hablar.

—Lo sé. Para que esto funcione, tienes que saber toda la verdad. Y solo rezo para que, aunque te repugne, puedas comprender que desde que te conocí me repugno a mí mismo. Quiero ser otro por ti, Sara. Quiero que seas mi familia. Eres lo mejor que me ha pasado.

Lo miro, con la vela titilando entre nosotros. El sonido de la lluvia lo envuelve todo. Mi corazón quiere saltar a sus brazos, pero mi mente grita que no me precipite.

—Espera —digo, buscando una toalla—. Estás empapado y hace un frío que pela.

Le doy unos pantalones anchos de yoga y, mientras se cambia, enciendo más velas. La habitación se ilumina con un resplandor cálido y la tormenta, fuera, parece aún más feroz comparada con la quietud que se crea entre nosotros. Kovu se tumba a mis pies, tranquilo por primera vez en toda la noche.

Aitor se sienta frente a mí, con el pelo húmedo cayéndole sobre la frente, las manos entrelazadas sobre sus rodillas. El silencio se alarga, pesado, cargado de todo lo que ninguno de los dos sabe cómo decir.

—Aquí empieza todo —susurro—. Quiero saber la verdad. Quiero saber qué te ata a esa mujer. Por qué pareces atrapado. Por qué me miras como si me necesitaras y, sin embargo, vives en un mundo que no entiendo.

Aitor respira hondo, como si se preparara para un salto mortal. Su voz suena rasgada, herida:

—No sé por dónde empezar —dice, y su voz suena como la de alguien que arrastra mil inviernos en la espalda—. Mi vida no siempre fue como ahora, Sara. Tuve una infancia… jodida. Mi padre era un hombre muy difícil, mi madre demasiado rota para sostener a nadie. Pasé años en la calle, haciendo lo que fuera para sobrevivir.

Siento un nudo en la garganta al imaginarlo de niño, con esa mirada que ya conocía el miedo.

—La adolescencia fue peor —continúa—. Me metí en líos constantemente. Robos pequeños, peleas, drogas… El fútbol fue lo único que me salvó. Cuando me ficharon por un equipo juvenil serio, empecé a concentrar toda mi rabia, mi frustración, mi necesidad de ser alguien, en el campo. Pero cuando empecé a destacar y a ganar dinero... me fui de madre.

Aitor se ríe amargamente, un sonido hueco que me rompe un poco más.

—Me convertí en un idiota. Discotecas, alcohol, drogas, chicas... todo era una fiesta sin fin. Solo me sentía vivo cuando estaba al límite.

—¿Cómo saliste de eso? —pregunto. Mi voz es apenas un hilo.

—Markel —dice con un brillo de agradecimiento en los ojos—. Mi mejor amigo. Me sacó de ese agujero. Estuvo conmigo cada día, soportando mis mierdas, hasta que conseguí dejar las drogas.

Kovu levanta la cabeza y apoya la barbilla en mi pierna. Siento su calor, como un ancla a tierra.

—Pero después de desintoxicarme —Aitor traga saliva— hubo un día... una noche que lo arruinó todo. Quise demostrarme que estaba "bien", que podía divertirme sin caer de nuevo. Así que fui con algunos conocidos a un club. No un club normal, Sara. Un club donde todo está permitido. Donde no hay reglas. Donde las personas son solo cuerpos que se mezclan entre sí.

Cierra los ojos un instante y al abrirlos hay un brillo roto en ellos.

—No es fácil decirlo. Es un lugar elegante, discreto, donde gente con mucho dinero paga por pertenecer a un círculo de excesos. Un club privado donde las noches se pierden entre alcohol, sexo y secretos. Las habitaciones son decoradas como salones de un hotel de lujo, con camas enormes, espejos, luces bajas. Hay máscaras para quien quiera mantener el anonimato, pero también quienes disfrutan de ser vistos. Aquella noche... yo me perdí. Me dejé llevar como un imbécil. Fue un año entero que entraba y salía de ese lugar, compartiendo cosas con Mónica, con otros, sin pensar. Sin sentir. Solo vacío.

—Y ahí conociste a Mónica —susurro.

Asiente con gesto cansado.

—Sí. Al principio pensé que era solo una modelo más, otra chica buscando lo mismo que yo. No sabía quién era realmente. Nos veíamos, nos perdíamos juntos, y luego cada uno seguía con su vida. Nunca la amé.

Jamás. Pero cuando empecé a sentir cosas por ti… supe que debía cortar todo. Y ahí empezó la pesadilla.

—¿Qué pasó? —pregunto, con la voz temblorosa.

—Cuando intenté alejarme, Mónica empezó a chantajearme. Me dijo que tenía fotos mías dentro del club, imágenes de cosas que nadie querría ver publicadas. Y lo peor: fotos de mi época más oscura, cuando consumía drogas. Alguien se las pasó, Sara. Porque ella no me conocía entonces. Eso significa que alguien de mi pasado, alguien que sabe lo vulnerable que fui, me ha vendido.

Sus palabras quedan suspendidas en el aire, como el último latido de un corazón moribundo. Siento las lágrimas cayéndome por las mejillas.

—¿Por qué no me lo contaste? —mi voz es un grito ahogado, un latido roto—. ¿Por qué dejaste que creyera lo peor de ti?

—Porque tenía miedo de perderte —dice, y sus ojos se llenan de lágrimas que brillan con la luz de las velas—. Porque pensé que, si te contaba la verdad, huirías. Y cuando te conocí… entendí que eras lo único real que había sentido en años. No soportaba la idea de que me miraras con asco.

Quiero abrazarlo, quiero gritarle que lo odio por no confiar en mí, quiero besarlo hasta olvidar el mundo. Pero estoy paralizada.

—Sara, dime qué piensas —me suplica, dando un paso hacia mí.

—Pienso que todo es una locura —respondo, llevándome las manos a la cabeza—. Que no sé si puedo vivir con esto. Que no sé si soy lo bastante fuerte para sostener un pasado que no es mío, pero que me salpica en cada rincón.

Aitor se arrodilla frente a mí. Sus manos toman las mías. Su voz es un susurro roto:

—No quiero que lo sostengas. Quiero que me ayudes a destruirlo. A ser alguien que merezca tu amor.

El trueno más fuerte de la noche retumba sobre nosotros. Nos miramos en un silencio cargado de todo lo que sentimos y de todo lo que aún no sabemos cómo decir. Kovu se acerca y apoya su cuerpo contra el mío, como si quisiera protegernos a los dos.

—Te lo suplico, Sara —dice Aitor—. No me abandones.

—Aitor… no sé qué hacer. Todo en mí quiere abrazarte y no soltarte nunca. Pero mi cabeza dice que esto es una locura. Que no puedo vivir con miedo. Que no puedo amar a alguien que arrastra un mundo que no comprendo.

Él se levanta, camina hacia mí, pero deja un espacio entre nosotros. Su voz es apenas un susurro:

—Lo sé. Solo te pido una oportunidad. Una sola. Para demostrarte que puedo salir de esto. Que contigo soy mejor.

Mis ojos se llenan de lágrimas.

—Estoy tan rota, Aitor… —admito, con la voz quebrada—. Desde que te conocí no he hecho más que perderme. Y sin embargo…

—Y sin embargo nos encontramos —dice, avanzando un paso más. Sus manos casi rozan las mías.

Por un segundo, el tiempo se detiene. La tormenta parece alejarse. Su respiración es lo único que oigo.

—No te merezco, Sara —susurra—. Pero te necesito más que a nada.

Quiero lanzarme a sus brazos. Quiero que todo el miedo desaparezca. Pero también quiero ser fuerte por mí misma. Quiero asegurarme de que mi amor propio esté a salvo antes de darle mi corazón a alguien que no sabe cuidar ni del suyo.

Me separo un paso. Las lágrimas me empañan la vista.

—No puedo darte una respuesta hoy, Aitor.

Nos quedamos tan cerca que casi puedo sentir el calor que emana de su cuerpo empapado. Aitor aún arrodillado frente a mí, sosteniendo mis manos como si de ellas dependiera su vida. Mi habitación huele a lluvia, a cera derretida y al miedo que vibra en mis huesos.

Mis pensamientos son un torbellino: me atrae con una intensidad que me da vértigo, pero su pasado me sobrepasa. Quiero abrazarlo y no soltarlo jamás, pero también quiero salir corriendo y no volver a mirarlo. Mi corazón late como un tambor mientras su voz resuena en mi cabeza: *Te necesito. No me abandones.*

Trago saliva, sintiendo la garganta seca. Mi pecho se contrae cuando las palabras empiezan a salir, casi sin que las controle:

—Aitor… —mi voz tiembla, como un cristal a punto de romperse—. Hay algo que necesito que sepas. Algo que… no sé si vas a entender.

Sus cejas se fruncen, expectante, como si cualquier confesión mía pudiera ser la llave que lo condene o lo salve.

—Dímelo —me anima, su tono bajo, como un susurro.

Cierro los ojos un segundo, buscando el valor que creí haber perdido:

—Yo… nunca he estado con nadie. Quiero decir… soy virgen.

La palabra se queda flotando entre nosotros como un secreto que cambia todo. Abro los ojos para encontrar los suyos, que están muy abiertos, brillando con sorpresa, pero también con un respeto tan inmenso que me rompe por dentro.

—¿Sara…? —dice casi sin aliento.

—Sí —Asiento con la cabeza, tragándome las lágrimas que empiezan a acumularse—. Y no es por miedo ni por tontería. Es porque siempre pensé que el día que me entregara a alguien sería a un hombre que me hiciera sentir segura, amada… alguien con quien pudiera ser yo misma sin reservas. Y no sé si puedo serlo contigo. No con… todo esto.

El silencio que se forma es tan profundo que incluso la tormenta parece quedar al margen. Aitor aprieta mis manos con suavidad, como si temiera romperme.

—Sara —dice con voz ronca—. No sabes cuánto te admiro por confiarme esto. No quiero que me des nada que no estés segura de querer. Nunca.

Sus palabras me atraviesan como un fuego lento. El miedo que sentía a que se riera de mí, a que pensara que era una niña, se disuelve un poco con la seriedad en su voz, con el temblor contenido de su mirada.

—Es solo que… esto —digo señalando el espacio entre nosotros, el torbellino que hemos creado—. Todo esto me supera. Tu pasado, Mónica, el club… son cosas que no forman parte de mi mundo. Son demasiado para mí.

—Lo sé —admite, y su voz se quiebra un instante—. Pero Sara, juro que contigo quiero otra vida. No quiero más excesos. No quiero más noches vacías. Solo quiero una oportunidad para demostrarte que puedo ser mejor.

Una lágrima se escapa por mi mejilla. Quiero creerle. Quiero pensar que el amor puede con todo, que la pasión no siempre acaba en destrucción. Pero una parte de mí aún está paralizada por el miedo. Porque no alcanzo a entender cómo podemos amarnos, de esta manera, cuando no nos conocemos de verdad, cuando no hemos compartido apenas, como si estuviéramos destinados a que esto pasara. Conectados por algo invisible.

Tengo la sensación de que, a pesar de no entender, algo me reconforta por dentro. Algo de mi interior me dice que esto está bien, que esta persona me calma y es parte de mí, de mi hogar. No sé aún cómo manejar esta cantidad de sentimientos, tan intensos, tan abrumadores, tan profundos… nunca he experimentado nada parecido.

Nos miramos largo rato. Mi respiración se acompasa con la suya. Kovu nos observa con el hocico apoyado en la manta. Afuera, la tormenta comienza a alejarse, dejando un silencio lleno de electricidad en el aire.

—No puedo prometerte nada —susurro—. Solo que no voy a salir corriendo esta noche.

Aitor asiente, con lágrimas asomando en sus ojos. Se inclina lentamente hasta que nuestras frentes se rozan, su respiración cálida mezclándose con la mía. Sus manos suben a mis mejillas, acariciándolas con una delicadeza que me desarma por completo.

—Gracias —dice en un hilo de voz—. Gracias por ser la única luz que me queda.

Me dejo sostener un segundo más, sintiendo el latido de su corazón bajo mis dedos. Quiero congelar este momento para siempre, donde el caos y el miedo se suspenden, y solo quedamos nosotros, dos almas heridas buscando un refugio.

Pero sé que mañana la realidad volverá con todas sus aristas. Y que las palabras no bastarán para arreglar lo que se ha roto.

Aun así, esta noche, aquí, en medio de la oscuridad, me permito soñar que podemos con todo.

Nos sentamos juntos en la cama, Kovu acurrucado entre nosotros. Nos quedamos en silencio, observando las llamas de las velas. La tormenta se disipa poco a poco y el viento deja de sacudir la casa. Afuera, un primer rayo de luna rompe entre las nubes, iluminando nuestros rostros con un resplandor suave.

Siento el latido de Aitor en sus manos, el mío en mi pecho, y por un instante, solo un instante, dejo que la esperanza se instale en mí.

Nuestras respiraciones se mezclan en la penumbra iluminada por las velas. El silencio es tan frágil que siento que un suspiro podría romperlo. Aitor está tan cerca que noto el calor que emana de su piel, el leve temblor en sus manos cuando se posan sobre mis mejillas como si yo fuera de cristal.

Sus labios rozan los míos con una suavidad que me desarma. Es un beso tímido al principio, como si temiera que un movimiento brusco me hiciera retroceder. Pero cuando le devuelvo el beso, siento cómo el aire se llena de electricidad, como si el mundo entero se contrajera a nuestro alrededor.

Su aliento sabe a lluvia, a miedo y a una promesa desesperada. Su boca se abre apenas para invitarme a un beso más profundo, más sincero. Aitor me besa como si con cada caricia de sus labios quisiera entregarme su alma, como si con cada roce sellara un pacto imposible de romper.

Sus manos tiemblan sobre mi cuello, bajan a mis hombros, se detienen como si no supieran cómo seguir. Siento su miedo a herirme, su ansiedad de perderme, y eso me hace amarlo aún más. Mi corazón late tan rápido que creo que va a estallar.

Me armo de valor y acerco mis manos a su torso, palpando la dureza de sus músculos. Soy torpe, mi respiración se entrecorta. Nunca he experimentado nada parecido y el cosquilleo que me recorre me hace sentir como si flotara.

Aitor deja escapar un gemido ahogado que me estremece. Sus manos se enredan en mi pelo y me atrae hacia él con más intensidad. Me besa como si lo necesitara para vivir, como si mi boca fuera la única cura para su dolor. Sus labios se vuelven más hambrientos, desesperados.

Su mano baja a mi espalda, acariciándola con un cuidado reverente, mientras con la otra me abraza contra él como si quisiera protegerme de todo lo que existe fuera de este instante.

En un arranque de valor, mis manos buscan el borde de su pantalón y empiezo a bajarlo, con torpeza, casi con miedo. Al hacerlo, siento el calor de su erección rozándome y un escalofrío me recorre entera.

Aitor se tensa como si un rayo le hubiera atravesado. Sus manos se lanzan a quitarse los pantalones, dejándolos caer al suelo en un segundo. Mi respiración se detiene al verlo: cada músculo se marca bajo la luz temblorosa de las velas, su piel parece tallada en bronce.

Con un movimiento suave, casi reverente, me quita la camiseta que llevo puesta, dejándome en ropa interior. Me besa en los labios, en el cuello, en los hombros, sus manos recorren mi cintura, mis costados, mi pecho. Siento que su boca deja un reguero de fuego a su paso, que cada caricia es una súplica muda.

Pero de pronto, se detiene en seco. Me quedo con los labios entreabiertos, la piel ardiendo, el corazón desbocado. Aitor apoya su frente en la mía, su respiración agitada choca con la mía.

—No —dice con la voz grave, cargada de un deseo que apenas contiene—. No puedo hacerlo así, Sara. No puedo dejar que tu primera vez sea fruto de la desesperación, de un momento que empezó con miedo. Quiero que sea perfecto. Quiero que sea algo que recuerdes con felicidad toda tu vida. Quiero ganarme ese momento contigo.

Sus palabras me atraviesan como un puñal y un bálsamo a la vez. Lo amo. Lo amo con todo mi ser.

—Por favor… —susurro, con la voz rota—. Quédate. Solo quiero que me abraces.

—Nunca podría irme —responde, sus labios rozando los míos.

Se tumba conmigo en la cama, me envuelve en sus brazos como un escudo. Kovu se acomoda a nuestros pies, tranquilo, casi orgulloso. Las velas proyectan un resplandor suave sobre nuestras pieles.

Aitor me acaricia el pelo, juguetea con mis mechones, me hace cosquillas suaves que me arrancan pequeñas risas. Su mano dibuja círculos sobre mi espalda mientras mis dedos trazan líneas en su pecho, memorizando cada contorno, cada cicatriz, cada latido.

—Aitor… —digo de pronto, mi voz es apenas un susurro—. Aunque tú y yo lo intentemos, aunque vayamos con toda la fuerza del mundo… el resto sigue ahí. Las personas que te quieren hacer daño siguen ahí. No puedo evitar pensar en quién querrá acabar con lo nuestro antes incluso de que empiece.

Él se incorpora apenas para mirarme a los ojos. La luz de las velas hace que sus pupilas parezcan infinitas.

—Sara, ahora lo sabes todo —su voz es tan firme que me estremezco—. Y solo te pido que confíes en mí. Voy a resolverlo todo. No quiero que te preocupes más por nada. Solo quiero que pienses en vivir conmigo, en disfrutarme, como pienso hacer yo contigo. ¿Vale?

Mis lágrimas resbalan por mi rostro, pero son lágrimas de alivio, de amor, de un miedo que por fin empieza a aflojar su nudo.

—Vale… —susurro, antes de acurrucarme contra su pecho, sintiendo que por primera vez en semanas mi corazón se calma.

Y así, abrazados en la penumbra, con el sonido lejano de la tormenta marchándose y la calidez de nuestros cuerpos entrelazados, dejamos que la calma nos encuentre. Porque esta noche, aunque el mundo siga ahí fuera, hemos encontrado un refugio el uno en el otro.

Entonces me besa. Lento, profundo, como si ese beso pudiera sostenerme cuando todo lo demás se derrumba.

Después, con una delicadeza que me desarma, me acomoda entre sus brazos. Se tumba a mi lado en la cama, con mi cabeza sobre su pecho, su mano sobre mi cintura. Siento el latido de su corazón bajo mi oído. Firme. Constante. Como una promesa silenciosa.

—Duerme —susurra, y sus labios rozan mi frente—. Estoy aquí. Y no voy a irme.

No digo nada. Me limito a cerrar los ojos, dejándome envolver por su calor, su olor, el ritmo acompasado de su respiración. Poco a poco, el sueño me atrapa. Y mientras me pierdo en la negrura, lo último que escucho es su voz, grave y suave, susurrándome como un secreto que solo el universo y yo compartimos:

—Te lo juro, Sara. Todo va a salir bien.

12

SARA

Me despierto con la primera luz filtrándose entre las cortinas. Me doy la vuelta y lo primero que veo es a Aitor, dormido profundamente a mi lado. Su pecho sube y baja con una calma que me contagia, su brazo descansando a pocos centímetros de mí, como si incluso inconsciente quisiera protegerme. Me quedo unos minutos observándolo. Es tan guapo que duele. Tan mío... o al menos eso quiero creer.

Decido no despertarlo. Me levanto con cuidado, pongo un pie en el suelo y me deslizo fuera de la cama, con la sensación extraña de que el tiempo se ha detenido en esta habitación. Quiero hacerle el desayuno, tener un detalle con él. Me siento feliz, liviana, como si todo lo que habíamos vivido antes se hubiera desvanecido y solo quedara la certeza de estar donde quiero estar.

Bajo a la cocina. Mi nuevo perrito viene detrás de mí, decido abrirle la puerta del jardín para que pueda darse un paseo matutino. Mientras le preparo el desayuno a él también. Me sorprende el silencio. El sol se cuela tímido por la ventana, iluminando el mármol claro. Empiezo a abrir armarios buscando café, pan, algo para improvisar un desayuno. Pero entonces me asalta un pensamiento: ¿y mi madre? No la oí llegar anoche. No escuché su voz ni el ruido de sus pasos. Nada.

Me recorre un escalofrío. Me acerco a la entrada y miro los abrigos. Su chaqueta no está. Saco el móvil del bolsillo de mi bata y la llamo. Una vez.

Dos veces. Tres. Va directo al buzón de voz. La angustia empieza a reptar por mi pecho.

Entonces me acuerdo de la agenda que deja siempre sobre la mesa del salón. La encuentro y ojeo con manos temblorosas hasta dar con un nombre que me sobresalta: Iñaki. El hombre que hace latir el corazón de mi madre como no había visto latir en años. El hombre que, a pesar de mi recelo inicial, ha traído algo de luz a su vida.

Marco su número sin pensarlo. Me retuerzo los dedos mientras suena. Una vez, dos...

—¿Sara? —contesta por fin una voz masculina, grave pero serena.

—Iñaki... ¿Dónde está mi madre? No ha vuelto a casa. Me estoy volviendo loca. ¿Está contigo?

Al otro lado hay un silencio que me hiela.

—Sara, escúchame bien —dice con calma forzada—. Estamos en el hospital. Ayer por la noche, de camino a casa... un árbol cayó sobre el coche. Fue un accidente. Tu madre está bien, estable, pero la están observando por un golpe en la cabeza. Ha estado consciente, tranquila, pero los médicos querían asegurarse.

Me quedo sin aire. Me apoyo en la encimera, las piernas a punto de ceder. El corazón me late tan fuerte que apenas escucho la voz de Iñaki.

—Voy para allá —digo con un hilo de voz.

—No hace falta que corras, de verdad. Tu madre está bien. Quería llamarte antes, pero todo pasó tan deprisa... y no quería preocuparte sin necesidad. Está en Urgencias del Hospital Universitario Donostia. Ven cuando puedas. Aquí estaré.

—Gracias... gracias, Iñaki.

Cuelgo con las manos frías, las ideas arremolinándose en mi cabeza como una tormenta. Subo a la habitación y Aitor se incorpora al verme entrar. Se frota los ojos, confuso.

—Sara... ¿qué pasa? —pregunta al ver mi cara.

Lo miro, y todo mi miedo, mi angustia, mis ganas de ser fuerte se mezclan. Corro a sus brazos, me hundo en su pecho. Su abrazo es mi refugio.

—Es mi madre... han tenido un accidente. Está en el hospital —Las palabras salen atropelladas, apenas soy consciente de mi propia voz.

Aitor se incorpora de un salto, el sueño borrándose de su cara como si nunca hubiera existido. Me sostiene por los hombros, su mirada clavada en la mía.

—Vamos ahora mismo —dice, decidido.

Bajamos juntos, casi corriendo. El cielo está apenas clareando cuando salimos a la calle, la brisa fría de la mañana me azota la cara y me ayuda a no desmayar. Aitor abre la puerta de su coche como si el tiempo le debiera algo y me mete dentro con suavidad, pero con una urgencia que me eriza la piel. Arranca sin vacilar, los neumáticos chirrían al girar en la primera curva. Tiene un mercedes que parece una pasada, pero no entiendo de coches, tampoco me da tiempo a fijarme.

Me ajusto el cinturón con manos temblorosas. El corazón me late tan rápido que tengo la sensación de que se va a salir de mi pecho. Nos incorporamos a la carretera, y la velocidad me pega contra el asiento. Es como si estuviéramos flotando.

Para distraerme, para no pensar en que mi madre está en un hospital, busco algo que decir.

—Este coche… —susurro, acariciando la consola de cuero negro—. Es increíble. ¿Qué modelo es?

Él lanza una mirada rápida, entre el tráfico, y sonríe apenas.

—Mercedes-AMG GT 63 S —responde con voz grave, concentrado en la carretera—. Es un cuatro puertas, pero corre como un demonio. No hay muchos por aquí.

—Suena… —mi voz tiembla, como mis manos—. Suena como si pudiera comerse el mundo.

—Es lo que necesito a veces —dice, con un destello en los ojos verdes cuando los cruza conmigo un segundo—. Algo que me recuerde que aún tengo el control. O que al menos puedo fingir que lo tengo.

Sus palabras me atraviesan. Porque entiendo lo que quiere decir. Porque también yo me siento fuera de control.

Miro el salpicadero iluminado, los detalles de fibra de carbono, la insignia AMG que brilla como una joya. El coche huele a cuero caro, a perfume suave de Aitor, a peligro. Como él.

—Pues… me encanta —digo en voz baja.

Él aprieta el volante y acelera un poco más, como si mis palabras fueran gasolina.

—Y a mí me encantas tú —responde casi inaudible —Tranquila, Sara. Todo va a salir bien —dice con la voz grave, sus manos firmes en el volante. Pero noto su mandíbula apretada, la tensión marcándole las venas del cuello.

Conduce rápido pero seguro, como hace todo, y me doy cuenta de que incluso en este caos me siento protegida. El coche avanza veloz por las calles casi desiertas de la ciudad aún dormida. Las luces de los semáforos parpadean en ámbar y el mar asoma entre los edificios, oscuro y frío como mi miedo.

Llegamos al hospital en menos de diez minutos. Aitor aparca justo en la puerta de Urgencias, se gira hacia mí y me coge la mano con fuerza.

—Escúchame: voy a llevarte dentro. Pero no puedo quedarme, Sara. Tengo entrenamiento. No puedo faltar… lo sabes, ¿verdad? —Su voz es casi un susurro, cargada de culpa.

Asiento, tragando saliva. Quiero pedirle que se quede, que no me deje sola. Pero no puedo ser egoísta.

—Lo entiendo —respondo, intentando mantener la voz firme—. Vete tranquilo. Mi madre me necesita ahora, y… esto… —señalo el espacio invisible entre nosotros, esa electricidad—. Igual no es el momento de contárselo todo, ¿no crees?

Aitor frunce el ceño, pensativo, como si algo le doliera al escucharme decirlo. Luego asiente despacio.

—Tienes razón. Las cosas están complicadas, Sara. Demasiado. Y no quiero que nada… —hace una pausa, busca mis ojos con desesperación—. No quiero que nada de lo que pase conmigo te salpique.

—Entonces, ¿seguimos en secreto? —pregunto, con un hilo de voz.

—De momento, sí —dice con firmeza—. Nadie puede saberlo. Ni tu madre, ni mis padres, ni nadie. Al menos hasta que consiga poner todo en orden.

—Está bien —digo, aunque en el fondo una parte de mí grita que no quiere esconder nada. Pero también sé que él me está pidiendo tiempo. Y le daré todo el que necesite.

Aitor me acaricia la mejilla con la yema de los dedos, como si quisiera memorizarme antes de irse. Se inclina hacia mí y me besa en la frente, un roce que me hace temblar.

—Te escribiré cuando acabe —susurra.

Y cuando lo veo alejarse, siento que no importa lo que venga: estoy demasiado dentro para dar marcha atrás.

Subo las escaleras hacia la planta de observación con el corazón en un puño. El pasillo está silencioso, solo interrumpido por el zumbido de las máquinas y el eco lejano de alguna conversación. Al llegar a la sala de espera, lo veo: Iñaki está sentado, con la cabeza apoyada en la pared, los ojos entrecerrados. Parece agotado, como si le hubieran pasado por encima diez tormentas.

Al verme, se incorpora de golpe.

—Sara... —dice con voz ronca, cargada de culpa—. Lo siento muchísimo. No sabía qué hacer. He pasado toda la noche aquí sin pegar ojo. No quería ponerte nerviosa llamándote con la que estaba cayendo anoche, pero... ahora pienso que igual me equivoqué.

Me acerco despacio, respiro hondo. No quiero que note mi confusión, mi sensación de estar un poco fuera de lugar en todo esto.

—No pasa nada, de verdad —digo al fin—. Lo importante es que mi madre está bien.

Él asiente, frotándose la cara con las manos, como si quisiera borrarse el cansancio.

—Es que... —añade con una risa floja—. Encima ni siquiera nos conocemos oficialmente. Vaya manera de tener nuestra primera conversación, ¿no crees?

Intento sonreír, pero me siento rara, como si el suelo se moviera bajo mis pies.

—Bueno, supongo que sí... —respondo—. He oído que quieres robarme a mi madre un mes entero.

Él me mira con un brillo travieso en los ojos, un atisbo del hombre que debe de haber conquistado a mamá.

—Sí. Pensamos irnos con varios amigos míos. Uno está aprendiendo para ser patrón de barco, necesita horas de navegación, y esos viajes le vendrán bien. Tu madre y yo... bueno, hemos hecho buenas migas.

El comentario me deja un sabor agridulce. Por un lado, me alegro de que ella esté rehaciendo su vida, de que vuelva a reír. Por otro... me doy cuenta de cuánto se está alejando, de lo rápido que han cambiado las cosas. No me había contado nada de esto. Ningún detalle. Ni que tenía planes de irse de viaje, ni que estaba compartiendo tanto con este hombre. Siento un vacío repentino, como si se estuviera abriendo una grieta entre nosotras.

Pero me obligo a tragarme la sensación.

—Lo importante es que se recupere —digo al final, intentando sonar convincente—. Ya hablaremos de todo lo demás cuando esté mejor.

Iñaki me observa un segundo, como si leyera algo en mi cara, pero no dice nada más. En ese momento, una enfermera se acerca y nos avisa de que quedan solo diez minutos para que permitan pasar a las habitaciones. Me agarro a esa excusa para no seguir pensando, para no enfrentar lo que empiezo a sentir: que mi madre está volviendo a encontrar la felicidad... y que yo no tengo ni idea de dónde encajo en este nuevo capítulo de su vida.

En cuanto entro a la habitación, la luz tenue del amanecer se cuela por las persianas del hospital, tiñendo de gris las sábanas blancas. Mi madre está despierta, con la cabeza ligeramente incorporada en la cama y un vendaje que le cubre parte de la frente. Aun así, cuando me ve, sonríe. Esa sonrisa que me calma el corazón, aunque ahora parece frágil.

—Mamá... —susurro, acercándome rápido a su lado. Le tomo la mano con suavidad, sintiendo su piel cálida y viva bajo mis dedos—. Dios mío, qué susto me habéis dado... ¿Cómo te encuentras?

—Un poco mareada, pero bien, cariño —responde con voz ronca, como si llevara horas sin hablar—. Solo fue un gran susto. Los médicos dicen que podré volver a casa en un par de días.

Trago saliva. La garganta me arde.

—¿Qué pasó exactamente? Iñaki me dijo algo de un árbol, pero...

Ella cierra los ojos un segundo, recordando.

—Fue horrible, Sara. Íbamos en el coche, hablando tranquilos… y de pronto la tormenta se desató como un infierno. Ni siquiera vimos venir el árbol. Se desplomó frente a nosotros y la copa golpeó el parabrisas. Iñaki logró controlar el coche, pero nos sacudió como si hubiéramos chocado. Me golpeé la cabeza… —se lleva instintivamente la mano a la venda—. Pero lo importante es que estamos vivos.

La escucho y mi pecho se contrae. No puedo imaginar la escena. La idea de perderla me paraliza.

—Mamá, me alegro tanto de que estés bien… —le digo, apretando su mano con fuerza—. Me he asustado como nunca en mi vida.

Ella sonríe con dulzura, pero pronto veo cómo su expresión cambia. Se vuelve seria, casi cautelosa.

—Mamá… quiero preguntarte algo.

Ella arquea una ceja, como si se preparara para cualquier cosa.

—Te noto… distinta. Más feliz, sí, pero también… no sé, distante. Todo ha cambiado tanto en estas semanas. Antes hablábamos de todo, pero ahora… ni siquiera me contaste que ibas a salir anoche con Iñaki. Y no me has dicho nada de él. ¿Qué está pasando?

Por un segundo, el silencio se instala entre nosotras. Luego, de golpe, su mirada se endurece. Como si algo en ella hiciera clic.

—¿En serio me dices esto tú? —su voz es baja, pero cortante como un cuchillo—. Sara, llevas semanas con la cabeza en las nubes. Has estado encerrada en tu habitación, sin comer, sin apenas mirarme a la cara. ¿Y me reprochas que no te haya contado mis cosas?

—No es eso, mamá… —intento explicar, pero ella levanta una mano, deteniéndome.

—No, déjame terminar —Su tono se vuelve más afilado—. He intentado acercarme a ti. Pero estás ausente. Y no me vengas con que son solo los cambios, porque te he visto. He visto cómo suspiras, cómo miras el móvil como si esperaras un mensaje que nunca llega. Estás ocultando algo, Sara. Y si no confías en mí para contármelo… ¿por qué esperas que yo sí te cuente todo?

Sus palabras me golpean como una bofetada. Porque son verdad. Me quedo sin aire.

—Mamá, yo solo… —la voz me tiembla, pero ella no parece dispuesta a escuchar.

—No quiero volver a vivir en una familia llena de secretos —dice con un hilo de voz, pero con una dureza que jamás le había escuchado—. Me prometí a mí misma que si rehacía mi vida, sería para dejar atrás el silencio y las mentiras. Y lo que veo en ti me duele, porque no te reconozco. Te amo más que a nada en el mundo, pero no puedo acercarme a alguien que se está alejando de mí.

Siento un nudo en la garganta tan grande que casi me ahoga. Aprieto sus manos, buscando en sus ojos algo de la madre que siempre me protegía. Pero solo veo decepción, preocupación… y un dolor que no esperaba encontrar.

—Mamá… —susurro, con lágrimas empezando a quemarme los párpados—. No quiero que esto sea así. No quiero que pienses que no confío en ti…

—Entonces demuéstralo —me corta con suavidad, pero firme—. Cuando estés lista, háblame. Porque yo estoy aquí, Sara. Pero no puedo ayudarte si no me dejas entrar.

El hospital huele a desinfectante y calma. A pesar de que mi madre parece estable, necesito salir de allí antes de derrumbarme. Le dejo un beso suave en la frente y bajo al vestíbulo. No quiero preocuparla más. Tomo un autobús casi vacío que me sacude a cada curva. El cielo está despejado y el sol, demasiado brillante para cómo me siento por dentro.

Me pego a la ventanilla mientras el paisaje del País Vasco se dibuja a mi paso: colinas verdes, caseríos de piedra, un mar al fondo que refleja un azul imposible. El autobús se detiene cerca de la facultad y camino rápido para no llegar tarde a pintura. Por un momento, el aire fresco me despeja las ideas.

En clase, Laia me espera en nuestro rincón. Tiene el pelo recogido en un moño despeinado y un mono vaquero manchado de pintura que le da un aire despreocupado. Me lanza una mirada que lo dice todo.

—¡Tía! ¿Dónde estabas? —pregunta con entusiasmo contenido, como si llevara horas reprimiéndose para no enviarme veinte mensajes.

—No sabes el día que tuve ayer… —le digo, dejándome caer en el taburete a su lado. Siento que el cuerpo me pesa el triple.

—¡Venga, suéltalo ya! —me pincha con el codo—. Necesito detalles, Sara. ¡Detalles!

Mientras preparamos los pinceles y colocamos los botes de óleo sobre la mesa, empiezo a contarle. El paseo con mi perro, el encontronazo con Aitor en medio de la tormenta, cómo acabó apareciendo por mi ventana empapado en mitad de la tormenta. Laia me escucha con los ojos como platos, sus manos paralizadas en el aire.

—¡Eso es lo más romántico que he oído en mi vida! —exclama al fin, soltando un gritito que hace que algunos compañeros se giren a mirarnos—. ¡Te lo dije, Sara! Sabía que ese tío no era indiferente. ¡Lo sabía!

Intento no sonreír, pero se me escapa. Me encanta su entusiasmo.

—¿Y entonces? —sigue, casi sin dejarme respirar—. ¿Qué era lo que le tenía tan raro contigo? ¿Qué le pasa? ¿Quién es la tía buena?

Siento un nudo en el estómago. Me acuerdo de los secretos de Aitor, de las sombras que le persiguen, de sus confesiones en voz baja. Me muerdo el labio.

— Esa chica que vi el otro día… es su ex. Le acosa, quiere volver con él, pero él no quiere nada. Eso es todo.

Laia abre la boca como un pez, indignada y fascinada a la vez.

—Bueno, amiga… es que, ¿quién va a dejar escapar a ese bombonazo? —dice bajando la voz, y luego se tapa la boca, conteniendo la risa.

—Laia… —le reprocho con un tono que no puedo mantener serio.

—¡En serio, Sara! —insiste, agitando un pincel en el aire como si fuera una varita mágica—. ¿Sabes la suerte que tienes? ¡Ese hombre está para comérselo! ¿Tú has visto cómo juega esta temporada? ¡Es el puto amo! Mis hermanos y yo flipamos cada vez que lo vemos en el campo.

—No me interesa el fútbol —respondo con una sinceridad que la desarma—. Y menos aún sus estadísticas.

Laia hace un gesto dramático, llevándose la mano al corazón.

—Ay, ¡qué dura eres! No sabes lo que darían muchas por estar en tu lugar.

La clase empieza, y el profesor nos interrumpe para repasar técnicas de mezcla de colores. Pero mientras aplico pinceladas en mi lienzo, siento la calidez de saber que, aunque el mundo se empeñe en girar demasiado rápido, tengo a Laia ahí. En su manera directa y sin filtros, su amistad me calma. Y me recuerda que, a veces, abrirse a alguien que te escucha es suficiente para no sentirse tan perdida.

Cuando suena el timbre que marca el fin de la clase, la mayoría de los alumnos recogen sus cosas entre risas y se despiden deseándose buen fin de semana. Laia me aprieta el hombro antes de salir corriendo con su mochila a la espalda y sus auriculares colgando del cuello. Me dice que me escribirá para quedar el sábado. Yo le sonrío, pero mi mente sigue lejos, muy lejos de aquí.

El aula queda en silencio. El olor a disolvente y óleo flota en el aire, mezclado con el polvo de las tizas que alguien ha dejado abiertas sobre la mesa del fondo. Sigo de pie frente al lienzo enorme, pincel en mano. Me doy cuenta de que llevo minutos trazando la misma pincelada, como un autómata. La cabeza me late con imágenes de Aitor, de mi madre, del accidente, de todo lo que parece derrumbarse a mi alrededor.

—Sara —dice una voz calmada a mi lado.

Me giro despacio. El profesor Elorza, un hombre alto de pelo canoso, viste un jersey grueso con coderas y unos vaqueros desgastados. Me sonríe con suavidad mientras se sienta en el taburete de al lado. Sus ojos grises, tan atentos y pacientes, parecen leerme como un libro abierto.

—Te he estado observando esta semana —comienza, apoyando los codos sobre sus rodillas—. Has venido puntual cada día. Has trabajado sin parar. Y, sin embargo, tu cabeza está en otro sitio.

Me encojo de hombros, sin saber qué responder. ¿Cómo explicarle todo esto a un profesor al que apenas conozco? Tampoco es que vaya a hacerlo.

—A veces —continúa él—, el arte es el único sitio donde podemos dejar lo que nos duele. La única manera de entender lo que llevamos dentro, incluso cuando ni nosotros mismos sabemos ponerle nombre —Hace una pausa, mira mi lienzo, donde colores fríos y cálidos se mezclan en una tormenta abstracta—. Y tú, Sara, tienes algo que decir. Se ve en cada trazo.

Trago saliva. Me reconforta que lo note, pero al mismo tiempo me aterra. Porque no estoy lista para que nadie entre en este caos.

—Estoy bien —miento, bajando la mirada.

—No estoy aquí para interrogarte, Sara. Solo quiero que sepas que, si necesitas algo… aunque sea un espacio tranquilo para quedarte pintando después de clase, la puerta estará abierta —Se incorpora, coge su carpeta y se la coloca bajo el brazo—. Este concurso no va solo de técnica. Va de verdad. Y tú tienes mucha, aunque aún no te hayas dado cuenta.

Se aleja con pasos tranquilos hasta la puerta, pero se detiene un segundo antes de salir. Me mira por encima del hombro.

—Descansa este fin de semana. Lo necesitas más que nadie.

Y entonces se va, dejándome en ese silencio pesado que de pronto se siente acogedor. Giro la cabeza hacia mi mural: las pinceladas rugosas, las mezclas de azules y grises que parecen un mar embravecido. Tal vez tenga razón. Tal vez este lienzo sea el único lugar donde puedo vaciar lo que me está consumiendo.

Apoyo la frente contra el bastidor, respiro hondo. A solas en la clase vacía, solo se oyen mis latidos retumbando como olas contra las rocas.

Me bajo del bus cerca de casa mientras el cielo empieza a teñirse de un gris cada vez más oscuro. Las farolas parpadean al encenderse en la calle principal del barrio, como si no quisieran rendirse a la noche que avanza. Camino despacio, con la mochila colgada de un solo hombro, siento el tobillo especialmente molesto, el frío y todo el día sin parar no me han venido bien, además de todas las preguntas que me corroen por dentro.

Cuando paso frente al escaparate del supermercado, decido entrar. El neón rojo del cartel ilumina mi cara en el cristal. Dentro huele a pan recién hecho y a algo dulce que no termino de identificar. Cojo una cesta y empiezo a recorrer los pasillos, tocando con los dedos las etiquetas de las estanterías. Me paro frente a la sección de verduras y acaricio la piel rugosa de un calabacín como si pudiera ayudarme a decidir algo.

—¿Qué voy a cenar? —me pregunto en voz baja.

Recuerdo el sándwich frío y sin gracia que me dieron en la cafetería de la facultad, el que dejé intacto mientras hablaba con Laia. Mi estómago gruñe como si quisiera recordarme que existo. Hoy me apetece cocinar algo sencillo pero caliente. Algo que me haga sentir en casa. Aunque solo sea un plato de pasta con verduras salteadas.

Mientras meto tomates, un paquete de espinacas frescas y un trozo de queso en la cesta, pienso en mi madre. En lo raro que me resulta no escucharla llegar a casa a las tantas con su bolso lleno de papeles y su voz contando cómo le ha ido el día. Sé que aún le quedan al menos dos días más en el hospital y que necesita reposo después del susto... pero la casa sin ella se siente enorme y vacía. Además, algo en mi se ha roto hoy... la manera en la que me ha hablado, tengo esa sensación constante de que he sido juzgada y no se ha planteado hablar conmigo, preguntarme las cosas de alguna manera, ni lo ha intentado. Lo cual solo me deja la angustia de que mi madre no es la misma persona. Siento una presión horrible en el pecho cuando lo pienso, porque ahora si que me siento sola del todo. El tobillo me sigue dando pinchazos, más habituales, asi que me apresuro a terminar la compra.

Pago en la caja automática y salgo de nuevo al aire fresco. La calle está casi desierta y el sonido de mis pasos se mezcla con el rumor lejano de los coches en la avenida. El cielo se ha cerrado del todo y un relámpago ilumina las nubes como un flash silencioso. Camino con cuidado, apoyando el peso en el pie bueno, intentando no resbalar.

Al llegar a casa, me quito la chaqueta y dejo la mochila en el suelo de la entrada. Todo está en silencio. El salón ordenado, la cocina impecable. La echo de menos. Mucho más de lo que me gustaría admitir.

Pongo agua a hervir y mientras espero, saco la tabla de madera y empiezo a trocear los tomates. El sonido del cuchillo contra la tabla me resulta casi terapéutico. Es como si cada corte ayudara a aclarar mi mente, aunque solo sea un poco. Mientras rehogo la verdura en la sartén, la casa se llena de un olor cálido y acogedor. El tipo de olor que me recuerda que, pase lo que pase, siempre podré volver a mí misma.

Me siento en la mesa de la cocina, con el plato humeante delante, y cierro los ojos un segundo. Me prometo que esta noche voy a comer con calma. Que voy a cuidar de mí, aunque sea por un rato.

Mañana será otro día. Y, con suerte, un poco más claro que hoy.

Estoy terminando la pasta, la última cucharada aún caliente en mi boca, cuando un golpeteo insistente sacude la puerta. Me quedo inmóvil un segundo. El corazón me late con fuerza. Son casi las diez de la noche. ¿Quién podría ser a estas horas?

El golpeteo se hace más fuerte. Casi desesperado. Me levanto cojeando un poco, apoyándome en el respaldo de la silla, y cruzo el pasillo. Cuando abro, la corriente de aire frío me revuelve el pelo, y ahí está Aitor. De pie en el umbral, con la respiración agitada, el pelo un poco revuelto y los ojos ardiendo de preocupación… y de algo parecido a furia.

—¿Se puede saber qué has hecho con el móvil? —espeta en cuanto me ve—. ¡Llevo todo el día llamándote! ¡he ido a la universidad, he ido hasta al hospital por si estabas con tu madre!

Su voz retumba en el pequeño recibidor. Me quedo paralizada, como si me hubieran dado un bofetón de realidad. Me llevo una mano al bolsillo trasero del pantalón, luego al bolso… nada. Un flash me cruza la mente: el móvil, cargando en la mesilla, donde lo dejé esta mañana cuando salí a toda prisa. Me lo olvidé y ni siquiera lo he echado de menos en todo el día.

—Aitor… yo… —me atraganto con las palabras, notando cómo me suben los colores al rostro—. Me lo dejé en casa, en la habitación. Con las prisas por ir al hospital… no me di cuenta.

Él pasa la mano por su nuca con frustración. Luego da un paso hacia mí y me mira con intensidad. Sus ojos verdes-miel brillan con un destello salvaje bajo la luz del pasillo.

—¿Tienes idea de lo que he pensado? —su voz se vuelve más baja, cargada de emociones—. ¿De lo que he sentido al no saber nada de ti en todo el día? Después de lo que hablamos anoche… después de lo que me prometiste…

—Lo siento —digo, casi en un susurro, sintiendo un nudo en la garganta. De pronto me doy cuenta de que le he fallado sin querer, de que he roto algo frágil que estábamos construyendo—. No quise preocuparte. Solo… no pensé.

Se queda mirándome unos segundos que se hacen eternos. Entonces, como si toda la tensión se derrumbara de golpe, deja escapar un suspiro profundo. Me rodea con sus brazos y me atrae con fuerza contra su pecho. Puedo sentir su corazón golpeando igual de rápido que el mío.

—Solo… no vuelvas a hacerme esto —murmura con voz ronca, enterrando su cara en mi pelo—. No sabes lo que eres para mí, Sara. No sabes cómo me vuelves loco.

Me quedo quieta, dejando que el calor de su cuerpo me envuelva. Mi cabeza encajada en su cuello, respirando su olor, escuchando sus latidos. Su abrazo es tan fuerte que parece que quisiera asegurarse de que no voy a desaparecer. Y yo tampoco quiero hacerlo.

—Te prometo que no volverá a pasar —susurro contra su piel.

Él me separa apenas unos centímetros para mirarme a los ojos. Y entonces, muy despacio, sujeta mi cara con ambas manos como si fuera lo más delicado del mundo. Sus labios se posan sobre los míos en un beso lento, suave, cargado de todo lo que no nos hemos dicho en estas horas de ausencia.

El mundo se detiene. Solo quedamos él y yo.

De repente, un torbellino de pelo irrumpe en el recibidor. Kovu aparece dando saltitos, su lengua fuera y el rabo moviéndose como un metrónomo. Salta contra Aitor, feliz de verlo, como si fueran amigos de toda la vida. Aitor se agacha para acariciarle la cabeza con una sonrisa que ilumina todo su rostro.

—Eh, campeón —le dice con voz grave y suave a la vez, rascándole detrás de las orejas—. ¿Me has echado de menos?

Al ver a Kovu tan emocionado, me doy cuenta de que, desde esta mañana, cuando salí corriendo al hospital, no lo he sacado ni un segundo. Siento un pinchazo de culpa. Me apoyo en el marco de la puerta y digo:

—Aitor… tengo que sacarlo. Desde esta mañana no pisa la calle y lo necesita.

Hago un amago de girar hacia el pasillo para buscar la correa, pero en cuanto apoyo el pie, un latigazo de dolor me recorre el tobillo. Cojeo unos pasos. Aitor me observa con el ceño fruncido y los ojos chispeando preocupación.

—¿Qué te pasa? —pregunta, su voz baja pero firme.

—Lleva horas molestándome... —admito, bajando la mirada. No quería preocuparlo más, pero la verdad es que me duele. Mucho más de lo que pensaba.

Aitor se acerca en dos zancadas. Se arrodilla frente a mí, toma mi pierna con suavidad y examina mi tobillo. Sus dedos recorren la hinchazón que se ha puesto más marcada y amoratada desde la mañana. Cuando alza la vista, su mirada es intensa, cargada de una mezcla de enfado —no conmigo, sino con la situación— y algo que solo puedo llamar devoción.

—Por favor, túmbate en el sofá —ordena con voz suave pero implacable—. Necesitas poner el pie en alto y hielo. No voy a dejar que empeores por hacerte la valiente.

Intento protestar, pero sus ojos me desarman. Me dejo guiar hasta el sofá. Con cuidado, me acomoda entre los cojines, coloca mi pierna sobre uno y se asegura de que esté cómoda. Kovu se sube de un brinco a mis pies, como un centinela peludo, y me arranca una pequeña sonrisa.

—Voy a darle una buena carrera por el bosque —dice Aitor mientras ata la correa al arnés de Kovu—. Así volverá rendido y no te molestará mientras descansas.

Me quedo en silencio, observándolo. Está de pie junto a la puerta, alto, fuerte, casi irreal con la luz tenue del recibidor iluminando sus facciones. Entonces se detiene, como si se le hubiera olvidado algo importante. Sus ojos se clavan en los míos con una seriedad que me estremece.

—Voy a quedarme aquí contigo mientras no esté tu madre —dice con una calma firme que me hace temblar por dentro—. Te voy a cuidar, Sara. Ahora y siempre.

No puedo ni respirar. Apenas logro asentir, un leve movimiento de cabeza. Mis labios se curvan en una sonrisa tan pequeña como sincera. Porque en ese momento, en ese lugar, siento que nada malo puede pasar mientras él esté conmigo.

Aitor abre la puerta, y Kovu sale disparado como un rayo. Él me lanza una última mirada que me calienta el pecho. La puerta se cierra tras de ellos con un suave clic, dejando tras de sí un silencio lleno de esperanza.

13

AITOR

La luz gris del amanecer apenas se filtra por la ventana cuando abro los ojos. La habitación sigue en penumbra, pero lo único que necesito ver está justo a mi lado: Sara, enredada en mis brazos, respirando tranquila. Su pelo se derrama sobre mi pecho, suave como la seda, y me embriaga el olor de su piel, esa mezcla entre sal, flores y algo que solo es suyo.

No quiero moverme. Podría quedarme así toda la vida. La calma que me invade es algo que no había sentido jamás. Ni después de un gran partido, ni tras marcar el gol decisivo, ni en ninguna de esas noches vacías que creí que me llenaban. Esto es distinto. Es como si por fin todo encajara. Como si mi corazón, tan acostumbrado a ir desbocado, hubiera encontrado su sitio. Y lo peor, o lo mejor, es que ya no me importa nada más.

Me quedo un rato observando cómo duerme. Su boca entreabierta, la respiración pausada, el pequeño entrecejo que se le forma cuando se hunde en el sueño profundo. Es perfecta. Y me pertenece. Lo sé con una certeza que me asusta y me reconforta al mismo tiempo. Me muevo con cuidado para no despertarla. La envuelvo bien con la manta y me levanto. Busco mi camiseta en el suelo, me la pongo mientras escucho un pequeño gruñido: Kovu, que ya está en la puerta moviendo el rabo como un loco.

—Vamos, colega —le susurro mientras le rasco la cabeza—. Tenemos que estirar esas patas.

Salimos al monte que rodea nuestras casas. El cielo está cubierto de nubes pesadas, como si fuera a caer el diluvio en cualquier momento. El aire huele a tierra mojada, a bosque húmedo. Tomo aire mientras Kovu corretea entre los arbustos, y empiezo a caminar colina arriba para que el perro pueda gastar toda su energía.

Con cada paso, mi mente se llena de imágenes de Sara. Sus labios rozando los míos, sus manos acariciándome la cara como si yo fuera algo frágil. Y me viene un calor que me recorre entero. Dios, llevo toda la noche aguantando unas ganas terribles de comérmela. Me he pasado horas luchando contra mi propio cuerpo, intentando no despertarla cuando la sentía tan pegada a mí que era una tortura deliciosa.

Pero no tengo prisa. Ella se merece todo. Se merece un primer momento perfecto, sin miedos, sin prisas, sin nada que nos persiga. Y yo voy a dárselo.

Mientras subo por la pendiente, tomo una decisión que se siente tan natural como respirar: voy a alquilar un apartamento en el centro de la ciudad. Quiero un lugar solo nuestro, donde podamos escapar cuando queramos, donde ella no tenga que preocuparse de nada. Un sitio donde pueda cuidarla cada día, donde la distancia no exista. No quiero volver a estar ni a cinco centímetros de ella.

Por primera vez en mucho tiempo, siento que mi vida tiene dirección. Y aunque me aterra el caos que me rodea, sé que con ella a mi lado todo lo demás puede esperar.

Kovu se detiene en lo alto del monte, con la lengua fuera, mirándome como si entendiera todo. Yo le sonrío, rascándole tras las orejas.

—¿Sabes qué? —le digo—. Vamos a hacer las cosas bien. Sara y yo merecemos todo. Y voy a asegurarme de que nada ni nadie nos lo arrebate.

Siento como si ya los tres formásemos una pequeña familia, me aterra la velocidad vertiginosa con la que mi vida ha cambiado, pero es que tenía que ser así, desde el momento exacto en que la conocí no tenía ninguna posibilidad de escapar de ella. Ella es mi marca exacta de heroína.

Me quedo allí un momento más, observando cómo el sol empieza a despuntar tímido entre las nubes. Hoy todo parece posible. Porque por primera vez, quiero que el futuro llegue.

Y lo quiero con ella.

Sara ya está en la cocina cuando entro en casa, con el pelo recogido de cualquier manera y un café entre las manos. Se gira al oírme y sus ojos se iluminan de esa forma que me desarma. Me acerco, la rodeo con los brazos y la beso con suavidad, disfrutando del calor que me recorre entero.

—¿Cómo está ese pie? —pregunto, inclinándome para ver cómo apoya el tobillo.

—Mucho mejor —dice con una sonrisa—. Creo que el descanso y tenerte cerca han hecho milagros.

Le acaricio la mejilla con el dorso de la mano, resistiendo el impulso de besarla como realmente quiero.

—Me alegro —Hago una pausa, tomando aire antes de soltar lo que tengo que decir—. Hoy tengo partido a las nueve de la noche. En un rato tengo que irme, estamos concentrados todo el día…

Ella asiente, intentando disimular la decepción que se dibuja un segundo en su mirada. Le sujeto la barbilla, obligándola a mirarme.

—Había pensado… —continúo—. Quiero que vengas. Que estés ahí. Voy a dejar dos entradas para ti y para tu amiga nueva de clase. Como me has dicho que es aficionada. Serán para el palco VIP, alli estaréis cómodas.

—Aitor… —empieza ella, con un brillo tímido en los ojos—. ¿Estás seguro? Nunca he ido a un estadio, no sé…

—Quiero que vengas —afirmo con voz baja, casi ronca. Bajo la cabeza hasta que nuestras frentes se tocan—. Y cuando acabe el partido, podré ir contigo directamente a casa. No quiero perder ni un minuto contigo más de los que ya pierdo.

-Pero ¿y tus padres?, ¿crees que así vamos a mantener las cosas en secreto?

-Mis padres llevan 3 días en París Sara, la verdad que no sé por qué. ¿No te ha extrañado que después del accidente de tu madre, la mía no estuviera en el hospital?

Sus labios se curvan en una pequeña sonrisa, esa que solo me muestra a mí. Se apoya un segundo en mi pecho, como si se permitiera soltar el aire que llevaba reteniendo.

—Bueno entonces iremos —dice al fin—. Laia va a morir de la emoción. Y yo… yo estaré allí, lo mejor que pueda.

—Perfecto —Le beso la frente y le dejo un último abrazo antes de soltarla—. Voy a ducharme y prepararme en mi casa. En cuanto salga, te recojo y te dejo en el hospital para que puedas ver a tu madre.

Por primera vez en mi vida, el mundo está exactamente donde quiero que esté.

El día de partido siempre es igual, me ducho rápido, me visto con el chándal oficial y salgo a llevar a Sara al hospital rápidamente. Una parte de mí quiere quedarse aquí para siempre, pero el fútbol no espera.

Llego al club cuando el sol esta apenas visible bajo las nubes. El aparcamiento ya está lleno de coches de compañeros y staff. El ambiente es eléctrico. En la sala de reuniones, el míster nos espera con el equipo técnico. Las luces están bajas, el proyector ilumina la pared con imágenes del rival, estadísticas, puntos fuertes y puntos que podemos explotar. Los vídeos se suceden uno tras otro mientras el míster nos va desgranando los movimientos clave. Me gusta escucharle: es un tío que sabe de lo que habla, que respira fútbol.

Cuando acaba, el segundo entrenador toma la palabra para insistir en la importancia de estar juntos como bloque, recordar jugadas ensayadas, mantener la cabeza fría si el partido se complica. Y aunque ya hemos oído discursos parecidos mil veces, cada partido es único y todos asentimos en silencio.

Al terminar, pasamos al comedor del club. Hay un buffet preparado: pasta, arroz, pollo, fruta… lo de siempre. Me siento con Markel y dos compañeros más. Hablamos de la estrategia, de partidos pasados, de cómo están nuestras familias. Hay risas, bromas. Se respira buen rollo. Es un grupo sano, con gente que se lleva bien de verdad, y eso se nota en el campo.

En el rato de descanso después de comer, busco a Markel mientras estiramos en la sala de recuperación. Me siento a su lado en una camilla vacía y le hablo en voz baja, como si tuviera miedo de que el momento se rompa si alguien escucha.

—Las cosas con Sara… están bien, tío. Mejor de lo que podría haber imaginado jamás. Ella… es distinta. Es como si me viera. Como si supiera quién soy de verdad. Le da igual la persona que soy ante los ojos de los demás, le da igual el dinero, —Me detengo un segundo, el pecho me duele de solo decirlo—. Y lo mejor es que, aun sabiendo mi mierda, ha decidido apostar por mí.

Markel me mira con una de sus sonrisas de hermano mayor, esas que solo él sabe poner.

—Eso es lo que mereces, Aitor. Que alguien te vea, y que te quiera igual. Has luchado demasiado para tener solo sombras a tu lado. Si ella te hace feliz… no la sueltes.

—No pienso hacerlo —respondo casi sin voz. Siento un nudo en la garganta. Nunca me habría creído capaz de hablar así.

El tiempo se nos escapa entre masajes, visualizaciones y un rato de descanso obligatorio. Cuando subo al autobús que nos lleva al estadio, el sol ya empieza a caer sobre la ciudad, tiñendo el cielo de un gris azulado que me recuerda a sus ojos. Me siento en mi sitio, pongo los cascos, busco una canción que me ayude a concentrarme. La música empieza a sonar y me dejo llevar.

Miro por la ventanilla cómo las calles se suceden, cómo la gente se arremolina cerca del campo. Siento un cosquilleo en la piel. Hoy es distinto. Hoy no juego solo para ganar. Hoy juego para ella. Para que sepa lo que significa todo esto para mí, para que se sienta orgullosa de quien soy.

Cierro los ojos. Mi corazón late rápido, como cuando era un crío y soñaba con noches como esta. Pero ahora los sueños tienen su cara, su voz, su risa. Por primera vez, estoy nervioso. No por el partido. No por el público. Sino porque ella va a estar ahí, viéndome, y solo quiero hacerlo bien. Por ella. Para ella.

Salimos del túnel de vestuarios con los focos iluminando el césped como si fuera un escenario de otro mundo. El rugido del estadio es ensordecedor, pero yo solo escucho el latido de mi corazón. Miro hacia el palco VIP, donde sé que está. Me prometí no buscarla, mantener la cabeza fría. Pero la tentación es más fuerte que cualquier táctica. Y cuando mis ojos la encuentran, el tiempo se detiene.

Sara está apoyada ligeramente en la barandilla de cristal, con la brisa fría agitando apenas su melena rubia que cae como seda a ambos lados de su pecho. Lleva un gorro marrón claro que le da un aire dulce y sofisticado, y un jersey fino que deja entrever un sujetador de encaje que me deja sin aliento. Nada en ella es vulgar, todo es elegancia natural. Me encanta que siempre sepa ir bien vestida para la ocasión. Sus labios rojos destacan como una herida hermosa en su rostro perfecto, y sus leggins negros se ciñen a sus piernas con un descaro que me hace querer cruzar el campo para arrancarla de ahí.

Se me seca la boca. Literalmente. Es la mujer más guapa que he visto nunca, y es mía. Toda mía. Es imposible no sentirme el hombre más afortunado del mundo.

A su lado está Laia, que se nota que no es de grandes arreglos: lleva un moño despeinado que le da un toque salvaje, unos pantalones anchos estampados y una chaqueta oversize que parece más grande que ella. También es bonita, pero de otra manera. Sara, en cambio... Sara brilla como si el estadio entero se hubiera construido solo para iluminarla.

Mis compañeros me empujan un poco, tienen prisa por saltar al campo, pero yo no puedo evitar mirarla un segundo más. Cuando sus ojos azules se encuentran con los míos, se me afloja el pecho. Me regala una sonrisa que solo yo puedo descifrar. Una sonrisa que dice: estoy aquí. Estoy contigo.

Y joder, cómo necesito esa sonrisa.

Siento a Markel golpearme el hombro, murmurando algo sobre concentrarme, pero yo solo asiento, como un autómata. En el fondo, estoy deseando que empiece esto de una vez, porque voy a jugar para ella. Para que sepa lo que significa para mí.

Para que entienda que cada pase, cada carrera y cada gota de sudor son un mensaje que dice: te veo. Y eres lo único que quiero.

El pitido inicial retumba en mis oídos como un cañonazo. Todo el estadio se convierte en un murmullo lejano mientras me centro en el balón a mis pies. Cada pase, cada jugada, cada choque con un rival es como una descarga eléctrica que me mantiene vivo.

El partido arranca intenso, con el rival presionando alto. Los primeros quince minutos son un caos: balones divididos, faltas tácticas, el árbitro pitando cada dos por tres. Siento el cansancio rápido, pero no por falta de forma: es el maldito nerviosismo, las mariposas en el estómago que me recuerdan que ella está allí arriba, viéndolo todo.

En la banda, mi entrenador grita indicaciones mientras los laterales suben y bajan sin parar. Los centrales despejan como si les fuera la vida en ello. El marcador sigue 0-0 y el reloj parece ir demasiado rápido. Cada vez que recibo un pase y noto el contacto con el balón, pienso en ella. Cada vez que salto a pelear un balón aéreo, imagino que me mira con esos ojos turquesa que me desarman.

En el minuto 35, recupero un balón en medio campo y arranco una contra. Driblo a un rival, dos... Mi pierna carga el disparo desde la frontal del área. Todo el estadio contiene la respiración. Chuto con el alma, pero el balón se va rozando el larguero. El estadio gime, el míster se lleva las manos a la cabeza, y yo maldigo en silencio.

El partido se endurece. Empiezan las patadas, las provocaciones. Me empujan, me insultan al oído, me intentan sacar del partido. Pero esta noche, estoy en otra dimensión.

Llega el minuto 80 y el empate sigue en el marcador. El ambiente es irrespirable. Todo el estadio sabe que un gol puede significar el partido. La tensión se corta con un cuchillo. Entonces, en un saque de banda, el balón me llega a los pies dentro del área. Me giro como un resorte, controlo con la izquierda y, casi sin pensarlo, remato con la derecha.

La red se infla. El estadio explota.

He marcado.

Me quedo un segundo quieto. El ruido es ensordecedor. Mis compañeros corren hacia mí para abrazarme, pero yo no me muevo. Mi mirada vuela al palco, buscándola, encontrándola. Y cuando nuestros ojos se cruzan, me llevo la mano al corazón, apretando fuerte mi pecho. Es mi manera de decirle sin palabras: este gol es tuyo. Eres tú. Solo tú.

Las cámaras me enfocan. La grada corea mi nombre. Pero nada de eso importa. Porque en ese momento, mientras mis compañeros me rodean, solo pienso en la sonrisa que Sara me devuelve desde el palco. Una sonrisa que es mi verdadero trofeo.

El pitido final es como un chorro de adrenalina pura. El árbitro señala el centro del campo y el estadio estalla. La grada salta, canta, ondea bufandas. Mis compañeros me abrazan, me zarandean, me gritan al oído. El míster me estrecha en un abrazo rápido y me felicita con un palmotazo en la espalda que retumba como un tambor.

—¡Partidazo, Aitor! —me dice Markel, sudado, con la sonrisa más grande que le he visto nunca—. Se nota que alguien te inspira.

Yo solo río, exhausto, mientras miro de reojo al palco. No me atrevo a buscar su mirada otra vez por miedo a perder el control delante de miles de personas. Porque quiero correr a por ella como un loco. Quiero abrazarla, besarla, gritarle al mundo que es mía. Pero me contengo. Al menos un poco.

Cantamos en el centro del campo con la afición. Nos damos una vuelta de honor, saludando a los seguidores que no paran de corear mi nombre. Me siento más vivo que nunca. Más decidido que nunca. Y a la vez, vulnerable.

En el vestuario la celebración es un caos: música a todo volumen, el capitán haciendo un discurso improvisado sobre la entrega y el espíritu del equipo. Alguien me empuja hacia el centro del vestuario y empiezan a cantarme como si fuera el héroe de la noche. Yo levanto los brazos y dejo que me zarandeen como a un muñeco.

—¡Tío, nunca te había visto así! —grita Markel por encima de la música, abrazándome—. Has jugado como si te fuera la vida en ello.

—Porque me iba —le respondo en voz baja, casi para mí.

—Sabes que esto es de locos, ¿no? —me dice, mirándome con seriedad de repente—. Lo que sientes por ella... no es normal, Aitor. Pero es lo mejor que te ha pasado nunca.

—Lo sé —admito. Y siento que me tiembla el corazón.

Después de la ducha rápida y las entrevistas de rigor, subo las escaleras interiores del estadio. Salgo por un pasillo privado que conecta con las zonas VIP. Busco con los ojos y la veo en la entrada del palco. Está con Laia, riendo nerviosa, y cuando me ve, todo se detiene.

Ella da un paso hacia mí. Yo otro hacia ella. Y cuando la tengo a medio metro, ya no puedo esperar más. La rodeo con los brazos, la alzo del suelo como si fuera lo más natural del mundo. Sus piernas se enganchan a mi cintura, sus brazos a mi cuello. Enterramos nuestras caras en el cuello del otro, riéndonos entre suspiros, sintiendo la electricidad que nos recorre.

—Has jugado increíble —me dice ella, con la voz cargada de emoción—. No sabía que el fútbol podía ser tan…

—Solo jugaba para ti —le susurro, con la frente pegada a la suya—. Todo para ti.

La beso. Un beso cargado de urgencia y ternura, de necesidad y alivio. Un beso que lo dice todo sin decir nada. Que me hace olvidar el mundo y sus problemas, el pasado, el futuro. Solo estamos nosotros.

Al separarnos, veo que Laia se aparta discretamente, con una sonrisa de oreja a oreja.

—Gracias por venir —le digo a Sara, acariciando su mejilla, intentando grabar ese momento en mi mente para siempre.

—Gracias por dedicarme el gol, puede que sea lo más especial que me ha pasado nunca —responde ella, tocándome el pecho donde antes puse mi mano.

—Vamos a casa —digo entonces, decidido—. Quiero pasar contigo lo que queda de noche.

Mientras espero apoyado en la valla que da acceso al palco VIP, veo a Sara abrazarse con Laia. Sus risas se mezclan con los gritos lejanos de los últimos aficionados que van saliendo del estadio. Aún siento la adrenalina del partido corriendo por mis venas; cada vez que cierro los ojos, revivo el momento en que el balón besó la red y señalé mi corazón hacia ella. La imagen de Sara llevándose las manos a la boca, con los ojos brillando como faros, se va a quedar conmigo para siempre.

Me sorprende lo natural que es Laia; antes de despedirse, me hace sacar una foto y firmarle una camiseta de mi equipo para su hermano. No me importa en absoluto; lo hago encantado, cualquier cosa que le saque una sonrisa a Sara o a sus amigos me hace feliz. Pero justo cuando Laia se pierde entre la multitud, siento la vibración de mi móvil en el bolsillo. Lo saco sin pensar. En la pantalla, un solo nombre y un mensaje que me congela la sangre. Mónica.

¨Parece que ya has tomado tu decisión, y quieres que tu carrera en el fútbol se acabe pronto. En dos días has tenido el descaro de hacer con esa lo que no has hecho conmigo en un año. Estás muerto, Aitor. ¨

Mi estómago se revuelve. El mensaje tiene sentido de una forma que me hiela la sangre: ella ha visto el partido en directo. Ha visto cómo, después de marcar, me giré hacia el palco y toqué mi corazón, cómo busqué los ojos de Sara entre miles de personas. Esa dedicatoria que pensé que solo entenderíamos nosotros dos... ha sido un grito silencioso que ha atravesado la pantalla y llegado directo a Mónica.

14

AITOR

Salimos del estadio bajo el cielo estrellado, el aire fresco se cuela entre nosotros mientras caminamos hacia el coche que me está esperando aparcado cerca de la entrada de jugadores. Sara va a mi lado, su sonrisa ilumina más que cualquier farola del aparcamiento.

—Me gustaría conducir —dice de pronto, con una sonrisa tan pícara que casi me hace tropezar.

La miro con el ceño fruncido, divertido, al mismo tiempo que la incredulidad me sube por el pecho.

—¿Estás loca? —respondo, intentando sonar serio, pero con una risa a punto de escapárseme—. ¿Acaso tienes carné?

Sara levanta una ceja y se cruza de brazos, su melena platino cayendo sobre sus hombros como una cascada.

—Por supuesto —dice, orgullosa—. En Málaga iba en coche a todas partes. Lo que pasa es que aquí mi madre me insistió para comprarme uno, pero no me apetecía la idea… No sé, pero a mí me encanta conducir.

Su tono es tan seguro y juguetón que no puedo resistirme. Me detengo junto al coche, saco las llaves del bolsillo y las hago girar sobre mi dedo antes de tendérselas. Sus ojos se iluminan como un niño en Navidad.

—Está bien, pequeña lunática —le digo, incapaz de ocultar la sonrisa—. Hoy te concedo el honor de conducir mi coche. Pero con cuidado, ¿eh?

Que este Mercedes vale más que mi carrera.

Sara suelta una carcajada que me desarma y coge las llaves con un gesto elegante. Abre la puerta del conductor y se sienta, ajusta el asiento como si lo hubiera hecho un millón de veces, y posa las manos en el volante con naturalidad.

—Tranquilo, campeón —dice, lanzándome una mirada que me derrite—. Prometo devolvértelo sin un solo rasguño.

Me acomodo en el asiento del copiloto, con el corazón latiendo de una forma que solo ella consigue provocar. Cuando arranca el motor y el rugido suave del Mercedes llena el silencio, la miro y pienso que podría acostumbrarme a verla así cada día: al mando, decidida, preciosa.

Y mientras salimos del aparcamiento hacia la carretera iluminada, me digo que, aunque debería estar preocupado por mil cosas, en este momento no hay otro lugar en el mundo en el que prefiera estar que aquí, junto a ella.

Sara toma la autopista con la soltura de alguien que nació para conducir. Su mano firme en el volante, el suave giro de sus muñecas en cada curva, la forma en la que cambia de carril con precisión… Me quedo fascinado. Apenas noto los baches o el tráfico, porque ella se desliza como si el coche y ella fueran uno solo. No tengo que darle una sola indicación; parece que conoce las calles mejor que yo.

Me acomodo en el asiento del copiloto, sin apartar los ojos de su perfil. Cada vez que la miro, me convenzo más de que no quiero separarme nunca. El modo en que muerde levemente su labio cuando se concentra me deja embobado. Joder, está increíblemente sexy así, tan confiada, tan suya.

—Conduces muy bien —digo, casi en un susurro, incapaz de contenerlo.

Ella me lanza una sonrisa de medio lado, como si supiera exactamente el efecto que tiene en mí.

—Mi padre tenía un coche bastante moderno —dice, con la voz suave, casi como si se hablara a sí misma.

Aprovecho la ocasión para tantear el terreno, porque sé que apenas me ha hablado de él y su relación sigue siendo un misterio para mí.

—¿Te llevabas bien con él? —pregunto con cuidado, tratando de sonar neutro.

Pero en cuanto termino de preguntarlo, noto cómo su mirada se endurece por un segundo. Su sonrisa se apaga como si alguien hubiera bajado el interruptor. El silencio se instala en el coche.

—Prefiero no hablar de él —responde al cabo de unos segundos, con una firmeza que no deja lugar a dudas.

Asiento, respetando sus límites, aunque en mi pecho crezca un nudo de preocupación. Quiero saberlo todo sobre ella. Todo lo que la hiere, todo lo que la hace fuerte. Pero sé que no es el momento.

Me recuesto un poco, observándola mientras toma una rotonda con elegancia. Es como verla bailar con el coche. Cada movimiento es seguro, preciso, controlado. Y contra más la veo, más crece en mi pecho una certeza imposible de ignorar: Sara no solo es fuerte, es indomable. Puede manejar cualquier cosa, cualquier situación que se le ponga por delante. Ella es fuego, coraje, y luz.

Y mientras la miro, siento que cada kilómetro que avanzamos me ata más a ella. Porque si alguien puede con todo… es esta mujer increíble a mi lado.

—Sara… —digo en voz baja, con un tono que la hace girar un segundo la cabeza hacia mí mientras sigue conduciendo—. Creo que nos están siguiendo.

Ella frunce el ceño, alerta al instante.

—¿Qué? ¿Cómo lo sabes? —pregunta, mirando por el retrovisor.

—Llevo viéndolo desde que salimos del estadio —le indico con un leve gesto, sin apartar los ojos del retrovisor lateral—. Un Volkswagen Passat negro, cristales tintados. Está demasiado cerca, no cambia de carril, no adelanta… Nada. Es un coche demasiado común como para llamar la atención, pero es precisamente lo que lo hace perfecto para esto.

La miro, evaluando sus reacciones. Su respiración se agita apenas, pero mantiene el control del coche con una firmeza que me hace admirarla aún más.

—Aitor, ¿estás seguro? —pregunta, con un hilo de voz. El reflejo del coche negro parpadea en el retrovisor, confirmando mis sospechas.

—Sí. Y no pienso llevarlos a casa —respondo, mi voz suena más dura de lo que esperaba—. No tengo ni puta idea de quién podría ser ni qué quieren, pero vamos a tomar precauciones.

—¿Entonces qué hacemos? —Su voz es un susurro entre la ansiedad y la incredulidad—. ¿Dónde vamos a ir? ¿Y Kovu?

Sus ojos se encuentran con los míos un segundo. Veo miedo, pero también una confianza ciega en mí que me atraviesa como una lanza.

—Kovu estará bien —digo, intentando sonar más tranquilo de lo que me siento—. Si vamos a casa, podemos ponerle en peligro también. Vamos a dar algunas vueltas, perderlos, y luego te llevaré a un sitio seguro.

Miro cómo Sara aprieta los labios, asintiendo apenas, y giro mi cuerpo hacia ella para darle indicaciones.

—Sigue por esta avenida. Cuando lleguemos al próximo cruce, gira bruscamente a la derecha. Luego toma la primera calle pequeña a la izquierda, y luego otra vez a la derecha. Necesito que conduzcas como si estuvieras en un rally, ¿puedes hacerlo?

Ella me mira como si la retara.

—¿Crees que no puedo? —dice, y por un momento, la chispa desafiante en sus ojos eclipsa todo el miedo.

Y entonces acelera. El rugido del motor llena el coche mientras Sara maniobra con una precisión feroz. Las luces de la ciudad pasan a toda velocidad por las ventanillas. Yo la guío, mi mano firme en su muslo para transmitirle calma, mientras vigilo el coche negro en cada esquina.

Después de quince minutos sorteando calles, zigzagueando entre avenidas y callejones, sintiendo el latido de mi corazón en la garganta, Sara pisa el acelerador y se lanza en un último giro imposible. Nos saltamos un semáforo en rojo, un coche frena con un chirrido furioso a pocos metros de nuestro parachoques. Un claxon nos sacude los oídos.

—¡Sara! —grito, aferrándome al asiento mientras me atraviesa un escalofrío.

—¡Casi los tenemos! —responde con una sonrisa casi maniaca, sin apartar la vista del retrovisor.

Y de repente… nada. El Volkswagen negro desaparece. Miro por todos los espejos. No hay ni rastro. Solo el resplandor intermitente de los faros de la ciudad.

Sara se detiene en una calle oscura y solitaria. El silencio dentro del coche es tan denso que casi lo puedo palpar. Su pecho sube y baja rápidamente. El mío también. Nuestros ojos se encuentran. Hay susto, alivio… y una electricidad que crepita en el aire.

—Estás loca —le digo, sin poder contener la risa nerviosa que me trepa por la garganta—. Estás completamente loca.

—Me lo dicen mucho —responde ella, con una media sonrisa que me destroza por dentro—. Pero los hemos perdido, ¿verdad?

—Sí —Me inclino hacia ella, tomo su rostro entre mis manos, acaricio con mis pulgares sus mejillas ardientes—. Lo has hecho increíble. No sé si besarte o matarte.

—Prefiero lo primero —susurra, con la voz temblorosa aún por la adrenalina.

Acerco mis labios a los suyos, pero justo cuando estoy a punto de besarla, su respiración se entrecorta.

—Aitor… ¿qué coño acaba de pasar? —pregunta, con los ojos llenos de preguntas.

—No lo sé. Pero voy a averiguarlo. Y te prometo que mientras yo esté aquí, nadie te hará daño.

Me quedo un segundo mirándola, intentando memorizar su valentía, su fuego. Y decido que no quiero separarme de ella ni un solo minuto más.

—Vamos a un sitio donde podamos pensar con calma —digo al fin—. Un sitio donde nadie nos encuentre esta noche.

—¿Y tú conoces ese sitio, Aitor? —pregunta Sara, su voz apenas un susurro entre la oscuridad del coche. Aún tiene las manos en el volante, pero ya no tiembla.

—Por supuesto —respondo, casi con un deje de orgullo. Meto la mano en el compartimento central y saco un llavero con una pequeña figura de madera—. Siempre llevo estas llaves conmigo. Es una casa que tengo en el monte, pequeña pero acogedora. Muy curiosa. Solo para mí.

—¿Solo para ti? —repite, como si no pudiera creer que exista un lugar así.

—Sí —afirmo, mirándola a los ojos con toda la seriedad del mundo—. Cuando necesito desesperadamente huir de todo… cuando no quiero que nadie me vea ni me escuche… me voy allí. Solo estoy yo y la naturaleza. Nadie más.

Sara traga saliva, sus ojos azules brillan con un miedo contenido, pero también con algo que me enciende: confianza. Confianza en mí.

—Entonces vamos —dice al fin, como si acabara de tomar una decisión trascendental—. Vamos a tu refugio.

Arranco el coche con un rugido sordo y, mientras salimos de la ciudad hacia la carretera que se pierde en la penumbra del monte, mi mente solo puede pensar en lo que estoy haciendo. En que la llevo al lugar más íntimo que tengo. En que le estoy dando las llaves de mi alma, sin reservas.

Mientras subimos por un camino serpenteante flanqueado de pinos y rocas, la luz de la luna se cuela entre las ramas como un faro intermitente. El silencio entre nosotros es cómodo, cargado de lo que podría pasar, de lo que queremos que pase.

Miro de reojo a Sara. Sus labios están entreabiertos, su pecho sube y baja despacio. No está asustada. Está expectante.

Y por primera vez en años, siento que no estoy huyendo. Siento que estoy exactamente donde quiero estar.

—Sara… —digo, rompiendo el silencio—. Gracias por confiar en mí.

—No tienes que darme las gracias, Aitor —Me mira con una intensidad que me quema—. Yo también necesitaba un sitio donde desaparecer.

15

SARA

Cuando Aitor aparca el coche y apaga el motor, me quedo unos segundos mirando por la ventanilla. No hay luces de otras casas, ni carreteras transitadas cerca. Solo bosque. Oscuro, silencioso, infinito. En medio, se alza una pequeña cabaña de piedra y madera que parece sacada de un cuento, como si el bosque la hubiera protegido de cualquier paso del tiempo.

Es pequeña, de una sola planta, pero tiene algo magnético. Las paredes de piedra se combinan con grandes ventanales de cristal que reflejan los relámpagos lejanos. El tejado es de pizarra y delata un gusto exquisito por los detalles.

Cuando salimos del coche, la lluvia empieza a caer de golpe, gruesa, insistente, como si el cielo hubiera decidido vaciarse de repente. Aitor me coge de la mano y corremos hacia la puerta riendo, empapados, el sonido de nuestras pisadas mezclándose con el tamborileo de la tormenta.

Dentro, todo cambia.

La cabaña está iluminada con luces cálidas que rebotan en la madera clara del suelo y las vigas del techo. La primera estancia es un salón precioso, abierto, con un enorme sofá en forma de L cubierto de mantas y cojines. En la pared del fondo, una chimenea moderna que Aitor enciende y parpadea con un fuego que calienta el ambiente.

La cocina es pequeña pero perfectamente equipada, con encimeras de piedra oscura, electrodomésticos minimalistas y estanterías con plantas y tazas de cerámica. Huele a madera, a limpio, a un hogar que alguien cuida de verdad.

Y entonces alzo la vista.

La cama. Dios mío, la cama. Ocupa buena parte de la estancia, colocada en un altillo abierto que domina el salón, como un loft dentro de la cabaña. Tiene un cabecero de madera tallada, sábanas blancas impecables y un edredón grueso que parece prometer el mejor descanso del mundo. Me imagino hundiéndome en esas almohadas mientras escucho la lluvia golpear los cristales.

—¿Te gusta? —pregunta Aitor detrás de mí. Su voz suena un poco tensa, como si temiera mi respuesta.

Me giro. Está calado, el pelo pegado a la frente, el jersey negro marcando cada músculo. Jamás lo he visto tan irresistible.

—Es… increíble —digo al fin, con la voz entrecortada—. No sabía que existía un sitio así. Es… perfecto.

Aitor sonríe, y por un segundo, toda la tensión de estos días se disuelve en esa expresión suya, tan sincera. Se acerca, me pasa la mano por el pelo húmedo y me aparta un mechón de la cara. Su palma, cálida, contrasta con mi piel fría.

—Este es mi refugio —murmura, su voz tan baja que casi se pierde en el rugido de la tormenta que sacude el tejado—. Y ahora… es tuyo también. Nunca ha venido nadie aquí.

Me quedo sin palabras. El fuego de la chimenea proyecta sombras danzantes sobre sus mejillas. La lluvia repiquetea con fuerza sobre los ventanales, pero dentro solo hay calma. Es como si el mundo hubiera dejado de existir fuera de estas paredes.

—¿Sabes lo que más me gusta? —pregunto, con un hilo de voz mientras mi corazón late como un tambor.

—Dímelo.

—Que aquí… no hay nada que nos alcance. Ni el pasado, ni el futuro. Solo… nosotros.

Aitor se queda mirándome, y en sus ojos veo algo que me desarma: un

158

brillo de alivio, de querer creer que esto puede durar. Y, aunque no lo diga, sé que siente lo mismo.

La lluvia golpea con fuerza los ventanales de la cabaña mientras Aitor y yo estamos de pie en la cocina, descalzos, con el suelo de madera cálido bajo nuestros pies. La luz de la chimenea parpadea en la estancia, lanzando reflejos dorados sobre sus paredes de piedra y madera. Todo huele a bosque, a hogar, a un lugar apartado del mundo.

Aitor abre la despensa y la nevera empotrada con aire de orgullo —¿Ves? —dice con una sonrisa traviesa—. Te dije que tengo esto listo para sobrevivir semanas si hace falta —Saca pasta fresca, tomates maduros, un manojo de albahaca y queso parmesano.

—¿Eres cocinero además de futbolista? —bromeo, apoyada en la encimera mientras lo observo moverse con seguridad.

—Te sorprendería lo que uno aprende cuando quiere desconectar del mundo —dice, cortando los tomates con movimientos hábiles. Miro sus manos, fuertes y precisas, y se me eriza la piel de solo pensar en lo que esas manos pueden hacer.

—Ha sido un partido increíble esta noche… —comento, intentando mantener mi mente lejos de su cercanía—. No sabía que alguien pudiera moverse así. Parecías… imparable.

Él se detiene un momento, me lanza una mirada intensa que me hace tragar saliva —¿Así me veías desde la grada?

—Te veía… —respondo, bajando un poco la mirada mientras el calor sube a mis mejillas—. No podía dejar de mirarte.

Él sonríe apenas, concentrado en la salsa que empieza a hervir en la sartén —Quería que supieras que era para ti —confiesa, revolviendo con una cuchara de madera —Nunca había jugado pensando en alguien así. Ni me había sentido tan nervioso antes de un partido.

Nos miramos unos segundos en silencio, solo con el crepitar de la chimenea llenando el espacio. Siento que el aire entre nosotros se vuelve más denso, cargado de algo que no se puede explicar con palabras.

—Te juro que estaba a punto de saltar al campo cuando te vi pelearte con esos defensas —le digo, soltando una pequeña risa nerviosa—. Parecía que ibas a arrancarles la cabeza.

—Bueno, son cosas del fútbol, no hay que pensar eso más allá de lo que es.

Me muerdo el labio mientras lo observo, intentando recomponer mi respiración. Aitor aparta la pasta recién hecha, la reparte en dos platos hondos y me invita a sentarme a la mesa de madera junto a la ventana. Afuera, el bosque parece susurrar bajo la lluvia.

Brindamos con una copa de vino que encontramos en la alacena, mientras comemos la pasta más deliciosa que he probado nunca. La conversación fluye como si el tiempo se hubiera detenido: hablamos de mi infancia en Málaga, de su pasión por el fútbol, de los momentos más felices que recordamos, de las heridas que aún no han cerrado del todo. Nos reímos. Nos emocionamos.

—Nunca pensé que alguien como tú pudiera fijarse en mí —admito en un momento, con la voz un poco rota.

Aitor deja la copa, se inclina sobre la mesa y toma mi mano entre las suyas —Y yo nunca pensé que mereciera algo como tú —Me acaricia los nudillos con el pulgar, su mirada se oscurece de ternura—. Pero pienso hacer todo lo posible para no perderte.

La cena se alarga hasta que los platos quedan vacíos y el vino se convierte en el eco suave de nuestras palabras. Cuando nos levantamos, casi a la vez, el deseo late fuerte bajo la calma de la noche.

Aitor se queda frente a mí, tan cerca que siento su respiración mezclándose con la mía, cálida, acelerada. Sus ojos, de un tono miel que parece fundirse con el fuego de la chimenea, recorren mi rostro con una intensidad que me quema. Noto cómo mi cuerpo reacciona a su cercanía, cada latido golpeando mis costillas como si mi corazón se hubiese olvidado de cómo ir despacio.

—Sara… —su voz suena rota, profunda, como si cada sílaba le costara—. No voy a hacer nada que no quieras. No voy a apresurarte. Pero… —se interrumpe, exhala como si se librara de un peso—. El deseo me está matando. Necesito demostrarte todo lo que siento por ti. Necesito… venerarte.

La palabra "venerar" se queda flotando entre nosotros, tan cargada de significado que me eriza la piel. Me estremezco y, sin poder evitarlo, acerco mi frente a la suya. Su mano sube a mi mejilla, caliente, grande, protectora, y nos quedamos así, respirando el uno al otro. Cierro los ojos. Todo mi cuerpo late, ansioso y aterrado a la vez.

—Te prometo que no me moveré un milímetro si no me lo pides —susurra, con un tono tan bajo que casi parece un rezo—. Pero dime que quieres lo mismo que yo.

Abro los ojos. La lluvia golpea los ventanales con más fuerza, el sonido envolvente como un latido gigante. Mi voz tiembla.

—Lo quiero... —respondo—. Lo quiero más de lo que debería.

Y entonces, con una delicadeza que contrasta con la tensión de su cuerpo, me besa. No es un beso rápido ni torpe. Es lento, profundo, como si quisiera grabarse en mí para siempre. Su mano acaricia mi cintura, apenas rozándola, mientras la otra se enreda en mi pelo. Cada caricia suya me recorre como una chispa que incendia cada rincón de mi piel.

Me pego a él, sintiendo la firmeza de su pecho, el latido salvaje de su corazón. Su boca baja a mi cuello, y cuando sus labios tocan mi clavícula, un gemido suave se escapa de mis labios. Él se detiene enseguida, apoyando su frente en mi hombro.

—Dios... —jadea, como si luchara contra sí mismo—. Sara, no sabes lo difícil que es parar.

—Entonces no pares —digo, la voz cargada de una valentía que no sabía que tenía.

Él me mira, sus ojos salvajes, pero brillando de amor. Su sonrisa aparece, torcida y llena de ternura.

—Quiero que esta sea la mejor noche de tu vida. Quiero que nunca te arrepientas de esto. Que sientas que eres lo más importante que tengo.

Y con ese susurro, me toma en brazos como si no pesara nada y me lleva a la cama enorme que ocupa buena parte de la cabaña. Estoy nerviosa, no he sentido nunca nada con esta intensidad. Mis sentimientos están a flor de piel. Tengo miedo, pero al mismo tiempo sé que estoy segura en sus brazos.

—Eres perfecta —dice con un hilo de voz. Luego baja la cabeza y apoya un beso sobre mi vientre, cubierto solo por la tela fina de mi camiseta—. Déjame demostrarte cuánto.

Aitor me recuesta con suavidad sobre las sábanas blancas, que huelen a limpio y a madera fresca. La luz del ambiente se proyecta sobre Aitor planeando destellos de luz cálida en su piel morena y la mía, que tiembla entre sus manos. Sus ojos están fijos en mí, como si nada más existiera, como si yo fuera el centro de su universo.

Se coloca sobre mí, con un brazo a cada lado, pero no se apoya. Me observa con una intensidad que me desnuda más que cualquier mirada, y entonces su mano roza mi mejilla con la yema de los dedos, apenas un susurro de contacto. Me besa de nuevo, lento, profundo, un beso que me roba el aliento y me llena de calma. Sus labios juegan con los míos, mientras su lengua se aventura tímida, como si aún buscara permiso. Lo recibe. Lo quiero. Lo necesito.

Sus besos bajan por mi mandíbula, por mi cuello. Cada roce de su boca me arranca un escalofrío. Cuando llega a la base de mi garganta, chupa con suavidad, dejando un rastro húmedo que me enciende como nunca imaginé. Me arqueo hacia él, buscando más contacto, más calor, más de él.

—Dímelo —susurra, su voz ronca—. Dime si en algún momento quieres que pare.

—No pares… por favor —respondo, con la voz rota de deseo.

Entonces sus manos bajan por mi cuerpo. Primero acaricia mis hombros, mis brazos, luego mis costados. La manera en que me toca es como si se asegurara de que cada centímetro de mi piel se sintiera amado. Su mirada va siguiendo el recorrido de sus dedos, como si grabara cada curva, cada lunar, cada detalle que me hace única.

Me ayuda a incorporarme solo un poco para quitarme la camiseta y el sujetador. Lo desliza lentamente, rozando mis brazos mientras me lo quita. Su respiración se corta cuando me ve desnuda de cintura para arriba. Su mirada se clava en mis pechos, y un gemido apenas audible escapa de su garganta.

—Eres… —susurra—. No hay palabras.

Se inclina para besar uno de mis pechos con suavidad, su lengua dibuja círculos lentos alrededor del pezón, que se endurece enseguida. Sus labios lo envuelven y lo succionan con delicadeza, arrancándome un gemido que resuena en la habitación. Mi mano se enreda en su pelo, y succiona un poco más fuerte, luego alterna con el otro, como si quisiera memorizar mi sabor, mi textura.

Su otra mano baja hasta la cinturilla de mis leggins. Se detiene, me mira a los ojos, buscando mi aprobación. Asiento, con el corazón desbocado. Su mano entra por debajo, rozando mis caderas, mis muslos, y siento el calor de sus dedos acercarse al centro de mi placer. Mis caderas se arquean involuntariamente, buscando su contacto. Cuando sus dedos rozan la tela de mi ropa interior ya húmeda, sus ojos se oscurecen aún más.

—Estás tan mojada... —jadea, su voz cargada de admiración, como si no pudiera creerlo.

Con cuidado, me quita los leggins y mi ropa interior, quedándome completamente desnuda ante él. No me siento avergonzada, como esperaba, sino poderosa, deseada como nunca. Él se toma un momento para recorrerme con la mirada, como si quisiera recordarlo para siempre. Entonces se inclina sobre mí, besa mi vientre, mi pelvis, mis caderas, cada beso más cargado de calor que el anterior.

Cuando su boca se acerca a mi centro, el calor se convierte en fuego. Su lengua me roza de un modo que me arranca un gemido fuerte. Succiona mi clítoris con una suavidad exquisita, moviendo la lengua en círculos que me hacen perder la razón. Me aferro a las sábanas, con la respiración completamente descontrolada. Siento la presión creciendo en mi interior, un calor que sube hasta que exploto con un gemido que llena la habitación. Sigo temblando cuando él sube de nuevo, besando cada centímetro de mi piel en el camino.

Me acaricia el pelo, besa mi frente, mis párpados, mi nariz. Es como si quisiera tranquilizarme, asegurarse de que estoy bien. Sus manos bajan a su pantalón, se deshace de ellos con rapidez, pero cuando voy a tocarle, detiene mi mano.

—Hoy no quiero nada para mí —dice, su voz tan rota como la mía—.

Hoy solo eres tú.

Aun así, se coloca entre mis piernas, rozando con la punta de su erección mi entrada. Sus ojos buscan los míos, me acaricia la cara con un amor que me desarma.

—Esto puede doler un poco, pero voy a ir muy lento, ¿de acuerdo?

Asiento. Mi cuerpo está preparado, mi mente lo desea más que nunca. Empieza a entrar despacio, centímetro a centímetro, y la sensación me llena de calor, de una presión nueva que me invade por completo. Aprieto los dientes al notar el estiramiento, pero no quiero que se detenga. Él se detiene un segundo, me besa suave, como si quisiera distraerme del leve dolor.

—Eres perfecta —susurra contra mis labios—. Gracias por confiar en mí.

Cuando está completamente dentro, el ardor cede y lo que queda es una sensación de plenitud que me hace gemir. Empieza a moverse con movimientos lentos, controlados, cada embestida acompañada de un beso profundo. El ritmo va creciendo con delicadeza, sincronizados como si hubiéramos nacido para esto.

Mis piernas se enredan en su cintura, mis uñas se clavan en sus hombros, y siento cómo una nueva oleada de placer se acumula en mi vientre. Él se inclina para besar mi cuello, mis labios, mis pechos, mientras su respiración se hace más rápida. Nuestros cuerpos chocan suavemente, húmedos, calientes, el sonido de la lluvia golpeando los cristales acompaña nuestros jadeos.

Cuando llego al borde del clímax, sus movimientos se vuelven un poco más profundos, más urgentes. Y entonces me rompo de nuevo, un gemido cargado de placer inunda el aire, mi cuerpo se estremece sin control. Él sigue unos segundos más hasta que con un gemido ahogado se libera dentro de mí, enterrando el rostro en mi cuello, temblando conmigo.

Nos quedamos abrazados, con los corazones latiendo desbocados. Me acaricia el pelo, besa mi frente, y susurra:

—Te amo, Sara. No sé cómo he podido vivir sin ti hasta ahora.

Cierro los ojos, con lágrimas de felicidad deslizándose por mis mejillas.

Porque en ese momento, no hay pasado ni miedo, solo nosotros dos. Solo amor.

La luz de la mañana se filtra tenue entre las cortinas de lino, iluminando la habitación con un resplandor suave que hace brillar las gotas de lluvia aun resbalando por los ventanales. El sonido del bosque mojado es el único que acompaña mi respiración tranquila.

Siento el calor de Aitor a mi lado, su brazo fuerte rodeándome como si quisiera protegerme incluso dormido. Giro la cabeza y lo encuentro observándome, los ojos entrecerrados y una sonrisa pequeña que hace latir mi corazón más rápido.

—Buenos días, rubia —susurra, su voz rasposa y grave.

—Buenos días —respondo, sintiendo el rubor subir a mis mejillas al recordar cada caricia de la noche anterior.

Aitor se incorpora un poco sobre el codo, sus ojos miel recorriendo mi rostro como si quisiera memorizarlo. Con un dedo aparta un mechón de pelo de mi frente y me roza los labios con los suyos, apenas un roce, pero suficiente para encender todo mi cuerpo otra vez.

—No sé si voy a dejarte salir de esta cama nunca más —dice, y su tono es mitad broma, mitad promesa.

—Tendrás que dejarme… tarde o temprano —Le sonrío, pero no intento apartarme. Su calor es demasiado reconfortante.

—No quiero —responde con seriedad, y me atrapa contra su pecho, sus manos acariciando mi espalda desnuda con ternura—. Anoche me di cuenta de algo, Sara. De algo que llevaba sintiendo desde la primera vez que te vi.

—¿El qué? —pregunto, mi voz apenas un hilo mientras apoyo mi mano en su pecho, sintiendo su corazón latir bajo mi palma.

—Que no quiero vivir sin ti —contesta con un hilo de voz ronca, y noto cómo sus palabras me atraviesan como un disparo—. Y voy a hacer todo lo que esté en mi mano para que nada ni nadie se interponga.

Nos quedamos en silencio un momento, solo el latido acompasado de nuestros corazones llenando el aire entre nosotros. La lluvia arrecia de nuevo sobre el techo, creando un sonido hipnótico que hace más íntimo todo lo que estamos compartiendo.

—Aitor... —susurro, acariciándole el pecho con la yema de los dedos—. Anoche estabas raro. Sé que pasó algo.

Él cierra los ojos un momento. Inspira hondo, como si reunir valor le costara.

—Es cierto —admite al fin, con voz grave—. Cuando salimos del estadio recibí un mensaje de Mónica. No quiero ocultarte nada, ya lo sabes todo. Pero lo que me inquieta es que... no sé qué hacer. Creía que algo se me ocurriría para lidiar con ella, pero lo cierto es que no sé por dónde va a salir. Solo me queda esperar a que mueva ficha, y afrontar lo que venga.

Noto cómo su mandíbula se tensa. Le paso la mano por la cara, obligándolo a mirarme. Sus ojos tienen ese color dorado que me enciende por dentro.

—No estás solo en esto —le digo—. Ahora somos dos.

Él me besa la frente con suavidad, como si sellara un pacto silencioso.

—Y luego está lo de anoche... —continúa, bajando la mirada—. La persecución. No creo que tenga que ver con Mónica, pero tampoco puedo quedarme quieto. Es todo muy raro. Prometo que voy a averiguar quién estaba detrás de ese coche. No pienso dejar que nada ni nadie te haga daño.

Su voz suena firme, casi feroz. Lo abrazo fuerte, más fuerte de lo que nunca pensé que abrazaría a nadie. Porque, aunque la incertidumbre sigue ahí, hay una certeza que ya no se va: lo amo. Y estoy dispuesta a quedarme a su lado para lo que venga.

Nos levantamos despacio, como si temiéramos romper la burbuja que nos envuelve desde anoche. Aitor me lleva de la mano hasta el baño, y la ducha se convierte en una prolongación de nuestra unión: el agua caliente resbala sobre nuestros cuerpos mientras sus manos me recorren con la misma ternura con la que me mira. Cada caricia es lenta, como si quisiéramos memorizar el momento. Me besa el cuello mientras el vapor empaña los cristales, me hace reír cuando me rodea la cintura y me alza un segundo como si no pesara nada. Es tan íntimo, tan perfecto, que me olvido de todo.

Cuando salimos, nos vestimos con calma y bajamos a la cocina. Aitor se mueve con soltura mientras prepara el desayuno: café recién hecho, tostadas con aguacate y zumo de naranja. Lo observo mientras revuelve la sartén; la forma en que se concentra, el leve fruncir de su ceño, me resulta tan irresistible como la noche anterior

—Vamos a casa a sacar a Kovu —dice Aitor mientras recoge los platos, con un gesto decidido pero tranquilo.

Nos ponemos las chaquetas y salimos al coche. La mañana sigue gris, con un cielo que amenaza lluvia, y el silencio entre nosotros parece pesar un poco más que de costumbre.

—¿Cuándo viene tu madre del hospital? —pregunta Aitor mientras conduce por el camino estrecho del bosque.

—La verdad... no lo sé —respondo con un hilo de voz.

—¿Cómo que no lo sabes, Sara? —me lanza una mirada rápida, cargada de preocupación—. ¿No estás pendiente de ella?

—Claro que sí —digo, sintiéndome un poco vulnerable al confesarlo—. Lo que pasa es que ayer... me echó del hospital. No sé, estoy tan preocupada...

Aitor aprieta un poco el volante, como conteniéndose.

—Mira —continúo, con la vista fija en el paisaje que se mueve tras la ventanilla—. Lo he pasado bastante mal estas semanas desde que volvimos de Formentera. No podía sacarte de mi cabeza, me encerré un poco en mi mundo sin darme cuenta. Y el otro día en el hospital, ella me lo echó en cara... Fue tan raro, Aitor. Porque, si sabe que lo estoy pasando mal, lo normal es que me pregunte, que intente entenderme, ¿no?

Hago una pausa y noto cómo su respiración se hace más lenta, atento a cada palabra.

—Pero no —sigo—. Se puso a la defensiva, me dijo cosas que me hicieron sentir como si yo fuera egoísta... como si ella fuera la víctima en todo esto. Es un comportamiento que nunca le había visto, algo que no entiendo en absoluto.

Aitor me lanza una mirada cálida, con un toque de rabia contenida que no va dirigida a mí.

—Lo siento, Sara —dice finalmente, y su voz es un bálsamo.

—¿Y si es Iñaki el que la está haciendo cambiar? —me atrevo a decirlo en voz alta, mientras mi mirada se pierde en la ventanilla empañada del coche—. Es que, Aitor... no sé. Es un tío muy raro. Solo he coincidido con él un par de veces en el hospital, pero te juro que mi madre no es la misma cuando está con él. Es como si se transformara en una persona que no conozco.

Aitor frunce el ceño, atento a cada palabra.

—¿Qué ha pasado exactamente? —pregunta con calma, pero con ese tono que deja claro que está tan intrigado como yo.

—Pues... —suspiro, intentando ordenar mis pensamientos—. Mi madre se va de viaje con él, su hijo y unos amigos. Un mes entero dando la vuelta en barco. ¡Un mes! Y apenas le conozco. Así que ayer, en el hospital, empecé a hacerle preguntas: qué pasa con su trabajo, qué pasa conmigo, qué sentido tiene irse tanto tiempo con un hombre que apenas conoce. Le pregunté qué pasaría si no se llevaban bien en el barco, si de repente se arrepentía...

Aitor asiente, serio.

—¿Y qué te dijo?

—Se ofendió muchísimo —digo, con un nudo en la garganta—. Me pidió que me fuera. Que la dejara en paz. Me dijo que me estaba metiendo en su felicidad. Que yo solo veía el mundo desde mi ombligo. Que ella no es solo madre, también es mujer —Trago saliva, reprimiendo el temblor en mi voz—. Aitor, no conocía a la persona que me estaba hablando ayer. Me miraba como si fuera una desconocida, como si mis preguntas le dolieran más de lo que deberían.

Él pone una mano en mi rodilla, un gesto que me reconforta al instante.

—Sara... —dice con voz grave—. A lo mejor Iñaki la está presionando, o le está vendiendo algo que ella quiere creer. Hay gente que sabe cómo manipular... Y tu madre está en un momento vulnerable. Lo importante es que tú estés preparada para ayudarla si te necesita.

—Sí... —respondo bajito—. Pero lo que más me asusta es que siento que ya estoy perdiéndola. No sé qué va a pasar cuando se suba a ese barco. No sé si volverá siendo la misma.

—¿Cuándo se supone que se van? —pregunta, aunque noto que ya está calculando mentalmente todo.

—Este miércoles… —suspiro—. O sea, en tres días. Y lo peor es que no tengo ni idea de cuándo volverá. Solo sé que hoy debería salir del hospital y que… bueno, supongo que aparecerá por casa en algún momento de la tarde. La estaré esperando.

Aitor aprieta mi mano, con una firmeza que me hace sentir más segura.

Para cuando el domingo termina y Aitor se marcha a su casa, la soledad se me clava como un alfiler en el pecho. Lo voy a echar de menos esta noche. Pero no estoy lista para revelar nada a mi madre, no con la tensión que hay ahora mismo entre nosotras. No quiero complicar aún más las cosas.

Mi madre aparece por casa a las ocho de la tarde. Escucho el portazo, sus pasos rápidos en el recibidor. Me levanto casi de un salto, el corazón a mil. Estoy nerviosa. No sé cómo actuar. No quiero que esto acabe en otra discusión.

—Mamá… —digo, conteniendo la respiración al verla aparecer en el salón—. ¿Estás bien? ¿Te han dado el alta definitiva?

—Estupendamente, cariño —responde con una sonrisa que parece demasiado grande para ser real—. Voy a descansar hasta el miércoles, hacer la maleta y poco más. Todo listo para el viaje.

—Vale… mamá… —trago saliva—. Me da mucha pena que te vayas tantos días. Un mes es mucho tiempo. Pueden pasar miles de cosas…

—Sara, no seas fatalista —me interrumpe con suavidad, aunque hay algo firme en su voz—. Te llamaré cada día. Y no te preocupes por nada, te daré todo lo que necesites de dinero. Pero ya sabes que creo que es bueno que empieces a ser más independiente. Esto será como una pequeña prueba para cuando vivas sola. Como una mujer empoderada.

—Claro, mamá… —respondo, intentando que no se quiebre mi voz—. Solo… necesito preguntarte algo. Por favor, no te lo tomes a mal —Respiro hondo, el miedo latiendo en mis sienes—. ¿En qué momento cambió tanto tu perspectiva? Lo siento por las semanas que he estado ausente, que he estado rara… Pero es que noto que en muy poco tiempo te has convertido en otra persona. Y eso me hace sentir miedo.

Ella me sostiene la mirada un segundo. Sus ojos parecen brillar con una emoción que no logro descifrar.

—Sara… todo cambia —dice al fin, su tono cargado de un convencimiento que me resulta ajeno—. Todos cambiamos. Vemos las cosas de manera diferente según las circunstancias. Y yo he visto la luz. Hemos venido a esta vida para disfrutar, y voy a hacerlo al máximo, cariño. No sientas que nada de esto tiene que ver contigo. Por favor.

Sin añadir nada más, se gira. Sube las escaleras con paso decidido. Oigo el clic de la puerta al cerrarse detrás de ella.

Me quedo en mitad del salón, con el corazón pesado. Siento que estoy atrapada en una realidad paralela. Como si mi madre hubiera mutado en alguien que no reconozco. Y lo peor es que no sé cómo salir de este laberinto que se ha formado entre nosotras.

16

AITOR

Cuando cruzo la puerta de casa esa noche, lo único que tengo en mente es la sonrisa de Sara al despedirse. Llevo en la piel su olor, en las manos su tacto, y en el pecho la certeza de que por fin todo empieza a encajar. La tranquilidad, la estabilidad. Ella.

Pero en cuanto dejo las llaves sobre la encimera, siento una vibración extraña en el ambiente. Como si algo se hubiese quebrado en mi ausencia.

La luz de la cocina está encendida. Y ahí está él. Mi padre. Sentado en la mesa, con un vaso de vino en la mano y esa expresión que tantas veces me heló la sangre cuando era niño.

—¿Ya era hora, ¿no? —dice sin levantar la vista del líquido oscuro—. Vaya jornada te has pegado.

—¿Qué haces aquí? —pregunto sin disimular el tono cortante. No hay motivo para que él esté en esta casa. En mi espacio.

—Esta casa también es mía —responde, levantando finalmente la mirada para clavarla en la mía—. O eso tengo entendido. Pero bueno, supongo que ahora tú decides cuándo y cómo se vive aquí.

Me cruzo de brazos, intentando mantener la calma. Siempre es un juego con él. Provocar. Medir. Doblegar.

—¿Qué quieres?

—Quería verte. Hablar un poco. Quiero felicitarte por el gol. Muy bonito el gesto… —entrecierra los ojos—. Esa manita en el pecho mirando al palco... emotivo. ¿Quién es?

Mi mandíbula se tensa. No contesto.

Él da un sorbo a su copa y sonríe de lado.

—¿Te has enamorado? —pregunta con un tono tan neutro que me da más miedo que si hubiese gritado.

—No es asunto tuyo.

—Al contrario, Aitor. Todo lo tuyo es asunto mío. Tu carrera. Tu rendimiento. Tu imagen. Tu dinero. Y te lo digo desde ya: el amor es la peor de las distracciones. Lo sabrás tú mejor que nadie. Lo has vivido de cerca, ¿o no?

Su voz lleva veneno. Y lo sé. Quiere pinchar. Sacarme. Que pierda el control.

—No soy tú —le digo, tajante.

—No. No lo eres —asiente, levantándose con calma—. Pero te pareces más de lo que te gustaría aceptar.

Aprieto los puños, tanto, que me clavo las uñas en las palmas de las manos.

Camina hacia el fregadero, vacía su copa, y se queda mirando por la ventana como si hablara con la oscuridad.

—¿Sabes qué hace el amor, Aitor? —continúa—. Te vuelve blando. Te descentra. Te arrastra. He visto a grandes caer por mucho menos. Tú tienes algo entre manos que pocos tienen: juventud, talento, dinero, fama. Pero todo eso se va a la mierda si pones a una chica antes que al balón.

—No estás aquí para darme consejos.

—Oh, claro que no. Estoy aquí para recordarte que tú no puedes darte el lujo de perder el foco. Que no has llegado aquí por arte de magia. Que lo que tienes no es un regalo: es una deuda. Y todavía estás muy lejos de haberla pagado.

Lo miro sin parpadear. Me late una vena en la sien. Una parte de mí quiere gritarle todo lo que llevo dentro desde hace años. Pero otra parte... la que aprendió a sobrevivir, sabe que enfrentarlo directamente es como pelear con fuego. Solo puedes salir ardiendo.

—No voy a dejar de jugar —digo finalmente—. Y no voy a perder mi nivel. No tengo por qué elegir entre mi vida y mi carrera.

Él se ríe. Una risa seca, sin humor.

—Claro que sí, campeón. Claro que sí. Díselo a los sponsors cuando empiecen los rumores. A los clubes que te quieren fichar. A la prensa cuando te vean con ella de la mano y se pregunten quién es esa chica que te ha robado la cabeza. La gente no quiere que sus ídolos amen. Quieren que ganen. Que brillen. Que sean inalcanzables.

Se gira. Me mira. Y entonces lo dice. Lo que realmente ha venido a soltar:

—No te equivoques conmigo, hijo. No voy a dejar que lo arruines todo por cuatro polvos.

—¿Y qué vas a hacer tú? —respondo, dando un paso al frente.

Se acerca. A medio metro de mí. Sus ojos son hielo.

—Yo haré lo que tenga que hacer. Como siempre.

Silencio. Puedo oír el zumbido de la nevera. Mi corazón golpeando dentro del pecho. Pero no me voy a romper. No esta vez.

—Entonces vas a tener que ver cómo alguien que sí tiene alma hace las cosas a su manera.

Él sonríe. Una sonrisa cruel.

—Veremos cuánto te dura.

Mi padre no se mueve de la silla.

Cruza una pierna sobre la otra con estudiada calma, como si estuviéramos tomando café en una terraza y no midiendo fuerzas en medio de la noche.

—Así que al final te estás follando a la vecina —suelta, saboreando cada sílaba—. Lo imaginé en cuanto vi esa carita de ángel. Siempre has sido débil cuando se trata de mujeres bonitas.

Me quedo helado un instante. Luego lo entiendo todo.

—¿Eres tú quien me mandó seguir? —pregunto, la sangre rugiendo en mis oídos—. ¿Por eso has vuelto de París sin avisar?

Él arquea una ceja, satisfecho.

—Claro que he sido yo. ¿Cuándo vas a entenderlo, hijo? Tu vida me pertenece.

Algo se rompe dentro de mí.

La silla cae al suelo cuando avanzo y lo agarro por el cuello de la camisa. La copa choca con el mármol y se hace añicos; el vino gotea como sangre oscura.

—Des-gra-cia-do —escupo, pegando mi frente a la suya—. Años dándonos palizas, años viviendo de mi dinero, años destruyéndonos... ¿Y todavía crees que voy a dejarte manejarme?

Sus manos buscan soltarse, pero aprieto más. Puedo oler el alcohol en su aliento.

—¡Suéltame! —gruñe, intentando mantener la compostura—. No te conviene cruzar esa línea, Aitor. Lo sabes.

Mi padre me mira con sorna. Se pone en pie con toda la calma del mundo cuando le suelto de mala gana y se sirve un poco más de vino, como si estuviéramos discutiendo sobre un partido y no sobre mi vida personal.

—Yo solo me aseguro de que tomes las decisiones correctas, Aitor —responde—. ¿Desde cuándo eso es un crimen?

—No sabes nada de ella.

—Sé que has hecho con esa vecinita en dos días lo que no has sido capaz de hacer con Mónica nunca—dice, con veneno—. Y eso no es precisamente una buena señal.

El nombre me golpea como un mazo.

Mi padre y Mónica nunca se han cruzado —o eso quiero creer—. Y no sé por qué, pero algo se me encoge en el pecho.

Pero no. No voy a hacer conjeturas ahora.

No puedo demostrar nada. No puedo empezar a ver fantasmas donde quizá solo hay intuición.

—Ya que has sido tú quien mandó a ese coche a seguirme —digo con voz baja, firme—, más te vale pensártelo dos veces la próxima. Porque no me voy a quedar quieto. Soy capaz de matar al que se ponga en mi camino, papá. – Digo apretando los labios.

Mi padre deja la copa sobre la encimera.

—No me amenaces, Aitor. Yo solo me preocupo por tu carrera. Por tus intereses. Lo que hagas con esa chica puede salirte muy caro.

—¿Eso es una advertencia?

—Es un recordatorio —sonríe—. Nadie quiere ver cómo el niño prodigio se descarrila justo antes de alcanzar la gloria.

Me muerdo la lengua. No le voy a dar el gusto de explotar. Pero por dentro la rabia me arde como gasolina.

—No vuelvas a hablar de ella. Y mantente lejos de mi vida privada. Si te importa lo más mínimo seguir en esta casa, o seguir respirando, empieza por respetar mis decisiones.

Él me sostiene la mirada. Hay tensión, pero también cálculo. Me está midiendo. Como siempre.

—Haz lo que quieras, Aitor. Pero luego no digas que no te lo advertí.

Se va de la cocina como si tuviera la última palabra. Pero esta vez, no me ha ganado. No me intimida. Solo me ha confirmado que tengo que andar con mil ojos.

Y que, con él, todo puede torcerse en cualquier momento.

¿Qué tiene que ver mi padre con Mónica? Dos serpientes que se suponen que no conocían la existencia del otro, y resulta que sí, las piezas del puzle me van encajando, él sabe mucho más de lo que creía. Tengo que ser inteligente. Tengo que hacer las cosas muy bien para salir de esta ileso.

Y destruir a mi padre, mi objetivo está claro.

17

SARA

.

El lunes amanece con una calma engañosa. Me estiro en la cama y lo primero que hago es mirar el móvil. Mensaje de Aitor.

"Buenos días, princesa. Hoy se me va a hacer eterno sin ti. Escríbeme cuando salgas de clase."

Sonrío. Lo echo de menos, aunque hace solo unas horas que se fue.

Me levanto despacio, todavía con el cuerpo sintiendo las secuelas del fin de semana. Y no, no hablo solo del tobillo, que por cierto ya va mucho mejor. Me visto rápido y, antes de salir, le escribo a Aitor:

"Hoy y mañana estaré con mi madre hasta que se vaya el miércoles. Pero el miércoles... quiero verte desde que salga de clase, ¿trato?"

La respuesta no tarda:

"Trato. Estoy contando las horas."

Cojo el abrigo, la mochila y salgo corriendo.

El trayecto en autobús me resulta cada vez más cómodo. Ya casi me he acostumbrado a hacer trasbordo, a cambiar de línea en el centro, a encontrar mi asiento favorito en la tercera fila del lado derecho. Voy mirando por la ventana, dejando que los árboles, las casas de tejados rojos y las ráfagas de viento me acomoden el pensamiento.

La ciudad ha empezado a gustarme. Me he empezado a gustar yo, en ella.

Entro en la facultad justo a tiempo y en cuanto piso la cafetería, veo a

Laia agitando la mano desde una mesa al fondo.

—¡Rubia! —grita con una sonrisa que contagia.

—Hola loca —me dejo caer frente a ella—. ¿Qué tal el finde?

Ella me observa como si supiera algo. Como si pudiera leerme entera con solo una mirada.

—No me respondas aún. Deja que lo adivine. Estuviste con Aitor. Todo el fin de semana. Estás radiante. Llevas el pelo más suelto que de costumbre y hueles a alguien que no ha tocado tierra en dos días.

Me echo a reír.

—¿Tanto se me nota?

—Sara, estás flotando. Literalmente.

Desayunamos entre bromas, confidencias y bocados compartidos de bizcocho de zanahoria. Le cuento por encima lo que puedo. Obvio ciertos detalles, evidentemente. Pero Laia es lista. Más de lo que aparenta.

—¿Y en la pintura? ¿Cómo lo llevas?

—Bien —Sonrío orgullosa—. Me quedan unos retoques, pero… creo que es la primera vez que un cuadro me representa por completo. Como si cada pincelada tuviera voz propia.

—Pues eso, cariño mío, se llama madurez artística. Y lo vas a petar.

El taller huele a trementina, madera húmeda y acrílico seco. Me coloco frente a mi lienzo: dos metros de historia íntima, desgarrada y colorida. Mi mural empieza a tomar forma de una figura femenina difusa, envuelta en espirales que cambian de tono: azul hielo, turquesa, verde botella, y en el centro, un pequeño círculo dorado que late como un corazón.

Laia dice que parezco una mezcla de Frida y Monet. Exagerada.

El profesor pasa detrás de mí y se detiene unos segundos. No dice nada, pero asiente con un leve gesto de cabeza. Me basta.

Al acabar la clase, estoy limpiando los pinceles cuando Laia se acerca y me dice:

—Oye, ven a comer con nosotros. Íbamos a ir a un sitio aquí cerca. Tengo muchas ganas de presentarte a Ibai.

—¿Ibai?

—Mi novio. Te he hablado de él mil veces, ¿en serio no te quedaste con el nombre?

—Perdón, es que, entre Aitor, el hospital y mi madre… tengo el disco duro un poco saturado.

—Pues esta es la oportunidad perfecta para desconectar. Te va a caer genial. Y está deseando conocerte, por cierto —Hace una pausa—. Dice que, si eres amiga mía, seguro que eres un unicornio.

—¿Un unicornio?

—Sí, alguien raro, pero bonito.

—Eso me lo voy a tomar como un piropo.

—Porque lo es —me guiña el ojo—. Vamos, rubia. Vente.

Y acepto. Porque por una vez, quiero empezar a vivir lo que pasa fuera de Aitor. Ser Sara. No la chica que se desvive por un futbolista atormentado, sino la artista que está aprendiendo a contar su historia en un lienzo gigante.

El restaurante está en una calle peatonal, a cinco minutos de la facultad y desde fuera parece uno de esos sitios que quieren parecer informales, pero lo tienen todo medido al milímetro: las sillas de madera restaurada, las lámparas industriales colgando del techo, el olor a pan recién hecho que te da la bienvenida nada más abrir la puerta.

—Ahí está —dice Laia, alzando una mano para saludar.

Sigo su mirada y lo veo. Sentado en una mesa del fondo, con una cerveza en la mano. No sé qué esperaba, pero no era esto.

Ibai es… intenso.

No sabría describirlo de otra manera. Lleva un abrigo largo, negro, como sacado de una película antigua. Va peinado hacia atrás, perfectamente pulcro, con una barba fina y bien perfilada. Su forma de mirar es directa, y cuando sus ojos se clavan en mí siento un cosquilleo entre la espalda y el estómago.

No de esos que te hacen sonreír.

De los que no sabes muy bien por qué te incomodan.

—Sara, te presento a Ibai —Laia sonríe, toda luz—. Ibai, esta es mi rubia favorita.

—Encantado —dice él, poniéndose en pie para darme dos besos.

Tiene la voz grave, demasiado grave para lo joven que parece. Me aprieta un poco el brazo cuando me saluda. Nada raro. Pero algo se queda vibrando.

Nos sentamos. Laia al medio. Yo frente a él.

—He oído hablar mucho de ti —dice, sin dejar de mirarme.

—Espero que bien —respondo, intentando sonar amable.

—Demasiado bien, diría. Tanto que uno empieza a tener curiosidad.

Me río, incómoda. No sé si es broma o no. Laia se ríe también, más relajada.

—No le hagas caso. Le gusta hacerse el misterioso. En realidad, es un trozo de pan. Pero de esos panes rústicos, duros por fuera, blanditos por dentro.

Ibai sonríe sin enseñar los dientes.

–No tan blandito.

Laia le da una patada por debajo de la mesa. O eso imagino, porque se mueve y él se calla.

La comida llega: ventresca a la brasa, patatas al romero, un vino blanco que está sorprendentemente bueno. Y, sin embargo, yo estoy más concentrada en mantener la espalda recta que en saborear lo que tengo delante.

Ibai habla poco. Pero cuando lo hace, no quita los ojos de encima. De mí. De Laia. De los camareros. Observa. Evalúa. Como si todos estuviéramos en su tablero.

—¿Y tú también estudias? —pregunto para romper el silencio.

—No. Yo ya terminé. Ahora trabajo con mi padre, en inversiones privadas y… otros asuntos. Cosas que aburrirían a cualquiera —dice, sin dar más detalles.

—¿Y te gusta? —insisto, porque el silencio me pesa.

—Lo suficiente. Me permite moverme. Ver mundo. Conocer a personas interesantes —Y entonces me mira otra vez, como si acabara de soltar una clave invisible.

Me recorre un escalofrío. Su tono no ha cambiado. Su expresión tampoco. Pero hay algo que no encaja. Algo que no debería estar ahí.

—Va mucho a Londres —añade Laia, sin notar nada raro—. Allí tiene una especie de "círculo de amigos" muy especial. Tienes que venir un día con nosotros, Sara.

—Claro —miento.

La conversación se va diluyendo. Hablamos del concurso de pintura, de cómo se siente Laia con su mural, de que nos quedan pocas semanas para entregarlo. Ibai se muestra más relajado, pero su atención sigue puesta, como si su mente hiciera anotaciones constantes de lo que decimos.

Al terminar, se ofrece a pagar la cuenta. Yo insisto en dividir, pero él levanta una ceja, como si eso fuera una ofensa.

—Invito yo. Me alegra haberte conocido, Sara.

—Gracias —digo, con una sonrisa automática.

Nos despedimos en la puerta. Ibai besa a Laia en la frente con una ternura que me descoloca. Luego se gira hacia mí.

—Nos veremos pronto.

No lo dice como una promesa. Suena a sentencia. Como si ya lo supiera. Como si ya tuviera claro cuándo y cómo. Me despido, y cuando me doy la vuelta noto que mis pasos son más rápidos de lo habitual.

No sé qué me pasa.

No ha dicho nada especialmente extraño. Ni ha hecho nada ofensivo. Y sin embargo, algo en mi interior me dice que Ibai no es trigo limpio. Que hay algo en su forma de moverse, de hablar, de observar, que me da miedo sin darme motivos.

—¿Todo bien? —pregunta Laia, mientras caminamos de vuelta hacia la facultad.

—Sí —respondo rápido—. Solo un poco cansada. Muchas emociones este finde.

Ella asiente, sin sospechar nada.

Cuando llego a casa ya ha oscurecido. El cielo tiene ese tono gris azulado que anuncia lluvia inminente, y el viento mueve las ramas de los árboles con una cadencia hipnótica. Kovu me recibe con la euforia de siempre, dándome vueltas y empujándome con el hocico, reclamando su paseo pendiente.

—Vale, vale… ya vamos, terremoto —le digo, sonriendo mientras me cambio de ropa.

Salimos al jardín y lo dejo corretear por el parque de enfrente. Voy detrás de él con la correa en la mano por si decide que es buena idea perseguir una moto o una hoja en caída libre. El aire fresco me despeja. Respiro hondo. Mañana se va. Mi madre. Mi madre y ese tal Iñaki. Un mes navegando. Un mes sin ella. Y aunque las últimas semanas han sido extrañas, confusas… también han dolido.

Cuando volvemos a casa, está en la cocina. Ha hecho una infusión y lleva puesta una de esas batas suaves que siempre ha tenido. Parece más tranquila. Más… ella.

—Hola, cielo —Me sonríe sin esfuerzo, como si por fin algo dentro de ella se hubiera asentado.

—Hola, mamá.

Nos quedamos mirándonos. Sin palabras. Hasta que ella, de repente, da dos pasos rápidos y me abraza con fuerza. Hacía tanto que no lo hacía así, sin tensión, sin reproches escondidos, solo un abrazo sincero. Cierro los ojos y me dejo abrazar.

—Te voy a echar mucho de menos —me dice con la voz un poco temblorosa, apoyando su barbilla en mi hombro—. No me imaginaba este viaje… ni este momento. Todo ha sido muy rápido. Pero necesitaba decirte que me siento orgullosa de ti. De cómo estás empezando de nuevo. De cómo estás creciendo.

—Gracias, mamá —susurro.

—Perdona si he estado… distante. No ha sido fácil. Para ninguna de las dos. Pero ahora mismo necesito pensar un poco en mí. Y no quiero que eso te haga sentir desplazada. Solo quiero vivir. Disfrutar. Y que tú también lo hagas.

—Lo sé —La miro con honestidad—. Aunque me cuesta entenderlo a veces, lo sé.

Me acaricia el pelo, como cuando era niña.

—Llama, ¿vale? Todos los días si puedes. Aunque solo sea para decirme cómo está Kovu o cómo te ha ido en clase. Quiero sentir que estoy cerca.

—Lo haré. Te lo prometo.

—Y si necesitas algo... lo que sea... —dice mientras se separa para mirarme a los ojos—. Estoy a una llamada de distancia. O una videollamada. Haré conexión desde el barco si hace falta, pero no quiero que te sientas sola.

—No estaré sola —respondo, con una pequeña sonrisa—. Pero gracias.

—Te quiero muchísimo, Sara. Muchísimo.

—Y yo a ti, mamá.

Después de la conversación que acaba de partirme en dos, mi madre y yo nos quedamos en silencio. El sol empieza a esconderse tras los tejados que se ven desde el salón, y la luz naranja que entra por las ventanas tiñe la estancia de un aire melancólico.

Ella se recuesta en el sofá, como agotada, y yo recojo las tazas que han quedado frías sobre la mesa baja. Me cuesta mirarla. Siento que aún no la reconozco. Que su voz es la misma, pero sus palabras vienen de otra persona.

—Sara —rompe el silencio, con un tono más suave—. Mañana... Iñaki quiere venir a cenar a casa. Como despedida antes de que nos vayamos el miércoles.

Se me hiela la espalda. Me obligo a girarme despacio. Su expresión es calmada, incluso esperanzada, como si deseara que la apoyara. Como si la respuesta que necesita de mí fuera solo un "vale, mamá".

—¿Una cena... aquí? —pregunto, intentando mantener la voz serena.

—Sí —dice con un hilo de voz, y se pasa una mano por el pelo—. Quiero que todo esté bien entre vosotros. Que le veas como yo lo veo. Que entiendas por qué quiero hacer este viaje. Es importante para mí, cariño.

Trago saliva. Quiero gritarle que no es momento de presentaciones, que todo está demasiado revuelto, que no puedo fingir que nada me inquieta. Pero me obligo a respirar hondo. No quiero pelear más. Estoy cansada de discusiones que solo nos alejan.

—Está bien, mamá —consigo decir, forzando una pequeña sonrisa—. Mañana cenaremos juntos.

Sus hombros se relajan como si le hubieran quitado un peso de encima. Se acerca a mí, me rodea con los brazos y me abraza fuerte. Su perfume me resulta tan familiar como lejano al mismo tiempo.

—Gracias, mi niña —susurra—. Sé que todo parece ir demasiado rápido... pero necesito que me entiendas.

—Lo intento —le respondo bajito, porque es la verdad, aunque duela.

Nos quedamos un rato así, en silencio, abrazadas. Dos personas que quieren quererse, pero que parecen hablar idiomas diferentes últimamente.

Bajo de mi habitación el martes, después de ducharme y vestirme para la cena. La casa huele a lasaña recién sacada del horno. Me he pasado toda la tarde limpiando y ayudando a mi madre a preparar la cena. Quiere que todo salga perfecto para la última noche antes de su viaje. Ella está radiante, como no la veía desde que era pequeña. Al menos eso me consuela un poco, aunque no puedo evitar sentir un nudo en el estómago cada vez que pienso en este viaje tan largo con un hombre que apenas conozco.

A las nueve en punto, suena el timbre. Mi madre corre a abrir la puerta con una sonrisa más grande de la que le he visto en años. Y ahí está Iñaki. Alto, elegante, con un jersey de punto fino y una chaqueta de ante que parece hecha a medida. Su barba perfectamente recortada y el pelo peinado hacia atrás completan su aire de hombre seguro. Demasiado seguro.

—Buenas noches, preciosas —dice al entrar, como si la casa fuera suya. Su mirada recorre el recibidor con detenimiento, deteniéndose un segundo en cada foto, cada objeto, como si estuviera evaluando un catálogo.

Me acerco para saludarlo. Su beso en la mejilla es frío. Siento un escalofrío que me sube por la nuca. No sé por qué. No ha hecho nada malo. Pero algo en él me incomoda.

—Sara, tu madre me ha hablado mucho de ti —dice, mientras clava en mí esos ojos que parecen leer cada rincón de mi mente—. Eres más bonita de lo que imaginaba. Siento no haber tenido oportunidad de decirte todo esto en el hospital, pero eran momentos de mucha tensión. Igual no fui el más educado. Te pido disculpas.

—Gracias... —murmuro, incómoda. Busco la mirada de mi madre, pero ella solo sonríe, embelesada.

Nos sentamos en el comedor. La conversación empieza con tópicos sobre el clima, el mar en la costa vasca y su pasión por la navegación. Pero cada vez que le hablo, siento que sus ojos no parpadean. Su atención es demasiado intensa, como si estudiara cada palabra que digo.

—¿No te da miedo quedarte sola aquí? —pregunta de repente, con un tono suave, casi cariñoso. Pero me deja helada.

—No, la verdad es que me gusta la tranquilidad —respondo, tratando de sonar firme.

—Mujer valiente —dice, pero su sonrisa se ve forzada. Da un sorbo a su vino mientras sus ojos siguen fijos en mí—. Aunque a veces... la tranquilidad es peligrosa.

La frase se queda flotando en el aire. Mi madre no parece notarlo. Yo sí. Intento cambiar de tema, pero Iñaki no lo pone fácil.

—¿Tienes pareja? —pregunta de repente, directo como un cuchillo. Mi madre le lanza una mirada rápida, como de advertencia, pero no dice nada.

—No... —miento. No me siento preparada para exponer a Aitor a esto. Ni a mí misma.

—Ya... —dice, como si no creyera ni una palabra. Se recuesta en la silla, relajado, pero hay algo en la forma en que tamborilea los dedos sobre el mantel que me pone nerviosa.

Durante la cena, noto que mi madre se muestra más sumisa con él de lo habitual. Cuando se equivoca al servir el vino y derrama unas gotas, se disculpa repetidamente, como si temiera su reacción. Nunca había visto a mi madre así. No la reconozco.

Iñaki, por su parte, mantiene una calma que se siente ensayada. Controlada. Cada sonrisa, cada palabra, parece calculada al milímetro.

—La lasaña está deliciosa, Marta —dice, inclinándose hacia ella—. Pero el mejor ingrediente es compartirla contigo.

Mi madre se sonroja como una adolescente. Casi me dan ganas de vomitar. No por ella. Por él.

Cuando termina la cena, Iñaki se levanta sin pedir permiso y empieza a pasear por la casa. Mira fotos familiares, acaricia marcos, observa detalles en las estanterías.

—Tenéis un hogar precioso —dice, deteniéndose en la foto de cuando tenía cinco años. Su dedo se posa sobre mi cara en la imagen—. Un lugar lleno de recuerdos. Espero que sigas sintiéndote segura aquí.

Esa última frase me eriza la piel. No debería sonar como una amenaza. Pero lo hace.

Al despedirse, Iñaki me da otro beso en la mejilla, demasiado cerca de la comisura de los labios. Su aliento me hiela. Cuando cierro la puerta tras él, me apoyo en la madera y respiro hondo. Mi madre está radiante, casi eufórica.

—¿Ves lo atento que es, cariño? Me hace sentir viva otra vez —dice, como si nada raro hubiera pasado.

Pero para mí, algo se ha roto esta noche. Y no sé cómo voy a recomponerlo.

El miércoles amanece con un cielo gris que parece presagiar lo difícil que va a ser el día. La casa está en silencio mientras ayudo a mi madre con los últimos detalles de su equipaje. Las palabras se nos atascan, como si cada una pesara demasiado.

Cuando por fin llega el momento, me abraza fuerte en el pasillo. Siento su perfume envolviéndome, cálido y familiar, y me clavo las uñas en las manos para no romper a llorar.

—Te voy a echar muchísimo de menos —le susurro al oído, con la voz temblorosa.

—Y yo a ti, cariño —me responde ella, apartándose solo un poco para mirarme a los ojos—. Pero recuerda que este tiempo también será bueno para ti. Quiero que te centres en ti misma, que confíes en lo que vales.

Intento asentir, pero la garganta me arde. Me abraza de nuevo, más fuerte, como si quisiera retenerme un segundo más.

El taxi que la llevará al puerto espera fuera, y la imagen de ella subiendo con su maleta se me queda grabada como una herida abierta. Iñaki aparece para acompañarla y se despide de mí con un gesto rápido, casi impersonal, como si esta despedida no significara nada para él.

Me quedo en el umbral, viendo cómo el coche se aleja hasta desaparecer al final de la calle. Un silencio enorme se instala en casa, uno que me aplasta el pecho.

Me limpio las lágrimas, respiro hondo y me obligo a ponerme en marcha. Hoy tengo clase, y aunque el corazón me pese más que nunca, sé que debo seguir con mi vida.

Mientras espero el autobús, miro el reloj. Queda un mundo para que suene el timbre al final del día, pero hay algo que me hace contar cada minuto con esperanza: sé que Aitor va a estar ahí, esperándome. Y con solo pensar en verlo, el nublado que tengo en la cabeza empieza, por fin, a disiparse.

Salgo de clase y la lluvia sigue cayendo, fina como un velo que empaña el cielo gris de San Sebastián. Al final de la calle, entre paraguas y mochilas, lo veo. Aitor está apoyado contra la puerta de su coche, un Mercedes AMG oscuro que parece tan perfecto como él. Lleva las manos en los bolsillos de la chaqueta, el pelo algo mojado cayéndole sobre la frente. Su mirada recorre la calle con calma, como si solo me buscara a mí entre el bullicio.

Cuando empiezo a caminar hacia él, noto un pequeño grupo de chicos reunidos alrededor de su coche. Le piden autógrafos, sacan fotos, uno incluso le da una camiseta para que la firme. Aitor sonríe con educación, pero su atención está dispersa. Se nota que está esperando algo... o a alguien. A mí.

A un lado, varias chicas lo observan con miradas hambrientas, como si no pudieran creer que lo tienen tan cerca. Cuando me ven aproximarme, sus ojos se encienden de pura envidia. Una me mira de arriba abajo con descaro, la otra susurra algo a su amiga y ambas sueltan una risa aguda que se pierde entre la lluvia. No hace falta que digan nada: sus miradas lo dicen todo. "¿Por qué ella? ¿Por qué no yo?" Siento un escalofrío al notar su odio, pero también una chispa de orgullo. Porque soy yo a quien él espera.

Aitor me ve, y todo en su cuerpo se tensa. Sus ojos se clavan en mí como si nada más importara en el mundo. Su sonrisa crece, cálida, solo para mí. La lluvia empieza a calar mi abrigo, pero ni siquiera me importa. Camino más rápido, deseando borrar de un salto la distancia que nos separa.

—Estás preciosa —dice en cuanto llego a su lado, susurrando solo para mí, como si el resto del mundo no existiera.

—Y tú haces que todas me odien —bromeo, lanzando una mirada fugaz a las chicas que siguen ahí, clavadas como estatuas, incapaces de apartar los ojos de él.

—Que te odien todo lo que quieran —dice mientras abre la puerta del copiloto—. Eres la única que importa. —Pensaba que iba a volverme loco si no te veía hoy —susurra junto a mi oído, su voz profunda como un trueno suave.

—Yo… —mi voz tiembla un poco— yo también te he echado de menos.

Él se separa solo lo justo para mirarme. Su mano se alza, me acaricia la mejilla húmeda con una delicadeza que me eriza la piel.

—No sabes lo que eres para mí, Sara. Cuando no estás, siento que algo me falta. Como si nada tuviera sentido.

—Aitor… —mis palabras se pierden cuando sus labios rozan los míos con un beso lento, casi tímido, como si no quisiera romperme. Me besa como si tuviéramos todo el tiempo del mundo, como si estuviéramos solos bajo la lluvia para siempre.

—Quiero que vengas conmigo hoy —dice al separarse un poco, su aliento mezclándose con el mío—. Quiero que estemos juntos. Que olvidemos todo lo demás.

—Quiero eso más que nada —respondo sin dudar, con el corazón palpitando tan fuerte que temo que lo oiga.

Él sonríe, esa sonrisa rota y hermosa que me hace sentir como si fuera la única persona que existe.

—Entonces sube al coche, mi chica. Vamos a dejar que el mundo espere.

Me siento en el asiento, el interior huele a cuero y a su perfume, mezcla perfecta que me hace sentir como en casa. Cuando él entra y cierra la puerta, el mundo queda fuera. Es como si la lluvia y la ciudad desaparecieran.

Arrancamos y durante los primeros minutos solo se oye el motor suave y el golpeteo de las gotas contra el parabrisas. Me siento tan segura en este coche como en sus brazos.

—¿Sabes qué? —le digo, mirando el paisaje húmedo a través del cristal—. Anoche cené con Iñaki y mi madre.

—¿Y...? —pregunta Aitor, con el ceño ligeramente fruncido.

—Sigo pensando lo mismo. Es raro. No sé explicarlo, pero algo en él me pone los pelos de punta. Me siento como... —respiro hondo— como si me hubiera quedado sola en el mundo. Como si nadie estuviera de mi lado.

—Sara... —su tono es grave, protector—. No quiero que te sientas sola nunca más, ¿vale? He pasado toda mi vida con esa sensación, y desde que te conocí todo cambió. No pienso dejar que vuelvas a sentirte así.

Su mano busca la mía, la aprieta con fuerza. Mi corazón late más deprisa.

—Lo prometo —añade.

Nos incorporamos a una avenida más ancha, y noto que no es el camino a casa.

—Aitor... ¿por dónde vamos? —pregunto, inclinándome un poco hacia él.

En un semáforo, gira hacia mí con una sonrisa peligrosa y saca un pañuelo de la guantera.

—Ponte esto —ordena con voz suave.

—¿Estás loco? ¿Por qué?

—Confía en mí, princesa. Solo serán cinco minutos.

Su voz grave y sus ojos pidiendo complicidad me desarman. Asiento. Él coloca el pañuelo sobre mis ojos y lo anuda detrás de mi cabeza. Todo se vuelve oscuridad, solo siento el balanceo suave del coche, el sonido lejano de la lluvia y el latido de mi corazón. Mi respiración se hace más profunda, cada sentido se agudiza. El cuero del asiento, el motor ronroneando bajo mis pies, el aroma embriagador de Aitor que me envuelve. Mi mente vuela.

—No te imaginas lo raro que es esto —le digo, intentando sonar divertida.

—Yo tampoco me imaginaba encontrándome a la única persona que podría hacerme sentir así —susurra, y su voz se desliza por mi piel como una caricia.

Quiero preguntarle qué significa "así", pero me contengo. Disfruto de cada curva, de cada acelerón controlado. El coche se detiene y oigo el cierre del motor. Noto el sonido de su puerta, luego la mía se abre. El aire frío de la lluvia me roza. Unas manos grandes y seguras me ayudan a salir. Siento el agua en mis mejillas, el suelo irregular bajo mis botas, el rumor lejano del tráfico amortiguado por edificios.

Subimos en un ascensor que suena moderno, sin traqueteos. Aitor no suelta mi cintura. Su otra mano sostiene la mía, y sus dedos juegan con los míos como si no pudiera dejar de tocarme. El ascensor se detiene. Oigo un par de pitidos, el clic de una puerta al abrirse, y un olor cálido y acogedor me envuelve. Aitor me hace avanzar unos pasos.

—¿Lista? —pregunta cerca de mi oído.

—Más que nunca.

Siento que desata el pañuelo y el mundo explota de luz ante mí. El apartamento que aparece a mi alrededor es un espacio amplio, de techos altos y ventanales que ocupan casi toda una pared, dejando ver una terraza que da al corazón de San Sebastián. La lluvia resbala por los cristales. Plantas enormes y verdes se extienden por la terraza y por dentro, creando un rincón que parece sacado de un invernadero de cuento. Todo el suelo es de madera oscura, pulida y cálida. El salón está decorado con elegancia: sofás cómodos, una alfombra gruesa, lámparas de luz tenue que bañan las paredes en dorado.

—Aitor... —susurro, completamente sobrecogida.

—Te gusta —dice, aunque su tono denota que necesita mi aprobación como si su vida dependiera de ello.

—Me encanta. Es... perfecto.

Avanzo pasmada por el salón hasta que llego a una cocina abierta, moderna y reluciente, con una isla central de mármol blanco, taburetes altos, electrodomésticos de última generación y hasta una cafetera profesional. Todo parece pensado al milímetro.

Me toma de la mano y me lleva hasta un pasillo que desemboca en una habitación con una cama enorme, vestida con sábanas de algodón blanco, almohadas mullidas, un dosel y una pared cubierta por un armario-vestidor iluminado. Cuando Aitor abre el vestidor, veo un lateral lleno de ropa de mujer: vestidos, chaquetas, vaqueros, zapatos de todo tipo.

—¿De dónde has sacado esto? —pregunto, completamente atónita.

—He mandado comprarte algunas cosas —dice con total naturalidad—. Quiero que te sientas como en casa cuando vengas. Este es nuestro sitio, un lugar donde no tengamos que escondernos, donde no haya explicaciones ni mentiras.

Siento un nudo en la garganta. Un calor dulce me sube del pecho a la cabeza. Me lanzo a su cuello.

—Aitor... eres increíble.

—Aún no he acabado —dice, tomando mi mano con emoción contenida.

Me lleva a una puerta al final de la habitación. La abre con un pequeño giro de llave, y cuando entro, me quedo sin aire. Es un estudio de pintura: paredes blancas inmaculadas, suelos protegidos con lonas de colores, caballetes de todos los tamaños, estanterías con lienzos en blanco, pinceles, tubos de pintura, lápices, carboncillos, papeles especiales, tarros, paletas... Todo lo que podría soñar un artista. Huele a madera y a óleo fresco. Me doy la vuelta y le veo con los ojos brillantes, como si temiera mi reacción.

—He querido que tengas un espacio solo para ti —dice—. Para que crees, para que sueñes... para que pintes todo lo que llevas dentro.

Siento que las piernas me fallan. Me acerco y le abrazo con fuerza, le beso el cuello, la mandíbula. Las lágrimas se me agolpan en los ojos, pero no son de tristeza, son de emoción pura.

—No sé cómo voy a agradecerte todo esto —digo con voz temblorosa—. Nunca nadie ha hecho nada así por mí. Nunca.

—Solo quiero que seas feliz —responde él, cogiéndome la cara con sus manos—. Que pintes lo que sientas. Que seas libre.

Nos besamos como si lleváramos toda una vida deseándolo. El apartamento, tan lleno de luz suave y aromas a madera y flores, se convierte en un refugio solo nuestro, lejos de todo lo que nos pesa. Nuestras respiraciones se mezclan mientras avanzamos torpemente por el salón, sin dejar de rozarnos, de acariciarnos como si quisiéramos memorizar cada milímetro de piel.

Aitor me levanta en brazos como si fuera muy liviana y me deja sobre la cama gigante, con sábanas blancas que huelen a limpio. Se arrodilla frente a mí, y con las manos en mis rodillas comienza a subir despacio el vestido que llevo puesto. Sus dedos son tan delicados que un escalofrío me recorre la columna. Cuando me lo quita por completo, me observa con adoración, como si estuviera viendo la cosa más preciosa del universo. Sus ojos verdes, llenos de deseo y ternura, me hacen sentir la mujer más especial del mundo.

—Eres perfecta —susurra con voz rota, sus labios a un suspiro de los míos—. No sabes lo que haces conmigo.

Me acaricia la cara, el cuello, el pecho, y cada roce es como fuego lento. Siento que me derrito bajo su mirada. Él se quita la camiseta con un movimiento rápido, y cuando nuestras pieles se encuentran por fin, el calor es tan intenso que me mareo un poco.

Nuestros labios se encuentran otra vez, con más urgencia, pero también con suavidad. Cada beso dice "te quiero", cada caricia dice "te necesito". Su lengua busca la mía muy despacio como si tuviéramos toda la eternidad. Sus manos se pasean por mi cintura, mi espalda, mi vientre, despertando un deseo tan profundo que me hace temblar.

Cuando por fin se deshace de su pantalón, nuestras respiraciones se aceleran. Noto su erección palpitante contra mi muslo y me estremezco, pero no tengo miedo. Todo lo contrario: me siento segura, amada, protegida.

—Quiero que estés bien, que no haya prisa —me dice con la voz baja, mientras me acaricia el pelo—. Quiero que esto sea perfecto para ti.

—Contigo ya lo es —le respondo, sintiéndome completamente suya.

Me abre las piernas con una delicadeza que me conmueve y se coloca entre ellas. Sus labios recorren mi cuello, mi clavícula, bajan hasta mis pechos, y los besa como si los venerara. Me arqueo involuntariamente, mis manos enredadas en su pelo, mientras un gemido escapa de mis labios.

Cuando me penetra, lo hace despacio, con infinita paciencia, como si quisiera que cada centímetro fuera un poema. Mis uñas se clavan en sus hombros y nuestras miradas se funden. Él me sostiene como si fuera de cristal, con la frente apoyada en la mía, y me susurra palabras suaves mientras nuestros cuerpos se unen en un ritmo lento, lleno de amor.

Me dice que me quiere, que no hay nadie más para él. Yo le confieso que nunca me he sentido tan viva. Nos movemos juntos, al compás de nuestros latidos, y cada vez que nuestros labios se encuentran, el mundo desaparece un poco más. Es como si solo existiéramos nosotros dos, con nuestras respiraciones entrecortadas y nuestros cuerpos encajando a la perfección.

El clímax nos alcanza como una ola que arrasa con todo, y cuando nos dejamos caer exhaustos sobre las sábanas, no podemos dejar de abrazarnos. Aitor me envuelve con sus brazos fuertes, como si no fuera a soltarme nunca.

—Eres lo mejor que me ha pasado en la vida —dice, rozando mis labios con los suyos—. Te lo prometo.

Me encojo contra él, feliz, segura. Y sé que, pase lo que pase, este momento es solo nuestro.

Miro el reloj del móvil y casi me da un mareo: son solo las ocho de la tarde. Me parece imposible, como si hubieran pasado tres días desde que me despedí de mi madre esa misma mañana. Ha sido un día tan intenso, tan lleno de emociones, que el tiempo parece haberse estirado hasta el infinito.

Aitor me abraza por la cintura desde atrás y me da un beso en el cuello que me hace estremecer.

—Esta noche vamos a celebrar todo lo bueno que tenemos, preciosa. No necesitamos más excusas que eso —me susurra al oído, con esa voz grave que me derrite por dentro—. He reservado mesa en un restaurante especial. Así que quiero que te pongas guapa. No, mejor dicho… aún más guapa de lo que ya eres.

Me giro para mirarlo, sorprendida. Él sonríe, y sus ojos brillan con esa mezcla de deseo y ternura que me hace sentir única.

—¿Y tú? —le pregunto con una sonrisa—. ¿Te vas a arreglar?

—Ya lo he hecho —dice separándose un paso para mostrarme su look. Lleva unos pantalones oscuros perfectamente entallados, una camisa blanca con los primeros botones abiertos y un blazer gris que le queda de escándalo. Su pelo está peinado hacia atrás, ligeramente húmedo, y desprende un aroma fresco que me hace querer lanzarme a sus brazos en ese mismo momento.

Me meto en el baño con el corazón latiendo a mil por hora. Rebusco en el vestidor que Aitor ha preparado para mí: está lleno de prendas nuevas, con etiquetas aún puestas, todas de mi talla y de estilos que parecen elegidos con un gusto exquisito. Al final, escojo un vestido de seda en color burdeos, ajustado a la cintura, con escote en forma de corazón y finos tirantes que dejan mis hombros al descubierto. El bajo termina unos centímetros por encima de las rodillas, con un leve vuelo que hace que se mueva con gracia cuando camino. Es sensual, pero también elegante, y resalta el tono claro de mi piel y mi melena rubio platino. Me maquillo con mimo, delineando mis ojos y poniendo un tono suave pero brillante en los labios. Me recojo el pelo en un moño bajo, con algunos mechones sueltos que enmarcan mi rostro. Me pongo unos tacones de aguja negros, simples pero sofisticados, que alargan mis piernas y me hacen sentir segura.

Cuando salgo del baño, Aitor se queda quieto en mitad del salón. Sus ojos recorren cada centímetro de mí como si quisiera grabar esta imagen para siempre.

—Joder, Sara… —susurra, con la voz casi rota—. Estás… increíble.

Siento que me sonrojo, pero sus palabras me llenan de una calidez deliciosa. Él se acerca despacio, con paso decidido, como un depredador hipnotizado. Me coge la mano y me da una vuelta, haciendo que la falda del vestido se abra un poco con el movimiento.

—No sabes lo orgulloso que me hace sentir que seas mía —dice, inclinándose para besarme suave, pero con un fuego contenido que promete mucho más.

—Entonces, ¿vamos? —pregunto con una sonrisa pícara, rozando sus labios.

Él me acaricia la mejilla con el dorso de la mano y asiente, con los ojos clavados en los míos.

—Vamos, princesa. Esta noche es nuestra.

18

AITOR

El restaurante es un sueño, de esos que salen en revistas de lujo que nunca pensé que terminaría reservando para mí. Una sala amplia y moderna, con luces tenues que caen como estrellas desde el techo y una cristalera que deja ver la ciudad iluminada como un mar de luciérnagas. Nos acomodan en una mesa junto a la ventana, aislada, con manteles impecables y cubertería que brilla como si acabaran de pulirla solo para nosotros.

El menú es una obra de arte en sí mismo: empezamos con ostras fresquísimas con una vinagreta cítrica que estalla en la boca; luego una crema suave de calabaza asada con trufa, que me obliga a cerrar los ojos del placer. Probamos un tartar de atún rojo con caviar y un carpacho de wagyu que se deshace solo con mirarlo.

Sara hace pequeñas exclamaciones con cada bocado. Su entusiasmo me derrite. Sus labios se curvan, sus ojos se iluminan. Me contagia su felicidad y la cena se convierte en un juego: adivinamos los ingredientes, comentamos cada textura, nos reímos cuando alguno se equivoca.

De segundo, pedimos lubina salvaje al horno con salsa de champagne y un risotto de setas que parece derretirse al contacto con la lengua. La mezcla de sabores es tan perfecta que me cuesta pensar que pueda existir algo mejor. Me deja impactado el momento del postre cuando no sabe que pedir y decide que sean tres.

—¿Cómo es posible que alguien que pide tres postres tenga ese cuerpo?

—pregunto entre risas, cuando la veo estudiar la carta de postres como si fuera lo más importante del mundo.

—¿Tres? ¡Claro que sí! —responde ella, divertida, con sus mejillas sonrosadas—. Necesito algo dulce después de esta orgía de sabor.

Y los pide: un soufflé de chocolate que se hunde cuando lo abre con la cuchara, un milhojas de crema con frambuesas frescas y un helado artesanal de pistacho que me deja completamente fuera de juego.

—Me rindo —le digo, apoyándome en el respaldo mientras la observo probar cada uno, relamiéndose como una niña feliz—. Yo con esto engordo solo con mirarte.

—Pues no mires —contesta con una sonrisa tan pícara que me fulmina—. O hazlo, pero aguántate.

Me río tanto que me duele el estómago. Nos besamos entre plato y plato, nos tocamos las manos por encima de la mesa. La complicidad que hay entre nosotros hace que el tiempo vuele. Cuando nos damos cuenta, son casi las once de la noche y vamos de camino al apartamento, con el estómago lleno y el corazón aún más.

Aparco y le abro la puerta. Subimos cogidos de la mano, nuestros pasos resonando en el ascensor como si marcáramos el compás de un vals solo nuestro. Cuando entramos, la casa nos recibe con un silencio cálido, cómplice. Todo parece perfecto. Demasiado perfecto.

Sara se gira hacia mí, con la mirada encendida, y me dice en voz baja:

—Aitor… ¿me harías un favor? Aunque puede que nos lleve algo de tiempo.

—Aunque eso implique que tardemos horas en acostarnos —bromeo, levantando una ceja—. Mañana no voy a poder con mi alma, pero… ¿a qué te voy a decir que no yo a ti?

Ella se muerde el labio. Me hace un gesto para que me acerque. Me toma las manos.

—Quítate toda la ropa —dice, bajando la voz hasta un susurro que me estremece—. Quiero verte. Solo para mí. Desde el primer día que te conocí, tengo tu cuerpo grabado en mi mente. Esto es algo íntimo, solo tuyo y mío. Quiero que te desnudes para mí, y luego te sientes en la mesa, sobre esta sábana blanca… porque voy a pintarte.

Me quedo sin palabras. El corazón me late como un martillo en el pecho. Me tiembla un poco el pulso. Pero en cuanto veo sus ojos, llenos de un amor tan puro, de un deseo tan profundo y de una intención tan honesta, me quito todo. Cada prenda cae al suelo mientras ella me observa con el rostro serio y la respiración agitada.

Me siento en el borde de la mesa, donde ha extendido una sábana inmaculada que refleja la luz tenue de las lámparas. La habitación está en penumbra, solo iluminada por algunas velas que ha encendido en silencio. Sus llamas proyectan sombras suaves sobre mis músculos tensos, creando un ambiente cargado de intimidad y electricidad.

Ella coloca su caballete, prepara los pinceles y mezcla los colores con calma. Conecta el nuevo de equipo de música que hay instalado por toda la habitación, supuse que lo necesitaría en su lugar de creación. Me mira como si quisiera memorizar cada línea de mi piel, cada matiz de mi expresión. Entonces se limpia unas lágrimas que se escapan de sus ojos, pero son lágrimas de emoción, no de tristeza. El aire se vuelve casi sólido, tan denso por la intensidad del momento que siento que podría cortarse con un cuchillo.

—Quiero que este cuadro me recuerde lo viva que me haces sentir —dice en voz baja, con el pincel temblando ligeramente entre sus dedos—. Que cada vez que lo vea, aunque pasen los años, y seamos viejitos, recuerde que me volví loca por ti el primer día… y que nunca quise recuperarme, hasta el día que me muera.

Pinta durante horas. El sonido del pincel deslizándose sobre el lienzo, el roce de su respiración, el silencio cargado de significado… todo se queda grabado en mi memoria. Me siento vulnerable, pero también poderoso. Porque nunca nadie me ha mirado así. Porque nunca nadie me ha hecho sentir tan visto.

Cuando acaba, casi no puedo sostenerme. Estoy cansado, pero embelesado. El cuadro es perfecto: moderno, lleno de brochazos gruesos, casi salvajes, pero en ellos se adivina cada trazo de mi cuerpo, la intensidad de mi mirada, la emoción del momento. Me veo… y me reconozco. Veo a un hombre completamente entregado.

Me acerco al lienzo, la abrazo por detrás y le susurro al oído:

—Nunca he sentido nada igual. Eres increíble, Sara. Además de la chica con más talento de toda la ciudad, eso seguro.

La canción 'Hey, That's no way to say Goodbye' de Roberta Flack empieza a sonar, idónea para la ocasión. Todo es perfecto esta noche.

La agarro con decisión, la atraigo hacia mí y, sin apartar mis ojos de los suyos, comienzo a arrancar su ropa con un deseo desesperado. Cada botón que salta, cada tela que cae al suelo es un grito silencioso de todo lo que quiero entregarle. Ella me deja hacer, sus labios entreabiertos, sus pupilas dilatadas, su respiración acelerada… y cuando al fin la tengo desnuda frente a mí, la necesito como al aire.

La empujo suavemente hasta la mesa que hace solo un minuto me sostenía a mí. La levanto con facilidad y la siento sobre la superficie, nuestras pieles ya ardiendo solo con rozarse. Nuestros labios se buscan como si hubieran estado separados siglos; nuestros cuerpos se pegan como dos imanes imposibles de separar. Me abalanzo sobre ella como un hombre perdido en mitad de una tormenta en el océano, y ella me recibe con el mismo fuego, aferrándose a mis hombros como si yo fuera su única tabla de salvación.

—No puedo más, Sara… —le susurro entre jadeos, con la voz rota, mientras mi boca recorre su cuello, sus clavículas, cada rincón de su piel—. Necesito estar dentro de ti. Necesito demostrarte que eres mía… que siempre has sido mía.

Ella me responde con un gemido bajo, arqueándose para entregarse por completo, y siento que el tiempo se detiene cuando la penetro de un solo movimiento lento pero firme. Un estremecimiento nos recorre al unísono. Mi mente se apaga. Ya no hay dudas, ni miedos, ni pasado. Solo estamos nosotros, respirando el mismo aire, latiendo con el mismo corazón.

La mesa cruje suavemente bajo el ritmo que imponemos, pero ni siquiera lo noto: estoy perdido en la forma en que me mira, en el calor que compartimos, en cómo su cuerpo se abre para mí como si encajáramos a la perfección. Mis manos no pueden dejar de recorrerla, de memorizar cada curva, cada suspiro.

Sara me abraza fuerte, me besa con una pasión desbordante, me muerde suavemente el labio, me susurra mi nombre como si fuera un conjuro. Y yo me pierdo más y más. Nuestros movimientos se vuelven urgentes, casi frenéticos, y cuando ambos alcanzamos el clímax, el gemido de ella es el sonido más hermoso que he escuchado nunca.

Nos quedamos abrazados, jadeando, sudorosos, con la frente apoyada el uno en el otro. Y en ese silencio cargado de amor, de ternura, de un lazo que ya es irrompible, sé que nunca he pertenecido a nadie como le pertenezco a ella.

—Te amo —le susurro, con voz ronca y llena de verdad—. Y nunca voy a dejar que nada ni nadie nos rompa.

Ella sonríe con los ojos húmedos, acaricia mi cara con delicadeza y me besa como si sellara un pacto eterno.

El sol apenas asoma por entre las cortinas gruesas del apartamento cuando abro los ojos. Durante unos segundos no sé ni dónde estoy, pero entonces la veo. Y el mundo cobra sentido.

Sara duerme profundamente, abrazada a una almohada que casi parece demasiado grande para su cuerpo delgado. Su cabello rubio platino está despeinado, esparcido sobre las sábanas como un halo brillante. La luz suave de la mañana dibuja un rastro dorado sobre sus pecas, repartidas como constelaciones por sus pómulos y la curva perfecta de su nariz. Su respiración es pausada, tan tranquila que me resulta hipnotizante. La observo sin poder apartar la vista.

Me detengo en su pecho, que sube y baja con suavidad, apenas cubierto por la fina sábana que se desliza hasta su cintura. El contorno de sus pechos firmes, perfectos, me deja sin aire. Sus piernas largas, delgadas, imposibles están entrelazadas como si incluso dormida se sintiera vulnerable, como si buscara un refugio que no le pienso negar jamás.

Me acerco despacio, cuidando cada paso como si al más mínimo sonido pudiera despertarla. La miro y siento un orgullo feroz, un calor en el pecho que me hace sonreír solo para mí: soy el hombre que tiene la suerte de verla así, cuando baja todas sus barreras, cuando no hay máscaras ni defensas.

El único que puede disfrutar de su belleza real, pura, sin artificios.

Dios… ¿cómo he podido vivir hasta ahora sin conocer lo que significa la calma? Lo que es sentirse en casa en un cuerpo, en una piel, en un olor. Porque Sara, con su fragilidad y su fuerza al mismo tiempo, con esa dulzura que desarma hasta al alma más endurecida, es mi lugar seguro.

Me inclino sobre ella, lo justo para aspirar su aroma. Huele a champú de flores, a crema de coco, a algo que ya asocio a hogar. No me atrevo a tocarla, no quiero robarle un segundo más de descanso. Voy a la cocina con cuidado, casi en puntillas, y preparo un desayuno digno de una reina: café recién hecho, zumo de naranja natural, tortitas esponjosas con frutas, un cuenco con yogur y frutos rojos.

Cuando vuelvo con la bandeja, me detengo en el umbral del dormitorio. Y vuelvo a quedarme sin palabras.

Es un ángel dormido. La tela de la sábana se ha deslizado un poco más, revelando la suave curva de su cadera. Su piel brilla con un tono dorado que me hace pensar en el verano, en las horas que pasamos juntos al sol. Cada pequeño lunar, cada peca, cada marca que el mundo ha puesto sobre ella, la hace aún más perfecta.

No puedo evitarlo: mi corazón late desbocado. Y aunque siempre he sentido que no merezco nada bueno, en este momento me siento el hombre más afortunado del planeta.

Sí. Soy tan afortunado por tenerla. Y voy a luchar hasta el fin para no perderla nunca.

Me acerco despacio, dejando la bandeja sobre la mesilla de noche. Observo su cara tranquila unos segundos más. Después, deslizo la mano por su mejilla con una caricia suave, apenas un roce con mis nudillos. Ella se remueve un poco, suspira. Es lo más adorable que he visto en mi vida.

—Buenos días, princesa —susurro cerca de su oído, con la voz aún grave por la mañana.

Ella abre los ojos despacio, pestañeando como un gatito somnoliento. Cuando enfoca mi cara, sonríe. Esa sonrisa… me golpea directo en el pecho.

—Aitor… —murmura, con la voz rasposa del sueño—. ¿Qué hora es?

—Hora de que desayunes en la cama —Le señalo la bandeja que he preparado, y sus ojos se iluminan como un niño al ver un regalo de Navidad.

Se incorpora despacio, cubriéndose con la sábana mientras su melena cae sobre sus hombros y su pecho. La admiro mientras frota sus ojos con las manos. Está tan preciosa que me dan ganas de volver a lanzarme sobre ella y no dejarla escapar jamás.

—¿Hiciste esto tú? —pregunta, mirando las tortitas perfectamente apiladas, el café humeante y el zumo.

—Claro. No quiero que empieces el día sin saber cuánto te mereces que te cuiden.

Ella se muerde el labio, y sus ojos brillan como el mar bajo el sol. Su emoción me atrapa. Se inclina y me besa despacio, suave, casi con timidez. Un beso corto, cargado de ternura. Cuando se separa, me mira fijamente.

—Gracias, Aitor —Susurra mi nombre como si lo acariciara.

—Gracias a ti por existir, por elegirme, por confiar en mí y por rendirte —respondo, sin pensar.

Se ríe bajito y coge el tenedor, probando un trozo de tortita. Sus gestos son tan delicados, tan naturales… se lame un poco los labios y me mira de reojo, divertida.

—Está increíble. ¿También cocinas como un chef con estrella Michelin?

—Podría acostumbrarme a hacerlo todos los días si es para ti —le digo, sincero, acariciando su muslo bajo la sábana.

Ella deja el tenedor, se inclina hacia mí y me besa con un poco más de hambre esta vez. El beso crece rápido, me atrapa como un fuego que empieza lento y se propaga por todo el cuerpo. Pero cuando nuestras respiraciones empiezan a entrecortarse, ella apoya su frente en la mía, sus ojos turquesa me atraviesan.

—Aitor… —dice con voz baja y cargada de deseo—. Gracias por hacer que todo se sienta tan fácil contigo.

—Y gracias a ti por dejarme intentarlo —respondo, acariciando sus mejillas con ambas manos.

Se queda en silencio, solo mirándome, como si buscara un rincón de mí donde quedarse a vivir. Me pregunto si se da cuenta de que ya tiene todo mi corazón.

—Venga, come un poco más —le digo al fin, sonriendo para romper la intensidad—. O no voy a poder resistirme y voy a saltar sobre ti ahora mismo.

Ella suelta una carcajada preciosa y retoma el desayuno. Y en ese instante, con la luz suave del amanecer filtrándose por la ventana, su pelo desordenado y la bandeja sobre nuestras piernas, siento que podría quedarme así para siempre.

El móvil de Sara vibra sobre la mesa mientras recogemos los restos del desayuno. Veo cómo se tensa al ver el nombre en pantalla: "Mamá". Contesta enseguida.

—¡Mamá! —dice, esforzándose por sonar alegre. Se que esto la está destrozando, pero está poniendo su mejor actitud para salir a flote.

—Hola, cariño —responde Marta, su voz cargada de entusiasmo y serenidad—. Solo quería llamarte para que supieras que estoy bien. El barco es precioso y estoy disfrutando muchísimo. Necesitaba desconectar.

—Me alegro un montón, mamá —contesta Sara, con un suspiro de alivio—. ¿De verdad todo va bien?

—Sí, cielo, perfecto —dice Marta con calidez—. ¿Y tú? ¿Cómo te estás apañando? ¿Y Kovu? ¿Se porta bien?

Sara me mira rápido y luego responde con naturalidad, como si nada en su vida hubiera cambiado.

—Sí, todo genial. Kovu está tranquilo y todo lo demás está bien —dice, esforzándose por a mantener la normalidad en su tono—. Hoy pensaba aprovechar para ordenar un poco y avanzar en cosas de la universidad.

—Eso me gusta oír, cariño —responde Marta, satisfecha—. Ya sabes, mantén todo en orden y cuídate mucho, por favor. Y no dudes en llamarme para cualquier cosa.

—Lo haré, mamá —responde Sara, con la voz un poco quebrada de emoción contenida—. ¿Me llamarás mañana también?

—Por supuesto. Disfruta estos días, cariño. Te quiero muchísimo.

—Yo también te quiero, mamá —susurra Sara antes de colgar. Se queda un segundo mirando el teléfono, como si el peso de la conversación la hubiera dejado sin aliento.

Me acerco y le tomo la mano, apretándola suavemente.

—Todo está bien —le digo en voz baja—. Y cuando no lo esté, lo arreglaremos juntos.

Ella me dedica una pequeña sonrisa, que me hace sentir que podría quedarme así para siempre.

—Vamos a por Kovu —dice, tomando aire y poniéndose en pie—. No puedo dejarlo solo demasiado tiempo, aunque solo esté unas horas.

—Claro —respondo—. Vamos.

Mientras recoge su bolso, Sara se gira hacia mí, seria, pero con un brillo cálido en sus ojos.

—Aitor… —empieza, vacilante—. Quiero dejar clara una cosa. Kovu tiene que venir siempre con nosotros. Donde sea que vayamos a dormir, donde sea que estemos… Él es parte de esto, ¿vale? Es un miembro más de nuestra pequeña familia.

La miro sorprendido, pero sobre todo enternecido. Su voz no tiembla, es firme, como si acabara de sellar un compromiso.

—Por supuesto que sí, princesa —le digo, rodeándola con mis brazos—. Kovu es uno de nosotros. Prometido.

Ella me abraza con fuerza, como si en ese momento el mundo entero cupiera solo en los tres.

—Entonces vamos a por él —dice con una sonrisa suave—. Que seguro que está soñando con salir a correr.

—Y luego un café antes de clase —añado, acariciándole el pelo.

Salimos del apartamento con la sensación de que, juntos, cualquier lugar podría convertirse en hogar.

19

SARA

Estoy sentada en la cafetería de la universidad, con un café ya casi frío entre las manos, mientras miro por la cristalera la lluvia fina que empapa el patio. Mi mente está en cualquier sitio menos en clase. Hoy debería concentrarme en los últimos detalles de mi mural, pero solo puedo pensar en lo que pasó anoche.

La forma en que Aitor me miraba mientras pintaba su cuerpo desnudo. La intensidad con la que me hizo el amor sobre aquella mesa, como si con cada beso intentara sellarme a su alma. La forma en que me dijo que quería que viviéramos juntos para siempre. Solo de recordarlo, noto un cosquilleo en el pecho y un calor que me recorre la piel. No sé si me estoy volviendo loca o si esto es lo que significa amar a alguien tan intensamente que todo lo demás se difumina.

Vuelvo a la realidad cuando una compañera me roza al pasar. Abro mi cuaderno y miro los bocetos del mural, intentando concentrarme. Tengo que dejar de pensar en Aitor y centrarme, porque se acerca la fecha final del concurso. Quiero ganar. Quiero demostrarme a mí misma que no todo lo que soy depende de lo que siento por él.

Pero el recuerdo de su voz, suave al despertarme esta mañana, me desarma. "Buenos días, mi rubia preciosa". Me lo repito como un mantra y sonrío sola como una idiota, mientras mis compañeros me miran raro.

Me pregunto si Aitor estará tan colgado como yo. Si en medio de su entrenamiento pensará en mí con el mismo vértigo con el que yo pienso en él. Me arde el estómago al recordarlo tumbado en la cama, su piel bronceada contra las sábanas blancas. Cómo me miraba como si no existiera nadie más en el mundo.

Al entrar al aula, me acomodo en mi sitio, mientras el profesor hace sonar una palmada suave que capta la atención de todos. Se queda en silencio unos segundos, como si buscara nuestras miradas una a una. Luego, comienza a hablar, con esa voz grave que retumba como un eco solemne entre los muros del taller:

—Chicos, sé que llevamos semanas trabajando duro en este proyecto. Estoy orgulloso de todos y cada uno de vosotros, de vuestro compromiso y de lo que estáis dejando en vuestros lienzos. Este mural es una oportunidad única, no solo para expresaros, sino para enseñarle al mundo quiénes sois.

Camina despacio frente a nosotros, con las manos cruzadas a la espalda, como si pesara cada palabra.

—Quiero recordaros que tenéis hasta final de la semana que viene para terminar vuestras obras —prosigue—. En dos semanas exactas, el jurado se reunirá aquí, en esta misma sala, para valorar cada mural. El jurado lo compondré yo como vuestro profesor, el director de la facultad, un artista invitado con prestigio internacional, un representante del Museo San Telmo y un mecenas que apoya este concurso. Ellos decidirán cuál de vosotros verá su obra colgada en el San Telmo durante los próximos meses.

Hace una pausa, y el aula se queda en un silencio casi reverente. Noto mi propio corazón retumbando como un tambor en mis costillas.

—No quiero veros confiados ni tampoco aterrorizados. Quiero que estos días exprimáis todo lo que lleváis dentro. Que ese mural sea vuestro grito. Vuestra alma. La oportunidad está ahí, pero solo uno de vosotros la tomará. Y creedme: marcará la diferencia para siempre.

El profesor deja que sus palabras floten unos segundos. Se gira hacia los lienzos que ocupan la sala como enormes paredes blancas llenas de sueños, y asiente con un leve movimiento de cabeza.

—Volved a trabajar —ordena con suavidad—. No perdáis ni un minuto.

Entonces nos sumergimos todos en nuestros pinceles, en nuestros colores, en nuestras propias batallas. Y mientras mojo el pincel en un rojo intenso, pienso que este mural no es solo mi voz: es todo lo que siento por Aitor, todo lo que quiero dejar grabado para siempre en algún lugar que no se borre con el tiempo.

Estoy tan absorta mezclando colores, trazando líneas que parecen latir sobre el lienzo, que casi no oigo el teléfono vibrar en el bolsillo trasero de mis vaqueros. Me sobresalto, manchándome el dorso de la mano con un tono bermellón. Saco el móvil y veo el nombre de mi madre en la pantalla. Miro alrededor: todos siguen ensimismados en sus murales. Respiro hondo y contesto en un susurro.

—¿Mamá? —digo, intentando que mi voz no retumbe en la sala silenciosa.

—¡Cariño! —suena radiante, casi puedo imaginarla con el viento del mar

agitando su pelo—. Solo quería saber cómo estabas. ¡Esto es un sueño! Cada día me gusta más el mar, Iñaki es un encanto y me siento tan feliz, hija… tan libre…

—Me alegro mucho, mamá —respondo, intentando sonar sincera mientras aparto el pincel del lienzo para que no me tiemble la mano.

—¿Y tú cómo estás? ¿Todo bien? ¿Necesitas dinero o cualquier cosa?

—No, no, tranquila. Todo bien —digo rápido, mirando de reojo al profesor, que pasea entre los caballetes—. Estoy en clase, ahora no puedo hablar mucho, pero disfruto mucho pintando.

—¡Qué ilusión! —ríe ella, con un entusiasmo casi infantil—. Hablamos luego, mi vida. Disfruta y cuídate mucho, ¿sí?

—Tú también, mamá. Besos.

Cuelgo con un nudo extraño en la garganta. Mi madre suena tan feliz… pero también tan lejana, como si la distancia entre nosotras ya no fuera solo geográfica. Respiro hondo, dejo el móvil a un lado y retomo el pincel. El rojo sigue esperando.

Cuando la campana imaginaria que marca el fin de la clase suena —el arrastre de sillas, el cierre de tubos de pintura, el murmullo creciente—

, recojo mis pinceles con calma. Mientras todos se van despidiendo y saliendo por la puerta, noto la mirada del profesor fija en mí. Alzo la cabeza y él asiente hacia mi mural, luego hacia mí.

—Sara, ¿podrías quedarte un momento?

Mi estómago se encoge un poco, pero asiento. Me siento en el banco al pie del lienzo y espero. Los últimos compañeros abandonan la sala con un último retumbar de puertas. Entonces el profesor se acerca, con las manos cruzadas a la espalda, estudiando mi obra desde varios ángulos. Siento mi corazón golpearme las costillas.

—¿Sabe una cosa, Sara? —dice por fin, con una voz suave pero intensa—. Llevo más de veinte años enseñando aquí, viendo decenas de murales, cientos de alumnos. Y lo que tú has puesto en este lienzo... —se detiene, su mirada va de la pintura a mis ojos— tiene algo que hace mucho tiempo no veía.

Trago saliva, sin atreverme a decir nada.

—Tiene alma —continúa con un brillo en la mirada, casi emocionado—. Hay sinceridad en cada pincelada. No sé si es correcto que te diga esto antes de que el jurado delibere, pero quiero que sepas que mi voto será para ti.

Me cuesta mantener la compostura, siento un calor que me sube hasta las orejas. Es como si todas las inseguridades se quedaran por un segundo en silencio.

—Gracias... —susurro, apenas consciente de que estoy sonriendo como una idiota—. Significa muchísimo para mí que piense eso.

Él asiente, con seriedad, pero también una chispa de complicidad.

—Sigue pintando como pintas. Pase lo que pase, no pares. El mundo necesita más artistas que se atrevan a dejarse el alma en cada trazo.

Y se aleja despacio, dejándome sola en el aula, con la luz del atardecer filtrándose por los ventanales y el eco de sus palabras flotando en el aire como una caricia.

Me quedo un minuto en silencio, escuchando solo mi propia respiración y el eco de sus palabras todavía flotando entre las paredes manchadas de pintura. Me acerco al mural y repaso cada línea con la mirada, como si lo viera por primera vez: los colores parecen más vivos, las formas más atrevidas, como si de pronto el lienzo me devolviera toda la fe que no sabía que había perdido.

Recojo mis cosas lentamente, dejándome embriagar por el olor a óleo y disolvente, ese perfume a creatividad que se convierte en hogar para cualquiera que ame el arte. Guardo los pinceles con cuidado reverencial. Hoy pesan menos que nunca.

Al salir del edificio, me recibe un cielo plomizo que amenaza lluvia. El aire huele a mar y a tierra mojada, y aunque podría parecer un día gris, para mí todo es luz. Bajo los escalones de la facultad con un cosquilleo recorriéndome el cuerpo: siento que podría echar a volar.

Mientras camino hacia la parada del autobús, decido que no quiero irme a casa todavía. La ciudad se siente más vibrante que nunca, como si cada calle escondiera posibilidades. Dejo pasar el primer autobús. Y el segundo.

Termino vagando por el casco antiguo, perdiéndome entre callejones empedrados y escaparates iluminados, respirando la mezcla de salitre y café recién hecho que flota en el aire. Paso frente a un mercado de flores que todavía tiene algunos puestos abiertos. Me detengo ante un ramo de peonías de un rosa casi blanco. Son las flores favoritas de mi madre. Sin pensarlo dos veces, lo compro. Aunque no esté, aunque no pueda dárselas todavía. Tal vez solo necesito sostener algo bonito entre mis manos.

Sigo caminando, con el ramo contra el pecho, hasta que me canso. Me siento en un banco frente al puerto. Las luces del paseo marítimo parpadean reflejadas en el agua. Aprieto el ramo. Pienso en Aitor. En cómo me hace sentir viva y aterrada al mismo tiempo. Pienso en mi madre, en Iñaki, en todo lo que está cambiando tan rápido que a veces me falta el aire.

Y decido que hoy, solo por hoy, no voy a pensar en nada más. Hoy voy a permitirme estar orgullosa de mí misma.

Saco el móvil, busco el chat de Aitor. No sé qué escribirle que esté a la altura de lo que siento. Me limito a mandar una foto de mi mural con un simple mensaje:

"Hoy ha sido un gran día."

Casi de inmediato aparece el doble check azul.

"Tú eres increíble, rubia."

Y solo eso ya me hace sentir que nada podría ir mal.

Llego a casa cuando ya ha oscurecido del todo. Las luces de la puerta exterior parpadean como luciérnagas tristes mientras subo los escalones con el ramo en una mano y la correa de Kovu en la otra. Al abrir la puerta, él me recibe como un torbellino de felicidad, saltando y girando a mi alrededor. Sonrío, porque en su mirada hay un amor tan puro que casi me hace olvidar cualquier preocupación.

Lo llevo a la calle y caminamos un rato por el parque cercano, envueltos en el silencio de la noche rota solo por el sonido de nuestras pisadas sobre la gravilla y el jadeo tranquilo de Kovu. El cielo amenaza lluvia, pero todavía se ven algunas estrellas peleando por brillar.

Cuando regresamos, preparo algo sencillo para cenar: una ensalada con pollo y un poco de pan tostado. Me siento en el sofá con la manta sobre las piernas y Kovu dormido enroscado a mi lado. Pongo una película romántica cualquiera en la tele, más como ruido de fondo que por interés. De vez en cuando miro el ramo de peonías sobre la mesa de centro. Es un recordatorio de lo bonito que puede ser un día inesperado.

Estoy tan absorta que casi no oigo el timbre. Me sobresalto, Kovu levanta la cabeza y ladra una vez. Me asomo al telefonillo: es Aitor. Mi corazón late más rápido solo con ver su silueta en la cámara.

Abro la puerta y ahí está él, con el pelo algo revuelto, una cazadora de cuero negra y esa mirada suya que mezcla el fuego con la calma. Huele a lluvia y a algo intensamente masculino que me desarma.

—Hola —dice en un susurro que me estremece.

—Hola… —respondo, consciente de que mi voz suena demasiado suave.

Se queda en el umbral unos segundos, mirándome como si necesitara grabar cada milímetro de mi cara. Entonces entra y cierra la puerta tras de sí. Me observa un momento más, hasta que sus ojos se deslizan hacia el ramo de peonías. Lo señala con la barbilla.

—¿Para mí? —bromea, aunque su sonrisa se ve cargada de ternura.

—Ja, ni lo sueñes —contesto, fingiendo un tono frío que se deshace apenas me acerco un paso más a él.

Sin decir nada más, me rodea con sus brazos y me besa la frente, un beso lento, casi reverente. Mis manos se pierden en los pliegues de su chaqueta, sintiendo el calor de su cuerpo.

—No podía estar solo esta noche —dice, su voz apenas un hilo—. Necesitaba verte.

—Yo también… —susurro contra su pecho.

Nos quedamos así unos segundos que parecen eternos, hasta que Kovu se acerca moviendo la cola, reclamando su parte del reencuentro. Aitor se agacha a acariciarlo y le revuelve el pelaje detrás de las orejas con una sonrisa amplia.

—¿Te apetece que veamos la peli juntos? —pregunto cuando se incorpora, con un nudo en la garganta que ni yo entiendo muy bien.

—Lo que más quiero en este mundo es sentarme a tu lado ahora mismo.

Nos acurrucamos en el sofá como si el resto del mundo no existiera. Aitor tiene la cabeza ladeada, apoyada sobre la mía, y juega distraído con un mechón de mi pelo. Sus dedos suben y bajan, haciendo un nudo suave que me produce cosquillas en el cuello.

—¿Sabes qué? —rompe el silencio de repente, su voz baja, un poco más grave de lo normal—. Hoy Mónica me ha llamado dos veces.

Mi cuerpo se tensa. Me aparto un poco para mirarlo a los ojos, pero no le suelto la mano. Él sostiene mi mirada con calma, como si hubiera estado practicando esta conversación.

—¿Y? —pregunto, intentando que mi voz suene neutra, aunque siento un pinchazo de inseguridad en el pecho.

—No he contestado. Estaba ocupado —dice despreocupado.

Mi corazón late más lento. La ansiedad se mezcla con una calidez inesperada. Kovu se estira entre nosotros y apoya el hocico en mi rodilla, como si supiera que algo importante está pasando.

—¿Te gustaría que la llamara? —pregunta de repente Aitor, y mis ojos se abren, sorprendida—. Podemos hacerlo juntos, ahora mismo. No quiero que haya nada entre nosotros que pueda crecer en silencio y volverse feo.

Lo miro fijamente, intentando descifrar si habla en serio. Pero su mirada es limpia, franca, tan honesta que me duele. Siento un nudo en la garganta.

—¿De verdad… quieres que lo hagamos juntos? —pregunto, mi voz apenas un susurro.

—De verdad —responde sin dudar—. Porque si alguien va a escuchar lo que tengo que decirle, quiero que seas tú. Quiero que sepas todo, sin filtros.

Me doy cuenta de que estoy conteniendo la respiración. Nunca había visto a un hombre tan dispuesto a dejar su alma abierta de par en par, aunque le duela. Y la sensación es tan intensa que me tiemblan los dedos cuando los enredo con los suyos.

—Vale… —digo al fin, tragando saliva—. Hagámoslo.

Aitor suelta una pequeña exhalación, como si acabara de quitarse un peso de encima. Busca su móvil en el bolsillo trasero de los vaqueros, lo desbloquea y busca el nombre de Mónica. Me pasa el teléfono. La pantalla ilumina nuestros rostros en la penumbra del salón.

—Tú marcas —dice, su voz suave pero cargada de determinación.

Lo miro, y siento que, en ese momento, en la forma en que sus ojos brillan y sus labios se curvan apenas en una mueca seria, acabo de cruzar un puente con él. Un puente que ya no tiene vuelta atrás.

Pulso el botón de llamada y el tono empieza a sonar, fuerte, cortando el silencio. El pulso me late en los oídos. Aitor apricta mi mano como si me dijera que no estoy sola, que él está aquí, conmigo, pase lo que pase.

El tono deja de sonar y, tras un segundo de silencio tan denso que podría cortarse con un cuchillo, la voz de Mónica irrumpe al otro lado de la línea, aguda, cargada de veneno:

—Vaya, vaya… —dice, arrastrando cada palabra con sorna—. ¿A qué debo el honor de que el gran Aitor Ibarrola decida llamar por fin?

Aitor respira hondo, sus ojos clavados en los míos, como si se alimentara de mi fuerza. Su voz sale firme, casi fría.

—He estado pensando, Mónica. Mucho. Y no voy a ceder a tu chantaje.

Al otro lado de la línea se oye una risa breve y vacía.

—¿De verdad, Aitor? ¿Por una puta con cara de ángel? —escupe, la rabia se le desborda—. ¿Por eso vas a echarlo todo a perder?

210

Siento el calor de la sangre subirme a las mejillas. Aitor aprieta mi mano con fuerza, casi haciéndome daño, pero no aparta la mirada de la mía. No parpadea.

—Aquí la única puta, la única trepa cazafortunas, eres tú —contesta él con una calma que hiela—. He ganado suficiente dinero para vivir tranquilo, para no necesitar tus amenazas ni tu mierda. Así que haz lo que tengas que hacer, Mónica. Estoy preparado para asumir las consecuencias de mis actos.

Silencio. Un silencio tan absoluto que el sonido de nuestras respiraciones se mezcla con el latido frenético de mi corazón. Luego, un clic seco. La línea muerta.

Nos quedamos mirando el móvil iluminado entre nuestras manos como si fuera una bomba que acabara de estallar. Aitor deja escapar un suspiro largo, como si se hubiera quitado una losa de encima, pero sus ojos siguen serios, oscuros, con un brillo de temor apenas disimulado.

Me lanzo a sus brazos. No puedo evitarlo. Lo abrazo con todas mis fuerzas, con una mezcla de orgullo, alivio y un amor que me quema desde dentro.

—Estoy tan orgullosa de ti —digo, mi voz quebrada, la frente pegada a su pecho—. Lo que venga, lo vamos a afrontar juntos. No pienso soltarte.

Él me rodea con sus brazos, fuertes, cálidos, y me aprieta contra su cuerpo como si temiera que me escapara.

—Gracias, rubia —susurra en mi oído, con un tono tan vulnerable que me hace temblar—. Gracias por estar aquí. No sé qué haría sin ti.

Y mientras nuestras respiraciones se mezclan, siento que, aunque el futuro sea una tormenta, ahora mismo, en este momento, nada ni nadie podrá separarnos.

Siento un calor dulce en el pecho. Estoy apoyada contra él, con mi cabeza sobre su clavícula. A veces pienso que es demasiado: su intensidad, la mía, lo que siento cuando estoy con él. Pero después recuerdo cómo late mi corazón cuando me besa, cómo su voz me calma y me revoluciona a la vez. Y entonces me digo que no, que nada es demasiado cuando es real.

Kovu duerme hecho un ovillo a nuestros pies, totalmente ajeno a la tormenta de emociones que me recorre. Le cuento a Aitor con detalle lo que me dijo el profesor de pintura, cada palabra, cada mirada que me lanzó mientras describía lo que veía en mi mural. Siento que me brillan los ojos solo de recordarlo.

—Cuando me dijo que mi pintura tiene algo especial... que transmite vida... —me cuesta contener la emoción mientras lo digo—. Aitor, fue como si alguien me confirmara que no estoy loca, que todo este torbellino dentro de mí sirve para algo.

Lo noto tenso, pero no en el mal sentido. Es como si contuviera la respiración por mí. Cuando por fin habla, su voz es ronca y susurrada:

—Sara... hostias, acabo de caer —Se pasa la mano por el pelo, visiblemente sorprendido—. Hace unas semanas me dijeron que tenía que asistir al acto del San Telmo como figura del deporte. Voy a estar allí.

Me quedo helada. Mi corazón se acelera tanto que temo que lo oiga.

—¿Vas a estar... el día de la exposición? —pregunto en un susurro.

Él asiente, sus ojos ardiendo como si quisieran quemar la distancia que aún nos separa.

—Sí. Estaré allí, viéndote, apoyándote... y créeme, no voy a poder estar más orgulloso si ganas. Aunque para mí ya lo has hecho, solo por todo lo que has puesto en ese mural.

Un calor dulce me recorre entera. Es como si cada célula de mi cuerpo vibrara con sus palabras. Le beso sin poder evitarlo, porque no hay forma de agradecerle cómo me hace sentir.

Después me acurruco contra su pecho, intentando grabar cada latido como un tesoro. Pienso que mi vida ha cambiado tanto en tan poco tiempo que casi da miedo. Pero cuando imagino la exposición, al jurado recorriendo los murales, y a Aitor allí, entre la multitud, mirándome con esos ojos que me hacen sentir invencible... todo cobra sentido.

Quiero congelar este momento. Guardarlo. Porque nunca me he sentido más viva.

20

AITOR

El campo de entrenamiento parece brillar con el rocío de la mañana. El césped, recién cortado, desprende un olor que me recuerda por qué amo este deporte. Mientras corro las primeras vueltas de calentamiento, el sol empieza a despuntar y calienta mi espalda. Me siento ligero, como si el mundo entero se hubiera puesto de acuerdo para que hoy todo salga bien.

Markel corre a mi lado, sincronizado conmigo como tantas veces. Es el único con quien puedo mantener este ritmo y, sobre todo, con quien puedo ser yo mismo. Después de un par de vueltas, me da un codazo suave.

—Tienes una cara de gilipollas enamorado que no te la quitas ni haciendo 100 burpees —se ríe, con esa carcajada suya que siempre me acaba contagiando.

—Me la quito cuando te veo esa barba de leñador, que lo sepas —le suelto de vuelta, aunque no puedo evitar sonreír.

—Fuera coñas, Aitor. ¿Cómo va todo con Sara? —me pregunta con curiosidad genuina mientras estiramos en la banda.

—Increíble, Markel. No sé ni cómo explicarlo. Es como si cada vez que la miro me dijera que todo lo que he hecho mal en la vida puede cambiar —Me oigo a mí mismo y me doy cuenta de lo profundo que suena. De lo verdadero que es.

Él asiente con una seriedad que pocas veces le veo.

—Entonces lo mejor que puedes hacer es cuidarlo, Aitor. Porque esas cosas no pasan dos veces.

Nos quedamos un momento en silencio, cada uno con sus pensamientos. Luego, mientras vamos al vestuario a por agua, Markel me suelta como si nada:

—Oye, ¿Qué te parece si esta noche venís a casa a cenar? Quiero que mi mujer conozca a Sara. Y los mellizos… bueno, van a flipar contigo, ya sabes cómo son con el fútbol.

Se me ilumina la cara. Me hace ilusión que Sara conozca una parte más de mi vida, algo tan personal como mi mejor amigo y su familia.

—¿Estás seguro? No quiero molestar…

—No digas tonterías, hermano —Me da un manotazo en la espalda—. Esta noche, a las ocho. Voy a avisar a June para que prepare su lasaña estrella.

De camino a las duchas me siento flotando. Es una sensación nueva: querer enseñarle mi mundo a alguien. Y no porque me sienta obligado, sino porque sueño con que encaje a la perfección. Con que sepa que este soy yo, sin armaduras ni excusas.

Mientras me ducho, el agua caliente me ayuda a ordenar mis ideas. Pienso en Sara con los mellizos de Markel, en lo bien que se podría llevar con los niños, en lo preciosa que se va a ver sonriendo en el salón de su casa.

Y me doy cuenta de que todo en mi pecho se calma. Porque cada paso que damos me confirma que no quiero una vida en la que ella no esté.

Estoy en mi habitación, delante del armario, con la puerta abierta y la cama llena de camisas, chaquetas y zapatos que no me decido a ponerme. Estoy más nervioso que antes de un partido decisivo. El reloj marca las seis y media, y quiero salir pronto para recoger a Sara con tiempo, pero no consigo concentrarme.

Me estoy abrochando la camisa cuando oigo un golpecito suave en la puerta. Mi madre asoma la cabeza, sonriente, pero con curiosidad dibujada en el rostro.

—Cariño… —dice entrando despacio—. ¿Dónde vas tan guapo ahora?

—Sus ojos recorren mi ropa como si estuviera viendo un milagro.

Dejo de abrocharme la manga y la miro, dudando. Pero de repente lo siento: tengo que compartirlo. Necesito decirlo en voz alta. Porque este sentimiento es tan grande que me desborda.

—Mamá, tengo que contarte algo —empiezo, con la voz más seria de lo que pretendía. Ella se queda inmóvil, expectante—. Estoy enamorado de Sara.

La sorpresa le ilumina los ojos, pero no dice nada. Así que sigo, con un nudo en la garganta.

—Llevamos semanas juntos… en secreto, al principio, no quería nada, porque tenía miedo. Porque no quería que nadie lo estropeara. Ni si quiera yo mismo. Pero ella… —Trago saliva, buscando palabras que se queden cortas para describirla—. Ella me hace ver todo lo bueno que hay en el mundo, todo lo bueno que tengo en mí. Esto es de verdad, mamá. Nunca había sentido algo así. Ni de lejos.

Mi madre se queda un segundo en silencio, pero enseguida su expresión se transforma en pura felicidad. Sus ojos se llenan de lágrimas contenidas y me abraza con fuerza.

—Ay, mi niño… —susurra en mi oído, con la voz emocionada—. No sabes lo feliz que me haces. Sara no puede ser más guapa, más buena, más dulce… Quien me iba a decir que Marta y yo íbamos a acabar siendo casi familia. ¡Qué situación tan especial! —Se aparta para mirarme a los ojos, sosteniéndome las mejillas con sus manos cálidas—. Disfrútalo, cariño. Cuídalo con todo tu corazón. No hay nada más importante que esto.

Asiento, tragando mis propias emociones. Porque por un momento, mientras la abrazo, me doy cuenta de que todo lo que he soñado, todo lo que he deseado… está empezando a construirse. Y por primera vez en mi vida, siento que no estoy solo.

Mi madre se queda delante de mí, observándome con un brillo triste en los ojos. Sus manos, que siguen apoyadas en mis mejillas, tiemblan apenas un instante.

—Aitor… —dice con voz suave, casi un susurro—. Es normal que te sientas así. Después de la vida que hemos tenido que soportar… de todo lo que nos hizo tu padre… —Hace una pausa, y aunque no lo menciona abiertamente, los recuerdos flotan entre nosotros como un fantasma que ambos conocemos demasiado bien—. Hubo días en los que pensé que jamás querrías esto. Que habías abandonado toda idea de amor, de cariño… —Traga saliva, luchando contra la emoción que le rompe la voz—. Tenía tanto miedo de que pensaras que no lo merecías. Que las situaciones horribles que vivimos te hubieran convencido de que no eras digno de ser feliz.

Me quedo callado, sintiendo cómo esas palabras me atraviesan el alma como un cuchillo. Porque durante años pensé exactamente eso: que no merecía nada bueno. Que el amor no era algo que existiera para mí.

—Pero mírate… —continúa mi madre, acariciando mi cara como cuando era un niño—. Estás luchando por ella, por vosotros. Y eso es lo más valiente que he visto nunca. Estoy tan orgullosa de ti… tan feliz de que estés encontrando un lugar donde puedas ser amado como siempre mereciste.

No puedo evitar que se me humedezcan los ojos. La abrazo con fuerza, con la certeza de que esta vez, aunque la vida intente ponerme de rodillas, ya no pienso soltar lo que tengo. Ni a Sara, ni a este sueño que empieza a hacerse real.

Me seco los ojos con disimulo cuando mi madre se separa de mí, le dejo un beso en la mejilla y bajo las escaleras con el corazón latiendo como un tambor. Subo al coche y conduzco hasta casa de Sara, repasando mentalmente cada palabra que quiero decirle esta noche. Quiero que sepa lo orgulloso que estoy de ella, de nosotros.

Cuando cruzo hasta su puerta, la veo salir y me quedo sin respiración. Sara está guapísima, tanto que se me hace un nudo en la garganta solo de mirarla. Lleva un vestido satinado color esmeralda, ceñido en la cintura y con un escote sutil que deja ver la delicada curva de sus clavículas y un abrigo negro largo. Su melena rubia cae en ondas suaves sobre sus hombros, iluminada por la luz del atardecer, y sus pecas parecen resaltar aún más sobre su piel dorada. Unos tacones finos completan el conjunto, haciendo que sus piernas se vean interminables.

Cuando me acerco a ella, me doy cuenta de que también ha notado mi reacción. Me mira con esos ojos turquesa que podrían romper cualquier defensa mía, y se muerde el labio con una tímida sonrisa.

—¿Qué? —pregunta divertida—. ¿Por qué me miras así?

—Porque... —respondo, dejando que mi voz salga ronca y sincera—. Nunca había visto nada tan bonito. Ni en sueños.

Ella se ruboriza, baja la mirada y se acerca para darme un beso suave en los labios. Un beso que me recuerda que todo esto es real. Que estamos aquí, juntos, empezando algo que sé que va a cambiar mi vida para siempre.

Le ofrezco el brazo y ella lo acepta con elegancia.

—Vamos —le digo, sonriendo con orgullo—. Tenemos una cena importante. Y quiero presumir de ti todo lo que pueda.

Nos dirigimos al coche, con la sensación de que la noche solo acaba de empezar, pero ya es perfecta.

Conduzco con una mano en el volante y la otra enlazada con la suya, como si necesitara sentirla cerca para asegurarme de que esto no es un sueño. Sara va mirando el paisaje por la ventanilla, pero de vez en cuando nuestras miradas se cruzan y una sonrisa se dibuja en sus labios. Cada gesto suyo me reafirma que he hecho lo correcto al dejar de huir de mis sentimientos.

Cuando llegamos al barrio residencial donde vive Markel, el cielo empieza a teñirse de tonos anaranjados. Aparco frente a una casa moderna de piedra clara con jardín y un enorme árbol que proyecta su sombra sobre la fachada. Desde fuera se oyen risas infantiles que me hacen sonreír.

—Es aquí —le digo a Sara mientras bajo para abrirle la puerta—. Markel y yo somos como hermanos. Quiero que seas parte de esto.

—Estoy un poco nerviosa —admite ella mientras coge mi mano—. Es importante para ti, no quiero meter la pata.

—Tú solo sé tú misma —le susurro, inclinándome para darle un beso corto—. Con eso me basta.

Toco el timbre y la puerta se abre casi al instante. Markel aparece con su sonrisa enorme y sus brazos abiertos.

—¡Por fin! —exclama, dándome una palmada en la espalda—. Y tú debes de ser Sara —La mira de arriba abajo con una sonrisa amable—. Aitor se ha quedado corto cuando hablaba de ti.

Sara se ruboriza y le da la mano, que él convierte en un rápido abrazo.

—Encantada, Markel.

—Y yo —responde él—. Pasad, pasad, estáis en vuestra casa.

Entramos en un recibidor amplio, lleno de luz y con fotos de la familia por todas partes. Desde el salón salen dos niños pequeños corriendo hacia nosotros; son sus mellizos, Unai y Eneko, que se quedan mirándonos con curiosidad antes de lanzarse sobre Markel.

—Estos son mis terremotos —dice él orgulloso, revolviendo el pelo de los niños—. Y mi mujer está en la cocina preparando unas croquetas y una lasaña que quitan el sentido.

Al llegar al salón, la esposa de Markel, June, se asoma desde la cocina con un delantal de flores. Es una mujer dulce, de sonrisa cálida y ojos llenos de vida. Es extranjera, pero tiene un acento muy suave.

—¡Aitor! Me alegro de verte. ¡Sara! Bienvenida —dice acercándose para saludarnos—. Qué guapa estás, Sara. Encantada de conocerte por fin.

—Igualmente —responde Sara con una timidez encantadora.

Nos acomodamos en el salón mientras los niños juegan con unos bloques en el suelo. La casa huele a comida casera, a hogar de verdad, y noto cómo Sara se relaja poco a poco mientras hablamos de trivialidades. Markel le hace preguntas sobre su pasión por el arte, y Sara se anima describiendo su proyecto para el mural.

—Y pensar que estabas dispuesto a dejarla escapar —bromea Markel mirándome—. Menos mal que tienes más cabeza en el campo que en tu vida privada.

Sara ríe y yo le lanzo un cojín a Markel con un bufido.

—No sabes lo cabezota que puede llegar a ser —dice Sara con una sonrisa divertida, y todos reímos.

June saca la cena: una mesa llena de platos tradicionales, desde tortilla de bacalao hasta merluza a la koxkera, además de la famosa lasaña que prometió. Sara cierra los ojos con placer cuando va probando todo, provocando que todos suelten una carcajada.

—¿Ves? —dice Markel—. Esta chica sí que sabe disfrutar de la buena cocina.

Entre risas, historias de anécdotas del fútbol y preguntas sobre sus clases de arte, la velada avanza con un calor que me reconcilia con todo. Veo a Sara feliz, integrada, compartiendo conmigo un pedazo de mi vida que antes había mantenido aislado.

Cuando recogemos los platos y los niños ya duermen en el sofá, June nos sirve café y Markel me da una palmada en el hombro.

—Has hecho bien, amigo. Es buena. Se ve en sus ojos que te quiere —dice con voz baja, y noto cómo Sara me aprieta la mano.

Sé que esta noche marca un antes y un después. Que Sara y yo estamos construyendo algo de verdad.

21

SARA

El sol entra suave por la ventana, filtrado por las cortinas claras del piso, y Kovu duerme acurrucado a los pies de la cama, como si también necesitara esos últimos minutos de paz antes de que el día empiece. Aitor y yo hemos pasado la noche aquí, en nuestro pequeño rincón del mundo, y por un momento todo parece tan normal, tan lleno de vida y calidez, que me cuesta imaginar que algo pueda romper este equilibrio.

Aitor se ha levantado antes que yo, como casi siempre. Cuando salgo del baño, lo encuentro vistiéndose junto a la ventana. Se está abrochando la camisa con movimientos lentos, metódicos. Tiene el pelo aún húmedo de la ducha y ese gesto concentrado que le sale sin querer, como si prepararse para el día fuera también una pequeña batalla interior.

—¿Ya te vas? —pregunto aún con voz de sueño, envuelta en su camiseta y con las piernas desnudas.

—Tengo entrenamiento, rubia. Y ya sabes que mañana juego fuera —me responde, girándose hacia mí con una sonrisa suave mientras se acerca y me acaricia la cintura con una mano.

Me abraza por detrás mientras preparamos el desayuno, apoyando su barbilla en mi hombro.

—Hoy entrenamos pronto. Después nos vamos al aeropuerto, nos quedamos a dormir allí, normalmente en hotel. El partido es mañana al mediodía, y cuando acaba volvemos directamente. Estaré en casa pasado mañana a mediodía si todo va bien.

—Vaya… —respondo bajito, con la voz algo más triste de lo que esperaba.

Me gira para mirarme a los ojos y me acaricia la mejilla.

—Sé que no es fácil esto. Pero tú me haces desear volver a casa. A ti. A nosotros. Eso es nuevo para mí, Sara. Y juro que compensa cualquier maleta.

Le sonrío porque quiero que se quede con una imagen buena antes de irse. Kovu, como si notara que Aitor se va, se levanta y se sienta muy digno en la puerta, con las orejas tiesas.

Salgo a pasear a Kovu con un café en la mano, aún con el corazón un poco apretado por la despedida. Está empezando a refrescar por las mañanas y me encanta ese contraste entre el calor del café y el aire limpio que respiro cuando cruzo las calles del barrio.

Camino un rato en silencio mientras Kovu olisquea cada esquina con su entusiasmo habitual. Cuando volvemos, al abrir la puerta, lo noto enseguida.

Silencio.

Demasiado silencio.

—¿Aitor? —pregunto, aun sabiendo la respuesta.

No hay respuesta.

Ha recogido sus cosas, su mochila de entrenamiento ya no está, y ha dejado una nota doblada en la encimera.

"Te pienso a cada segundo.

Te veo en cada rincón.

Te quiero, rubia.

Vuelvo pronto.

A."

Suspiro profundamente. Me apoyo en la barra de la cocina, acariciando a Kovu que se sienta a mi lado como si supiera que algo en mí se ha hundido un poquito. No me gustan las despedidas, ni siquiera las pequeñas. Me he acostumbrado demasiado rápido a tener a Aitor cerca.

Entonces suena mi móvil. Es un nombre que me hace tensarme: Papá.

Lo miro unos segundos sin contestar. Hace tiempo que apenas hablamos.

Que no compartimos más que silencios y heridas sin cerrar. La llamada suena tres veces más y la cancelo. No tengo fuerzas hoy para hablar con él.

Pero al segundo, entra un mensaje.

"Tu abuela acaba de morir. Pensé que deberías saberlo."

Siento que el cuerpo se me entumece. Me quedo ahí de pie, con el móvil en la mano, la pantalla aún encendida. El nombre de mi padre arriba. Las palabras tan frías como si las hubiera dictado un extraño.

Mi abuela. La mujer que me cuidaba cuando era niña. Que me bordó mi primer abrigo. Que me daba la mano como si sujetara todo lo importante.

Me siento de golpe en el sofá, mirando sin ver. Kovu apoya el hocico en mi rodilla y eso me devuelve un poco al mundo. Pulso el contacto de mi madre. Tarda poco en contestar.

—¿Sara?

—Ha muerto —le digo sin poder contener el temblor en la voz.

—¿Quién? ¿Qué?

—La abuela, mamá. Me ha escrito papá.

Se hace un silencio al otro lado.

—¿Estás segura?

—Sí. Ha sido un mensaje… escueto. Muy de él. Pero sí.

—Dios mío…

—Mamá, me voy a coger un avión. Necesito estar ahí. No me puedo quedar aquí esperando más noticias frías por mensaje.

—Cariño, ¿estás segura? ¿No quieres que hablemos antes, que lo pienses bien?

—Lo tengo claro. Me voy hoy.

Cuelgo y me quedo un rato en silencio. No sé si me duele más la noticia o la manera en la que ha llegado. No sé si tengo más miedo de enfrentarme al pasado o de no hacerlo. Pero sí sé que no me voy a quedar quieta.

Me levanto, acaricio a Kovu.

—Vamos pequeño. Hoy empieza otro viaje.

Llego a casa de Laia con Kovu algo inquieto. Intuye que pasa algo. Yo también lo intuyo, aunque aún no sé cómo asimilarlo. Me abraza nada más abrirme la puerta.

—¿Qué pasa? —pregunta preocupada, apartándose un poco para mirarme a los ojos.

—Mi abuela… Ha muerto. Me voy ahora mismo a Málaga. Necesito que me hagas un favor.

—Claro, claro, dime.

—¿Te puedes quedar con Kovu? Sé que es un marrón, pero no tengo con quién dejarlo y no puedo llevarlo conmigo ahora…

Ella se agacha de inmediato para acariciar a Kovu, que mueve la cola sin entender nada, como siempre fiel, como siempre bueno.

—Claro que sí —me responde con dulzura—. Sabes que yo lo adoro. Pero, Sara… si te vas ahora no vas a poder terminar el mural. ¿Y el concurso?

Sus palabras me golpean, pero no me hacen tambalearme.

—Está más que terminado, Laia —le digo con voz firme—. Ayer estuve allí casi todo el día, solo observándolo. No lo toqué ni una vez. El trabajo está hecho. Si lo tocase más, lo estropearía.

Laia asiente lentamente, como si aún intentara buscar alguna objeción, pero finalmente se rinde y sonríe con esa cara suya de "vale, pero prepárate".

—Está bien, me quedo con él. Pero a cambio —dice alzando una ceja—, cuando vuelvas, la semana que viene nos acompañas a una fiesta privada. La organizan conocidos de Ibai y va a ser brutal. Nada de excusas. Te lo mereces.

—Me lo pensaré —le respondo con una media sonrisa cansada, sabiendo perfectamente que probablemente acabaré yendo. Quizá lo necesite para respirar.

—Gracias, Laia.

Nos abrazamos fuerte. Dejo la mochila de Kovu con su pienso, su arnés, un par de juguetes, y le doy un último beso en la cabeza antes de salir.

—Pórtate bien, grandullón —le susurro.

Él me sigue con la mirada hasta el umbral de la puerta, como si supiera que esta vez me voy algo más lejos que de costumbre.

Entonces me giro, respiro hondo, y camino decidida hacia el taxi que ya me espera en la acera. Málaga me espera. El pasado me espera. Y esta vez, no pienso huir.

El taxi avanza rápido entre las calles húmedas por la lluvia. Me apoyo en la ventanilla mientras contengo el temblor en los dedos. En el aeropuerto hay gente por todos lados, arrastrando maletas, tomando cafés con prisas, abrazándose con entusiasmo o despidiéndose con los ojos empañados. Y, sin embargo, todo me parece en silencio. Como si mi cuerpo estuviera allí, pero mi alma se hubiera quedado anclada en otro sitio.

Paso el control sin problemas. Llevo solo una mochila con lo imprescindible y ni siquiera me ha dado tiempo a pensar en qué metía dentro. Me limito a moverme, como una máquina programada para resolver lo urgente. Miro la hora en el móvil: las 9:17. Aitor estará ahora mismo entrenando, dándolo todo en algún campo, su cuerpo perfecto empapado de sudor, su cabeza concentrada en el partido de mañana. Él no sabe nada.

Saco el móvil y pulso sobre su nombre. Mi dedo tiembla levemente. Podría marcar, contarle lo que ha pasado. Podría decirle que lo necesito, que me abrace, aunque sea con palabras. Pero entonces levanto la mirada y me miro en el reflejo del cristal: tengo los ojos vidriosos, la frente fruncida, la expresión en pausa. ¿Para qué preocuparlo? No puede hacer nada. No está aquí. Mañana volveré incluso antes que él, y todo esto no será más que un recuerdo borroso en medio de tantas otras emociones.

Guardo el teléfono sin marcar. No es el momento.

Cuando subo al avión me toca ventanilla. Me aprieto contra ella. El cielo está gris y, mientras despegamos, noto una punzada en el estómago. Siempre me pasa, pero esta vez la angustia es diferente. Miro las nubes por la ventana, cómo se tragan el ala metálica del avión, y cierro los ojos. Me viene la imagen de la abuela. Su voz suave, su olor a colonia antigua, sus manos secas pero cálidas. Y, sin querer, las lágrimas comienzan a escaparse. No lloro, pero algo dentro se rompe lentamente, como si se derramara en silencio.

Me mantengo así casi todo el trayecto. Con los ojos cerrados. Pensando. ¿Y si este viaje no es solo por despedirme de ella? ¿Y si también tengo que cerrar algunas otras cosas?

Me acomodo en el asiento junto a la ventanilla mientras Málaga se va acercando a mí con la fuerza de una tormenta emocional. No he contestado a mi padre. Vi la llamada, leí su mensaje, pero no me ha salido una sola palabra de los dedos para devolverle algo. No sé si es rencor, indiferencia, decepción o una mezcla de todo eso. Agradezco que me lo haya dicho, sí. Pero han pasado cinco meses desde que alguno de los dos levantó el teléfono. Y aunque es cierto que yo tampoco he llamado, tengo un motivo, o al menos así lo justifico en mi cabeza. He aprendido a protegerme, a mantenerme lejos de lo que duele, aunque eso implique poner distancia con quien me dio la vida.

Cierro los ojos unos segundos mientras el avión atraviesa las nubes. El cielo parece no decidir si quiere regalarme sol o tormenta. Como mi corazón. La muerte de mi abuela no es un golpe sorpresivo. Estaba mayor. Estaba enferma. Pero no me esperaba sentir este hueco. No sabía que el dolor iba a instalarse tan hondo, justo debajo del esternón, como si fuera parte de mis pulmones ahora.

Miro por la ventanilla cuando empezamos el descenso. Málaga aparece abajo como una pintura que vuelve a la vida. El azul del mar, las grúas del puerto, los edificios blancos y ocres, las palmeras agitadas por el viento, el olor a sal que me llega incluso antes de aterrizar. Me arden los ojos de pura nostalgia. He echado de menos esta ciudad más de lo que pensaba.

Cojo un Uber. En cuanto me siento en el asiento trasero, dejo caer la cabeza hacia la ventanilla. Recorremos calles que aún me son familiares. Las aceras están mojadas, pero el cielo empieza a abrirse, como si la ciudad quisiera recibirme sin lágrimas. El conductor no habla, lo agradezco. Paso por mi antiguo colegio. Por la rotonda donde aprendí a montar en bici. Por la callejuela donde iba a comprar el pan con mi abuela. Todo sigue en pie. Menos ella. Marco el número de tía Paula. La voz al otro lado me acoge con una suavidad que no sabía que necesitaba.

—Hola, mi niña... —dice antes de que yo pueda hablar.

—Tía... estoy en camino. No he hablado con papá, solo contigo.

—Tranquila, lo entiendo. Estaremos en la sala 6 del tanatorio durante todo el día de hoy. La misa será mañana a las once, antes del entierro. No te preocupes por nada más.

—Gracias. No he cogido billete de vuelta hasta saber eso. Estoy mirando para volver mañana por la tarde.

—Vale, como tú lo sientas. Te veo ahora.

Cuelgo. Busco vuelos mientras avanzamos por la autovía. Nada directo hasta el sábado por la mañana. Suspiro resignada. Me pierdo la entrega de murales. Lo más importante de mi curso. Pero ahora mismo eso me parece lejano, insignificante. Estoy segura de que el profesor lo entenderá. Ya se lo explicaré cuando vuelva. Al fin y al cabo, mi mural está listo para lo que sea que le venga.

Abro el chat con Aitana y le escribo un mensaje:

"Voy hacia tu casa. Gracias por dejarme quedarme. Te debo una enorme."

Enseguida me contesta con un corazón y un "tienes las llaves en el buzón como siempre. Pasa y acomódate. Estoy trabajando, pero llego sobre las 5."

Sonrío con algo que se parece a la paz. Aitana siempre está.

—¿Vamos a El Palo, ¿no? —me pregunta el conductor.

—Sí, por favor.

El coche gira hacia el paseo marítimo. Las olas salpican contra las piedras, como si el mar me reconociera y me saludara con emoción. Me siento vulnerable y pequeña frente a tanta memoria. Me he pasado la vida queriendo alejarme de aquí, y ahora que estoy de vuelta solo quiero que alguien me abrace.

Aitana vive en un bajo precioso, con paredes de color arena y ventanales que dan al jardín.

Todo está igual.

Me dejo caer en el sofá con la mochila a mis pies. Cierro los ojos y me permito llorar por primera vez desde que recibí el mensaje.

No solo por la abuela. Lloro por mi infancia. Por mi familia rota. Por mi padre ausente. Por lo que ya no existe.

Y también, aunque no quiera admitirlo, por Aitor… porque no sabe que estoy aquí. Porque no le he contado nada. Porque quizá, por primera vez en mi vida, tengo miedo de que esta tristeza me aleje de lo único que me ha hecho sentir viva en mucho tiempo.

El aire cálido de la noche malagueña huele a incienso y flores frescas. Me bajo del coche vestida de negro, discreta, con el corazón apretado en un puño. El cementerio está lleno de luces suaves y murmullos. Al llegar, me cruzo con muchos rostros conocidos, primos, tíos, vecinos de siempre... Me saludan con cariño, con una mezcla de nostalgia y consuelo. Algunos incluso sonríen con tristeza. Por un lado, es agradable sentirme rodeada de los míos, por otro, tengo el alma hecha trizas. Hace meses que no hablaba con la abuela. Desde que nos mudamos al norte todo fue cuesta arriba. El cambio, la universidad, mamá, Aitor, todo se volvió tan intenso que no supe cómo sostener nada más. Pero eso no es excusa. Porque lo cierto es que me siento culpable. Porque siempre fuimos uña y carne. Porque ella estuvo presente en todos mis cumpleaños, en todos los momentos duros, y yo simplemente... me desvanecí.

Miro a mi alrededor buscando una figura en concreto. Pero no está. Mi padre no está.

Entonces la veo, junto a un banco de piedra bajo una jacaranda en flor: mi tía Paula.

Me acerco y nos fundimos en un abrazo largo, tibio, que me desmonta. Huele a su colonia de siempre y al salón de casa de mi abuela.

—Lo siento tanto, tía... —murmuro.

—Ay, mi niña... —responde con los ojos vidriosos—. Ha sido todo tan rápido...

Nos quedamos unos segundos así, sin hablar. Y luego ella me dice, en voz baja:

—Sé que estás enfadada con tu padre, y no te voy a decir que no tengas razón. Pero deberías saber que está destrozado, Sara. No sabe cómo hablarte, está muy afectado, pero no se atreve. Ha estado toda la noche y esta mañana aquí en el tanatorio. Pero a mediodía se fue a casa a descansar un poco... —me mira con suavidad—. Está roto.

Asiento en silencio. No prometo nada.

Pero sé que mañana por la mañana antes de la misa iré temprano a su casa, aunque sea por cerrar heridas.

Aunque sea por ella.

—¿Quieres entrar conmigo a la sala? —pregunta.

Asiento de nuevo, trago saliva. Y entramos.

La atmósfera adentro es espesa, cargada de flores blancas, murmullos y emociones contenidas. El aire acondicionado deja un escalofrío flotando en el ambiente, como si hasta el clima entendiera el momento.

El ataúd está abierto.

Y ahí está ella. Mi abuela.

Con las manos entrelazadas, una mantilla blanca, su rostro sereno, casi como dormida. Pero no está dormida. Y esa certeza me golpea en el pecho como un mazo.

Mi visión se empieza a nublar. La garganta se me cierra y los oídos me zumban.

—Sara… —me dice mi tía, pero la oigo como desde muy lejos.

Camino dos pasos más. Pero no puedo dar el tercero. El mundo empieza a girar. Me mareo.

Y sin poder evitarlo, me llevo la mano a la boca y salgo tambaleándome hacia la esquina de la sala.

Agarro la papelera de plástico blanco con los logos del tanatorio y vomito.

Todo.

El dolor, la culpa, la presión, la impotencia. Todo lo que me tragué estos meses sin enfrentar lo que pasaba aquí, en casa, en mi verdadera raíz. Las lágrimas empiezan a caer mientras me limpio como puedo con un pañuelo que alguien me ofrece. Siento la mirada de varias personas encima, pero no me importa. Yo solo quería despedirme de ella. Y ni eso soy capaz de hacer sin romperme.

El silencio de la noche me acompaña mientras subo al Uber de vuelta. El tanatorio se va quedando atrás, pero la sensación de vacío no se disipa. Es como si me hubieran arrancado una parte de la infancia que no sabía que aún llevaba encima. Enciendo el móvil. Tengo un mensaje de Aitana:

"¿Todo bien? Estoy en casa, si quieres pedimos algo rico y te espero despierta."

Sonrío con ternura. Qué suerte tenerla.

Cuando llego, Aitana ya ha pedido comida. En cuanto cruzo la puerta, me abraza fuerte sin decir nada. No hace falta. Su gesto lo dice todo.

Nos acomodamos en el sofá, ella con una Coca-Cola y yo con una manta que huele a suavizante y hogar.

En la mesita baja hay unas cajas de sushi, pan bao y un par de postres que se ven de escándalo.

—Te he pedido tus favoritos —dice—. Y sí, hay tarta de queso, ya lo sabes.

—Eres un ángel —respondo, mientras me acomodo con las piernas cruzadas.

Empiezo a hablar. No de todo. Pero sí de lo importante. Le cuento lo de la abuela, lo que me ha dicho mi tía, el mareo, el vómito... todo el revoltijo emocional que llevo encima.

Le hablo de mamá en el barco, la sensación de soledad tan grande que llevo encima por nuestro distanciamiento. Y también de Aitor. Un poco. No me atrevo a entrar en detalles, pero sí le dejo caer que está siendo importante en mi vida. Lo más importante en realidad, lo único que me mantiene anclada al suelo mientras todo lo demás parece estar cogido con pinzas.

Ella me escucha con una paciencia sagrada. Solo interviene de vez en cuando, con un gesto, un "vaya", un "ufff".

Y cuando la conversación ya empieza a calmarse, ella suspira con una sonrisa y dice:

—Pues ya que estamos sincerándonos... te diré que estoy con alguien.

Levanto la cabeza.

—¿Sí? ¿Desde cuándo?

—Unas semanas ya. Un chico del trabajo. Se llama David. Es un poco desastre, pero tiene algo... me hace sentir viva. Y eso vale más que cualquier otra cosa.

Me alegro tanto por ella.

—¿Y qué tal va?

—Bien. Con calma.

Hace una pausa y añade:

—Sabes... A veces me cuesta creerme estas cosas. Lo de que alguien me

229

cuide. Me costó años darme cuenta de que no tengo que hacerlo todo sola.

Baja la mirada, jugueteando con una servilleta.

—Desde que murieron mis padres… —dice en voz baja, casi susurrando— … siempre pensé que, si no me cuidaba yo, nadie lo haría. Pero este chico está intentando demostrarme lo contrario. Me acerco y la abrazo.

—Vales tu peso en oro, Aitana. No me extraña nada que alguien se dé cuenta.

Ella sonríe con los ojos vidriosos.

—Tú sí que vales. Aunque estés ahora hecha un trapo, rubia.

Nos reímos flojito. Y seguimos hablando. De todo y de nada. De Málaga, del instituto, de los veranos, de cosas que nos duelen y de otras que ya no. La madrugada se nos echa encima como una manta espesa, pero ninguna tiene sueño. Y en el fondo no importa. Dormir es lo de menos cuando hay tanto por decir y tanto por sostener.

El sol apenas ha comenzado a salir cuando suena la notificación en mi móvil. Aún tengo la almohada marcada en la mejilla y el estómago cerrado de los nervios. Lo miro sin pensarlo demasiado. Es Aitor.

"Llevas 24 horas desaparecida. No me dices nada. Porfa, dime algo que me estoy preocupando."

Me quedo mirando la pantalla unos segundos. Me duele no haberle contado nada, pero necesitaba silencio.

Le respondo mientras me visto en silencio, sin pensarlo demasiado:

"Ha pasado algo. Estoy en Málaga, tuve que venir de urgencia. Estoy en casa de mi amiga Aitana."

No tardo ni tres minutos en tener la respuesta de vuelta:

"¿En Málaga? ¿Por qué?… ¿Cuándo pensabas decírmelo? Sara, no entiendo nada."

Sus palabras se clavan como una espina en el pecho. Tiene razón. Pero ahora mismo no puedo con más. Guardo el móvil. Me lo guardo todo. Ya se lo explicaré luego camino del aeropuerto. Ahora mismo hay otra persona esperando.

Voy sentada en el asiento trasero del Uber, observando Málaga por la ventanilla. El cielo está limpio y el mar, al fondo, parece en calma. Esa calma que yo no tengo.

La ciudad huele a sal y a azahar, como siempre.

Me dejo llevar por la nostalgia mientras el coche serpentea por las calles familiares. Me duelen los recuerdos. ¿Hace cuánto no veo a mi padre? ¿Cuándo fue mi última conversación con la abuela? Cinco meses, puede que algo más. Pero parece toda una vida.

Cierro los ojos unos segundos. En mi mente, la última conversación con mi abuela. Sus manos arrugadas, su voz pausada…

Qué poco cuesta a veces hacer una llamada, y cuánto duele no haberla hecho. Respiro hondo. Ya estamos llegando.

El coche se detiene frente a la nueva mansión de mi padre, y bajo con paso firme, aunque las piernas me tiemblen.

Toco el timbre.

Unos segundos de espera.

Entonces, se abre la puerta.

—¡Paqui! —digo, sorprendida y emocionada.

La mujer que me vio crecer está ahí, en la entrada, con su delantal blanco y su moño impecable, como siempre.

Ella me mira y abre mucho los ojos.

—Madre mía… pero si eres tú, mi niña. Qué grande estás, qué guapa.

Nos abrazamos fuerte. Es uno de esos abrazos que sanan cosas sin decir nada.

—Te he echado tanto de menos, Paqui…

—Y yo a ti. La casa está muy vacía sin tu risa.

Me mira con ternura y me acaricia el pelo.

—Tú siempre has sido especial para mí. Tu abuela estaría tan orgullosa de verte así. Tan mujer. Tan valiente.

Intento no llorar. Pero hay algo en sus palabras que me revienta por dentro. Me recompongo como puedo.

—¿Está papá?

—Sí, está arriba. Pero… —hace una pequeña pausa— no sé cómo está.

Asiento, tragando saliva. Pero la actitud de Paqui es un poco rara.

—¿Puedes avisarle de que estoy aquí? — le digo mientras me siento en una de las sillas altas de la cocina abierta al salón. Miro alrededor. Es imposible no hacerlo.

La mansión de mi padre impone.

Todo es amplitud, techos altos y ventanales que van del suelo al techo, por donde entra una luz blanca, casi irreal.

Cada rincón parece sacado de una revista de arquitectura. Mármol claro, acero, cristales sin una sola huella. Todo perfectamente colocado. Todo perfectamente frío.

El salón tiene una chimenea de gas apagada, un sofá blanco inmaculado, y una enorme pantalla incrustada en la pared. El suelo, de madera pulida, no cruje. Como si aquí no se viviera, solo se mostrara. Una vitrina de cristal guarda botellas que probablemente nadie ha tocado en años. Sobre la isla de la cocina, un cuenco con frutas que parecen de mentira. No hay señales de vida real. Siento que todo esto me aleja más de mi padre, no me lo acerca. Me abrazo las piernas contra el pecho mientras espero. Hay una tensión en mi estómago que no se va desde que aterricé. Me repito que esto es lo correcto, que al menos merezco que me mire a los ojos. Entonces escucho pasos.

Su sombra aparece antes que él.

Me incorporo.

Mi padre entra en la cocina con una taza en la mano.

Nos quedamos mirando.

Él no dice nada.

Yo tampoco.

Pero algo tiene que romperse.

Y pronto.

Me mira y duda por un segundo. Pero luego da un paso al frente y me abraza. No me muevo. Le permito el gesto porque no tengo fuerzas para decidir si quiero o no. Después de unos segundos me suelta. Nos sentamos en la cocina.

Tiene dos tazas humeantes listas, ni siquiera sé cuándo ha preparado el café. Siento el calor del líquido entre las manos, me aferro a la taza como si eso me pudiera proteger de todo lo demás.

—He estado mal —me dice, evitando mirarme demasiado tiempo—. No sabía cómo llamarte. No sabía si podía.

Yo asiento, con la mandíbula tensa.

—No es tan fácil —continúa—. Me sentía avergonzado. No me sentía con derecho a exigirte nada. Pero hoy… no podía dejar pasar este día sin verte. Aunque solo fuera un momento.

Quiero decirle que aprecio el intento. Quiero aliviarle algo de culpa. Pero también sé que no puedo mentirle. Así que susurro:

—No es tan simple. Me cuesta estar aquí. Y aún más verte como si nada.

—Sara, te entiendo —Parece sincero—. Solo pido un poco de tiempo.

—Hoy me iré después de la misa —le digo, sin rodeos—. He venido por la abuela. Pero esto… tú y yo… necesitamos espacio.

Asiente, bajando la mirada hacia su taza.

El silencio se instala. Solo el tic-tac de un reloj enorme decora la escena.

Y entonces, unos pasos. Lentos, despreocupados.

Crujen en la escalera como un presagio.

Me giro, casi temiendo lo que voy a encontrar.

Y ahí está.

Mónica.

Vestida solo con una de las camisas de mi padre, desabotonada hasta casi el ombligo. Sus piernas largas, bronceadas, desnudas. Se pasea como si fuera la reina del lugar. Sonríe, me mira con esa expresión plástica, perfectamente falsa, y dice con voz melosa:

—¿Y esta preciosidad quién es?

Todo se detiene. Mis dedos se aflojan. La taza cae. El café se derrama en el suelo con un estruendo que me parece un disparo.

—Sara, ¿qué te pasa? —dice mi padre mientras me agarra del brazo. Me sacude un poco, como si eso sirviera para despertarme del trance.

Pero yo no estoy dormida. Estoy atrapada en una pesadilla. Una pesadilla con nombre, piernas infinitas y voz de serpiente.

—No… —susurro—. No puede ser. No puedes hacerme esto.

—¿Pero ¿qué…? —empieza a decir él, genuinamente desconcertado.

Mónica sonríe con suficiencia, pero mi padre no lo sabe, no lo ve.

—¿Cuánto hace que la conoces? ¿Desde cuándo está aquí? —grito, retrocediendo un paso.

—Sara... —dice mi padre—. La conocí hace un par de días. En un bar. Me pareció encantadora. ¿Qué pasa?

—¿Qué pasa? ¿QUE QUÉ PASA?

La náusea me revienta en la boca del estómago. Las manos me tiemblan. Siento una mezcla de furia, repulsión y algo mucho más profundo: una herida que se abre de nuevo, sangrando de golpe.

—Hace dos días... estabas tomando algo... con Mónica...

—Sí —responde con torpeza—. No lo entiendo, ¿te molesta? ¿Por qué? ¿La conoces?

Y en ese momento no puedo más.

Corro hacia la puerta. Me lanzo escaleras abajo.

—¡Sara! —me grita él—. ¡Espera! ¡Explícame qué está pasando!

Pero no puedo. No quiero. No hay palabras que puedan traducir lo que siento. Ni siquiera sé cómo estoy de pie.

Salgo a la calle.

El sol me golpea como una bofetada. El asfalto me parece una piscina de lava.

Vomito. Ahí mismo, en la esquina, mientras el portón blanco de su garaje se funde con mi rabia.

Camino. No sé a dónde.

Las calles de Málaga son un borrón. Reconozco fachadas, parques, árboles... pero no soy capaz de conectar con nada.

Todo me parece ajeno. Irreal.

Durante horas, camino. Estoy deshecha.

No he comido. No tengo fuerzas, pero algo dentro de mí no me deja parar.

Es como si huir pudiera borrar lo que he visto.

Finalmente, ya cayendo la tarde, mis pasos me llevan al paseo marítimo, frente a la playa que hay a escasos metros de casa de Aitana.

Me siento en la arena. El viento huele a sal. A naranjos. A casa y a nada.

Saco el móvil. Tengo otro mensaje de Aitor.

"Como no tenga noticias de ti cuando acabe el partido, vas a conocer quién soy Sara."

Miro la pantalla mucho rato.

Abro otra conversación, esta vez con Aitana. Luego tecleo con lentitud: *"Estoy en la playa frente a tu casa. No te preocupes, no quiero molestar. Solo necesito estar sola un rato. Sé que trabajas, no hace falta que salgas. Es que he perdido el vuelo."*

Y me quedo allí. Con la piel salada, los ojos secos, y el corazón hecho trizas.

No puedo contestar a Aitor, quien probablemente acabó el partido hace rato, pero todo esto que siento, es un rechazo inmenso. Sé que no es su culpa, pero estoy tan impresionada. Solo necesito ordenar mis ideas. Ni si quiera he barajado la posibilidad de ir al aeropuerto y coger el vuelo de vuelta a casa.

Sigo sentada en la arena, con la mirada perdida en las pequeñas olas que rompen cerca de mis pies. Las rodillas recogidas, los brazos abrazando mis piernas. El teléfono sigue en mi mano, como una prolongación de mí misma. Vacía. Silenciosa.

Entonces el teléfono vibra. Una nueva notificación. Laia.

Respiro hondo antes de abrir el mensaje.

"Hola, ¿cómo va todo? Kovu está perfecto. No quiero molestarte porque sé que son momentos difíciles, solo quería decirte que el profesor preguntó por ti y le conté que tuviste que viajar a Málaga. Lo ha entendido perfectamente."

Mi garganta se cierra un poco, pero sigo leyendo.

"Pero nos han reunido a unos pocos que estábamos aún por la universidad porque, por lo visto, a la hora de comer se reunió el jurado... y que sepas que has ganado el concurso."

Parpadeo.

No entiendo bien. ¿He... qué?

"Llámame cuando puedas. Enhorabuena, cariño."

Me quedo en silencio.

Todo el ruido de la ciudad desaparece por un instante.

Solo la brisa del mar, mi respiración temblorosa, y las palabras de Laia repitiéndose en bucle en mi cabeza.

Has ganado. Siento que debería sonreír. Que debería saltar, emocionarme, llorar de alegría.

Pero solo lloro.

Porque la emoción y la tristeza se mezclan en un cóctel imposible.

Porque llevo tantas cosas encima que ya no distingo si el temblor de mis manos es por nervios, por agotamiento o por haber visto a Mónica abriendo la nevera de la casa donde crecí.

Has ganado.

Mis dedos acarician el móvil. Leo de nuevo las últimas palabras.

"Enhorabuena, cariño."

Y ahí, por fin, dejo escapar una sonrisa pequeña, rota, pero sincera.

Porque algo en medio del caos ha salido bien.

Porque entre tanta oscuridad... se ha colado una chispa de luz.

Y aunque esté lejos de Aitor, aunque aún no sepa cómo voy a recomponerme de lo de esta mañana, aunque el dolor siga ahí, en mi estómago, en mis huesos...

He ganado.

Mi arte. Mi trabajo. Mi forma de existir cuando todo lo demás parece que se derrumba.

Acaricio la pantalla y le escribo a Laia:

"Gracias. No sabes cuánto significan tus palabras ahora mismo. Luego te llamo. Te quiero."

Guardo el móvil en la mochila, y por primera vez en todo el día, me permito recostarme en la arena.

Miro al cielo. Está teñido de los colores rosas y naranjas del atardecer, en el que las primeras estrellas comienzan a asomar.

Pienso en mi abuela.

En su voz, en sus manos, en cómo siempre me decía: "tú pinta, niña, que en tus manos está tu verdad."

Cierro los ojos.

Y por un segundo, me siento acompañada.

Puedo pasar así dos o tres horas.

En realidad, podría quedarme aquí toda la noche.

Sentada sobre la arena, con las piernas encogidas, la barbilla apoyada sobre las rodillas. Veo a la gente caminar por el paseo, parejas cogidas de la mano, niños con bicicletas pequeñas, abuelos en chándal con sus pasos lentos y confiados.

Pero todo eso es ruido blanco para mí.

No estoy aquí. Estoy suspendida en un lugar donde solo hay confusión, pena, amor, cansancio y un silencio dentro de mí que me pesa más que cualquier palabra.

Entonces, vibra el teléfono.

Aitor.

La pantalla parpadea en mi mano como si también respirara, y de repente todo ese letargo se rompe.

El corazón me pega un vuelco en el pecho. No se merece esto. No mi silencio. No mi manera de desaparecer sin explicaciones. Tengo que cogerlo.

Aunque no sepa por dónde empezar.

—¿Hola? —respondo, con la voz más suave de lo que pensaba.

—Hola, rubia. Me tienes preocupado, ¿lo sabes, no? —. Solo su tono ya me parte en dos.

Me encoge el alma.

—Aitor, lo siento mucho… Es que… ha pasado tanto en tan poco tiempo. Te tengo que contar algo, pero…

—¿Has perdido el avión a casa, Sara?

Me quedo en silencio.

—¿Y tú cómo sabes eso?

—Date la vuelta— dice, con un leve tono de sonrisa en la voz —Déjame ver esa cara preciosa.

Mi pecho se paraliza.

Me giro, sin entender, sin saber qué esperar…

Y ahí está.

De pie, vestido con un chándal largo gris claro, con el pelo algo revuelto y ese brillo en los ojos que solo él tiene. Lo más bonito que he visto en mi vida.

Porque en cuanto lo veo, todo lo que hay dentro de mí se calma.

La pena, la angustia, la confusión.

Eso es amar.

Que alguien se convierta en tu hogar. Que cuando todo dentro de ti está roto, esa persona se siente cerca... y entonces respiras. Solo por su existencia.

Corro hacia él como una loca.

Me cuelgo de su cuello como si fuera un salvavidas en medio de la tormenta más feroz. Le beso la cara, el pelo, la frente, la nariz, hasta acabar en sus labios. Un beso que no se parece a ninguno. Es mi manera de pedir perdón.

De decirle "te he necesitado cada segundo".

Lloro. Lloro sin control. Y él me abraza tan fuerte que no sé si soy yo la que tiembla... o su corazón que late igual de rápido que el mío.

—Mi niña... ¿qué te pasa?

Su voz se rompe.

—Siento muchísimo lo de tu abuela. De verdad. Pero esto... esto me lo tenías que haber dicho.

—No quería preocuparte, Aitor... Estabas viajando, tenías partido, y pensé que estaría de vuelta antes de que tú llegaras siquiera...

—No vuelvas a hacer eso. No más —dice con ternura firme, mientras me recoge el pelo detrás de la oreja—. Yo tengo que estar contigo en lo bueno... y mucho más en lo malo.

No sé cómo explicarlo, pero su presencia me sostiene.

Como si hasta ese momento hubiera estado cayendo por un pozo oscuro... y sus brazos me hubieran detenido justo antes de tocar fondo.

Me guía hasta un coche aparcado a pocos metros. Supongo que es alquilado. Tiene todo lo necesario para parecer discreto, práctico... pero en este momento me parece el coche más bonito del mundo.

Nos sentamos dentro, aún sin decir mucho.

Él arranca el motor y empieza a conducir, y aunque no tengo idea de hacia dónde vamos, tampoco pregunto. Porque no lo veo perdido. No lo parece.

—Aitor… estás en Málaga. En serio… ¿cómo? ¿Qué has hecho?

Entonces me mira de reojo, con esa media sonrisa que no enseña dientes, la que guarda solo para mí.

— Cuando esta mañana estabas viendo los mensajes y no contestabas sabía que estaba pasando algo, pero tú no estabas por la labor princesa. Entonces llamé a mi madre y la obligué a llamar a la tuya, quien después de 3 horas contestó y le dijo que estabas en Málaga por lo de tu abuela, y le dio el teléfono de tu amiga Aitana. Entonces cuando acabé el fútbol la llamé, la verdad es que flipó un poco, pero me dijo dónde estabas. Entonces alquilé un coche en Sevilla, y aquí estoy guapa. Por ti habría venido corriendo.

—¿Así, sin más?

— Así sin más Sara.

Sus dedos, mientras conduce, alcanzan mi mano.

Me la aprieta.

—Y he venido porque no pienso dejar que te enfrentes sola a esto.

22

AITOR

El coche avanza con suavidad por las calles tranquilas de Málaga. Las luces de la ciudad reflejan destellos suaves en el rostro de Sara, que mira por la ventanilla en silencio. No dice nada, pero siento cómo su cuerpo se relaja poco a poco desde que la recogí. Como si sólo mi presencia le hubiera devuelto un pequeño rincón de paz.

No es suficiente.

Quiero dársela toda.

—Te voy a llevar a un sitio —le digo, apretando con suavidad su mano.

—¿Dónde vamos?

—Lo sabrás en un par de minutos.

Aparco frente al hotel Palacio Miramar, un cinco estrellas clásico y elegante con vistas al mar. Uno de esos lugares que huelen a mármol, calma y cuidado. Ella me mira con los ojos entrecerrados.

—¿Has reservado aquí?

—He reservado para nosotros dos, sí.

—Aitor...

—Nada de peros. Esta noche vas a dormir tranquila. Y si me dejas, voy a abrazarte hasta que se te pase todo, aunque no se te pase nunca.

Ella me mira como si intentara memorizarme. Y entonces escribe algo rápido en el móvil. Supongo que es Aitana.

Ya en la habitación —una suite decorada con gusto, luz cálida y sábanas que parecen nubes—, dejo su maleta en una esquina, aunque sospecho que apenas trae ropa. No importa. Hoy no nos hace falta nada.

Sara se sienta al borde de la cama. Sus piernas colgando, la mirada algo más baja.

Sé que algo le ronda la cabeza. No solo la tristeza por su abuela.

—¿En qué piensas?

Tarda un momento en responder.

Y cuando lo hace, lo suelta sin filtros.

—Respecto a lo que me estabas diciendo antes... me gustaría poder decirte que todo esto, lo que siento... lo que me pasa, es solo por mi abuela. Pero no es el caso.

Me pongo en tensión.

—¿Cómo que no es el caso?

Sara alza la vista, sus ojos fijos en los míos. Y ahí veo otra tormenta, una distinta.

—Hoy he ido a casa de mi padre. Quería... no sé, tener un momento de paz con él. Aunque fuera breve. No hablamos desde hace meses, y pensé que... después de lo de mi abuela... quizá podría surgir algo. Cualquier cosa.

Traga saliva.

—Estábamos hablando, todo bien dentro de lo que cabe. Hasta que bajó alguien por las escaleras.

Siento que algo en mi estómago se revuelve.

—¿Quién?

—Mónica.

El mundo se queda en silencio. Tardo varios segundos en reaccionar.

—¿Qué?

—Venía solo con una camisa de mi padre, Aitor. Como si viviera allí. Le dio un beso en la boca delante de mí, y luego, como si nada, fingió no conocerme. Me miró como si fuera una desconocida. Y le preguntó a mi padre que quién era esa chica tan mona.

Me levanto de la silla de golpe, y empiezo a caminar por la habitación.

Mi cabeza se llena de imágenes.

Y ninguna encaja.

Ninguna tiene sentido.

—Eso no es posible —murmuro—. Esto… esto ya no es casualidad.

Me vuelvo hacia ella, que me mira con el ceño fruncido, esperando respuestas.

—Sara, si ella me está chantajeando y me amenaza con fotos que, por más que le doy vueltas, no podría tener de ninguna manera…

—¿Y crees que…?

—Creo que hay alguien más detrás. Alguien que la protege, que le facilita las cosas, que le da poder. Y no tengo ni idea de quién, pero todo esto… tu padre, ella, su chantaje, los tiempos… hay una conexión.

Sara se queda en silencio. Sus manos entrelazadas sobre el regazo.

—Voy a descubrirlo todo, estoy seguro —le digo acercándome. Me agacho frente a ella, apoyo las manos en sus rodillas—. Voy a ir hasta el final. Porque esto ya no es solo por mí. Es por ti. Y por todo lo que nos están intentando quitar.

—Tengo miedo —dice ella, en un susurro que me rompe.

—Yo también. Pero no pienso darles el gusto.

Y no voy a dejarte sola. Ni una sola vez más.

Se inclina hacia mí, apoya la frente en mi pecho. Y ahí, en ese gesto, hay más confianza que en mil promesas.

Después de todo lo que ha pasado, solo quiero detener el mundo. Aunque sea por un par de horas. Aunque sea por una noche.

Entro al baño y dejo correr el agua caliente en la enorme bañera de mármol blanco. Echo un puñado generoso de sales de baño de lavanda, que empiezan a disolverse lentamente mientras el vapor sube acariciando el espejo. La habitación se llena de ese aroma suave, limpio, que casi parece una caricia en sí misma.

Sara entra descalza, con una bata de hotel que se le escapa por el hombro izquierdo. Me mira sin decir nada. Solo asiente con los ojos, como si entendiera perfectamente lo que intento hacer por ella esta noche.

Cuando el agua está en su punto, se mete lentamente en la bañera. Su cuerpo se hunde hasta el cuello y cierra los ojos. Un suspiro se escapa de sus labios. Me arrodillo fuera de la bañera, a su espalda. Hundo una esponja en el agua y empiezo a deslizársela por los hombros, con movimientos lentos, suaves, sin prisa. Recorro su cuello, su espalda, y siento cómo la tensión empieza a disolverse centímetro a centímetro bajo mis dedos.

—Quiero cuidarte —le susurro en la nuca—. Quiero mimarte. Quiero que se te borren de la piel los últimos dos días. Quiero que todo esto pese menos.

Ella no responde. Solo inclina la cabeza hacia un lado, ofreciéndome el cuello, como si se entregara por completo a mis manos.

Empiezo a mojarle el cabello. Le echo con cuidado un poco de champú en la raíz y empiezo a masajear con las yemas de los dedos. Pequeños círculos, lentos, mientras el vapor lo envuelve todo y el tiempo parece ralentizarse a nuestro alrededor. Como si el universo nos diera una tregua.

—Así podría pasarme la vida —murmuro, sin darme cuenta.

Sara abre los ojos despacio, con una expresión de paz que no le había visto desde hace días. Pero también con un brillo distinto, como si una idea se le estuviera formando.

—Todavía hay más.

—¿Cómo? —le acaricio la frente, entre preocupado y cansado—. Sara… no estoy preparado para más emociones, por favor. Déjame pensar que esta noche va a ser tranquila.

Ella se ríe muy bajito, con esa risa dulce que le nace desde dentro.

—No… espera. Esto es bueno. De verdad —Se gira en la bañera y me mira con los ojos brillantes de emoción—. Me ha mandado un mensaje Laia. Dice que hoy, mientras estaba todo pasando, el jurado se reunió. Y que el profesor nos citó a unos cuantos al terminar la tarde.

—¿Y?

—He ganado el concurso, Aitor —Su voz se rompe un poco al decirlo, como si no terminara de creérselo—. ¡Voy a exponer en San Telmo! Dentro de dos semanas. ¡Mi mural fue el elegido!

Tardo un segundo en reaccionar. Como si no pudiera procesar algo tan bueno en medio del caos.

Y entonces me río. Me río como un niño. Le mojo la cara con las manos, le doy un beso en la frente, otro en la mejilla.

—¡Claro que sí, joder! ¡Lo sabía! ¡Sabía que ibas a ganar!

Sara empieza a llorar, pero esta vez no son lágrimas de angustia. Son de alivio. De alegría. De justicia.

—Estoy tan orgulloso de ti —le digo, con el corazón en la garganta—. Vas a arrasar. Van a verte todos. Van a saber lo que vales. Aunque yo ya lo supe desde el primer día que te vi con ese bloc de dibujo en las manos, mirando el acantilado como si pudieras redibujar el mundo.

Ella se incorpora un poco y me lanza agua con una carcajada. Yo finjo escandalizarme. Nos salpicamos y entonces me meto con toda la ropa en la bañera. Reímos. Durante unos minutos, somos solo eso: un chico y una chica, enamorados y felices, dentro de una bañera, con espuma hasta los hombros y las emociones a flor de piel.

Esa noche, sé que todo lo que está por venir va a ser difícil. Pero también sé que no hay nada que no podamos enfrentar juntos.

Después de hacer el amor como nunca en mi vida, como si el mundo fuera a acabarse esta noche y solo pudiéramos salvarnos en la piel del otro, Sara se ha quedado dormida entre mis brazos. Su respiración tranquila, el leve movimiento de su pecho subiendo y bajando, ese mechón rubio caído sobre su mejilla… Todo en ella me susurra que esto es lo más cerca que he estado de la paz, divinidad absoluta. Devoción por esta mujer es lo que siento. Y yo, que siempre he vivido de impulsos, siento que este es el más importante de todos.

Salgo con cuidado de la cama sin despertarla. Miro el móvil. Son las 3:27 de la madrugada. Me visto en silencio y salgo a la terraza del hotel para hacer unas llamadas. Un amigo mío de la cantera me pasa un contacto: vuelos privados, discretos, fiables. Todo de confianza.

Cierro el trato rápido. No me importa el dinero ahora mismo. Lo único que quiero es que ella sepa cuánto vale todo esto para mí. Lo que ella vale para mí.

El Míster va a freírme vivo el lunes por irme después del partido, aunque hayamos ganado. Pero ese será un problema de "yo del lunes". Hoy soy solo un hombre enamorado con ganas de celebrarlo y tengo el sábado y domingo completos.

A las 6:50 en punto, vuelvo a la habitación. El amanecer entra a cuentagotas por las cortinas y baña su figura dormida en la cama. Me acerco, la beso en el hombro desnudo.

—Rubia… despierta —susurro.

Ella gruñe medio dormida, se revuelve, abre un ojo.

—¿Qué hora es…?

—Las siete. Nos vamos al aeropuerto.

—¿Cómo que al aeropuerto? ¿Nos volvemos ya?

—Sí, pero a mi manera —sonrío, cómplice.

Sara se levanta y saca de la maleta un vestido precioso de punto color vainilla, que se ciñe a su figura como si estuviera hecho para ella. Se pone unas medias negras tupidas y unas botas altas de tacón. Se recoge el pelo en un moño bajo, casual, y se pinta los labios de rojo. Roja pasión. Roja condena. Roja bendición.

Desayunamos rápido en el buffet. Café, frutas, pan con aceite y jamón. Ella está tranquila, feliz. Aunque no sospecha nada.

—¿Entonces vamos a volver en avión? —me pregunta, limpiándose los labios con una servilleta—. ¿Vamos en turista o cómo?

—En avión, sí. Pero tú solo déjate llevar. Lo tengo todo organizado.

Ella frunce el ceño, divertida, mientras salimos en el coche.

El trayecto hasta el aeropuerto de Málaga dura unos veinte minutos. Pero no vamos a la terminal normal, sino a una entrada especial, alejada del bullicio del aeropuerto comercial. Ahí se encuentra la Terminal de Aviación Privada, también llamada "Terminal Ejecutiva".

Un guardia de seguridad abre la verja metálica tras confirmar nuestros nombres en la lista. Entramos con el coche directamente hasta el edificio de cristal. Allí nos espera un asistente vestido de negro con una carpeta en la mano.

—Señor Ibarrola, bienvenida señorita.

Sara me mira con los ojos como platos.

—¿Qué es esto, Aitor?

—Relájate y disfruta —le digo mientras le agarro la mano.

En la terminal privada no hay colas, ni controles masivos, ni esperas. Todo está pensado para la comodidad y la privacidad. El personal nos acompaña a una sala VIP donde nos ofrecen café y bollería. En menos de diez minutos nos avisan de que el avión está listo.

Un coche negro nos lleva por la pista directamente hasta el jet. El sol ya empieza a subir en el cielo y el fuselaje blanco del avión brilla como una promesa.

Sara se tapa la boca, entre nerviosa y sorprendida.

—Oye… ¿no es un poco ostentoso coger un avión privado para volver a casa? ¿No podríamos haber volado en turista como personas normales?

Me río, la tomo por la cintura y la acerco a mí.

—Eso es lo que más me gusta de ti. Que podrías tenerlo todo, pero te conformas con nada —La beso en la frente—. Pero deja que esta vez te devuelva, aunque sea una parte de todo lo que me das sin pedir nada.

Subimos por las escaleras del jet. Dentro, todo es silencio, madera clara y piel blanca. Asientos anchos como butacas de cine, ventanas grandes, champagne frío esperándonos.

—Vas a flipar cuando veas lo que tengo montado —le digo mientras nos sentamos, y le lanzo una mirada traviesa.

Sara se abrocha el cinturón sin quitarme los ojos de encima, con una sonrisa que dice que ya sabe que lo va a flipar… pero que, aun así, se va a dejar sorprender.

El cielo está despejado. Volamos sobre nubes blancas que parecen algodón suspendido. Sara está mirando por la ventana, absorta, jugando con un mechón de su pelo y con una sonrisa distraída.

Entonces se oye por los altavoces, con voz educada y profesional:

—Buenos días, señores pasajeros. Estamos en ruta hacia el aeropuerto de Le Bourget, París. Tiempo estimado de vuelo, 2 horas y 10 minutos. Que tengan un excelente viaje.

Sara se queda congelada. Gira lentamente la cabeza hacia mí con los ojos desorbitados.

—¿París?

Yo me muerdo el labio para contenerme, pero no lo logro. Ella se lleva las manos a la boca como una niña ilusionada y corre hacia mí por el pasillo del jet. Se lanza sobre mí, se me tira encima con una carcajada y me planta un beso en los labios que me deja sin aire.

—¡París! Pero estás completamente loco, Aitor. ¡Deberíamos volver a casa! —dice entre risas, sacudiéndome por los hombros.

—Sara —le susurro al oído mientras la rodeo con los brazos—. Lo que estoy es loco por ti. Y si no aprovechamos la vida ahora, ¿cuándo? ¿Cuándo vamos a hacer todo lo bueno, todo lo salvaje, todo lo mágico? Contigo, todo es posible. No hay límites. No hay reloj.

Ella me abraza tan fuerte que parece que quiera fundirse conmigo. Después se recuesta sobre mi pecho, suspira, y dice con voz bajita:

—No me sueltes nunca.

La ciudad nos recibe con su cielo gris claro y ese aire melancólico y encantador que solo París tiene. El coche privado que nos espera en Le Bourget nos lleva directo al centro mientras Sara no deja de mirar por la ventanilla como si fuera una niña viendo un castillo por primera vez. El Sena, los puentes, los tejados de pizarra… cada rincón parece pintado por ella misma. Comemos en un restaurante pequeño y exquisito en Saint-Germain. Foie gras, risotto de trufa, vino blanco frío. Cada plato es una obra de arte, y Sara los degusta como si cada sabor se quedara en su alma.

Luego caminamos hasta el Louvre. Su cara al ver la pirámide de cristal me deja sin palabras. Se le iluminan los ojos, literalmente.

—Aitor… —me dice con un hilo de voz—. Estoy en uno de los sitios que más he soñado toda mi vida.

Entramos. Paseamos de sala en sala. Y entonces ella se transforma. Cada vez que paramos ante una pintura, me explica la técnica, el contexto histórico, el simbolismo. Habla de pinceladas, de texturas, de alma. Con cada palabra, yo me enamoro un poco más. Es como ver el arte a través de sus ojos.

Sara no solo mira el arte. Ella siente el arte. Y yo, mientras tanto, la siento a ella como mi obra maestra personal.

El sol está cayendo y las calles de París empiezan a encender sus faroles. Caminamos de la mano, sin prisa. Pasamos por la Rue du Faubourg Saint-

Honoré, una calle elegante llena de boutiques y escaparates que parecen joyas. Entonces lo veo: un atelier impresionante. En el escaparate hay un vestido de alta costura que parece salido de un sueño. Justo al lado, trajes a medida para hombre, de esos que se cortan sobre la piel como si fueran caricias.

Tiro de su mano.

—Vamos a ponernos guapos esta noche.

—¿Qué estás tramando, señor Ibarrola?

—He reservado en un restaurante con vistas, pero no cualquier vista. Vamos a cenar como si estuviéramos volando sobre la Torre Eiffel.

Ella se ríe, se mete en la tienda sin rechistar. La encargada la lleva a los probadores mientras yo me dejo llevar por un sastre hacia el otro lado.

—No puedes ver mi vestido —grita ella desde el probador.

—Ni tú mi traje —respondo, divertido, mientras me pruebo una americana gris oscura con cuello de seda. Me miro al espejo. ¿Quién es este hombre con traje a medida y sonrisa de enamorado? No lo sé, pero me gusta.

Estoy esperándola en el salón principal del hotel, junto a la chimenea de mármol blanco, con una copa de vino en la mano. La madera del suelo cruje con cada paso discreto de los camareros, el murmullo de la ciudad se cuela tenue por los ventanales, y un cuarteto de cuerda toca jazz suave en directo. Pero todo eso desaparece cuando la veo aparecer al final del pasillo.

Mi corazón se detiene.

No es solo guapa. Es una visión. Un golpe al pecho. Un "no puede ser real".

Lleva un vestido de etiqueta en color vino oscuro, satinado, que le abraza el cuerpo como si hubiese sido diseñado exclusivamente para su figura. Es un corte sirena elegante, con la espalda al descubierto y un escote que cae en pico hasta el centro del pecho, dejando entrever sus clavículas perfectas. La tela fluye a cada paso como si bailara con ella.

Los tacones —negros, de aguja finísima y con detalles brillantes en los tobillos— le estilizan las piernas de una forma que roza lo ilegal. No entiendo cómo se puede caminar así y parecer ligera como una pluma al mismo tiempo.

Lleva el pelo recogido en un moño pulido, con algunos mechones sueltos cayéndole sutilmente sobre la cara, acariciando su piel. Los labios, rojo intenso. Perfectos. A juego con las uñas. A juego con todo su porte, con todo su poder.

Y sus ojos… esos ojos turquesa. Brillan más que las luces de la ciudad que respira tras los cristales del hotel. Más de una persona se queda mirándola descaradamente.

—¿Qué? ¿Demasiado? —me pregunta con una sonrisa coqueta mientras baja los últimos escalones hacia mí.

Yo solo puedo quedarme callado durante unos segundos. Literalmente me tengo que recordar cómo respirar.

—Demasiado perfecta, sí. Eso sí que eres —le digo sin apartar la mirada ni un segundo.

Ella se muerde el labio, divertida, como si supiera el efecto exacto que tiene sobre mí.

—Tú tampoco estás nada mal —añade mientras me repasa de arriba abajo. Llevo un traje azul medianoche de solapas de seda, camisa blanca y un reloj que casi no me pongo nunca. Pero esta noche merecía ponerme todo.

Le ofrezco mi brazo y cuando ella lo enlaza con el suyo siento que somos la pareja más imparable del mundo.

—Vamos a cenar, rubia.

—Vamos a volar, Aitor —me responde.

Y justo en ese instante me doy cuenta de algo: todo lo bueno que había imaginado en la vida se queda corto comparado con este momento. Porque si esto no es magia, no sé qué lo es.

No me acostumbro a verla así. Ni quiero hacerlo. Cada vez que la miro, me atraviesa una descarga eléctrica, como si mi cuerpo supiera que está frente a algo que no debería tener tan cerca. Y, sin embargo, aquí está. Sentada frente a mí. En la mesa más bonita del restaurante. Con París rendida a sus pies, y yo detrás.

La ciudad brilla bajo nosotros. Miles de luces parpadean como si cada farola, cada ventana, cada reflejo en el Sena se hubiera encendido solo por ella. La Torre Eiffel vibra suave con el viento, y el cielo se ha teñido de violeta oscuro. Es como si todo lo de abajo quedara muy lejos. Como si el mundo, por unas horas, nos hubiera dejado escapar de todo.

Sara juguetea con su copa de vino mientras mira por la ventana. No dice nada aún. Ni falta que hace. Su presencia es suficiente.

—¿En qué piensas? —le pregunto.

Gira la cara hacia mí. Y sonríe. Su sonrisa. Joder.

—En lo surrealista que es esto. París, tú, el vestido, este sitio… —dice, levantando la vista al techo de cristal—. ¿Cómo voy a volver a mi vida normal después de esto?

—¿Y quién ha dicho que tengas que volver a una vida normal? —le contesto, sin pensarlo. Me sale solo.

Levanta una ceja.

—¿Qué estás insinuando?

—No lo sé. Solo que… —respiro hondo, bajo un poco la voz—. Estoy empezando a pensar que mi vida normal eras tú, solo que no lo sabía.

Sara se queda callada un segundo, como si no esperara eso. Como si no supiera cómo encajarlo.

—No me digas esas cosas aquí. París hace que todo suene más real.

—Es que lo es.

Se muerde el labio. Sabe que no estoy bromeando. De pronto, cambia el tema, como para bajar la intensidad.

—¿Te imaginas dentro de diez años? —me dice, sirviéndose un poco más de vino—. No sé, ¿tú con tu carrera de entrenador, yo pintando en alguna ciudad con nombre impronunciable?

—¿Tú crees que pintarás donde tenga nombre impronunciable?

—Sí. Me pega, ¿no? Imagíname con un gorrito ridículo, un gato raro y olor a trementina en las manos. Además, te seguiré al fin del mundo Aitor, eso lo debes tener claro.

—Te imagino, sí. Aunque el gorro ese lo quemaría.

Se ríe. Dios, qué risa tiene.

—¿Y tú? ¿Te ves? ¿Futuro, hijos, rutina?

Me quedo en silencio un segundo. No por miedo, sino porque me sorprende lo mucho que me gustaría.

—Contigo, sí. Todo eso. Me daría igual dónde, pero contigo. Me veo llevándote cafés mientras pintas, escuchando a nuestros hijos romper la casa mientras tú gritas "¡no toquéis los lienzos!" desde el otro cuarto. Me veo volviendo a casa y encontrándote descalza, con música jazz sonando y tú pintando como si el mundo no existiera.

Sara traga saliva.

—No me digas esas cosas, Aitor. De verdad, no juegues así.

—No estoy jugando.

Baja la mirada, como si le costara sostenerme la intensidad. Lo entiendo. Yo mismo no sé cómo manejarlo.

Pero entonces levanta los ojos. Y ahí está. Esa luz. Ese brillo.

—¿Y si no es una locura? ¿Y si... realmente este viaje no es solo un viaje?

Le tomo la mano sobre el mantel.

—Entonces, rubia, será el principio de todo.

23

SARA

El camarero acaba de retirar los platos. La copa de vino se balancea en mi mano. Mi corazón también.

Aitor me mira. Pero esta vez no es como antes. Esta vez hay algo distinto. No es deseo. No es juego. Es… decisión. Determinación. Emoción. Lo veo tragarse el aire con fuerza, como si por dentro hubiera una batalla que acaba de resolverse.

Entonces se pone de pie, pero no se va. Rodea la mesa, viene hacia mí.

—¿Qué haces?

No me contesta. Solo sonríe. Y sin decir nada más, se arrodilla. En medio del restaurante. En París. Con la ciudad entera brillando detrás.

¡Se arrodilla!

Y saca una pequeña caja de terciopelo oscuro del interior de su chaqueta. La abre despacio, como si el mundo se hubiera ralentizado para que ese gesto no se le escapara a nadie. Y ahí está. Un anillo. De diamantes. Precioso. Elegante. Brillante como la noche que nos envuelve.

Pero no es el anillo lo que me deja sin aliento. Es lo que él dice:

—Sara, cuando te conocí, no tenía ni idea de que el amor pudiera doler tanto… de lo bueno que es. Me enfrenté a ti como un idiota porque lo único que sabía era pelear. Pero tú… tú me has enseñado a rendirme. A no tener miedo. A mirar mi vida con otros ojos. Me has desmontado, rubia.

252

Has entrado en cada grieta de mi historia y has llenado de luz cada rincón roto.

Siento las lágrimas en mis ojos. Se me escapan sin permiso. Él continúa, su voz más baja, más temblorosa:

—Yo pensaba que estaba condenado a vivir a medias. Que no merecía un futuro limpio. Hasta que llegaste tú. Con tus pecas, tus pinturas, tu carácter. Con tu voz. Con tu forma de mirar. Y ahora ya no quiero imaginar ni un solo día más sin ti. Ni una sola noche sin tenerte cerca. No quiero seguir viviendo momentos contigo. Quiero vivir una vida entera.

Traga saliva.

—Sara, mi rubia. Mi tormenta y mi calma. ¿Quieres casarte conmigo?

El mundo se detiene. No hay camareros. No hay música. No hay París. Solo él. Arrodillado. Esperando. Mirándome con una ternura que me arrastra entera.

Yo me llevo las manos a la boca. No puedo hablar. Solo lloro. Lloro como si se me estuviera desbordando el alma.

Y entonces asiento. Con fuerza. Con todo el cuerpo. Con todas mis ganas.

—Sí. Claro que sí. Sí, Aitor. Sí.

Se levanta, me pone el anillo con cuidado, como si temiera romperme, me queda grande pero no pasa nada. Yo me lanzo a sus brazos y el restaurante entero aplaude, pero no los oigo. Solo oigo su corazón. Solo siento sus labios en mi frente, en mi nariz, en los míos.

Y ahí, en lo alto de París, le digo al oído:

—Nunca he estado tan segura de nada en toda mi vida.

París ha enmudecido para mí. No hay más sonido que el de su voz, no hay más luz que la de sus ojos. Pero cuando salimos del restaurante, envueltos en un silencio cómplice, la ciudad nos recuerda que sigue viva… y que llueve. Una lluvia inesperada, fina al principio, pero enseguida intensa, entregada, como si el cielo no pudiera contener la emoción de lo que acaba de ocurrir entre nosotros.

—Corre —me dice Aitor, tirando de mi mano mientras reímos, sin importar nada.

Pero no corremos demasiado. A los pocos pasos, ya estamos calados. El vestido de alta costura, empapado. Mis tacones chapotean. Su traje perfectamente entallado se ciñe como una segunda piel.

Y aun así... somos felices. Reímos, como niños que se han escapado de todo.

Cuando llegamos al hotel, entramos como una explosión. Las puertas giratorias apenas pueden seguir nuestro ritmo. Aitor no espera el ascensor. Me empuja con suavidad hacia dentro y nos quedamos solos mientras subimos. Sus dedos tiemblan cuando me aparta un mechón mojado del rostro. Yo también tiemblo. No sé si es de frío, o de él.

Pero lo sé cuándo las puertas del ascensor se abren: es de él.

Abre la puerta de la suite y apenas cerrarla, su boca está en la mía. No hay pausa, no hay respiro, no hay contención. Aitor me besa como si tuviera que salvarme la vida, como si fuera la última vez. Me alza en brazos, mis piernas se enredan en su cintura, su cuerpo me quema a través de la ropa mojada.

Me deja caer con cuidado sobre la cama, sin dejar de besarme.

—Estás preciosa así, empapada —susurra con la voz rota.

Yo no respondo con palabras. Mis dedos van a su camisa empapada, la abro con ansiedad, con hambre. Se la arranco. Él me ayuda con la cremallera de mi vestido, que se pega a la piel. Cada centímetro que se libera es un alivio, una necesidad. Nos desnudamos como si nos quemara la ropa, como si no existiera el pudor ni el tiempo.

Nos miramos por un segundo. Él, de pie, desnudo, su piel húmeda, sus ojos fijos en mí. Yo, arrodillada sobre la cama, con el vestido ya por el suelo, la respiración agitada y el corazón en llamas.

—Ven —le digo—. Ya somos uno. Solo falta que el mundo lo sepa.

Nos amamos despacio al principio, y luego con desesperación. La lluvia golpea las ventanas, pero dentro solo se oye nuestra respiración. Sus manos recorren mi cuerpo con una ternura que me estremece. Yo me aferro a él como si temiera desaparecer. Y quizá lo hago, quizá desaparezco y me convierto en fuego, en agua, en él.

Cuando llegamos al clímax, es como si todo se detuviera. Como si no hubiera París. Como si no hubiera mundo.

Después, aún desnudos, envueltos en las sábanas suaves y blancas del hotel, me acaricia el hombro con la yema de los dedos. Yo tengo la cabeza sobre su pecho y escucho su corazón. No digo nada. Solo lo siento. Siento que este es el lugar donde quiero quedarme toda la vida.

—¿Sabes qué me da miedo? —dice, casi en un susurro.

—¿Qué?

—No poder darte todo lo que mereces.

Me incorporo un poco, le miro a los ojos.

—Tú ya me lo estás dando todo, Aitor. Eres mi casa, mi tormenta, mi calma… eres mi vida. No necesito más.

Nos besamos de nuevo. Y el resto de la noche es nuestra.

Han sido, sin ninguna duda, las 48 horas más intensas de mi vida.

Aún estoy sentada en el avión, mientras veo la costa desde la ventanilla y el sol de la mañana se cuela entre las nubes. Me dejo llevar por esa mezcla de nostalgia, gratitud, y puro vértigo emocional que me atraviesa de arriba abajo. Cierro los ojos un instante.

¿Cómo he tenido la suerte de encontrar lo que muchos no conocen en toda una vida?

¿Cómo es posible que la vida haya sido tan jodidamente dura a ratos, y sin embargo me haya traído a Aitor, como si fuera la recompensa por haber resistido?

Pienso en Málaga. En el tanatorio. En mi abuela. En esa sensación de ahogo. En Mónica apareciendo como un espectro en mi vida justo cuando pensaba que nada más podía sorprenderme.

Y luego, como un soplo, París. Aitor.

El hotel. El cielo encapotado. La lluvia. Ese vestido. Su mirada.

El anillo en su mano temblorosa. Mi "sí" entre lágrimas.

Y después… todo lo demás.

El cuerpo todavía me late en los lugares donde me tocó, como si me hubiese tatuado su amor en la piel. Me acaricio con cuidado el dedo anular donde reposa la joya más bonita que he visto nunca, no tanto por su valor material como por lo que simboliza.

Él duerme a mi lado, con la cabeza ligeramente inclinada y la mandíbula relajada. Me encanta mirarle así. Es la única forma en la que su expresión parece del todo en paz, como si no tuviera que defenderse del mundo. Aitor sin armaduras.

Me dejo caer sobre su hombro y dejo que mi corazón se acomode en su silencio.

Sé que el regreso será una vuelta a la rutina, que hay cosas por resolver, que tengo que enfrentar a mi padre, y quizá también una conversación incómoda con el profesor sobre no haber llegado a tiempo a la entrega formal del mural... pero también sé que puedo con todo.

Que ahora somos dos. Y que todo eso que parecía imposible, ahora no pesa.

Me han roto alguna vez. Pero él... él ha llegado a unir todos mis pedazos sin pedirme nada a cambio.

Y pienso que, si alguna vez tuve miedo de amar, ahora ese miedo se ha transformado en certeza.

Lo miro una última vez antes de que el avión empiece a descender.

Estoy enamorada.

Y no hay mayor revolución que esa.

Laia vive en el tercer piso de un edificio antiguo, de esos que conservan aún el suelo hidráulico y el olor a libros y café recién hecho. Subo sola mientras Aitor me espera abajo con el coche encendido. Dice que necesita organizar unas cosas por teléfono. Pero sé que en realidad me deja este ratito a solas porque sabe que lo necesito. No se lo he dicho, pero lo sabe.

Toco el timbre y, antes de que termine de sonar, ya oigo las patas de Kovu arañando la puerta por dentro.

—¡Mi niño! —exclamo mientras Laia abre y él se me lanza encima como si hubieran pasado años.

Me agacho, le rodeo el cuello con los brazos y me dejo lamer la cara mientras intento contener las lágrimas. Cuánta falta me hacía esto. Sentirlo, olerlo, tenerlo conmigo.

—Está como una moto —dice Laia entre risas, mirándonos desde el marco de la puerta—. Pero te ha echado de menos, eh.

—Yo a él más.

Entro en su casa unos minutos. Kovu corretea a nuestro alrededor mientras nos sentamos un momento en su cocina. Me sirve un zumo y me mira con esa cara que me conoce de hace años.

—Bueno, y... ¿todo bien? ¿Estás mejor?

—Sí. Ha sido... intenso. Pero sí. Estoy mejor. Mucho mejor.

Asiente, como si supiera que detrás de ese "intenso" hay un mundo. Entonces, como si no quisiera darme respiro:

—Por cierto, que el viernes seguimos teniendo la fiesta privada de la que te hablé. Ya le dije a Ibai que vendrías. No me falles, ¿eh?

—Laia...

—Ni "Laia" ni nada. Has ganado un concurso, vas a exponer en San Telmo, has resucitado después de un viaje infernal... Te toca celebrar. Aunque sea con una copa y bailando como si tuvieras 19 años otra vez.

Río por lo bajo y me levanto mientras Kovu me sigue de cerca.

—Vale, vale, me lo pensaré.

—Te lo vas a pasar bien —dice mientras me acompaña a la puerta—. Y, además, quiero ver ese pedrusco que llevas en el dedo más de cerca.

Me quedo helada ante la naturalidad con lo que lo ha soltado, me ha parecido incluso frío,

—Bueno... es que ha pasado mucho en poco tiempo —sonrío—. Te prometo que te lo cuento todo.

—Nos vemos mañana rubia.

Bajo con Kovu tirando de la correa y al salir lo veo. Aitor, con una mano apoyada sobre el coche, gafas de sol, camiseta blanca, y ese aire de "todo está bien porque estás aquí". Me sonríe al verme.

Kovu lo ve y sale disparado

—¡Eh, tranquilo! —grito entre risas.

Aitor se agacha y lo recibe con una risa que me derrite. Y ahí, en ese instante en el que Kovu nos une como si lleváramos toda una vida así, me doy cuenta: no hay lugar más perfecto que este.

Aitor me abre la puerta del copiloto mientras Kovu ya ha conquistado la parte trasera del coche como si fuera suya. Cuando me siento, me coloca el cinturón con ese cuidado que me hace derretirme por dentro. No hace falta que diga nada. Solo me sonríe y arranca.

—¿Plan para hoy? —pregunto, mientras dejo que mi mano se pierda sobre la suya en la palanca de cambios.

—Hoy es para ti. Solo tú decides. Me he reservado todo el día, rubia.

No sé si es su voz ronca de domingo o el simple hecho de tenerlo así, disponible, sin prisas, sin focos, pero siento que podría suspirar durante horas.

—¿Y si...? ¿Y si hacemos un plan muy de abuelos? —pregunto sin dejar de mirarlo de reojo—. ¿Paseo, comida rica, siesta y peli con manta?

—¿Abuelos? —me lanza una mirada divertida—. Rubia, ese es mi plan ideal desde que tengo uso de razón. Eres tú la que siempre parece salida de un videoclip de indie francés.

Me echo a reír y asiente, como si fuera una propuesta seria.

—Paseo por la playa entonces. ¿Te parece?

—Sí. Pero que Kovu venga también, ¿eh? Hoy somos familia de tres.

Sus palabras me atraviesan. Familia de tres. Mi pecho se llena de algo tibio y suave. Ese tipo de cosas que no se dicen porque sí.

Vamos a casa, dejamos las cosas, preparamos una mochila pequeña con agua, galletas, fruta y un par de toallas. Kovu ya está ladrando como un loco, y cuando salimos, el aire salado de Donosti nos acaricia la cara como una promesa.

Caminamos descalzos por la arena. El cielo está cubierto, pero no hace frío. El mar está revuelto, aunque no amenazante. Aitor me lleva de la mano mientras Kovu corretea como si fuera su primer día libre en años.

Nos sentamos en una roca, él detrás de mí, con los brazos rodeando mi cintura.

—No me creo que estemos aquí —susurro.

—¿Aquí en la playa?

—No... aquí tú y yo. Así. Después de todo. Después de París, de Málaga, de todo lo que no entiendo aún. De todo lo que sí.

Me besa la sien y no dice nada. Pero su silencio lo dice todo. Permanecemos ahí, respirando al mismo ritmo, observando a Kovu morder un alga con cara de guerrero vikingo.

Después, vamos a un restaurante pequeñito frente al mar. Pedimos pescado fresco, ensalada de tomate con ventresca y pan de masa madre. Compartimos todo. Él me limpia con una servilleta una gota de aceite en la comisura del labio y me guiña un ojo. Yo me muero un poco más por dentro.

Por la tarde, ya en casa, nos metemos bajo la manta del sofá con Kovu dormido a nuestros pies. La película es una excusa para besarnos entre escenas, para acariciarnos sin decir palabra.

A las ocho de la tarde, me doy cuenta de que no he pensado en el mural, en la exposición, en las preguntas, ni en los miedos. Solo he estado aquí, en este día. Y eso lo dice todo.

—¿Te puedo decir una cosa? —murmura Aitor con voz de niño pequeño.

—Siempre.

—Este es el mejor domingo de mi vida.

Le acaricio el rostro, le doy un beso en la frente y me acomodo sobre su pecho.

—Y solo es uno de todos los que nos quedan.

Aitor duerme como un ángel a mi lado. Su pecho sube y baja con esa calma que me da tanta paz… pero que esta noche no es suficiente. Me doy la vuelta por cuarta o quinta vez —he perdido la cuenta—, con cuidado de no despertarlo. Acaricio muy suavemente su espalda con la yema de los dedos. Es cálida, firme. Mía.

Y, sin embargo… no consigo dormir.

Cierro los ojos. Respiro. Y vuelven los pensamientos.

Mi padre.

Dos mensajes este fin de semana. Uno escueto el sábado, preguntando si ya había vuelto a casa. Otro hoy, algo más largo, diciéndome que le gustaría hablar, que por favor no le cierre la puerta para siempre. No he respondido a ninguno. Ni siquiera he sido capaz de leerlos dos veces.

Y, sin embargo, ahí están. Vibrando bajo mi piel, empujando el sueño hacia fuera.

Sé que no puedo ignorarlo siempre. No después de lo que vi. No después de Mónica. No después de lo que removió todo dentro de mí con una sola escena. Sé que tendré que enfrentarme a eso. A él. A mi decepción. A mi rabia. Y también, a esa parte de mí que lo echa de menos. Aunque sea muy al fondo.

Luego está mamá.

No habla conmigo desde el viernes, desde aquella llamada rápida donde le conté lo de la abuela. Pensé que llamaría más tarde. Que me escribiría para preguntarme cómo estoy. Pero no. Ni una palabra. Y cuanto más lo pienso, más duele.

¿De verdad no tiene ni un segundo para interesarse por cómo lo estoy llevando? ¿Para preguntarme si necesito algo, si he comido, si quiero hablar?

Es irónico. Porque en algún momento de mi vida tuve una relación con ella que era lo más parecido a la complicidad absoluta. Éramos dos cómplices. Dos mujeres frente al mundo. Nos contábamos todo.

Y ahora… ahora es como si fuera una actriz secundaria que ha desaparecido del guion.

No, peor. Se ha convertido en una especie de antagonista silenciosa. No por maldad, sino por ausencia. Por dejar de estar. Por no ver. Por no preguntar.

Y yo me voy a casar.

Me giro lentamente para mirar a Aitor. A ese hombre que duerme a mi lado con la boca entreabierta, como si ya llevara cien vidas protegiéndome de todo. ¿Cómo le voy a contar a mi madre que me caso si ni siquiera sabe que estamos juntos? ¿Cómo va a entenderlo si no ha visto ni una sola pieza del puzle que me ha llevado hasta aquí?

Me tapo hasta la barbilla y cierro los ojos, pero ahora lo único que escucho es mi respiración agitada.

Sí, ha sido un fin de semana de película. Sí, me ha pedido matrimonio en París. Sí, he ganado el concurso. Pero hay algo en este silencio con mis padres que me atraviesa. Que me ensombrece cada logro. Que me hace sentirme incompleta, como si me faltara una parte esencial para que este rompecabezas encaje del todo.

Aitor se mueve un poco y su brazo me abraza de manera inconsciente, como si su cuerpo supiera que lo necesito antes de que yo misma lo diga. Me quedo quieta. No quiero despertarlo. No quiero que sepa que estoy rota por dentro mientras él sueña conmigo.

Algún día, muy pronto, tendré que hablar con mi madre. Tendré que romper este hielo, aunque sea con lágrimas. Tendré que decidir si aún quiero construir algo con ella o si es mejor dejarlo todo donde está.

Pero no esta noche.

Esta noche solo me permito mirar el techo y tragar el nudo en la garganta, rogando que llegue el amanecer y me quite esta punzada de dolor que no tiene nombre... pero que pesa como si lo tuviera.

Es lunes por la mañana y cuando abro los ojos, Aitor ya no está a mi lado. Me estiro en la cama, los músculos aún con la suavidad del descanso, y entonces huelo el café.

Bajo a la cocina y ahí está él, con Kovu ya paseado, en chándal y con el pelo aún mojado. Me ha preparado el desayuno: tostadas con aguacate, café recién hecho y un vaso de zumo.

—Hoy toca madrugar más —me dice mientras termina de abrocharse el abrigo—. Tengo que ir a hablar con el míster. No dejé las cosas muy bien el viernes, y si no lo hago hoy, la cosa se enfría demasiado.

Lo entiendo. La vuelta a la realidad. Se agacha, me da un beso en la frente, acaricia a Kovu y sale por la puerta.

Desayuno tranquila, mirando distraídamente por la ventana. Me gusta este silencio de casa cuando el día acaba de arrancar.

Miro el móvil. Un mensaje de mi madre. Lo ha mandado a las seis de la mañana.

"Mira qué amanecer tan bonito. Espero que hayas tenido un tiempo de calidad en Málaga, cariño. Cuando vuelva hablamos y me lo cuentas todo."

Me quedo mirando la pantalla un buen rato. ¿Dónde está? ¿En qué momento nuestra relación se convirtió en esto, en frases tan decoradas como vacías?

Respiro hondo. Esta es la realidad. No hay otra. Me gustaría que alguien me pellizcara y me despertara de esta especie de simulacro emocional, pero no... esto es lo que hay.

Subo a ducharme. Me dejo el pelo suelto, seco con ondas naturales. Me maquillo suave: base ligera, un toque de color en los labios, máscara en las pestañas. Me pongo unos vaqueros oscuros ajustados, unas botas de tacón cómodas y un jersey blanco grueso, calentito. Hoy hace fresco, catorce grados.

En el autobús, pongo música. La gente entra, sale, vive. Me distrae observarlos. Imaginar cómo será su día, si tienen familia, si están enamorados, si les duele algo.

Cuando llego a la universidad, encuentro a Laia en la cafetería. Me sonríe al verme, me hace hueco en su mesa.

—¿Qué tal el finde? —pregunta con tono ligero.

—Intenso —respondo, dejando el bolso en la silla—. En Málaga todo bien. Vi a mis tíos, primos, amigos... Y bueno... —la miro, un poco nerviosa—. Aitor vino. Jugaban en Sevilla y al día siguiente apareció allí.

—¿Cómo que apareció? —frunce el ceño con sorpresa.

—Sí. Me llevó a París. Me pidió matrimonio.

Laia se queda en silencio un segundo. Luego se recuesta en la silla, coge su taza con las dos manos y me mira fijamente.

—Sara... entiendo que estés loca por él, vale. Pero hace dos meses no podías ni oír su nombre. Y ahora te vas a casar. ¿No te parece un poco precipitado?

Su tono no es duro, pero sí seco. Como si midiera sus palabras para no sonar crítica y al mismo tiempo no pudiera evitar serlo.

El comentario me pincha por dentro.

—Ya... —murmuro, bajando un poco la mirada—. Sé que todo ha sido muy rápido. Pero siento que lo conozco. De verdad, Laia. Nunca he estado tan segura de algo. Me hace sentir yo misma. Me hace bien.

Ella suspira y se encoge de hombros.

—No te juzgo, tía. Solo... me preocupa que te lances así. Os estáis conociendo todavía. El amor también necesita tiempo, ¿no?

Lo entiendo. Lo entiendo de verdad. Pero aun así, duele. Porque ella siempre ha sido la primera en defender la libertad, el amor sin etiquetas, las decisiones impulsivas. ¿Por qué justo ahora, cuando necesito su alegría, me lanza estas dudas?

—Solo quería que te alegraras por mí —le digo muy bajito.

Ella me mira, como si se diera cuenta de que su reacción ha sido más áspera de lo que pretendía.

—Y lo hago. Te lo juro. Estoy flipando, sí, pero si tú eres feliz... voy a estar aquí para celebrarlo contigo. Perdona si soné dura. A veces me cuesta procesar cuando las cosas se mueven tan rápido.

Le sonrío con esfuerzo. Asiento. Pero algo dentro de mí ya se ha encogido.

Entro en el aula con paso tranquilo pero el corazón latiéndome un poco más fuerte de lo habitual. El olor a óleo, a madera lijada y a disolventes, me calma. Este lugar es mi refugio.

El profesor está de espaldas, ordenando pinceles. Me acerco sin hacer ruido y me aclaro la voz.

—¿Profesor?

Se gira, me mira, y sonríe con ese gesto cálido y pausado que tiene siempre.

—Sara... bienvenida de nuevo.

—Quería disculparme por no haber venido el viernes. Sé que era importante y no avisé... —respiro hondo—. Tuve que irme de urgencia a Málaga. Mi abuela falleció.

El profesor frunce el ceño con un gesto de comprensión inmediata. Se acerca, me coloca una mano en el brazo.

—Lo siento mucho. No tienes que disculparte por algo así. Tu mural estaba terminado. Perfectamente terminado, diría yo.

Le sonrío, agradecida. Él hace una pausa, como si quisiera escoger bien las palabras.

—Sabes, cuando el mecenas principal del proyecto vino el viernes —el que ha puesto el dinero y tuvo la idea de todo esto— insistió en que empezáramos la reunión cuanto antes. Y cuando nos sentamos todos... no hubo debate.

Lo miro, sin entender.

—¿Sobre qué?

—Sobre el ganador, Sara. Fue unánime. Y sinceramente, creo que la decisión se tomó incluso antes de que nadie abriera la boca. Tu mural nos atravesó a todos.

Me cuesta contener la emoción. Trago saliva.

—¿De verdad?

Asiente. Camina unos pasos, recogiendo una carpeta y la deja sobre la mesa.

—Está empaquetado ya. Esta mañana lo recogieron para llevarlo al museo.

Asiento, con el corazón desbordado.

—¿Y qué fue lo que vio usted en el mural? —le pregunto, en voz baja.

Él se queda un momento pensativo y luego habla, despacio, casi como si lo saboreara:

—Tu mural… es luz y es grieta. Es una figura central, una mujer, firme pero fragmentada, con trazos dorados que atraviesan las fisuras, como si se reconstruyera a sí misma a pesar de estar rota. Tiene una mano apoyada sobre su pecho y otra extendida hacia una silueta borrosa, un niño, un símbolo, un recuerdo. Todo está bañado por un paisaje nebuloso, pero lleno de energía, como si el mundo aún estuviera formándose. Como si ella misma estuviera naciendo otra vez. Tu mural no habla solo de belleza. Habla de resiliencia, de memoria, de identidad. Y eso, Sara, no se aprende. Se lleva dentro.

Las lágrimas se me asoman, pero las contengo. No puedo explicar lo que significa escuchar eso.

—Gracias… gracias de verdad.

Él me mira, asiente una vez más y sonríe.

—No me des las gracias. Solo prepárate. Esto solo es el principio.

Salgo del aula con el pecho caliente. Cierro los ojos un segundo en el pasillo, respiro hondo. Estoy orgullosa. Y esta vez… no me da miedo decirlo.

—Ah, y algo más, Sara —dice el profesor antes de que me gire para marcharme—. Necesito que empieces a preparar un pequeño discurso.

Me doy la vuelta, sorprendida.

—¿Un discurso?

—Sí —asiente, cruzando los brazos con una leve sonrisa—. El día de la ceremonia oficial en San Telmo, que aún no tiene fecha cerrada, tendrás que hablar frente a los asistentes. Será algo sencillo, cinco minutos como mucho, pero muy importante.

—¿Y… quién estará allí?

El profesor se toma un segundo antes de responder, como si repasara la lista mentalmente.

—Va a ser un acto grande, Sara. Vendrán representantes del mundo del arte, periodistas culturales, políticos locales e incluso algún rostro conocido del deporte nacional —me lanza una mirada significativa—. El mecenas del concurso ha invertido mucho, muchísimo, con la intención de hacer de este proyecto una plataforma seria y poderosa para dar visibilidad a una nueva voz del arte nacional. Lo llama "Calidad Nacional Emergente", es su etiqueta personal, su apuesta por el talento joven que merece ser escuchado.

Me quedo helada un momento.

—¿Y tengo que hablar delante de todos ellos?

—Sí. Pero no te asustes. Solo tienes que ser tú. Explicar por qué pintaste ese mural, qué sentiste al crearlo, qué significa para ti ser artista. Nadie espera una lección académica. Esperan corazón. Y tú eso… lo tienes de sobra.

Respiro hondo. Asiento, con una mezcla de nervios y emoción latiéndome en el pecho.

—Vale. Lo prepararé. Gracias, profesor. De verdad.

—Estoy orgulloso de ti, Sara. Y no soy el único. Ahora ve y celébralo, pero no olvides que el arte también se defiende con palabras. Y tú… tienes algo importante que decir.

Salgo del aula más ligera, con la presión justa para sentirme viva, pero también con la sensación de que algo grande, muy grande, está por comenzar.

24

AITOR

El sol del lunes apenas ha empezado a iluminar las paredes de hormigón de la Ciudad Deportiva cuando cruzo el túnel que da al vestuario. El cuerpo técnico ya está por ahí, moviendo conos, preparando el campo. Y yo estoy... nervioso.

Quince minutos antes de lo acordado, subo las escaleras hacia la pequeña sala de vídeo que el Míster usa como oficina improvisada.

—Pasa, Aitor —dice seco en cuanto toco la puerta.

Cierro detrás de mí. Él no levanta la vista de los papeles. Cuando por fin lo hace, sus ojos están cargados de decepción, más que de enfado.

—¿Me explicas qué pasó el viernes?

Silencio.

—Ganas el partido, haces un segundo tiempo de escándalo, y cuando voy a reunir al equipo para volver al hotel, tú ya no estás. Ni me avisas, ni contestas, ni apareces al desayuno del sábado, ni subes al autobús. ¿Dónde coño estabas?

—En Málaga —respondo con la voz firme. No me escondo. Nunca lo he hecho.

El Míster apoya los codos sobre la mesa. Me taladra con la mirada.

—¿Málaga?

—Sí. Pasó algo personal, importante. Y lo sé, lo hice mal. Debería haber avisado. No supe cómo gestionarlo. Estaba… superado.

Suspira, como si intentara encontrar un resquicio por donde no fulminarme.

—Aitor, eres un profesional. Y no cualquier jugador. Eres el referente del vestuario, el capitán sin brazalete. ¿Sabes cuántos chavales te miran como ejemplo? ¿Tú te puedes permitir desaparecer?

—No. No puedo. Y te pido disculpas. Ya he hablado con el delegado. Mañana estoy en rueda de prensa. Esta semana me multiplico. Estoy bien. Estoy más centrado que nunca, aunque parezca lo contrario.

Lo dice sin elevar la voz, pero cada palabra es una piedra lanzada con precisión.

—¿Y esto va a volver a pasar?

—No —respondo sin dudar—. No volverá a pasar.

Se queda en silencio unos segundos que se hacen eternos.

—Te cubrí. No dije nada a prensa. Pero no me pongas en esa situación otra vez. No es solo por ti, es por todos.

—Gracias. De verdad.

Se levanta y se acerca. Me pone la mano en el hombro.

—Estás enamorado, ¿verdad?

No respondo. Pero sonrío. Eso es suficiente.

—Pues cuídala. Pero cuida esto también. Porque el día que te falte el fútbol, no habrá nada que te salve.

Asiento. Me despido y salgo de la oficina con una sensación rara: bronca recibida, sí. Pero también respeto. Como el de un padre que sabe que su hijo ha cometido un error… pero está creciendo

Tengo la cabeza algo más ligera y me cambio en el vestuario. Hoy entrenamos en campo 2, trabajo de activación, rondos y táctica. Lo de siempre, pero no lo siento como siempre. Estoy distinto. Más despierto. Más yo.

En cuanto piso el césped, el aire fresco de la mañana me sacude la cara. El balón rueda y todo parece más simple.

—¡Pero bueno, el desaparecido! —me suelta Markel mientras me choca la mano con fuerza—. ¿Dónde coño te metiste, Romeo?

Le sonrío.

—Tenía una urgencia emocional.

—Una rubia, quieres decir.

—Exacto —le respondo entre risas—. Pero ya está todo hablado.

—¿El Míster? ¿Broncazo?

—Me ha dado una charla de las suyas. Pero bien. Lo peor es que tiene razón.

—Siempre la tiene —resopla Markel, estirando los isquios—. Menos cuando hablamos de que yo no valgo para tirar faltas. Ahí no tiene ni idea.

Reímos los dos justo antes de que el preparador físico, Jandro, nos llame.

—¡Venga, chicos, en línea! ¡Tres series de cambios de ritmo hasta la frontal y vuelta al trote! ¡No quiero dramas de domingo!

Jandro siempre está de buen humor, pero es exigente como el que más. Cuando pasa a mi lado, me da un toque con la carpeta en el brazo.

—¿Todo bien?

—Sí, Jandro. Gracias por preguntar.

—Se nota en la cara cuando vienes centrado, tío. Da gusto verte así. Sigue igual. Lo que sea que estés haciendo… que no se acabe.

Asiento. Me coloco en mi sitio y empiezo a correr.

Siento cómo se activan las piernas, cómo la respiración se sincroniza con el movimiento, cómo el sudor empieza a caer. Y en medio de todo eso… la imagen de Sara.

Cierro los ojos un instante mientras recupero el aliento entre series y la veo en la cama, envuelta en las sábanas, con Kovu a los pies y esa sonrisa que lo calma todo. Eso es lo que me empuja. Lo que me centra. Lo que me ha salvado…

Después del último ejercicio, recojo mis cosas del vestuario sin entretenerme. Estoy sudado, agotado, pero con la cabeza aún peor que el cuerpo. He intentado centrarme, pensar solo en el balón, en la siguiente jugada… pero es imposible. Desde que Sara me contó lo de Mónica en casa de su padre, hay algo dentro de mí que me raspa por dentro. Como una alerta que no se apaga.

Aunque intenté hacerme el fuerte por ella, por los dos, por lo que estamos construyendo… no dejo de pensar que algo muy turbio hay detrás de todo esto.

Mónica. Sara la vio. En la cocina de su padre. Fingiendo no conocerla. Es… enfermizo. Retorcido.

Y si es capaz de hacer eso, ¿de qué más puede ser capaz?

Me monto en el coche sin pasar por casa. No tengo fuerzas para ducharme ni cambiarme. Solo quiero respuestas.

El trayecto hasta su casa se me hace eterno. Ni siquiera estoy seguro de si estará allí, pero tengo que intentarlo.

No más esconder la cabeza bajo tierra.

Aparco frente al edificio. Está su coche. Bien. Subo.

Mis nudillos dudan un segundo frente a la puerta, pero finalmente toco el timbre.

Unos segundos después, la puerta se abre. Pelo perfectamente peinado, bata corta de satén, sonrisa falsa clavada como una máscara.

—Vaya, vaya… ¿el gran Aitor en mi puerta? —dice con tono burlón, apoyándose en el marco.

—Tenemos que hablar.

—Oh, claro que sí. Pasa, campeón.

Entro. Me huele a perfume caro y a manipulación.

—¿Qué hacías en casa del padre de Sara el viernes? —pregunto, sin rodeos, sin mirarla aún, con la mandíbula apretada.

Silencio.

—¿Perdón?

—No me hagas repetirlo, Mónica. Sara te vio. A ti. En su casa. Haciéndote la tonta. Besando a su padre.

Ella se ríe. Una risa hueca, como si esto fuera una escena de teatro y no la mierda en la que estamos metidos.

—Vaya… lo que es la vida. Qué pequeño es el mundo, ¿no?

La miro. Y ahí está. El gesto que más odio: esa media sonrisa que usa cuando cree tener el control.

—¿Qué estás tramando? —le digo, con un tono más bajo pero cargado de veneno—. ¿Cómo tienes fotos mías que solo podrías haber conseguido desde dentro de mi casa?

Mónica se cruza de brazos, se acerca un paso.

—Ay, Aitor... aún no entiendes nada, ¿verdad? No todo es lo que parece. Y si te contara las versiones que no quieres oír, igual hasta te sorprenderías.

—¿Eso es una amenaza?

—Eso... es un consejo. Cuida de esa rubita tuya. Y deja de buscar donde no debes.

—No te tengo miedo —le escupo.

—Ya lo sé. Pero deberías.

Silencio. Mi respiración se acelera.

—Ah, espera —dice Mónica antes de que llegue a la puerta, como si tuviera el as bajo la manga guardado para el final—. Se me olvidaba algo.

Me detengo. Me giro sin querer hacerlo del todo.

—Este viernes es el 20 aniversario del club. Van a hacer una fiesta de máscaras, de las buenas, de las que se hacen en los palacetes de las afueras. El presidente me ha invitado personalmente... con acompañante.

—¿Y qué? —respondo seco, cruzándome de brazos.

Ella da un paso. Su voz se vuelve suave, casi seductora, pero por dentro sé que hay veneno en cada sílaba.

—Quiero que vengas conmigo, Aitor. Solo esta vez. Una noche. En silencio, sin líos. Sin más historias. Entras, sonríes, y listo. Y te prometo que todo acaba. No te molestaré más. Desaparezco de tu vida. Para siempre.

—¿Me estás vacilando? —pregunto, sin dar crédito.

—No. Lo digo en serio. Una noche por tu libertad. Por tu final feliz con tu niña rubia —Su sonrisa se ladea con algo oscuro—. ¿Qué es una noche comparado con el resto de tu vida?

—No voy a ir contigo a ningún sitio, Mónica. ¿Tú sabes lo enfermo que suena eso?

Ella niega con la cabeza despacio, como si fuera yo el que no entiende nada.

—No quiero nada de ti, Aitor. Ni tu amor, ni tus mensajes, ni tus miserias. Solo tu presencia. Una última noche. Mi forma de cerrar este capítulo.

Me lo debes.

—¿Yo? no te debo nada.

—No… solo esto. Una noche, sin preguntas, sin escenas. Si vienes, lo borro todo. Fin. Ya no tendrás que vivir con miedo a que lo descubran, ni con esa culpa que te pesa más que tus botas. Puedes vivir con tu chica, feliz. Puedes respirar.

Me quedo callado. Miro al suelo, respiro hondo. El suelo se tambalea. No por lo que me pide. Sino por la duda que me planta.

Mónica se acerca, baja la voz y susurra:

—No lo pienses tanto, Aitor. Solo un traje, una máscara… una última vez. Y se acabó.

Yo la miro. Veo en sus ojos que no está mintiendo. Y eso… es lo peor.

Lo peor es que creo que lo voy a hacer.

Estoy ya en el coche, de camino a casa de Sara. El tráfico parece detenido, pero mi cabeza va a 200. El volante entre las manos se me antoja más fácil de controlar que todo esto.

Una noche. Solo eso.

Si es lo que cuesta cerrar esta etapa oscura… lo pagaré. Por ella. Por nosotros.

No voy a contarle nada a Sara.

Ella no tiene por qué cargar con este peso, ni con la sombra de lo que fui antes de que llegara a mi vida como un puto rayo de luz.

Y sí, eso me hace un cobarde. Pero también alguien dispuesto a tragar con las consecuencias para que ella no tenga que hacerlo.

Si Mónica cumple su palabra…

Si lo borra todo…

Entonces habré hecho lo necesario para proteger lo único real que tengo: a Sara.

No se trata de amor. Ni de miedo.

Se trata de redención.

En realidad, lo que quiero borrar es mi propio pasado.

Y si para eso tengo que ponerme una máscara una noche, fingir, entrar en su mundo retorcido por unas horas…

Lo haré. Con el único objetivo de no tener que mirar atrás nunca más.

Aprieto el acelerador.

Sara me espera.

Y yo...Yo me estoy partiendo en dos por dentro.

Cuando llego a casa de Sara ya huele a cena hecha. Ella se ha esmerado, como siempre, en esos pequeños gestos que me derriten. Pero lo cierto es que no tengo mucha hambre. Tengo el estómago encogido como si llevara un nudo atado en el centro del pecho.

Sara me mira desde la cocina, se seca las manos en un trapo y frunce ligeramente el ceño.

—¿Qué pasa? ¿Tanta bronca te ha caído esta mañana?

Sonrío como si nada. Como si el día no hubiera sido un huracán.

—No, no te preocupes, está solucionado —le digo, quitándole importancia con la voz más ligera que puedo.

Ella me observa unos segundos más, como si intentara descifrar lo que no digo. Pero no insiste. Y eso se lo agradezco.

Me acerco, le doy un beso en la sien y abro la nevera buscando algo que ni siquiera sé qué es.

—Por cierto —añado, girándome hacia ella—, este miércoles tenemos partido. Y te quiero allí conmigo. En tu sitio especial.

Le guiño un ojo.

—A las nueve de la noche. Ya sabes lo que tienes que hacer.

Mi sonrisa es sincera, aunque esté rota por dentro.

Sara me devuelve la sonrisa con ternura.

—Vale... Aunque no creo que invite a Laia. Puede que viva esa experiencia sola... a ver qué tal, qué me parece.

—Me parece perfecto —le digo—. Será algo especial, ya lo verás.

Ella asiente y vuelve a la cocina, como si todo en nuestra vida estuviera bien. Como si no estuviera a punto de atravesar una tormenta en silencio.

Y yo solo deseo...Que nunca, nunca tenga que enterarse.

Subo los escalones de casa casi en automático. Me despierto con esa mezcla extraña de culpa y ternura, como si me estuviera dividiendo por dentro. Voy a cambiarme rápido, coger algo de ropa limpia y salir hacia la

Ciudad Deportiva. Entreno a las 10 y no quiero llegar con la cabeza hecha un lío.

Pero cuando abro la puerta… ahí está él.

En el salón, como siempre, con el periódico en la mano, una taza de café y esa expresión de falso desinterés que me revuelve el estómago desde que tengo uso de razón.

Levanta la vista en cuanto me oye.

—Vaya… —dice con esa voz templada, gélida, que siempre es peor que un grito—. Míralo. El héroe del viernes. Dos golazos contra el Sevilla y ni una llamada después.

Sigo caminando, dejo la mochila en el sofá y me quito la chaqueta. No digo nada. Me mira fijo.

—Como no sabía nada de ti —continúa, dejando la taza con un leve golpe sobre el platillo— no me quedó más que llamar al cuerpo técnico. Ya ves tú, a tu edad. Me dicen que habías desaparecido después del partido.

Hace una pausa.

—Y yo pensaba… "Imposible. Ese no puede ser mi hijo."

Suelta la frase con una sonrisa ladeada, venenosa. Lo dice como quien lanza un dardo y se queda mirando para ver si acierta en el centro.

Lo miro en silencio durante unos segundos. No voy a darle el placer de una rabieta. No hoy.

—Estaba con alguien importante —respondo al fin, con voz tranquila, sin levantar la mirada del reloj que me pongo en la muñeca—. A veces la vida no es solo fútbol. A veces hay personas que hacen que todo lo demás deje de importar por unas horas.

Mi padre se ríe por lo bajo, negando con la cabeza.

—La debilidad de los sentimentales… —murmura—. Como tu madre. Por eso nunca fue capaz de aguantar este mundo. Tú tenías que haber salido a mí.

Lo miro esta vez, de frente.

—Por suerte no lo hice.

Sus ojos se entornan. Silencio.

—No todo el mundo quiere una vida vacía con medallas colgadas en las paredes, pero sin nadie que te quiera de verdad —añado.

Estoy a punto de salir cuando oigo su voz de nuevo, más baja, más densa, como cuando de verdad quiere que lo escuche.

—Tú piensas de verdad que vas a hacer lo que quieras. Que te vas a mover por la vida como si fueras libre, sin consecuencias... —se pone de pie con lentitud, se acerca, cada palabra más gélida que la anterior—. Pero estás muy equivocado, Aitor.

Me doy la vuelta sin querer hacerlo, porque sé lo que viene. Esa mirada. Esa que clavaba cuando era un niño y no tenía dónde escapar.

—No tienes ni idea del mundo en el que estás metido —continúa—. Todo lo que tienes... todo lo que crees que es tuyo, te puede ser arrebatado en segundos. El fútbol, la imagen, la carrera, incluso Sara, que te tiene tan entretenido últimamente.

El nudo se me hace en la garganta, pero no lo dejo ver. Me mantengo firme, con las manos cerradas en puños dentro del bolsillo de la chaqueta.

—¿Eso es una amenaza? —pregunto con la voz medida, seca.

Sonríe, como si le encantara ver que aún le doy ese lugar.

—No. Es un recordatorio. Nadie llega lejos desafiándome, Aitor. Ni tú. Ni nadie.

Me acerco un paso.

—¿Sabes cuál es la diferencia entre tú y yo? Que tú amenazas porque no sabes amar. Y yo... yo ya elegí no ser como tú. Aunque me cueste el mundo.

Le sostengo la mirada un segundo más. Después abro la puerta.

—Que tengas buen día, papá.

Y cierro tras de mí.

Después de la conversación con mi padre, salgo de esa casa con la mandíbula apretada y el estómago revuelto. No puedo evitar pensar en lo jodidamente podrido que está todo lo que él representa. El aire fuera es más frío, más real. Como si la ciudad quisiera recordarme que sigo aquí, que estoy vivo. Que tengo algo por lo que pelear.

Llego a la ciudad deportiva con media hora de antelación. Me cambio rápido en el vestuario y salgo al campo 2. Hoy toca táctica y algo de carga física. Pero estoy centrado, como si cada pase y cada sprint fueran parte de un plan mayor. Una forma de no perderme a mí mismo.

El míster me observa. Creo que ha notado algo distinto, pero no dice nada. Solo me dedica un gesto con la cabeza. Agradezco que no me pregunte. El entrenamiento transcurre con la intensidad de siempre. A las 12:30 salimos todos hacia los vestuarios, sudados y callados.

Me ducho rápido y bajo al comedor. Markel ya está allí, esperándome con un plato enorme de pasta y su sonrisa de siempre.

—¿Qué pasa, capitán? —me dice mientras me siento frente a él.

Durante un rato hablamos de fútbol, del partido del miércoles. Pero hay algo que me revienta por dentro, que no me deja masticar la comida con normalidad.

—Markel, tengo que contarte algo —le digo finalmente, dejando el tenedor sobre la mesa—. El viernes… tengo que ir a un sitio. Con Mónica.

Levanta una ceja.

—¿Con la loca esa?

Asiento, y antes de que pueda decir nada, le explico. Le cuento lo que me dijo: que si la acompaño a esa fiesta del aniversario del club, me deja en paz para siempre. Que no va a chantajearme más, que no va a sacar nada de lo que guarda.

—¿Y tú te lo crees? —me pregunta, ya más serio.

—No lo sé —respondo—. Pero si hay una posibilidad de que eso cierre este capítulo… necesito intentarlo.

Markel se cruza de brazos. Me mira un buen rato sin decir nada.

—Mira, Aitor. Esto es lo que pienso. Ve. Pero mantente frío, cabeza en su sitio. Tú no tienes que hacer nada que no quieras, y mucho menos hacerle creer que te tiene en su juego. Sé tú el que controle la situación. Que no lo vea como una cita ni una rendición. Que lo vea como lo que es: una última conversación. Una despedida.

Asiento. Es justo lo que necesitaba oír.

—Gracias, hermano.

Antes de irme, saco el móvil y escribo el mensaje que llevo todo el día dándole vueltas:

275

¨*viernes. OK. Nos vemos en la puerta del club a las ocho.*¨

Le doy a enviar antes de arrepentirme. Mi estómago se revuelve. Es la primera vez que oculto algo a Sara y espero que la última. No me gusta. Me incomoda. Me hace sentir sucio. Pero no lo entendería. Ella ya carga con lo suyo, no le puedo echar encima esto también.

Esto es mío.

Y el viernes pienso encararla. A Mónica. Hasta el fondo. Le voy a sacar toda la verdad.

Quiero saber qué pasó con el padre de Sara. Y si ella ha tenido algo que ver... esa máscara no le va a servir de nada.

25

SARA

Martes. Otro más.

Los días empiezan a parecerse demasiado entre sí. Me levanto, desayuno algo rápido, acaricio a Kovu en la cabeza mientras se despereza, y salgo hacia la universidad.

Nada destacable, ni una clase especialmente inspiradora, ni ninguna conversación que me deje pensando durante horas.

Es curioso cómo, cuando todo está en calma, el silencio pesa más.

Desde el domingo, mi madre solo me habla por mensajes.

Ni una llamada, ni un "¿cómo estás?", nada que me recuerde a la madre que tenía hace unos meses. No sé en qué momento nuestra relación se quebró, pero sé que me duele más de lo que debería admitir. A veces me pregunto si lo que me falta de ella, lo busco sin querer en Aitor. Qué miedo me da necesitar a alguien como lo necesito a él.

Hoy no hemos comido juntos. Me ha dicho que prefiere pasar la noche en su casa para estar tranquilo y centrado.

Con el partido mañana, lo entiendo. Lo entiendo de verdad.

Pero aun así, me he sentido un poco sola volviendo a casa.

Le he escrito un mensaje:

"Está bien, hoy dormiré con Kovu. Disfruta de tu noche de concentración. Te quiero."

Me ha contestado rápido, como siempre:

"Yo también te quiero, rubia. Descansa y cuida bien de nuestro cachorro."

Nuestro.

Esa palabra me hace sonreír.

Paso la tarde en casa, pongo algo de música suave mientras me sirvo una copa de vino blanco.

Kovu se enrosca a mis pies, ajeno a todos los dilemas emocionales que llevo arrastrando últimamente.

Me siento en el sofá, envuelta en una manta, con el portátil sobre las piernas, pero no soy capaz de concentrarme.

No dejo de pensar en mi madre, en lo poco que hablamos, en todo lo que no nos decimos.

Y también pienso en Aitor.

En que hay algo extraño, como si tuviera algo en la cabeza que no me está contando. Tal vez es solo una paranoia mía. O tal vez estoy empezando a conocerle tanto que detecto hasta el más mínimo cambio.

En cualquier caso, hoy necesito estar sola.

Sola para volver a mí, para no perderme entre el amor, el pasado y las expectativas.

Apuro el vino y me abrazo a Kovu.

Hoy no ha pasado nada. Y, sin embargo, siento que algo se está moviendo en el aire.

Una tormenta empezó por la tarde y ha ido ganando fuerza conforme la noche avanza.

Estoy en mi habitación, descalza, con un jersey grande y el pelo suelto, observando desde la ventana cómo el agua cae con rabia sobre el jardín de Aitor. Las luces del porche parpadean, y la piscina parece un espejo roto con cada gota que lo golpea. El agua rebosa, como si también ella estuviera a punto de explotar.

Acaricio a Kovu, que está hecho un ovillo junto a mí, inmune a mis pensamientos enredados.

Pienso en mí. En él. En todo.

En si no habremos corrido demasiado, en si casarse tan pronto es una locura. Pero después, cuando dejo de buscar razones y me centro en lo que siento, sé que nunca he vivido algo tan real. Tan fuerte.

¿Y si el amor verdadero se siente así, como una sacudida? ¿Y si esto no vuelve a pasarme jamás?

Intento dejar de pensar, pero mi cabeza no se detiene.

Mañana tengo que ir a buscar algo para la fiesta del viernes. Laia insiste en que la acompañe. Me ha dicho que va a ser una pasada, y aunque la idea de volver a ver a Ibai no me entusiasma, lo haré por ella.

Ya tengo claro lo que quiero: un vestido negro sencillo, pero elegante, que diga más de lo que enseña.

Y una máscara, claro. Laia me ha pasado un par de direcciones donde podré encontrar una bonita. Algo misterioso, quizás de encaje o con detalles en dorado.

¿Quién soy yo en una fiesta de máscaras?

Son las 2:00 de la mañana y sigo sin dormir.

La lluvia no cesa. Golpea las ventanas, el tejado, el suelo, como un compás de pensamientos.

Bajo en silencio, Kovu tras de mí, y me preparo una tila en la cocina.

La casa está en silencio absoluto. Me sienta bien.

Me apoyo en la encimera mientras el agua hierve y me dejo envolver por la calma de estar sola.

Tomo la taza caliente entre las manos, respiro hondo.

Mañana será otro día.

Uno de esos que empiezan con compras... y acaban, quién sabe, en decisiones que cambian todo.

Miércoles por la mañana.

La rutina ya se ha instalado como un huésped más en casa. Desayuno rápido, mochila al hombro y una caricia a Kovu antes de salir. En el autobús hacia la universidad observo a la gente: estudiantes medio dormidos, trabajadores revisando sus móviles, madres con niños en brazos. Me distrae imaginar sus vidas. A veces, incluso desearía tener la suya. Algo más simple. Más predecible.

Cuando llego a la facultad, Laia ya me espera en la entrada de la cafetería.

Está sentada en una de las mesas de fuera, con su café con leche y ese moño despeinado tan característico de ella.

—¿Sabes que llevas dos días sin contestarme por la noche? —me lanza en cuanto me acerco—. Estás oficialmente anulada por Aitor.

—No seas exagerada —le digo riendo mientras dejo mi mochila en una silla—. He estado… bueno, reorganizando mi vida.

—O sea, durmiendo en su casa y viviendo como en una peli romántica con perro incluido —responde ella alzando las cejas—. ¿Y eso que ibas a tener tu noche de paz?

—La tuve, más o menos. Aitor se quedó en su casa anoche y yo en la mía. Me viene bien un poco de aire —le contesto, girando el vaso entre mis manos—. Me ayuda a pensar.

—Bueno, pues ya que estás "respirando", ¿me dejas acompañarte de compras después de clase? Quiero verte encontrar ese vestido y esa máscara misteriosa para el viernes. Vas a flipar con la fiesta.

—Vale, trato hecho. Pero tú me eliges la máscara —le digo.

Ella aplaude suave, entusiasmada, como si acabara de ganar algo. Después de clase, nos vamos caminando por las calles del centro de la ciudad. Hace frío, pero el sol aún calienta lo suficiente como para pasear sin prisas.

—Entonces, ¿ya has pensado qué le vas a decir a tu madre? —me pregunta Laia, mientras elige entre dos tiendas para entrar.

—¿Decirle qué? —respondo distraída.

—¡Pues que te casas, tía! ¡Que te ha pedido matrimonio y has dicho que sí! —me dice con los ojos abiertos como platos.

—No sé… aún me parece irreal. Como si fuese parte de otra vida paralela que no me pertenece del todo. Ni siquiera le he contado que estoy con Aitor, ¿cómo se supone que le digo eso?

—No sé, pero mejor que se entere por ti y no por los periódicos —responde ella en tono medio serio, medio bromista.

La verdad que aún no he visto mi cara reflejada en ningún tabloide y espero que siga así por mucho tiempo. No quiero tener nada que ver con la fama.

Entramos a una boutique pequeña pero elegantísima. Los vestidos están ordenados por tonos, con telas que parecen flotar por sí solas. Me enamoro a primera vista de uno negro, ceñido al cuerpo, con encaje delicado que deja la espalda completamente al descubierto. Lo pruebo. Cuando salgo del probador, Laia se queda con la boca abierta.

—Sara… no pareces tú. Parece una versión de ti salida de una pasarela. Estás impresionante.

—No enseño nada delante —respondo sonrojada—, pero por detrás… es otro tema.

—Es lo justo. Equilibrio perfecto. Vas a dejar a todos sin aliento.

Yo no quiero dejar a nadie sin aliento. Solo a uno, que no estará conmigo el viernes.

Luego, caminamos hasta una tienda especializada donde Laia me ayuda a elegir la máscara. Me decanto por una plateada, con destellos brillantes que reflejan la luz y le dan un aire místico y sofisticado.

—Con esto nadie sabrá quién eres hasta que tú quieras —me dice mientras me ayuda a ajustarla frente al espejo.

Cuando quiero darme cuenta, son casi las siete. Corro como puedo a casa, me cambio rápido, cojo mi bloc de dibujo —mi pequeño escudo— y salgo en dirección al estadio. Ya es de noche cuando llego. El ambiente fuera es eléctrico. En la entrada de la sala VIP me siento algo fuera de lugar. Estoy sola, sí, pero también con una calma extraña. Me concentro en mi cuaderno y en el sonido lejano de los altavoces del estadio.

A las 8:50 los equipos salen al campo. Miro hacia el túnel. Aitor aparece con el uniforme. Está… imponente. Camina con una seguridad que corta el aire. Sé que ha buscado mi mirada. Estoy segura de que me ha localizado entre la gente. Lo noto. No hay forma de explicarlo, pero lo siento.

El estadio está a reventar. Hay gritos, cánticos, bocinas, humo. Y yo solo tengo ojos para él.

Aitor está desatado.

Desde que el árbitro ha pitado, parece que no pisa el césped: lo devora. Corre como si tuviera fuego en las piernas. Lo veo moverse entre los jugadores, pelear cada balón, levantar la cabeza, dar órdenes. Está en todas partes. Y no lo pienso, lo siento: está siendo el mejor del partido. El jodidamente mejor. Nadie lo iguala.

Y lo peor... o lo mejor, no sé, es que lo sabe.

Ese maldito sabe que está brillando. Lo lleva en la espalda, en el cuello, en la forma en que escupe al suelo después de cada jugada. Tiene esa arrogancia que solo se permite cuando está en su punto más alto. Y yo estoy aquí, sentada en mitad de un mar de desconocidos, mordiéndome las uñas como si me fuera la vida en ello. Porque verlo así me deja sin aire. Porque si hoy alguien importante está mirando, si un club más grande está aquí...

Y entonces me entra un frío por dentro que no tiene nada que ver con el clima.

¿Qué haría yo si se va? ¿Qué pasa con lo mío, con mi carrera, con todo lo que he luchado?

Y la respuesta aparece, clara, afilada:

Me voy con él. Aunque no me lo pida. Aunque no haya ni planes, ni garantías. Me da igual. Lo único que tengo claro es que, si él se va, yo voy detrás. Porque sin él, todo lo demás se siente... vacío. Y porque lo único que de verdad me salva es lo que dibujo. Y lo que dibujo siempre acaba siendo él.

Cuando el partido termina, apenas puedo quedarme quieta. El equipo gana, claro, con él marcando el último gol. No podía ser de otra forma. La gente grita su nombre. Yo me cuelo como puedo entre el tumulto y salgo al campo. No me importa. Le estoy buscando.

Y entonces le veo.

Sale del túnel, todavía con el pelo empapado en sudor y esa sonrisa que me derrite por dentro.

—¿Has visto cómo me la he sacado hoy? —me dice, sin filtros, con esa sonrisa de chulo que solo él puede tener sin que quiera pegarle.

—Eres un idiota —le suelto, pero ya estoy sonriendo como una estúpida.

Me tira de la cintura y me estampa contra su pecho como si hubieran pasado meses desde la última vez que nos tocamos. Me besa sin pedir permiso, con la misma intensidad con la que juega. Sus labios saben a sal y a algo que solo tiene él. Y yo ya no estoy en el estadio. Estoy en su boca, en su olor, en su forma de mirarme como si no existiera nadie más en el mundo.

Caminamos hacia el coche entre gente que sigue saliendo del estadio, algunos todavía coreando su nombre, otros mirando a Aitor como si fuera una estrella de cine recién salida del campo. Él camina a mi lado con la camiseta del partido en la mano, el pelo aún húmedo y esa sonrisa de tipo que lo ha conseguido todo y lo sabe.

Y de pronto lo veo.

Una pantalla enorme en el exterior del estadio, justo encima de la entrada principal, donde empiezan a proyectar algunas de las mejores jugadas. Y ahí estamos.

Él.

Yo.

Ese beso.

En medio del campo, rodeados de cámaras, como si fuéramos una maldita película romántica.

Me quedo quieta un segundo, mirándolo con los ojos abiertos como platos.

—Aitor… —le digo, dándole un codazo suave—. ¿Te das cuenta de que ya es oficial? Me has besado en el estadio. Delante de las cámaras. Está grabado. Nos han pillado por todas partes.

Él se gira hacia mí, con esa media sonrisa que le da todo el poder del universo y la poca vergüenza que le sobra.

—Sara… —dice despacio, acercándose lo justo para que solo yo le escuche—. Llevas un anillo en el dedo que dice que vas a ser mía para siempre ¿De verdad crees que no te iba a besar delante de todo el mundo?

Me derrito. Literalmente. En mitad del asfalto, con gente por todos lados y el ruido de fondo, me derrito entera.

Porque con una frase lo ha dicho todo.

Y ni siquiera intento esconder la sonrisa estúpida que me sale sin permiso.

Me limito a cogerle de la mano y tirar de él hacia el coche, mientras por dentro ya estoy contando los segundos para que estemos a solas.

Llegamos a casa casi sin hablar. No hace falta. El ambiente está tan cargado que podría encenderse solo. Cierro la puerta y en menos de un segundo ya está contra mí. Me besa de nuevo, pero esta vez no hay público, no hay prisa, no hay nadie más. Solo nosotros.

Sus manos se cuelan por debajo de mi camiseta, lentas, cálidas, seguras. Me mira como si necesitara memorizar cada parte de mí. Y yo me dejo. Me dejo completamente.

Subimos al dormitorio entre roces, risas ahogadas y alguna que otra prenda que cae por el camino. No sé cómo, pero cuando llegamos a la cama ya estoy desnuda y él me mira desde arriba como si no entendiera cómo ha tenido tanta suerte.

—Dios... —murmura contra mi cuello—. No sabes lo que haces conmigo.

Y lo hace. Lo sabe perfectamente. Porque yo también lo sé.

Me acaricia lento al principio, como si quisiera prolongarlo. Pero no aguantamos demasiado. Hay demasiada necesidad. Demasiadas ganas. Me toma con fuerza, con deseo contenido y al mismo tiempo entregado. Cada movimiento suyo se graba en mi piel. Cada suspiro, cada gemido. Me hace sentir como si fuera la única cosa buena del mundo. Como si solo existiera este momento. Él. Yo. Nada más.

Y cuando por fin nos dejamos caer, agotados, sudados, con las piernas enredadas y el corazón desbocado, él se inclina hacia mí, aparta un mechón de mi cara y me dice con voz grave, ronca:

—Mañana... no hagas planes —me dice, con esa voz baja que siempre me pone la piel de gallina.

Abro un ojo, todavía medio perdida entre el sueño y su olor. Su mano está enredada en mi cintura, y siento su respiración cálida en mi cuello.

—Pero Aitor... —murmuro, girándome un poco para mirarle—. Mañana tengo clase.

No se inmuta. Ni un poco. Me sostiene la mirada con esa mezcla de ternura y chulería que domina a la perfección.

—Sara, puedes hacer pellas.

—¿Qué? —Me río, porque no sé si habla en serio o solo quiere provocarme. Pero claro que habla en serio. Es Aitor.

—No has faltado un día desde que empezó el curso —sigue, acariciándome la mejilla con el pulgar, lento, como si pudiera convencerme solo con eso—. Y tu trabajo ya está hecho. Eres brillante. No pasa nada si mañana no vas.

Me muerdo el labio, no porque esté dudando en serio, sino porque verle así, tan seguro de que puede torcer todas mis decisiones con solo un par de frases, me da entre rabia y ganas de comerle la boca otra vez.

—¿Y qué tienes preparado?

Sonríe, pero no contesta. Se limita a acercarse más, a besarme la clavícula como si fuera su respuesta, como si cada beso dijera: confía en mí.

Y lo peor... o lo mejor... es que lo hago. Me dejo llevar. Porque sí, tengo clase. Sí, debería ir.

Pero mañana quiero un día sin mundo.

Solo con él.

El jueves me despierto con el cuerpo aún enredado al suyo, los latidos calmados, la piel todavía con rastros de anoche. Aitor duerme a mi lado con la cara relajada, sin esa sombra en los ojos que a veces vuelve cuando cree que no lo estoy mirando.

Y por un momento... es perfecto.

O lo sería, si mi móvil no vibrara como si tuviera fuego dentro.

Parpadeo. Me estiro.

Grupo: Las Locas de Málaga.

137 mensajes sin leer.

Dios mío.

Abro y me cae encima como una avalancha.

Carla:

¿ME PUEDES EXPLICAR ESTO?

Vane:

Estoy gritando. Literalmente. Estoy en el trabajo y gritando.

Claudia:

¿CON AITOR IBARROLA, SARA?

Carla otra vez:

No nos dices nada y resulta que estás liada con el crush nacional. Estoy mareada.

Carla:

¡¡¡¿¿¿QUÉEEEEEEEEEEEEE???!!!

Claudia:

O sea. ¿Me estás diciendo que te enrollas con Aitor Ibarrola y te callas?

Vane:

Enemiga pública n.º 1. Literalmente cancelada.

Carla:

Sara, te quiero. Pero eres una traidora. De las buenas.

Y después... las fotos. Las portadas. Las capturas de pantalla.

"Aitor Ibarrola y la rubia misteriosa que ha paralizado el estadio."

"Alta, esbelta, ojos turquesa imposibles de olvidar... ¿quién es la mujer que ha conquistado al futbolista?"

Y la foto. Esa maldita foto. El beso en el estadio. Mi cara medio enterrada en su cuello. Su mano en mi cintura. Y los dos... completamente expuestos.

—Mierda... —susurro, dejando caer el móvil encima del colchón.

—¿Qué pasa? —pregunta Aitor, con la voz rasposa, medio dormido.

Me quedo quieta. No quiero preocuparle. Pero sé que, si no se lo digo, lo va a ver en cuanto coja el teléfono.

—Nos han sacado. En todos lados. Lo del estadio... lo han pillado todo —murmuro, sin atreverme a mirarle.

Siento que se incorpora un poco. Se queda en silencio unos segundos, y entonces siento su mano en mi espalda.

—¿Estás bien?

No le respondo. Porque no sé qué decir. Porque mi cabeza está llena de portadas, y de mensajes de Carla en mayúsculas, y de ese miedo a que todo esto estalle antes de que hayamos tenido siquiera tiempo de respirar.

Aitor se acerca más. Me rodea con el brazo. Me obliga a mirarle.

—Sara... —dice en voz baja, con esa suavidad que le sale cuando quiere ser todo lo que nunca le enseñaron a ser—. Si esto te agobia, si es demasiado… solo tienes que decirlo. Lo arreglo, ¿vale?

Sus ojos están serios. Inseguros, incluso. Como si todavía no acabara de creerse que tiene derecho a esto. A mí.

—No es eso —le digo al fin—. Es solo que… no esperaba que pasara tan de golpe.

—Ya. Yo tampoco —admite—. Pero no me arrepiento. Ni un poco. Te vas a casar conmigo, tarde o temprano tenías que pasar por esto, es la otra cara de la moneda rubia. Lo siento por dejarme llevar de esa manera y no pararme a pensar si estabas preparada…

Acaricia mi mejilla con los nudillos. Me conoce. Sabe que en el fondo tengo miedo. Que toda esta exposición me sobrepasa. Pero ahí está, mirándome como si pudiera contener el mundo con solo abrazarme un poco más fuerte.

—Yo no voy a esconderme más —añade—. Y tú tampoco tienes que hacerlo. No estás sola en esto. ¿Vale?

Asiento. Porque, aunque me tiemble todo por dentro, él me lo hace más fácil. Siempre.

Y justo entonces vibra el móvil otra vez. Carla. Otra foto. Otro titular.

"La rubia del Ibarrola"

Pongo los ojos en blanco. Genial. Nuevo nombre artístico.

Aitor la ve de reojo y suelta una risa muda por la nariz. Pero no dice nada gracioso. No se burla.

Solo me aprieta la mano y me besa la frente. Y eso es todo lo que necesito para respirar otra vez.

26

AITOR

Sara está tumbada a mi lado, en silencio. El móvil sigue vibrando a ratos, pero ya no lo mira. Lo ha soltado en la almohada como si necesitara dejar el mundo fuera un momento.

No habla. No llora. Solo respira despacio. Y yo... la escucho.

La tengo cerca. Tan cerca que podría besarle la clavícula, el cuello, la frente. Pero no lo hago. No ahora.

Porque, aunque ha dicho que está bien, aunque ha sonreído un poco para quitarle hierro... sé perfectamente que todo esto le está doliendo. Que la ha desbordado.

Y la culpa me aprieta en el pecho. No debí hacerlo así. No tan rápido. No tan público.

Me dejé llevar. Otra vez.

Como si se me olvidara que lo mío siempre acaba en ruina.

Como si por un segundo creyera que podía tenerla sin consecuencias. Y ahora me siento como si le hubiera fallado. Como si le hubiera manchado algo. Su calma. Su normalidad. Su anonimato. Porque Sara... Sara no es de este mundo. No del mío.

Ella es la parte limpia de mi historia. La única que no huele a miedo ni a gritos ni a noches con la puerta cerrada y el corazón encogido.

Y yo... Yo vengo de otra parte.

De un padre que me enseñó que amar es debilidad. Que querer es exponer el flanco para que te lo rompan. Que, si dejas que alguien te importe, la jodiste.

Y aún hoy, con ella aquí, después de haberme elegido una y otra vez incluso cuando no lo merecía…

Aún hoy, hay una voz dentro de mí que me dice que no soy capaz de cuidar algo tan puro.

Que voy a romperla. Como rompí todo lo demás.

Me giro un poco, mirándola de reojo. Sus ojos están abiertos, clavados en el techo. Su expresión es tranquila, pero la conozco. Está pensando. Sintiendo.

Me gustaría decirle algo. Cualquier cosa.

Pero no me sale.

Porque las palabras que tengo en la garganta no están listas.

Porque sigo luchando contra ese reflejo de querer desaparecer antes de que todo esto le explote encima. No quiero ser eso para ella. No quiero ser el tipo que convierte su luz en sombra. No esta vez.

Sara sigue tumbada en la cama, con el móvil al lado, apagado. Lo ha silenciado hace rato. No ha dicho mucho desde entonces.

Y no la culpo. Todo esto le ha caído encima sin aviso. Como siempre que algo se cruza conmigo.

La miro desde la puerta del baño, apoyado en el marco. Tiene la sábana subida hasta la cintura, el pelo revuelto sobre la almohada, los ojos turquesa clavados en el techo. Como si buscara una señal, o un respiro. Y me doy cuenta, otra vez, de lo frágil que puede parecer… y lo fuerte que en realidad es.

Ella cree que estoy tranquilo. Que no me afecta.

Pero por dentro llevo desde que amanecí con el pecho encogido.

La imagen de ella en esa pantalla gigante no se me va de la cabeza. Su cara, sus labios, mi mano en su cintura… y miles de ojos encima.

Me acerco despacio. Me siento en el borde de la cama, sin tocarla aún. Espero que me mire.

Lo hace, después de un segundo.

—Vístete —le digo, bajito, como si fuera un secreto—. Cálzate bien. Te voy a llevar a un sitio.

Parpadea. Me analiza.

—¿Dónde?

—No te lo voy a decir. Lo único que necesitas saber es que vamos a andar. Bastante. Que habrá piedras. Tierra. Y que no hay cobertura.

Sus cejas se arquean.

— Parece muy conveniente dada la situación, menos mal que he decidido hacer pellas, hoy no querría ser el bicho raro que todos miran en la facultad, o peor.

Asiento. Me sigo sintiendo terriblemente culpable.

—¿Frío? — me pregunta levantándose de la cama.

—Un poco. Pero más viento que frío.

Sara se incorpora despacio. Sus movimientos aún son lentos, como si estuviera dentro del agua. A veces me olvido de lo sensible que es su manera de procesar. No grita. No explota. Se recoge. Se calla.

Y por eso necesito llevármela lejos.

—Te he dejado algo encima de la cómoda —le digo, levantándome.

—¿Qué?

—Un chaleco. Es técnico. Para montaña. Te va a venir bien.

—¿Técnico? —me lanza una media sonrisa por primera vez desde que abrimos los ojos—. ¿Ahora eres guía de senderismo?

Me encojo de hombros mientras voy hacia la cocina.

—No. Pero soy el que quiere que no te caigas de culo hoy. Y no quiero ir kilómetros cargando tu tobillo roto de nuevo. Así que confía en mí un rato.

No escucho respuesta, pero cuando me doy la vuelta, ella ya está bajando las piernas de la cama. Me detengo un segundo para mirarla desde el umbral. Rubia. Piernas largas. Espalda desnuda. Me vuelve loco.

Estoy metiendo botellas de agua y una manta fina en la parte trasera del coche cuando ella aparece en la puerta.

Y por un segundo… se me olvida respirar.

Va con leggins negros ajustados, botas marrones de montaña, y ese chaleco verde musgo que le queda un poco grande porque es mío. Debajo, una sudadera beige, fina, que se le cae de un hombro.

Y lo peor: lleva mi gorra negra, la que suelo usar para entrenar.

Y parece sacada de un puto anuncio.

—¿Así está bien? —pregunta, sin darse cuenta de lo que provoca.

Solo puedo asentir.

Subimos al coche. Arranco. Y dejo que San Sebastián se quede atrás.

Estamos en silencio durante un rato. No uno incómodo, de esos que te pesan. Este es distinto. Es como si los dos necesitáramos no decir nada. Solo estar.

Sara va sentada a mi lado, con las piernas cruzadas en el asiento, apoyada contra la ventana, mirando el paisaje que va cambiando a medida que dejamos la ciudad atrás. El bosque empieza a colarse entre las curvas. El cielo está despejado, pero huele a tierra húmeda. Ese olor que se queda después de una noche de lluvia fina.

La radio suena bajita. Una lista cualquiera, sin voces, solo música instrumental. No es algo que escuche normalmente, pero hoy no me apetecen palabras. Me sobran las mías.

Sara no ha preguntado nada más. Ni a dónde vamos. Ni por qué. Solo está aquí, tranquila.

Y eso, viniendo de ella, es una señal de confianza tan grande que me cuesta no estirarme para cogerle la mano. Pero no lo hago. Porque necesito que este día sea para ella, no para mí.

A los veinte minutos, el coche empieza a subir. La carretera se estrecha, se vuelve más irregular. Rodeada de árboles que se cierran como si estuviéramos entrando en otro mundo.

—Estamos cerca —le digo, sin apartar los ojos de la carretera.

Ella gira la cabeza hacia mí, pero no habla. Solo espera.

—Vamos al Parque Natural de Peñas de Aia. Aiako Harria —añado, con un tono más bajo—. Hay una ruta que conozco. Pocas personas, cuevas, cascadas pequeñas. Y cobertura cero.

Sara parpadea. No parece sorprendida. De hecho, asiente, despacio.

—¿Has estado antes?

— Algunas veces.

No hace falta que le explique más. Ella entiende.

Yo antes no compartía sitios. No, había rincones que eran solo míos.

Pero ahora... no me sale esconderle nada.

—¿Y por qué aquí?

Tardo un segundo en responder.

—Porque si yo fuera tú... también necesitaría un lugar donde no existiera nadie más.

No dice nada. Pero su cuerpo se relaja un poco. Y, durante un momento, me atrevo. Estiro la mano y le rozo los dedos. No para agarrarla. Solo para decirle estoy aquí.

Ella los cierra sobre los míos sin pensar. Y seguimos.

Entre curvas, árboles altos y una calma que empieza, poco a poco, a sentirse como salvación.

El camino se vuelve más angosto, rodeado de robles y pinos altísimos que apenas dejan pasar la luz. El aire cambia. Se vuelve más denso, más limpio. Es como entrar en otro lugar, lejos de todo lo que hemos sido hasta esta mañana.

Aparco cerca de una pista forestal sin asfaltar. No hay coches alrededor. Solo una señal de madera desgastada que marca el inicio de la ruta:

"Minas de Arditurri – Cascada de Aitzondo – 2,4 km."

Sara se baja en silencio. Mira a su alrededor y respira hondo, como si necesitara comprobar que, efectivamente, no hay nadie.

—Huele increíble —dice al fin.

Asiento, cargando la mochila al hombro. Llevo agua, un par de sándwiches, una manta ligera, y una linterna por si nos da por meternos en alguna cueva.

Ella se pone la gorra de nuevo. Esa maldita gorra que me roba sin permiso y le queda mil veces mejor que a mí. Se ajusta los cordones de las botas y camina los primeros pasos sin esperarme.

Y yo la sigo. Como siempre.

Llevamos media hora andando. A paso tranquilo. Solo se escucha el crujido de las hojas bajo nuestras botas, algún pájaro, y el agua cayendo a lo lejos. La senda se estrecha por momentos, y los árboles forman un túnel natural que la hace parecer sacada de una pintura antigua.

Sara va delante de mí. A veces gira la cabeza para asegurarse de que sigo ahí. Y yo siempre estaré ahí.

En un tramo más empinado, le tiendo la mano. No se lo piensa. La agarra. Y no la suelta.

Ni cuando ya no la necesita.

El silencio ya no pesa. Ahora es cómodo. Natural. Ella lo llena todo sin decir nada.

—¿Sabes qué pensaba esta mañana? —dice de repente, sin mirarme.

—¿Qué?

—Que igual esto era demasiado. El escándalo, las cámaras. Y que quizá no estaba preparada para estar contigo… así.

Me detengo. Ella también. Me mira. Hay algo nuevo en sus ojos. No miedo. Sinceridad.

—¿Y ahora? —pregunto, tragando saliva. Se me pone la piel de gallina.

Sara da un paso hacia mí. Sube la vista. Me habla sin levantar la voz.

—Ahora solo quiero estar contigo.

Y eso, viniendo de ella, lo es todo. No dice que me perdona. No dice que lo olvida. No hace falta.

Lo está haciendo con su cuerpo, con su forma de andar junto a mí, con ese "estoy aquí" que se nota más en sus gestos que en cualquier palabra.

—Te quiero —le digo sin pensarlo, en voz baja. No como confesión. Como verdad.

Sara no responde. Solo me sonríe. De esa forma suya, chiquita, reservada, que significa más que cualquier declaración pública.

La cascada aparece de golpe.

Después de un recodo estrecho, en mitad del bosque mojado, como si nos la hubiéramos encontrado por accidente. Pero no lo es. Yo sabía que estaba aquí. La tenía en la cabeza desde anoche.

El agua cae desde una pared de roca oscura, rodeada de musgo y de árboles desnudos por el otoño. La poza que se forma debajo no es grande, pero es profunda, y humea levemente en la superficie por el contraste con el aire.

Hace frío. Bastante.

El tipo de frío que se mete por el cuello y te deja los nudillos blancos. Pero no me importa.

Sara se detiene al borde. Mira el agua como si fuera un espejismo. Y luego me mira a mí.

Con una ceja levantada.

Con esa expresión que me hace saber que piensa que me he vuelto completamente loco.

—¿Esta es la famosa cascada?

Asiento.

—Sí.

—¿Y qué quieres hacer? —pregunta, ya con sospecha.

— Creo que sabes lo que quiero hacer — no puedo evitar una sonrisa pícara.

—Aitor, está congelada.

—Lo sé.

—Es noviembre. No quiero coger una pulmonía.

—También lo sé.

—Nos vamos a morir.

—Un poco, sí —digo, medio sonriendo.

Ella se cruza de brazos. Espera. Sabe que hay algo más detrás. Siempre lo hay conmigo. Y hoy no quiero esconderlo.

—Quiero que nos bañemos —le digo al fin—. Sin ropa.

Sara se ríe, una carcajada nerviosa, sin moverse del sitio.

—¿Tú estás bien de la cabeza?

—No —respondo—. Pero estoy muy seguro de que si lo hacemos… te vas a sentir libre. Aunque sea por unos minutos. Quiero que lo hagamos. Tú y yo. Sin nada entre medias. Ni ropa. Ni miedo.

Me acerco un poco. Ella se queda quieta.

—Quiero que lo recuerdes. Que recuerdes este día no por las fotos, ni por los mensajes, ni por la mierda de ahí fuera. Sino porque saltaste al agua helada con el idiota que te quiere más de lo que sabe manejar.

Sara me mira. Larga. Sin decir nada.

Hay algo en sus ojos que cambia.

No es solo ternura. Es algo más hondo.

Entendimiento.

Ella sabe que esto no es solo un capricho. Que esto, para mí, es otra forma de decir: "No me voy. No me escondo. Y no quiero que tú lo hagas tampoco."

Y entonces, sin hablar, se empieza a quitar el chaleco.

Luego la sudadera. La camiseta.

Se queda en sujetador, temblando un poco, pero sin dejar de mirarme.

—Como me resbale y me muera, va a ser culpa tuya.

—Si te mueres, me tiro detrás.

—Eso no consuela nada —dice, pero ya se está riendo. Con los dientes castañeando, pero riendo.

Me quito la camiseta también. El frío me muerde la piel, pero me da igual.

Lo importante es que ella lo está haciendo.

Está saltando. Conmigo.

Cuando se queda en ropa interior, nos quedamos mirándonos.

—¿Preparada? —le pregunto.

—No. Pero contigo, igual sí.

Y entonces, al mismo tiempo, nos quitamos lo último.

Y saltamos.

El agua está helada.

Nos envuelve como una sacudida brutal, de esas que te despiertan hasta la médula.

Ambos jadeamos al sumergirnos. El cuerpo entero se contrae, pero no salimos. Nos quedamos.

Sara lanza un grito, entre susto y risa:

—¡Aitor, estás loco! ¡Está congelada!

—Ven aquí rubia. —respondo, con la voz temblorosa por el frío.

Ella chapotea hasta mí, tiritando, pero con esa luz en los ojos que solo le sale cuando está realmente viva. El pelo mojado se le pega a la cara, la piel le brilla con el agua y el rubor que le sube por el cuello. Sus labios están morados, pero sigue sonriendo.

—No puedo creer que me hayas metido en esta locura —dice.

—Sí puedes —respondo, acercándome más—. Siempre te tiras conmigo. Y sé que siempre lo harás. De hecho, deberíamos venir aquí todos los noviembres durante el resto de nuestra vida para celebrar que estamos vivos y enamorados.

La rodeo con los brazos. Nuestros cuerpos desnudos chocan, helados, pero tan cerca que el frío empieza a doler menos. El agua nos cubre hasta el pecho. La cascada ruge detrás, como si nos aislara aún más del mundo.

—Ya no me asusta nada contigo —dice. Su voz es baja, pero segura—. Ni el frío. Ni el pasado. Ni nosotros.

Y entonces me besa.

Un beso intenso. Fuerte. De esos que no son pregunta, sino respuesta. No nos besamos con timidez. No lo necesitamos. Nos conocemos.

Nos hemos tenido tantas veces que ya no hay lugar para el miedo. Pero esta vez hay algo distinto. Una entrega nueva. Silenciosa. Absoluta.

Su cuerpo tiembla al tocarme. No por inseguridad. Por lo que sentimos. Por lo que estamos soltando en este momento, los dos, entre agua helada y piel.

La llevo contra la roca, aún dentro del agua, donde se forma una pequeña repisa natural. Ella se apoya, sin soltarme nunca.

Mis manos recorren su espalda mojada, sus costillas, la curva de su cintura. Su boca no se despega de la mía. No hay nadie. Solo nosotros.

Desnudos. Fríos. Tan jodidamente vivos.

Y la amo. La amo con todo lo que tengo.

Y ella me deja hacerlo.

Nuestros cuerpos se funden bajo el agua, entre besos que se sienten como necesidad y caricias que no buscan provocar, sino recordar.

Nos movemos despacio al principio. Luego más rápido. Como si quisiéramos quedarnos a vivir en este instante. Como si el frío ya no importara, porque el calor va por dentro.

Y cuando nos detenemos, los dos con la respiración agitada, con el corazón bombeando al borde de la piel, me quedo ahí.

Abrazado a ella.

Con el agua alrededor, con su pelo pegado a mi pecho, con su cuerpo entregado al mío como si siempre hubiera sido mío.

—No hay nada —le susurro—. Nada. Ni una sola cosa, que me dé más paz que tú. Nada que pudiera amar como te amo, nadie en el camino Sara.

Sara no dice nada, solo me aprieta. Fuerte. Como si acabara de dejar su corazón entero dentro de mí.

Y lo ha hecho. Porque yo también se lo he dado.

Sin miedo. Por fin.

27

SARA

El viernes despierto despacio, con la cabeza aún atrapada en una especie de niebla suave, cálida. Me muevo apenas y siento el peso familiar sobre mi espalda. Kovu está pegado a mí, hecho una bola, como si supiera que necesito tener algo cerca. No ladra, no se agita, solo respira conmigo. Lo amo por eso.

Aitor no está. Y no es una sorpresa.

No se quedó a dormir anoche. Dijo que quería darme un poco de espacio después de todo lo que había pasado, y aunque no se lo pedí, tampoco lo retuve. Supongo que entendí el gesto. Supongo que me pareció bien.

Pero ahora… no lo tengo tan claro.

Abro los ojos del todo y lo primero que veo es la luz suave de noviembre filtrándose por la cortina. Y esa quietud. Ese silencio raro que solo existe cuando el mundo sigue girando, pero tú estás detenida.

Estoy sola. En mi cama. Y soy oficialmente una persona que ha salido en todas las portadas del país.

Respiro hondo. Intento no pensar en ello. Pero es imposible. Me froto la cara, me enredo los dedos en el pelo y dejo que la ansiedad me apriete el pecho por unos segundos, solo unos pocos.

He visto mi cara en todas partes. Mi nombre aún no ha salido, pero lo hará. Lo sé.

El anonimato está en cuenta regresiva.

Y por más que intento autoconvencerme de que no pasa nada, de que es solo un titular más, hay una parte de mí que se encoge al imaginarme en la portada de una web sensacionalista, rodeada de comentarios anónimos con juicio gratuito.

Odio esta sensación.

Hoy tengo universidad. Me levanto con pereza, me ducho rápido, me pongo unos vaqueros anchos, un jersey gris, zapatillas. Me recojo el pelo en un moño mal hecho y bajo con Kovu para que haga pis. Todo en automático.

Antes de salir de casa, veo un mensaje de mi madre.

"¿Estás bien?"

Le contesto rápido:

"Sí, todo bien."

Mentira. Pero no tengo energía para más.

En la universidad todo está… sorprendentemente tranquilo.

Nadie me dice nada. O no se atreven. O aún no me han identificado.

Preparamos apuntes. Exámenes finales. El aula está medio vacía. El profesor habla y yo tomo apuntes sin escuchar del todo. Mi cuerpo está ahí, pero mi cabeza va por libre.

Aitor.

Su sonrisa cuando me bajé del coche ayer.

Cómo me miró antes de que saltáramos al agua.

Cómo me susurró que me amaba con los labios temblando.

Cómo hicimos el amor en medio de la cascada, temblando, pero seguros.

Cómo me envolvió después en la manta, me secó el pelo con sus manos, me miró como si fuera todo lo que necesitaba.

Me abrazo a esos recuerdos, a esa versión de nosotros que no tiene cámaras ni etiquetas ni titulares. Solo nosotros. Piel con piel. Real.

Y luego, inevitablemente, me vuelvo a preguntar si me he agarrado a él demasiado fuerte.

Como un salvavidas. Como si él fuera la única cosa que no se tambalea en este caos. Y eso me asusta.

Porque lo amo. Muchísimo.

Pero también tengo miedo de estar haciendo de él mi única salida. Y no quiero eso. No quiero que mi amor venga cargado de necesidad. Quiero que sea elección. Cada día. Libre.

Y, joder, no sé si decirle que sí al matrimonio tan rápido fue sensato. Aunque no me arrepiento.

Porque cuando me lo pidió… no dudé. No pensé. Solo sentí.

Y lo único que tengo claro, entre tantas dudas, es eso, que lo amo.

Salgo de clase con la cabeza cargada y al llegar a casa me voy directa al monte. Kovu corre delante, feliz. Yo llevo las manos en los bolsillos, la bufanda subida hasta la nariz, y la cabeza en mil sitios.

La roca en el acantilado es mi sitio. Mi santuario y también el de Aitor.

Donde todo se calma un poco. Donde solo se oye el mar rompiendo contra las rocas y el viento entre los pinos.

Me siento con las piernas cruzadas, Kovu se tumba a mi lado.

Y justo cuando estoy empezando a respirar de verdad, me vibra el móvil.

"Esta noche no voy a poder verte. Me ha surgido un compromiso. Te cuento mañana. Te quiero."

Cierro los ojos. Lo releo y me retuerzo por dentro. Ese mensaje no es suyo. No así, al menos.

Aitor no dice *"te cuento mañana"*.

Él lo dice todo en el momento. Aunque le cueste.

Y ahora esto suena a distancia. A algo que no quiere que sepa.

"No pasa nada. Esta noche he quedado con Laia. Descansa."

Lo envío. Y me quedo con el teléfono en la mano.

Laia. La fiesta. Casi me había olvidado.

Me dijo que me pasaban a buscar a las ocho. Que sería algo tranquilo. Algo pequeño. Que vendría Ibai también. Y de solo pensar en él se me revuelve el estómago.

Hay algo en ese chico que no me gusta.

No sé qué es. No lo puedo explicar.

Pero lo siento.

Y si algo he aprendido en los últimos meses es que lo que sientes, aunque no sepas ponerle nombre, importa. Me prometí a mí misma no volver

300

a ignorar mis alarmas internas. Y ahora están sonando. Bajito, pero constantes.

Aun así, voy a ir.

Porque se lo prometí. Porque quiero demostrarme que puedo tener una noche normal. Que no todo gira en torno a Aitor, a la prensa, al caos.

Y porque una parte de mí quiere comprobar que aún soy capaz de caminar sola.

Son las siete menos veinte y llevo diez minutos delante del armario sin moverme.

La ropa está ahí, colgada, sin presión, sin voz. Pero siento que me observa. Que me lanza la pregunta que yo no quiero responder: ¿De verdad quieres ir?

Suspiro. Me obligo a actuar.

Saqué el vestido esta mañana antes de salir, convencida de que no me arrepentiría.

Ahora lo miro y solo veo una decisión tomada por inercia.

El vestido negro cuelga del perchero y, por alguna razón, verlo ahora me provoca una sensación que no sé muy bien si es ansiedad, desgana o puro instinto. Me quedo quieta unos segundos delante de él, con las manos frías, intentando recordar por qué pensé que era buena idea ponérmelo. La tela cae perfecta, tiene ese punto de elegancia sin exceso, la estructura ceñida que marca las curvas y las mangas largas que cubren justo lo necesario. Es bonito, sí. Y me queda bien. Pero no sé si me siento con ganas de llevarlo esta noche. No sé si me representa en absoluto.

Aun así, me lo pongo. No porque esté convencida, sino porque no quiero volver a mirar el armario como si estuviera esperando que me diga qué hacer. Me lo subo con cuidado, estirando la cremallera a la espalda con ese gesto automático que he repetido mil veces, y luego me miro en el espejo del pasillo. El reflejo me devuelve una imagen correcta: cuerpo estilizado, pelo suelto cayendo liso sobre los pechos los labios un poco rosados después del bálsamo, los ojos turquesa resaltando más de la cuenta por culpa del contraste con el negro. Parezco otra. O, mejor dicho, parezco yo tratando de parecer alguien que tiene las cosas bajo control.

La máscara plateada está sobre la cómoda, donde la dejé al llegar. Tiene brillos pequeños, sutiles, casi imperceptibles a la luz apagada de mi habitación, y al colocármela siento por un segundo que me estoy metiendo en un papel que no sé si me apetece interpretar esta noche. Me ajusto la goma detrás de las orejas y me observo otra vez. Es como si me ocultara, sí, pero también como si al hacerlo quedara aún más expuesta. Como si esa media cara visible mostrara demasiado.

Kovu me mira desde el sofá con esa expresión suya que mezcla ternura y alerta. Tiene la cabeza apoyada entre las patas y los ojos fijos en mí, y no puedo evitar acercarme un momento, agacharme y acariciarle el lomo con cuidado, como si él también necesitara que le diga que todo va a estar bien.

—No tardo —le susurro, sin saber muy bien a quién intento convencer, si a él o a mí misma.

El timbre suena a las ocho en punto, como Laia prometió. Bajo las escaleras despacio, sintiendo cada peldaño bajo los tacones como si fueran una advertencia que no quiero escuchar. Afuera está oscuro, el aire huele a humedad, y la calle está casi vacía, salvo por ellos.

Laia se gira en cuanto salgo y abre los brazos con una sonrisa que ilumina su cara. Está deslumbrante. Lleva un vestido rojo oscuro de manga larga, con una capa de terciopelo negro que cae hasta los tobillos y le da ese aire de película antigua que siempre le ha gustado tanto. El pelo lo lleva recogido en un moño perfectamente pulido, y los labios, a juego con el vestido, son una declaración de intenciones.

—Tía, estás increíble —dice con ese entusiasmo que le sale fácil, pero que esta noche no consigo leer del todo bien.

—Tú también —le respondo, devolviéndole la sonrisa, aunque hay algo en mi voz que suena más bajito de lo normal.

Y entonces aparece él.

Ibai está apoyado contra el coche, con un cigarro a medio terminar entre los dedos, la chaqueta abierta y una expresión que no logro descifrar. Sus ojos me recorren de arriba abajo con descaro, pero sin sorpresa. Como si ya supiera cómo iba a verme. Como si me hubiera imaginado vestida así antes de que bajara las escaleras.

—Hola, Sara —dice con tono suave, casi educado, pero hay algo en su voz que me da frío.

Se acerca para saludarme, y cuando me da dos besos, siento cómo su mano roza mi brazo con una lentitud que me crispa la piel. No es un roce casual. No es un gesto torpe. Es medido, es concreto, y está ahí para que lo note.

—Hola —respondo sin mirarlo directamente, tragando saliva, intentando que mi cuerpo no se tense más de lo que ya lo está.

Nos metemos en el coche. Laia va delante, en el asiento del copiloto. A mí me toca atrás, sola, con la máscara aún puesta, sintiendo que llevo un disfraz que pesa más de lo que parece. Ibai arranca sin decir mucho, y la música suena de fondo, pero no lo suficiente como para llenar el silencio que se va acumulando poco a poco.

Laia y él hablan entre ellos. En voz baja, entre risas que no entiendo, frases sueltas que no me incluyen y miradas que me incomodan sin motivo aparente. Me siento fuera. Completamente. Como si estuviera en un coche donde todos saben algo que yo no sé.

Miro por la ventanilla. Las luces de la ciudad van quedando atrás. La carretera se va haciendo más estrecha, más oscura, rodeada de árboles y de curvas suaves que me desorientan. No sé hacia dónde vamos exactamente, y eso me pone más nerviosa de lo que quiero admitir.

Mi cuerpo está en tensión. Me cruzo de brazos, me recoloco la chaqueta sobre las piernas como si eso pudiera protegerme de algo, y me obligo a respirar hondo. Pero no sirve. Cada vez siento más claro que no estoy donde debería estar.

Y entonces, inevitablemente, pienso en Aitor.

Me dan unas ganas tan violentas de llamarle que tengo que apretar el móvil entre los dedos para no desbloquear la pantalla. Quiero decirle que venga por mí, que me saque de aquí, que me abrace fuerte y me diga que todo está bien y que esta fiesta no tiene sentido sin él.

Pero no lo hago.

Porque no quiero parecer la que siempre necesita ser salvada.

Aunque lo necesite.

Y mientras Ibai conduce por una carretera que no reconozco y Laia ríe como si nada, yo solo puedo mirar la noche tras la ventanilla y preguntarme, muy bajito, si estoy cometiendo un error.

Cuando el coche frena, lo primero que veo es la luz.

Un destello suave, casi dorado, que se filtra entre los árboles y se refleja en la humedad del camino como si estuviéramos entrando en otro mundo, uno de esos sacados de Pinterest, donde todo parece perfecto, aunque no sepas bien por qué. La casa está al fondo, ligeramente elevada sobre un terreno de grava clara, con una fachada moderna de líneas rectas, cristal y madera pulida. En la entrada, unas lámparas altas iluminan los escalones y las plantas que rodean el porche como si alguien se hubiera encargado de diseñarlo todo para que pareciera elegante sin esfuerzo.

Y lo han conseguido.

Es una casa bonita. De esas que no te esperas en medio de ninguna parte. De esas que huelen a dinero, a cuidado, a silencio caro. Por un segundo, algo en mí se relaja. No porque me sienta segura, sino porque la estética me desarma. Me entra por los ojos y me dice que, al menos por fuera, esto no tiene pinta de desastre.

—Wow…—susurro sin querer.

Laia se gira desde el asiento delantero con una sonrisa satisfecha, como si estuviera esperando mi reacción.

—Te dije que era un sitio top, ¿no?

Asiento, sin decir nada más.

Ibai ya ha salido del coche y abre mi puerta sin que se lo pida. Me extiende la mano para ayudarme a bajar, pero no la tomo. No por grosería, sino porque mi cuerpo aún no decide si confiar o no en la energía que él proyecta. Esa sonrisa suya, inclinada, siempre un poco más de lo necesario, no me da paz. Al contrario, cada vez que me la lanza, siento que estoy jugando a algo donde no sé las reglas.

Subimos los escalones de entrada y, al cruzar la puerta principal, me recibe un golpe de música tenue y risas lejanas. Hay más gente de la que esperaba, aunque no parece una fiesta descontrolada. Al menos no todavía. Las luces están bajas, pero no oscuras, como si alguien hubiera querido crear un ambiente elegante, con intención. Hay velas encendidas en algunos rincones, bandejas con copas perfectamente dispuestas, y un olor suave a incienso de vainilla que no sé si me gusta o me agobia.

El salón es enorme. Los techos altos, los sofás blancos de diseño, las paredes decoradas con cuadros abstractos que parecen puestos solo para impresionar. La música no es reguetón, ni tecno, ni nada esperable. Es un jazz electrónico de esos que suenan en bares con carta de vinos y luces tenues. La gente —la poca que hay por ahora— está dispersa, hablando en grupos pequeños, con copas de vino o gin-tonics perfectamente equilibrados en las manos. Nadie baila. Nadie grita. Todo parece medido, intencional, como si esta no fuera una fiesta, sino un escaparate.

Y yo no me siento dentro.

No porque sea hostil, ni porque nadie me mire mal —al contrario, ni me miran—, sino porque simplemente no soy de aquí.

No pertenezco a este escenario.

No hablo este idioma.

Siento los pasos de Laia al lado, su perfume envolviéndome como una nube familiar, mientras Ibai se aleja hacia una mesa donde dos chicos lo saludan con palmadas y sonrisas de complicidad que tampoco entiendo.

—¿Quieres algo de beber? —pregunta ella, girándose hacia mí, ya con una copa en la mano.

—No, gracias... por ahora.

Mi voz sale bajita, pero ella no lo nota. Ya está centrada en otra conversación, en otra dinámica, en otra fiesta que no es la mía. Me deja atrás sin maldad, simplemente como si supiera que yo sabré qué hacer conmigo.

Pero no lo sé. No tengo ni idea.

Me acerco a una de las ventanas grandes que dan al jardín trasero. Está completamente iluminado por luces tenues, con una piscina rectangular que brilla azul en medio de la oscuridad. Hay gente sentada en tumbonas con mantas sobre las piernas, hablando como si fueran amigos de toda la vida. Parece una película. Pero no la mía.

Y entonces vuelve la sensación.

Esa punzada leve pero insistente, justo debajo del esternón.

Esa alarma que no hace ruido, pero sí eco.

No sé si es por cómo me miró Ibai en el coche, o por lo mucho que me cuesta respirar con esta máscara plateada pegada a la cara, o por el simple hecho de que Aitor no está aquí.

Pero hay algo. Y no sé si es real, o soy yo volviendo a sentirme demasiado fuera de lugar como para pensar con claridad.

Quiero estar bien. De verdad. Quiero disfrutar, aunque sea una hora, bailar una canción, hablar con alguien sin pensar en lo que va a salir mañana en internet, sin recordar que soy "la chica que sale besando a Aitor Ibarrola".

Pero no lo consigo. Porque estoy en una casa preciosa, con decoración de revista y gente que se ríe bajito, pero no puedo dejar de sentir que, aunque no haya peligro a la vista… algo no encaja.

Y lo peor es que yo sí lo noto.

Y soy la única que lo está sintiendo.

El vaso frío se me escurre un poco entre los dedos cuando lo cojo. Es una copa alargada, elegante, con un líquido rosa que no sé muy bien qué lleva, pero que me ofrece una de las chicas del grupo de Laia con una sonrisa forzada. Le doy las gracias con voz suave, como si tuviera que pedir permiso para existir en esta sala. No he comido casi nada desde el mediodía, y el primer sorbo del trago me raspa la garganta como si no estuviera diseñada para mí.

Pero no digo nada. Solo asiento, y bebo otro sorbo.

Laia ya se ha perdido entre la gente. La veo de vez en cuando reír con una copa en alto, deslizarse entre grupos con esa seguridad suya que a veces envidio y otras veces me resulta completamente inalcanzable. Ella parece brillar en estos ambientes. Yo, en cambio, apenas parpadeo. Me muevo poco. Respiro despacio.

Ibai vuelve a aparecer a mi lado sin que lo haya notado. No sé si se ha ido realmente en algún momento o si solo ha estado observando desde otra esquina, esperando a que quedara sola otra vez.

—¿Y bien? —dice, apoyando el antebrazo sobre la barra, demasiado cerca. Su perfume —algo especiado, amargo— me llena los pulmones de golpe.

—¿Qué te parece el lugar?

—Es bonito —respondo, sin mirarlo del todo. Clavo los ojos en el fondo de mi copa, deseando que el trago desaparezca más rápido.

—Te queda bien ese vestido —añade, sin esperar respuesta. Y su voz no suena halagadora. Suena como un comentario que ya tenía decidido hacer desde que me vio aparecer.

—Gracias —murmuro, deseando que no siga. Pero lo hace.

—No muchas podrían llevarlo con esa seguridad.

Me tenso.

No porque haya dicho nada claramente malo, sino porque la forma en que lo dice no me gusta. Porque noto sus ojos en mi cuello, en mis clavículas, en el trazo justo donde el escote empieza, pero no muestra. Me siento analizada. Como si fuera algo expuesto.

Me bebo otro trago. Más largo esta vez.

Y entonces, sin preguntarlo, Ibai se inclina un poco más.

No me toca. No me empuja. Pero invade.

Mi espacio, mi aire, mi calma.

—¿Sabes? Me sorprendió que quisieras venir —dice, casi como si me estuviera haciendo una confesión.

—¿Por qué?

—No pareces del tipo que se mete en fiestas de desconocidos.

Alzo una ceja, por primera vez mirándolo de frente.

—Tienes razón. No lo soy.

Él sonríe, como si acabara de confirmar algo. Como si le gustara que me incomode.

Y en ese momento, por puro reflejo, me acabo lo que queda en la copa de un solo trago. El alcohol me sube despacio, sin euforia, como una ola pequeña que solo busca calmar el agua que lleva dentro. No es que me guste lo que estoy bebiendo. No es que quiera emborracharme. Es que necesito que mi mente se apague un poco, que la alerta baje un nivel, que este ruido dentro de mí se disuelva, aunque sea por un rato.

Me excuso con un gesto leve, me alejo de Ibai con una sonrisa educada, y me dirijo hacia una de las esquinas del salón, cerca de una estantería con libros de diseño que dudo que alguien haya leído. Me apoyo contra la pared y respiro, intentando que mis manos dejen de sudar, que mis pensamientos se ordenen.

Desde ahí puedo verlo.

Él me sigue con la mirada. No se esfuerza en disimularlo.

Otra chica se le acerca. Le habla al oído. Él sonríe. Le contesta algo. Pero al cabo de unos segundos vuelve a buscarme con los ojos. Como si yo siguiera siendo el centro de un plan que desconozco.

Y por dentro, mi cabeza solo piensa una cosa.

Aitor.

Dónde estás.

Por qué no estás aquí.

Por qué no me has preguntado cómo va todo.

Por qué tengo tantas ganas de mandarte un mensaje, aunque sea solo para decir ven a buscarme. Pero no lo hago. Porque no quiero ser la que depende.

Aunque hoy… no sé si podría sostenerme sola.

Hay un momento, uno muy concreto, en el que todo cambia.

En el que el ambiente ya no es solo incómodo, sino inquietante.

En el que las sonrisas de la gente se tornan lentas, las luces más bajas, los sonidos más apagados, y el cuerpo, aunque aún no haya peligro visible, sabe que hay algo mal. Mi cuerpo lo sabe. Y me lo grita en silencio.

Estoy de pie cerca de la estantería, la copa vacía aún entre los dedos, y Laia se me acerca de repente, rápida, con una sonrisa tensa que no llega a sus ojos. Su mano se cierra en mi brazo con fuerza, más fuerza de la que una amiga usaría jamás, y tira de mí con decisión.

—Ven, quiero enseñarte algo —dice, sin pedirme permiso.

—¿Qué? ¿Dónde? —pregunto, confundida, pero ella no contesta.

Me arrastra por un pasillo largo, mal iluminado.

—Laia, ¿qué haces? —pregunto otra vez, la voz apenas firme.

Pero ya no me responde. El pasillo es estrecho y oscuro. El aire huele a incienso mezclado con algo mas espeso, mas ácido. No sabría decir si es sudor o es alcohol.

Laia camina delante, taconeando como si esto fuera lo normal. Ibai viene detrás de mí. No dice nada.

La puerta al fondo del pasillo es negra, con una cortina de terciopelo rojo, medio corrida. Cuando se abre, me da en la cara una ráfaga de calor y música. Música densa, lenta, que parece pegarse a la piel como si respirara encima de mí.

Me dan ganas de dar media vuelta, pero Ibai esta pegado a mi espalda, es tarde.

Lo primero que noto cuando traspasamos a ese habitáculo, es la oscuridad, interrumpida por luces rojas y violentas que parpadean como si el sitio estuviera vivo, latiendo. El techo es bajo y las paredes están cubiertas de cortinas pesadas, negras, que no dejan ver nada detrás. Huele a sexo, a piel caliente, a algo turbio. Todo está cargado.

A mi izquierda, una especie de cama redonda— enorme, sin sabanas— donde un grupo de cuerpos se mueve como su fueran uno sólo. No distingo quién esta con quién. No sé cuantos hay. Solo hay piel y sonidos: jadeos, gemidos, golpes húmedos. Nadie se esconde. Nadie se tapa.

Del otro lado, hay un poste metálico, alto y robusto. Una mujer gira alrededor, completamente desnuda, con una venda en los ojos. Sonríe, pero no sé si lo hace por placer o por orden de alguien. Junto a ella un hombre la observa sin tocarla, como si la poseyera solo con la mirada.

Avanzamos unos pasos más, y veo una cruz de madera, sujeta al suelo con cadenas. Y atada a ella, una figura femenina con las muñecas rojas de tanto apretarse contra las correas. Un hombre le acaricia la espalda con lo que parece un látigo. O una fusta. Entonces la azota. Ella no grita, solo respira fuerte. Otra mujer de rodillas, completamente desnuda, le besa las piernas.

No hay normas, no hay límites. Hay hombres con hombres, mujeres con mujeres, tríos, grupos enteros que se tocan como si no existiera el pudor ni el tiempo. Algunos llevan máscaras. Otros solo con botas o collares.

Hay una zona roja al fondo iluminada por una luz roja mucho más fuerte. Allí veo un sofá largo, de cuero negro. Varias personas están tumbadas, medio drogadas. Hay una chica con la cabeza ladeada, los ojos en blanco. Un chico la acaricia y le susurra algo al oído. No sé si estará consciente. No sé si quiere que lo esté. Nadie parece preocupado.

Todo me da asco, miedo. Aunque el aire esté caliente, el frío recorre mi columna. Me sudan las manos. Me tiembla la piel.

Entonces oigo un grito agudo detrás de las cortinas negras, no sé si es de dolor o de placer. Tal vez ambas cosas.

Siento que el corazón me late en la garganta y que la mente me está tardando en conectar los puntos.

Esto no es una fiesta.

Esto es otra cosa.

Y yo no quiero estar aquí.

—¿Qué coño es esto? —susurro, más para mí que para ellos.

Pero Laia se gira. Y me sonríe. Una sonrisa torcida. Ajena. Vacía.

—Relájate. No pienses. Solo siente —me dice, como si yo fuera una niña tonta que se está perdiendo la diversión.

Y entonces ocurre.

Ibai, sin decir una palabra, le arranca el vestido a Laia de un solo tirón. La tela se rasga con un ruido seco, como si el aire se rompiera también. Ella se queda completamente desnuda frente a mí. No grita. No se cubre. Solo se acerca. Me toca el brazo.

Me susurra algo que no oigo porque el miedo me está haciendo un pitido agudo en los oídos.

Y luego me besa.

Laia.

Mi amiga.

Mi compañera.

Me besa en la boca con lentitud. Con las manos frías en mis mejillas.

Y yo no sé cómo salir de ahí.

Me aparto. Doy un paso atrás.

Pero no llego lejos.

Ibai me agarra del brazo, con una fuerza que me deja sin aire. No hay suavidad. No hay juego. Es firme. Dominante. Violento.

—¡Suéltame! —grito, pero la música tapa todo.

Intento zafarme, pero me arrastra hacia una de las camas, me empuja y me lanza sobre el colchón. Caigo de lado, las piernas se me doblan, los brazos no reaccionan.

Y entonces, en un segundo, me raja el vestido desde el muslo hacia arriba. La tela cede como si no fuera nada. Y yo grito.

—¡¿Estás loco?! ¡Ibai, para! ¡Qué coño estás haciendo!

Pero él no para.

Se inclina sobre mí, con los ojos brillantes, su aliento apestando a alcohol y rabia contenida. Me inmoviliza las muñecas con una sola mano, la otra tantea la tela rota, como si no estuviera tocando a una persona sino a una prenda que quiere quitar.

—¿Por qué resistes, ¿eh? —me escupe, tan cerca que noto su saliva caliente en la cara—. Seguro que te gusta. Golfa. Seguro que con tu futbolista haces estas cosas todo el rato, ¿no? ¿Qué, te gusta que te dominen? ¿Te crees mejor que nosotros?

—¡NO! ¡SUÉLTAME! —chillo, desesperada, con una fuerza que no sabía que tenía.

Mis piernas patalean, araño el colchón, le doy con la rodilla, con el hombro, con todo lo que puedo mover.

Siento que la garganta se me rompe de gritar.

Siento que el cuerpo me abandona.

Pero sigo luchando.

Porque no voy a dejar que esto pase.

No voy a dejar que me toquen.

Y entonces…

Todo se rompe en un segundo.

Ibai desaparece de encima de mí de forma violenta, como si una fuerza invisible lo hubiera arrancado del aire. Cae contra el suelo con un golpe seco y gutural. Yo me quedo sin aliento. Literal. El corazón me late tan rápido que no puedo distinguir si estoy gritando, llorando o simplemente a punto de desmayarme.

Y entonces lo veo.

Aitor.

Está encima de Ibai.

Y no es el Aitor que yo conozco.

No es el que me besa en la frente cuando duermo, ni el que me recoge el pelo cuando me quedo dormida encima de sus libros.

Este es otra cosa.

Es un animal desatado, empapado de rabia, de furia, de un dolor que no tiene nombre.

—¿¡Qué coño le ibas a hacer a mi mujer pedazo de basura!? —grita, con la voz completamente rota, en un alarido que no le había oído nunca.

Le da un puñetazo directo a la cara.

Uno.

Dos.

Tres.

Ibai apenas alcanza a levantar los brazos. Se retuerce en el suelo, cubriéndose, suplicando, pero Aitor no para. No escucha. Está en otra dimensión, en un estado donde ya no distingue lo justo de lo legal. Solo distingue que alguien ha tocado lo que más quiere en este mundo.

—¡¿Quién te crees que eres?! —grita, con saliva en la boca, con los ojos desquiciados—. ¿¡Te pensabas que podías ponerle una mano encima!?

Golpea de nuevo.

Un sonido hueco. Ibai gime.

—¿¡Te crees hombre!? ¡¿TÚ TE CREES HOMBRE, HIJO DE PUTA?!

Aitor lo agarra de la camiseta, lo levanta medio cuerpo del suelo, y le escupe en la cara. Literalmente.

Y luego lo deja caer como un saco sucio.

—¡No la tocas! ¡No la gritas! ¡No la miras sin permiso! —dice despacio, con una claridad que da miedo—. Te has metido con la persona equivocada, cabrón. La ÚNICA que me importa.

Se gira. Me ve. Y en ese momento, todo cambia.

Sus ojos —tan llenos de odio hace un segundo— se rompen al encontrarme a mí.

Yo, encogida en una esquina de la cama, con el vestido rasgado, la máscara torcida, el pecho subiendo y bajando como si no pudiera volver a respirar del todo.

—Sara… —susurra, y su voz ya no grita. Se quiebra.

Se lanza hacia mí. Se arrodilla frente a la cama, me toma la cara con ambas manos, y por primera vez desde que llegó, llora.

—No… no —dice, como si no pudiera creérselo—. Mi vida. Mi vida. ¿Te ha hecho daño? Dímelo. Por favor, dímelo.

Intento hablar, pero no me sale. Solo muevo la cabeza, no sé si diciendo que no o que ya no importa.

—Mírame, mírame, por favor —me suplica, con la frente pegada a la mía—. Te juro por lo más sagrado que no te voy a volver a dejar sola, Sara. Nunca más. Nunca. Me cago en mi vida si vuelvo a separarme de ti.

Y entonces, cuando sus brazos me envuelven, me derrumbo.

Lloro como una niña.

Como si todo lo que me estaba conteniendo desde que empezó la noche se hubiera roto al fin.

Me aferro a él como si fuera el último rincón seguro del planeta.

Y él me aprieta tan fuerte que siento que, aunque el mundo se venga abajo, mientras él esté ahí, yo no me voy a caer.

—Shh… estoy aquí. Estás a salvo. No te voy a soltar. No te voy a dejar —murmura contra mi pelo, mientras me balancea suavemente como si quisiera devolverme a la calma—. Te tengo, mi amor. Te tengo.

Sus brazos me envuelven con una fuerza que solo alguien desesperado puede tener. Huele a él, a humo frío, a rabia, a hogar. Está temblando. O puede que sea yo. No lo sé. No sé nada. Solo que por un instante respiro. Solo que por fin no estoy sola.

Siento sus labios en mi frente, sus dedos en mi nuca, sus palabras desordenadas y rotas.

—Estoy aquí, mi vida. Estoy aquí, ya está. No te voy a dejar. Nunca. Nunca más.

Y quiero creerle.

Quiero creer que ese Aitor que ha aparecido para salvarme del infierno es el mismo que me ama, que me juró una vida juntos, que me pidió matrimonio con los ojos húmedos, que me mira como si fuera lo único limpio que le queda en el mundo.

Quiero creer que lo que siento por él sigue siendo seguro. Hasta que, de pronto, una voz dentro de mí me grita.

Fuerte. Clara.

Una frase corta, afilada, inevitable:

¨ ¿Qué coño haces tú aquí, Aitor? ¨

Me separo un poco de su abrazo, lo suficiente para verle la cara. Está tan cerca que puedo notar cómo se le tensa la mandíbula antes de que yo termine la pregunta.

—¿Qué? —dice, con los ojos ya evitándome, como si supiera que acaba de romper algo sin querer.

—Aitor... ¿qué haces aquí?

Él traga saliva. Da un paso atrás. Mira al suelo. Y entonces la veo. Mónica.

Parada en el umbral de la sala, con los brazos cruzados y una sonrisa suave, falsa, perfectamente calibrada.

Esa sonrisa que no enseña los dientes pero que corta como una navaja.

—Vaya... qué escena tan emotiva —dice, ladeando la cabeza como si fuera testigo inocente de una historia que no la incluye—. Parecías tan... comprometido con tu heroísmo que casi me haces llorar.

Yo no entiendo nada.

Mi mente aún está en llamas.

Mi vestido está roto. Mi piel, en carne viva.

Pero lo que más me duele ahora... es la cara de Aitor. Pálido. Rígido. Culpable.

Como un niño al que acaban de atrapar mintiendo.

—No —susurro, sintiendo cómo la rabia me sube por la garganta—. No, no, no... dime que no has venido con ella. Dime que no has venido con ella, Aitor. Encima a este lugar, ¡¿a hacer qué?!

Él se acerca, da un paso. Las manos levantadas. Los ojos desesperados.

—Sara, no es lo que piensas, te lo juro. Yo no... Yo vine porque ella me chantajeó, me obligó, me dijo que si no venía...

—¿Y viniste? —le interrumpo, mi voz temblando—. ¿Con qué cara me salvas, Aitor? ¿Con qué puta cara?

Mónica sonríe como si disfrutara cada segundo de mi derrumbe. Como si se alimentara de él.

—Tú siempre tan intensa, Sara... Relájate. Él solo vino a acompañarme. Es normal que quiera mantener ciertas... amistades, ¿no?

—Cállate —le espeto, la garganta cerrada, el cuerpo entumecido—. No te atrevas a hablarme. No me hables. No me mires. Eres una zorra estúpida y pronto la vida te dará lo que mereces, no tengas duda.

Pero ya no puedo ni sostenerme. La rabia me sostiene más que mis piernas.

La humillación me empuja hacia la puerta.

—Sara, por favor —Aitor suplica. Intenta acercarse. Quiero que lo haga. y quiero que no. Quiero desaparecer.

—No me sigas. No digas nada más. No me toques —le digo, cada palabra un cuchillo, cada paso hacia atrás una herida.

Salgo de esa habitación como si tuviera fuego en los talones.

Y no me importa que vaya con el vestido hecho trizas.

No me importa que mis lágrimas estén cayendo delante de todos.

Lo único que me importa es no volver a mirarlo. Porque me he roto una vez más esta noche.

Y él —el que juró no soltarme nunca— ha dejado que me vuelva a romper.

La lluvia lo cubre todo. El sonido ensordece, empapa cada rincón del bosque, se funde con mis pasos desesperados bajando el sendero de tierra como si pudiera dejar atrás todo lo que acaba de pasar. El vestido rasgado se pega a mi cuerpo como una segunda piel de vergüenza. Me tiemblan las piernas. Las manos. El alma.

Y entonces lo oigo.

—¡Sara! ¡Sara, espera, por favor!

Me detengo, sólo un segundo. Lo suficiente para odiarme por hacerlo. Lo suficiente para que él me alcance. Lo veo correr bajo el aguacero, empapado, con el pelo cayéndole en la frente y la desesperación brillando en sus ojos como si la lluvia también viniera de dentro de él.

Me coge del brazo, suave, tembloroso, como si me tuviera miedo.

—No te vayas así, por favor. No te vayas sin escucharme.

—No quiero escucharte —susurro. No tengo voz. Tengo nudos en la garganta y un huracán dentro. — Me has mentido. Y estabas con ella, Aitor. Con Mónica. ¿Cómo has podido?

Él niega con la cabeza, empapado, roto, con los labios entreabiertos como si estuviera buscando palabras que no existen.

—No es lo que parece. Sí es cierto que este era mi mundo, pero sabes que me repugna desde que te conocí. Mónica me dijo que solo la tenía que acompañar y que, si lo hacía, todo se iba a acabar. Te juro que no quería estar aquí. Me presionó, yo solo quería dejar atrás todo mi pasado, para tener un nuevo futuro juntos. Se iban a acabar los chantajes Sara.

—¡Entonces por qué no me lo dijiste! ¡Por qué no confiaste en mí! —le grito, mientras la lluvia se mezcla con mis lágrimas y ya no sé qué es agua y qué es dolor—. Me juraste que no habría secretos. Me juraste que podía confiar en ti. Y has estado al lado de la mujer que ha destruido una parte de mi vida y ha disfrutado haciéndolo.

Él me mira como si el alma se le estuviera deshaciendo en ese mismo instante.

—No sabía cómo contártelo. Me daba miedo. Miedo de perderte. De que pensaras que soy como él. Como tu padre. Y sí, me equivoqué, joder. Me equivoqué mucho. Pero no dejo de amarte. Ni un solo segundo. Ni siquiera cuando no lo merezco.

—Aitor...

—Te lo suplico —dice, y su voz ya no es fuerte. Es un susurro desesperado—. No me dejes. No te vayas así. No me quites lo único que me hace querer levantarme cada día. No me quites lo único que siento limpio.

Yo tiemblo. No porque tenga frío. Sino porque lo único que quiero es abrazarlo. Fundirme con él. Creerle.

Pero no puedo.

316

—Me has fallado. Cuando necesitaba saber que, al menos tú, eras mi lugar seguro. Y ya no sé si lo eres. Es que no puedo confiar en ti. Me has mentido y lo peor es que yo misma sabía que no estabas siendo sincero.

Él se acerca. Me toma la cara con ambas manos, tembloroso, vulnerable como nunca lo he visto.

—Tú eres todo para mí, Sara. Si te vas ahora… si me dejas así, no sé cómo voy a volver a respirar. No sé si puedo seguir sin ti. Mi mundo se rompe. Se rompe entero. Porque sin ti, ya no hay nada.

Las palabras me atraviesan. Me matan. Me arrancan el alma a tiras. Porque lo amo. Lo amo tanto que no cabe en mi cuerpo. Pero también me duele. Me duele tanto que no me reconozco.

—Te juro que daría mi vida por volver atrás y contártelo todo. Por no haber tenido miedo. Por no haberla dejado tener ese poder sobre mí. Pero si tengo que pagar el precio de perderte por mis errores… entonces dímelo. Pero no me odies. Por favor, no me odies.

Y entonces, entre sollozos, le digo lo único que no quería decir:

—No te odio. Te amo. Pero también me has roto.

Y me alejo. Porque si me quedo, no podré irme. Y esta vez… tengo que hacerlo.

Porque si no me marcho ahora, no voy a aprender a vivir sin alguien que puede volver a destruirme.

—¿Y ya está? —dice Aitor, con la voz hecha trizas, inmóvil bajo la lluvia—. ¿Así se acaba? ¿Te estás rindiendo?

Me detengo, pero no me giro. Siento el agua corriéndome por el cuello, los dedos fríos, el corazón a punto de romperse por completo.

—No —mi voz es un susurro seco—. No me estoy rindiendo. Tú me has echado.

Y entonces sí. Camino. Y lo dejo atrás.

Aunque lo que más duele… es que no quiero hacerlo.

28

SARA

Camino sola por la carretera mojada, sin mirar atrás.

La lluvia me sigue cayendo como si también estuviera llorando. El barro me llega hasta los tobillos, el vestido rasgado me cuelga del cuerpo como un recuerdo del que no puedo deshacerme, y el corazón… el corazón lo tengo como una piedra que ya no sabe flotar.

No sé cuántos pasos doy. Ni cuánto tardo. Solo sé que cada uno me aleja de él.

De Aitor. De todo lo que habíamos construido.

De lo que pensé que era amor seguro. Refugio. Casa.

Y al final, solo ruinas.

Saco el móvil con las manos temblando. Llamo al taxi sin pensar. Digo una dirección con voz hueca. Apenas entiendo lo que me responde el conductor. Solo asiento. Solo espero. Solo quiero irme.

El coche llega envuelto en niebla y luces bajas. Me subo sin hablar, con la cara empapada, los labios morados y las uñas clavadas en las palmas.

No lloro. No me quedan lágrimas.

Todo lo que había en mí para romperse ya se rompió en su mirada.

En el instante exacto en que me soltó.

Como si no doliera. Como si no fuera él mismo quien me estaba empujando a marcharme.

Me apoyo en la ventana y dejo que el paisaje oscuro pase a toda velocidad, como si pudiera olvidar más rápido así. Pero no se va.

No se va su olor.

No se van sus manos en mi cara mientras me suplicaba.

No se va la forma en que me ha gritado:

"¿Y ya está? ¿Te estás rindiendo?"

Y lo que más me persigue es mi propia respuesta, la que he dicho con el alma hecha jirones, con la dignidad sangrando en los labios:

"No, Aitor. No me estoy rindiendo. Tú me has echado."

Porque es la verdad.

No he sido yo. Ha sido él quien eligió callarse.

Él quien decidió confiar en Mónica en vez de en mí.

Él quien no creyó que juntos podíamos con todo. Como no dejaba de repetirme, me estaba mintiendo a mí y se estaba mintiendo a sí mismo.

Y ahora…

Estoy sola.

Por su elección.

El taxi llega a la puerta de casa. Bajo con pasos torpes. Siento los pies entumecidos, los dedos helados, la garganta en carne viva.

Kovu me espera tras la puerta, rascando con las patas, gimiendo al oírme llegar. Cuando la abro, me lanza un salto como si supiera que me estoy derrumbando, como si él también pudiera oler la tragedia.

Me dejo caer en el suelo del salón, aún con el abrigo empapado, con el pelo chorreando y las manos aferradas al cuello del perro.

Y por primera vez desde que me fui… lloro.

Lloro con el alma. Lloro con el pecho convulsionando.

Lloro como si el aire me faltara. Lloro porque sé que lo amo.

Y porque sé que he hecho lo correcto. Aitor me ha dejado sin otra opción.

No porque no me ame. Sino porque el amor no puede construirse sobre mentiras, por muy buenas que sean las intenciones.

Y eso… eso es lo que más me duele.

No puedo pegar ojo, solo dar vueltas en mi cama.

La ropa empapada quedó tirada en el pasillo, igual que mi bolso, los zapatos embarrados y la máscara plateada. Me he metido en la cama después de ducharme, pero sigo con el pelo mojado, el cuerpo tembloroso, la cabeza como un enjambre.

No puedo dormir. No puedo apagar lo que tengo dentro.

Kovu está enroscado a mi lado, su respiración tranquila, como si él supiera que tiene que quedarse ahí. No se ha movido desde que me tumbé. Es mi única compañía esta noche. Y probablemente, la única que me abrace sin condiciones.

El teléfono está en la mesilla, encendido, iluminando el techo a intervalos.

Lo miro.

No tengo mensajes de Aitor.

Y, en el fondo, me parte que no los haya, si soy sincera conmigo misma.

Pero también… también me daría rabia si los hubiera. Porque no sé si sería capaz de no contestarle.

Abro WhatsApp.

Veo el grupo de mis amigas lleno de notificaciones que no leo.

Mi madre no ha vuelto a escribirme desde esta mañana.

Y entonces… Le escribo. A pesar de las horas, no quiero preocuparla, pero la necesito.

"Mamá, cuando puedas me llamas. No pasa nada, pero quiero oírte."

Lo borro. Lo vuelvo a escribir.

Y esta vez lo envío.

"Mamá, estoy bien. Solo… cuando puedas, dime algo."

Lo envío también.

Miro la pantalla fija durante largos segundos. Los dos tics azules no aparecen. Solo aparece uno. No me sorprende. No me duele. Solo confirma lo que ya sé: estoy sola.

Y eso es lo que más pesa.

Y aunque quiera gritarle al mundo lo injusto que es todo, aunque quiera abrir la ventana y romper algo, sé que no puedo hacerlo.

Sé que tengo que mantenerme entera.

Porque si me rompo ahora…

Si me dejo ir… Si permito que esto me hunda del todo… No me levanto.

El sábado me incorporo en la cama, abrazo las piernas contra el pecho y cierro los ojos, dejando que las lágrimas caigan de nuevo, silenciosas, necesarias.

No me tapo. No me seco. No me escondo.

Solo lloro. Lloro por todo lo que no puedo decirle a nadie.

Por todo lo que esperaba de Aitor y no tuvo el valor de sostener.

Por lo mucho que me duele saber que pase lo que pase voy a amarlo, aunque me tenga que amar más a mí.

Por lo sola que estoy y lo fuerte que tengo que parecer igual.

Respiro hondo.

Llevo meses, dejando a un lado mis tácticas de yoga, cuando son lo último que debería haber dejado atrás. Mi vida se ha convertido en un sinfín de dramas y momentos intensos, y no he tenido tiempo de pensar en todo lo que me dejaba atrás.

Y me digo a mí misma, en voz baja, rota, apenas un susurro:

—No va a pasar nada.

Voy a estar bien. Aunque me cueste. Aunque no lo sienta ahora mismo.

Voy. A. Estar. Bien.

Kovu levanta la cabeza. Me mira. Me lame la rodilla. Y se vuelve a dormir.

Sonrío, un segundo. Uno minúsculo.

Como una grieta de luz en medio de un muro gris.

El fin de semana se escurre entre las paredes de casa como un animal herido que se niega a morir. No hago mucho. Apenas hablo. Apenas como. No contesto a los mensajes. Solo dejo que los días pasen sin exigirme nada, como si el simple hecho de respirar fuera suficiente. El sábado se funde en una jornada eterna, en la que me obligo a practicar yoga varias veces, no porque me apetezca, sino porque necesito que mi cuerpo haga algo que mi cabeza no puede: parar. A veces tiemblo en mitad de una postura sin entender si es por agotamiento o por angustia. O por las dos cosas.

Hay ratos en los que me tumbo en la esterilla al terminar, con los ojos cerrados y las manos extendidas hacia los lados, y dejo que el mundo me pase por encima. Imagino que estoy en otro lugar, en otra vida, en otra yo. Una donde no hay promesas rotas ni silencios que pesan como traiciones. Me repito a mí misma que no va a pasar nada, que esto también pasará, que la tristeza no es un lugar para quedarse. Pero por dentro sigo sintiéndome hueca. Y sola. Profundamente sola. Como si ya no me perteneciera del todo.

Por la noche me meto en el sofá con una manta encima. He estado todo el día intentando mantener la mente ocupada, limpiando, leyendo párrafos sueltos de un manual de clase que no he logrado retener, duchándome dos veces sin razón, hablando con Kovu como si pudiera entenderme. Enciendo la televisión por inercia, sin prestar atención, haciendo zapeo con una desconexión absoluta, como si ninguna imagen pudiera realmente sacarme de este estado suspendido. Hasta que, sin quererlo, la pantalla me lanza una bofetada sin previo aviso.

En el resumen deportivo, entre jugadas repetidas y nombres que no significan nada para mí, aparece él. Aitor. Lo muestran en primer plano, sudado, serio, con el pelo recogido, dando órdenes en mitad del campo. Hablan de su liderazgo, de su actuación brillante en el partido de esta tarde, y lo mencionan como el mejor jugador del encuentro. El escudo de su equipo brilla en la camiseta mojada y él parece tan centrado, tan en control, tan distante de todo lo que ha ocurrido entre nosotros… que algo dentro de mí se contrae.

Me quedo quieta, completamente helada, mirando cómo corre, cómo grita, cómo levanta el brazo para marcar una posición. Juega en otra ciudad. Ha viajado hoy mismo. Y no me ha dicho nada. Ni un mensaje. Ni una palabra. Ni siquiera un intento de disculpa o de acercamiento. Me ha dado justo lo que le pedí: distancia. Y me duele más que cualquier insulto, más que cualquier mentira. Porque esa distancia… significa que ha entendido. Que ha aceptado que me ha perdido. Y lo está cumpliendo con una precisión que me asusta. Me destroza. Porque si puede respetar eso con tanta claridad, entonces tal vez no le duela tanto. Tal vez no me necesite como yo pensaba.

¿Era esto lo que quería? ¿Que se alejara? ¿Que no insistiera más? ¿Que no volviera a buscarme? Entonces ¿por qué, al verle en esa pantalla, siento que se me rompe el estómago? ¿Por qué tengo la sensación de que he cometido un error del que no sé cómo volver? Me hago una pregunta que no quiero contestar: si Aitor hubiera venido, si me hubiera buscado otra vez, si me hubiera cogido de la mano sin pedir permiso... ¿ya estaría otra vez con él?

No tengo la respuesta. No quiero tenerla.

Apago la televisión de golpe. La imagen se va. Pero él no. Él se queda. En mi mente. En mi pecho. En todo lo que no sé cómo curar. Me hundo más en el sofá, acaricio a Kovu que duerme a mi lado como si no hubiera pasado nada. O como si él, a diferencia de mí, sí pudiera confiar en que todo estará bien.

El silencio de la casa es espeso. Afuera, el viento sacude las persianas. Adentro, solo quedo yo, cansada de mí misma, deseando que el tiempo pase más rápido, que los días me devuelvan algo de sentido, algo de fuerza. No voy a romperme del todo. No voy a dejar que esto me arrastre. He estado peor. He salido de cosas más oscuras que esta. Lo sé. Pero joder... cuánto cuesta respirar cuando el dolor tiene la forma exacta de alguien a quien todavía amas.

El domingo se cuela por las ventanas como una presencia silenciosa. No hace sol, no llueve, no pasa nada. Pero hay una densidad rara en el aire, como si la casa supiera que algo va a pasar y todavía no lo dice. Me despierto temprano, sin haber dormido bien, con esa sensación de que me dejé algo pendiente en el día anterior. Me recojo el pelo, me lavo la cara, y me siento delante de los apuntes que dejé abiertos sobre la mesa del comedor el sábado por la noche. Toca estudiar. Mañana tengo mi primer examen final y por mucho que mi vida personal se haya desplomado como una torre de cartas en llamas, los exámenes siguen en pie. No esperan. No les importa nada de esto.

Intento concentrarme. Hago esquemas. Subrayo. Me repito los conceptos en voz baja, como si pudieran fijarse mejor si los escucho. Pero la mente se me va. Una y otra vez. Me encuentro mirando al móvil cada diez minutos, sin motivo. Buscando algo que no llega. O, mejor dicho, buscando a alguien.

Mi madre sigue sin responder. Los mensajes del viernes por la noche siguen sin llegarle. No hay llamadas perdidas. Ningún audio. Nada. Cero. Y al principio me digo que es normal. Que estará ocupada. Que a veces se pasa días sin coger el teléfono. Que no quiere agobiarme, que ya llamará. Pero cuando llega el domingo por la tarde y la situación no cambia, empiezo a notar cómo la ansiedad se me instala en la garganta, como si tuviera algo atascado que no sé cómo expulsar.

Siento una punzada en el estómago, y no es por Aitor. Es por ella. Y hay algo, algo pequeño pero insistente, que me dice que esto no es normal. Que algo no encaja. Que esta vez su silencio no se siente como distancia… sino como una ausencia que empieza a doler de otra forma.

Vuelvo a enviar un mensaje.

"Mamá, ¿estás bien? Solo dime eso. Por favor."

Lo miro durante un rato después de enviarlo. Como si por mirarlo fuera a sonar de vuelta. No lo hace.

Intento volver a estudiar. Me obligo. Me repito que no puedo permitirme suspender, que no quiero volver a perder el control de nada más en mi vida. Que los estudios, al menos, son míos. Que si apruebo será porque me lo he ganado sola. Pero leer con el pecho apretado es como intentar escribir en mitad de un temblor. Puedo, pero me cuesta. Cada palabra tarda en entrar. Cada definición se mezcla con otra. Las fechas se me confunden.

Y encima está el ruido de fondo. Todo. El partido de Aitor. Su cara en la televisión. Su silencio tan correcto, tan limpio, tan obediente. Y la maldita sensación de que, aunque le dije que se alejara, no estoy preparada para que lo haga. No del todo. No así.

Cuando cae la noche, la ansiedad crece en espiral. Kovu me mira desde la alfombra como si sintiera mi inquietud. Camino por la casa de un lado a otro sin saber muy bien qué estoy esperando. Miro el reloj. Me meto en la ducha. Me visto. Me siento otra vez frente a los apuntes. Pero la cabeza ya no está en los exámenes. Está en ese algo que me dice que todavía pueden complicarse más las cosas. Que todavía puede haber un golpe final. El último.

Y el problema es que no tengo pruebas. Solo una corazonada.

Pero hay algo en mí que no me deja tranquila.

La tormenta ha empezado esta noche como un murmullo, apenas un siseo sobre el tejado. Ahora golpea con fuerza. Las gotas caen gruesas contra las ventanas, el cielo retumba como si estuviera tragándose algo muy grande. Estoy sentada en la cocina, con el pijama de algodón y un moño flojo recogido de cualquier manera. Ceno lo que he podido improvisar, algo sin sabor, sin sentido. Ni recuerdo haberlo cocinado. Solo quiero terminar el día y meterme en la cama, con la esperanza ingenua de que mañana me despierte sintiéndome distinta. O al menos un poco menos hundida.

Kovu duerme cerca, bajo la mesa. La tele está apagada. El móvil en silencio. El libro de apuntes abierto junto a mí. Tengo que estudiar, concentrarme, estar lista para el examen de mañana.

Entonces suena.

No el teléfono.

No una alarma.

Sino golpes.

Golpes secos, insistentes, contra la puerta de entrada.

Tardo un segundo en reaccionar. Me levanto despacio. Camino por el pasillo con un nudo en el estómago que se aprieta más con cada paso. Cuando abro la puerta, la imagen ya no me sorprende.

Es Aitor.

Mojado, otra vez.

Empapado hasta los huesos. Con la chaqueta pegada al cuerpo, su pelo goteando sobre la frente, y la mirada… esa mirada.

No hay furia en sus ojos esta vez. Tampoco esperanza. Lo que veo es otra cosa: vacío. Un hueco tan hondo que parece que lo haya dejado todo fuera, como si la lluvia le hubiera arrastrado hasta aquí con lo único que le queda.

Nos quedamos unos segundos sin hablar. Él me mira. Yo respiro.

Después, sin pedir permiso, da un paso hacia dentro. Yo no lo detengo, pero tampoco me muevo.

—No podía no venir —dice, con la voz más grave de lo normal, cansado—. Lo he intentado. Pero no puedo más, Sara.

—Aitor, mañana tengo un examen. No estoy para esto —le contesto sin suavidad, volviendo hacia la cocina, sin invitarlo a seguirme, pero sabiendo que lo hará igual.

Me siento de nuevo. Él se queda de pie, mojando el suelo, con los brazos cruzados sobre el pecho y esa expresión de alguien que ha venido a jugar su última carta.

—No entiendo cómo has pasado de amarme a odiarme —dice, sin rodeos, casi con amargura—. No puede ser que en dos días todo se haya borrado.

Lo miro en silencio. Tardo unos segundos en contestar, no por calma, sino porque me duele demasiado. Porque sé que, si empiezo a hablar sin pensar, voy a acabar llorando, y no me queda fuerza para eso.

—No te odio, Aitor, estoy a años luz de eso, créeme —digo al fin, sin levantar la voz—. Pero me has hecho daño, que es distinto.

—Lo sé. Lo sé, joder. Pero... ¿tan grave fue? —suelta, y ahí lo noto. Ese tono. Esa forma de no querer mirar de frente lo que hizo—. Lo que pasó... no fue lo ideal, vale. Pero tampoco te engañé con ella. No hubo nada. Estaba intentando protegerte. ¿Eso me convierte en un monstruo?

Me quedo completamente quieta. Y sé que la conversación ha cambiado. Que esa frase acaba de levantar una muralla entre los dos que yo no pienso cruzar.

—¿No fue tan grave? —repito despacio, tragándome todo—. ¿En serio me estás diciendo eso?

Él aprieta los dientes, se pasa las manos por el pelo empapado, como si no pudiera con la tensión. Pero no dice nada. No se disculpa. No rectifica.

Y entonces me levanto. Me planto frente a él. Y exploto.

—¿Sabes qué, Aitor? Tienes razón. Para ti probablemente no lo sea. Para ti es un error, un malentendido, una historia más. Y me parece genial. De verdad. Porque tu vida sigue. Porque tú al día siguiente estás viajando con tu equipo, estás jugando, brillando en el campo, cumpliendo con lo que tienes que hacer, como si nada hubiera pasado.

Él intenta decir algo, pero no le dejo.

—Mientras yo estoy aquí. En una maraña de cosas que ni tú te imaginas. Sola. Asustada. Viviendo cosas que no puedo contarle a nadie. Con un nudo en el estómago todo el día, sin saber si mañana podré dormir bien, sin saber si voy a poder con todo lo que tengo encima. Y encima, tengo que rendir en los exámenes. No me puedo permitir fallar. ¿Lo entiendes? No me puedo permitir fallar en nada más. Y tú… tú vienes aquí como si quisieras que lo resolviéramos en media hora, con la tormenta de fondo, como si bastara con que dijeras que me echas de menos para que todo se arregle.

Aitor me mira, y por primera vez, parece que algo dentro de él se quiebra. Pero ya no importa.

—¿Sabes cuál es el problema, Aitor? Que no sé si esto puede funcionar. Que no sé si somos compatibles. No sé si yo estoy hecha para esto, o si tú estás dispuesto a bajar al suelo donde yo vivo. Solo sé que ahora mismo… estoy harta. Mentalmente agotada. No tengo más energía. No puedo.

Camino hacia la puerta. Él no se mueve. Solo me sigue con los ojos.

—Quiero que te vayas. Ya hablaremos. Cuando acabe los exámenes. Cuando pueda respirar.

Aitor da un paso hacia mí, como si todavía pensara que puede decir algo que lo salve.

—¿Y ya está? ¿Así termina todo?

Y yo, con las manos temblando sobre el marco de la puerta, le miro por última vez.

—No. No termina. Pero ahora mismo, necesito que no estés. Necesito que me dejes. Porque si no, me vas a romper aún más. Y no me lo puedo permitir.

Abro la puerta. La lluvia sigue cayendo. Él me mira, como si esperara algo más. Una grieta. Una mano. Un perdón.

Pero no lo hay.

Y entonces lo digo, bajito, apenas un susurro.

—Vete, Aitor.

Y cierro la puerta.

Me quedo ahí, apoyada en ella, sintiendo cómo la humedad se cuela por los bordes, escuchando sus pasos alejarse. No sé si se ha girado. No sé si se ha ido de verdad. Solo sé que no quiero volver a mirarle ahora. No porque no lo quiera. Sino porque, precisamente por eso, no puedo hacerlo.

Vuelvo a la cocina, seco mis lágrimas sin mucha delicadeza, me siento de nuevo ante los apuntes y me obligo a abrirlos.

29

SARA

Cuando suena el despertador, ya estoy despierta. Me he pasado la noche en bucle, con la cabeza llena de imágenes desordenadas, de frases que nunca se dijeron en voz alta, de recuerdos que aún no sé cómo catalogar. El cuerpo se mueve por inercia. Me levanto, me ducho con agua fría, me visto con ropa cómoda. No me maquillo. No quiero máscaras. Solo quiero pasar el día. Salir viva de él.

Desayuno lo justo. Una tostada quemada que trago sin apetito, un café que me sabe a metal. Kovu se apoya en mi pierna mientras me siento a atarme las zapatillas. Sus ojos, fieles y tranquilos, son lo único que no me descoloca últimamente. Salimos a pasear por el sendero de tierra que rodea la casa. La humedad en el aire todavía huele a tormenta. Hay barro en las orillas del camino y las hojas caídas están pegadas al suelo como si no quisieran despegarse nunca más. Me siento como ellas. Como si me hubieran empapado y luego olvidado en una esquina. Camino en silencio, dejando que Kovu marque el ritmo, dejando que la respiración profunda me recuerde que aún estoy aquí, que sigo siendo capaz de algo tan simple como poner un pie delante del otro.

El trayecto en bus es una burbuja de sonidos apagados. Gente que habla, que se saluda, que revisa apuntes. Yo voy en mi sitio de siempre, junto a la ventana, con la cabeza apoyada en el cristal y los cascos puestos, aunque no haya música sonando. Hoy no quiero que nadie me mire, que nadie me diga suerte, que nadie me toque. Me centro en recordar datos, obras, fechas. Pero todo se mezcla con otra cosa: el nudo en el estómago por no saber nada de mi madre, el eco de la última conversación con Aitor, las palabras que se me clavaron en la piel como alfileres. Estoy al límite. Lo sé. Y, aun así, camino por el pasillo de la facultad como si no lo estuviera.

No me da tiempo a llegar al aula. Oigo mi nombre. Primero una vez, luego dos. La voz que no quiero volver a escuchar. Me doy la vuelta despacio, con el corazón acelerado y la rabia ya latiendo bajo la piel. Laia viene hacia mí corriendo. El pelo suelto, la cara agitada, como si hubiera estado buscándome desde que entró por la puerta. Me paro. No por ella, sino por mí. Porque no pienso volver a huir de nadie.

—Sara, por favor, escúchame —Su voz es aguda, nerviosa, como si creyera que con hablar rápido va a convencerme.

No le contesto. No muevo ni un músculo.

—Todo fue un malentendido, ¿vale? De verdad. Yo creía que... que podíamos entendernos así. Que era algo que... no sé, que podíamos explorar. Pensé que sería natural, que tú también querrías...

—Eres una cerda, tía —le corto con una calma gélida que no reconozco en mi propia voz—. Eso es lo que me estás diciendo. ¿Eso es lo que haces con todas tus amigas, Laia? ¿Por eso no te queda ninguna?

Laia retrocede un paso, sorprendida por el tono. Pero yo ya no puedo detenerme. No después de todo.

—Y ya no es solo eso. No es solo que montaras todo un teatrillo para llevarme engañada a esa casa de mierda. Es que tienes la poca vergüenza de venir aquí y quitarle importancia a que el hijo de puta al que llamas novio estuviera a punto de violarme. Me tenía agarrada. Me decía cosas al oído que no repetiría ni, aunque me pagaran. Y tú. Tú estabas allí. Mirando. Sin hacer nada.

—Sara, no fue así... —intenta decir. Pero la corto inmediatamente.

—¿No fue así? ¿Tú estuviste en otro sitio o qué? Porque yo te vi. Te vi con mis propios ojos. Y no solo no hiciste nada, es que casi parecía que te gustaba. ¿Sabes qué eres? Una mierda de persona. Y en la mierda te vas a quedar toda tu vida, Laia. No vengas ahora a hacerte la buena, porque no lo eres. Estoy segura de que, si Aitor no se hubiera metido, habrías dejado que todo siguiera.

Entonces su tez cambia, se vuelve dura y su mirada es fría.

– Por favor deja de hacerte la santa, porque como dices, si Aitor no se hubiera metido, lo habrías acabado disfrutando. Pero llevas un papelón importante cariño.

La bofetada me sale sola. No la pienso. No la calculo. Solo ocurre. Le cruza la cara con un sonido seco que hace que todos los que están cerca se giren. El pasillo se queda en silencio unos segundos. Laia se tambalea un poco. Se lleva la mano a la mejilla, donde ya se empieza a marcar la sombra rojiza del golpe.

Se recompone con una sonrisa torcida, de esas que no nacen de la boca sino del veneno.

—¿Sabes qué pasa? Que vas por la vida como si no hubieras roto un plato. Como si fueras intocable. Pero eres una hipócrita, Sara. Con tu "prometido" ahí, metido con una prostituta de lujo. Sí, cariño. Mónica. Te suena, ¿no? Créeme, es de las caras. Y aún tienes el descaro de venir a dar lecciones morales. La que da pena aquí eres tú.

Se da media vuelta, caminando como si hubiera ganado algo, como si sus palabras tuvieran más peso que las acciones que calló. Y me deja ahí, plantada, con el pecho ardiendo y las manos todavía temblorosas por la bofetada. Con todos los ojos puestos en mí y las emociones tan cerca de la superficie que me cuesta no explotar de nuevo.

Pero no lo hago. No esta vez.

Respiro. Cierro los ojos. Me doy la vuelta. Y camino hacia el aula.

Tengo un examen que rendir.

Y aunque hoy me haya quedado sin aire, sin madre, sin promesas que creer… aún tengo que demostrarme a mí misma que puedo sostenerme. Aunque sea por los pelos.

Llego al aula con los dedos cerrados en puños, las mejillas ardiendo y el corazón bombeando con una furia que no sabía que aún me quedaba. Me cuesta no mirar atrás. Me cuesta no volver a girarme, salir corriendo y gritarle a todo el mundo lo que ha pasado, lo que me han hecho, lo que aún nadie sabe. Pero en vez de eso, me obligo a entrar, a caminar entre los pupitres, a sentarme en el mío como si no acabara de atravesar un campo de batalla.

A mi alrededor, todo parece normal. Los estudiantes sacan bolígrafos, repasos de última hora, caras tensas, susurros de pánico controlado. Nadie sabe qué hace cinco minutos casi le arranco la cara a alguien. Nadie sabe que tengo un nudo en el pecho que no se me deshace desde el jueves. Nadie sabe que sigo sin saber nada de mi madre, que me da miedo abrir el móvil y no encontrar ni un "estoy bien".

Saco mi estuche, mis hojas, respiro hondo. Me tiembla un poco la mano al abrir el bolígrafo, pero cierro los ojos un segundo y me digo que tengo que hacerlo. Que no es una opción suspender. Que, si hay algo que me sigue sosteniendo, algo que aún es solo mío, es esto. El conocimiento. El esfuerzo. La constancia. Lo que nadie puede quitarme, por muy destrozada que esté por dentro.

La profesora reparte los exámenes. El folio cae delante de mí como una bomba sin detonar. Lo miro. No lo abro. Espero a que dé la señal. Cuando lo hace, leo la primera pregunta y me lanzo.

Durante los primeros minutos escribo como si me fuera la vida en ello. Las fechas, los autores, los estilos… todo fluye porque me lo sé, porque lo he machacado hasta en los días en los que no podía ni mantenerme en pie. Pero a la mitad del examen, algo en mí empieza a tambalearse. Las palabras se nublan. La imagen de Laia vuelve. Su voz. Su sonrisa torcida. Y luego Aitor. Su cara bajo la lluvia. Mónica. Todo lo que no he resuelto. Todo lo que me ha explotado en la cara. Y el espacio en blanco del final de una pregunta que no logro llenar.

Parpadeo. Me agarro fuerte al bolígrafo. Me digo que no es momento de sentir. No ahora. No aquí.

Y funciona. No del todo, pero lo suficiente.

Termino el examen justo a tiempo. Lo entrego con los dedos aún fríos y la garganta seca. No hablo con nadie al salir. No quiero saber si lo han hecho mejor. No quiero comparar. No quiero fingir nada. Camino directo a la puerta, salgo al pasillo y me dejo tragar por el aire frío del mediodía.

Solo entonces noto que estoy empapada en sudor. Como si hubiera estado conteniendo una tormenta interna durante horas.

Me siento en las escaleras de piedra frente a la entrada de la facultad. Saco el móvil por impulso, con una última esperanza estúpida de que mi madre haya escrito, de que haya algo, cualquier cosa.

Pero no hay nada. Ningún mensaje. Ningún "perdona, estaba liada".

Ni una maldita señal. Y me entra el vértigo.

Porque ya no puedo fingir que no pasa nada.

Porque hay un miedo nuevo, uno real, tangible, que se instala debajo de la piel y no me deja respirar.

¿Qué está pasando?

Y más importante aún:

¿Dónde coño está mi madre?

Guardo el móvil de nuevo en el bolsillo de la chaqueta, con los nudillos apretados contra la tela. No hay mensajes. No hay llamadas. El último intento fue ayer por la noche y aún sigue sin leer. Me he repetido al menos diez veces que puede estar en una zona sin cobertura. Que no contesta no porque algo vaya mal.

Aun así, noto una inquietud rara en la base del estómago. No lo llamaría miedo todavía, pero sí una especie de incomodidad que no se va del todo. Como cuando sabes que dejaste una ventana abierta y no puedes parar de pensar en ello, aunque estés a kilómetros. El pensamiento viene y va durante los siguientes minutos. Lo dejo a un lado, me digo que no tengo pruebas para preocuparme. Que esta sensación ya la he tenido antes. Que puede que en un par de horas me llegue un "perdona, estaba sin batería" y entonces todo esto se quede en nada.

Me levanto de las escaleras cuando el frío me empieza a calar las piernas. Camino sin prisa, con la mochila colgando del hombro y la cabeza cargada de pensamientos que se pisan unos a otros sin orden. Hay un punto de satisfacción escondido debajo del cansancio: he hecho el examen. Lo he hecho bien. He cumplido. A pesar de todo, a pesar de Laia, de Aitor, del torbellino emocional que ha sido este fin de semana, hoy he demostrado que sigo pudiendo con lo que depende de mí.

Tomo el autobús de vuelta a casa, apoyada contra la ventana, mirando cómo el cielo se va cerrando otra vez, como si se negara a dejarnos un solo día de calma. Llego a casa sin ganas de hablar, sin hambre, sin intención de contestar los mensajes que me han entrado mientras tanto. Algunos de compañeras de clase, preguntando por el examen. Otros, de amigas de Málaga que aún siguen mandándome capturas de titulares con mi nombre borroso al lado de Aitor. No abro ninguno. No me apetece seguir existiendo en boca de nadie. Hoy solo quiero estar en silencio.

Entro en casa, me quito los zapatos, saludo a Kovu, que viene a recibirme como si no me hubiera visto en años. Le rasco detrás de las orejas y me dejo caer en el sofá, con la mochila tirada en el suelo, el abrigo colgando de un solo brazo. Me quedo ahí un rato largo, sin hacer nada. Solo respirando. Solo dejándome estar.

Y aunque el día no ha terminado, aunque aún me queda por estudiar, por organizar el siguiente examen, por volver a ese modo supervivencia que me ha sostenido hasta ahora... me permito cerrar los ojos un momento y quedarme quieta.

Porque esta vez, aunque duela, aunque todo parezca inestable, al menos he sobrevivido a hoy.

La mañana empieza con un cielo bajo y gris que parece no querer despegarse del suelo. El aula huele a aguarrás y a silencio. Ya nadie está terminando obras.

Yo sigo viniendo igual. Supongo que, por rutina, o porque es el único sitio donde el aire no me pesa tanto. Me siento en la esquina de siempre, sin abrir el maletín de pinceles, observando a quienes todavía corrigen detalles en trabajos que no saldrán a la luz. El profesor se acerca sin mucho preámbulo. Apoya una mano sobre la mesa, con una hoja en la otra.

—Sara, ya tenemos el horario definitivo. Domingo, una del mediodía. Sala principal del San Telmo. Tu pieza se colgará el sábado. El domingo llegas media hora antes. ¿Tienes ya el discurso?

Asiento, sin saber si lo digo por reflejo o porque de verdad lo tengo.

—Sí, está casi listo.

—Muy bien. Me alegro. Es una oportunidad importante, Sara. No solo por lo que significa ahora, sino por todo lo que puede venir después. He hablado con el comité del museo... hay interés. Tu estilo llama la atención. Tienes un futuro serio si decides seguir por aquí.

Sonrío con educación. Le agradezco sus palabras. Él me devuelve la sonrisa y se aleja, sin notar que acabo de tragar saliva como si tuviera que pasarme una piedra por la garganta. Guardo la hoja en la carpeta, doblo con cuidado las esquinas, aunque no hace falta. Me quedo en silencio. Mirando a la nada. Voy a exponer sola en el Museo San Telmo.

Voy a dar un discurso frente a expertos, frente a desconocidos, frente a quienes llevan años de experiencia más que yo.

Es algo grande. Algo que no me han regalado.

Algo que he conseguido sola, mientras mi vida personal se deshacía en capas finas. Y, sin embargo, no me emociona. O no como debería.

Porque me falta algo que no se cuelga en ninguna sala.

Me falta alguien a quien mirar justo después.

Alguien que sepa qué significa este logro para mí.

Que sepa lo que hubo antes del cuadro. Me falta mi madre. Que sigue sin contestar.

Me falta un "te lo mereces" que venga con abrazo. Con presencia real.

Y eso no lo reemplaza ningún reconocimiento.

Entonces lo entiendo: este vacío no es debilidad.

Es memoria.

Es saber que he llegado hasta aquí sola. Que me he sostenido sin ayuda.

Y que eso —por duro que suene— me hace más fuerte de lo que nunca imaginé.

El domingo me subiré a ese atril sola. Pero no derrotada.

Porque esta vez no necesito que nadie lo celebre por mí.

Esta vez sé que lo que he creado... habla por sí mismo.

Aitor va a estar allí.

Lo dijo nada más anunciaron mi nombre. Con esa sonrisa suya que aún me parece indestructible. Que estaría en primera fila, como persona reconocida, invitado como deportista vasco del año.

"Voy a verte brillar", dijo.

335

Y yo lo creí. Lo quería allí. Lo quería conmigo. Y aun lo quiero, aunque ahora... no sé si podré mirarle a la cara.

No sé si soy la misma que pintó ese cuadro, ni si él sigue siendo el mismo que me inspiró a terminarlo.

Su presencia debería ser un ancla. Pero es una amenaza.

Un recordatorio de todo lo que se rompió justo después de conseguirlo. De todo lo que no puedo conservar.

Y, aun así, estaré allí. Con los pies firmes en el suelo. Con la voz clara, aunque tiemble. Porque si algo he aprendido en estos meses es que el dolor no me mata. Me transforma. Me obliga a reconstruirme desde donde no quedan ruinas. Y eso, aunque duela, también es poder.

Aitor puede estar allí.

Puede escuchar mi discurso. Puede mirar mi obra.

Pero no podrá quitarme lo que he conseguido sola.

Estoy guardando los apuntes en la carpeta cuando suena el teléfono. El timbre seco me corta el aire como una bofetada. Lo saco del bolsillo, ya con el corazón latiendo fuerte.

Pantalla iluminada: "Número desconocido"

Se me encoge el pecho.

Mi madre.

Es lo primero que pienso. Tiene que ser ella. Quizá ha conseguido cobertura en algún rincón remoto del Mediterráneo, o está usando el teléfono de alguien más. A lo mejor ha leído al fin mis mensajes, ha sentido lo mismo que yo: esa urgencia por romper el silencio. Deslizo el dedo para responder.

—¿Sí? —digo, casi sin voz.

Un segundo de espera. Y entonces una voz que no reconozco al instante, pero que no tarda en colocarme en otra escena, en otro verano, en otro contexto.

—Hola, Sara. Soy Michael. No sé si te acuerdas de mí...

La imagen aparece completa en mi mente.

Formentera. El restaurante del hotel. Las risas. Su forma de mirarme, de hablarme en español con ese acento londinense inconfundible. El momento en que dijo que venía destinado a San Sebastián. Aitor observándonos desde la distancia, mordiéndose la mandíbula.

—Claro que me acuerdo —respondo, algo tensa, intentando que no se note la decepción repentina que me recorre. No es mi madre. No esta vez tampoco.

—Perdona que llame así, sin avisar. Pero acabo de llegar a Donosti. Instalado oficialmente. Y… bueno, pensé que podría invitarte a tomar algo. Si te apetece.

Su tono es ligero, amable. Nada exigente. Casi como si no esperara realmente un sí inmediato. Y, aun así, me pilla tan fuera de lugar, tan emocionalmente agotada, que solo consigo responder:

—Justo esta semana la tengo bastante complicada. Universidad, exposición, cosas personales… —respondo, casi por reflejo, con ese tono educado que uso cuando quiero que el mundo no me toque demasiado.

Michael guarda silencio un segundo, y luego, con la naturalidad más desarmante del mundo, dice:

—Entiendo. Pero no te propongo nada complicado. Solo… una cena tranquila. Sin presión. Te recojo donde me digas, vamos a algún sitio con buena comida y hablamos un rato. Sin más. Me apetece verte.

Me lo dice sin rodeos, sin adornos, sin ese matiz de conquista que tanto detesto últimamente. Y por eso, quizá, no me resulta tan amenazante. Es solo eso: una cena. Una conversación normal. Una tregua.

—¿Esta noche? —pregunto, casi sin darme cuenta de que estoy considerando decir que sí.

—Si te va bien. A la hora que tú quieras.

Me miro las manos. Las uñas mordidas. Las yemas con restos de carboncillo. Pienso en lo cansada que estoy de pensar. De llorar a escondidas. De preguntarme qué hice mal, qué más va a romperse.

Y entonces, por primera vez en días, decido que esta vez puedo hacer algo que no tenga consecuencias.

—Vale. A las ocho está bien. Te paso la dirección.

—Perfecto. Estaré allí. Gracias por decir que sí, Sara.

—Es solo una cena, Michael —digo, sonriendo un poco, más para mí que para él.

—Y eso, a veces, es más que suficiente.

Cuelgo. Me quedo mirando el teléfono unos segundos más. No siento mariposas. Ni nervios.

Solo una especie de calma muy silenciosa, que me da un respiro dentro del desorden.

Una cena sin expectativas. Una noche sin Aitor en cada pensamiento. Al menos eso espero.

Me levanto. Me sacudo los restos de polvo de la ropa. Me recojo el pelo.

Y decido que hoy, por unas horas, no voy a pensar en todo lo que duele. Cuando llego a casa lo único que quiero es no pensar.

Ni en Aitor. Ni en el discurso del domingo. Ni en que tengo el corazón hecho un ovillo desde hace semanas. Solo quiero… algo que no duela. Una conversación normal. Una noche en la que no tenga que defenderme de nada.

Así que subo a mi habitación, me ducho sin pensar demasiado y me visto con calma. Elijo un vestido negro de tirantes finos, largo hasta media pierna, con caída suave. No es provocador, pero sí elegante. Lo combino con una chaqueta de punto gris claro y unas botas altas de tacón cuadrado. Me recojo el pelo en un moño deshecho, sin maquillaje excesivo, solo algo de máscara de pestañas y un toque de brillo en los labios.

Lo justo para no parecer desganada. Lo justo para no parecer que me importa más de lo que debería.

Cuando bajo, Kovu me espera en la puerta como si supiera que no va a acompañarme esta vez. Le acaricio el lomo, le dejo un cuenco de agua lleno y escucho cómo un coche frena justo en la acera.

Me asomo por la ventana.

Un coche negro. Bajo. Carrocería perfecta. Cristales tintados. Alta gama. No soy experta en modelos, pero reconozco uno de esos coches que se notan, aunque no hagan ruido. Y cuando Michael baja del asiento del conductor, todo encaja.

Alto. Moreno. Ojos azules. Bien vestido, pero no presuntuoso. No es como Aitor. Ni física ni emocionalmente. Tiene ese algo elegante y calculado, como quien ha aprendido a encajar en cualquier lugar sin hacer ruido.

Me espera fuera, apoyado en la puerta con una sonrisa educada, sin invadir espacio. Bajo las escaleras, salgo al encuentro, y nos saludamos con dos besos que no tienen carga, solo cortesía.

—Estás guapísima —dice, sin sonar invasivo.

—Gracias. Tú también —respondo, y no miento. Michael es de esos hombres que podrían pasar desapercibidos, pero no lo hacen.

El coche se desliza por las calles del centro con esa elegancia que solo tienen los motores que no hacen ruido. Michael no habla demasiado, y yo agradezco ese silencio cortés que no presiona. A veces pone la calefacción más suave, ajusta el volumen del coche, o comenta algo sobre las luces de la ciudad. Pero nada que me ponga en guardia. Parece comprender que hoy no tengo energía para improvisar sonrisas.

Aparcamos frente a un restaurante de fachada de piedra antigua y ventanales grandes. No es lujoso, pero se nota cuidado. Lámparas cálidas colgando del techo, manteles de lino claro, sillas de madera tallada con cojines mostaza. Huele a pan recién hecho, a aceite de oliva, a vino abierto hace poco.

—Te gustará —me dice Michael, abriéndome la puerta con ese gesto elegante que parece natural en él—. Tiene cocina local y mucho pescado fresco.

Nos acomodan en una mesa junto a una ventana. Desde allí se ven las luces reflejadas en los charcos de la calle, y la vida fluyendo como si nada se hubiera roto en el mundo.

Pedimos sin pensarlo mucho: él pide merluza a la brasa con crema de guisantes y espárragos tiernos. Yo, lubina con costra de sal y una copa de txakolí blanco que apenas rozo con los labios. Compartimos pan de nueces, aceite y un cuenco de aceitunas negras con piel brillante. Todo se mueve en una calma artificial, como si estuviéramos interpretando una escena que ya hemos visto en otra película.

Durante los primeros minutos hablamos de cosas neutras: la ciudad, el clima cambiante, los sitios que aún quiere visitar. Él me cuenta que su apartamento aún no tiene cortinas y que duerme con el antifaz del avión. Me río, lo justo. Y me doy cuenta de que él sabe. Lo sabe. Que no estoy bien. Que no estoy aquí de verdad.

Es entonces cuando deja el tenedor en el borde del plato y me mira. De frente. Sin adornos.

—No estás como cuando te conocí.

Me tenso. Pero no me ofende. Porque lo dice con cuidado. Con verdad.

—¿Cómo dices?

—No lo digo como reproche. Solo… cuando hablamos en Formentera, tenías otra luz. Otra ligereza. Y ahora… no sé. Hay algo en tu mirada que me hace pensar que estás soportando demasiado. Algo que no has dicho. Algo que te está pesando.

Bajo la vista. Respiro hondo. Juego con el borde de la servilleta. La tentación de decir "todo bien" está ahí, golpeando la puerta. Pero me cansa mentir. Me cansa cargar con todo esto sola.

—Mi madre se fue en barco el once de octubre. Salieron de aquí, con su pareja, Iñaki, y unos amigos me dijo. Él tiene un velero, creo. Me estuvo escribiendo cada día, contándome cómo iban, mandándome mensajes, algunas fotos incluso. Pero nada de los amigos, ni se refería a nadie más que no fuera ella nunca. Y de pronto… el viernes por la mañana dejó de responder. Nada. Desde entonces, ni una palabra. Han pasado cuatro días, Michael.

Él se tensa sutilmente, como si el gesto apenas le cruzara el cuerpo, pero yo lo noto.

—¿Y sabes dónde iban? ¿Qué tipo de embarcación es? ¿Algo más de él? ¿Apellidos? ¿Puerto de destino?

Niego con la cabeza, sintiendo una impotencia tan honda que me sube como una ola.

—No lo sé. Ella nunca me ha contado demasiado, y yo… tampoco he querido preguntar. Y solo ahora, me doy cuenta ahora de lo absurdo que ha sido todo. No sé nada. Ni una pista. Solo que el barco salió de puerto el once de octubre. Y que desde el viernes no hay señales. Se había estado comunicando cada día, por eso esto… esto no es normal.

Michael asiente. No se apresura. No entra en pánico, pero tampoco lo trivializa.

—Tengo un amigo en control marítimo —dice por fin, bajando un poco la voz—. Trabaja en la torre del puerto. Puedo preguntarle si hay registros, embarcaciones que salieron ese día, movimientos extraños o rutas que hayan quedado colgadas. No prometo nada, pero puedo intentarlo. Y rápido. De aquí al final de la noche deberíamos saber algo.

Me quedo en silencio. No esperaba eso. Y, de repente, me invade esa sensación amarga de darme cuenta de que es Michael quien me ofrece ayuda concreta. No Aitor. No mi madre. Michael.

Un hombre con el que solo compartí una cena, una playa y un par de frases hace meses.

—Gracias —susurro—. De verdad.

—No tienes que agradecerme nada. No estás sola en esto. O no deberías estarlo.

Y entonces me atraganto un poco con la emoción. No porque me haya dicho algo extraordinario, sino porque lo ha hecho sin dramatismo. Sin condicionar nada.

Acabamos la cena en un silencio cómodo. Dos horas después, la ciudad sigue iluminada como si no pasara nada. Como si todo estuviera bien. Y yo finjo, durante el trayecto de vuelta, que puedo sostener esa mentira un poco más.

El coche se detiene frente a mi casa. Michael apaga el motor y se baja con tranquilidad, rodeando el coche para abrirme la puerta como si estuviéramos en otra época, como si el mundo siguiera siendo amable. Yo salgo despacio, con el cuerpo cansado y la cabeza cargada, y subo los dos escalones de mi entrada mientras él se mantiene a mi lado. Me acompaña hasta la puerta, y no hay duda de que no tiene intención de irse aún.

Me giro, con la mano ya sobre la cerradura.

—Gracias por todo, de verdad. Por la cena, por escucharme, por lo del contacto del puerto. Me avisas si sabes algo, ¿vale?

Michael asiente, pero su mirada no es de despedida. Me sostiene con una sonrisa que se inclina apenas hacia la comisura izquierda. Tiene ese aire de quien se siente cómodo, de quien cree que el terreno es suyo.

—Le he pasado tu número a mi amigo —dice—. Me ha dicho que en cuanto llegue a la oficina mañana revisará lo que pueda. Así que estate pendiente del móvil.

—Lo estaré —murmuro, con los dedos ya girando la llave, dejando claro que aquí se termina la noche. Pero él no se mueve.

—No vamos a dar por terminada la noche aún ¿no? —suelta entonces, como si fuera lo más natural del mundo.

Me tenso. No lo esperaba. O quizá sí, pero no tan directo. Me giro del todo, evitando su mirada.

—Michael, no estoy para nada. De verdad. Solo buscaba una noche tranquila, una conversación agradable… alejarme un rato de mis problemas. Nada más.

Él no se ofende. No se inmuta siquiera. Da un paso suave hacia mí, y su tono baja un poco.

—Yo te he invitado a cenar, ¿no? Ahora tú podrías invitarme a una copa. No es tan descabellado.

Mi corazón empieza a acelerarse. No por deseo, sino por incomodidad. Esa sensación de querer controlar una situación que se me escapa entre los dedos.

—No quiero complicarme, Michael. No quiero… malentendidos.

Entonces él, con ese tono amable que ahora suena más prepotente que elegante, me suelta:

—¿Entonces quieres que pase o…?

La frase queda en el aire.

Y de la oscuridad, desde los escalones sin iluminar del porche, emerge una voz que no necesita presentación:

—¿Y tú quieres que te parta la cara, gilipollas?

El silencio explota.

Michael se gira bruscamente, y yo me quedo paralizada.

—¿Aitor?

La figura se incorpora de la sombra. Está ahí, en el último peldaño, apoyado en la barandilla, como si llevara horas esperando, como si supiera exactamente cuándo aparecer.

—¿Qué haces aquí? —le pregunto, entre confusa y enfadada.

—Yo qué hago aquí… —repite él, mirándome apenas, los ojos clavados en Michael—. Eso mismo me estoy preguntando yo desde que vi cómo este payaso te llevaba en su coche como si tuviera derecho.

Michael da un paso al frente, el cuerpo tenso.

—¿Perdona? ¿Quién coño eres tú?

—Soy el que te va a arrancar los dientes si no das un paso atrás ahora mismo.

—Aitor, basta —le digo, alzando la voz, pero él ni me mira.

—¿Te crees muy listo, ¿no? Muy caballero. Cena, copa, y luego qué. ¿Pasamos a la habitación? ¿O te saltas ese paso también?

—¡Aitor! —grito esta vez, dolida. Él parpadea, como si por fin me escuchara. Como si recordara que yo estoy ahí entre los dos.

Michael levanta las manos, sin perder la tensión.

—Yo no sabía que tú… — me mira incrédulo, dolido, tengo la sensación de que cree que le he mentido—No era mi intención meterme en ningún lío.

—Ya lo estás —escupe Aitor.

—No —intervengo, firme esta vez—. Michael, gracias por todo, pero es mejor que te vayas ya.

Él duda. Me mira. Luego a Aitor. Y asiente. Sube al coche sin añadir una palabra más, y arranca con un giro limpio, sin estridencias. Solo queda su ausencia vibrando en el aire.

Me giro hacia Aitor.

—¿Estás completamente loco?

—¿Tú sabes lo que ha sido verte con él? ¿Después de todo? —su voz tiembla, de rabia contenida, pero también de otra cosa—. No contestas. No respondes. Y luego apareces con este tío que va de encantador y quiere colarse en tu casa.

—¿Y qué, Aitor? ¿Qué si vine de una cena? ¿Qué si él fue amable conmigo mientras yo intentaba no hundirme? Tú no tienes derecho a interrogarme, ni a salir de las sombras como si aún fueras parte de mi vida.

—¿Tú crees que no lo soy?

—¡Tú me has destrozado! —le grito, con lágrimas calientes en la garganta—. Y ahora vuelves con amenazas como si eso te hiciera valiente. No eres nadie para juzgarme. No sabes lo que he pasado. No sabes lo sola que estoy.

Él calla. Y entonces baja un poco la cabeza. Solo un instante. Como si entendiera que ya no tiene terreno seguro bajo los pies.

—No me fui, Sara. No me he ido ni un solo día —dice con voz baja—. Estoy aquí. Aunque tú no quieras verme. Aunque estés con otro. Aunque me odies.

Y yo… yo no sé qué decir. Porque lo que siento es un caos. Porque me arde todo por dentro.

Porque verle ahí, empapado otra vez, con el alma rota en los ojos, me arrastra a ese lugar del que estoy intentando salir.

Solo le miro.

Y cierro la puerta.

30

AITOR

No me he movido del porche. Ni cuando me ha cerrado la puerta. Ni cuando el coche de ese imbécil se ha marchado.

Ni cuando he empezado a calarme por la lluvia fina que sigue cayendo sin pausa, como si también ella quisiera lavar el desastre que somos.

Pero no puedo quedarme aquí. No así. Sara está arriba. Deshecha. Dolida. Y no voy a dejarla sola.

No cuando me ha dicho que se siente tan jodidamente sola que ya no sabe cómo sostenerse.

Salto a la ventana de su habitación que ya estoy acostumbrado a escalar. Sé que esto puede terminar mal. Sé que entrar sin pedir permiso es cruzar una línea, pero no me importa.

Prefiero cargar con su enfado antes que quedarme aquí afuera, sabiendo que está rompiéndose por dentro.

La puerta del baño está entreabierta. El vapor me envuelve antes de cruzar el marco.

Puedo escuchar el agua. El ritmo de su respiración.

Me despojo de todo. Literal y emocionalmente.

Y abro la cortina de la ducha.

Ella se gira de golpe, sobresaltada.

—¿Aitor?

Entro bajo el agua. De frente. Sin titubeos. Mi piel arde al contacto con el calor, pero lo que me quema es lo que va por dentro.

—No podía irme —le digo, la voz más grave de lo que pensaba—. No podía dejarte así.

—Esto no es normal, Aitor. No puedes...

—Sara, por favor —la corto, porque ya no puedo seguir callando—. Por favor, deja de hacerme daño. Ya sé que la cagué. Ya sé que necesitas tiempo. Y lo entiendo. Pero no nos mates. No entierres lo que tenemos. No tires por la borda lo que hemos construido. Mucho menos acabes con algo que no ha tenido tiempo de comenzar.

Mis palabras no suenan como una súplica. Suenan como una confesión. Como la verdad más pura que tengo.

—Tenemos todo por hacer, Sara. Todo. No me mires como si ya no quedara nada. Te encontré. Y no pienso soltarte.

La miro. Está rota. Pero aún está ahí.

—Dime por qué dices que estás tan sola —susurro—. ¿Ha pasado algo más? ¿Por qué llevas días como si estuvieras cargando el mundo entero tú sola?

Sara me mira. No se aparta, pero hay algo en sus ojos que parece dudarse a sí misma. Y entonces, después de un segundo de silencio que se me hace eterno, su voz rompe, temblando, pero firme.

—Discutí con Laia en la universidad. Me buscó. Me dijo que todo fue un malentendido. Que ella pensaba que podíamos "entendernos así". Que fue una confusión. Pero cuando le recordé lo que pasó, lo que Ibai me hizo, lo que ella permitió, ni siquiera fue capaz de mirarme a los ojos. Se rió. Me insultó. Me echó en cara lo de Mónica. Y yo... no pude más. Le pegué. Nunca había pegado a nadie, Aitor. Me asusté de mí.

Me quedo inmóvil. Siento un puñetazo seco en el pecho. El nombre de Ibai me enciende. Pero la forma en que lo dice... la angustia que le tiembla en cada palabra... es lo que realmente me destroza. Ella, que tiene el alma más limpia que he conocido, tuvo que defenderse así, sola. Otra vez.

—Y no es solo eso... —continúa, bajando aún más la voz, como si doliera solo pronunciarlo—. Mi madre. Me estuvo escribiendo todos los días desde que se fue en el barco con ese tal Iñaki. Me mandaba mensajes, fotos.

Todos los días. Hasta el viernes. Y desde entonces… silencio.

Se me congela la espalda. Lo que dice me da un mal presentimiento inmediato.

—¿No sabes nada desde el viernes?

Asiente con un movimiento casi invisible.

—Nada. Ni una palabra. Ni una llamada. Ni una excusa. Nada. Y ahora que he intentado reaccionar, que Michael incluso me ha ofrecido ayuda, me doy cuenta de que no sé nada de ella. Ni siquiera el apellido del tipo con el que se fue. No sé a dónde iban. No sé si están bien. Si han desaparecido. Y me estoy volviendo loca porque… porque ya no sé cómo más sentirme sola sin venirme abajo.

Trago saliva. Quiero decir algo. Algo que la alivie, que le devuelva el suelo, que le quite ese nudo de angustia del pecho… pero no hay palabras. No hay forma de arreglar el dolor que ya pasó.

Así que hago lo único que puedo: la abrazo. Fuerte. Como si con eso pudiera evitar que se rompa un poco más.

Me duele pensar que ha estado caminando con todo esto encima, y que yo… yo solo sumé más peso. Pero ahora no voy a soltarla. Ni a dejar que lo cargue sola.

Mi pecho contra el suyo. Su piel helada contra la mía.

El vapor no alcanza a borrar nada, pero al menos nos envuelve en algo parecido a la tregua.

Y cuando creo que no va a decir nada más, me habla. Su voz es una rendición, pero también una frontera.

—Vale, Aitor. Escúchame, por favor. Sabes que te quiero. Y sería una tontería negarlo. Me cansa y me duele rechazarte, hacer como si no sintiera nada. Como si no te necesitara. Pero también necesito que entiendas una cosa…

Se separa un poco. Lo justo para mirarme con esos ojos que siempre han sabido desarmarme.

—No quiero una sola historia más. Ni un solo secreto más. Ni una sombra entre tú y yo. Y sobre todo, no quiero volver a escuchar el nombre de Mónica en mi vida. Nunca.

347

Asiento sin dudar. Me lo graba en la piel con cada palabra. Y no me duele ceder. Me duele haberla obligado a poner ese límite.

—Y necesito tiempo —añade—. No puedo volver de golpe. Me va a llevar tiempo. ¿De acuerdo?

—De acuerdo —le digo—. El tiempo que necesites.

Pero no me voy a ir. No esta vez. No si hay una mínima posibilidad de reconstruirnos.

Apoyo mi frente contra la suya.

Nos quedamos así. Sin palabras. Sin relojes. Sin más ruido que el agua cayendo sobre nuestras cicatrices. Y por primera vez desde que empezó todo, la noto respirando conmigo.

Salimos de la ducha envueltos en toallas y silencio.

El vapor se queda atrás, empañando el espejo, mientras yo me detengo a mirarla un segundo más.

Tiene los ojos rojos, el pelo mojado pegado al cuello, la piel pálida por tanto nudo dentro. Y, aun así, no he visto nada más fuerte en mi vida.

No digo nada. Me limito a seguirla, con cuidado, sin invadir, sin respirar más fuerte de lo necesario.

Sara entra en su habitación con pasos lentos. Se pone una camiseta ancha, de esas que caen por un hombro sin querer, y unos pantalones de algodón. Yo me visto con la ropa que dejé colgada días atrás en su silla. Pantalón de chándal, camiseta gris. No intento acercarme más de la cuenta. No hago ninguna insinuación. Ni un roce, ni una mirada.

La quiero, sí. La quiero como nunca he querido nada ni nadie. Y la deseo, también, claro que sí. Pero no es el momento. Y no quiero tocarla ni con los ojos si eso significa que ella pueda sentirse incómoda.

Cuando bajo al salón, ella ya ha preparado dos tazas de infusión. Manzanilla. Sabe que no me gusta especialmente, pero la acepto sin rechistar. Solo por verla cuidar de algo, aunque sea de un detalle mínimo.

Nos sentamos en el sofá. Ella con las piernas cruzadas, yo apoyado en el borde del asiento, con las manos entrelazadas.

La televisión está encendida, pero nadie la mira.

Pasa un rato así. Sin palabras. Solo existiendo en el mismo espacio.

—¿Te quedas? —me pregunta, sin mirarme.

Mi pecho se expande un poco. Pero no respondo de inmediato.

—Solo si tú quieres que me quede —le digo. Y lo digo de verdad. No estoy jugando. No estoy midiendo terreno.

Ella asiente con un gesto pequeño.

Casi imperceptible.

Y entonces me tumbo en el sofá, sin tocarla, sin rozarle ni el brazo. Solo estoy ahí. Presente. Cerca.

Sara se acurruca en el otro extremo. No estamos abrazados. No hay caricias.

Solo estamos los dos, respirando con algo menos de dolor.

Y eso ya es mucho más de lo que tuve anoche. Pasado un rato, se duerme.

Y yo me quedo despierto, observando cómo su pecho sube y baja, cómo el rostro le va soltando la tensión con cada minuto. Podría quedarme así toda la noche.

Porque no necesito otra cosa. Solo que vuelva a confiar en mí. Aunque sea centímetro a centímetro

El sonido de su móvil me atraviesa el sueño como una alarma equivocada. Sara se revuelve a mi lado, medio dormida, medio descompuesta, y el teléfono vibra sin parar sobre la mesilla. Número desconocido. Me incorporo de golpe, el corazón acelerado.

—¿Lo cojo? —pregunto, mirándola.

Ella, con los ojos abiertos pero desenfocados, niega despacio. Le tiembla el labio inferior, como si su cuerpo supiera antes que su mente que esa llamada puede cambiarlo todo.

—Sí… no estoy preparada.

Có… cógelo tú, por favor.

Tomo el móvil con cuidado, como si pesara el triple, y deslizo el dedo para responder.

—¿Sí?

Pongo el altavoz. El silencio dura menos de dos segundos.

—Buenos días. ¿Hablo con Sara Montero? Me llamo David Echevarría. Soy amigo de Michael. Trabajo en control marítimo del puerto de Pasaia.

Él me pidió ayuda hace unas horas para localizar un barco, y tengo algo que podría interesarte. Lo siento si llamo temprano, pero no quería esperar.

Sara se incorpora lentamente, apretándose las manos en el regazo.

—El velero en cuestión, con licencia de navegación EK-0921-SS, partió del puerto de San Sebastián el día 11 de octubre, con dirección suroeste por la costa cantábrica. Lo último que sabemos es que el 29 de octubre se registró su última posición a unas 3 millas náuticas de Cabo Ortegal, en la provincia de A Coruña. Desde entonces... ninguna señal. Ni radar, ni radio, ni contacto con otros puertos.

Silencio. Mi estómago se contrae.

David continúa:

—La radio del barco no ha vuelto a emitir señal. No han vuelto a entrar en ningún puerto. El radar dejó de captarlos hace cinco días. La Guardia Costera está al tanto, hay una patrulla de rastreo por la zona, pero... hay muchas veces que, cuando pasa tanto tiempo sin contacto, no suelen acabar bien. Lo lamento muchísimo.

Sara se queda sin aire.

—También averigüé el nombre del propietario de la embarcación. Se llama Iñaki Ormazabal. ¿Te suena?

Mi cuerpo se tensa al oír ese apellido. Ormazabal. Lo he escuchado antes. Tiene peso. Frialdad. Algo que no me gusta. Y no solo por cómo suena. Hay algo más que no logro recordar.

—Gracias, David —respondo por ella, porque Sara se ha quedado muda—. Te agradecemos todo lo que estás haciendo. ¿Puedes avisarnos en cuanto sepas algo más?

—Por supuesto. Estoy revisando comunicaciones con otros puertos deportivos, también voy a ver si hubo algún SOS emitido en la zona. Os llamo en cuanto tenga algo.

Cuelgo. Y Sara se viene abajo.

Empieza a respirar rápido. Demasiado rápido. Las manos en el pecho. Los ojos completamente abiertos. El temblor le recorre los hombros como una descarga eléctrica.

—Eh, eh, eh... —me acerco enseguida y le cojo la cara entre las manos—.

Mírame, Sara. Mírame, por favor.

Sus pupilas se mueven sin rumbo. Está atrapada en esa espiral donde no entra el aire.

—Respira conmigo, ¿vale? Coge aire. Así, despacio. Una… dos… suéltalo. Otra vez. Eso es. Estoy aquí. No estás sola.

Mis pulgares le acarician las mejillas. Le aparto el pelo mojado de sudor de la frente y la abrazo fuerte, tan fuerte que casi la envuelvo entera.

—Van a aparecer, ¿me oyes? Tu madre va a aparecer. El mar no se la va a quedar, Sara. Lo sé. Lo siento. Todo esto pasa por algo. Y tú vas a estar bien. Lo vamos a estar.

Ella apoya la frente en mi pecho, con los ojos cerrados. Se agarra a mi camiseta con fuerza. La noto derrumbarse, pero también sosteniéndose en mí.

Fuera, una tormenta ha empezado a golpear con fuerza las ventanas. Truenos sordos, lluvia contra los cristales. El día se abre gris, salvaje. Un reflejo exacto de lo que sentimos por dentro.

Tomo el móvil sin hacer ruido. Marco el número del club.

—¿Aitor? —responde el fisio.

—Hoy no voy a entrenar —digo con la voz seca—. No me encuentro bien. Estoy enfermo. No puedo moverme de casa.

Cuelgo antes de que diga nada más.

Sara me mira, los ojos todavía húmedos. Intento sonreírle, aunque me esté doliendo cada palabra que he tenido que escuchar esta mañana.

—No vas a ir a clase. Hoy no —le digo—. Hoy te quedas aquí conmigo. Nos cuidamos. Solo eso. No más ruido, no más noticias.

Ella no dice nada. Solo asiente. Y sé que en ese gesto hay algo de tregua. Y que, por muy jodido que esté todo, ya no está sola…

La semana ha sido un infierno. Sara no ha salido de casa desde el martes. Ni para pasear a Kovu. Ni para comprar nada. Ni para ir a clase, y eso en ella es tan raro como ver nevar en julio. Se ha encerrado en sí misma como si el mundo fuera demasiado afilado para tocarlo. Y cada día que pasa sin noticias de su madre… la veo apagarse un poco más.

Hoy ha vomitado otra vez. No ha comido nada desde el desayuno. Y lo que tomó apenas fueron tres cucharadas de avena y un té que se le quedó frío en las manos.

La he dejado en el sofá, tapada hasta el cuello, con la tele encendida sin volumen y los ojos vacíos clavados en la pantalla. Kovu está pegado a su pierna como si supiera que su presencia ahora es el único ancla que le queda. Me ha dado un beso en la mejilla sin mirarme. Ni una palabra. Ni un "suerte" por el partido. Ni una sonrisa.

Y eso... eso me ha roto. Porque yo sé que Sara me quiere. Y también sé que no es culpa suya. Aunque así no puede seguir. No puede.

Se está hundiendo en algo demasiado oscuro. Y yo no pienso quedarme mirando cómo desaparece.

Tengo que hacer algo. Algo de choque. Algo que la sacuda. Que la despierte. Que le recuerde que la vida sigue ahí fuera, esperando por ella.

Pero ¿qué?

He pasado todo el trayecto al estadio pensando en eso.

Y aquí estoy, en el banquillo, sentado con el abrigo del chándal hasta el cuello, viendo a mis compañeros correr mientras yo apenas puedo seguir la pelota con la mirada. Hoy me toca pagar la factura del miércoles. Al míster no le gustó que faltara sin explicación. Aunque dije que estaba enfermo, todos saben que mentí. Pero me da igual.

No podía dejarla sola ese día. No cuando estaba temblando en mis brazos.

La Real gana. Por los pelos.

Jugamos con fuego hasta el minuto noventa, pero salvamos los tres puntos. Vamos cuartos en liga y esta temporada estamos encendidos. El vestuario estalla en gritos de euforia, pero yo apenas me quito las espinilleras con desgana. Estoy feliz porque quiero este escudo como mi propia vida, pero tengo la cabeza a kilómetros de aquí.

Sara. El vacío en su mirada. Su olor a sal en la piel cuando llora. La forma en que cada vez tarda más en responderme cuando le hablo.

Mañana es sábado. Tengo el día libre. El míster ya nos ha dejado caer que el domingo tendremos que estar todos en el museo de San Telmo para el evento de la exposición.

Estoy ya medio vestido cuando el míster se me acerca. Palma en la espalda, sonrisa de compromiso.

—Aitor, enhorabuena por cómo estás llevando la temporada. El domingo abrirás tú el acto de San Telmo. Discurso breve, cinco minutos. Ya te mandarán el guion de protocolo, pero eres el deportista vasco del año. Es un honor. Y te toca representarnos.

Le sonrío. Asiento. Agradezco.

Por dentro, nada.

Antes habría sentido una especie de orgullo eléctrico, algo que me subiera por el estómago como vértigo. Pero ahora solo puedo pensar en una cosa:

¿Cómo se lo voy a decir a Sara si no me mira a los ojos desde hace tres días?

Ni siquiera sé si vendrá. Y si viene, si aguanta de pie. Si aguanta de pie, si aguanta estar viva.

Y yo... yo voy a tener que hablar de esfuerzo, de orgullo, de pertenencia, de valores.

Mientras la persona que más amo en el mundo se está deshaciendo como sal entre los dedos.

Mañana.

Mañana tengo que hacer algo.

Lo que sea. Tengo que hacer que vuelva a sentir.

Porque si ella se apaga, yo me quedo sin aire.

Sábado. 08:14 de la mañana.

Me despierto antes que ella. No he dormido demasiado, pero me da igual. Llevo horas dándole vueltas a todo. He cerrado los ojos esta noche con una sola idea: hoy tengo que rescatarla.

Sara está de espaldas, enredada entre las sábanas, el pelo revuelto sobre la almohada, la respiración lenta. Tiene los párpados oscuros, cansados. Aun dormida, parece estar peleando por dentro.

Me acerco con cuidado y la beso muy suave en la sien.

—Preciosa —susurro, con una sonrisa que me cuesta forzar—. Venga, arriba. Hoy hay plan.

Se remueve. Gime algo entre dientes, intentando esconderse bajo la almohada.

—Cinco minutos…

—No hay cinco minutos. Vístete. Ropa cómoda. Si puede ser… —me inclino más cerca y dejo que la voz me salga con un poco de picardía—, dime que tienes algo de hípica.

Se gira con lentitud, los ojos medio abiertos. Pero esta vez… esta vez hay un leve destello. Una mínima chispa de curiosidad.

—¿De hípica? ¿Por qué?

Me encojo de hombros, como quien no quiere la cosa.

—Porque si tienes algo de montar, lo vas a necesitar. Y si no, improvisamos.

—Tengo cosas, claro… montaba en Málaga desde niña —dice bajito, la voz aún ronca del sueño. Y en ese segundo, sonríe. Solo un poco. Pero sonríe.

Y eso me basta. Eso me enciende el pecho.

—Pues ponte guapísima —le digo mientras me levanto, tirando la colcha hacia un lado—. Pero cómoda, ¿eh? Que nos espera el planazo del siglo.

La dejo mientras va al baño. Yo me visto rápido con mis pantalones de montar, camisa blanca, chaleco técnico. Me peino un poco con las manos, dejo preparado el termo con café, y cuando vuelvo a la habitación… me la encuentro de espaldas, terminando de abrocharse las botas altas.

Y se me corta el aire.

Sara se ha puesto unos pantalones beige ajustados, una chaqueta negra entallada y una camiseta blanca metida por dentro. Lleva el pelo recogido en una coleta baja que le cae sobre un hombro y, aunque no lleva ni una gota de maquillaje, está preciosa.

Guapísima. Como hacía días que no la veía.

Y lo más importante: ha vuelto a tener brillo en la mirada.

Me quedo un segundo sin decir nada, con una sonrisa que no puedo disimular.

—¿Qué? —me pregunta, frunciendo el ceño, con media risa.

—Nada. Solo que estás de suerte, preciosa —le digo, acercándome para ajustarle el cuello del abrigo con mimo—. Porque hoy vamos a hacer la ruta más espectacular que se te ocurra, en uno de los parajes más bonitos del País Vasco.

Y encima... —me acerco al oído—, vas a montar con mis caballos. Que no es por presumir, pero pueden ser los mejores del país.

Sara suelta una carcajada breve, pero de verdad.

La primera en días.

Y por un instante, el aire en esta casa ya no huele a encierro ni a tristeza.

Huele a posibilidad. A futuro.

Hoy no pienso dejar que vuelva a la oscuridad.

Hoy vamos a galopar.

Cuando aparcamos frente al centro ecuestre, el aire huele a pino, a tierra húmeda y a ese aroma inconfundible de heno limpio. La finca se abre ante nosotros como un pequeño refugio en medio de los montes de Gipuzkoa, rodeada de verdes profundos, con establos de madera impecables y una gran loma que se abre hacia el este, por donde apenas asoma el sol.

Sara se baja del coche antes que yo. La veo estirarse, mirar alrededor como quien no está segura de sí está soñando o no.

Pero algo en su expresión ya ha cambiado. Sus ojos no tienen esa neblina gris de los últimos días.

La acompaño hacia los establos. A cada paso que damos, el sonido de los caballos resoplando nos envuelve. Sus pisadas contra la madera. El olor a cuero y manzana. Todo eso que a mí siempre me ha hecho sentir en casa, hoy me parece aún más especial porque la tengo a ella a mi lado.

—Quiero presentarte a mi escuadrón personal —le digo mientras abro el portón de los boxes.

—¿Tuyos? —pregunta con una ceja arqueada.

—Sí, míos. Me los ha estado cuidando un viejo amigo mientras estaba centrado en la temporada. Pero son míos. Desde hace años.

Ella no responde, pero su gesto lo dice todo. Se le ilumina la cara.

Nos acercamos al primero.

—Este de aquí es Lagun, que en euskera significa amigo. Pura nobleza.

Te va a encantar —le digo mientras el caballo marrón oscuro asoma la cabeza para oler a Sara.

Ella le ofrece la palma de la mano y Lagun la olisquea, confiado. Sara ríe. De verdad. Ríe.

Una carcajada pequeña, pero limpia. Como si el cuerpo le recordara de pronto que puede volver a hacer eso sin que duela.

—Este otro de aquí, el bayo con la mancha blanca en la frente, se llama Zilar. Plata. Es un poco más inquieto, pero precioso.

Sara acaricia su lomo y Zilar le responde con un suave relincho. A su lado, se encuentra Haize, una yegua negra impresionante, con ojos inteligentes. Le hago un gesto a Sara:

—Hoy te toca montar a Haize. Es la más equilibrada y suave. Te va a gustar.

—Es… increíble. Son todos tan… bonitos —Sara suspira. Tiene los ojos brillantes.

Y yo no puedo dejar de mirarla.

Porque verla así, tan cerca de los caballos, tocándolos con cuidado, hablándoles con dulzura… me da algo que no sentía hace días:

Esperanza.

Le preparo la montura mientras ella peina con los dedos la crin de Haize. Yo me encargo de Zilar. Cuando estamos listos, le entrego las riendas.

—Bueno, amazona. ¿Lista?

Sara asiente, más viva que nunca.

—¿A dónde vamos?

—A hacer la Ruta de Jaizkibel y la bahía de Pasaia —respondo con un poco de orgullo en la voz—. Vamos a montar durante dos o tres horas, por senderos espectaculares. Verás acantilados con vistas al Cantábrico, pasos entre bosques de pino y hayas, y hasta cruzaremos el tramo alto del río Oiartzun.

—¿En serio? —pregunta casi como una niña pequeña.

—En serio. Es una de las rutas más salvajes y hermosas del País Vasco.

Y, además, vamos a ir solos. Solo tú, yo… y los caballos.

Ella me mira.

Y en esa mirada hay algo que no necesita palabras.

Subimos a las sillas con movimientos seguros. Sara lo hace con naturalidad, como quien ha montado toda la vida. Cuando la veo encima de Haize, erguida, sonriente, siento que el alma me vuelve un poco al pecho.

Empezamos a andar. El trote suave de los caballos nos lleva por un camino que pronto se va cerrando entre árboles altos. A lo lejos ya se huele el salitre del mar, mezclado con el frescor del bosque.

Y por primera vez en muchos días... Sara respira hondo.

Y el mundo no le pesa tanto.

Los primeros minutos cabalgamos en silencio, con el ritmo suave del paso envolviéndonos como si la tierra nos quisiera mecer. El aire está frío, pero limpio, cargado de sal y de bosque. Las ramas altas crujen al balancearse con el viento, y el suelo está cubierto de musgo y hojas húmedas.

Sara no dice nada, pero puedo ver cómo sus hombros, al principio tensos, empiezan a soltarse.

A nuestro paso, cruzamos pequeños claros entre los árboles donde la luz se cuela como hilos dorados, salpicando el camino de destellos que parecen respirarse. Subimos una pequeña cuesta rodeada de pinos centenarios y desde la cima, la vista se abre de golpe hacia el mar. El Cantábrico está ahí, salvaje, agitado, extendiéndose en azul profundo hasta perderse.

Sara se detiene. Yo también. Y entonces la oigo suspirar.

—Guau...

Solo eso. Pero la forma en que lo dice me arranca un nudo del pecho. Lo ha dicho de verdad. Con los ojos muy abiertos, como si no se esperara lo que acabamos de encontrar.

—Esto es... —murmura—. Parece que el mundo está nuevo.

—Lo está —le respondo—. O al menos, hoy sí lo parece.

Continuamos bordeando la ladera. Más adelante, vemos a una familia de corzos entre los helechos, y Sara detiene a Haize con delicadeza para no asustarlos. Los observa en silencio, con una ternura que me eriza la piel.

Uno de los corzos pequeños se le queda mirando un par de segundos antes de perderse entre los árboles.

—¿Has visto eso? —me susurra, sin moverse.

Asiento, y veo luz en sus ojos.

Más adelante, el camino se estrecha y comenzamos el descenso hacia una zona de roca blanda, donde el río Oiartzun serpentea entre piedras y maleza. Cruzamos a caballo por un pequeño vado donde el agua apenas llega a las patas. Sara se ríe cuando Haize salpica un poco con las pezuñas delanteras. Se ríe en serio, echando la cabeza hacia atrás.

Yo me quedo mirándola como un idiota.

Porque, joder, esa risa es todo lo que he querido oír esta semana.

En el siguiente tramo nos encontramos con un águila pescadora volando bajo sobre el agua. Sara alza la vista y la sigue con la mirada hasta que desaparece por detrás de las rocas. Luego se gira hacia mí.

—¿Por qué no me habías traído aquí antes?

—Porque hasta ahora no lo necesitábamos —le respondo, sin pensarlo. — Pero me queda tanto por hacer contigo, tanto por enseñarte, te voy a dar el mundo entero cariño, me voy a desvivir por hacerte feliz.

Y los dos lo entendemos al instante.

Seguimos en silencio, bajando por un sendero estrecho que finalmente nos deja en una planicie abierta. Desde ahí, el acantilado se desploma en vertical hacia el mar. Es impresionante. El viento sopla con fuerza, despeinando a los caballos, sacudiendo nuestras ropas. Sara desmonta, yo también. Caminamos hasta el borde, con las riendas en la mano.

Y ahí se queda. De pie, mirando el horizonte. El mar golpea abajo con furia. Las gaviotas chillan en lo alto. El mundo parece demasiado grande y vivo como para estar muerto por dentro.

—Gracias por esto, Aitor —dice de repente, sin mirarme—. No sabía que me hacía tanta falta sentirme así... parte de algo.

—Nunca has dejado de ser parte de todo —le digo, acercándome—. Solo se te olvidó un poco.

Ella me mira entonces. Los ojos claros. Las mejillas sonrojadas por el viento. Y por un momento, la tristeza se disuelve.

Nos sentamos en una roca, con los caballos pastando cerca.

Sara saca una barrita de frutos secos que llevaba en el bolsillo y la parte conmigo.

—No está tan mala —dice, riendo.

—Te lo dije. Siempre subestimas mi talento gastronómico.

El aire duele. No porque esté frío, sino porque pesa. Pesa como el silencio de Sara, como su ausencia dentro de su propio cuerpo.

Montamos de vuelta en dirección al acantilado, por la parte más alta del sendero. El mar se ve a lo lejos, infinito, negro, hermoso y cruel. Sara lleva un rato callada. Sus ojos se han vuelto a apagar.

Y lo sé. De repente se lo que debo hacer.

Lo sé porque me he pasado los últimos días midiéndole el alma con los dedos. Y la estoy perdiendo otra vez.

Así que me levanto.

No le digo nada. Solo me alejo un poco, hacia la roca más afilada del borde. Esa que corta el cielo y que no tiene nada debajo, solo el fin del mundo.

—¿Aitor? —pregunta Sara, sin entender—. ¿A dónde vas?

Y entonces salto.

No dejo que el miedo me alcance.

Me dejo caer y me agarro al borde, justo como sabía que haría. Mis manos encuentran la piedra. Me quedo suspendido, colgando sobre el abismo.

Y entonces ocurre.

—¡¡AITOR!! ¡¡¡Aitor, joder, qué haces!!!

Su grito no es un grito. Es una bomba. Un desgarrón. Es su corazón explotando en mitad de la garganta.

La oigo correr. La oigo maldecir.

Y en segundos, está encima del acantilado, con los ojos desorbitados, con las manos temblando, mirando hacia abajo. Mirándome a mí.

—¡¿Estás loco?! ¡¿Qué haces?! ¡¿Quieres morirte?!¡¿Quieres matarme a mí también?! ¡¿Eso es lo que quieres?! ¡¿Quieres que mi vida deje de tener sentido alguno!?

Y entonces, con el viento partiéndome la cara, le digo, sin pestañear:

—Sara. Entiende esto. Mi vida te pertenece. Puedes hacer lo que quieras con ella. Esto es solo un ejemplo literal, para que lo entiendas.

Ella jadea, llorando como nunca la he visto llorar. Y yo no paro.

—Tienes que salir, luchar y vivir por mí, ¿entiendes? Porque si no lo haces, si te apagas como llevas haciendo todos estos días, a mí me llevas contigo. Entonces sí vas a sacar fuerzas de donde no las hay… mañana vas a dar un gran discurso. Uno que muestre esa resiliencia tuya, solo tuya. Y vas a sacar uñas y dientes para salir de esta. Vengan las noticias que vengan.

Me duele ya el pecho. El borde de la piedra me está abriendo las palmas. Pero no paro. Porque ahora viene lo que de verdad importa.

—Pero si no lo vas a hacer, cariño…Déjame ir. Porque quiero que entiendas que no es ninguna broma. Que desde el mismo minuto en que te puse los ojos encima… mi corazón, mi vida… te pertenecen. Y si tú saltas, yo salto. Si tú te caes, yo me caigo. Y si tú ardes… yo seré las cenizas.

Y entonces Sara se rompe. Pero no como antes.

No con lágrimas discretas, no con suspiros vacíos.

Se rompe entera.

Grita.

Un grito de alma. De entrañas.

Un grito que lo barre todo.

Se lanza al suelo, me busca con las manos, me agarra con desesperación.

—¡No, Aitor! ¡No! ¡Sube! ¡Sube por Dios! ¡No hagas esto!

Llora con todo su cuerpo. Le tiemblan los labios, los dedos, las pestañas. No puede respirar bien. Está hiperventilando.

Y entre jadeos, consigue decir:

—¡¿Es que no lo entiendes?! ¡Yo ya estoy muerta sin ti, gilipollas! ¡No puedes hacerme esto! ¡NO PUEDES!

Me lanza los brazos y me sube. Me arrastra con fuerza, como si le fuera la vida en ello.

Cuando quedo tumbado junto a ella, Sara se lanza sobre mí. Me abraza como si quisiera meterse dentro de mi piel.

Y llora.

Y llora.

Y llora.

Hasta que no queda nada.

Y ahí, en medio de su temblor, le digo en un susurro, cogiéndole la cara entre las manos:

—Sara… si ahora mismo viniera un puto tsunami y arrasara todo este lugar… Pero yo estoy aquí, abrazado a ti… Te juro que no me importa. Me da igual lo que venga. Porque mi mundo empieza y termina contigo. Y así será. Siempre.

Sara me mira. Tiene los ojos más rojos que nunca. Las mejillas mojadas. Pero en medio de todo eso, sus pupilas están llenas de amor. Y entonces me besa. Me besa como si no pudiera parar.

Como si al fin hubiera entendido que no estoy aquí por casualidad. Que estoy aquí para quedarme. Para lo que venga. Ese beso no es sexo. No es pasión.

Es vida.

Es regreso.

Es pacto.

Y mientras la tengo así, tan cerca, tan mía, tan rota y entera a la vez, lo juro por dentro:

Si ella se apaga, yo también. Pero si vuelve…

Entonces sí. Entonces todo ha valido la pena.

31

AITOR

Apago el motor, pero no me muevo.

Ella tampoco dice nada. Mira por la ventanilla con esa calma extraña, como si estuviera descubriendo el mundo otra vez.

Y en cierto modo… lo está haciendo.

Sara ya no es la misma.

Ahora hay otra luz en sus ojos. No es euforia. No es alegría, tampoco. Es algo más profundo. Es paz.

—¿Quieres que vayamos a casa directo? —pregunto, sin dejar de mirarla.

Ella se gira hacia mí. Me clava los ojos. Y sonríe. No como antes. No como cuando sonreía porque creía que debía hacerlo.

Esta sonrisa es libre.

Y juro por lo que más quiero que no hay nada más bonito que verla así.

—¿Y tú? —me dice—. ¿Qué quieres tú?

No contesto.

Enciendo de nuevo el motor y tomo el desvío que sube hacia el monte. No le digo a dónde vamos.

Solo conduzco.

Treinta minutos después, aparco frente a una borda antigua perdida en medio de la montaña.

El sitio parece sacado de otro tiempo. Piedra, madera, buganvillas trepando por la fachada. Una pequeña terraza con dos mesas y una vista que corta el aliento.

El valle se hunde a nuestros pies y más allá se adivinan las siluetas suaves de las colinas, desdibujadas por la niebla.

—¿Esto existe? —susurra ella al bajar del coche.

—Solo para quien sabe encontrarlo —respondo.

La dejo pasar delante.

No hay música. Solo el canto de los pájaros. La chimenea está encendida, y tiene sentido: noviembre ha traído un frío húmedo, pegajoso, que cala los huesos.

El dueño nos saluda con una inclinación de cabeza. Ya lo conocía. Le había pedido la mesa más escondida, la que da directamente al bosque.

Nos sentamos. Y por un momento, todo lo demás desaparece.

Nos sentamos en silencio.

No porque no tengamos nada que decirnos.

Sino porque este lugar lo dice todo por nosotros.

El mantel es de lino crudo, con una arruga aquí y allá, como si lo hubieran colocado deprisa, sin preocuparse por la perfección.

En la mesa hay una vela encendida. No es para adornar. De verdad ilumina.

Y en ese parpadeo de luz cálida, su rostro se me aparece casi irreal.

Sara apoya las manos sobre la mesa. Las entrelaza. Sus dedos tiemblan un poco. No lo dice, pero lo noto.

Le pasa siempre que algo la supera, cuando está demasiado emocionada y no quiere que se le note.

Yo me inclino apenas hacia adelante.

No quiero romper el momento. Solo quiero estar dentro de él.

—¿Cómo has encontrado este sitio? —pregunta finalmente, en voz baja.

—Una vez vine a entrenar por esta zona. Llovía. Me metí aquí por casualidad. Me sirvieron sopa caliente y pan con queso… y me salvó la noche.

—¿Y ahora?

—Ahora quiero que te la salve a ti —le digo, y noto que le brillan los ojos.

El camarero aparece como si nos estuviera leyendo la mente. Trae una botella de vino tinto con la etiqueta casi borrada y dos copas anchas.

Nos sirve en silencio. Ni siquiera pregunta.

Esto no es un restaurante. Es otra cosa. Es un refugio.

El primer sorbo es fuerte, intenso, con un retrogusto que tarda en irse. Como ella. Como lo que hemos vivido.

El camarero vuelve con una tabla enorme: pan y chorizo de caserío, queso curado, higos frescos, aceitunas negras, jamón del bueno. Todo huele a casa, a campo, a algo que no sabías que echabas de menos hasta que vuelve.

Comemos despacio.

No por educación, sino porque ninguno quiere que esto se acabe.

A veces la miro y no sé cómo llegamos aquí.

Recuerdo cómo era todo al principio. El caos. La distancia. Ese muro que no se podía escalar.

Y ahora está aquí, frente a mí, y parece que toda la guerra fue para merecer este momento.

Sara mastica un pedazo de queso y cierra los ojos un segundo.

La luz de la vela le tiñe la piel de cobre.

Y yo me derrumbo un poco más por dentro.

—¿Sabes qué? —dice de pronto, con una sonrisa que asoma sin avisar—. Tengo hambre. Pero no de esto.

Levanta la vista. Me mira. No está bromeando.

Hay algo en su voz que me atraviesa.

—¿De qué entonces?

Ella se inclina hacia mí, con una lentitud que me mata.

—De nosotros.

Trago saliva. Dejo el tenedor.

Me inclino también, el corazón en la garganta.

—Entonces vámonos —susurro.

En el coche, no hablamos.

Ella pone la mano sobre la mía mientras conduzco y siento que eso basta.

Es como si todo lo que no dijimos en semanas ahora se transmitiera en un roce, una mirada, el leve apretón de sus dedos cuando tomamos la última curva.

Cuando llegamos a casa, la noche ha caído del todo.

Las luces del porche se encienden solas, como si supieran que volvemos por fin.

Sara entra primero. No dice nada. Se quita los zapatos en la entrada. Deja el bolso.

Yo la sigo. Y sé que algo ha cambiado para siempre.

En la sala, me doy cuenta de que tiemblo un poco.

Ella se gira, me mira, y sin decir una sola palabra… empieza a desabrocharse el vestido.

Y entonces, lo único que puedo hacer es respirar hondo y prepararme para la noche que está a punto de empezar.

Sara se da la vuelta despacio.

Se queda frente a mí, descalza, con la camisa medio desabrochada y la respiración agitada. Nos miramos. Largo.

Como si cada uno estuviera tomando impulso para saltar al vacío.

—No digas nada —me dice—. Solo… ven.

Pero no puedo no decir nada.

No ahora.

No después de todo lo que nos ha costado llegar hasta aquí.

—Te he echado de menos incluso cuando estabas cerca —le digo, y mi voz me traiciona, se rompe un poco.

Ella no parpadea. Se le humedecen los ojos.

—Y yo… yo me he pasado todo este tiempo pensando que no merecía esto. Que no merecía sentirme así. Que íbamos a estropearlo todo. Y aquí estás. Y aquí estoy. Y ya no quiero huir más, Aitor.

Doy un paso.

Y luego otro.

Y cuando estoy frente a ella, termino de quitarle la ropa sin romper el contacto visual.

La tela cae al suelo.

Sara tiembla, pero no se esconde. Me mira de frente. Vulnerable. Valiente.

—Estás preciosa —le digo, con la voz casi en un susurro—. No porque lleves nada. Ni porque no lleves. Sino porque eres tú.

Así, sin defensas.

Ella levanta las manos. Me acaricia el rostro.

—Y tú me haces sentir que soy alguien capaz de volver a empezar.

De volver a creer.

Nos besamos.

Con hambre.

Con furia contenida.

Con ese deseo que lleva días, semanas, meses encerrado esperando estallar.

La tomo en brazos. Ella se agarra a mí como si tuviera miedo de caerse, como si el suelo ya no fuera necesario.

Subimos las escaleras a tientas, entre besos torpes y risas ahogadas.

La dejo sobre la cama con una delicadeza que no sabía que tenía.

—Quiero hacerte el amor —le digo, sin esconderme—. Pero no por lo que acaba de pasar. Ni por lo que viene. Quiero hacerlo porque eres tú. Porque esto es real.

Sara me tira hacia ella.

—Hazlo entonces. Haz que esto no lo olvidemos nunca.

El primer contacto es lento, reverente.

Exploramos piel con piel, como si quisiéramos aprendernos de memoria.

Pero luego el deseo sube, arde, rompe.

Y todo se vuelve más urgente.

Sara se arquea bajo mí, susurra mi nombre como si fuera oración.

Mis manos recorren su cuerpo con una mezcla de ternura y necesidad.

Nos buscamos sin freno, sin vergüenza, sin culpa.

En medio del calor, del jadeo, del sudor, hay también palabras:

—No me dejes caer, Aitor…

—Nunca. Ni siquiera si el mundo se viene abajo.

—Prométemelo.

—Te lo juro. Aunque tenga que inventar un mundo nuevo para ti.

Ella sonríe entre lágrimas.

—Entonces quédate esta noche. Quédate en mí. Quédate conmigo.

Y yo lo hago.

Una vez.

Y otra.

Y otra.

Hasta que no sabemos dónde acaba uno y empieza el otro.

Hasta que la noche se rinde.

Hasta que no queda más que silencio… y dos cuerpos entrelazados que ya no temen nada.

Me despierto con la garganta seca y una sensación rara en el pecho.

Tardo unos segundos en darme cuenta de que estoy solo en la cama.

Extiendo la mano hacia su lado. Tibio aún.

No ha pasado mucho.

Bajo en silencio, descalzo, siguiendo un tenue hilo de luz que se cuela desde la cocina.

Y ahí está.

Sara.

Sentada en la mesa de madera, con una manta sobre los hombros y el portátil abierto.

Tiene una taza de té entre las manos. Está concentrada, tan metida en lo suyo que ni se entera de que la estoy mirando.

La pantalla proyecta una luz azulada sobre su cara. Sus cejas están fruncidas, los labios se mueven en silencio mientras repasa lo que acaba de escribir.

Y aun así… sonríe.

Son las tres de la mañana.

Y ahí está, escribiendo su discurso.

Qué fuerza tiene.

Qué animal.

Qué mujer.

Y yo… joder. Yo estoy tan enamorado que me cuesta hasta respirar.

Apoyo una mano en el marco de la puerta.

—¿Vas a hacer campaña hasta el amanecer, presidenta?

Ella da un respingo.

—¡Aitor, me has asustado!

—¿Y tú a mí? Despierto y no estás. Casi llamo al 112.

Sara sonríe, cierra el portátil apenas un poco, sin dejar que vea demasiado.

—No podía dormir. Tenía ideas dando vueltas. Y quería que mañana estuviera perfecto.

Me acerco. Le acaricio el pelo desde atrás, despacio.

—¿Y lo está?

—Casi. Pero no te lo voy a enseñar.

—¿No?

—No. Quiero que lo escuches con todos. Allí, en alto. Con luces, con emoción. No antes.

Me río.

—¿Seguro que no estás ensayando para la ONU?

Sara me da un codazo suave con la risa medio contenida.

Me siento frente a ella. La miro. Apoyo los codos sobre la mesa.

Me acerco a ella despacio, con las manos en los bolsillos, como si no tuviera ninguna intención oculta.

—¿Y si solo me enseñas una frase? La última, por ejemplo. O la primera.

—Ni hablar —dice, cerrando el portátil de golpe, sin dejar de sonreír.

—Venga… solo una palabra. ¿Ni siquiera un adjetivo? ¿Es largo, corto? ¿Va a hacer llorar? ¿Tiene metáforas?

—Aitor, no —responde, riéndose, mientras abraza el portátil contra su pecho.

—Sara…

Doy un paso más. Ella se levanta, retrocede, se cubre como si defendiera un tesoro.

Y entonces lo hago.

Me lanzo hacia ella en plan broma, intentando arrebatarle el portátil.

Ella grita en risa y esquiva el primer intento como una ninja entrenada por el mismísimo Yoda.

Nos empezamos a medio forcejear en broma por el aparato como si estuviéramos peleando por el último trozo de pizza del universo.

—¡Dame eso! ¡Solo un vistazo!

—¡Ni loca! ¡Suéltame, traidor!

Nos reímos. Nos empujamos con cuidado. Se me escurre entre los brazos, pero la atrapo de la cintura.

Ella finge una patada, me agarra del brazo, me da un golpecito en el pecho con el codo.

—¡Eh! ¡Tranquila, Rocky! —le suelto, sin poder parar de reír—. Ya sé que me tumbarías en el primer asalto, no hace falta que lo demuestres ahora.

Sara se parte de risa.

Se queda quieta un momento, mirándome desde arriba, con el portátil aún abrazado.

—¿En serio pensaste que ibas a ganarme así de fácil?

—No. Pero tenía que intentarlo. Eres oficialmente la mujer más difícil de espiar del planeta.

Ella se agacha un poco, me da un beso corto en la mejilla y susurra:

—Te va a encantar. Pero tendrás que esperar.

Y después se sienta otra vez en la mesa, como si nada.

Yo la miro desde donde me he quedado tirado en el suelo, riéndome todavía.

Y me vuelvo a enamorar. Otra vez. Como un idiota.

Domingo por la mañana.

El café está listo.

Pongo dos tazas en la mesa, aunque no sé si va a querer beber. Yo tampoco tengo hambre. Pero el ritual me tranquiliza. Me da algo que hacer con las manos.

La oigo bajar las escaleras.

Y cuando levanto la vista... me quedo embobado.

Camina despacio, como si cada paso tuviera un sentido.

Lleva un vestido corto marfil que le abraza el cuerpo con una delicadeza casi ofensiva. Elegante, limpio, sin exceso. El pelo suelto, pero trabajado. Como ella: libre, pero con intención.

El maquillaje es sutil, justo lo necesario.

Los labios… rojos. Seguros.

Y entonces lo veo.

El anillo.

Vuelve a llevarlo puesto.

En su dedo. Tranquilo. Firme. Como si siempre hubiera estado ahí. Como si, después de todo, ella hubiera decidido quedarse.

No digo nada. No puedo. Solo me la quedo mirando, desde la cocina, con una taza humeante en la mano y el corazón haciendo el tonto.

—¿Qué pasa? —pregunta ella, sonriendo, aunque ya sabe la respuesta.

—Pasa que no sé cómo se camina detrás de un milagro —le digo, y no me avergüenzo.

Ella baja la mirada un instante. Sus dedos tocan el anillo sin querer, como si le costara creer que está ahí.

Luego se acerca. Se sienta a mi lado. No habla todavía.

—Estás… joder, Sara. Hoy no hay quien te mire sin quedarse mudo.

—Eso espero —responde con un guiño, aunque la noto tensa. Los ojos la delatan.

—¿Tienes miedo?

Ella asiente muy despacio.

—Sí. Pero es un miedo bueno. Como cuando vas a tirarte a la piscina y no ves el fondo.

—¿Y si está vacía?

—Entonces me lanzo igual. Porque sé que tú estás ahí abajo.

—Pues sí. Y además te aviso que ya estoy dentro.

Sara sonríe, se pone de pie, y antes de salir de la cocina se detiene.

Me mira desde la puerta, seria ahora.

—Gracias por no rendirte cuando yo no sabía ni cómo empezar.

—Gracias por volver. Y por ponerte eso —digo, señalando el anillo.

Ella no contesta. Solo lo aprieta con los dedos.

Y dice:

—Hoy voy a volar.

—Y yo me quedo abajo mirándote —respondo.

Pero ella niega.

—No. Tú vas conmigo.

Y se va a por su bolso. Yo respiro hondo. Y la sigo.

Conduzco en silencio.

Las ruedas pisan el adoquinado húmedo del casco antiguo de San Sebastián, y cada calle que dejamos atrás me acerca más a lo inevitable. La ciudad está envuelta en ese gris elegante que solo tiene el norte. El cielo amanece encapotado, pero no amenaza tormenta. Solo luz difusa, suave, como si alguien hubiera bajado la saturación del mundo.

Cuando doblamos la última curva y se abre ante nosotros la cuesta que lleva a San Telmo, el corazón me da un golpe seco en el pecho.

La fachada del museo impone. Es sobria, majestuosa. Al fondo, el claustro.

Y delante... Un pequeño caos perfectamente orquestado.

Camiones técnicos. Cables. Pantallas. Tarimas. Prensa. Y gente. Muchísima gente. Y un cordón de seguridad que se abre justo cuando me acerco.

—¿Lista? —le pregunto, sin dejar de mirar al frente.

Ella tarda dos segundos en responder.

—No. Pero ya no importa.

Me río. No por burla. Por orgullo. Por amor.

Reduzco la velocidad.

Un agente me indica que aparque justo a la derecha, en una zona delimitada solo para los "protagonistas". Sara se gira hacia mí.

Y por un instante, se le nota en los ojos todo lo que está sintiendo: El vértigo. La emoción. La responsabilidad.

—Mírame —le digo.

Ella lo hace y ahí está, la mujer que no creía en sí misma, que se fue rota y vuelve hecha fuego.

—Estás aquí porque te lo ganaste, ¿vale? Que no se te olvide.

—No se me olvida. Porque tú me lo recordaste.

Nos quedamos unos segundos en esa especie de cápsula de cristal. El mundo fuera y nosotros dentro.

Hasta que golpean la ventanilla. Un asistente sonriente nos hace señas. Es la hora.

Cuando Sara abre la puerta y pone un pie fuera yo salgo después, un paso detrás. Como debe ser.

Y mientras las cámaras disparan, mientras ella sonríe y saluda con una elegancia que no se puede ensayar...

Solo pienso en una cosa:

Hoy todos creen que han venido a ver una final. Pero no lo saben. Hoy han venido a ver el principio de algo mucho más grande.

Estamos en un pasillo estrecho, al fondo del museo, justo detrás de donde se ha montado el escenario.

La acústica es rara, todo suena amortiguado, como si estuviéramos dentro de un tambor gigante.

Hay movimiento. Técnicos con pinganillos, asistentes que corren con carpetas, maquilladoras que retocan a toda velocidad.

Sara se sienta en una silla alta, frente a un espejo de camerino improvisado.

Yo me mantengo cerca. En pie. Vigilante.

Una mujer con auriculares se nos acerca.

—Siete minutos. Luego hablará el director, luego tú, Aitor. Ella va justo después. ¿Todo bien?

—Todo perfecto —dice Sara, y le sonríe. Tranquila. Serenísima.

Cuando se marcha, yo me acerco por detrás, me inclino y le susurro al oído:

—Siete minutos para verte volar.

Sara no responde. Solo me toma la mano.

Un gesto rápido, apretado. Como si necesitara asegurarse de que sigo ahí.

La llaman por otro lado para un micro de corbata. Ella se va.

Y entonces me quedo solo unos segundos.

Miro el suelo de piedra, las paredes del museo, ese silencio contenido detrás del telón.

Y me digo: Hazlo bien. Porque esto no es por ti. Es por ella.

El acto ha comenzado.

El público está sentado en sillas dispuestas en semicírculo, bajo arcos antiguos y focos cálidos.

El murmullo se apaga.

Sube al escenario el profesor de Sara, director de la Facultad de Bellas Artes.

Túnica oscura, gafas redondas, gesto amable. Voz pausada.

—Gracias a todos por estar aquí esta tarde. Mi nombre es Luis Mari Zubizarreta. En nombre de la Facultad de Bellas Artes, de nuestros alumnos, y del comité organizador de esta edición tan especial, me honra darles la bienvenida al acto de clausura y entrega de premios. – Hace una pausa breve.

—Este concurso no ha sido solamente una muestra de talento. Ha sido una demostración de valor, de búsqueda, y de profunda humanidad.

Dirige una mirada cálida a donde esta Sara, rodeada de otros compañeros de escultura, teatro y demás, que se han ganado también el reconocimiento. Pero el cuadro de Sara es el premio principal de la ceremonia.

—Detrás de cada obra presentada hay una historia. Una vida. Y en algunos casos… una transformación.

El público aplaude suavemente.

—Antes de dar paso a los ganadores, queremos escuchar unas palabras de un invitado muy especial —Deportista de élite. Orgullo de nuestra tierra. Demos la bienvenida a Aitor Ibarrola.

Aplausos.

Focos.

Y ahí voy yo. No he preparado ningún discurso, estoy acostumbrado a hablar delante de las cámaras y de muchas personas. Además, tengo claro lo que quiero decir.

Subo al escenario y me coloco delante del micrófono:

Buenas tardes.
Me llamo Aitor Ibarrola.

Lo primero que quiero hacer es dar las gracias por el reconocimiento y permitirme decir unas palabras en un acto tan importante como este.

Me paso la vida compitiendo. Soy futbolista profesional. Y en el deporte, todo se mide: los goles, los segundos, las victorias.

Amas tu club, das la vida por tu equipo, por tu gente.

Y aprendes a ganar. Pero, sobre todo, aprendes a perder.

Sin embargo... hay cosas que no se pueden entrenar.

No hay rutina, ni estrategia, ni físico que te prepare para mirar a alguien y saber que te va a cambiar la vida.

Sara.

Esta mujer ha hecho algo que va mucho más allá de este certamen.

Ha transformado el dolor en belleza.

Ha utilizado su historia para construir, no para esconderse.

Y lo ha hecho con una fuerza tan silenciosa... tan limpia... que te deja sin palabras. Por eso estoy aquí.

No solo como profesional.

Estoy aquí como hombre. Como alguien que ha tenido el privilegio de verla brillar en sus días más oscuros y de acompañarla mientras volvía a ser ella.

Y si me permitís, voy a hacer algo que nunca hago.

Siempre he sido reservado con mi vida. Muy reservado.

No me gustan los focos fuera del campo. Nunca he sentido la necesidad de compartir lo íntimo.

Pero hoy...

Hoy sí.

Porque esta mujer a la que admiro profundamente... ha dicho que sí.

Sí a compartir su vida conmigo.

Sí a ser mi esposa. Y no quiero esconderlo.

Quiero gritarlo porque no todos los días alguien como yo tiene la suerte de mirar a la mujer que ama y decirle, delante de todos:

Gracias.

Por elegirme. Por confiar. Por enseñar al mundo que el arte puede curar.

Ella es la verdadera protagonista de esta historia.

Y lo único que espero, es estar a la altura de la mujer con la que tengo el honor de compartir mi vida.

El micrófono baja lentamente, pero el silencio todavía pesa. Unos segundos eternos.

Y entonces...Aplausos.

Primero suaves, tímidos. Después un estallido.

De pie, la gente se levanta. Pero yo no oigo nada.

Solo la veo a ella. Sara está sentada en la primera fila. Tiene los labios apretados y los ojos abiertos de par en par. Las mejillas se le han puesto rojas como cuando intenta disimular la emoción. No sonríe de inmediato. No sabe dónde meterse. Pero sus ojos me lo dicen todo.

Está temblando por dentro.

Y a la vez... está feliz.

Camino hacia ella sin pensarlo. No para seguir el protocolo. No para quedar bien. Sino porque no puedo no hacerlo. Ella se pone de pie, me mira como si no supiera si reír o llorar. Y antes de que diga una palabra, la agarro de la cintura, con toda la naturalidad del mundo...

Y le planto un beso.

Allí.

Delante de todos.

Delante de cámaras, profesores, prensa, invitados, rivales.

Delante del mundo.

Cuando me separo apenas un centímetro, le susurro al oído:

—Perdón... tenía que hacerlo.

—No pidas perdón —me dice, con voz temblorosa—. Ha sido perfecto.

Sube de nuevo al escenario el profesor, Luis Mari Zubizarreta, con sus gafas finas y ese gesto tan suyo de juntar las manos antes de hablar.

Mira a Sara. Mira al público.

Y se toma un segundo. Como si no quisiera estropear la emoción.

—Bueno... después de esto, no sé si hay algo que pueda añadir que esté a la altura. — Hace una pausa breve y sonríe con suavidad —Enhorabuena, de verdad. No hay nada más bonito que ver el amor expresado así... tan puro, tan sincero, tan presente.

Sara agacha la cabeza, tímida. Le cuesta recibir tanto. Le cuesta creérselo todavía.

Luis Mari sigue, con ese tono suyo que parece medido al milímetro, pero cargado de fondo.

—Ahora bien, me corresponde cerrar este acto con algo que, hasta hoy, habíamos mantenido en silencio. Desde la facultad tomamos una decisión al inicio de este certamen: no anunciar públicamente una parte importante del premio. Y lo hicimos por una razón muy clara. No queríamos condicionar el proceso creativo de los alumnos. No queríamos que trabajaran con una expectativa externa que los desviara de lo más importante: su verdad artística.

Noto cómo Sara se tensa. No entiende adónde va esto. Se queda muy quieta. Yo la conozco: eso significa que está conteniendo.

Luis Mari levanta apenas la voz.

—Pero ahora, ya con el resultado firme, podemos compartirlo. El primer premio de esta edición incluye una dotación económica de 50.000 euros, destinada íntegramente a apoyar la carrera del artista ganador. — Hace una pausa —Y, además, una exposición individual con unas cincuenta obras…Aquí. En este mismo museo. Dentro de un año.

Boom.

La cara de Sara es un poema.

Parpadea. Una vez. Luego otra.

Y después me gira la cara muy lentamente, buscándome, como si necesitara que alguien le confirmara que está entendiendo bien.

Yo le sonrío, asintiendo. Y entonces se le escapa un susurro:

—No puede ser…

Pero es. Y el público aplaude. Otra vez. Más fuerte.

Yo sigo sin dejar de mirarla. Y pienso: no tienes ni idea de todo lo que te mereces. No te llega a la cabeza aún… pero te vas a enterar pronto.

Luis Mari hace un gesto elegante hacia ella.

—Sara… si la emoción te deja hablar, este escenario es todo tuyo.

Y yo me quedo aquí, viéndola subir. Viéndola asumir lo que ya era suyo.

Con los pies temblando, sí.

Pero con el alma en alto.

Sara:

Buenas tardes a todos,

Gracias por estar aquí.

Para mí, este momento es algo que nunca imaginé vivir... y mucho menos de esta forma.

Estoy emocionada, agradecida... y si soy honesta, todavía en estado de shock.

A veces, los caminos que te llevan a los lugares más importantes no son rectos, ni predecibles. A veces duelen.

Y a veces, esos mismos caminos se vuelven luz...

cuando tienes algo —o alguien— que te impulsa a seguir caminando.

Cuando pinté este mural no pensaba en un premio.

Ni en una exposición, ni en aplausos.

Pinté porque lo necesitaba. Pinté porque era eso... o romperme.

Cada trazo fue un intento de entenderme. Una conversación íntima con lo que no podía decir en voz alta.

Con la rabia. Con la soledad. Con el miedo.

Pero también con el amor.

Ese que te transforma, aunque te dé vértigo.

Este mural habla de eso.

De las cadenas invisibles.

Y de las alas que nacen cuando decides confiar.

Habla del riesgo de mostrarte sin filtros.

De aceptar que no todo se cura... pero sí puede transformarse en algo bello.

Ser artista, para mí, no es una elección.

Es una forma de respirar.

Es la única manera que tengo de estar en paz con lo que siento.

Y si hoy, este mural ha conseguido que alguien —aunque sea una sola persona— sienta algo verdadero...

entonces ya ha cumplido su propósito.

Gracias a quienes han hecho esto posible: al jurado, al profesor Zubizarreta, a quienes han creído en mí incluso cuando yo no sabía si podía hacerlo.

Y... a ti, Aitor.

Gracias por mirarme cuando ni yo sabía cómo sostenerme. Por estar ahí, incluso cuando no te lo pedía. Por no tener miedo de ver lo que yo temía mostrar.

Hoy me siento afortunada. No por el premio. No solo eso. Me siento afortunada por haber recuperado mi voz.

La mía.

Y si hay algo que me gustaría que este día dejara en el aire, es esto:

Que el arte no salva del todo.

Pero abre una puerta.

Y a veces... solo a veces... esa puerta lleva exactamente al lugar donde querías llegar.

Gracias. De corazón.

Sara baja del escenario. Yo la espero abajo, con los brazos cruzados y el pecho a punto de estallar.

Cuando se acerca, me mira como si no supiera muy bien en qué planeta está.

Le tomo la mano. La tiene helada. Pero sonríe.

Esa sonrisa que solo ella tiene, mezcla de miedo y fuerza.

Y justo entonces, sube al escenario el mecenas.

Joaquín Ormazábal Ezcurra.

El nombre me raspa el oído.

No sé por qué, pero me suena. Y no solo el nombre.

Él también. Es alto, elegante en exceso, con un tipo de barriga de poder: esa que no se esconde, sino que parece reclamar espacio. Debe pasar los sesenta. Está calvo, pero se deja el pelo blanco peinado hacia atrás como si aún quisiera parecer un lobo alfa. Viste como si el traje costara más que mi coche, y camina lento, sabiendo que todos lo miran.

Empieza a hablar con voz firme, encantadora, de esas que se entrenan.

—Buenas tardes. Antes de nada, enhorabuena a los organizadores, a los finalistas, al jurado… y, por supuesto, a nuestra flamante ganadora. Este certamen no solo celebra el arte… celebra el talento nacional. Y eso, hoy más que nunca, es lo que debemos defender. — hace una pausa y se dirige a Sara —Porque en este país, señoras y señores, tenemos creadores que no necesitan copiar a nadie. — Estoy completamente incómodo—Solo necesitan que alguien crea en ellos.

La gente aplaude. Yo sigo con la mandíbula apretada. Me suena.

No solo el nombre. Esa voz. Esa postura.

Algo en mí se enciende. Instinto. Fútbol o no fútbol, eso no se entrena.

Y entonces dice sonriendo abiertamente:

—Pero yo no estaría aquí si no fuera por alguien más. El verdadero impulsor de todo esto. Mi hermano: Iñaki Ormazábal Ezcurra.

Se abre una puerta lateral.

Y todo se detiene.

Un hombre entra. Más joven. Más frío. El mismo tipo de traje.

La misma mirada impenetrable. Y entonces lo veo.

Sara pierde el color. No es una forma de hablar. Literalmente pierde el color. Se queda quieta.

El cuerpo se le afloja como si alguien hubiera cortado un cable por dentro.

—Sara —susurro, dándole un apretón en la mano.

Ella no reacciona. Mira al hombre como si estuviera viendo un fantasma. Y yo lo entiendo.

Ese nombre. Iñaki.

Iñaki, el que estaba con su madre. El que se suponía perdido en el mar. Ella da un paso atrás. Otro.

Y entonces se desploma.

—¡Sara!

Me lanzo.

Llega al suelo en cámara lenta, como si el mundo estuviera amortiguado.

La recojo antes de que su cabeza golpee la piedra.

Tiene los ojos cerrados. Piel fría. No responde.

—¡No la agobiéis! ¡Atrás, por favor! ¡Un poco de espacio!

La gente murmura. Alguien intenta tocarle el brazo y le suelto un "¡no!" tan fuerte que se detienen en seco.

Y mientras tanto, los hermanos Ormazábal nos observan desde el escenario.

Quietos.

Serenos.

Imperturbables.

Como si esto no fuera con ellos.

—Sara, mírame... —le susurro—. Por favor, mírame.

Nada. La alzo en brazos y me abro paso entre la multitud. No corro. Vuelo.

Como si la distancia hasta el coche fuera un campo de minas.

Y mientras salgo del claustro, con ella apretada contra mi pecho, solo pienso una cosa:

Esto no ha terminado.

Ni de lejos.

32

SARA

Todo es blanco. Pero no un blanco limpio.

Un blanco que zumba, que duele. Que se mete en los ojos incluso cuando los tengo cerrados.

Respiro. O creo que respiro. No estoy segura.

Hay un pitido suave a mi izquierda. Algo me aprieta el brazo. Y en el fondo… Una voz.

Aitor.

No lo veo. Pero sé que está. Sé cómo suena su miedo. Lo reconozco como si fuera mío.

Parpadeo. La luz me parte en dos.

—¿Sara?

—¿Me oyes?

—Eh… estás bien. Estoy aquí.

La voz se acerca. Caliente. Humana. Su mano roza la mía. Y entonces… vuelvo.

La imagen del museo se estrella en mi cabeza.

El discurso. La ovación. Y luego… Él. Iñaki.

Mi cuerpo se tensa.

Quiero sentarme, pero algo me frena. Un cable, un peso. El cuerpo no me responde del todo.

—¿Dónde estoy?

—En el hospital. Todo está bien. Te desmayaste, Sara. Te desmayaste, ¿vale? Pero ya pasó.

Miro hacia la derecha. Y ahí está. Aitor.

Con la mandíbula tensa, la mirada alerta. Tiene la chaqueta medio colgada del respaldo y las ojeras marcadas.

—¿Qué ha pasado? —susurro—. ¿Qué han dicho? ¿Qué hacía allí ese hombre?

Él duda. Lo noto. Traga saliva.

—El hermano del mecenas. Iñaki Ormazábal. Así lo presentó.

El nombre suena como una bofetada. No me cabe en el cuerpo. Mi madre.

La última vez que supe de ella, estaba con él en un mar que se tragó todo. Y ahora... ¿él? ¿Aquí? ¿Sonriendo, elegante, como si nada?

El mareo vuelve, pero me lo trago.

—Esto no tiene sentido —susurro.

—Lo sé. — Aitor me agarra la mano y empieza a pasarme una mano por el pelo, constante y tranquilizadora.

Nos miramos.

—Esto no puede ser... —susurro, más para mí que para él—. Esto no tiene ningún tipo de sentido, Aitor.

—Ya lo sé, Sara —me responde al instante, bajito, sin moverse de mi lado.

Noto su voz cerca, como un ancla.

—¿Por qué me he tenido que desmayar justo ahí? Ese era el momento. Ese era el momento de mirarle a la cara y preguntarle dónde está mi madre.

Me cuesta hablar, pero las palabras salen solas. Como si mi cuerpo supiera que tiene que vaciarse.

—¿Y si ella estaba allí, Aitor? ¿Y si ha venido con él?

Él aprieta la mandíbula. No dice nada.

—¿Has mirado mi móvil? —le pregunto, con una inocencia que ni yo misma me creo.

La voz me tiembla. Él duda. Apenas un segundo.

—¿Había alguna llamada? ¿Algún mensaje?

Aitor niega con la cabeza.

—Nada. Ni una notificación. Pero si quieres, en cuanto estés bien, lo miramos juntos. ¿Vale?

Me llevo la mano a la frente. Está húmeda.

Todo gira, pero no es físico. Es otra cosa. Es esa sensación de que hay algo muy grande moviéndose por debajo. Algo que no veo… pero que me arrastra igual.

—No puede ser casualidad, ese hombre le ha hecho algo a mi madre, y ahora ¿cómo vamos a encontrarle? Quiero que vuelva Aitor, ¡Que me la devuelva! —digo casi sin voz, sollozando como una niña pequeña.

—No lo es, no es casualidad cariño. —responde él sin dudar.

Nos miramos.

Y en ese cruce… hay miedo. Pero también decisión.

Entonces él se inclina un poco más cerca. Me toma la mano con fuerza.

—Sara —me dice, firme, sin titubear—. Te prometo que en cuanto salgamos de aquí y estés bien, vamos a buscar todas las respuestas. No sé por dónde empezar, ni qué vamos a encontrar… Pero te juro que no pienso parar hasta saber toda la verdad.

Me quedo callada. Porque lo dice tan en serio que me duele el pecho. Porque sé que lo va a cumplir.

Golpean la puerta con suavidad. Y entra el médico. La puerta se abre con un golpe seco pero amable.

Entra un hombre de unos cincuenta, bata blanca, mirada serena.

Tiene esa forma de hablar que solo tienen los médicos de urgencias: firme, sin adornos, sin perder la calma, aunque el mundo se esté desmoronando.

—Buenos días —dice, acercándose con una Tablet en la mano—.

—¿Cómo te encuentras?

—Confusa —respondo con la voz más rasposa de lo que pensaba —Un poco mejor. Creo.

Asiente. Consulta algo en la pantalla.

—Bien. Lo primero que quiero decirte es que estás estable. Los signos vitales son normales, y la exploración neurológica no muestra nada preocupante. Lo que has sufrido ha sido una respuesta vasovagal provocada por un pico agudo de ansiedad. Básicamente, un desmayo reflejo: el cuerpo reacciona al estrés cerrando el grifo, por así decirlo.

Asiento, aunque no estoy del todo segura de haberlo entendido todo.

—¿Eso explica por qué perdí el conocimiento?

—Sí. Como te digo no hay nada grave ni preocupante en el diagnóstico, pero antes de darte el alta, hay algo más que debemos comentar.

Aitor se pone más recto en la silla.

Yo me giro hacia él un segundo, y luego vuelvo al médico.

—Te voy a hacer unas preguntas, ¿vale?

—Claro —respondo, sin saber por qué me late más rápido el corazón.

—¿Has tenido náuseas últimamente? ¿Vómitos matutinos? ¿Sensación de fatiga más de lo normal? ¿Molestias en los pechos, cambios en el apetito...?

Me lo quedo mirando.

—Perdón, doctor... pero no entiendo estas preguntas.

Él levanta la vista de la Tablet.

Nos mira a los dos.

Y habla con ese tono de quien ya ha dado esta noticia muchas veces, pero nunca exactamente así.

—Perdonad. Os comento: en la analítica aparece un marcador muy claro.

Sara... todo indica que estás embarazada. Aproximadamente de unas ocho semanas.

Silencio. Total.

No se oyen ni los monitores.

Ni el pasillo fuera.

Ni mi propio cuerpo.

Miro a Aitor.

Él me mira.

Y no decimos nada.

El médico tampoco.

Solo nos observa.

Es como si el tiempo se hubiera congelado.

Yo no siento alegría.

Ni miedo.

Ni nada.

Solo ese vacío que llega justo cuando no sabes cómo procesar lo que acaba de pasar.

— Antes de nada, tengo que hacerte una ecografía para comprobar que todo está en orden — Dice rompiendo el momento, en el que Aitor y yo estamos claramente en shock.

— Vale — Consigo decir con una voz temblorosa.

Aitor no dice nada, solo me mira, mira al médico, mira el ecógrafo que está acercando a nosotros, lo observa todo con ojos petrificados, pero no dice nada.

No sé si es la reacción más ideal ante una noticia así, de repente tengo mucho miedo de que esto no sea lo que esperaba, de que nos separe. No tengo capacidad para pensar que realmente puedo estar embarazada y que eso sea el motivo de mi preocupación, pero y si lo estoy ¿Cómo va a reaccionar Aitor?

Tengo nervios, me duele mucho el estómago de repente, me siento mareada, pero no digo nada. Solo veo cómo el doctor ya tiene todo su arsenal preparado, para confirmarme la noticia más impactante de mi vida.

Me ayudan a girarme con cuidado. La camilla se reclina.

El médico se mueve con precisión, sin prisas. Abre un cajón, saca una toallita, prepara el ecógrafo.

—Te voy a aplicar un poco de gel. Está frío, ¿vale?

Y sí. Lo está. Pero no es el gel lo que me estremece. Es todo.

Es la sensación de que el suelo acaba de desaparecer.

De que el universo ha decidido lanzarme otra pieza imposible en mitad del tablero. Primero Iñaki. Luego el desmayo, quitándome la posibilidad de enfrentar al hombre que me ha arrebatado a mi madre. Ahora esto.

Me tiemblan las manos. Y por dentro, algo se retuerce.

¿Pero qué más puede pasarme?

¿Qué más queda por explotar?

¿Esto es real o estoy atrapada en una mala película de mi propia vida?

El médico enciende el monitor.

—Vamos a ver qué tenemos por aquí…

La pantalla se ilumina en azul y gris. Hay un pulso que parece eléctrico. Una vibración suave.

Aitor se ha acercado sin decir palabra. Está al lado de mi cabeza, con una mano en mi hombro. Firme. Caliente.

El médico señala una zona.

—Bien. Aquí está. Esta es la bolsa gestacional.

—Y aquí… ves esto, ¿no?

Asiento en silencio.

No sé qué estoy viendo, pero asiento.

—Esto confirma el embarazo. Todo parece evolucionar con normalidad. Ahora vamos a escuchar el latido, si es posible…

Silencio. Un segundo.

Y entonces, el médico sonríe.

—Y la verdad… es que estamos de enhorabuena por partida doble. Vamos a escuchar dos corazones.

Aitor y yo giramos la cabeza al mismo tiempo. Nos miramos.

Los dos con cara de: ¿cómo que "dos"?

—¿Perdón? —dice Aitor, con la voz tensa de quien no sabe si prepararse para algo bueno o algo muy malo.

El médico se ríe por lo bajo, como si lo disfrutara.

—Vais a tener gemelos. Univitelinos.

—Aquí, mirad: ¿veis este pequeño punto duplicado dentro de la misma bolsa? Pues son dos.

Me quedo absolutamente en blanco.

—No puede ser —digo. Y no es una forma de hablar. No. De verdad lo creo.

—Doctor… ¿esto cómo ocurre?

Él levanta una ceja, con una sonrisa torcida.

—En vuestro caso —explica el doctor mientras revisa la imagen en la pantalla—, lo que tenéis es un embarazo gemelar univitelino. Eso significa que ambos bebés provienen de un mismo óvulo fecundado, que se dividió en dos durante los primeros días. Comparten la misma carga genética y, en muchos casos, incluso la misma placenta. Es algo bastante excepcional: ocurre en aproximadamente 1 de cada 250 embarazos, y no tiene que ver con antecedentes familiares ni tratamientos de fertilidad. Es pura casualidad biológica... o milagro, según se mire.

Y entonces...

Aitor explota.

No dice nada. No pregunta nada.

Simplemente me levanta de la camilla de golpe, con el gel todavía en el vientre, y me abraza como si acabara de meter el gol de su vida en el minuto 95 de la final de Champions.

El médico se queda boquiabierto. Literalmente.

Yo me río sin poder evitarlo. No sé si de nervios, de ternura o de absoluto desconcierto.

Aitor me da vueltas. Una, dos. Me aprieta. Me levanta un poco más.

—¡Aitor! ¡Para! —le digo entre carcajadas y vértigo—. ¡Me vas a marear otra vez!

—¡Pero mira lo que me estás dando, Sara! ¡Cómo no voy a volar! Claro que es un milagro, es mi milagro personal.

El médico carraspea y nos detenemos.

Yo me estoy limpiando el gel como puedo cuando Aitor, con la cara encendida de emoción.

— Aitor, ¿se puede saber dónde están tus modales? — le reprendo, mirando al doctor con nerviosismo.

—¡¿Mis modales?! — me pone los ojos en blancos y entonces se gira hacia el doctor que todavía nos mira un poco raro.

—Perdone, doctor. Pero... ¿Usted qué estaba haciendo el día que le dieron la mejor noticia de su vida?

El médico parpadea. No dice nada.

—¿Dónde estaba cuando alguien le dijo algo tan grande que ni se atrevía a soñarlo?

—¿Qué hizo cuando le anunciaron que la vida le iba a dar más de lo que jamás creyó merecer?

Aitor se acerca a mí. Me toma la cara con las dos manos.

Y dice, con los ojos ardiendo:

—Sara, te amo. Como nunca pensé que se podía amar. Amo lo que llevas dentro. Amo a nuestros hijos. Y estoy deseando verte convertirte en la madre increíble que sé que vas a ser. Estoy… tan, tan feliz… que no sabría explicarlo ni con mil palabras. Así que lo hago así. Así. Viviéndolo contigo. Disfrutándolo. Sin miedo. Porque esta es nuestra familia. Y empieza hoy.

Yo no digo nada.

Solo lloro.

Porque de repente todo lo roto parece tener forma.

Y aunque el mundo afuera esté girando como una tormenta…

Aquí dentro, en esta sala blanca…

Por un segundo eterno…

Todo está en paz.

El médico se va, y nos deja un segundo de privacidad antes de tramitar el alta.

Aitor me acaricia el vientre con una ternura que me parte por dentro. Y entonces, su voz cambia.

Ya no grita.

—¿Sabes qué pasa, Sara? que yo pensaba que el futuro no era para mí Que había cosas que se me habían escapado sin remedio. Y me lo había creído.

No tener familia. No tener estabilidad. No tener algo mío de verdad.

Lo acepté. Me hice fuerte con eso. Me construí con esa idea en la cabeza.

Y entonces llegaste tú. Y me rompiste todo. Me estás dando algo que nunca imaginé que podía tener, me lo das todo con solo respirar Sara. Me has hecho el hombre más feliz de la tierra.

Hace una pausa. Traga saliva. No me suelta los ojos.

—Y ahora… Ahora me estás dando la vida. Literalmente. Y no sé si voy a hacerlo bien. No sé si voy a saber ser padre, compañero. Pero lo que sí sé, es que no hay nada en el mundo que quiera más que aprender a hacerlo contigo. Porque tú eres mi hogar. Y ellos… Ellos van a ser el milagro que nunca supe que merecía. Porque yo no merezco nada de esto Sara, pero es todo gracias a ti, eres buena, pura, auténtica y todo lo que haces me ha hecho sumergirme en una existencia paralela de felicidad plena de la que no quiero salir mientras viva. ¿Entiendes?

Y entre su pecho y el mío… se quedan las lágrimas que no hacen ruido. Me apoyo en su pecho. No quiero moverme. No quiero que este momento se escape.

Y entonces lo digo.

No lo pienso mucho. Solo lo dejo salir.

—Aitor… —susurro, con la voz aún entrecortada—. No sabes lo que has hecho conmigo. Porque tú también me has cambiado la vida, y no solo por estar aquí ahora, abrazándome, celebrando esto… No. Tú me has enseñado a volver a respirar. A dejar de esconderme. A sentir sin miedo. Me miraste como si fuera entera cuando yo solo veía pedazos, y te has quedado aun cuando yo misma quería salir corriendo de mí. Y no sé cómo lo has hecho, pero me has hecho creer. En mí. En el amor. En el futuro. Y ahora, en este instante… en medio de todo lo que duele y de todo lo que no entiendo… me siento feliz. Sé que vienen días duros. Que lo de mi madre está ahí fuera, esperándonos. Que vamos a tener que buscar verdades que probablemente no quiero oír. Pero, aun así, ahora mismo, con todo lo que está pasando dentro de mí —y fuera—, no puedo evitarlo: me siento la mujer más afortunada del mundo. Porque llevo en mí una parte de ti. Porque llevo a nuestros hijos. Y esto… esto lo cambia todo. Y no vuelvas a decir que no mereces nada de esto, desde que te conozco lo único que has hecho es desarmarme, eres buena persona, amable, cariñoso, cuidas de los demás, te preocupas por los animales, eres una bestia en el campo y fuera de él, cariño. Un diamante en bruto, que me da pena que se tenga en tan poca consideración consigo mismo, pero lo vamos a cambiar poco a poco.

Nos miramos. Y de repente, empiezo a reír. No lo puedo evitar.

Es como si toda la tensión acumulada se disolviera de golpe.

Y cuando Aitor me mira y empieza a reír también, el mundo —por un instante— deja de pesar.

Estamos los dos así, riendo como idiotas, en nuestra utopía personal, con las mejillas mojadas, el corazón desbordado, el gel ya seco en mi vientre, y esa noticia imposible flotando entre nosotros: dos.

Dos vidas.

Dentro de mí.

Él me abraza. Me atrapa con los brazos como si no quisiera soltarme nunca más, y yo me dejo caer en ese abrazo porque ahí... ahí está todo.

La calma.

El sentido.

El hogar.

Apoyo la frente en su pecho, y noto cómo respira. Lento. Firme. Casi como si también estuviera aterrado. Pero feliz. Y yo... también.

—Estamos muy locos —le susurro, entre risas y lágrimas.

—Lo sé —dice él, bajito, con esa voz que me atraviesa—. Y lo mejor es que solo va a ir a peor.

Sonrío. No porque no tenga miedo, sino porque en este momento el miedo no importa. No puede contra esto.

—¿Tú crees que podremos con todo?

Él no responde de inmediato. Me separa solo lo justo para mirarme a los ojos.

Y entonces lo dice:

—No lo sé. Pero lo vamos a intentar como si fuéramos imparables.

Y no necesito más.

Solo asiento.

Porque sé que es verdad.

Porque, por primera vez en mucho tiempo, me creo capaz de todo.

La puerta se cierra con un clic suave tras Aitor, pero su voz se me queda pegada al oído.

—Voy a firmar los papeles del alta, no tardo nada. Quédate aquí, ¿vale? No te muevas de esta habitación. Ni un paso, ¿me oyes?

Le he dicho que sí. Que ni loca. Que apenas puedo con mi cuerpo, que me quedaré tranquila, que todo bien. Él me ha besado la frente y ha salido con paso firme, seguro, como si nada pudiera tocarme ahora que ya se ha encargado de protegerlo todo. Como si ya estuviéramos al otro lado del

390

miedo.

Me reclino en la camilla, cierro los ojos y me permito disfrutar del momento, aunque solo sea eso, un momento. Pero a los pocos minutos el aire de la habitación cambia. No hay razón. Ninguna señal clara. Solo una sensación.

El silencio. Pero no un silencio pacífico. Es espeso, como si el aire se hubiese detenido. La máquina a mi lado sigue emitiendo pitidos regulares, pero parecen lejanos, como bajo el agua. El reloj de pared ya no suena. Y la puerta, cerrada hace un instante, ahora está entornada. Apenas unos centímetros. Pero suficiente para que algo me recorra la espalda como una descarga fría.

Me incorporo un poco. El camisón se pega al cuerpo por el gel seco de la ecografía. Me abrazo a mí misma, sin saber muy bien por qué. A lo lejos se oyen pasos, ruedas de un carrito, alguna voz apagada. Pero todo me parece irreal. Como si no perteneciera del todo a este instante.

Y entonces, lo percibo.

Un leve crujido detrás de mí. Como un roce de suela contra el linóleo. Me giro. No hay nadie.

Pero el corazón me da un vuelco.

Una sombra cruza por la rendija de la puerta. Un movimiento breve, demasiado rápido para reconocerlo. Me tenso. Me digo que son imaginaciones. Que estoy sugestionada. Que tengo que relajarme.

Pero entonces, antes de que siquiera pueda levantarme de la camilla… sucede.

Una figura. Sin rostro. Sin palabras. Irrumpe en la habitación con precisión quirúrgica. De estatura media, algo rechoncho, con movimientos firmes, pero no ágiles. Uniforme médico. Gorro. Mascarilla. Guantes. No hay voz. No hay intención de hablar. Solo acción.

Una mano brutal cubre mi boca antes de que el grito llegue a mi garganta. La otra me sujeta por el brazo con tanta fuerza que siento cómo me clava los dedos en el hueso. Me sacan de la camilla de un tirón. Como si fuera un saco. Como si mi cuerpo no importara. Mis piernas golpean el borde metálico al caer.

Intento gritar. Morder. Pataleo con todas mis fuerzas. Pero no hay piel que rasgar, solo látex. Y el olor. Ese olor a desinfectante mezcla de alcohol, plástico y algo químico que no identifico, me llena la nariz hasta el fondo.

Me arrastra al pasillo. No corre. Camina deprisa, con dirección. Como si lo hubiera ensayado. Como si supiera exactamente por dónde ir sin ser visto. Yo me retuerzo como puedo. Intento golpear algo. Hacer ruido. Pero no sale nada. La mano sigue firme sobre mi boca.

Y entonces, a lo lejos, aparece una figura. Un médico, acercándose desde el fondo del pasillo. Con carpeta, con bata. Un profesional.

Mi cuerpo entero se enciende como una alarma. Me agito con desesperación, intento emitir algún sonido, cualquier cosa. Pero él también lo ve.

Y en ese segundo... el secuestrador reacciona. Me empuja con fuerza contra la pared y abre una puerta a su izquierda: la farmacia del hospital. Una sala larga, estrecha, sin ventanas, abarrotada de estanterías con medicamentos, frascos, ampollas y cajas selladas.

Me mete dentro como si no pesara nada. Cierra. Clic. El sonido más cruel del mundo.

Me golpeo contra una caja metálica. Me duele el costado. Me giro para pelear. Para correr. Para lo que sea. Pero ya ha cerrado la puerta tras de mí. Me deja caer al suelo. La respiración me arde. Tengo un hilo de sangre en la comisura del labio por morder la mano del guante.

La figura frente a mí no habla. No hace ruido. Solo busca. Abre cajones. Mira etiquetas. Mueve frascos. Tiene prisa, pero no nerviosismo. Lo que sea que está buscando, lo sabe bien.

Aprovecho. Mi cuerpo actúa antes de que lo piense. Me lanzo hacia la puerta. Tropiezo con una caja. Casi me caigo. Pero llego. ¡Llego!

Abro. Salgo. Corro. Tres pasos. Cuatro.

Una fuerza brutal me atrapa desde atrás. Me arranca el aire. Me asfixia. Un brazo en mi cuello. Otro me rodea el torso. Intento girar, clavar los dedos, rasguñar. Todo inútil. Me ahoga. Me ahoga de verdad.

Lucho. Con lo último que tengo. Me sacudo como puedo. Logro golpearle con el codo. Se tambalea. Tropezamos los dos. Caemos.

El suelo me golpea en la espalda. Me saca el aire. Y entonces, el peso. Un cuerpo entero encima de mí. Una rodilla en mi vientre. Me aplasta.

Quiero gritar, pero no me sale.

Y entonces lo veo. Lo tengo encima. Me inmoviliza con una sola mano. Gafas. Gorro. Mascarilla.

Pero hay algo en su postura. En sus ojos. En la manera en que me mira. Y lo sé.

—¿Asier...? —susurro. El nombre me sale sin pensarlo, desde un lugar tan profundo que me estremece. No lo digo como una certeza. Lo digo como un miedo confirmado.

No me responde.

Y ahí... siento el verdadero terror. Ese que paraliza. Ese que baja por la columna como un líquido helado. Quiero gritar. De verdad. Pero la garganta no me responde.

Y entonces lo noto.

Una aguja. En el cuello. Un pinchazo agudo, profundo. Como un disparo que no duele al principio. Solo arde. Una presión que entra lenta. El líquido invade mi sangre.

La vista se me nubla.

El sonido se deforma. El mundo gira. La luz se apaga.

Todo desaparece.

Oscuridad.

33

AITOR

Voy a firmar los papeles del alta.

Dios mío... me voy a casa con Sara, que está embarazada. Que espera dos hijos míos. Míos. Aún me cuesta creerlo. No sé ni cómo ha pasado todo. En unos pocos meses mi vida ha dado un giro que jamás me habría atrevido ni a imaginar. He pasado de arrastrarme en la sombra de lo que fui, a tenerlo todo: un propósito... y el amor de una mujer que me ha enseñado lo que significa vivir.

Estoy tan feliz que no quepo en mí. Siento el corazón demasiado grande para este cuerpo. Y un vértigo tan dulce que me dan ganas de reírme solo. Voy a cuidar de Sara. Y de mi familia. Como si me fuera la vida en ello. Porque me va la vida en ello.

Cuando llego a la recepción de planta, una enfermera joven me sonríe desde detrás del mostrador. Apoyo los codos en la madera y le digo con calma:

—Vengo a firmar el alta de Sara Montero.

La mujer teclea algo en el ordenador y frunce el ceño.

—Un momento, cielo... —dice, con voz amable pero confusa—. Yo no tengo aquí su alta.

Me tenso un poco. Nada grave, seguro. Un error de sistema, un retraso.

—¿Cómo? El doctor nos dijo que viniera a recoger los papeles, que estaba todo listo para irnos a casa.

—Me temo que no tenemos aún los papeles listos —responde ella, sin dejar de mirar la pantalla—. Pero vamos a llamar al doctor para preguntarle, ¿de acuerdo?

Asiento, aunque una pequeña punzada de inquietud me recorre el pecho. Me froto la nuca, camino un par de pasos, trato de no impacientarme. Me digo que son cosas del hospital. Procedimientos. Rutinas.

—Mientras lo localizan, la espero en la sala de observación —añado, señalando el pasillo por el que acabo de venir.

—Perfecto, en cuanto sepamos algo, le avisamos —responde la enfermera.

Y entonces emprendo el camino de vuelta. Silbando en silencio. Con una sonrisa que me estalla por dentro.

Sin saber todavía… que esa será la última vez que todo esté bien.

Mientras camino por ese pasillo interminable, mi cabeza empieza a nublarse con pensamientos que no puedo controlar. Toda la locura que nos rodea… ¿vamos a lograr ser felices de verdad? ¿De verdad vamos a poder vivir tranquilos?

¿Qué pasa con la madre de Sara? ¿Dónde está? ¿Conseguiremos encontrarla? Y si las noticias resultan ser las peores… ¿podré sostener a Sara cuando se derrumbe? ¿Podré mantenerla a flote? ¿O perderá el rumbo?

Sé que ahora tiene algo más por lo que luchar. Tiene a nuestros hijos. Nos tiene a nosotros. Pero el vacío de no saber, de no tener respuestas, la está consumiendo por dentro. Y a mí también.

Intento apartar las dudas, pero no puedo. Todo da vueltas.

Ese mecenas… me suena demasiado. Su cara, su voz. Estoy seguro de que lo he visto antes. Y ese señor, Iñaki, su hermano… ¿por qué apareció justo ahora? ¿Por qué Sara se desplomó al verlo?

La desaparición de su madre. El mecenas. Iñaki. El mural. El concurso. No puede ser casualidad. Hay algo más. Y es espeluznante siquiera intentar imaginarlo.

Pienso que lo mejor será ir a la policía. Porque ya no se trata de intuiciones o coincidencias. Esto es serio. Esto es real. Y no sé de qué otra forma vamos a poder solucionar algo tan grande si no lo enfrentamos con toda la ayuda posible.

Mis pasos se aceleran. Siento una especie de urgencia en el estómago. Y entonces…

Llego a la puerta de la habitación.

Y algo no encaja.

La puerta está abierta de par en par. El pasillo parece seguir su ritmo normal, pero hay un silencio nuevo, espeso, que me golpea antes incluso de entrar. Me quedo parado un segundo, como si mis propios pies dudaran de seguir adelante. El corazón me late tan fuerte que no oigo nada más. El aire huele a desinfectante, sí… pero también a algo más. A ausencia.

Cruzo el umbral y todo se me desmorona.

La camilla está vacía.

La máquina que la monitoreaba lanza un pitido constante, cortante, casi ofensivo. Un grito electrónico de algo que no está bien. Los cables están colgando, desordenados, tirados como si alguien los hubiera arrancado de golpe. Las sábanas están arrugadas, el gotero a medio caer, la almohada en el suelo.

—No… no, no, no… —susurro, sin entender.

Un pinchazo. Físico. Real. Me atraviesa el pecho como una cuchilla. Siento que el mundo gira y no hay suelo bajo mis pies. Un sudor helado me inunda la espalda. El estómago se me retuerce. Cada fibra de mi cuerpo sabe que algo ha pasado.

—Sara —digo. Esta vez no es un susurro. Es una súplica rota.

Empiezo a moverme por la habitación, torpemente, como si mis manos pudieran encontrarla entre las cortinas. Abro el baño. Grito su nombre. Me asomo por debajo de la cama. Me vuelvo loco.

Salgo al pasillo. La sangre me retumba en los oídos. Miro a un lado, al otro. Nada. Enfermeros caminan con normalidad, nadie parece alterado. Pero mi pecho galopa solo, se me escapa. Estoy entrando en pánico.

No. No puedo permitirme perder la cabeza.

Piensa, Aitor. Piensa. No puede haber ido lejos. Estaba débil. Tenía cables conectados. No se pudo ir sola. No se pudo ir.

Y si no se fue sola…

Empiezo a abrir una a una las puertas de las habitaciones cercanas. Sala de curas, sala de descanso, trastero. Nada. Otra. Nada. Otra más. Nada.

Mi pecho galopa por su cuenta, desbocado. Me cuesta respirar. Me arde la garganta y no he dicho nada. El mundo se está volviendo más pequeño, más estrecho, más violento.

—¡Sara! —grito. El eco se estrella contra las paredes blancas.

Esto no está pasando. Esto no puede estar pasando.

No puedo permitirme caer. No ahora. Me obligo a pensar. A funcionar. A no dejarme arrastrar por el terror.

Todo dentro de mí ruge. Cada célula, cada músculo. Siento cómo algo me desgarra por dentro.

—¡Dónde está mi mujer! —le grito a la enfermera de antes, que me mira como si me hubieran arrancado el alma delante de ella. Y lo han hecho. Porque no está. Sara no está.

Ella intenta calmarme. No entiende. Me pide explicaciones. Pero no hay tiempo. No hay aire. Solo pánico. Solo rabia. Solo una necesidad primaria y salvaje de encontrarla.

Y no la encuentro.

—¡Dónde está mi mujer! —le vuelvo a gritar a la enfermera. Mi voz suena como la de otra persona. Dura. Desesperada. Totalmente fuera de mí.

—Señor, por favor, cálmese —me dice, levantando las manos—. ¿Qué ha pasado?

—¡No está! ¡Ha desaparecido! ¡La habitación está vacía! ¡La cama vacía! ¡Los cables en el suelo! ¡Han desaparecido a mi mujer! ¿Me oye? ¡Desaparecido!

Ella abre mucho los ojos. No entiende. No procesa. Otro enfermero se acerca. Me piden que me calme. Que les explique. Que puede haber una explicación.

Pero yo no puedo calmarme. Me rompo por dentro. Siento cómo el alma se me despega del cuerpo y tiembla.

Sigo buscando. Recorro los pasillos. Me meto en los ascensores. Bajo dos plantas. Subo otra. Me cuelo en zonas que no sé si son de acceso público. Abro puertas. Empujo carritos. Pregunto a gritos. Desespero.

—¡Sara!

Bajo hasta el aparcamiento. Recorro con la mirada todos los rincones. El coche sigue ahí. Pero ella no. El coche no se ha movido.

Y entonces lo digo. Lo que no quería decir.

—¡Llama a la policía! —le grito a la enfermera que me sigue a trompicones—. ¡Ahora mismo! ¡Han secuestrado a mi mujer!

—¿Cómo dice?

—¡Que llame a la policía, joder! ¡Han secuestrado a mi mujer! ¡La han sacado del hospital y nadie ha visto nada! ¡Nadie sabe nada! ¡Y yo no puedo más! ¡Llame ya!

Ella asiente. Se gira hacia el teléfono. Su mano tiembla mientras marca.

Yo me quedo allí, en medio del aparcamiento. Hundido. Vacío. El pecho roto. El alma hecha trizas.

A los 20 minutos suenan las sirenas a lo lejos. Azules. Rojas. Como una promesa que llega tarde. Pero llega.

—Señor Ibarrola, necesito que se tranquilice. Sé que está alterado, pero cuanto más preciso sea, más podremos ayudar.

—Estoy tranquilo. Lo suficiente como para saber que alguien ha secuestrado a la mujer que amo —escupo.

—¿A qué hora la dejó sola?

—No sé… serían las tres y cuarto. Fui a firmar el alta. Estábamos a punto de irnos a casa.

—¿Ella estaba consciente? ¿Estaba bien?

—Sí. Cansada, pero bien. Sonrió. Me besó. Me dijo que no se movería de la habitación. ¡No tenía por qué hacerlo!

—¿Cuánto tiempo tardó en volver?

—No más de cinco minutos. El papeleo se retrasó. Me dijeron que esperara. Volví enseguida.

—¿Y encontró la habitación…?

—Vacía. La máquina sonando como loca. Los cables tirados por el suelo. La camilla revuelta. El gotero fuera de sitio. Como si alguien se la hubiese llevado a rastras.

—¿La vio salir alguien del hospital? ¿Algún testigo?

—¡Nadie! Nadie ha visto nada, y eso es lo que más me enferma. ¿Cómo demonios puede desaparecer una mujer de una habitación de hospital sin que nadie lo note?

—¿Puede haber salido por su cuenta?

—¿Está de coña? Tenía dos horas de haber salido de una crisis. Estaba agotada, embarazada, desorientada. Y no me lo dijo. Si hubiera salido, me lo habría dicho.

—¿Tiene enemigos? ¿Personas que quisieran hacerle daño a usted o a ella?

—¿Le parece suficiente que su madre se fugara en el velero de un hombre que apenas conocía, lleve 9 días desaparecida y el hombre con el que desapareció haya hecho acto de presencia hoy en un acto cultural en San Telmo como si nada?

—¿Qué sabe de la desaparición de la madre de Sara?

—Que se esfumó hace nueve días. En mitad del mar. Sin rastro. Nadie nos ha dicho nada. Y ahora, Sara también.

—¿Llamó a alguien después de dejarla sola? ¿Se ausentó más tiempo del que cree?

—No. Ni un segundo más del necesario. Fui, hablé con la enfermera, volví. ¡Y ya no estaba!

—¿Notó algo raro en el hospital? ¿Gente extraña? ¿Personal que no conocía?

—No me fijé. Estaba feliz. Dios, tan jodidamente feliz…

—Bien. Vamos a revisar las cámaras de seguridad, señor Ibarrola. Pero necesito que se quede al margen, que no interfiera. Es mejor que me apunte en este papel el domicilio de ambos y los datos personales de ambos y nada más tenga noticias yo le iré a buscar personalmente ¿de acuerdo?

—Me da igual si me quedo aquí o no. Pero no me pienso quedar de brazos cruzados mientras la buscan. Porque no es una paciente que se ha despistado. Es un secuestro. Y lo sabe. Y si le pasa algo, juro que no lo voy a superar nunca.

Para cuando salgo del hospital más de las 6 y media de la tarde, cojo el coche como un animal enjaulado. Conduzco como si la carretera fuera un enemigo al que tengo que vencer, los nudillos blancos sobre el volante, los faros reventando la oscuridad como cuchillas. La ciudad queda atrás, envuelta en una niebla que no es solo del clima, sino de la mente. Cada semáforo es una humillación. Cada coche delante de mí, una barrera contra el tiempo. Sara está en alguna parte. Y yo me estoy volviendo loco.

No voy a casa. Voy a la suya.

Aparco frente al seto, dejando el coche a medio cruzar sobre la entrada de grava. Bajo de un salto y atravieso el caminito de losas blancas con el corazón en la garganta. La casa está en silencio. La piscina a un lado, el jardín húmedo, las macetas que Sara regaba cada mañana… todo parece igual. Pero no lo está. Porque ella no está.

Golpeo la puerta con fuerza.

—¡Sara! ¡Sara, soy yo!

Nada.

Rodeo la casa, abro con la llave que tengo de repuesto. Paso directo al salón. El aire huele a cerrado. El jersey que dejó colgado esta mañana en el respaldo del sofá sigue ahí. El cojín torcido. La taza que usó sigue en la encimera. Pero no hay presencia. No hay pasos, ni voz, ni perfume.

Y entonces lo oigo.

Un gemido suave, desde el pasillo. Es kovu.

El perro corre hacia mí a toda velocidad, se me lanza encima como si me hubiera estado esperando desde hace siglos. Está agitado, desorientado, da vueltas, se detiene en la puerta, en la ventana, vuelve a llorar.

—Eh, pequeño… —le digo, cogiéndolo entre mis brazos—. Ya lo sé… yo también la estoy buscando.

No puedo dejarlo solo. Ni un segundo. Lo abrazo, con la garganta hecha nudos, y lo llevo conmigo. Porque ahora mismo es lo único de ella que me queda.

—Vamos a casa, chaval… —le susurro, con un nudo en la garganta.

Cuando entro en casa, mi madre está en la cocina, sentada frente a una taza de café, hojeando un cuaderno como si el mundo no se estuviera cayendo a pedazos. Me ve con la cara desencajada y el perro en brazos, y su expresión cambia al instante.

—¿Aitor? ¿Qué ha pasado?

Dejo a Kovu en el suelo. Me paso las manos por el pelo, sin saber por dónde empezar.

—Se la han llevado, ama. A Sara. Del hospital. Desaparecida. ¡Desaparecida! —Mi voz se rompe—. He buscado por todo el maldito edificio, he gritado su nombre en cada planta. Y no hay rastro. Nada. Lo he denunciado a la policía, he reconstruido todos los hechos con ellos.

Ella se lleva la mano a la boca.

—Dios mío…

—Y dime una cosa. ¿Tú no sabías que su madre lleva más de una semana sin dar señales de vida? —le digo de golpe, sin filtros. La rabia se me derrama—. ¿Cómo puedes no haber dicho nada? ¿No te parecía raro? ¡Era tu amiga! Dios ama, he estado tan preocupado por Sara, luchando por sacarla a flote, que no me he dado cuenta de que esto solo forma parte de algo más que no encaja en la historia.

Mi madre se queda en silencio unos segundos. Lo noto. Lo noto en su mirada, en cómo aprieta los labios, en cómo baja los ojos.

—Sí… sí lo sabía —susurra al fin—. Pero no pensé que fuera algo tan grave. Hablé con tu padre. Le conté que me parecía extraño. Que llevaba días sin contestar. Él me dijo que no me preocupara… que seguramente quería desconectar, que tenía derecho a desaparecer unos días si necesitaba paz. Que no todos los silencios eran señales de alarma.

—¿Y tú le creíste?

—Lo dijo con tanta seguridad… parecía que lo sabía. Y me convencí de que estaba exagerando. De que no debía entrometerme.

La miro. Me arde la sangre.

—¿Desde cuándo dejamos de preocuparnos por la gente solo porque alguien nos dice que no pasa nada?

Ella no contesta. Baja la cabeza. Se aprieta las manos.

Y yo me doy cuenta de que esto va mucho más hondo de lo que pensábamos. Que todos hemos sido piezas en un tablero que alguien más estaba moviendo desde hace tiempo.

—Pero Aitor… —mi madre me mira como si no entendiera el idioma que estoy hablando— ¿Estás diciendo que Marta está desaparecida? ¿De verdad? ¿Todos estos días que he pensado que simplemente estaba viviendo… tú me dices ahora que podría haberle pasado algo?

—Ama —le sostengo la mirada, con el pecho encogido—. No es una suposición. Es una realidad. El martes, mientras estábamos en casa de Sara, recibió una llamada. Era un hombre del puerto de Hondarribia. Le dijo que había estado revisando la situación de su madre por petición de alguien cercano. Que el velero zarpó el 2 de octubre… y que la última señal registrada fue el 29. Desde entonces, ni una sola emisión del GPS. Ni contacto. Nada.

Mi madre se queda congelada. Apenas respira.

—¿Y están haciendo algo?

—El hombre nos confirmó que las patrullas marítimas iban a rastrear toda la zona sin descanso, pero no han encontrado rastro, de lo contrario se ponen en contacto con Sara inmediatamente. El hombre fue claro: después de tantos días… casi nunca hay buenas noticias.

Sonia se sienta despacio en la banqueta, como si le acabaran de quitar el aire.

¿Y Sara entonces lo sabía?

—Desde el mismo martes. Pero se hundió en sí misma de una manera peligrosa. Yo solo estaba preocupado en sacarla de ese estado de shock costara lo que costase. Entonces luchó con uñas y dientes y asistió a San Telmo esta mañana. Hoy era la final de un concurso de la facultad de arte. Sara hizo un mural. Una obra impresionante. Ganó. Pero en medio de la celebración… todo se fue al carajo.

—¿Qué pasó?

—El mecenas del evento presentó a su hermano como el verdadero impulsor del proyecto. Y cuando ese hombre entró… a Sara se le fue el color del rostro. Pálida. Como si hubiera visto un fantasma. Su nombre era Iñaki.

—¿Iñaki? ¿Y…?

—Sara me lo confirmó más tarde, en el hospital. Es el mismo hombre que se marchó con Marta, tú también lo conoces. Entonces Sara lo vio, lo reconoció y se desmayó. Por ese orden.

Sonia deja la taza sobre la encimera con tanta fuerza que el café salpica.

—¿Y ahora me estás diciendo que ese hombre aparece tan tranquilo en un evento público? Como si nada. Como si no supiera que Marta lleva nueve días desaparecida y que por lo tanto el también debería estar desaparecido.

—Exacto. Y nadie le preguntó nada. Nadie lo detuvo. Nadie se extrañó. Yo tampoco pude reaccionar. Solo corrí a recoger a Sara del suelo y llevarla al hospital. Y ahora… ella también ha desaparecido.

Mi madre se queda paralizada. No intenta calmarme. No intenta explicarlo. Solo lo mira todo desde un lugar nuevo: el del miedo real. El del pánico que no se disfraza.

—Esto… esto no puede ser casualidad —susurra.

—No lo es. Y lo que me da miedo, ama, es que no tengo ni idea de hasta dónde llega.

—Vamos a preguntarle a tu padre cuando venga —dice mi madre, intentando sonar firme, pero le tiembla la voz.

—No. No quiero nada de él. Ni bueno ni malo. Sabes que solo lo aguanto por tu culpa, ama.

—Aitor, en el fondo… nos cuida. Nos protege.

—¿Otra vez con esas gilipolleces? —le corto, sin filtro—. La única razón por la que no te ha partido la cara es porque crecí y le dejé claro que, si volvía a tocarte, lo mataba. Y aquí estamos, tragándonos que es un hombre decente mientras nos sigue manejando como marionetas. ¿Y tú? Actúas como si estuvieras casada con alguien normal. Y no lo es. Nunca lo ha sido.

—¿Y crees que ahora es el momento de sacar esto?

—No. Claro que no. Ahora solo puedo pensar en una cosa: dónde está Sara.

Mi madre guarda silencio un instante. Y luego, con calma calculada, dice:

—Pues por eso. Porque está desaparecida. Porque necesitamos ayuda real. Y aunque no quieras ni oír su nombre, el mejor amigo de la infancia de tu padre es Víctor Ardanza, el inspector jefe más importante de toda la ciudad. Si alguien puede mover cielo y tierra por nosotros, es él.

34

SARA

Hay un segundo, uno solo, en el que mi mente flota entre la inconsciencia y la realidad. Un segundo en el que no recuerdo quién soy, ni dónde estoy, ni por qué mis muñecas me duelen como si hubieran sido arrancadas del cuerpo.

Después, la gravedad vuelve. La cabeza me pesa. Todo pesa. Hasta los párpados. Me cuesta abrirlos. El aire me quema en la garganta, como si no lo hubiera respirado en horas. Me duele el cuello. El estómago. Algo punzante me late en la base del cráneo.

Estoy tumbada en algo blando, pero mi espalda está arqueada de forma antinatural. Mis brazos, hacia arriba, no bajan. No pueden bajar. Siento el frío del metal en las muñecas antes que el resto del cuerpo me lo confirme.

Estoy atada.

Cierro los ojos de nuevo, como si al hacerlo todo pudiera ser mentira. Pero no lo es. Las cadenas me sostienen por encima de la cabeza. De alguna parte, llega un sonido metálico seco cada vez que me muevo: eslabón contra eslabón.

Mi respiración se acelera, se entrecorta. Me entra náusea.

Con esfuerzo, consigo girar la cabeza hacia un lado. Estoy en una habitación sin ventanas. Las paredes están cubiertas con cortinas pesadas, opacas, como si quisieran impedir que entrara o saliera la luz. Hay lámparas de hierro forjado, con bombillas tenues y anaranjadas que hacen que todo parezca más siniestro de lo que ya es.

Frente a mí... hay una mesa. Grande. Negra. Llena de objetos que no reconozco del todo, pero cuyo propósito intuyo. Cuerdas de distintos grosores. Grilletes. Unas esposas abiertas. Un collar de cuero. Látigos colgados de la pared. Y algo que parece una mordaza.

A mi izquierda hay una estantería con más utensilios: frascos pequeños, guantes quirúrgicos, una caja de jeringas sin abrir. Todo está ordenado con precisión quirúrgica. Esa frialdad me hiela más que cualquier golpe.

La cama en la que estoy... no es una cama normal. Es baja, de estructura metálica, con anclajes en cada esquina. A mis pies hay más cadenas, otras sueltas. Como si alguien pudiera usar esto para algo más. O para alguien más.

Mi cuerpo tiembla. Literalmente. No puedo controlar el temblor en las piernas. Las cadenas me rozan la piel desnuda de los brazos. Me doy cuenta entonces de que solo llevo la ropa interior del hospital, y un camisón abierto que me deja expuesta. Violentada sin haber sido tocada.

—¿Hola...? —mi voz sale ronca, como si hubiera estado gritando en sueños—. ¿Hay alguien?

Silencio.

Y entonces escucho algo. Un clic. Una puerta, en algún lugar fuera de mi campo de visión. La puerta se abre con un sonido grave, arrastrado, como si todo estuviera calculado para dar miedo. No me muevo. No puedo. Pero mi respiración se acelera. La cadena que me une al cabezal de la cama tintinea con cada espasmo de mi pecho.

Y entonces la veo.

Tacones altos. Medias negras. Una falda de cuero ajustada. Una blusa transparente abierta hasta el ombligo, sin sujetador. Perfume caro, pesado. Y un rostro que ya conozco, aunque preferiría no volver a ver jamás.

Mónica.

Sonríe al verme. Pero no es una sonrisa amable. Es algo entre burla y desprecio. Cierra la puerta con lentitud, sin apartar la mirada de mí.

—Vaya, vaya... —dice, arrastrando las palabras como si estuviera saboreando cada sílaba—. La princesita ya ha despertado.

Se acerca como si caminara por una pasarela. No tiene prisa. Me examina de arriba abajo con una mezcla de superioridad y asco. Me encojo instintivamente, pero no tengo a dónde ir.

—¿Te duele algo? —pregunta, irónica—. ¿Te molesta estar encadenada como una zorra barata? Qué ironía, ¿no? Tú tan digna, tan artista, tan comprometida con la justicia y las emociones... y mírate. Ni siquiera puedes taparte.

—¿Qué... qué es esto? ¿Dónde estoy? —mi voz apenas me sale. No tengo saliva. No tengo fuerzas. Solo miedo.

Mónica suelta una carcajada seca, como si le hiciera gracia mi fragilidad.

—Estás en casa, cariño. En mi casa. Bueno... en la casa de mis jefes, técnicamente. Aunque llevo tanto tiempo aquí que ya me siento parte del mobiliario. Como esas esposas de la pared, ¿ves?

Se da la vuelta y pasea por la habitación con aire distraído, como quien enseña un salón de lujo.

—Soy prostituta, por si tenías alguna duda. Profesional, claro. Las que no ves por la calle. Vivo aquí. Como aquí. Duermo con quien me lo ordenan. Y cobro muy bien por ello. ¿Te sorprende? ¿O te da pena? Bah... tú eres de las que lloran por las putas desde su pedestal moral, ¿verdad?

Se detiene de golpe, gira y se acerca de nuevo a mí. Su rostro está ahora muy cerca. Huele a alcohol y a perfume.

—¿Sabes por qué estás aquí? —pregunta Mónica, con una sonrisa gélida—. No porque molestes. No porque hicieras algo mal. Sino porque alguien importante decidió que quería que te vinieras aquí con nosotras. Y claro... su modus operandi es un poco distinto.

Hace una pausa. La veo disfrutar del efecto de sus palabras.

—Él no hace llamadas. No amenaza por teléfono. Él mueve hilos. Aparece donde menos te lo esperas. Y cuando se fija en alguien... da igual quién seas. No hay marcha atrás.

Me cuesta tragar saliva. La garganta es un nudo cerrado. Mónica pasea por la habitación como si fuera la anfitriona de un juego macabro.

—Yo, al menos, vine por voluntad propia —sigue, tocando con la yema de los dedos uno de los látigos colgados de la pared—. Pero tú... tú eres la princesa del cuento, ¿no? La artista. La novia enamorada. La que pintó en la pared todo su trauma. Qué bonito. Qué inútil.

Se gira bruscamente. Se acerca. Me mira de arriba abajo, con desprecio.

—¿Y sabes qué? No soporto a las tías como tú. A las que creen que todo se resuelve con amor, con discursos, con miradas profundas. Este mundo no funciona así, nena.

Y entonces, me abofetea.

El golpe es tan fuerte que me deja la mejilla ardiendo y los ojos llenos de lágrimas involuntarias. No lloro por dolor. Lloro de impotencia.

—Así. Mucho mejor —dice, sin dejar de sonreír—. Ahora sí pareces parte del decorado —Prepárate, Sara. Aquí... los días se hacen eternos.

— ¿Quién es ese hombre Mónica? ¿Qué quiere de mí?

—¿Qué quién es ese hombre? Cariño... —se gira, con una media sonrisa torcida—. Cuando alguien como él se mete en tu vida, no llama ni amenaza. Te infecta como un virus. Te desarma desde dentro. Y cuando no te queda absolutamente nada... aparece. Te ofrece esta salida.

Vuelve a mirarme, esta vez más cerca. Casi con compasión, pero no la auténtica.

—Vivir aquí. Con él. Ser su favorita. Créeme, han pasado muchas antes que tú. Algunas vinieron voluntarias. Otras, como tú, arrastradas entre gritos. Pero cuando estás vacía, cuando no te queda familia, ni carrera, ni esperanza... te lo piensas mucho. Muchísimo.

Se ríe por lo bajo, como si recordara algo íntimo y cruel.

—Y tú... tú lo tienes todo por perder todavía. Así que será más divertido verte romperte.

Se agacha, me mira a los ojos, y lo dice sin pestañear:

—Y lo harás. Todas lo hacen.

Luego se pone en pie, me da la espalda, y mientras camina hacia la puerta suelta, casi con lástima:

—Cuídate, princesita. Aquí los sueños se terminan en cuanto se cierra la puerta.

— ¿Y qué pasa con Aitor? — Le digo con urgencia, casi una súplica silenciosa.

Mónica se detiene en seco, como si recordara algo divertido. Se gira lentamente, me clava la mirada y su sonrisa cambia: ahora tiene filo.

—Ah, claro… tú estarás pensando: ¿y Aitor? ¿Qué pintaba Mónica en todo esto? —pone voz dulce, burlona, como si imitara mi tono.

Se cruza de brazos, me estudia como si fuera una cucaracha que aún respira.

—A mí Aitor me da igual. Follaba bien, eso sí. Muy bien. Y no tenía ni idea de que era prostituta. Mejor para todos. Cuando los clientes pagan fortunas en el club, nosotras tenemos que ser cariñosas, entregadas, perfectas. El espectáculo completo.

Se encoge de hombros, como si hablara de un trabajo cualquiera.

—Pero luego… llegaron las órdenes. Tenía que ser su novia. Chantajearle. Atarle. Destruir vuestra patética relación. Y ahí es donde entras tú.

Camina hacia mí con calma. Se inclina. Su voz es más baja, pero más cruel.

—Con tu orgullo. Con tus principios. Con esa cara de "yo jamás me vendo". Una niña ridícula creyendo que el amor todo lo puede. Mira dónde te ha traído el amor, guapa. Encadenada. Desnuda. Abandonada.

Se ríe, suave. Una risa que no tiene alegría.

—Eres patética. Y lo peor es que todavía crees que él va a venir. Que te va a encontrar. Que te va a salvar.

Se incorpora, satisfecha.

—Spoiler: no va a pasar.

Y se va. Sin más.

La puerta se cierra.

Y esta vez, el silencio duele más que sus palabras. Me quedo sola.

El silencio cae sobre mí como una losa. Ya no hay insultos, ni perfume caro, ni tacones golpeando el suelo. Solo mi respiración descompasada, el escozor en la mejilla, y el dolor sordo que no sé si es físico o si me está naciendo por dentro.

Las cadenas tiran de mis muñecas cuando intento incorporarme, pero no lo consigo. No tengo fuerza. Me arde la cara donde me ha golpeado, pero más me arde el pecho, como si me hubieran arrancado algo con las palabras.

"Eres ridícula." "Patética." "El amor no sirve para nada."

No lloro. Todavía no. Estoy demasiado confundida, demasiado expuesta, demasiado rota incluso para llorar. Y, sin embargo, cada frase que ha dicho me da vueltas en la cabeza como un eco venenoso.

¿Cómo han podido tramar todo esto? ¿Desde cuándo estaba todo tan podrido? ¿En qué momento mi vida pasó de ser la de una chica normal y corriente a estar mezclada con esta clase de gentuza que ni conozco? Y, ¿por qué?

Entonces le empiezo a hablar a Aitor, para relajarme para creer que está conmigo, para acompañarme, aunque sea por el eco de mi voz...

Aitor. ¿Dónde estás? ¿Qué has hecho cuando viste que ya no estaba allí? ¿Has gritado? ¿Te has roto? ¿Estás buscándome como yo lo sé, como yo lo siento en la sangre? Imagino tus pasos desesperados por los pasillos del hospital. Tus puños apretados. El temblor en tu voz. ¿Habrás llamado a la policía? ¿Estarás culpándote por haberte alejado de mí, aunque solo fuera un segundo? No lo hagas. No fue culpa tuya.

Mi garganta arde con la necesidad de verle, de tocarle, de escucharle decir que todo va a salir bien.

Y entonces, la pregunta que llevo días aplastando me atraviesa sin piedad: ¿Y mi madre?

Ella fue la primera. La que desapareció sin dejar rastro. ¿Era ya la primera pieza de esta gente sin alma?

El corazón me golpea con fuerza.

"¿Estoy siguiendo su camino? ¿Voy a desaparecer como ella?"

La oscuridad no contesta. Solo respira conmigo. Pero sé entonces, que sí, que en realidad yo ya estoy desaparecida.

¿Y si tienen razón? ¿Y si este amor que tanto defiendo me ha traído aquí, encadenada, sola, desnuda?

Cierro los ojos. Intento respirar, pero es como tragar vidrio.

Me siento sucia. No por lo que me han hecho. Sino por lo que han dicho. Por lo que quieren que crea. Quieren romperme desde dentro. Hacerme dudar. Aislarme. Quitarme todo.

¿Y si lo consiguen?

35

AITOR

La casa está en silencio, ese silencio que anticipa una tormenta.

Estoy en la cocina, sentado al borde del taburete, con los codos sobre las rodillas y la mirada fija en la nada. Mi madre se ha servido otro café. Lleva el tercero desde que llegué. El humo se le cuela entre los dedos, pero no bebe. Solo lo sostiene. Como si le diera algo a lo que agarrarse.

Yo ya no tengo nada.

—¿Dónde se supone que está ese hijo de puta, mamá?

Ella levanta los ojos con una mezcla de cansancio y dolor.

—Aitor, deja de hablar así de él.

Ella cierra los ojos un segundo. Respira hondo.

—No sé dónde está. No me ha dicho nada desde ayer.

—Perfecto. Como siempre. Un fantasma hasta que decide aparecer y mover las piezas.

Silencio.

Mi madre deja la taza sobre la encimera con cuidado, como si el más mínimo ruido fuera a hacer que algo se rompa.

—Recuerda que le vamos a pedir ayuda, Aitor —dice al fin, sin mirarme—. Así que te conviene cambiar esa actitud antes de que entre por esa puerta.

Le clavo la mirada.

—No voy a suplicarle nada. Solo quiero la verdad. Y si él sabe algo... me lo va a decir. Por las buenas. O por las malas.

412

Mi madre se gira de golpe, molesta de verdad por primera vez.

—¿Estás insinuando que tu padre sabe algo? ¿Has perdido la poca cordura que te queda?

—No lo insinúo, mamá. Lo estoy diciendo.

—¡Por Dios, Aitor! —exclama, dejando el café sobre la encimera con un golpe seco—. ¿Tu padre qué va a saber de toda esta locura? No es el villano tan terrible que quieres fabricar. Lleva muchos años haciendo las cosas bien. No es perfecto, pero tampoco es el demonio que tú quieres creer. Me molesta profundamente esta actitud tuya.

—¿Esta actitud? —mi voz sube sin querer—. Estoy cansado, mamá. Cansado de fingir que no veo lo que está delante de mis narices. Cansado de callarme por respeto. Cansado de tragar mierda por mantener esta farsa. Esto se acabó.

—Estás nervioso. Estás alterado. Has perdido el control y no sabes a quién culpar. Pero te estás equivocando.

—Voy a recuperar a Sara, aunque sea lo último que haga en esta vida. Y cuando eso pase, mamá, vas a tener que elegir.

Se queda callada, con la boca entreabierta, sin entender.

—¿Elegir?

—Sí. Porque se acabó mi dinero, mi fama, mi posición para él. Se acabó todo. No voy a compartir un centímetro más de mi vida con alguien que es el protagonista de todas mis pesadillas desde que tengo uso de razón. Y si tú decides seguir con él, eres libre, pero no estarás en mi vida.

Silencio.

El corazón me late tan fuerte que me retumba en los oídos.

—Te aconsejo que lo pienses bien —añado, sin apartar la mirada.

Mi madre me mira como si no me reconociera.

—Estás hablando sandeces. Estás fuera de ti. Estás dolido y no te voy a tener en cuenta nada de esto.

Y entonces sucede.

Unas llaves giran en la puerta principal. El sonido metálico irrumpe como un disparo seco en mitad del salón. Sonia se gira. Yo me quedo quieto, con la sangre corriéndome más rápido.

La puerta se abre de golpe.

Mi padre entra.

Empapado de pies a cabeza. El viento sopla con fuerza detrás de él. La lluvia azota los ventanales de la gran mansión con un golpeteo continuo. Se quita la chaqueta mojada y la cuelga sin prisa, como si no supiera —o no le importara— la tensión que se respira.

Levanta la cabeza y nos ve. Y en un segundo, todo se congela.

Nadie dice nada.

El reloj de la pared marca las 20:28. El tic-tac se convierte en el único sonido que existe dentro de la casa, junto al golpeteo insistente de la tormenta contra el cristal.

Sonia se ha cruzado de brazos, firme, tensa, pero sin moverse de su sitio. Parece estar decidiendo en tiempo real qué expresión poner.

Yo, simplemente, lo observo. Lo devoro con los ojos. Quiero encontrarle algo: una mueca, un temblor, una sombra en la mirada. Algo que lo delate.

Pero no hay nada.

Mi padre camina hacia la cocina con paso lento. Sin mirarme. Se sirve un vaso de agua. Lo bebe en silencio. Después deja el vaso sobre la encimera con un sonido seco y limpio.

A mi lado, mi madre ni respira. Parece que el aire mismo nos exige permiso para pasar por los pulmones.

Yo no aparto los ojos de él.

Él, en cambio, parece inmune a todo.

Como si nada fuera urgente. Como si nadie estuviera desaparecido. Como si no hubiese una grieta abriéndose justo bajo nuestros pies.

Y entonces se gira. Cruza por fin su mirada con la mía.

Y ahí sí.

Ahí lo veo.

Un destello. Un matiz. Una sombra.

Una pregunta que no me atrevo ni a formular se enciende en mi interior.

Porque lo que hay en sus ojos no es sorpresa. Ni preocupación.

Es una especie de resignación.

Como si él también estuviera esperando este momento.

—¿Qué pasa? —pregunta, como si nada fuera grave. Como si Sara no estuviera desaparecida. Como si la tormenta no se nos metiera ya en los huesos.

—¿Qué pasa? —repito, medio riéndome, con rabia—. ¿De verdad tienes los cojones de entrar en esta casa y preguntar qué pasa?

Mi madre intenta intervenir, pero levanto una mano. No ahora.

—Aitor, te estás yendo muy lejos —responde él, firme, con esa autoridad impostada que le ha funcionado toda su vida.

—No, no me estoy yendo a ningún sitio. Estoy justo en el centro de todo. Y tú también. Así que responde: ¿dónde está sara? ¿Dónde está marta? ¿Qué sabes de la desaparición de ambas?

Mi madre se tensa.

—¡Aitor, basta! ¡Estás acusando a tu padre de cosas que ni siquiera tienen sentido!

Pero yo ya no escucho. Solo veo su cara. Esa tranquilidad falsa. Esa forma de estar por encima.

Y eso me enciende más.

—¿Estás loco? —Asier me mira como si fuera un crío malcriado—. No tengo nada que ver con todo esto. No sé de qué me estás hablando ni me interesa. Que tu novia haya desaparecido es horrible, sí, pero no vengas a echarme mierda que no me pertenece.

—¡¿Ah, ¿no?! —doy un paso hacia él—. Pues yo estoy seguro de que esto apesta, y que estás de mierda hasta el cuello "papá" — arrastro la frase, casi escupiendo la última palabra.

—¡Cuidado con lo que dices! —espeta mi padre, su tono cambiando, ya sin fingir.

—¿Qué? ¿Vas a pegarme? ¿Eso es lo que te queda?

—Como sigas llamándome secuestrador o metiéndome en tus delirios te voy a recordar el respeto que nunca debiste dejar de tenerme, muchacho.

No pienso. No evalúo. Lo agarro del cuello de la camisa con ambas manos y lo empujo contra la encimera.

Mi madre grita:

—¡Aitor, no! ¡Dios, parad los dos!

Mi padre intenta zafarse, pero lo tengo fijo, los ojos a un palmo de los suyos.

—¡Si le han hecho algo a Sara... si tú sabes algo... te juro por lo más sagrado que no voy a dejarte respirar!

—¡Suelta a tu padre ahora mismo! —grita mi madre con lágrimas en los ojos—. ¡Aitor, basta! ¡Te estás dejando llevar por la rabia, por el miedo!

Me quedo quieto. Respirando como un toro. Lo suelto de golpe. Él recompone su ropa, pero no dice nada. Su mirada ya no es de superioridad. Ahora es de alerta.

Mi madre se interpone entre los dos.

—Escúchame. Lo que queremos es que llames a Víctor. A tu mejor amigo. El inspector. Él puede ayudarnos a ponerle cara a esto. A investigar rápido, bien. Aitor ya habló con la policía en el hospital, el caso tiene que estar ya en conocimiento de sus compañeros. Lo conoces desde siempre. Solo pedimos eso. ¿De verdad te cuesta tanto?

Asier aparta la mirada. El silencio ahora es distinto. Incómodo. Tenso. Forzado.

—No —responde al fin, seco.

—¿Cómo qué no? —pregunto, sin creérmelo.

—No voy a llamar a nadie. Si ya has hablado con la policía, pues ahora toca esperar. No vamos a meternos más. Y no quiero a Víctor envuelto en esto si ya hay otros agentes trabajando. No quiero interferencias.

—¿Interferencias? —repito con incredulidad—. ¿Desde cuándo te preocupa tanto no interferir, papá?

—Estoy pensando en lo mejor para todos.

—No. Estás escondiendo algo —digo, muy bajo, casi como si lo confirmara en voz alta por primera vez — Aprieta la mandíbula.

Mi madre le mira, le busca los ojos. Pero él no la mira. Le da la espalda. Vuelve a tomar asiento con una falsa calma que ya no engaña a nadie.

—He dicho que no voy a llamar a Víctor, y punto. Si ya hablaste con la policía, ahora toca esperar. No nos vamos a meter más.

—¿Nos? —repito, la voz como una llama a punto de estallar—. ¿Nos quién, papá?

No contesta. Entonces todo dentro de mí se rompe.

Sin decir una palabra más, me giro en seco y salgo disparado hacia su despacho.

—¡Aitor! —grita mi madre detrás de mí—. ¡¿Pero qué haces?!

—¡Aitor, estate quieto! —ordena mi padre, siguiéndome a pasos rápidos—. ¡Ni se te ocurra entrar ahí!

Me alcanza e intenta detenerme poniendo una mano demasiado firme en mi hombro.

—Como no te apartes, te mato. Quita de mi camino.

No grito. No hace falta. Mi voz sale tan cargada de veneno que parece rasgar el aire.

Entro. La puerta del despacho se abre de golpe. Ese olor antiguo, mezcla de cuero, polvo y papeles viejos me da de lleno. No me importa. Empiezo a abrir cajones, a tirar papeles, a volcar archivadores sin mirar. Sonia entra detrás, desbordada, temblando.

—¡Por Dios, Aitor! ¡Para ya! ¡Esto es una locura!

Pero yo ya no oigo nada. Mi corazón va a mil. Mis manos tiemblan de rabia.

Libros viejos. Carpetas. Sobres amarillentos. Una caja de puros con compartimentos secretos. Todo está patas arriba. Busco algo, cualquier cosa, lo que sea que conecte los hilos podridos que ya no podemos ignorar.

Y entonces, entre dos carpetas azules y un sobre de viaje, aparece.

Una fotografía. Blanco y negro. Con fecha en el reverso: "Punta Galea. Agosto 1987".

Dos hombres.

Jóvenes, trajeados, en un muelle. Uno de ellos —más alto, corpulento, con un cigarro en la mano— es mi padre. El otro… es Joaquín Ormazábal Ezcurra.

Congelo la imagen entre mis dedos.

—¿Esto también vas a negarlo? —digo sin levantar la mirada.

Silencio. Mi padre no responde.

Pero mi madre lo hace. Su voz es apenas un susurro:

—¿Qué… qué pasa Aitor? ¿Quién es ese hombre?

No levanto la vista de la foto. Mi voz sale seca, cortante, como una cuchilla:

—Nada más y nada menos que uno de los dos responsables de la desaparición de Sara y Marta, mamá. Solo eso.

Silencio.

—Resulta que tu marido —añado, levantando la mirada con una furia que quema— se reúne con la mayor cloaca que existe. Pero claro, papá... las ratas vais todas en pandilla.

Mi padre entrecierra los ojos. Está por responder, pero algo me golpea en la cabeza como un trueno. Un pensamiento repentino, un presentimiento. Una certeza.

Me doy la vuelta sin añadir nada más. Salgo del despacho a toda velocidad. Mi madre me sigue:

—¡Aitor! ¿Dónde vas ahora?

Pero ya estoy en la puerta de entrada. La abro de golpe.

La tormenta me recibe como una bofetada en la cara. El viento me azota con fuerza, la lluvia me empapa en cuestión de segundos, calándome hasta los huesos. No me importa. Todo arde por dentro y el agua no lo apaga.

Bajo los escalones del porche de un salto. Las luces del coche de mi padre —ese maldito Audi oscuro que nunca ha dejado de odiar— están apagadas. Me acerco. Meto la mano en el bolsillo de su abrigo, donde siempre lleva las llaves.

Las saco. Las tengo.

Ellos me observan desde el umbral, congelados.

Abro el coche.

Primero el lado del conductor. Guantera. Nada. Alfombrillas. Limpias. El asiento, impoluto. Reviso con precisión, sin perder ni un segundo. Algo tiene que haber. Algo.

Paso al copiloto. Rebusco en el compartimento central. Nada. Bajo los asientos. Sigo.

Me muevo a los asientos traseros. Todo parece en orden. Demasiado en orden.

Y entonces llego al maletero.

Lo abro con un clic mecánico, el brazo casi temblando. La tapa se eleva despacio.

A primera vista, no hay nada. Una manta de emergencia. Una caja de herramientas. Una linterna. El compartimento parece limpio.

Pero entonces, algo brilla.

Un reflejo sutil en medio de la oscuridad y el aguacero. Me agacho. Acerco la cara. El corazón se me desboca.

Y lo veo.

Entre la lona del maletero y el borde de la moqueta, medio oculto por una rendija, hay un anillo.

Lo cojo con dos dedos. Lo reconozco al instante.

El anillo de compromiso. El anillo que le compré a Sara en París. El que llevaba puesto la última vez que la vi. La tormenta ruge. El mundo parece hundirse en cámara lenta.

Y yo estoy ahí, de pie, bajo el aguacero, con el anillo de la mujer que amo entre los dedos.

Y sé.

Sé que mi padre ha cruzado una línea de la que no va a volver.

36

SARA

El silencio es mi única compañía desde que se fue Mónica.

Y la habitación —si es que puedo llamarla así— sigue oliendo a miedo, a cuero y a sudor rancio.

Las cadenas en mis muñecas ya no me hacen daño físico. Ahora el dolor vive en otra parte. Más adentro. Donde no se ve. La oscuridad es densa, cortada apenas por el parpadeo de una luz de emergencia junto a la puerta.

No sé cuánto tiempo ha pasado. Minutos, horas, una eternidad.

Pero entonces… La cerradura gira.

Un chasquido metálico, lento, sin urgencia.

La puerta se abre con un gemido oxidado.

Y aparece una silueta.

No sé quién es. No distingo su cara.

Pero arrastra algo.

O alguien.

Entonces lo veo.

Y mi alma se desintegra.

—Mamá.

La palabra me sale sin voz. Es un susurro quebrado, un grito mudo.

Pero sé que me ha oído.

Porque levanta la cabeza. Y en su cara hay algo que me desgarra más que cualquier tortura. Hay vergüenza. Su rostro está deformado por los golpes. Tiene un ojo hinchado, cerrado por completo. Una ceja abierta. El labio partido.

Su ropa es solo jirones. Y su cuerpo, doblado sobre sí mismo, parece el de alguien a quien han partido en muchas partes.

El hombre que la trae no habla. La suelta como si fuera un saco de arena y se va.

La puerta se cierra.

El clic me atraviesa el pecho.

—Mamá, mamá… soy yo… —tartamudeo, tratando de arrastrarme hacia ella, las cadenas tintineando como burlas.

Ella parpadea. Trata de enfocar.

—Sara… —musita con voz quebrada—. No… no deberías… estar aquí…

—Mamá… mamá… —lloro sin medida, el cuerpo encogido, las cadenas que tiran de mis muñecas mientras intento arrastrarme hacia ella como sea—. ¿Qué te han hecho? ¿Quiénes son estos hombres? Por Dios, ¿Qué está pasando?

Quiero tocarla. Acariciarle el rostro. Sostener su mano. Cubrirla con mi cuerpo para que nadie más pueda dañarla.

Pero no puedo.

Nos separa un maldito metro y medio de aire frío y acero.

Ella se incorpora con lentitud, como si cada movimiento le costara la vida.

Llora también. No lo disimula.

Tiene la mirada perdida, hundida en un lugar lejano y roto.

Sangre seca le mancha la frente, las cejas, el cuello. Los labios partidos.

Dios mío… no queda nada de la gran mujer que es.

—Sara… —su voz suena como cristal roto—. Escúchame. Escúchame bien.

Asiento, llorando. Trago saliva, pero no baja. Estoy ahogada.

—He sido víctima de Iñaki —dice, y esa frase sola me hiela la sangre—. No quise darme cuenta hasta que estaba metida hasta el fondo.

—¿Qué? ¿Qué quieres decir? —me tiembla todo el cuerpo.

—Desde que nos conocimos, me envolvió. Me sedujo, me desarmó… me manipuló desde el primer minuto. Me hizo sentir que había vuelto a vivir... que merecía libertad, que merecía más que la vida que tenía. Me empujó, me animó a rebelarme, incluso... contra ti. Contra mi propia hija.

Solloza. Se muerde los labios. Intenta recomponerse, pero no puede. La vergüenza la está deshaciendo por dentro.

—Me llenó la cabeza de ideas... de mentiras. Me decía que eras injusta conmigo, que me anulabas, que estaba sacrificándome por ti en lugar de vivir. Yo... le creí. Dios mío, Sara, le creí.

—Mamá... —susurro, paralizada.

—Cuando salimos con el barco... hasta ese momento seguía siendo el actor perfecto. El amante perfecto. Pero entonces cambió. Fue solo un gesto, una mirada. Me di cuenta de que nunca fui libre. Solo era un peón más. Solo quería usarme. Y cuando intenté irme... todo se volvió una pesadilla.

Se cubre la cara con las manos esposadas. Su cuerpo tiembla.

—Yo pensaba que me estaba liberando, Sara... y lo que hice fue entregarme. Y con ello... te expuse a ti también.

Mis lágrimas ya no caen. Ahora queman.

Mi madre... mi madre creyó que estaba volviendo a vivir.

Y lo que hizo fue abrirnos la puerta del infierno.

Pero ¿quién es Iñaki, mamá? —la voz me sale rota, entre rabia y miedo—. ¿Qué es lo que sabes ahora?

Ella me mira. Le cuesta. Le cuesta mirarme a los ojos.

—Iñaki... no es quien decía ser. No es un empresario, ni un aventurero, ni un hombre libre. Es parte de algo más grande, más oscuro... una red, Sara. Una red de poder, de control. Personas que manejan todo desde las sombras. Él no está solo. Él... obedece.

—¿Obedece a quién?

—A su hermano. A Joaquín. El verdadero cerebro. El que decide quién vive, quién desaparece, quién obedece.

El corazón se me revuelve.

—¿Y tú... sabías eso?

—No. Solo entendí todo cuando ya era tarde. Empezó a cambiar. A hacer llamadas a escondidas. A desaparecer durante horas en el barco. Encontré documentos, nombres, cuentas... cosas que no cuadraban. Le confronté, y ahí... ahí fue cuando perdí mi libertad. Me quitó el teléfono, el control. Me encerró en el camarote. Ya no me hablaba como un hombre enamorado. Me hablaba como un verdugo.

—¿Y después...?

—Después, una noche... en medio del mar, la señal desapareció. Lo hizo a propósito. Fue él quien desconectó todo. Y cuando la tormenta llegó, pensé que era mi única oportunidad para huir... pero no pude. Me dio una paliza de muerte y ya desperté aquí.

No puedo más. Me encojo, lloro en silencio.

Mi madre no se había vuelto loca.

Mi madre fue secuestrada, manipulada, traicionada.

Y yo... yo estoy pagando el precio.

—¿Y por qué ahora, mamá? —mi voz se quiebra—. ¿Por qué justo ahora me traen aquí?

Ella baja la cabeza, aprieta los ojos, como si le doliera solo pensarlo.

—No lo sé, Sara... de verdad no lo sé. Pero... —levanta la mirada— hay algo que sí sé.

Joaquín Ormazábal es un hombre malo. Perverso. No uno de esos hombres grises que hacen daño sin saberlo. No. Este... lo hace a conciencia. Y disfruta con ello.

Trago saliva. Me cuesta respirar.

—¿Cómo lo sabes?

—Porque vi cosas. Archivos. Vídeos. En el ordenador de Iñaki, cuando aún creía que él... que era otra persona. Antes de que explotara todo. Había imágenes, carpetas llenas de nombres de mujeres. Fechas. Edades. Grabaciones.

El mundo se me encoge.

—¿Qué tipo de grabaciones?

Su silencio me lo dice todo

—No eran mujeres libres, Sara. No estaban allí porque quisieran. Algunas eran muy jóvenes. Otras ni hablaban el idioma. No sé cuántas había… pero eran demasiadas.

La rabia me hierve por dentro.

—¿Y tú no hiciste nada?

—Intenté hacerlo. El mismo día que descubrí aquello, traté de grabarlo con mi móvil. Pero me pilló. A partir de ese momento, ya no fui su compañera.

Fui una prisionera.

Me echo hacia atrás, las cadenas repiquetean contra el suelo.

Entonces lo entiendo.

Esto es una red. Una red que va mucho más allá de nosotras.

Y ahora… estamos atrapadas dentro.

—A ver, mamá… escúchame. Yo gané el concurso de arte de la universidad. El premio era una exposición y un reconocimiento público. Todo parecía limpio, legítimo.

—¿Qué?

—El mecenas que lo organizaba era Joaquín Ormazábal —escupo el nombre como si me quemara—. Y apareció Iñaki allí, en medio del acto, como si nada. Cuando las únicas noticias que yo tenía de vosotros… eran que estabais desaparecidos en el mar.

La miro, y me doy cuenta de que estoy al borde. Al borde de todo.

—Me desmayé al verle. No fue el impacto. Fue el terror. Un terror que me agarró el pecho como un puño.

—Sara…

—En el hospital… no sé si fue ayer, si ha pasado una hora o un día. Me cuesta distinguirlo. Pero me secuestraron. Me sacaron de allí como si fuera basura.

Y el que lo hizo… era Asier.

Mi madre se queda inmóvil. No parpadea. Está blanca.

—¿Qué clase de broma retorcida es esta? ¿Cómo está todo conectado? ¿Quién mueve los hilos?

—¿Cómo hemos terminado atrapadas en la telaraña de unos putos mafiosos, mamá?

El eco de mi voz golpea las paredes. Las cadenas tiran de mis muñecas. Mi cuerpo tiembla. Y ella… solo puede bajar la cabeza.

Porque tampoco tiene las respuestas.

Y entonces, se abre la puerta.

El chirrido metálico hace que el corazón se me suba a la garganta. Marta gira la cabeza lentamente, y yo… yo no puedo moverme. Las cadenas me pesan el triple de lo que pesan en realidad.

Una figura se recorta contra el umbral. Alta, corpulenta, barriga prominente bajo una chaqueta oscura de lino, con el pelo blanco peinado hacia atrás con un orden casi antinatural, gafas finas y sonrisa de quien lo ha ganado todo sin mancharse las manos.

Joaquín Ormazábal Ezcurra.

Camina despacio, sin prisa, con las manos a la espalda. Se detiene a unos pasos de nosotras, y nos mira como si fuéramos parte de una galería privada de arte que él mismo ha coleccionado.

—Oh, Sara… cariño —su voz es suave, educada, repugnante—.

No te asustes. Voy a explicarte todo lo que quieras saber.

Su sonrisa es pura perversión camuflada de elegancia.

Y en sus ojos… no hay alma.

Joaquín da un par de pasos más, con las manos cruzadas tras la espalda, y se detiene justo delante de mí. Su perfume caro flota en el aire como una sombra más.

—No me mires así, Sara. ¿Qué clase de anfitrión sería si no os ofreciera… alternativas?

Alternativas. La palabra se me clava en el estómago.

—Eres joven, brillante. Una artista que ha logrado en meses lo que otros no logran en años.

Y, además, tienes eso que pocos tienen: la mirada de quien ha visto demasiado… y no se rompe.

Me inclino ligeramente hacia atrás. No por miedo, sino por asco. Pero él continúa:

—No estoy aquí para torturarte. Nada de eso. Estoy aquí para darte una oportunidad. Puedes elegir. Puedes quedarte aquí, con nosotros, vivir bien. Tendrás una habitación propia, materiales de primera, un estudio, privacidad… Tu talento sería mi orgullo. Mi inversión.

Mi madre levanta la cabeza de golpe, con el rostro bañado en lágrimas.

—¡Estás enfermo!

Pero él la ignora. Me mira solo a mí.

—También puedo contarte la verdad. Toda. ¿Quién soy? ¿Quién es Iñaki? ¿Qué es lo que mueve realmente esta red? Y… lo de Asier. Sí, lo de él también.

Me cuesta mantener la respiración.

—Pero todo a su tiempo —añade, con una media sonrisa—. Las respuestas son como el vino. Hay que saber cuándo servirlas.

Gira un poco sobre sí mismo, como si examinara una galería de arte. Luego se vuelve hacia mí con calma:

—Eres fuerte, Sara. Pero el amor te debilita. Ese chico. Aitor. No va a llegar. Y si llega… no va a gustarte cómo lo hará.

Lo odio. Lo odio con cada célula. Pero no puedo dejar de escucharlo.

—Aquí tienes una opción real: puedes dejar de ser víctima. Puedes sobrevivir, crecer, ascender. Gente como tú no aparece todos los días. Yo sé moldear diamantes… Y tú podrías brillar como nunca.

Se inclina un poco. Me habla casi en un susurro:

—¿Qué prefieres, Sara? ¿Seguir encadenada a una causa perdida? ¿O convertirte en la mujer que nadie puede tocar?

Sus ojos me atraviesan.

Y yo solo pienso en Aitor.

Y en mis hijos.

—¡Eres un monstruo! —grita mi madre, rompiendo el silencio como una cuchilla.

Su voz, rota por el dolor y la rabia, rebota en las paredes de la habitación. Está temblando. Tiene la cara ensangrentada, la mirada vidriosa, pero aún le queda fuego. Ese fuego que yo recordaba. El de la mujer que me enseñó a defenderme del mundo.

Joaquín no se inmuta. Solo ladea la cabeza, con esa expresión de falsa decepción que da aún más asco que la soberbia.

—Qué melodrama, Marta… —suspira—. Tan intensa, tan emocional. Tú reaccionas, en vez de pensar. Por eso acabaste en ese barco, ¿no?

Mi madre aprieta los puños, las cadenas le cortan la piel. Yo contengo la respiración.

No puedo soportar verla así. No puedo soportarme así.

Joaquín da unos pasos hacia la puerta, con calma. Antes de salir, se detiene. Habla sin girarse:

—Reflexiona, Sara. Aquí nadie se libra por resistirse. Solo se sobrevive adaptándose.

Y tú… puedes tenerlo todo, si sabes cerrar la boca y pintar lo que yo necesito que pintes

Apoya la mano en el picaporte. Gira un poco el rostro.

—Piénsalo. Nadie nace víctima. Algunas eligen seguir siéndolo.

Y se va.

La puerta está a punto de cerrarse tras Joaquín cuando se detiene, chirría, y se abre de nuevo. Una figura aparece entre la luz tenue del pasillo. No hace falta que diga su nombre. Lo reconozco al instante.

Ibai.

El corazón me da un vuelco. No por sorpresa, sino por puro, ancestral terror.

Lo último que recuerdo de él es esa fiesta. Su aliento en mi cara.

Su fuerza sujetándome. La forma en la que intentó violarme sin el menor atisbo de culpa.

Y ahora está aquí. Sonriendo.

—Mírate, qué pintas, princesa —dice, con una risa hueca que no tiene motivo aparente—.

Encadenada. Sin tu héroe. Joder, qué cuadro más bonito.

Esa risa me eriza la piel. Me hace sentir sucia. Pequeña.

Y en un segundo, sin aviso, su puño cruza el aire y me impacta de lleno en el ojo.

El golpe es seco. Brutal.

La cabeza me estalla. Veo chispas. El dolor se expande por todo el cráneo.

—¡Hijo de puta! —grita mi madre, tirando con desesperación de sus cadenas.

Pero está tan débil que apenas puede moverse. Solo solloza. Solo tiembla.

Yo lloro. No de miedo sino de rabia, de impotencia.

De saber que estoy atada y él puede hacerme lo que quiera.

Ibai se agacha un poco, hasta quedar a mi altura. Me mira los labios. El ojo que empieza a hincharse.

—Ahora sí que eres toda mía, putita. Ya no hay jueguecitos. Aquí no va a venir ningún imbécil haciéndose el héroe.

Sonríe, pero no es una sonrisa real. Es algo desfigurado. Un animal.

—Aunque, joder... si viniera Aitor... Me iba a encantar verlo —Se lleva una mano a la espalda y saca una pistola. La pistola. Brilla. Fría. Negra. La acaricia con los dedos.

Yo trago saliva, el rostro ardiendo. Y le hablo. Le escupo las palabras.

—Ibai... Por mucho que hagas. Por mucho que te creas... Eres una mierda.

Un cobarde. Un infeliz sin conciencia. Condenado a vivir como un bastardo vacío, toda tu vida.

Él abre mucho los ojos. Pero no me detengo.

—Puedes matarme, hazlo. No te va a dar la razón. No te va a hacer más hombre. Solo más patético.

—¡Maldita zorra! —grita. Y agarra un palo de madera —uno de esos utensilios de esa sala de tortura— y me lo revienta en la tibia sin pensarlo.

El crujido es inhumano.

Mi grito también.

Sangre. Dolor. Un dolor que no puedo describir.

Me retuerzo en el suelo. Marta grita desgarrada. Yo lloro, me ahogo.

Me duele tanto que siento que voy a vomitar.

—Ya me advertía Laia que vas de listilla —dice entre jadeos, con los ojos enloquecidos—.

Te crees mejor. Te crees especial. Pero aquí dentro... vas a aprender. Me da igual lo que te hayan prometido. No vas a salir de aquí nunca.

Y entonces... la puerta se abre de golpe.

Una sombra aparece.

Iñaki.

No nos mira. No le interesa nuestra sangre, ni nuestras lágrimas.

Solo habla:

—Ibai. Si tu padre se entera de que la tocas, vas a tener problemas. Sal de aquí.

Ibai lo mira con rabia contenida. Pero se guarda la pistola y se va. Se va riendo otra vez.

Mi madre intenta arrastrarse hacia mí. Quiere ver mi pierna.

Pero no puede.

Las dos lloramos.

Como nunca.

Como si eso pudiera salvarnos.

37

AITOR

El anillo pesa en mi palma como una maldición.

Brilla a pesar de la lluvia, como si aún se aferrara a la promesa que hicimos en París.

Pero yo ya no veo un símbolo de amor.

Veo una traición.

Una certeza.

Mi padre ha secuestrado a Sara.

Tiro el maletero de un portazo y entro en casa empapado, con la furia latiéndome en las sienes.

Mi madre da un paso atrás al verme, con los ojos muy abiertos.

—¿Aitor?

No le respondo. Camino como un toro desbocado hacia el salón. Y ahí está. Tranquilo. Comiéndose el mundo con esa cara de hijo de puta que siempre ha sabido poner. Pero ya no. Ya no más.

—¿Dónde está? —escupo.

Él ni siquiera tiene tiempo de reaccionar. El anillo cae al suelo mientras le lanzo un puñetazo directo al pómulo. El impacto suena hueco. Sangre. Grito. Otro golpe.

Mi madre grita detrás de mí. Pero no la oigo. Solo el rugido en mi pecho.

—¡Hijo de puta! ¡DÓNDE ESTÁ! —le grito mientras lo estampo contra el aparador.

Él se encoge, escupe sangre. Intenta defenderse, pero no puede. Soy más fuerte. Y estoy más desesperado que nunca.

—¡Aitor, PARA! —llora mi madre— ¡Lo vas a matar, por Dios!

Ella se mete entre los dos, me empuja con fuerza.

Respiro agitado. Mi corazón golpea contra las costillas como un martillo.

Mi padre se arrastra hacia una esquina, jadeando, con la nariz rota. Sonia se arrodilla a su lado, temblando.

Yo me quedo de pie.

Empapado. Ensangrentado.

Temblando de furia.

—Siempre supe que eras una mierda de persona —le escupo, sin dejar de mirarlo—.

Escoria. Lo peor que podía haberme pasado en la vida. Pero te has superado, cabrón.

Avanzo un paso.

Mi madre levanta la mano, pidiéndome que me detenga. Yo solo la ignoro.

—Has ido al hospital. Donde estaba con mi prometida. Y te la llevaste a la fuerza. Como un puto psicópata.

Aprieto los puños.

Me arde el alma.

—¿Sabes qué pasa…? —mi voz se quiebra entre el odio y el dolor—.

Que no solo has secuestrado a mi prometida. No solo has destrozado todo lo que amo, todo lo que me hacía creer que podía tener algo parecido a una vida feliz… No. Has ido más allá, como siempre haces.

Doy otro paso. Lo miro desde lo alto, derrotado en el suelo. Y, aun así, me cuesta no volver a golpearle la cara.

—Has hecho esa barbaridad con la mujer que lleva en su vientre a tus nietos.

¿Lo entiendes ahora, cabrón? ¡Tus nietos! Dos vidas. Dos bebés.

Mi madre se lleva las manos a la boca. Da un paso atrás como si acabara de recibir una puñalada.

—Aitor… ¿Qué estás diciendo?

—¿Qué estoy diciendo? —repito con rabia—. Que cuando dejé a Sara en esa habitación, minutos antes de que desapareciera, acababan de hacernos una ecografía. Nos confirmaron que estaba embarazada de ocho semanas. Y que eran dos. Gemelos. Un milagro. Un milagro que él— señalo a mi padre —se ha llevado a la fuerza.

Mi madre rompe a llorar. Se lleva una mano al pecho como si le doliera físicamente.

Se gira lentamente hacia mi padre. Su voz es un susurro quebrado:

—Dios mío... Asier... ¿Todo esto es cierto? ¿Has hecho... una cosa así?

Él no responde. Se encoge aún más. Las manos cubriéndose el rostro. La sangre cayéndole por la barbilla. No hay máscara ya. Solo derrota.

No puede mirarla. No puede mirarme. Y esa falta de respuesta... lo dice todo.

Finalmente, después de lo que parece una eternidad mi padre se incorpora con dificultad. Tiembla. Tiene la cara desencajada, la mirada ausente. Se lleva una mano temblorosa al rostro, y con la otra se apoya contra la pared, intentando ponerse en pie.

—Dios mío, Aitor... —murmura, sin aire—. Embarazada...

Yo... yo nunca habría imaginado... Nunca lo habría hecho si lo hubiese sabido.

Mi madre lo observa, rota. Yo, en cambio, no me muevo. Lo vigilo, como si aún fuera capaz de escupirme otra mentira más.

—Sé que no voy a encontrar el perdón —continúa, tragando saliva—. No en ti, ni en ella, ni en nadie. Y me lo merezco. Me merezco todo lo que me pase. Pero estaba atrapado, joder. Atado de pies y manos. Solo cumplía órdenes de Joaquín.

Ahí, algo me estalla por dentro.

Doy un paso hacia él. Le señalo el sofá con el dedo firme, sin titubear.

—Ahora te vas a sentar aquí, pedazo de mierda. Y me vas a contar todo. Desde el principio. Con pelos, señales y cada puñetero detalle que hayas omitido durante tu asquerosa vida. Y después vas a coger ese teléfono, vas a llamar a tu amigo el inspector Víctor Aguirre, y lo vas a traer aquí.

Mi madre contiene el aliento. Asier traga saliva.

—Y cuando eso pase —continúo, con la voz cada vez más baja, más mortal—, voy a ir a buscar a mi familia. Con la policía. Con las uñas. Con los dientes. Con lo que haga falta.

Y me voy a llevar por delante a cualquiera que se interponga en mi camino.

Lo miro con los ojos encendidos.

—Así que empieza a hablar.

Se deja caer en el sofá. No por obediencia. Es que ya no puede sostenerse. Mi madre se mantiene a un lado, rígida, helada. Yo no aparto los ojos de él.

Y entonces empieza.

—Joaquín y yo… —murmura— somos amigos desde hace años. Toda la vida juntos.

Éramos inseparables. Pero cuando entramos en la universidad, él empezó a meterse en cosas raras. Vendía droga. Se juntaba con gente… gente con la que no se debe hablar, Aitor. Y yo le rogaba que no siguiera por ese camino. Le decía que había otra manera.

Créeme, aunque cueste, yo… antes tenía una conciencia.

Me arde la mandíbula del esfuerzo por no interrumpirlo.

—Tu madre —continúa, mirando a Sonia de reojo— se enamoró de ese hombre que yo era entonces. Pero todo empezó a cambiar. Poco a poco. Con los años… me fui metiendo en su mundo sin querer. Primero con pequeñas cosas. Tonterías. Ayudarle. Cubrirle. Hacerle favores. Y entonces vino el desastre.

Suspira. Baja la mirada.

—Llevaba el negocio de tu abuelo Bartolomé… y lo arruiné. Por torpe, por confiar en la gente equivocada. Ya te teníamos a ti. No supe cómo remontar. Acabamos en ese pisucho del centro, malviviendo, sin que tu madre supiera nunca la verdad.

—¿Cómo que no lo sabía? —gruño.

—Porque tu abuelo no quiso que lo supiera. Le dejó creer que él solo había perdido todo su dinero en malas inversiones. Pero fui yo. Todo fue culpa mía. Y cuando no teníamos ya nada, cuando no sabía cómo alimentar a mi familia... Apareció Joaquín.

Hace una pausa. No por dramatismo, sino porque le cuesta seguir.

—Me dio dinero. Para empezar. Para comprar el piso en las afueras. Para el coche. Para el colegio caro al que queríamos llevarte. Y con ese dinero... vinieron los favores. Primero cosas pequeñas: llevar paquetes, recoger sobres, hacer de chófer en algunas reuniones.

Respiro con fuerza. Aprieto los puños.

—Hasta que un día —dice— fuimos al puerto.

Levanta la mirada, por fin. Ya no huye. Ya no disimula.

—Y Joaquín traía un contenedor. Un contenedor lleno de mujeres. Eran jóvenes. Demasiado jóvenes. Las bajaron en fila, como ganado. Me dijo que era para el primer club que iba a inaugurar. Que el negocio estaba creciendo. Y yo... ya estaba pringado hasta los dientes.

Mi madre ha permanecido en silencio durante toda la confesión. Tiesa. Inmóvil. Como si el tiempo no corriera sobre su cuerpo. Pero ahora, cuando mi padre guarda silencio y baja la cabeza con un susurro de culpa, ella da un paso al frente. Su voz, cuando sale, no tiembla. Está hecha de hielo.

—¿Así que... toda mi vida ha sido una mentira?

Él no responde. Solo la mira. Y ese silencio es más cobarde que cualquier palabra.

—¿Me dejaste creer que mi padre lo había perdido todo solo? ¿Que fue él quien nos arrastró a esa ruina... cuando fuiste tú?

—Quería protegerte... —murmura él.

Mi madre ríe, amarga, rota.

—¿Protegerme? ¡¿Y meterte con ese hombre en una red de trata era protegerme?! ¡¿Meter a tu hijo en esa vida que tú ni siquiera podías sostener era protegernos, Asier?! ¡¿Mentirme veinticinco años? Es curioso, el hombre que me dio palizas durante años resulta que quería protegerme. No conoces la vergüenza Asier.

Su voz se quiebra.

—Te amaba. Y tú... tú eras un hombre bueno. ¿Qué te hiciste?

Él no contesta. Porque no puede. Porque ya no le quedan palabras que no sean barro. Mi madre se aleja dos pasos, como si le diera asco respirar cerca de él.

—Y yo me he pasado media vida defendiéndote delante de Aitor. ¡Avergonzándolo, incluso! Como una estúpida... —se tapa la boca, contenida por el vértigo—. Dios mío... ¿Quién eres?

Se hunde en la silla. La respiración entrecortada, los ojos enrojecidos. Ya no intenta justificarse. Solo habla, como quien vacía una tumba.

—Poco a poco... todo se fue pudriendo. Por dentro. Por fuera. Yo... dejé de saber quién era. Lo que me rodeaba ya no era vida, era otra cosa. Una mancha que lo cubría todo, y que yo había dejado crecer.

Mira al suelo, sin atreverse a sostener ninguna mirada.

—Ya no tenía claro por qué hacía lo que hacía. Ni siquiera sabía si sentía algo cuando miraba a tu madre. O a ti. Empecé a beber más. A consumir. Me metía en todos los clubes de Joaquín. Dormía con mujeres que ni siquiera hablaban mi idioma. Algunas... ni sabían qué día era. O cuántos años tenían.

Hace una pausa. Se lleva las manos a la cara como si el peso de lo que va a decir lo partiera en dos.

—Pero nunca fui más que un sirviente. Un perro fiel. Joaquín era el cerebro. El que mandaba. Y cuando Iñaki se metió en el negocio... todo se volvió más oscuro todavía. Más cruel. Ellos robaban, chantajeaban, mataban. Les daba igual todo. Yo... yo he visto morir a gente. He visto cómo las mujeres que traían en contenedores desaparecían cuando intentaban huir.

Aprieto los puños. Mi madre palidece, tengo la sensación de que va a desfallecer en cualquier momento, cuando escuche demasiado.

—Venían sin identidad. Sin nombre. Sin pasaporte. Eran fantasmas para el mundo. Si una se rebelaba, si causaba problemas... se deshacían de ella. Como si fueran basura.

Un hilo de silencio asfixiante se cuela entre los tres —Y yo lo permití. Estuve ahí. Lo vi todo. A veces... incluso lo ayudé. No hay redención posible para alguien como yo. Solo queda decirlo todo... y entregarme.

Mi padre no levanta la cabeza. Sigue hablando, como si cada palabra arrancara carne de sus entrañas.

—Y no era solo eso… Joaquín tenía un don. El don de la corrupción. De la manipulación. Chantajeaba a todos los hombres importantes cuando quería algo. A todos, Aitor. Da igual el color político, la bandera o el cargo. Empresarios, banqueros, alcaldes, jueces, comisarios, ministros… tenía pruebas, vídeos, fotos, confesiones. Tenía acceso a sus peores secretos.

Se pasa una mano por la cara, como si le diera asco decirlo.

—Y todos… todos son iguales. Al principio se escandalizan. Se llevan las manos a la cabeza. Lloran. Ruegan. Se quieren ir, desvincularse, desaparecer. Pero luego… luego se dan cuenta de que ya están de mierda hasta el cuello. Y que Joaquín no es un loco más. Joaquín manda.

Levanta la vista por un instante. Sus ojos no tienen luz. Solo una sombra de lo que una vez fue dignidad.

—Entonces… se relajan. Se olvidan de todo. Y lo disfrutan. Se olvidan de que tienen hijas. Se olvidan de sus promesas, de sus discursos, de la ley. Joaquín les da lo que nadie más puede: impunidad. Y cuando te sientes intocable… cuando no hay castigo, no hay freno.

Se le quiebra la voz.

—Yo lo vi, Aitor. Lo vi con mis propios ojos. Y me callé. Porque tenía miedo. Porque estaba en deuda. Porque era débil. Porque era un cobarde.

Mi madre, temblando, se sienta. No dice nada, solo escucha con los ojos vidriosos.

Yo, de pie, con los puños apretados, la mandíbula desencajada.

Avanzo un paso. La furia en mis ojos ya no es solo rabia: es traición. Es repulsión. Es el asco de saberse utilizado.

—Entonces… —digo con un tono que parece un filo de cuchillo— cuando yo empecé a generar fortuna… ¿más atado estabas a ellos, ¿verdad?

Mi padre baja la mirada. No responde. No lo necesita.

—¿Sabes qué significa eso, ¿verdad? —continúa Aitor, su voz temblando entre la incredulidad y la furia—. Que cada camiseta que me he puesto… cada gol, cada contrato, cada portada, cada paso hacia adelante que creía estar dando por mérito propio… estaba envenenado. Estaba manchado de su dinero. De su mierda.

Él traga saliva. Mi madre contiene el aliento.

—¿Y sabes qué es lo peor de todo, papá? —le escupo la palabra como una maldición—. Que no contento con haberle vendido el alma al diablo, rompes lo único bueno que has podido hacer en tu vida. Lo único. Convertirme en futbolista.

Mi voz se quiebra al final. Porque en ese momento lo siento: me han robado incluso mi propia historia. Mi esfuerzo. Mi identidad.

—Me vendiste como a una puta promesa, ¿no? ¿Financiaron tu mentira a cambio de mi talento? ¿Era eso? ¿Tu salvavidas?

No puede mirarme. Mi madre se lleva una mano a la boca.

—Era... lo único limpio —susurro con los ojos brillando de rabia contenida—. Y tú también lo ensuciaste.

Todo en mí es tensión. No sé si quiero seguir oyendo lo que este desgraciado tiene que decir o si prefiero arrancarle la lengua. Pero no me muevo. No respiro. Porque cada palabra que suelta es gasolina sobre el incendio.

Él sigue hablando. La voz rota. Sin levantar la vista. Y aun así... lo hace. Vomita lo que queda.

—¿Y dónde se fue todo definitivamente a la mierda? ¿Dónde entran Marta y Sara? Pues os lo cuento —dice, y me arde el pecho—. Ya os hacéis una idea del perfil psicopático de Joaquín, ¿no?

Me quedo inmóvil. Mi madre, sentada, parece más pequeña que nunca.

—Una noche... estábamos cenando en casa de Iñaki —prosigue Asier—. Estaban Marta e Iñaki, sí. Porque su encuentro sí fue... fortuito. Real. A veces, Iñaki se encariña de mujeres durante unas semanas. Intenta llevar una relación normal. Se cree capaz. Se cree humano. Marta le gustó de verdad al principio. Y más aún cuando descubrió la relación que tenía con nosotros. Le parecía un juego. Una especie de travesura de poder.

Me sudan las palmas. Aprieto los puños.

—Total... esa noche estábamos los cuatro. Marta, Iñaki, Sonia y yo. Joaquín apareció sin avisar, como siempre. Tú los conoces perfectamente, Sonia —añade, girándose hacia ella. Y mi madre asiente en silencio, con una mezcla de horror y repulsión pintada en la cara.

Entonces mi padre traga saliva, y dice lo que ya me empieza a helar la sangre:

—Marta y tú estabais viendo fotos de Formentera, ¿te acuerdas? Un reportaje precioso. Y Marta sacó una carpeta. Una sesión de fotos que le hizo a Sara en el atardecer. La cámara la adoraba. Su belleza saltaba de cada imagen como un puñetazo a la retina.

Se queda callado unos segundos. Esos segundos que marcan un antes y un después.

—Y ahí. En ese preciso momento, Joaquín la convirtió en su próxima presa.

Me quedo clavado. El estómago me da un vuelco. Me dan ganas de vomitar. Mi madre se lleva las manos a la boca.

Presiento lo que viene. Pero aun así... no estoy preparado.

Mi padre no me mira. No puede. Su voz ha dejado de ser dura, y lo que sale de él es una mezcla de derrota, miedo... y una sombra de vergüenza que nunca le había visto antes.

—Cuando Joaquín decidió que Sara sería su próxima pieza, su objetivo... empezó a mover hilos. Muchos. La relación contigo, Aitor... solo era un estorbo —dice, y siento que se me hiela la sangre—. Así que ideó un plan. Organizó que Iñaki destruyera la relación madre-hija, que envenenara poco a poco la cabeza de Marta. Que la separara emocionalmente de su propia hija. Y a mí...

Traga saliva. Su voz tiembla un instante.

—A mí me obligó a destruir la vuestra.

No puedo hablar. No puedo pensar. Solo oigo un zumbido violento en mis oídos.

—La idea era sencilla... dejarla sola. Sin red. Sin familia. Sin nadie. Aislada. Destrozada. Y entonces... entonces ofrecerle una salida. Su salida. Su alternativa —se quita las gafas y se frota los ojos—. Podéis pensar que tal vez suena demasiado exagerado, sobre todo para un hombre que vive rodeado de cientos de mujeres, que lo tiene todo. Pero esa es su personalidad, de depredador, se divierte haciendo esto, y que, en este caso en concreto, la descomunal belleza de Sara y que toda la familia estuviera conectada, hizo de esto su juego más excitante. Solo le faltaba verlo todo con una cámara y comer palomitas.

Me arde el pecho. El nudo en la garganta es incontrolable.

—Por eso el chantaje. Las fotos. Mónica. Todo era parte del plan. Todo era yo, dándole las órdenes. Tú no lo sabes, Aitor, pero Mónica trabaja para Joaquín. Es una de las más especiales. De su círculo más estrecho. La más retorcida. La más eficaz. Ha hecho trabajos con él, muchos. Chantajeando a otros futbolistas, políticos, empresarios… todos casados.

Mi madre, que ha permanecido muda, suelta un leve jadeo.

—¿Y también la mandaste a por mí? —pregunto con voz ronca, quebrada—. Al final solo estuve saliendo de vez en cuando con ella, pero durante meses, creía que teníamos una especie de 'relación'… ¿qué ganaba ella antes de que apareciese Sara?

—Te juro que nunca quise que llegaras a sentir nada por ella, de hecho, no lo has hecho nunca, pero era una manera de tenerte controlado, de hacerte entender que solo podías aspirar a ese tipo de mujer. Y cuando apareció Sara… Solo… solo quería que no confiaras. Que no supieras si lo suyo era real. Que la dejaras. Pero no hubo forma. Siempre volvíais. Más fuertes. Más unidos. Una y otra vez.

Me muerdo la lengua para no explotar.

—Investigamos a su padre también —suelta, y me frena el pulso por completo

—La mandamos a él. Para la estocada final contra Sara, la verdad es que yo pensaba que sentiría tal repulsión de que tu 'novia' haya estado también con su padre… Pero volvisteis más fuertes que nunca.

Me quedo de piedra.

—La verdad, Aitor… es que vuestra relación fue un grano en el culo todo el tiempo. Una maldita anomalía. Porque cada vez que creíamos haberla separado, volvíais. También ordené seguiros aquella noche, para que no se fuera contigo para que tuviera miedo y quisiera salir corriendo. Pero siempre volvíais. También era falsa la llamada que se refería a la desaparición del barco. Quiero que entiendas a donde llega esto, hasta qué punto está todo corrompido. Todo el mundo trabaja para ellos, o le debe un favor, o si no, se lo cobran igual. No puedes escapar de ellos. Hiedra venenosa que te atrapa.

Lo miro. No sé si quiero llorar, vomitar o arrancarle la cabeza.

—Hasta que ya no hubo opción. Joaquín terminó perdiendo la paciencia y entonces me ordenaron el secuestro.

Silencio.

—Me lo planteé, hijo. Muchas veces. No hacerlo. Huir. Negarme. No caer tan bajo.

Levanta la vista. Me mira con unos ojos vacíos.

—Pero hay algo más. Algo por lo que me tienen bien agarrado. Algo que ni tú, ni tu madre sabéis.

Y entonces se calla.

Y yo... ya no sé si quiero escuchar más.

El silencio pesa como plomo. La tormenta sigue golpeando los ventanales, marcando un ritmo sordo, casi violento, como si la naturaleza supiera lo que está ocurriendo aquí dentro. Mi madre se ha quedado paralizada, los ojos hinchados, la boca entreabierta. Mira a mi padre como si no lo reconociera. Como si fuera un extraño. Un monstruo al que ha amado durante media vida.

—Aitor... —murmura— hay cosas de esta conversación que no estoy entendiendo... no... no entiendo nada. ¿Por qué? ¿Cómo... cómo ha sido capaz de hacerte estas cosas? ¿En qué andabas metido para que esto te salpique de lleno?

—No importa, mamá —la interrumpo sin poder mirarla a los ojos, porque si lo hago, me rompo del todo—. El pasado, en este punto, ya no puede importar menos.

Respiro hondo. Me obligo a mantenerme en pie. Me obligo a no salir corriendo, a no volverme loco del todo.

—Ya está hecho. Ya sé lo que tenía que saber. Ahora solo hay una cosa que me importa: encontrar a Sara. A ella. A mis hijos. A la única persona que me salvó de todo esto sin saber siquiera lo que estaba haciendo.

Entonces me giro hacia el hombre que me dio la vida. Y ya no me contengo. Toda la repulsión, todo el desprecio, todo el odio que he contenido durante años se me derrama en la mirada.

—Te voy a escuchar sólo porque necesito toda la información posible para entregársela al inspector. Solo por eso. No porque te merezcas nada. Ni una palabra. Ni un segundo más de mi tiempo.

Mi madre se lleva las manos al rostro. Está sollozando. Tal vez está empezando a ver la verdad. Tal vez aún intenta negarla.

Pero yo ya no puedo permitirme ninguna duda.

Miro a mi padre. El hombre que siempre quise odiar. El hombre que me lo ha hecho fácil.

Y pienso en Sara.

En su voz.

En su risa.

En sus ojos cerrándose mientras se la llevaban.

—Así que habla —le escupo—. Dime lo que tengas que decir. Pero que sea rápido. Porque cuando esto acabe… voy a hacer lo que tenga que hacer. Y te juro por todo lo que soy que nadie va a poder detenerme.

38

SARA

Todo es niebla. Como si la conciencia flotara sobre un mar de oscuridad espesa. Lo primero que siento es el peso de mi propio cuerpo, como si cada extremidad estuviera hecha de piedra. No sé si estoy despierta o soñando, pero el dolor es real. El ojo izquierdo no se abre del todo, late, palpita con una fuerza sorda. La pierna... la pierna es un incendio abierto. La tibia. Ibai. El golpe. Todo vuelve en ráfagas caóticas. El sudor me cubre el cuerpo como una sábana pegajosa, y tengo frío, mucho frío.

Intento mover los brazos, pero algo los retiene. Cadenas. Crujen cuando intento alzarme. Las muñecas arden donde el metal ha estado presionando la piel durante horas. Me duele respirar. El aire es denso, húmedo. Huele a encierro. A óxido. A sangre seca. A descomposición moral.

Estoy en una cama —una especie de colchón sucio, cubierto por una sábana gris amarillenta—, empapada, temblando. La fiebre me hace ver manchas de colores en el techo. Intento tragar saliva, pero tengo la boca pastosa, seca. Me mareo con cada pequeño movimiento. Me palpita la sien con violencia.

Miro a mi alrededor. Las paredes están cubiertas con paneles acolchados, como una celda de psiquiátrico abandonada. Pero lo peor es lo que veo al fondo: una cruz de madera con grilletes en cada extremo. Un rincón oscuro con una silla de respaldo alto y correas en los apoyabrazos. Un maldito altar de tortura disfrazado de fetichismo.

La bilis me sube a la garganta. Intento controlarla. No puedo perder la poca fuerza que me queda. Giro la cabeza con dificultad. Y ahí está ella. Mi madre. En la otra esquina de la habitación, también encadenada a una columna, sentada en el suelo. Su cabeza ladeada, como si estuviera dormida. O muerta.

—¿Mamá...? —mi voz es apenas un hilo de aire. No tengo fuerzas para más.

Sus párpados se agitan. Poco a poco levanta la cabeza. Dios mío. Su rostro... hinchado, morado, cubierto de heridas. Una brecha le cruza la ceja. Tiene los labios partidos. La sangre seca le forma costras en las mejillas. Me mira. Sus ojos están apagados, perdidos en un lugar donde ya no hay luz.

—Sara... —susurra. Y rompe a llorar.

El corazón me estalla en el pecho. No puedo alcanzarla. No puedo tocarla. Las cadenas nos atan a extremos opuestos de este infierno. Siento que me rompo en mil pedazos.

—Mamá, ¿qué nos han hecho...? ¿Quiénes son esta gente...? —digo mientras las lágrimas me inundan las mejillas. No me reconozco la voz. Es la voz de una niña. De una hija devastada.

Ella se acurruca, como si le doliera cada palabra. Y yo quiero gritar, arrancarme los grilletes, salir corriendo, matarlos a todos. Pero ni siquiera puedo moverme.

Mi pierna arde. Mi cuerpo tiembla. Y el odio comienza a mezclarse con el miedo, el dolor con la rabia, el asco con la impotencia.

Estoy viva. Pero ya no sé cuánto más voy a resistir. ¿Y mis bebés? ¿Estarán a salvo, nuestro milagro seguirá siendo un milagro?

Me arde el pecho de pensar en perderlos.

No lo oigo llegar. Lo huelo. A perfume caro, a pan caliente, a un tipo de mundo que ya no me pertenece. Intento abrir los ojos, pero el párpado izquierdo está inflamado. Me escuece hasta respirar. La fiebre me moja la frente, el cuerpo me pesa como si me hubieran llenado de plomo.

Entonces la puerta se abre, y entra él.

Joaquín.

Va vestido con una camisa blanca, de esas que llevan los tipos ricos para parecer relajados, y una bandeja entre las manos. Anda despacio, como si no hubiera nada roto aquí dentro. Como si yo no estuviera encadenada, molida, con el alma hecha jirones.

—Buenos días, princesa —dice. Su voz me da más miedo que cualquier grito de Ibai. Es suave. Paternal. Como si todo esto fuera culpa mía por no entender.

No le contesto. Solo lo miro. Me esfuerzo por mantener la mirada firme. No voy a darle ni un temblor.

Deja la bandeja en una mesita. Pan, jamón, fruta cortada como si estuviera en un hotel. Incluso una copa de vino.

—No tienes que seguir así, Sara. Esto no es lo que yo quería —dice, con ese tono asqueroso de quien cree que tiene razón—. Te juro que no era necesario. Lo de Ibai... fue un error. No volverá a pasar. Yo me encargaré. Porque tú me importas.

¿Importarle? Me dan náuseas. Pero no aparto la mirada. No me rindo.

—Tienes algo especial. Belleza. Cabeza. Carácter. No quiero romper eso. Solo que... entiendas. Que veas que esto también puede ser una vida. A tu manera. Hay muchas formas de ser libre.

—¿Libre como un animal con collar? —le digo. No sé ni cómo sale la voz. Me duele la garganta como si me la hubieran quemado. Pero sale.

Él sonríe. Maldito. La sonrisa de los que ya han ganado.

—He conocido muchas como tú. Algunas más violentas. Más peligrosas. ¿Sabes qué les pasó? Ahora son felices. Ríen. Algunas incluso me aman. O dicen que lo hacen. Aquí nadie os persigue, Sara. Aquí tenéis comida, camas calientes. Aquí podéis vivir sin miedo.

—Aquí puedo vivir sin alma —le escupo, aunque me cuesta tragar.

Me mira como si yo fuera una adolescente malcriada. Me dan ganas de escupirle a la cara.

—Podrías ponerme una corona, un trono, y seguirías siendo la misma basura que me ha arrancado la vida.

Hay un segundo de tensión. Un gesto mínimo en su rostro. Pero no se inmuta.

—Eso me gusta de ti. A las que gritan se les pasa. A las que muerden…
bueno, a veces hay que enseñarles los dientes.

Da un paso atrás. Me observa como si ya me tuviera fichada. Como si ya
supiera que en unos días estaré comiendo de su mano. Como si mi dolor
fuera solo parte del proceso.

—Te dejo esto aquí —dice, señalando la comida—. No soy un monstruo,
Sara. No si no me obligas.

Y antes de cerrar la puerta, me suelta una frase como un anzuelo:

—Cuando no te queda nada, esto puede parecer un refugio.

Cuando la puerta se cierra, el aire se queda más pesado. Lo miro todo.
El jamón cortado a cuchillo, la copa con vino, la fruta que habría comido
en casa.

Entonces, sin pensarlo dos veces, con un movimiento seco, lanzo la
bandeja al suelo. El cristal estalla, el vino empapa el suelo como sangre.

Y me quedo ahí. Tiritando. Templando.

Pero viva. Muy viva.

La bandeja rota en el suelo es mi declaración de guerra.

Me duele cada centímetro del cuerpo, pero no aparto la mirada del
desastre que he provocado. Los trozos de cristal salpicados como metralla.
El jamón, perfecto, caro, ahora embarrado en el suelo sucio. La copa de
vino, derramada como un charco de sangre elegante.

La puerta permanece cerrada. No viene nadie.

Eso me inquieta más que si irrumpiera Ibai a golpearme. Porque ahora
sé que me están observando. Que deben de tener cámaras. Que lo están
viendo todo. Que están esperando.

Que me están midiendo.

A lo lejos escucho una puerta chirriar. Pasos. Voces bajas.

Y entonces, otra vez.

El sonido de una cerradura. Un giro lento, con intención.

No Joaquín. Ni Ibai.

Esta vez son dos hombres. Uno de ellos lleva una capucha y el otro… no
lo veo bien. Me toman de los brazos. Uno me levanta como si fuera un
saco. No me hablan. No me miran.

Mi madre no dice nada, creo que está dormida en su sitio, es un nivel de estrés y dolor en el que no puede aguantar el cuerpo.

Me arrastran. Siento el metal de las cadenas tirando de mi piel herida. Me tambaleo, pero no lucho. No porque no quiera. Es que ahora sé que cualquier gesto puede costarme más de lo que tengo.

Cruzamos un pasillo oscuro, largo. Me lleva tiempo darme cuenta de que estamos bajando. Un sótano. El aire cambia. Huele a humedad. A moho. A encierro.

Me meten en una sala. Hay una silla de ruedas abandonada en una esquina. Un espejo enorme en la pared, de esos que solo reflejan desde un lado. Yo los he visto en películas. Esto no es una sala cualquiera.

Me obligan a quedarme de pie, encadenada a un gancho de la pared. Y entonces me doy cuenta. Ya hay alguien más ahí.

Una chica.

Tiene el rostro cubierto con un pañuelo. Está arrodillada. Atada.

Uno de los hombres se acerca. Le levanta la cara de un tirón. Tiene un ojo amoratado. Labio partido. Tiembla como una hoja.

Nadie dice nada. La escena empieza.

Una bofetada seca. Otra. La chica no chilla. Solo se estremece. Luego la arrastran hasta una camilla y le inyectan algo. La cabeza se le cae hacia un lado. Ya no tiembla. Solo respira.

Uno de ellos se gira hacia mí.

—Esto es lo que pasa cuando no se colabora —dice. Su voz es baja, casi dulce. Y eso lo hace aún más terrorífico.

Mi garganta arde. No quiero llorar. No delante de ellos. Pero las lágrimas ya están. No puedo impedirlo. Me resbala una por la mejilla y cae sobre mi pecho.

Sé que me están haciendo una advertencia. Que esto es un mensaje.

Y que la siguiente… podría ser yo, o peor, mi madre.

Me llevan de vuelta a nuestro cuarto. Me sueltan sobre el colchón sin mirar atrás. El sabor a sangre me vuelve a subir a la boca. Mi madre parece seguir vagando en la inconsciencia.

Y me repito en silencio, como un mantra:

"No te rompas. No te rompas. No te rompas."

39

AITOR

El cielo comienza a teñirse de un azul pálido. El amanecer llega lento, casi con vergüenza, como si supiera la noche de mierda que hemos pasado aquí dentro.

Y lo primero que pienso es en ella.

Sara.

Su primera noche secuestrada. Sola. A oscuras. Rodeada de esa gentuza. ¿Estará viva? ¿Entera? ¿Dormirá? ¿Habrá comido algo?

Me muero. Me muero de solo imaginarlo. Y lo peor es que no puedo hacer nada. Todavía no.

Hemos pasado la noche entera en esta cocina. Literalmente. Mi madre no ha vuelto a hablar desde hace un buen rato. Se ha quedado sentada en una esquina, abrazándose los codos como si tuviera frío, pero creo que no es eso. Es el pánico. La vergüenza.

Y Asier… mi padre. El cabrón que se hace llamar así. No ha parado de hablar desde que empecé a romperle la cara y lo senté a contar la verdad.

Una verdad que huele a sangre, a cloaca, a miseria.

Y ahora dice que queda algo más. Algo que tengo que saber.

Mi padre se pasa las manos por la cara. Tiembla. Por primera vez en toda la noche le tiembla el maldito pulso. Mira la taza de café que lleva horas fría y la aparta con un leve empujón. Luego levanta la vista. Está roto, pero habla.

—Lo que me queda por contaros es lo siguiente…

No sé si quiero escucharlo. No sé si me queda espacio dentro del pecho para más asco, más rabia, más vergüenza. Pero no le quito los ojos de encima. Y entonces lo suelta.

—Hace veinte años tuve una relación con una prostituta. Una mujer del club de Joaquín… pero no era como las demás. Yo… estaba enamorado de ella.

Sonia se levanta de golpe. Chilla. La silla cae al suelo.

—¡Es que no se puede tener la cara tan dura! ¡No tienes vergüenza, no eres hombre, no eres nada!

Yo no la paro. Ni siquiera la miro. Porque el aire se me ha congelado en la garganta.

Él baja la cabeza. Traga saliva. Y sigue.

—No es que fuera a abandonaros. Nunca planeé dejaros. Pero estaba metido en algo que no podía controlar. La quería. Y se quedó embarazada, se lo oculté a Joaquín el mayor tiempo posible. Sabía que no lo permitiría.

Se frota las manos, como si le dolieran.

—Pero cuando lo descubrió… ya era tarde. El embarazo estaba muy avanzado. Fui a hablar con él. Le rogué. Le supliqué. Le dije que era mi hijo, que no se atreviera.

Levanta la vista, me mira. Tiene lágrimas en los ojos, pero no hay compasión en los míos.

—Permitió que siguiera adelante. O eso creí. Me dijo que podía tener al niño… que me daba ese "regalo". Pero fue una trampa.

Me empiezo a marear.

—Estuve en el parto. Estaba allí, esperando que me dejaran sostenerlo. Verlo. Mi hijo. Mi sangre. Y en cuanto le cortaron el cordón umbilical, antes de que ella pudiera tocarlo siquiera… Joaquín sacó una pistola. Y le pegó un tiro en la cabeza.

Mi madre se tapa la boca. Yo no me muevo.

—Me salpicó toda la cara. Me quedé paralizado. No pude gritar. No pude moverme. Fue como si me arrancaran la garganta de golpe. Y entonces Joaquín cogió al niño, como si nada, y me dijo: "Como es tuyo, es como si fuera mi sobrino. Lo criaré como un hijo. A mi manera".

Su voz se quiebra.

—Ese bebé... ese niño...se llama Ibai.

Todo el mundo desaparece a mi alrededor. Solo oigo mi propio corazón. Ibai.

El psicópata. El que quiso violar a Sara. El que ahora forma parte de esta red infecta.

Mi medio hermano. El hijo de mi padre. El hijo robado y criado por el demonio en persona.

No sé si gritar o vomitar. No sé si romper la mesa o romperme a mí.

Y, sin embargo, lo único que digo es:

—Dios mío.

Porque ya no queda otra palabra en mi diccionario.

Mi madre se queda en silencio. Tiembla. La noto respirando como si el pecho le pesara toneladas.

—Lo siento mucho —murmura—. No puedo aguantar esto más. Esto es demasiado.

Se lleva las manos a la cabeza, mira a su marido como si no pudiera ni soportar su existencia.

—Yo... yo no tengo escapatoria, no sé qué pensar, no sé qué hacer. Perdóname, Aitor, de verdad... pero no puedo seguir aquí.

Camina hacia la puerta. No digo nada. Ni un "espera", ni un "quédate". Porque yo tampoco sabría qué hacer en su lugar. Porque ya no queda nada que pueda salvarnos de esta noche.

Cuando se cierra la puerta detrás de ella, el silencio es tan denso que duele.

Entonces me giro hacia él.

—Papá... ese Ibai... ¿es el mismo al que le metí la paliza en el club?

No me contesta. Solo baja la cabeza.

—¿El mismo que intentó violar a Sara?

—El mismo —susurra.

Me quiero morir. Ahora sí que lo quiero matar. Y se supone que es mi hermano. Pero no lo siento. No siento vínculo. No siento pena. Solo una furia antigua y sorda.

—No tengo sentimientos por él —escupo—. Porque es la misma mierda que eres tú, papá. Ese no es un hombre. Ese es una cucaracha. Una alimaña. Básicamente un fiel hijo tuyo, no podía ser de otra manera, está claro.

Él no responde. Traga saliva. Pero ya no hay lágrimas. Ya no hay máscara. Solo queda el monstruo debajo de la piel.

Y entonces lo digo.

Lo que me lleva martilleando el cerebro desde que empezó todo.

—Hay una cosa que no me cuadra.

Se tensa.

—Esa noche. La maldita noche del aniversario del club. ¿Por qué Mónica quería que fuera? ¿Por qué me dejó de chantajear de repente? ¿Por qué se suponía que, si iba, todo se acababa?

Silencio.

—¿Por qué? —repito, helado.

Cierra los ojos. Y cuando los abre, ya no queda rastro de excusa en su voz.

—Aitor… me da vergüenza decirte esto. Pero ya no voy a dejar nada atrás. Esa noche… te íbamos a drogar. Hacerte fotos aún más comprometidas. Mandárselas a Sara. Con fecha, con detalles, con amenazas. Íbamos a destruirlo todo. Que no quedara nada.

Me levanto. No pienso.

Le meto un puñetazo directo a la mandíbula.

Cae de la silla. Se retuerce en el suelo.

Ni siquiera grita. Solo gime, derrotado.

Y yo estoy temblando.

Temblando de odio.

Temblando de todo lo que se ha roto y no se puede recomponer.

Después de unos segundos se incorpora como puede. Se apoya en el borde de la mesa, sangrando por la boca. Me mira.

—Eres el hombre que me dio la vida —le digo—. Pero no podía imaginar una persona más cruel, más bastarda, más sucia, más vacía.

Él agacha la cabeza.

—Te vas a pudrir en el infierno —le escupo.

Y en ese susurro, como si fuera una maldición, lo veo encogerse.

—Me merezco todo lo que me digas, lo sé, Aitor —susurra.

Pero no me importa. Porque ya no hay perdón. Solo hay fuego.

Y tengo que salvar a Sara del infierno que este cabrón ha ayudado a construir.

Me quedo de pie, sin poder moverme. Siento el pulso en las sienes como si me fuera a estallar la cabeza. La respiración entrecortada. El asco atravesándome las tripas.

—Ahora te voy a decir dónde está Sara —me dice.

Mis palabras le clavan la mirada al suelo, como si le pesara el cuerpo entero. No le dejo levantar la cabeza.

—Y voy a llamar a Víctor.

No se mueve.

—Le voy a contar todo. Absolutamente todo. Porque, ¿sabes qué? En todo esto en lo que me he cubierto de mierda, también hay algo más: Víctor ha sido mi amigo desde que éramos niños. Siempre ha estado ahí, y yo… yo lo he usado. Siempre.

Levanta un poco la vista. Sus ojos son dos charcos sucios, llenos de años de podredumbre.

—¿Lo has usado… cómo? — pregunto.

—Como un maldito peón. Lo utilizaba para tener información privilegiada. Para desviar investigaciones. Para saber lo que sabían de Joaquín, de Iñaki. Y lo peor… es que él no sabe nada de mí. Cree que soy un tipo limpio.

Me paso las manos por el pelo. Quiero gritar, pero no lo hago. No voy a darle ese espectáculo a este desgraciado.

—Eres una alimaña, papá. No hay nada en tu vida que no sea una mentira. Una jugarreta. Una traición. Una corrupción envuelta en falsa lealtad.

Él respira hondo. No se justifica. No puede.

—Así es —dice al fin—. Y me queda dar la cara con él también.

Se hace un silencio que corta.

—Esto es lo que va a pasar —continúa—. Te voy a entregar pruebas.

Documentos. Vídeos. Cuentas. Nombres. Llevo acumulando mierda desde hace décadas, esperando… no sé qué. Tal vez sabía que un día esto estallaría. Víctor podrá montar un operativo. Pero tú no puedes ir solo allí. Ni loco. Si te plantas allí sin protección, te matan antes de cruzar la verja.

Me arde el pecho. Me imagino a Sara. Atada. Humillada. Desesperada. Y la idea de que tengo que esperar a que "monten un operativo" me vuelve loco. Pero sé que tiene razón.

—Cuando vayas con la policía —añade—, podrás liberar a Sara. Y a su madre. Si la tienen con ella.

—¿Y tú? —le escupo.

—Yo… voy a desaparecer.

Lo dice como quien anuncia un suicidio.

—Me iré a un país sin extradición. Tengo dinero escondido. No me veréis nunca más. Lo juro.

Lo miro con el alma llena de espinas.

—¡Mereces ir a la cárcel!

—Sí.

Lo dice sin temblar.

—Pero piensa una cosa —añade—. Si sale todo esto a la luz. Si se sabe que tú eres hijo mío, que tu padre trabajó toda la vida para una red internacional de trata, si se sabe que has crecido en esa mierda… tu carrera se habrá acabado. Tu prestigio, tu imagen. Todo.

Me quedo helado.

—Yo me quito de en medio —dice con voz rota—. Joaquín e Iñaki pasarán años en la cárcel. Tal vez el resto de su vida. Y tú… con suerte, podrás vivir. De verdad. Una vida tuya. Lejos de todo esto.

Silencio.

—Te dejo decidir.

Lo miro. No sé si siento rabia, o si es que ya me he vaciado por dentro. Pero hay una cosa clara.

Sara es lo único que importa. Y voy a hacer lo que sea para sacarla de ese infierno.

Me quedo solo en la cocina. Mi padre ha subido a buscar los documentos y a llamar a Víctor. A hacer la maleta también. Mi madre no está. Y yo... yo me derrumbo por dentro.

Apoyo las manos en la encimera y me miro en el reflejo de la ventana. No me reconozco.

Todo este tiempo... todos esos años. Las noches en los clubs. Las veces con Mónica. Las habitaciones llenas de espejos, de cuerpos que no miraba a los ojos. El ego inflamado. El vacío vestido de placer. Dios... qué asco.

No sabía nada. No entendía nada. Pero ahora lo veo. El engranaje que había detrás. Las chicas traídas en contenedores. Sin pasaporte. Sin nombre. Sin vuelta atrás. Drogadas. Manipuladas. Como ganado. Y yo... pagando copas de mil euros creyéndome el rey del mundo. Colgando mi ego del techo, como si nada doliera. Como si no hubiera consecuencias.

Me doy asco. Un asco profundo. Asco de no haber sabido mirar. De no haber hecho preguntas. De haber sido parte de algo sin siquiera sospecharlo. Aunque no supiera... aunque no lo viera... ¿qué clase de hombre soy?

Y lo peor... es que, en medio de todo, encontré a Sara. Y ella... ella siempre fue la verdad. La única que me hizo querer ser alguien mejor. Y, aun así, casi la pierdo. Por estupidez. Por orgullo. Por haberme dejado arrastrar al barro creyendo que estaba bailando.

Ahora la tienen. Sufriendo. Viendo el lado más cruel del mundo. El lado que yo acaricié sin querer ver su cara. Si le pasa algo, si no la salvo, no me lo voy a perdonar nunca.

Sus ojos. Su risa. La manera en que me miraba cuando creía en mí. Lo voy a recuperar todo. Cueste lo que cueste. Y cuando lo haga... voy a quemar este mundo desde dentro.

Cuando pasa lo que parece una eternidad esperando a mi padre, doy vueltas como un animal enjaulado. No consigo pensar con claridad, solo espero, impasible por fuera, pero con los nervios en carne viva. Me cuesta respirar. La madrugada ya se rindió hace rato y el cielo está teñido de un gris sucio, entre la tormenta que se va y la luz que asoma.

No puedo dejar de pensar en Sara. En la noche que ha tenido que pasar.

454

En lo que pueden estar haciéndole. Me estoy volviendo loco con cada minuto que pasa. Me mata. Me destruye.

Entonces lo veo. Mi padre aparece en el umbral de la puerta, con una maleta en la mano y la cara del que ha dejado de luchar. Parece más viejo que nunca, derrotado hasta en el andar. No dice nada al principio. Se acerca despacio, como si aún tuviera algo de derecho a respirar mí mismo aire.

—Le he contado todo a Víctor —empieza, con la voz quebrada pero segura—. También lo mío. Le he dicho que voy a desaparecer por ti, por todo esto. Creo que, aunque esté dolido por la amistad que nos une, no me va a frenar. Está viniendo hacia aquí con el equipo. Hablarás con él. Le entregarás todas las pruebas. ¿De acuerdo?

Lo miro. Me cuesta mantener la compostura. Me cuesta no vomitarle encima toda la rabia, todo el asco, todo el amor que me obligué a arrancarme por él desde que tengo uso de razón.

—Siento que te haya tocado esta mierda de padre. Siento la vida que te he dado. Y ojalá seas feliz para siempre cuando acabe este oscuro capítulo. Te deseo lo mejor.

Lo dice con los ojos aguados, pero no le tiembla la voz. Yo no siento nada.

—Papá —le escupo—, como comprenderás, yo no te deseo nada. Ni bueno ni malo. Solo estoy deseando que desaparezcas y no tener que volver a verte. Ahora dime dónde está Sara. Ya.

Hace una pausa. Esa pausa que detesto, que alarga el horror un poco más.

—No te lo voy a decir, Aitor. Ya lo sabe Víctor. Ya te he dicho que, si vas solo, te matarán. Vas a tener que esperar a la policía, hijo.

"Hijo." Qué palabra más sucia en su boca.

Entonces se gira, coge la maleta y se marcha. Me deja allí, clavado al suelo, con un vacío que no sé bien qué significa. Es rabia. Es agotamiento. Es miedo. Es ganas de reventar el mundo. Es todo eso y más.

Pero por encima de todo… es deseo. Deseo de llegar a ella. Y sacarla de ese infierno. Como sea.

40

SARA

No sé cuánto tiempo ha pasado desde que cerraron la puerta de golpe. Solo sé que me he quedado mirando el suelo durante horas, o minutos, o años. El cuerpo me duele como si hubiera sido arrollado por un tren. La fiebre sube, baja, sube otra vez. Me arden los ojos, pero no puedo llorar más. No tengo agua. No tengo fuerzas. No tengo más miedo. Lo he gastado todo.

La imagen de aquella chica retorciéndose frente a mí no se me borra. Su cuerpo temblando, su piel rota, el terror dibujado en la curva de su espalda. Me lo han mostrado como un aviso. Una promesa. Un "esto eres tú si no cedes". Y eso me ha partido por dentro.

A mi lado, mi madre no habla. Duerme, o está inconsciente, o se finge muerta para protegerse de la desesperación. No lo sé. Solo sé que quiero sacarla de aquí. Aunque sea con mis propias cadenas arrastrando el suelo.

La puerta chirría. Sé que es él incluso antes de verle.

El perfume suave, los zapatos de suela cara. Joaquín Ormazábal. El monstruo elegante. El mismo que me dio un premio, una esperanza. El mismo que me ha robado la libertad, la salud y el alma.

—Hola, mi pequeña tormenta —dice con esa voz que finge ternura. Lleva un café en la mano. Un croissant caliente. Una bandeja. La coloca delante de mí como si fuéramos dos personas normales.

—No quiero nada —escupo, sin mirar.

—¿Ni siquiera saber qué voy a hacer contigo?

Callo. Me limito a levantar la vista. Su sonrisa no llega a los ojos.

—Quiero darte otra oportunidad, Sara. Esta vida puede ser tuya. No es tan mala como crees. Hay mujeres aquí que están tranquilas. Cuidas de ti, tienes tu espacio, tus privilegios. Puedes ver a tu madre. Puedes incluso… disfrutar de cierto poder. Todo depende de ti.

Me tiembla el labio inferior. Me odio por cada pensamiento de debilidad. Por cada vez que me he preguntado si sobrevivir es más importante que resistir. Pero hoy, la respuesta la tengo clara.

—Por favor —susurro. Las palabras se me desgarran por dentro—. Por favor, déjame ir. No tengo nada que ver con esto. No soy nadie, no represento una amenaza, no sé nada de sus negocios. Yo solo quiero vivir. Quiero cuidar a mi madre. Quiero salir, con ella. Por favor.

Joaquín no dice nada al principio. Me mira, como si me analizara. Como si leyera mi ADN. Como si ya supiera mi historia de principio a fin.

—¿Y qué me das a cambio, Sara? —pregunta. La voz suave, venenosa.

Le miro. Y lo suelto. Deseando ser inservible para este hombre. Mi última baza, el último camino que creo posible hacia la libertad.

— No tengo nada Joaquín, estoy embarazada.

El silencio se congela entre nosotros.

Él parpadea. Dos veces. Luego se inclina, casi fascinado.

—¿De Aitor Ibarrola?

Asiento. Las lágrimas que había jurado no soltar vuelven sin permiso.

—Lo supe ayer a la misma vez que me secuestrasteis. Íbamos a irnos del hospital. Lo sabíamos desde hacía unas horas. Dos bebés, gemelos.

Y entonces me rompo. Me tapo la cara. Me atraganto con el llanto. Las cadenas se tensan cuando me doblo hacia adelante, pero me da igual. No puedo aguantar más esta presión en el pecho. Me duele demasiado.

Joaquín da un paso atrás.

—Interesante —murmura.

—No es interesante. Es una vida. Dos. Dos vidas que no te pertenecen. Por favor. Deja que mis hijos vivan. Te lo ruego.

Mi voz ya no es una voz. Es un hilo de aire entre jadeos, mocos y fiebre. Estoy perdida. Pero en ese momento, me da igual humillarme. Me da igual arrodillarme, llorar, gritar. Haría lo que fuera por salvarlos.

Él no dice nada más. Me observa. Me estudia.

—Tienes más agallas de las que pensé. Eso puede jugar a tu favor… o en tu contra. Lo veremos.

No hay un gesto de piedad, ni una chispa de compasión en su rostro. Solo una sombra que le cruza la mirada, como si acabara de escuchar la mejor noticia del día.

—No esperaba esto. Gemelos, has dicho, ¿verdad? —murmura, paseándose despacio por la habitación como si saboreara cada paso.

No respondo. Siento el temblor recorriéndome los dedos, los huesos. Lo observo como si estuviera frente a una bestia salvaje. La que soy consciente de que no puedo domar.

—¿Sabes cuántas parejas pagarían cifras escandalosas por una parejita de gemelos recién nacidos, sanos, bonitos… de una madre joven? —Se detiene justo frente a mí, sus ojos perforándome—. Parejas estériles, millonarias, desesperadas… dispuestas a hacer lo que sea. Vender su alma si hace falta. Créeme, lo he visto.

Me falta el aire. Me dan arcadas. Pero él sigue hablando como si me estuviera dando una clase magistral.

—Cariño… ahora eres mil veces más valiosa —Sonríe. Esa sonrisa que me hiela el alma—. Vas a tener los mejores cuidados. Lo que comas será supervisado. Tendrás asistencia médica constante. No me malinterpretes: no es por ti, Sara. Es por ellos.

Siento cómo me arde la cara. Las lágrimas caen sin freno. Siento que estoy a punto de vomitar. Mi estómago da vueltas, se revuelca. No puedo creer que esté oyendo esto. No puedo creer que una vida, mis hijos, nuestras vidas, se reduzcan para él a un balance económico.

—Tómatelo como un ascenso —añade, satisfecho consigo mismo—. Has pasado de ser una pieza más a convertirte en el activo más valioso de esta casa. Felicidades.

Y entonces se gira. No mira a mi madre. No se despide. Solo se va, como si acabara de cerrar un trato. Con ese andar pausado, seguro. Y antes de cerrar la puerta, se detiene.

—Haz lo correcto, Sara. Por ellos. Piénsalo. Clic.

Cuando la cerradura se activa, me desplomo contra la pared. El temblor ya no es solo físico. Es mental. Es total. Y por primera vez en horas, o en días —ya no lo sé—, la voz de mi madre rompe el silencio.

—Sara... —susurra. Está pálida. Le cuesta moverse, pero su mirada está viva—. ¿Es cierto?

Asiento. Me limpio la cara como puedo con la manga desgastada de la camiseta. No sé si estoy sonriendo o llorando, si estoy quebrada o esperanzada.

—Sí, mamá... estoy embarazada.

Ella cierra los ojos. Se cubre la boca con las manos temblorosas. Sus hombros se sacuden. Empieza a llorar sin hacer ruido.

—Gemelos —añado, con una especie de risa nerviosa que se me escapa entre lágrimas—. Son dos. Nos lo dijeron antes de... antes de todo esto.

—Dios mío, hija... —su voz se quiebra—. Qué fuerte... Gemelos. ¡Gemelos! —repita, como si dijera una palabra mágica—. ¡Voy a ser abuela de dos terremotos preciosos!

La miro. Es la primera vez desde que estamos aquí que le veo esa chispa en los ojos. A pesar de los moratones, de la sangre seca en su piel, de la tristeza que le arrastra la mirada... hay algo que le ilumina el rostro. Una felicidad pura. Una esperanza que no puede arrancar ni Joaquín, ni Iñaki, ni el mismísimo infierno.

—Mamá... —susurro, tragando nudos—. No te lo conté antes porque... bueno, al principio Aitor y yo lo llevábamos en secreto. No sabíamos qué éramos, estábamos raros, a veces bien a veces mal, en medio de peleas y una atracción brutal, ni yo misma sabía que pasaba. Pero luego... el mes que estuviste fuera, todo cambió. Pasaron tantas cosas. Tantas. Fue rápido, demasiado rápido. Nos arrastró todo lo que sentíamos. Lo que nunca dijimos.

—¿Y te hizo feliz? —me pregunta con la voz rota, pero firme.

—Como nunca nadie en la vida —respondo sin dudar—. Nunca había sentido tanto amor por alguien. Ni tanta fuerza dentro de mí. Aitor me hace sentir capaz de todo. De ser más. De resistir. De construir algo. Y ahora… siento que incluso aquí, aún lo llevo conmigo.

Ella sonríe. Una sonrisa pequeña, rota, pero auténtica.

—Qué ganas tengo de ver a esos niños… —dice, mirando al techo—. De tenerlos en brazos. De cuidarlos. De ayudarte. De veros crecer. A los tres.

Ambas lloramos.

No por debilidad. Sino porque seguimos vivas.

Porque aún queda algo que salvar.

Porque mientras laten estos corazones dentro de mí… no pienso rendirme.

El enemigo más peligroso no es el que grita. Es el que sonríe mientras te desangras. El tiempo es un monstruo silencioso en este lugar. El aire sigue apestando a encierro, a fiebre, a miedo seco. Mi madre y yo nos abrazamos como podemos, aún atadas, temblorosas, con las mejillas húmedas por lágrimas que no terminan de secarse. Hemos llorado por el dolor, por la esperanza, por esos dos hijos que ni siquiera he podido imaginar aún… y por la vida que se nos escapa entre grietas invisibles.

Un sonido rompe el frágil instante: pasos.

Son pausados. Con ritmo. Como si cada pisada viniera a recordarnos que no tenemos escapatoria.

La puerta se abre con un chirrido.

Iñaki.

Luce impoluto. Reloj caro, americana gris perfectamente planchada, sonrisa contenida. Su cabello, como siempre, milimétricamente peinado hacia atrás. Solo sus ojos… sus ojos parecen diferentes. Hay una sombra más densa en ellos, algo torcido que antes no veía.

—Qué conmovedor —dice, paseando la mirada entre nosotras—. Madre e hija. Unidas al fin. Siempre soñé con asistir a un reencuentro tan… cálido.

La sangre me arde en las venas. El odio me mantiene viva.

—¿Por qué? —susurra mi madre, sin fuerzas, sin aire—. ¿Por qué nosotras, Iñaki?

Él inclina ligeramente la cabeza, como si la pregunta le entretuviera.

—Porque soy quien soy, Marta. Y tú lo sabías. Desde el primer día.

—No —ella niega con la cabeza—. Creí que eras otra persona. Creí que tenías corazón.

—Y lo tengo. Solo que late a otro ritmo.

Su tono es tan calmado, tan civilizado, que me pone enferma. Me dan ganas de gritar. De morderle la cara. Pero él no me mira todavía. Se dirige a mi madre, con esa falsa nostalgia de quien se inventa su propio pasado.

—Tú elegiste subirte a ese barco. Nadie te forzó. Y cuando empezaste a sospechar, ¿qué hiciste? Cerraste los ojos. Porque era más fácil. Porque estabas cansada de ser la madre perfecta. Querías volar, ¿no? Y yo te ofrecí alas. Pero ahora te quejas del nido.

—¡Basta! —le escupo con la voz rasgada—. ¡Eres un enfermo! ¡Un cobarde!

Entonces me mira. Y sonríe.

—Ay, Sara. Tú siempre con esa lengua afilada. La heredaste de ella, sin duda. ¿Sabes? Me parecías interesante. Luego… te volviste molesta. Y ahora…

Se acerca. Su perfume caro me asfixia. Se agacha frente a mí. Me sostiene el mentón con dos dedos. No puedo apartarme. Me tiembla el cuerpo, pero le sostengo la mirada.

—Dos vidas, Sara. Dos. Eso no tiene precio. Literalmente. ¿Sabes cuántas parejas ricas pagarían millones por unos gemelos gestados en una joyita como tú? Lo que llevas dentro vale más que tú misma.

Siento que voy a vomitar.

—Eres un asco.

—Probablemente. Pero un asco que controla todo esto. Incluida a ti.

—¿Qué me vas a hacer? ¿Venderme por partes?

—No, cariño —dice en un tono tan dulce que me hiela—. Voy a cuidarte. A mantenerte sana, fuerte. A darte el lujo de sobrevivir. Porque ahora, más que nunca… eres útil. Y yo premio la utilidad.

Se incorpora. Se gira hacia mi madre, que lo mira con una mezcla de pánico y náusea.

—Y tú, Marta, tan calladita. ¿No tienes nada más que añadir?

Ella solo le escupe al suelo. Iñaki sonríe de lado.

—Bueno. Habrá tiempo. Y quizás, si todo va bien, hasta puedas ver nacer a tus nietos. O… al menos, escuchar su primer llanto.

Se da la vuelta y se marcha.

41

AITOR

El silencio de la casa es una losa. Estoy solo en la cocina, sentado en la penumbra, con las manos entrelazadas, la mandíbula trabada, el corazón perforado por la angustia. El reloj de la pared marca las 07:38. Todavía no ha llegado Víctor. Cada minuto sin Sara pesa como plomo en la espalda.

Y entonces suena el móvil.

Miro la pantalla.

Papá.

Lo cojo con un impulso casi automático, pero la rabia sale antes que el juicio:

—¿Ahora que te has largado vas a empezar a acosarme por teléfono también? —escupo sin respiración—. Ah, claro. Experto en controlar desde la sombra. Te queda el papel de acosador como un guante, Asier.

Su voz suena cansada, grave.

—Aitor, escúchame —dice Asier, con un tono seco—. Solo quería decirte algo antes de desaparecer. Algo importante. Me olvidé de mencionarlo entre tanta mierda.

—Si no es sobre Sara, me da igual.

—Tiene que ver contigo —insiste—. Con tu carrera. No solo te he fallado como padre, también como representante. Me voy. Me esfumo. Como comprenderás, no vas a poder seguir teniendo a un criminal como yo negociando tus contratos internacionales.

No digo nada. Solo respiro, duro, entrecortado.

—Así que escucha. Llama a Julián Balmaseda. Es bueno, de verdad. Honesto. Impecable. Le acabo de mandar tus informes, le he dicho que estás sin representante y que podría ficharte. Va a esperar que lo llames.

Aprieto la mandíbula.

—No necesito que me sigas solucionando nada. Has destrozado mi vida. Lo de menos es el fútbol.

—Pero el fútbol es tu vida, aunque ahora no puedas verlo. Y tienes que saber esto: el Liverpool te quiere.

Levanto la cabeza. Me da un vuelco el pecho.

—¿Qué?

—Hace dos semanas. Me contactó uno de sus hombres en España. No te lo dije porque estaba esperando una propuesta formal, pero ahora... ya da igual. Ya han enviado dos ojeadores. Querían verte en directo. Les mandé tus estadísticas, informes médicos, métricas del GPS, todo. Me dijeron que, si tu entorno estaba limpio, iban a por ti.

Cierro los ojos con fuerza.

—Y ahora ya no lo está —susurro.

—Lo sé. Pero puedes salvarlo. Júntate con Julián, quédate fuera de esto en cuanto Sara esté a salvo. Y nunca más mires atrás.

—Papá, ¿de verdad crees que ahora puedo pensar en contratos?

—No. Pero dentro de unos días o semanas, cuando estés en paz... quizás sí.

Silencio.

—Adiós, hijo.

Cuelga. Sin más.

Y ahí me quedo, con el mundo patas arriba y la carrera de mi vida a punto de despegar en el momento más oscuro.

Pero Sara está en algún lugar sufriendo. Y nada de esto tiene sentido sin ella.

Kovu me mira triste, desde el rincón del sofá, con las orejas gachas y la mirada clavada en la puerta como si esperara que Sara apareciera en cualquier momento. Tiene esa expresión que solo los animales pueden sostener: pura, silenciosa, devastadora.

Me agacho hasta ponerme a su altura y le acaricio el lomo con fuerza, como si pudiera reconfortarnos a los dos.

—Yo también la echo de menos, campeón —le digo con un nudo en la garganta—. Pero te lo prometo, vamos a traerla. Cueste lo que cueste.

Él apoya la cabeza sobre mi rodilla y suelta un suspiro. Como si entendiera cada palabra.

Y en ese instante lo juro por dentro, con más fuerza que nunca:

Voy a sacar a Sara de donde esté. La voy a traer a casa. Y nadie, absolutamente nadie, me va a detener.

08:42 de la mañana.

Estoy de pie en la cocina desde hace casi una hora, esperando. Kovu se ha tumbado a mis pies, pero no duerme. Cada movimiento que hago, cada crujido de suelo, lo levanta de golpe con las orejas gachas y el rabo bajo. También lo está sintiendo.

Y entonces, sin previo aviso, se escucha el pestillo de la puerta del jardín trasero girando.

Nada de sirenas. Nada de alarmas. Solo un silencio que corta. Me enderezo con el corazón encogido. Kovu gruñe muy bajo.

Se abre la puerta.

Víctor.

Camina con la seriedad de quien lleva décadas soportando el peso de la verdad sin poder contarla. Viste de civil, pero se nota a kilómetros que no está aquí como un amigo. Lleva una cazadora negra, el rostro tenso, la mirada afilada. A su espalda, dos hombres de su unidad con mochilas tácticas, auriculares, guantes negros, y rostros tan duros como piedra.

—Aitor —me dice con voz seca.

—Inspector.

—¿Estás solo?

—Sí.

Kovu ladra brevemente, pero al ver que no hay amenaza directa se esconde tras mis piernas.

—Enséñame lo que tienes —no pierde ni medio segundo. No hay abrazos, ni apretones de manos. Todo eso murió anoche.

Le hago pasar. Le tiendo la carpeta con todos los documentos, fotos, grabaciones, listados que mi padre dejó. El tercer agente que venía con él se mantiene de pie en el umbral, con una radio en la mano, haciendo de enlace silencioso con el resto del equipo que espera fuera.

Víctor se sienta en la mesa y empieza a revisar las pruebas. Pasa páginas a un ritmo rápido, casi quirúrgico. De vez en cuando asiente, otras veces lanza un leve resoplido por la nariz. Yo lo observo, con las manos apoyadas en la encimera, sin dejar de vigilar su expresión.

—Tu padre me ha contado parte de esto por teléfono —dice sin levantar la vista—. Pero no pensé que sería tan... profundo. Joder, Aitor. Esto es una red internacional. Aquí hay nombres de políticos, empresarios, exportadores, jueces... No sabes la de años que llevo detrás de esto.

—Lo sé —mi voz suena más vacía de lo que esperaba.

—Y tú... —me mira—, ¿qué coño haces metido hasta las cejas sin tener nada que ver?

—No lo sé. Me criaron entre la mierda, supongo. Pero ya no más.

Se hace un silencio. Entonces suelta los papeles y me clava los ojos.

—Quiero que sepas que todo esto que me entregas podría destrozar tu vida si se filtra mal. ¿Lo entiendes?

—Sí.

—¿Estás dispuesto?

—Estoy dispuesto a hacer lo que sea por sacar a Sara de donde la tengan. Está embarazada. Y cada minuto que pasa es un infierno.

Víctor cierra los ojos un segundo. Acaricia su barba canosa con gesto grave.

—Está bien. Vas a quedarte aquí mientras montamos el operativo. Esta casa no va a quedar sin vigilancia. Pero no puedes venir con nosotros, Aitor.

—¿Perdón?

—Ni hablar. No eres policía. No sabes disparar, no conoces protocolos. Irías a lo loco. Es una operación de alto riesgo, ¿lo entiendes? Te matan en dos minutos.

—No me importa. Es la madre de mis hijos. Es la mujer de mi vida. Estoy entero, estoy cuerdo, y si tú no me dejas ir, voy a seguirte hasta allí, aunque tenga que correr detrás del convoy.

Víctor se queda unos segundos en silencio.

—¿Te crees que no lo entiendo? ¿Te crees que no he amado nunca?

—Entonces no me pidas que me quede aquí, porque no puedo.

Uno de los agentes le murmura algo por el auricular. Víctor asiente, pero no le quita los ojos de encima a los míos.

—Muy bien. Puedes venir. Pero no haces ni un solo movimiento sin orden. Si tocas un arma, te dejo fuera. ¿Entendido?

Asiento, con el alma rota y el corazón encendido.

—Entendido.

—Ve por tu chaqueta. Nos vamos en cinco.

Salgo al jardín con la chaqueta medio cerrada y el pulso convertido en metralla. El día ha amanecido con ese color opaco de las tormentas que se están gestando, como si el cielo supiera que algo va a romperse hoy. Y quizás tenga razón. Hoy no volverá a salir el sol para alguien.

Fuera me espera el convoy.

Tres vehículos negros, robustos, con cristales tintados, cada uno con antenas y placas encubiertas. No hay marcas policiales visibles, pero el blindaje se respira en el aire. Los neumáticos parecen salidos de una película de guerra.

A mi derecha, dos agentes bajan del coche delantero. Uniforme táctico negro, cargados con mochilas de asalto, cascos, visores nocturnos, fusiles automáticos largos como mi brazo. Botas reforzadas, chalecos antibalas, placas metálicas. Son hombres enormes, fornidos, con el rostro duro, pero profesional. La clase de hombres que no tiemblan cuando alguien les apunta a la cabeza.

Uno de ellos me hace un gesto con la cabeza, como quien dice: "No estorbes".

No lo culpo.

Víctor me hace subir con él en el coche central. Es un todoterreno de intervención, sin lujos, con asientos de cuero negro curtido por años de misiones imposibles.

—Abróchate —me dice, sin mirarme, mientras habla por el pinganillo con la central.

Lo hago.

El motor ruge, y en segundos, el convoy avanza en formación cerrada, sin sirenas, pero con una urgencia que se nota en cada acelerón. Me veo reflejado en el cristal tintado: estoy blanco, ojeroso, con los nudillos marcados por la tensión de apretar los puños toda la noche. No me reconozco. Ya no sé quién soy.

Durante varios minutos, solo se oye el zumbido bajo del motor y las voces tenues del equipo por la radio.

Entonces, Víctor habla.

—¿Sabes? —dice, sin apartar los ojos de la carretera—. Tu padre y yo crecimos en la misma calle. Nos conocimos a los nueve años. Robamos naranjas del mismo árbol, compartimos cigarros a escondidas, jugamos partidos en el parque hasta que se hacía de noche. Y él... él me contó cuando se enamoró de tu madre. Cuando naciste. Joder, yo estaba allí.

Le miro. No hay ironía en su voz. Solo un dolor seco, sin lágrimas.

—Durante todos estos años, pensé que había tenido mala suerte, que lo de su negocio había sido cosa del destino, del mercado. Me lo creí todo, ¿sabes? Hasta las mierdas más absurdas. Porque era mi amigo.

Hace una pausa.

—Y ahora resulta que mientras yo perseguía a Joaquín como si fuera el diablo... tu padre era su sombra. El que limpiaba sus huellas. El que me daba las pistas falsas para despistarme. Y yo confiaba. Porque lo conocía desde niño.

Trago saliva. El dolor en su voz es distinto al mío, pero igual de profundo.

—Anoche perdí todo —le digo entonces, bajo.

Víctor me mira por el rabillo del ojo.

—¿Todo?

—La confianza en mi padre. La imagen de mi familia. Mi prometida está secuestrada, embarazada, y no tengo idea de si está viva o muerta.

Mi madre se ha ido de casa llorando. Y me he enterado de que tengo un hermano... que intentó violar a Sara.

Víctor no dice nada. Solo aprieta más el volante.

—Así que sí. Mi vida tal como la conocía... se fue a la mierda. Y ahora mismo solo me queda una cosa.

—¿Qué?

—Sara. Y mis hijos. Si salgo de allí con ellos vivos, todo habrá valido la pena.

—Pues prepárate —dice entonces Víctor—. Porque donde vamos no hay margen para errores.

Me mira con una mezcla de respeto y compasión.

—Vamos a entrar en la boca del lobo, Aitor. Y nadie sale igual de allí.

En ese momento, desde el coche de delante, el conductor activa un código en la radio. Un agente anuncia:

—Coordenadas confirmadas. Llegada estimada en doce minutos.

—Preparad las armas —ordena Víctor, y los agentes revisan cargadores, ajustan cascos, murmuran tácticas.

Yo me quedo quieto, mirando el reflejo de mis ojos en la ventanilla, pensando solo en una cosa:

Sara. Resiste un poco más. Estoy más cerca de lo que crees.

10:43 h

El convoy reduce la velocidad.

Los árboles se abren como si respetaran lo que viene. A través del parabrisas ya se distingue la silueta de la mansión: una mole de piedra y madera, encaramada en la ladera como un animal dormido. Pero no hay nada dormido en ella. Todo en esa casa respira peligro.

—Contacto —dice el agente del asiento delantero, con el fusil preparado—. Tres hombres en la entrada. Armados.

Víctor asiente con un gesto seco. El equipo ya ha desplegado su protocolo.

—Aitor, te quedas aquí.

—¿Qué?

—No —Su voz es firme como una orden militar—. No hay discusión.

Esto no es una película. Si cruzas esa verja sin blindaje, estás muerto en tres segundos.

—Sara está dentro.

—Y la vamos a sacar. Pero tú no cruzas esa puerta.

Los vehículos frenan en seco y, en cuestión de segundos, los agentes se bajan en formación.

Dos van por el flanco derecho, usando el muro bajo de piedra como cobertura. Otros dos rodean por el lateral izquierdo, abriéndose paso entre los árboles. Víctor va al centro, cuerpo recto, escudo táctico en una mano y arma larga en la otra. La coordinación es impecable, como una sinfonía letal.

Uno de los hombres en la entrada parece intuir lo que se viene. Da un paso atrás, apunta su arma. Pero no llega a disparar.

Pum. Pum. Pum.

Tres disparos limpios.

Tres cuerpos abatidos.

Uno cae hacia delante, otro rueda por los escalones, el tercero intenta correr, pero no da dos pasos. El equipo avanza como un bloque, controlando los accesos, rompiendo la cerradura con una carga eléctrica.

Yo observo todo desde el coche.

Mi corazón no late, redobla.

En cuanto las puertas se abren, todo se vuelve un estruendo.

Gritos. Disparos. Órdenes gritadas por radio. Vidrios que estallan. Pisadas. Cuerpos. Caos.

Y yo… aquí fuera.

Me bajo del coche sin hacer caso a nadie. Uno de los agentes que queda vigilando me frena con el brazo extendido.

—¡Atrás!

—¡No me toques!

—¡NO PUEDES PASAR!

Pero no le escucho. El sonido de un disparo desde el interior me parte en dos.

Y luego otro. Y otro. Un chillido.

—¡SARA!

Me libero de un empujón y echo a correr por la entrada abierta, los cuerpos aún calientes a los lados. La mansión es un laberinto de gritos, sangre y humo. Pero no me importa.

Estoy dentro.

He entrado en el infierno.

Y no pienso salir sin ella.

42

SARA

Un estruendo. Un disparo seco, lejano. Luego otro. Y otro.

El alma se me congela.

—¿Has oído eso? —le susurro a mi madre, que se aprieta contra la pared, temblando.

Asiente sin voz. Su rostro sigue marcado por los golpes, los ojos entrecerrados por la hinchazón. Aun así, sé que está tan alerta como yo. Nos miramos. No hace falta hablar: eso eran disparos. Alguien está aquí.

El corazón me late en la garganta. Mi cuerpo reacciona, se incorpora, aunque esté débil. Quiero creer. Quiero creer que es Aitor. Que ha venido. Que esta pesadilla se está acabando.

Pero la puerta se abre de golpe y la esperanza se tambalea.

Entran Joaquín e Iñaki. Joaquín con el rostro completamente descompuesto, la mandíbula apretada como una trampa, los ojos encendidos de rabia. Iñaki va justo detrás, el ceño fruncido, jadeando, la camisa abierta manchada de sudor.

Cierran la puerta detrás de ellos con un sistema de cerrojos internos, que suena como un búnker de acero sellándose.

Joaquín grita:

—¡Sentaos!

Nos desatan de los barrotes, a empujones. Mis brazos se caen como muertos por la falta de circulación. Mi madre apenas puede mantenerse en pie, así que la sujeto. Nos hacen sentarnos en una vieja mesa del rincón, rodeada de cortinas rojas, sillones de terciopelo ajado y objetos que no quiero volver a mirar.

Damos pena. Dos mujeres rotas, heridas, ojerosas, pero vivas. Todavía vivas.

—Ibai se ha ido —escucho a Iñaki murmurarle a Joaquín, con un tono asqueado—. Una maldita rata. En cuanto escuchó los tiros, salió por la trampilla del invernadero y ni miró atrás. ¡Ese cabrón nos dejó solos!

—No me lo creo —responde Joaquín, entre dientes. Está pálido, aunque intenta fingir entereza—. No puede ser tan cobarde...

—Pues lo es. Se ha largado. ¡Y se llevó el coche de emergencia!

Se enzarzan en una discusión amarga, en mitad de la habitación. Nos ignoran por completo por unos minutos, como si fuéramos parte del mobiliario.

—¿Qué pruebas puede tener la policía? —sisea Iñaki.

—No lo sé. Nada concreto. A menos que algún traidor haya hablado.

—¿Y si han llegado a ti? ¿A tus cuentas? ¿A los vídeos?

—He borrado todo. Hace meses. Sólo quedaban las copias que tenías tú.

—¡Las tenía encriptadas! ¡No son imbéciles, Joaquín!

Se están cayendo a pedazos delante de nosotras.

Y entonces, algo dentro de mí se enciende. Me levanto. Mis piernas tiemblan, pero no me importa. Los miro a los dos. A los monstruos que han destruido mi mundo.

—¿Lo oís? —Mi voz suena clara, más fuerte de lo que esperaba—. Han venido por nosotras. Vuestro final está aquí. Por fin.

Se giran hacia mí. Pero yo ya no me achico. Me siento invencible en mi fragilidad.

—A todos nos llega nuestro momento. A cada alma podrida que habéis tocado. Cada mujer que habéis convertido en objeto, cada familia que habéis destrozado. Todo. Todo va a salir a la luz.

Joaquín sonríe, una mueca torcida que hiela la sangre.

—¿Crees que esto se acaba aquí, niñata?

Saca lentamente una pistola del cinturón. Me apunta a la cabeza con una tranquilidad que me revuelve las tripas.

—¿Quieres ver como si yo caigo... tú caes conmigo?

Mi madre grita mi nombre. Yo no me muevo. No puedo. Ni parpadear.

—¡ABRAN LA PUERTA!

Golpes brutales al otro lado. Un ariete. Gritos. Caos.

La puerta vibra. El aire se vuelve denso, cortante. Joaquín me mira. Y sé que está decidiendo.

Mi corazón se desboca.

Solo veo a Aitor.

Su sonrisa.

Sus manos sobre mi vientre.

El ultrasonido de los dos corazones latiendo.

Las noches en las que creí no merecerle.

Las veces que me dijo: "Confía en mí".

Y pienso: "Así no. Por favor. No ahora."

El cañón sigue fijo en mi frente.

Y yo, por primera vez, siento que mi vida se está acabando.

—¡Iñaki! ¿Te has dado cuenta de que estamos acabados por tu culpa? Sino hubieses conocido a estas malditas zorras nada de esto habría pasado. Al final has acabado demostrándome que eres el mismo inútil que has sido toda tu patética vida, siempre barriendo tu mierda y protegiéndote cada paso de que dabas...

—¡No me hables así, Joaquín! Esto se nos ha ido de las manos y lo sabes. A todos. ¡No deberías haber traído a las mujeres aquí! ¡Nunca!

—¡Eres un idiota! ¿Sabes cuántos millones acabamos de perder? ¡¿Tienes idea de lo que ha costado mantener esta red limpia durante décadas?!

—No te centres ahora en eso... ¡La policía ya sabe demasiado! ¡No podemos salir de aquí! Desde la entrada principal, están cubriendo todo el perímetro

Yo los escucho, los observo, todo mientras Joaquín se mantiene firme apuntándome con su arma, y solo una idea me golpea con fuerza brutal:

han venido. Aitor ha venido. No me cabe la menor duda. Cierro los ojos por un segundo, apenas un pestañeo, y juro que lo veo. Veo su cara. Su mirada desesperada. Él está ahí. Estoy a punto de salvarme.

Y entonces hablo.

—Se acabó —digo, con la voz temblorosa pero firme—. No hay oscuridad que dure para siempre. Os veré pudriros en la cárcel.

Joaquín gira su rostro hacia mí lentamente. Camina hasta quedar frente a mí. Su aliento huele a tabaco viejo y rabia contenida. Y me pega la pistola al pómulo.

—¿Todavía te quedan fuerzas para dar lecciones de moral niña estúpida? — ahora me apunta directo al vientre.

Mi madre grita. Yo no puedo moverme. No puedo ni tragar saliva.

Y entonces...

—¡POLICÍA! ¡ABRAN LA PUERTA!

Golpes en el acero. Todo tiembla.

—¡NO MUEVAN UN MÚSCULO! ¡ESTO ES UNA ORDEN!

La puerta no cede.

—¡Preparad carga! —se oye del otro lado.

El tiempo se detiene.

Y entonces, una explosión.

El estruendo sacude la tierra. Fragmentos de acero vuelan por los aires. El humo lo inunda todo. La pistola de Joaquín sale disparada por los aires y cae lejos. Yo me lanzo al suelo. No sé cómo. No sé de dónde saco fuerzas. Pero lo hago.

Me libero. Grito.

Y entonces lo veo. Aitor. Mi Aitor. Irrumpe entre el humo con los ojos fuera de sí, las manos alzadas, gritando mi nombre.

—¡SARAAAA!

Víctor se interpone, lo empuja hacia atrás.

—¡AITOR NO! ¡QUÉDATE AHÍ!

—¡NO PUEDO! ¡ES LA MADRE DE MIS HIJOS!

Todo se congela. La tensión es insostenible.

Joaquín intenta disparar, pero la policía actúa más rápido, sangra por el hombro, abatido por uno de los disparos. Pero aún respira. Aún vive.

Iñaki, con una rapidez asombrosa agarra a mi madre y saca una pistola, aprieta fuerte el arma contra su sien. Ella llora. Apenas puede mantenerse en pie.

Víctor se acerca lentamente.

—¡¡Mamá!! Iñaki no lo hagas, por favor no lo hagas. — le suplico entre lágrimas, me arden los ojos, tengo el alma en carne viva en este momento.

—Iñaki… no tienes escapatoria. Lo tenemos todo. Pruebas. Grabaciones. Testigos. Cooperad…

—¿Cooperar? —responde él, desencajado, fuera de sí—. ¡Nos habéis jodido la vida!

La sala está rodeada de policías, todos apuntan con armas hacia un Joaquín ya destruido en el suelo, e Iñaki, quien tiene toda la atención de los presentes en la sala. Quiero correr hacia Aitor, abrazarlo, pero todos estamos con la mirada fija en la pistola que brilla sobre la sien de mi madre.

Aitor se va acercando lentamente, mientras en segundo plano está la negociación de Víctor para que Iñaki baje el arma, viene por detrás, me da la mano, me agarra con fuerza, y ninguno quitamos ojo a la escena que tenemos delante de nuestras narices.

Veo como mi madre está muerta de miedo, y yo me muero con ella.

—Iñaki, escúchame. Esto se ha acabado. Tenéis la casa rodeada. Joaquín está herido. No tenéis salida. Suelta el arma. Aún puedes salir de esta con vida.

—¿Con vida? ¿Y qué tipo de vida es esa, inspector? ¿Encerrado en una celda hasta que se me caigan los dientes? ¿A esperar que algún desgraciado me parta la cara cada mañana? ¿Eso me ofreces? — dice Iñaki con mi madre temblando bajo su brazo.

—Te ofrezco una oportunidad. Una. Si bajas el arma, si entregas a Marta, tendrás un juicio. Podrás hablar. Podrás contar tu versión. Todo lo que sabes. Pero si aprietas ese gatillo, Iñaki, no vas a salir vivo de esta habitación. Y lo sabes.

Iñaki ríe, pero hay rabia en su voz. Y esa risa es el sonido más peligroso que he podido oír nunca.

—¿Tú sabes lo que me costó tener algo? ¿Lo que cuesta formar parte de esto? ¡He vivido toda la vida bajo las órdenes de un enfermo, y ahora me dices que hable como si fuera un niño bueno!

Victor da un paso más cerca, con las manos visibles.

—Tú no eres Joaquín. No tienes por qué caer con él. Entrega a Marta. Te prometo que haré lo posible para que se escuche lo que tengas que decir. Lo que viste. Lo que viviste. Pero no la mates, Iñaki. No manchéis más esta historia de sangre.

Iñaki dice gritando:

—¡Esta historia ya está manchada! ¡Nosotros solo somos las sombras que la sostienen!

—Aún puedes romper el ciclo. Aún puedes dejar de ser solo una sombra.— dice Víctor con una voz más suave.

Mi madre con la voz temblando, apenas audible dice:

—Iñaki… por favor…

Iñaki la mira un segundo, la duda asoma en sus ojos, la esperanza entra de lleno en los míos.

—Yo no quería esto. Te juro por Dios que no lo quería así…

—Entonces haz lo correcto. Ahora — dice Víctor

Mi madre gira un poco el rostro hacia Iñaki. Sus ojos, bañados en lágrimas, no tienen miedo… tienen compasión.

—Iñaki… tú aún puedes elegir no ser como él — le dice en un susurro.

Y por un instante, parece funcionar. Iñaki baja mínimamente el arma, sus labios tiemblan. Víctor lo ve. Aitor lo ve. Yo lo veo. Ya me estoy preparando para ir a abrazarla hasta que se acabe el mundo.

Un segundo de esperanza.

Un segundo… y luego se rompe.

Iñaki con un grito de rabia animal:

—¡NO PUEDO!

¡BANG!

El disparo resuena como un trueno.

El cuerpo de mi madre se sacude bruscamente, como si la vida se le escapara de golpe.

Grito

Pero no es un grito humano.

Es un desgarramiento. Un alarido bestial, primitivo, imposible de describir.

—¡¡¡MAMÁÁÁÁÁ!!!

El tiempo se quiebra. Aitor grita también, a mi lado. Víctor reacciona tarde. Un segundo más tarde, los disparos llueven. Iñaki intenta levantar el arma de nuevo, pero cinco balas lo atraviesan antes de que llegue a apuntar.

Cae de rodillas, el rostro ya sin alma, como una marioneta sin hilos. Su cuerpo cae sobre el de mi madre, formando un cuadro grotesco, trágico.

Pero no veo a Iñaki.

Sólo veo la mano de mi madre extendida hacia mí, sin vida.

La misma mano que me acarició cuando era niña.

La que me defendió.

La que me abrazó el día que se fue en el barco, sin saber que sería la última vez que lo haría.

Y ahora... ya no se mueve.

Intento levantarme, las cadenas ya sueltas, pero no puedo. Mis piernas tiemblan. Me arrastro por el suelo ensangrentado, tropezando con los muebles caídos, con los cuerpos, con la mierda del horror... hasta llegar a ella.

—Mamá... no... no no no no no... no me hagas esto... por favor no me dejes.

Coloco mi cabeza sobre el pecho inerte de mi madre, como si pudiera despertarla así. La beso, la abrazo, lloro tan fuerte que mi garganta se desgarra. Me tiemblan los labios, la espalda, todo el cuerpo.

—Me prometiste que te ibas a quedar... me lo prometiste... yo no puedo sin ti... no puedo...

Aitor finalmente me coge, destrozado, me ve encogida sobre el cuerpo de su madre, bañado en sangre. Se le corta la respiración.

—Sara...

Pero yo no le oigo. Estoy atrapada en mi grito, en mi duelo, en mi infierno.

Víctor ordena que todos los agentes desalojen. Hay cuerpos por todas partes. Veo como se llevan a Joaquín esposado. Pero el silencio que sigue… es aún más violento que el tiroteo.

Me aferro al cuerpo de mi madre una vez más, como si con fuerza pudiera traerla de vuelta. Las lágrimas no paran de salir.

Su llanto suena como el fin del mundo.

Y lo es.

Los ojos de Aitor me buscan con desesperación, con terror. Me ve. Me ve de verdad.

Ve mi rostro roto, mi cuerpo ensangrentado, mis manos temblorosas sobre el pecho de mi madre.

Abre la boca para decir algo… pero no puede.

Porque lo que ha visto… no se puede explicar.

Y porque yo… ya no soy la misma.

—Se acabó… Aitor… ella se fue.

Mi voz es apenas un susurro.

Él da un paso más. Y entonces me abraza.

Me deja llorar sobre su pecho. Manchada de la sangre de mi madre.

Me sostiene cuando todo en mí tiembla.

Y yo me aferro a él con lo poco que me queda.

Porque si me suelta… desaparezco.

43

AITOR

Llevo tres días sin dormir.

El hospital huele a lo de siempre: desinfectante, café rancio y desesperación. Pero lo que de verdad lo impregna todo es el silencio que deja Sara. El silencio de no escuchar su voz, de no ver sus ojos abiertos, de no saber si va a despertar siendo ella o siendo solo los fragmentos que han sobrevivido a la pesadilla.

Hace exactamente 72 horas que la encontramos. Frágil. Con el cuerpo cubierto de moratones, cortes, quemaduras pequeñas en las muñecas. Tenía fiebre. El hueso de la pierna roto de una forma brutal, como si alguien hubiera querido hacerle daño por placer.

Ese alguien. Ibai. Mi hermanito.

A veces me descubro a mí mismo deseando encontrarlo. Aunque sea solo una vez.

Una.

Porque cuando pienso en sus puños golpeando a Sara, en su risa mientras lo hacía… siento que me hierve la sangre y que, si lo tuviera enfrente, no respondería de mí.

No me importaría nada. Ni la cárcel. Ni mi carrera. Ni mi alma.

Ella está aquí. Viva. Pero como muerta.

No ha despertado.

No la escucho reír. No me llama "cabezón". No me dice que me relaje.

No me sonríe con esa forma suya de calmarme con solo mirarme.

Tuvo un ataque de ansiedad severo. El cuerpo simplemente se rindió.

Y tuvieron que sedarla para estabilizarla.

Pero dicen que van a despertarla pronto. Tal vez hoy.

Y lo más importante... Los bebés están bien.

Eso me lo repito cada día. Cada hora. Cada vez que me siento a su lado, agarro su mano helada y me pongo a hablarle como si me escuchara.

—No te preocupes, campeona. Están bien. Lo han superado contigo. Como tú.

—Van a ser fuertes, como su madre. Y te van a amar. Como yo.

Cierro los ojos. Me cuesta respirar.

El rostro de Marta me aparece entre parpadeos.

Joaquín, Iñaki...

Víctor y su equipo limpiando toda la mierda de décadas.

Mi padre... en algún rincón del mundo.

Mi madre... en shock. Desaparecida emocionalmente desde que él se marchó.

Y yo aquí.

Solo.

Con mi mundo colapsado.

A su lado.

Pero no me muevo.

No me voy.

Me quedo mirando el monitor de constantes vitales. Me aferro al sonido regular de su corazón.

Late.

Y eso basta por ahora.

Porque sé que en algún momento va a abrir los ojos.

Y cuando lo haga...

Voy a estar aquí.

Y voy a decirle que la amo.

Que no pasa un segundo sin que piense en ella. Que, si los dos estamos rotos, nos reconstruiremos juntos. Que, si el mundo ha querido aplastarnos, vamos a escupirle en la cara.

Solo pienso en Marta. No puedo sacarla de mi cabeza. Estoy totalmente conmocionado.

Cada vez que cierro los ojos, la veo.

La forma en la que cayó. La sangre. Su cuerpo desplomándose como una muñeca rota.

Sara gritando. Yo corriendo.

Víctor gritando mi nombre detrás. Tarde. Demasiado tarde.

He visto muchas cosas en mi vida. Cosas duras, violentas. En los clubes, en la calle, en mi casa… Pero nada… Nada me ha roto como verla morir así. Delante de su hija y por nada.

Estoy traumatizado. No es palabra vacía, no es una frase hecha.

Lo siento en los huesos. Lo cargo en el pecho como una piedra negra que no se mueve.

No puedo ni imaginar qué va a pasar cuando Sara despierte y tenga que enfrentarse a esa realidad. Que su madre ya no está. Que no hubo despedida. Que todo fue oscuridad, caos, horror… y muerte.

Mi madre viene todos los días. Se sienta en silencio. A veces me habla. A veces simplemente llora. Está hundida.

Ya no hay rastro de la mujer elegante y contenida que me crio a base de sonrisas fingidas.

La vida que conocía era una mentira. El hombre con el que compartió más de treinta años… un monstruo. La mía también era una mentira.

Mi padre, mi representante, el responsable de que tuviera la carrera que tengo… estaba financiado por una red de trata de mujeres.

¿Y yo?

Jugando partidos, firmando autógrafos, saliendo en portadas, follando con una de sus empleadas sin saberlo.

Me doy asco.

No se puede decir de otra manera. Me doy asco.

Y, sin embargo, tengo que estar aquí.

Presente.

Fuerte.

Porque cuando Sara abra los ojos —si Dios quiere, en las próximas horas— va a necesitar a alguien que la sostenga.

Y no sé si voy a poder.

¿Cómo se reconstruye algo después de esto?

¿Cómo le explico que ya no está su madre?

¿Cómo le cuento que Ibai sigue suelto, que nadie sabe dónde se ha metido?

¿Cómo hago para que no le tenga miedo al mundo?

¿Cómo vamos a salir adelante?

Miro su vientre dormido.

Ahí dentro… siguen latiendo dos corazones.

Nuestros hijos.

La única promesa de vida en medio de este cementerio de todo lo que éramos.

Tengo miedo.

Mucho más que cuando dispararon, mucho más que cuando entramos en la casa.

Ahora me da miedo el después. El después de sobrevivir.

Porque sobrevivir… a veces es más duro que morir.

Y solo espero que, cuando me mire, no vea la cara de todo lo que ha perdido.

Sino la de alguien que va a pelear hasta el final para que tenga, algún día, una vida que valga la pena vivir.

Llevo horas sin moverme. Sentado en la butaca de esa habitación blanca, escuchando el pitido constante del monitor. Es lo único que me recuerda que está aquí. Que sigue luchando.

Mi mujer…La que me enseñó a amar. La que nunca se rindió. La que lo perdió todo… por amor.

La puerta se abre con suavidad. Me sobresalto.

Es el médico.

El mismo que lleva viniendo cada pocas horas desde que la trajeron.

Trae el rostro serio, pero tranquilo. En la mano una carpeta. Detrás de él entra una enfermera.

—Buenos días, Aitor —me dice, con voz pausada—. ¿Puedo?

Asiento. Me levanto con lentitud, me crujen los huesos de tensión.

Me acerco a la cama de Sara, como si solo el hecho de estar más cerca pudiera protegerla de cualquier mala noticia.

—Hemos terminado el último control. La inflamación en la pierna ha bajado considerablemente y la sedación está haciendo su ciclo normal —me explica—. Está estable. Así que… vamos a retirarla.

—¿Eso significa…? —Mi voz suena rota.

—Eso significa que, si todo va bien, en las próximas horas, empezará a despertar. Quizá esté algo desorientada. Quizá le lleve tiempo volver del todo. Pero está fuera de peligro.

Me cubro la cara con las manos. Respiro hondo.

No lloro. Ya no me quedan lágrimas.

Pero es como si algo dentro de mí… aflojara una de esas cadenas invisibles que llevo en el pecho.

—¿Y los bebés? —pregunto en un susurro.

El médico sonríe apenas.

—Bien. Muy bien, de hecho. Las ecografías son positivas. No ha habido contracciones prematuras ni signos de desprendimiento. Van a necesitar vigilancia, claro… pero están ahí. Resistiendo con ella.

La enfermera empieza a ajustar la vía.

El médico me da una palmada en el hombro.

—Prepárate. Quizá sea duro al principio. Pero va a necesitarte.

Asiento.

¿Que si estoy preparado?

No. No lo estoy. Pero aquí estoy. A su lado.

Para siempre.

Apenas han pasado quince minutos desde que el médico salió de la habitación.

Y entonces…

El móvil vibra en mi bolsillo.

Número desconocido.

Contesto sin pensar, aún con la mente medio anclada al pitido del monitor cardíaco.

—¿Aitor Ibarrola?

—Sí. ¿Quién habla?

—Julián Balmaseda, encantado. Me ha pasado tu contacto tu padre. Me dijo que necesitabas agente urgentemente… y bueno, no voy a mentirte: he estado siguiéndote hace tiempo. Tu padre me advirtió de que no es el mejor momento, pero quería contarte algo importante.

Cierro los ojos, agotado.

—Te escucho —respondo, casi sin voz.

—El Liverpool está muy interesado en ti. El nuevo míster lleva semanas mandando ojeadores a tus partidos, y están convencidos de que puedes ser una pieza clave en su proyecto de reconstrucción. Quieren hacer una oferta firme antes del cierre del mercado invernal.

Me quedo inmóvil.

—Tienen previsto llamarte en los próximos días, pero me pidieron que contactara contigo primero —continúa—. Quieren que vayas, conozcas el club, las instalaciones, el equipo médico, el entrenador…

Y si te convence, cerrar el trato en enero.

Trago saliva.

Miro a Sara.

Aún dormida. Aun luchando.

—Gracias por la llamada, Julián. De verdad… pero no puedo pensar en eso ahora.

—Lo entiendo, créeme. Solo… piénsalo. Esto puede ser una oportunidad real. Llámame cuando estés listo. Porque si quieres, está hecho, está cerrado en un abrir y cerrar de ojos.

Cuelga.

Dejo el móvil sobre la mesa y acerco la silla aún más a su lado.

Acaricio su mano vendada.

Mi frente roza sus dedos.

El único sitio donde encuentro paz.

—Despierta, amor.

Lo demás… lo demás puede esperar.

Horas después sigo en la misma posición a los pies de la cama de Sara. Entonces pasa.

Un movimiento leve.

Un temblor en sus párpados.

Una de sus pestañas se agita apenas, y yo salto de la silla como si me hubieran disparado una descarga en el pecho.

—¿Sara? —susurro.

Su rostro está pálido, pero sus ojos comienzan a abrirse, lentos, pesados, como si el mundo le pesara.

Cuando me ve, una sonrisa minúscula, casi imperceptible, le curva los labios.

Yo no puedo contenerlo. Me inclino hacia ella, me atraganto con un sollozo que no me había permitido estos días.

La acaricio con una delicadeza casi sagrada.

Estoy temblando.

Y entonces, en un susurro áspero, débil…

Ella me mira, me sonríe, y dice:

—Estás hecho un asco…

Me echo a reír, y al mismo tiempo me salen lágrimas por los ojos.

—Dios… Sara —Me agarro a su mano—. ¿Tienes idea de cuánto te he echado de menos?

Ella parpadea lentamente. Su mirada se nubla, pero su sonrisa sigue ahí.

—Lo imagino… te conozco.

Me inclino más, le beso la frente, el pelo.

—Estás aquí. Estás aquí… —repito una y otra vez, como si tuviera que convencer a mi cabeza de que es verdad.

Ella asiente con dificultad, pero sus ojos lo dicen todo.

Lo sabe. O lo intuye.

Pero ahora, por un segundo, solo existe ese momento.

Ella.

Yo.

Vivos.

Después del infierno.

44

SARA

Una luz entre ruinas

El aire huele a hospital. Frío, seco, estéril.

Mi boca está pastosa. Mis párpados, pesados.

La luz entra difusa por una ventana a medio abrir. El mundo parece distante, como si todo flotara a mi alrededor.

Abro los ojos despacio. Parpadeo.

Y entonces le veo.

Aitor.

Sentado junto a la cama, con los codos en las rodillas y la cabeza entre las manos.

Sus hombros tiemblan, como si respirar le costara la vida.

Y entonces, como si sintiera mi mirada, levanta la cabeza.

Su rostro está devastado.

Ojeras, barba de días, los ojos vidriosos.

Pero cuando me ve despierta, su expresión se derrumba, como si el mundo se abriera bajo sus pies.

—Estás aquí —murmura, con un hilo de voz—. Estás aquí, Sara…

Quiero hablar, pero la voz no me sale. Solo alcanzo a susurrar:

—Estás hecho un asco…

Y él ríe. Esa risa que tanto conozco. Que tanto he necesitado.

Su risa se mezcla con un sollozo. No puede evitarlo. Yo tampoco.

—¿Dónde estamos…? —pregunto, aunque lo intuyo.

—En el hospital. Te sacamos de allí, Sara. La policía… El inspector Víctor… todos. Llegamos.

Cierro los ojos un segundo. Un segundo que duele.

Las imágenes vienen a mí como latigazos:

Ibai.

Las cadenas.

Joaquín.

Mi madre.

La sangre.

El disparo.

Me incorporo de golpe, pero un dolor agudo en la pierna me devuelve al colchón.

—No, no… —Aitor me sujeta—. No te muevas. Tienes la pierna rota. Una fractura en la tibia. Te operaron hace tres días. Pero vas a estar bien. Vas a caminar. Vas a correr. Vas a volver a pintar.

Sus palabras me envuelven como una manta.

—¿Y los…? —me llevo la mano al vientre, con un miedo atroz.

—Están bien. Los bebés están bien, Sara —Me acaricia la mano con ternura—. No te preocupes. Te han estado vigilando cada minuto.

Cierro los ojos. El alivio me rompe por dentro.

Lloro, pero son lágrimas diferentes. No solo de dolor. También de amor. Por ellos. Por Aitor. Por estar viva.

—Mamá… —digo apenas.

Aitor baja la mirada. Sus ojos se humedecen otra vez.

—Sara… —traga saliva —Lo siento —susurra, tomándome la mano entre las suyas—. Lo siento tanto…

Me pierdo. Me hundo.

El dolor me rompe en pedazos.

El grito no sale, pero lo siento en el pecho, como una bomba.

—Estaba ahí… delante nuestra… —Aitor dice, sin poder mirarme—. Y no llegamos a tiempo, no pudimos hacer nada, esto me perseguirá para siempre a mí también.

Todo tiembla.

No me quedan lágrimas.

No me queda aire.

Solo un vacío. Un agujero negro que crece en mi interior.

—Me han quitado a mamá, Aitor... —digo por fin, entre susurros—. Me han quitado todo.

—No, Sara —Sus dedos en mi rostro, su voz firme—. No te han quitado todo.

Nos tienes a nosotros. A mí. A nuestros hijos. Y esta vez... no te suelto. Nunca más.

Entonces me abraza.

Y yo, aún rota, aun temblando, me dejo caer en ese abrazo.

Como si el mundo pudiera empezar de nuevo desde aquí.

Aitor no me suelta la mano. Ni un segundo.

Y yo no quiero que lo haga. No ahora.

Mis ojos siguen inundados, pero hay una quietud rara. Como si después del huracán, el mundo entero se hubiera detenido en esta habitación.

Solo estamos él y yo.

Y el recuerdo de mamá, como un hilo invisible que nos une desde el dolor.

—Sara... —empieza con voz rota, pero firme—. Sé que ahora mismo no puedes ni pensar, ni imaginar el mañana. Pero tienes que escucharme.

Le miro. Sus ojos están hinchados, rojos. Pero hay fuego dentro. Fuego real.

—Dime.

—Tienes que sacar fuerzas de donde sea. Del rincón más jodido de ti.

Porque sé que este ha sido, sin duda, el peor momento de tu vida. Lo sé. Pero también sé una cosa más, y mírame bien cuando te lo diga: Solo una mujer como tú puede salir de algo así.

Me muerdo el labio para no llorar otra vez.

—No lo sé... Aitor. No sé cómo...

—Sí que lo sabes. No ahora. Pero lo sabrás.

—¿Por qué? ¿Por qué crees que puedo?

—Porque tienes que hacerlo por ellos —Se inclina y roza con la palma mi vientre vendado—. Por nuestros hijos. Y por mí. Porque... joder, Sara, si tú te caes, yo no sé si voy a poder levantarme tampoco.

Me tiembla el pecho. Me desarmo por dentro.

—Tienes que luchar por lo que te queda. Y por lo que está por venir.

Porque eso es exactamente lo que tu madre habría querido. Tú lo sabes, Sara.

Me cubro la boca con la mano. Asiento. Porque es verdad. Mamá me lo diría. Me lo gritaría si pudiera.

Aitor se acerca más, me aprieta los dedos.

—Yo también he vivido una mentira, ¿sabes? Todo lo que pensaba que era mi vida, todo lo que había construido... se desmoronó en una noche. Ya no tengo padre. Mi familia está completamente destruida. Estoy... perdido. No me importa la fama, ni el fútbol, ni el dinero. Solo me importas tú.

Me arden los ojos. No puedo decir nada, solo sentir.

—Y aun así... —añade bajando un poco la voz—tengo que contarte una cosa.

—¿Qué?

—Me quieren fichar en el Liverpool.

Me quedo en silencio. No sé si reír o llorar.

—¿Cómo?

—Julián Balmaseda, mi nuevo representante. Me llamó esta mañana. Todo es oficial.

Han mandado una propuesta, están dispuestos a pagar la cláusula entera.

Pero no pienso moverme de este país si tú no estás bien. Si tú no quieres.

—Aitor... —digo, sin saber muy bien qué siento.

—No quiero una vida lejos de ti. No quiero ni una vida sin ti. Y si tú quieres empezar de cero, si quieres desaparecer de este infierno, yo te sigo. A donde sea. Tú decides.

Seis días después...

Estamos en el aparcamiento del hospital, Aitor empuja la silla de ruedas hasta que llegamos donde está mi mejor amigo, esperándonos. Me hundo en su abrazo con fuerza, con esa clase de necesidad que nace solo después del infierno.

Siento a Kovu dar saltos a mi alrededor. Su lengua me lame la muñeca. Su alegría es tan pura que me arranca una lágrima más.

—Lo has hecho muy bien, mamá —me susurra Aitor al oído, y entonces yo empiezo a temblar.

Porque no soy la misma. Pero soy.

Y eso, a estas alturas, ya es milagro suficiente.

Lo miro. Me mira.

—No vas a tener que pasar por casa —me dice—. Todo está de camino a Liverpool.

Lo de tu madre también. Está guardado. Para cuando tengas el valor de abrirlo.

No puedo hablar. Solo asiento, con el alma pegada con hilos invisibles.

Kovu da vueltas emocionado, su cola mueve el aire con más fuerza que la brisa, y me lame la mano con desesperación. Me río y lloro a la vez. Lo abrazo como si fuera lo único tangible y real.

Aitor se agacha frente a mí. Tiene una caja de madera pequeña, rectangular. Reconozco ese tono de roble viejo que vi tantas veces en casa de mi madre.

—¿Qué es eso? —pregunto, tragando saliva, como si lo supiera de antemano.

Aitor me la entrega despacio, sin decir nada. Pero no necesita palabras.

Las tomo con manos temblorosas, y cuando leo la inscripción grabada a fuego en una esquina —"Marta Sanz - Siempre tú"—, se me rompe algo adentro que ya no pensaba que quedaba entero.

—No he podido… despedirme, Aitor. No he salido de este hospital desde que todo pasó. Ni siquiera he podido llorarla en silencio. Todo ha sido una locura, un huracán tras otro.

Él se agacha a mi lado, me rodea con los brazos.

—Tendrás tu momento, mi amor. En nuestra casa, en Liverpool. O donde tú quieras. No tienes que hacerlo ahora. No tienes que demostrarle nada a nadie. Marta lo entendía. Y estaría orgullosa.

Acaricio la tapa de la caja y asiento.

—En nuestra nueva vida, buscaré un rincón bonito. Un rincón solo nuestro. Y allí, la dejaré marchar. A mi manera. A solas con ella. Como debe ser.

Kovu se tumba entre nosotros, y en ese instante, la vida es eso: dolor, amor, memoria... pero también futuro.

Entonces Aitor señala el coche.

—Vamos al aeropuerto. No puedo esperar para enseñarte la casa que he comprado para nuestra familia. Y tranquila, el medico nos ha dado permiso para volar. Todos vamos a estar bien, ¿de acuerdo?

—Soy un desastre —digo, mirándome la pierna escayolada, la cara marcada, los ojos cansados y vidriosos.

—Y yo contigo al fin del mundo, cariño.

Me besa la frente. Kovu salta entre nosotros. La ciudad queda atrás, el hospital queda atrás, las sombras quedan atrás.

Mientras el avión despega, cierro los ojos y pienso en mamá. Llevo la caja en el regazo, no voy a soltarla.

Cómo me gustaría que viera este momento.

Cómo quiero que mis hijos crezcan sabiendo que sobrevivir no es debilidad.

Que el amor, cuando es verdadero, no se acaba.

Que las ruinas pueden ser tierra fértil si decides plantar de nuevo.

Y me lo repito en silencio, mientras vuelo hacia mi nueva vida:

No soy la misma.

Pero estoy viva.

Y no me pienso rendir.

EPÍLOGO

Tres semanas después...

Ubicación: Sefton Park Palm House, Liverpool

Un invernadero victoriano de cristal, rodeado de jardines exquisitos. Luz natural, vegetación exuberante, intimidad mágica. El cielo de Liverpool ha decidido vestirse de azul para nosotros. No hay una sola nube, solo la promesa suave de un día que no quiere estorbar. Dentro de la Palm House, la luz del sol se cuela por las cristaleras altas, como si incluso el mundo supiera que hoy no es un día más.

El murmullo de las hojas se mezcla con el leve piano de fondo. Las flores blancas

—hortensias, lirios y pequeñas rosas— están dispuestas en ramos sencillos, atados con hilo de yute. Todo es puro. Íntimo. Real.

No sé cómo ha pasado tan rápido. Hace tres semanas estaba en una cama de hospital, sin saber si podría volver a caminar bien, sin saber si podría volver a respirar sin que me doliera el alma.

Y hoy... *estoy de blanco.*

No hay nadie peinándome, no hay coro, ni hay aplausos. Solo estoy yo, frente a un espejo, en una pequeña sala con ventanales que dan al mar. No sé si tiemblo por el frío o por lo que estoy a punto de hacer.

Mi vestido no es de princesa. Me tapa la escayola, apenas se ajusta a lo que imaginé de niña, pero me siento guapa. Me siento fuerte.

Hoy no me caso para salvarme. Me caso porque ya lo hice sola. Hoy simplemente me reconozco. En él. En nosotros.

Me abro la puerta yo misma. No hay nadie que me acompañe al altar. Marta no está. Mi madre no está.

Pero yo estoy.

Y eso, ahora, lo es todo.

Cuando entro, mis ojos lo buscan sin querer.

Y ahí está. Aitor.

Nunca le he visto tan guapo. Ni cuando marca goles, ni cuando lo miran millones. Hoy no sonríe con la boca. Sonríe con los ojos.

Y llora. Llora sin ocultarlo.

Y yo, por supuesto, también.

Sonia está sentada en primera fila. Nos mira con ternura. No hay rastro de todo lo que perdió, solo la dignidad de quien elige reconstruirse.

Markel está a su lado, con su mujer.

Y Kovu… oh Kovu.

Con un pequeño cojín atado con una cinta al lomo, camina despacito por el pasillo de madera. Parece que lo entiende todo.

Mi anillo está ahí. El de Aitor también.

Nos miramos y no hay más mundo. Nos damos la mano. Y él, temblando, me susurra:

—Gracias por no rendirte.

Yo sonrío. Me sostengo de él.

El pequeño jardín está en completo silencio. La brisa de Liverpool acaricia el velo que cae sobre mis hombros y Kovu, sentado entre Markel y Sonia, mueve apenas la cola como si supiera que algo sagrado está a punto de ocurrir.

El oficiante —un hombre mayor, de rostro amable y voz serena— nos mira con calidez.

—Sara, Aitor… habéis caminado por sendas oscuras, habéis conocido el dolor, el miedo, la pérdida. Pero también habéis encontrado uno en el otro una razón para volver a creer en la vida. Ahora, frente a quienes os aman, os invito a compartir vuestros votos. Las palabras que os unirán para siempre.

Me tiembla un poco la mano cuando tomo el papel. Aitor me mira como si el mundo entero no existiera. Y entonces, con la voz quebrada, pero firme, empiezo a leer.

Aitor,
    Cuando llegaste, no traías promesas,
    traías presencia.
    Y, sin darme cuenta, tu manera de estar
    se volvió mi forma favorita de vivir.
    No fuiste un rayo que deslumbró,
    fuiste sol de invierno:
    suave, constante,
    de esos que no queman, pero calientan el alma.
    Contigo aprendí que amar no es correr,
    es quedarse.
    Es elegir, sin ruido,
    una y otra vez,
    al mismo corazón.
    Hoy te miro, y no hay duda:
    eres el hogar donde siempre quise llegar
    sin saber que lo buscaba.
    Te prometo no solo los días fáciles,
    sino también los nudos, los silencios, los inviernos.
    Prometo ser abrigo cuando la vida enfríe,
    y ala cuando tus sueños necesiten volar.
    Te prometo palabras sinceras,
    miradas que digan *"te entiendo"* sin hablar,
    y una risa que siempre quiera bailar con la tuya.
    Porque contigo, el amor no es un cuento:
    es real, imperfecto y profundamente nuestro.
    Y si alguna vez la vida nos sacude,
    te prometo no soltar.
    Porque elegí quedarme contigo,
    y no hay lugar más hermoso donde vivir

que en tu abrazo.

Termino de leer mis votos con la voz rota. Un suspiro general se escapa entre los pocos invitados, y Aitor me aprieta suavemente los dedos. Me mira con los ojos vidriosos, brillantes, y sonríe, como si no supiera ni por dónde empezar.

El oficiante lo anima con un leve gesto.

Aitor se aclara la garganta, sacando el papel de su bolsillo interior.

—Uf… —dice, dejando escapar una media risa—. Me lo has puesto muy difícil, cariño.

Hace una pausa, y sus ojos no se apartan de los míos.

—Pero a ver si puedo estar a tu altura, al menos una vez en la vida.

El viento sopla con suavidad mientras empieza a leer, y juro que en ese momento el mundo se detiene solo para escucharle.

Sara,

En un mundo donde todo corre,

tú fuiste el lugar donde aprendí a quedarme.

Llegaste como la brisa que no pide permiso,

como la luz que entra por la rendija

y lo transforma todo sin hacer ruido.

No sé en qué instante exacto supe que eras tú,

solo sé que desde entonces

todas las canciones empezaron a tener sentido.

Hoy no te prometo perfección,

te prometo verdad.

Te prometo mirarte como si fueras un milagro cotidiano,

cuidarte como se cuida el fuego en una noche fría.

Prometo ser refugio cuando te canses del mundo,

risa cuando todo duela,

puente cuando haya distancia,

silencio cuando haga falta,

y palabra cuando el alma lo necesite.

Te prometo amor del que no se gasta,
del que se riega, se canta y se respira.
Porque contigo no encontré un final feliz,
contigo encontré un principio que no quiero que termine.

Cuando pronunciamos el último "sí, quiero", la brisa acaricia nuestras mejillas como una bendición invisible. Las manos de Aitor tiemblan sobre las mías. Kovu ladra una sola vez, como si supiera que algo importante acaba de pasar. Nos besamos, y por primera vez en mucho tiempo, no hay ni dolor, ni huida, ni amenaza.

Solo hay ahora.

Solo hay amor.

Solo estamos nosotros.

Nos giramos hacia los pocos invitados, que aplauden entre lágrimas. Luego Aitor me acerca un pequeño estuche blanco. Lo abre, y ahí están. La caja que contiene las cenizas de mi madre.

—Pensé que querrías que estuviera contigo hoy —me susurra.

Se me llenan los ojos de lágrimas. Asiento, sin poder hablar.

Abro la tapa con delicadeza. La brisa del atardecer se cuela entre las hojas. Miro al cielo por un instante, buscando fuerzas. Luego, me inclino hacia el suelo y dejo que la ceniza gris y fina se funda con la tierra, junto a las raíces del árbol.

El silencio es total. Solo se oye el susurro del viento. Cierro los ojos.

—Aquí te dejo, mamá. Donde empieza mi nueva vida. No lejos… no olvidada… pero sí libre. Como siempre mereciste ser.

Siento la mano de Aitor sobre mi hombro, fuerte y cálida. No me dice nada. No hace falta.

Me despido en silencio. Y cuando levanto la mirada, el cielo está teñido de oro.

Aitor me abraza por detrás, con fuerza.

—Nos vamos a casa —me dice al oído.

Y entonces lo sé.

Que después del infierno, hemos sobrevivido.

Que esta historia, aunque tuvo mucho dolor, merece ser contada.
Y que incluso en las ruinas…
Puede florecer el amor.

FIN.

EPÍLOGO 2 — IBAI

El viento me azota la cara.
  Desde esta colina puedo verlos.
  Pequeñitos, felices,
  bailando su última mentira.
  Una boda íntima, romántica,
  de esas que parecen sacadas de un maldito anuncio.
  Vestidos como si todo lo que han tocado
  no estuviera manchado de sangre.
  Sara, Aitor.
  El puto perro.
  Los observo con calma,
  con una rabia contenida
  que ya no se nota en mi cara.
  Se ha vuelto parte de mí.
  Como el veneno que te corroe tan despacio
  que acabas acostumbrándote al sabor.
  En la mano tengo una foto suya.
  De ella, Sara.
  Sonriendo,
  como si nunca hubiera gritado.
  Como si nunca la hubiera visto suplicar.
  Aprieto el cigarro encendido contra la imagen.
  Arde lento.
  Justo por el centro de su cara.

Ella lo empezó todo.

Ella se metió en medio.

Ella destruyó a Joaquín.

A mi padre.

Porque, aunque nunca me llamara hijo, lo era.

Él me crió.

Me enseñó lo que era el poder.

Y, aun así, no quiere verme.

Ni una llamada.

Ni una palabra.

Ni una puta oportunidad.

Iñaki está muerto.

Y con ellos, todo el imperio.

Todo lo que construyeron, reducido a cenizas
por una historia de amor de mierda.

Ahora nadie me busca.

Nadie me quiere cerca.

Estoy solo.

Perfecto.

Porque cuando estás solo,
no tienes nada que perder.

Y cuando no tienes nada que perder…
te conviertes en lo más peligroso que existe.

Me guardo la foto quemada.

Y mientras me alejo, pienso:

Esta vez lo haré mejor.

Sin errores.

Sin sentimentalismos.

Esta vez, la historia no va a acabar bien.

Porque si creyeron que Joaquín era el monstruo…

…es porque aún no han conocido
a su verdadero legado.

Gracias por acompañarme en esta historia

Espero que hayas disfrutado cada página tanto como yo al escribirla.

Si este libro te ha hecho sentir, emocionarte o soñar, me encantaría que dejaras una reseña en Amazon. Tu opinión es muy valiosa y ayuda a que más lectores descubran esta historia.

Conecta conmigo

Sígueme en redes para no perderte novedades, próximos proyectos y mucho más:

Instagram: @ninacarolina___

TikTok: @ninacarolina___

Nos vemos en la próxima aventura.